VERGESSENE REICHE

Schatten-Tal

DIE AVATAR-TRILOGIE

BAND 1

RICHARD AWLINSON

Autor	Richard Awlinson
Deutsch von	Ralph Sander
Lektorat	Oliver Hoffmann
Korrektorat	Angela Voelkel
Art Director, Satz und Gestaltung	Oliver Graute
Umschlagillustration	Jeff Easley

ISBN 3-935282-54-0

Originaltitel: Shadowdale

© der deutschen Ausgabe Feder & Schwert, Mannheim, 2002.

1. Auflage 2002.

Schattental ist ein Produkt von Feder & Schwert.

© 2002 Wizards of the Coast, Inc. All rights reserved.

This material is protected under the copyright laws of the United States of America. Any reproduction or unauthorized use of the material or artwork contained herein is prohibited without the express written permission of Wizards of the Coast, Inc.

Forgotten Realms and the Wizards of the Coast logo are registered trademarks of Wizards of the Coast, Inc., a subsidiary of Hasbro, Inc.

All Forgotten Realms characters and the distinctive likenesses thereof are trademarks of Wizards of the Coast, Inc.

U.S., CANADA, ASIA,
PACIFIC & LATIN AMERICA
Wizards of the Coast, Inc.
P.O. Box 707
Renton, WA 98057-0707
+1-206-624-0933

EUROPEAN HEADQUARTERS
Wizards of the Coast, Belgium
P.O. Box 2031
2600 Berchem
Belgium
+32-3-200-40-40

Visit our website at http://www.wizards.com
Feder & Schwert im Internet: http://www.feder-und-schwert.com

Widmung

Für Anna, Frank, Patricia, Gregory, Laura, Marie, Millie, Bill, Christie, Martin, Michele, Tom, Lee, Joan, Allison, Larry, Jim und Mary für ihre Liebenswürdigkeit und Unterstützung.

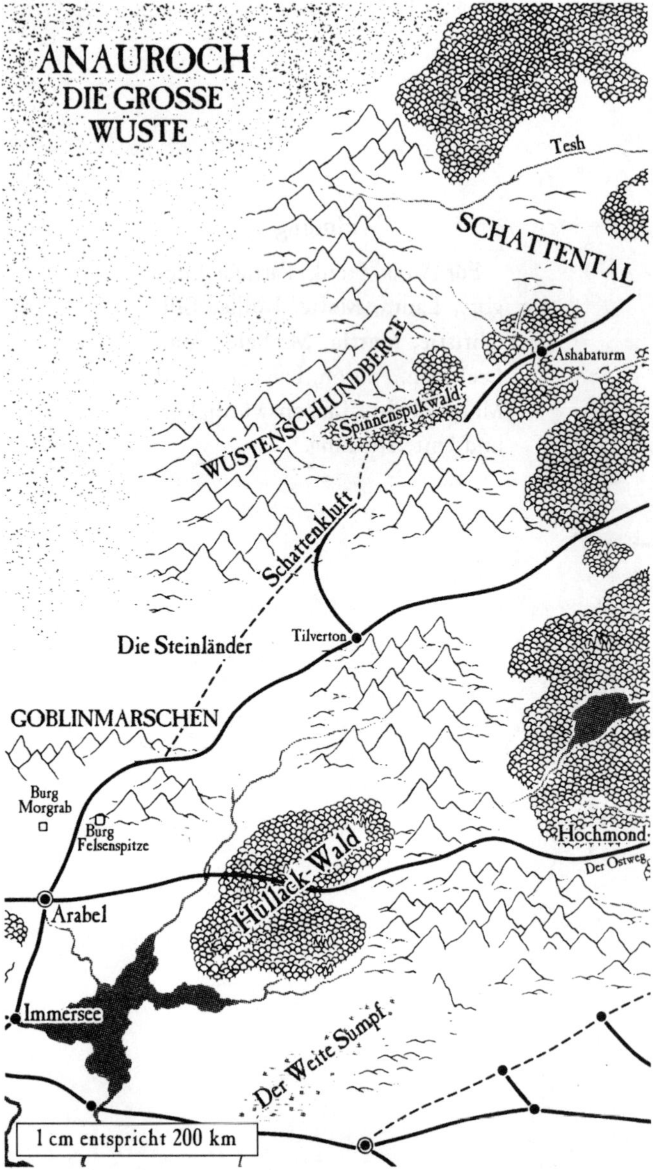
ANAUROCH
DIE GROSSE WÜSTE
Tesh
SCHATTENTAL
Ashabaturm
WÜSTENSCHLUNDBERGE
Spinnenspukwald
Schattenkluft
Tilverton
Die Steinländer
GOBLINMARSCHEN
Burg Morgrab
Burg Felsenspitze
Hochmond
Der Ostweg
Hullack-Wald
Arabel
Immersee
Der Weite Sumpf
1 cm entspricht 200 km

Schattental

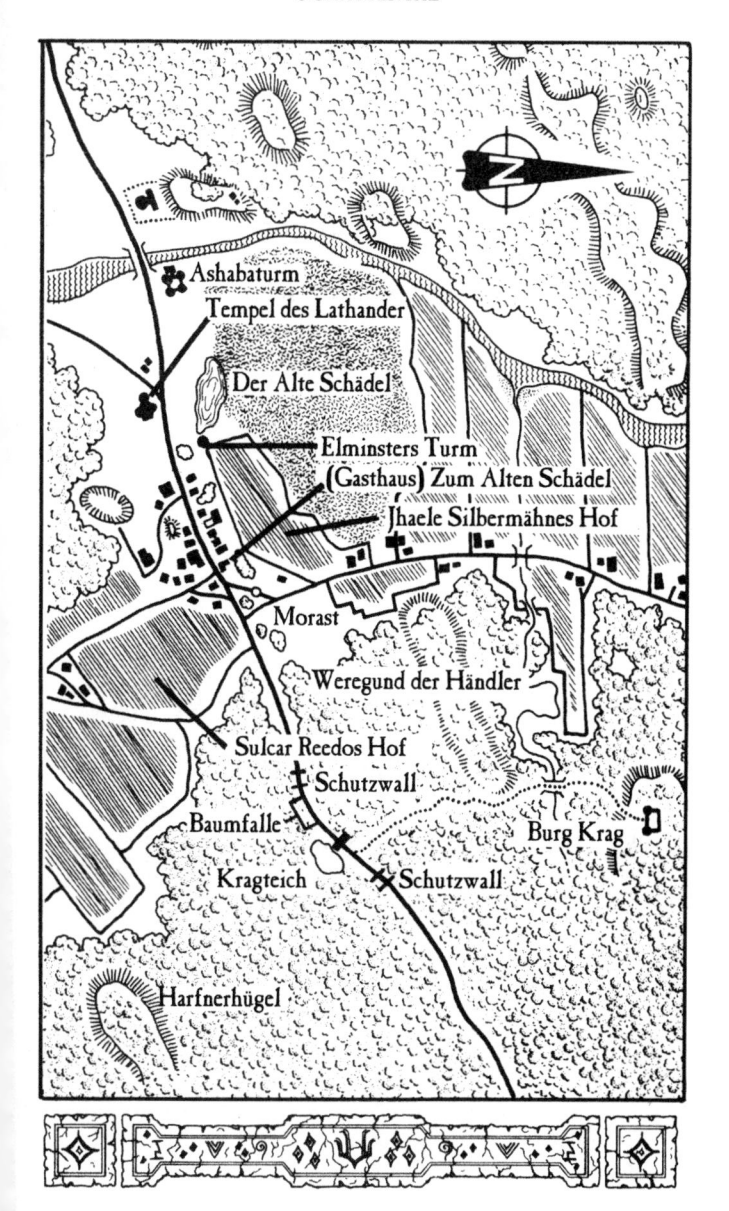

- Ashabaturm
- Tempel des Lathander
- Der Alte Schädel
- Elminsters Turm
- (Gasthaus) Zum Alten Schädel
- Jhaele Silbermähnes Hof
- Morast
- Weregund der Händler
- Sulcar Reedos Hof
- Schutzwall
- Baumfalle
- Burg Krag
- Kragteich
- Schutzwall
- Harfnerhügel

Über den Autor

Richard Awlinson ist das
Pseudonym des Autors von
Schattental, Scott Ciencin.

Feder&Schwert präsentiert:

Die Avatar-Trilogie

Band Eins: Schattental
Band Zwei: Tantras
Band Drei: Tiefwasser

PROLOG

Helm, das ewig wachsame Auge, Gott der Wächter, stand aufmerksam da und betrachtete die übrigen Götter der Reiche. Sie waren vollständig versammelt. Jeder Gott, jeder Halbgott und jedes Elementar war anwesend. Die Mauern des großen Pantheons, in dem die Götter sich trafen, gab es seit langer Zeit nicht mehr, nur die Fenster waren übriggeblieben und schwebten in der Luft. Durch sie sah Helm hinaus in ein zerfallendes Universum. Das Pantheon mit seinen vielen unvollendeten Altären befand sich mitten im Herzen dieser krebsartigen Zersetzung; es war auf einer Insel errichtet worden, die gerade groß genug war, um diesem Treffpunkt der Götter Platz zu bieten.

Ein Pfad aus maroden grauen Trittsteinen erstreckte sich über eine See des Untergangs bis zu einem Ziel, das jenseits des Blickfelds der Götter lag. Der Pfad war die einzige Möglichkeit, aus dem Pantheon zu fliehen, doch keiner der Götter war so dumm gewesen, auch nur einen Schritt auf diesen zerklüfteten Steinen zu wagen, da sie alle fürchteten, über diesen Weg an einen Ort zu gelangen, der noch furchterregender war als dieser.

Die Luft rings um die Insel war eine weiße Leinwand, übersät mit schwarzen Sternen. Lichtstrahlen, so grell, daß nicht einmal das Auge eines Gottes sie lange ertragen konnte, brannten sich durch den elfenbeinfarbenen Stoff. Die Strahlen bildeten Runen, und als Helm sie las, schauderte ihm.

Alles, was war, gibt es nicht mehr. Alles, was wir wußten und glaubten, ist eine Lüge. Die Zeit der Götter ist um.

Dann verschwanden die Runen. Helm fragte sich, ob einer der herbeigerufenen Götter diese rätselhafte Nachricht gesandt hatte, um die anderen in Angst und Schrecken zu versetzen, aber schließlich verwarf er diesen Gedanken wieder. Er wußte, daß hinter den Runen eine Macht steckte, die stärker war als jeder der Götter rings um ihn.

Helm lauschte dem dumpfen Grollen des Donners, während sich mammutgraue Wolken mit Adern aus schwarzen Blitzen näherten und das Pantheon in Schatten tauchten. Der reine weiße Himmel wurde von den Wolken verfinstert, und die Trittsteine, die vom Pantheon wegführten, zerfielen und stürzten in die weite See des Niedergangs.

Helm war als erster gerufen worden. Eben noch hatte er sich in seinem Tempel befunden und über seine jüngsten Fehlleistungen als Wächter Lord Aos gegrübelt, und im nächsten Moment hatte er allein im Pantheon gestanden. Nach und nach erschienen auch seine Mitgötter, die desorientiert wirkten und von der Reise an diesen Ort geschwächt waren, der fernab alles Bekannten lag.

Den Ruf hatte jeder Gott in der Gestalt dessen erhalten, was er am meisten fürchtete. Mystra, der Göttin der Magie, war der Ruf als ein Vorbote des magischen Chaos erschienen. Der wunderhübschen Sune Feuerhaar, Göttin der Liebe und Schönheit, hatte er sich als abgezehrte, krebsbefallene Kreatur gezeigt, die ihr eigenes Schicksal beklagte, während sie Sune ihr Los verkündete. Der Schwarze Fürst Tyrannos erhielt den Ruf im Gewand allumfassender Liebe und unbedingten Verständnisses; der Lichtschein brannte sich in seine Essenz, während er aus seinem Königreich weggerissen wurde.

Helm mußte seine Blickrichtung nur ein wenig ändern, um Herrn Tyrannos, die Herrin Mystra und Meister Myrkul in eine hitzige Debatte vertieft zu sehen, die darin gipfelte, daß Mystra davonstürmte, sich angemessenere Gesellschaft zu suchen. In der anderen Richtung entdeckte Helm Llira, die Göttin der Freude. Sie machte einen leicht besorgten Eindruck und rang gedankenverloren die Hände, bis ihr bewußt wurde, was sie tat und sie voller Entsetzen auf ihre Hände blickte. Neben ihr stand Ilmater, Gott des Leids, der nicht anders konnte als beständig zu lachen, während er auf der Stelle tanzte und Bemerkungen flüsterte, die an niemand speziell gerichtet zu sein schienen.

SCHATTENTAL

Während Helm die Gesichter der Götter betrachtete, scharte sich eine kleine Gruppe Gottheiten um ihn, die der Ruf nicht so hart getroffen hatte. Der Gott der Wächter versuchte, die Bitten dieser Götter zu ignorieren, denen ihre Würde offenbar nichts mehr zu bedeuten schien, da sie jammerten und sich an ihn klammerten, auf daß er ihnen mehr Informationen gäbe.

„Mein Heim wurde zerstört! Mein Tempel auf den Ebenen wurde zerschlagen!" beklagte sich ein Gott nach dem anderen, doch Helm reagierte nicht auf ihre Rufe.

„Ao hat uns zusammengerufen. Alles wird bald klar werden", sagte Helm jedem einzelnen von ihnen, war es aber bald leid, sich ständig zu wiederholen. Statt dessen wies er die kleine Gruppe Götter ab. Eine Veränderung nahte, daran bestand kein Zweifel, schloß Helm, während er über den Willen seines unsterblichen Lehnsherrn Ao nachdachte.

Aos Wille war so gewaltig gewesen, daß er sich am Anfang aller Zeit aus den wirbelnden Nebeln des Chaos erhoben und sich daran gemacht hatte, ein Gleichgewicht zwischen den Kräften des Rechts und des Chaos zu schaffen. Aus diesem Gleichgewicht entstand Leben: zuerst mit der Schöpfung der Götter in den Himmeln, dann mit den Sterblichen in den Reichen. Ao, Schöpfer aller Dinge, hatte Helm zu seiner rechten Hand erkoren, und Helm wußte, daß es die Macht Aos war, die die Götter an diesen Ort des Wahnsinns und der Verwirrung geführt hatte.

Helm stand ruhig und in Gedanken versunken da, als Talos, Gott des Sturms, einen Vorstoß wagte. „Schluß mit der Täuschung, sage ich! Wenn unser Herr etwas zu sagen hat, dann soll er sprechen und unsere leeren Herzen und unseren müden Geist mit Weisheit erfüllen!" Talos sprach das Wort „Weisheit" mit soviel Geringschätzung wie nur möglich aus, doch die anderen waren nicht überzeugt, denn seine Angst war ebenso offensichtlich wie die ihre.

Auf Talos' herausfordernde Worte erfolgte keine Reaktion, und alle, die in Reichweite des Gottes des Sturms standen, zogen sich von ihm zurück. In der Stille, die Talos' Ruf folgte, fand sich eine Antwort, die nervenaufreibender war als jede Erklärung: In der Stille war die Endgültigkeit von Aos Urteil zu hören. Da verstanden die Götter, daß ihr Schicksal, ganz gleich, wie es sich darstellen würde, schon lange vor dieser Einberufung besiegelt worden war. Diese schreckliche Stille erfüllte den großen Saal, aber sie wurde bald gestört.

„Hüter des Gleichgewichts, ich spreche zu euch!"

Es war Aos Stimme, die von solcher Macht zeugte, daß die Götter auf die Knie fielen. Lediglich Lord Tyrannos gelang es, nur mit einem Knie den kalten Fußboden des Pantheons zu berühren.

„Höchst edel war euer Erbe! Ihr hattet die Macht, die allgegenwärtige Gefahr eines Ungleichgewichts zwischen Recht und Chaos abzuwenden, und doch zogt ihr es vor, euch wie Kinder zu benehmen und euch bei eurem Streben nach Macht auf so etwas Niederes wie Diebstahl zu verlagern..."

Plötzlich überlegte Tyrannos, ob das Wesen, das den Göttern vor langer Zeit das Leben geschenkt hatte, seine Schöpfungen hier zusammengerufen hatte, um diesen Fehler ungeschehen zu machen und ganz von vorn zu beginnen.

„Deine Zukunft mag deine Auslöschung mit sich bringen, Tyrannos", erwiderte Ao, als hätte der Schwarze Fürst seine Gedanken laut ausgesprochen. *„Doch sorge dich nicht, denn dieses Schicksal wäre noch gnädig im Vergleich zu dem, was dich erwartet – dich und die anderen Götter, die mein Vertrauen mißbraucht haben."*

Da trat Helm vor. „Herr, die Tafeln waren in meiner Obhut, laßt es mein..."

„Schweig, Helm, es sei denn, du willst das gleiche Schicksal erleiden wie sie."

Schattental

Helm wandte sich um und sah die versammelten Götter an. „Ihr sollt wenigstens wissen, was ihr euch zuschulden kommen ließet. Die Tafeln des Schicksals wurden geraubt."

Ein Lichtstrahl kam aus der Finsternis und hüllte den Gott der Wächter ein. Kleine weiße Flammen züngelten an Helms Hand- und Fußgelenken, während er soweit in die Höhe gehoben wurde, daß die anderen Götter, die atemlos zusahen, ihn fast nicht mehr wahrnehmen konnten. Helm, der sich noch nie in die Lüfte erhoben hatte, biß die Zähne zusammen, während er auf einen Punkt völliger Finsternis starrte, die intensiver war als jede, die er je gesehen hatte – eine Finsternis, die lebendig war und alles verschlingen wollte, eine Finsternis, die der Zorn Aos war.

„Stellst du dich auf die Seite deiner Kameraden, nicht auf die deines Lehnsherrn, mein guter Helm?"

Mit zusammengebissenen Zähnen erwiderte der Gott: „Ja."

Plötzlich wurde Helm nach unten geschleudert, und sein Sturz war zu schnell und heftig, als daß die anderen Götter ihn hätten wahrnehmen können. Helms Leib blutete von dem Aufprall und war mit Prellungen übersät, als er versuchte, sich aufzurichten, um sich wieder seinem Herrn zu stellen. Doch dieses Bemühen ging über seine Kräfte hinaus. Die anderen Götter unternahmen keinen Versuch, ihm zu helfen, und wichen auch seinem flehenden Blick aus, als er mit dem Gesicht voran auf dem Steinboden des Pantheons lag.

Vereinzelte Lichtblitze ließen schwarze Energiebänder erkennen, die sich allmählich den Göttern näherten.

„Ihr werdet nicht länger in euren Kristalltürmen sitzen und auf die Reiche hinabblicken, als seien sie lediglich zu eurem Vergnügen geschaffen."

„Exil", stieß Tyrannos atemlos hervor.

„Ja", sagte Meister Myrkul, der Gott der Toten. Ein Schaudern fand den Weg bis in den Mittelpunkt seiner leblosen Seele.

"Ihr werdet nicht länger den eigentlichen Zweck ignorieren, für den euch das Leben gegeben ward! Ihr werdet eure Vergehen erkennen und euch für alle Zeit an sie erinnern. Ihr habt gegen euren Lehnsherrn gesündigt, und ihr werdet bestraft werden."

Tyrannos spürte, wie die Tentakel der Finsternis näherkamen.

„Der Dieb!" rief Mystra. „Laßt uns die Identität des Diebs für Euch aufdecken und die Tafeln zurückholen."

Tyr, Gott der Gerechtigkeit, hob mahnend die Arme. „Laßt uns nicht gemeinschaftlich für die Dummheit eines einzelnen aus unseren Reihen bezahlen, Herr!" Einer Peitsche gleich schoß Finsternis über Tyrs Gesicht, und er fiel schreiend um, während er die Hände vor seine nun nutzlos gewordenen Augen hielt.

"Ihr wollt nur eure Haut retten!"

Die Götter schwiegen, und das finstere Band zuckte zwischen ihnen hin und her und trieb sie näher zusammen, als wolle es sie zu einem einzigen Ziel für Aos Zorn machen. Die Götter schrieen – einige vor Angst, andere vor Schmerz. Sie waren es nicht gewohnt, daß man sie so behandelte.

"Feiglinge. Der Diebstahl der Tafeln war ein Affront, der alles bisherige überboten hat. Ihr werdet sie mir zurückbringen, doch zuerst werdet ihr für ein Jahrtausend der Enttäuschungen bezahlen."

Tyrannos trotzte den Energiebändern aus Finsternis, bis die blendenden Flammen zu kaltem blauem Licht wurden, das ihn versengte. Er wandte sich von dem Licht ab und sah, daß auch Mystra Widerstand zeigte, während sie schwach lächelte. Dann erfaßten die Bänder Tyrannos und erfüllten ihn mit einem Schmerz, den sich nur ein Gott vorstellen und den nur er erdulden kann.

Nach einer Ewigkeit voller Qualen waren die Götter in den finsteren Bändern der Macht gefangen und wurden eng aneinandergedrängt. Erst dann war den Gottheiten Bewegung und Denken wieder möglich.

Und Furcht. Und diese kannten sie genau.

Schließlich gelang es Talos zu sprechen. Seine Stimme war schwach und heiser, seine Worte kamen ihm nur stoßweise über seine Lippen, so fest hatte die Furcht ihn im Griff. „Ist es vorbei? Kann das alles gewesen sein?"

Plötzlich schien das Pantheon zu verschwinden, und die Götter, die immer noch aneinandergefesselt waren, sahen sich dem häßlichen Antlitz dessen gegenüber, was sie am meisten fürchteten – Chaos, Schmerz, Liebe, Leben, Ignoranz. Und jeder der Götter sah seine eigene Vernichtung.

„Das war nur ein Vorgeschmack meines Zorns. Und nun nehmt einen tiefen Schluck aus dem Kelch des Zorns eines wahren Gottes!"

Es ertönte ein Geräusch, das man noch nie gehört hatte.

Die Götter schrieen.

Mystra versuchte, einen Rest von Kontrolle zu wahren, während sie durch einen unglaublichen Wirbel stürzte, der sich jeglicher Wirklichkeit entzog. Sie litt unfaßbare Schmerzen, während ihr die Göttlichkeit entrissen wurde. Alle Götter bis auf Helm wurden aus dem Himmel verbannt.

Nach einiger Zeit erwachte Mystra in den Reichen. Verblüfft stellte sie fest, daß sie auf ihre ursprüngliche Essenz reduziert war. Ihr Leib war kaum mehr eine leuchtende Masse aus blau-weißem Licht.

„Du wirst einen Avatar nehmen", hörte sie Aos Stimme in ihrem Kopf. *„Du wirst in den Leib einer Sterblichen schlüpfen und als Mensch leben. Dann wirst du vielleicht zu schätzen wissen, was du bislang für selbstverständlich hieltest."*

Dann war sie allein.

Die gefallene Göttin schwebte einen Moment lang, während Aos Worte immer wieder durch ihren Geist schossen. Wenn sie einen Avatar nehmen, in einem Leib aus Fleisch und Blut leben mußte, dann war es tatsächlich Aos Absicht, die Götter von den Ebenen fernzuhalten. Mystra hatte durchaus erwartet, daß

Ao seine Diener für ihre Verfehlungen zur Rechenschaft ziehen würde, und hatte sogar für diesen Fall vorgesorgt, indem sie einen Teil ihrer Macht in den Reichen versteckt hatte, doch die Göttin konnte nicht fassen, daß ihr ihr Status und ihr wunderschöner Himmelspalast genommen worden waren.

Mystra sah sich um und kam einem Erschauern so nah, wie es ihr gestaltloser Zustand erlaubte. Für Sterbliche war die Umgebung durchaus ansprechend: Sanfte Hügel erstreckten sich rings um die Göttin der Magie, und der Horizont im Westen wurde von einer alten, zerfallenen Burg beherrscht. *Ja, die meisten Menschen würden dies für eine friedliche Landschaft halten,* dachte Mystra, *aber mit meinem Zuhause verglichen ist es ein widerwärtiger Anblick.*

Mystras Domäne befand sich im Nirwana, der Ebene des absoluten Rechts. Es handelte sich um ein perfekt geführtes, unendliches Gebiet, in dem Licht und Dunkelheit, Hitze und Kälte vollkommen ausgewogen waren. Anders als die chaotischen Landschaften der Reiche war Nirwana so strukturiert wie das Werk einer gewaltigen Uhr. Vollkommen gleichmäßige, geordnete Zahnräder griffen an perfekten Verbindungsstellen ineinander. Auf jedem dieser Zahnräder ruhte das Reich eines der rechtmäßigen Götter, die auf dieser Ebene lebten. Es war selbstverständlich, daß Mystra ihr Reich als das schönste im Nirwana und sogar als das schönste aller Ebenen empfand.

Die Göttin der Magie betrachtete einen Moment lang die Burgruine, dann verfluchte sie stumm Ao. *Selbst als diese Burg errichtet wurde, war sie nichts weiter als eine Kammer in meiner Heimat,* dachte Mystra verbittert. Das Bild ihres phantastisch strahlenden Palastes tauchte ungebeten vor ihrem geistigen Auge auf. Die Burg, die es in ihrem Reich gab, war aus purer magischer Energie, Energie, die direkt jenem Geflecht aus Magie entzogen worden war, das Faerun umgab. Wie alles im Nirwana war auch die Struktur des Palastes vollkommen und für die Ewigkeit bestimmt. Alle Türme waren genau gleich hoch, die Fenster alle gleich groß. Sogar die aus Magie geschaffenen Steine, aus denen die Burg gebaut war, waren alle vollkommen identisch. Im Zentrum von Mystras Heim befand sich ihre Bibliothek, in der sich jedes Buch und jede Schriftrolle fanden, die sämtliche der Welt bekannten und sogar noch einige gänzlich unbekannte Zaubersprüche enthielten.

Mystra richtete ihren Blick auf die dunklen Sturmwolken, die den Himmel erfüllten. „Ich werde mein Zuhause zurückbekommen, Ao", flüsterte sie. „Und zwar schon sehr bald."

Während die Göttin der Magie die wogenden Wolken betrachtete, bemerkte sie plötzlich, daß in der Luft etwas leuchtete. Sie versuchte, sich auf den Strahl zu konzentrieren, der aus der Wolkendecke zu ragen schien, als ihr schwindlig wurde. Sie hielt das für eine Nachwirkung von Aos Angriff und versuchte erneut zu erkennen, was dort vom Himmel bis hinab auf die Erde in der Nähe der Ruine flackerte. Kurz darauf sah sie klarer und erkannte, worum es sich bei dem flimmernden Bild handelte.

Eine Himmelstreppe.

Die Treppe, die ihre Form ständig änderte, während Mystra sie ansah, war für die Götter eine normale Verbindung auf dem Weg zwischen den Ebenen und den Reichen. Mystra hatte zwar nur selten die Brücken nach Faerun benutzt, aber sie wußte, daß es in den Reichen viele davon gab und daß sie zu einem Nexus im Himmel führten. Der Nexus wiederum führte in die Heimstätten aller Götter.

Die Treppe verwandelte sich vor Mystras noch immer getrübtem Blick von einer langen Holzspirale in eine wunderschöne Marmorleiter. Plötzlich verstand die Göttin, warum sie solche Schwierigkeiten hatte, sich auf die Himmelstreppe zu konzentrieren: Nur Götter oder Sterbliche mit sehr großer Macht konnten sie mühelos sehen. Sie war jetzt weder das eine noch das andere.

Diese Erkenntnis ließ die gefallene Göttin zur Tat schreiten. Sie war entschlossen, jenes Bruchstück der Macht zu bergen, das sie bei einem ihrer Getreuen versteckt hatte, ehe Aos Ruf ertönt war. Mystra begann, einen Zauber zu wirken, um ihre verborgene Macht zu lokalisieren. Trotz ihrer körperlosen Form beschrieb die Göttin der Magie mühelos die komplizierten Gesten und sprach die für den Zauber erforderlichen Worte. Doch als sie mit dem Wirken des Zaubers fertig war, geschah nichts.

„Nein!" schrie Mystra, und ihre Schreie hallten von den Hügeln wider. „Du kannst mich nicht meiner Kunst berauben, Ao. Das werde ich nicht mitmachen!"

Erneut versuchte die Göttin, den Zauber zu wirken. Eine grüne Energiesäule brach aus dem Boden hervor und umgab Mystra im nächsten Moment. Sie schrie auf, als die Energie auf ihre substanzlose Gestalt traf. Grüne Energieblitze zuckten durch die milchige, blau-weiße Wolke, aus der die Göttin der Magie bestand, und ließen Mystra vor Schmerz aufschreien. Ihr Blick fiel wieder auf die schwarzen Wolken, die um die strahlende Himmelstreppe wirbelten, dann verlor sie das Bewußtsein.

Auf der obersten Stufe der Treppe, am Nexus der Ebenen, stand Lord Helm, Gott der Wächter, und sah mit an, wie Mystras fehlgeschlagener Zauber ihr eine tiefe Bewußtlosigkeit bescherte. Helm war noch immer gezeichnet von Aos Zorn, doch im Gegensatz zu allen anderen Göttern besaß er nach wie vor die Gestalt, die er auf den Ebenen üblicherweise annahm: die eines großen Kriegers in einer Rüstung, auf deren stählernen Handschuh unerbittlich starrende Augen aufgemalt waren.

Helms Augen waren ungetrübt, doch sie spiegelten seine Traurigkeit wider, als er sich abwandte und zu der pulsierenden schwarzen Wolke aufsah, die dicht über ihm hing. „Und was ist mit meiner Strafe, Herr?"

Eine Weile herrschte Schweigen. Als Ao sprach, nickte Helm langsam. Er hatte mit einer solchen Antwort gerechnet.

1

ERWACHEN

In der Zentilfeste waren die schwersten Regenfälle seit fast einem Jahr niedergegangen und hatten sich in die schmalen Straßen ergossen. Trannus Kialton merkte davon nichts. Es gab nichts, was ihn aus seinem Schlaf hätte reißen können. Die Fensterläden des kleinen angemieteten Zimmers, das er sich mit der hübschen, aber einsamen Angelique Cantaran teilte, der Frau eines wohlhabenden Importeurs von Gewürzen aus der Stadt, knarrten, während die Naturgewalten an ihnen rissen. Nur eine kühle Brise, die plötzlich Gestalt anzunehmen und mit der Dunkelheit zu verschmelzen schien, hätte ihn wecken können – und das auch nur dann, nachdem sie bereits durch das Zimmer getrieben und zwischen seinen einen Spaltbreit geöffneten Lippen hindurch verschwunden war.

Donner grollte, und Trannus träumte derweil von einem finsteren Ort, an dem nur die Schreie der Sterbenden den Herrscher mit Wärme erfüllten, der seinerseits nur eine schattenhafte Gestalt auf einem Thron war, der aus mit Edelsteinen besetzten Schädeln bestand. Feurige rote Dämpfe schossen aus den Augenhöhlen eines der Schädel und verschwanden wieder darin, während sich der Kiefer eines anderen Schädels schloß, der noch immer zu schreien schien, obwohl die Qualen schon vor langer Zeit hätten vorüber sein müssen.

Die Gestalt auf dem Thron aus Schädeln war zu groß, um ein Mensch zu sein, und doch hatte ihr Erscheinungsbild etwas annähernd Menschliches. Die Stoffe, die sie trug, waren schwarz, lediglich an einigen Stellen wurde die Monotonie durch rote Streifen unterbrochen. An der rechten Hand trug die Kreatur einen mit Juwelen übersäten Handschuh, der mit Blut beschmiert war, das man niemals würde abwischen können.

Der Raum rings um den Thron war in bläulichen Nebel getaucht. Zwar schien es weder Mauern noch eine Decke oder einen Boden zu geben, doch herrschte ein Gefühl der Beengtheit, das jeden erstickte, der das Pech hatte, in diesen höllischen Raum verschlagen zu werden, ehe die letzten Augenblicke seines Lebens verstrichen waren und in das wahre Angesicht der abscheulichen Kreatur auf dem Thron blicken zu müssen.

Doch im Moment schien es, als genüge es dem furchterregenden Wesen, allein dazusitzen und in den goldenen Kelch zu blicken, der mit den Tränen seiner Feinde gefüllt war. Plötzlich blickte der Herrscher über diesen fürchterlichen Ort, der Gott Tyrannos, zu dem Träumer auf und prostete ihm mit seinem Kelch zu.

Trannus wurde aus dem Schlaf gerissen und rang nach Luft. Es war, als hätte ihn der Traum so sehr gefesselt, daß er zu atmen vergessen hatte. *Wahnsinn*, dachte er. Seine Hände und Füße waren taub, so daß er aufstehen und fest aufstampfen mußte, um das Gefühl in seine kribbelnden Gliedmaßen zurückkehren zu lassen. Er empfand den Drang, sich anzuziehen, und schon Augenblicke später spürte er kaltes Leder auf seiner Haut. Angelique drehte sich um und streckte grinsend die Hand nach ihm aus.

„Trannus", rief sie, unzufrieden darüber, daß von ihrem Gefährten nichts zu spüren war als die Körperwärme, die in den seidenen Laken hing. Sie strich sich das Haar aus dem Gesicht. „Du bist angezogen", sagte sie, als müsse sie sich von dieser Tatsache erst noch überzeugen und gleichzeitig nach dem Grund suchen.

„Ich muß weg", sagte er schlicht, auch wenn er keine Ahnung hatte, wo sein Ziel lag. Er wußte nur, daß er aus der Enge dieses Hauses entfliehen mußte.

„Komm schnell zurück", erwiderte sie und ließ sich wieder in die weiche Matratze sinken. Ihr verträumter Gesichtsausdruck spiegelte die Gewißheit wider, daß er zurückkehren würde. Trannus sah sie an und wurde mit einem Mal von dem Wissen übermannt, daß er sie nie wiedersehen würde. Als er ging, zog er die Tür hinter sich zu.

Draußen durchnäßte der Regen ihn bis auf die Haut, und die grellen Blitze ließen ihn die nächtlichen Straßen der Stadt erkennen. Es schien, als sei er allein, aber er wußte, daß dieser Eindruck trügerischer Natur war. Die Straßen der Zentilfeste waren nie wirklich verlassen, sondern erweckten nur den Anschein, als hätten sie ihn von Mördern und Dieben gelernt, die es verstanden, sich praktisch unsichtbar zu machen. In der Zentilfeste lebten und atmeten die Schatten, und Ungeheuer schnatterten in ihren finsteren Verstecken stechend und schrill. Es wunderte ihn, daß man ihn in Ruhe ließ, als er sich einen Weg durch das gefährliche Labyrinth bahnte. Es war fast, als hätte ein Herold dafür gesorgt, daß er freie Bahn hatte und sich ihm niemand in den Weg zu stellen wagte.

Unterwegs mußte Trannus ununterbrochen an seinen Traum denken. Er stellte sich vor, die Straßen seien glitschig vom Blut seiner Feinde und der Regen streichle ihn wie die Tränen ihrer Witwen. Ein Blitz schlug in eine Mauer ganz in seiner Nähe ein und riß einen Teil des Mauerwerks heraus, das sich vor ihm auf der Straße verteilte. Der Kleriker lief unbeirrt weiter und nahm nichts wahr außer dem Gesang der Sirenen, der seinen müden Beinen Kraft, seinem durchnäßten Hirn ein Ziel und seinem toten Herzen neues Verlangen gab. Trannus fragte sich nur, warum er, ein niederer Priester im Dienste Tyrannos', diese Vision erhalten hatte und mit diesem Verlangen erfüllt worden war.

Vor ihm lag der Tyrannos-Tempel. Trannus blieb einen Moment stehen, da ihn der Anblick so sehr faszinierte. Der finstere Tempel war eine Silhouette vor dem nächtlichen Himmel, und seine beeindruckenden Türme ragten wie gezackte schwarze Klingen nach oben, als warteten sie darauf, einen nichtsahnenden Feind aufzuspießen. Auch wenn ein Blitz zuckte und die

Welt in grelles Licht tauchte, blieb der Tempel völlig schwarz. Kein Riß war in der Granitfassade zu entdecken. Es gab Gerüchte, der Tempel sei in Acheron errichtet worden, Tyrannos' finsterer Dimension, von wo man ihn Stein für Stein in die Zentilfeste gebracht hatte. Ein Strom aus Blut und Leiden sollte der Mörtel gewesen sein, der den Tempel zusammenhielt.

Trannus war überrascht, daß keine Wache vor dem Tempel patrouillierte, bis er Gelächter hörte, das vom Wachmann und seinem Kameraden aus den Schatten zu ihm drang. Das Gelächter erfüllte ihn mit Zorn, der in dem heftigen Sturm ein Pendant fand.

Trannus sah empor und erkannte trotz des heftigen Regens, daß sich die Wolken auf eine unmögliche Weise in unterschiedliche Richtungen bewegten. Plötzlich explodierte der Himmel, und die großen weißen Wolken teilten sich, als schwarze Blitze auf die Erde herabzuckten. Der Himmel brannte, und die Sterne wurden verdunkelt. Gewaltige Feuerkugeln schossen vom Himmel herab, und eine davon kam immer näher und nahm gewaltige Ausmaße an – da erkannte Trannus, daß der Tempel ihr Ziel war.

Die Zeit reichte nicht, um eine Warnung zu rufen, bevor die Kugel den Dunklen Tempel traf. Trannus stand wie angewurzelt da, während er zusah, wie die Granitspitzen der Türme zuerst rot und dann gelblich zu glühen begannen, bis sie als geschmolzener Haufen in sich zusammensanken. Trümmer gingen zu beiden Seiten von Trannus zu Boden, aber er selbst blieb unversehrt. Dann sah der Kleriker mit an, wie die Mauern nach innen stürzten und der finstere Tempel rot glühte. Das Blut und die Qualen der früheren Opfer schienen Gestalt anzunehmen und brodelten über den Trümmern, während Stein, Metall und Glas innerhalb von Sekunden zu Asche und Schlacke wurden.

Am Ende stand an der Stelle, an der der Tempel gewesen war, nur noch eine brennende Ruine. Trannus bewegte sich auf die Trümmer zu und fragte sich, ob er noch immer träumte. Die

Schattental

dampfende geschmolzene Schlacke unter seinen Füßen verbrannte ihn nicht, und das tosende Feuer, das ihm die Sicht nahm, erlosch, wenn er sich näherte, und schuf ihm so einen Weg durch die Verwüstung. Sobald er vorüber war, schossen die Flammen wieder in die Höhe und tänzelten nervös hin und her.

Anhand der zum Teil noch stehenden Wände konnte Trannus abschätzen, daß er sich nahe des Thronsaals seines Herrn befand. Als er fand, was er suchte, blieb er stehen. Tyrannos' schwarzer Thron war unversehrt geblieben. Weißliche Nebelschwaden trieben Trannus entgegen, schemenhafte Gestalten kreisten sanft um die Handgelenke des Priesters, während er ohne Gewalt weitergeführt wurde, bis er direkt vor dem Thron stand. Es war ein Thron, auf dem nur ein Riese bequem hätte sitzen können, und daneben stand eine verkleinerte Nachbildung, die sich für einen Menschen eignete.

Der edelsteinbesetzte Handschuh aus Trannus' Traum lag auf dem kleineren Thron.

Trannus lächelte, und zum ersten Mal empfand er Freude, und sein Geist erfuhr Befreiung. Dies war sein Schicksal. Er würde über ein Reich der Finsternis herrschen. Seine Träume von Macht waren endlich erfüllt worden.

Pflichtbewußt hob er den Handschuh auf und fühlte, wie Energie seinen Körper durchflutete. Aus einem der Juwelen wurde plötzlich ein einzelnes rotes Auge, das aufblitzte und die Bewegungen des Priesters mitverfolgte. Trannus ahnte nicht, daß seine private Zeremonie gar nicht so privat war, wie er dachte.

Schmale Rinnsale aus Gold und Silber traten aus dem Handschuh aus, als Trannus ihn behutsam überstreifte. Ein stechender Schmerz durchzuckte seinen Arm, als ein bösartiges Feuer in seinen Blutkreislauf eindrang. Finsternis legte sich um das rasende Herz des Klerikers, und sein Blut wurde zu Eis, das bis in sein Gehirn aufstieg und alles fortspülte, was bis dahin das vormalige Bewußtsein des Mannes gewesen war. Das Wort

„Herr" kam Trannus über die Lippen, als seine Seele als feiner weißer Nebel aus seinem Körper verbannt wurde.

Der Schwarze Herrscher sah durch trübe menschliche Augen und empfand eine momentane Schwäche. Er suchte Halt am schwarzen Thron. Sein Verstand, der jetzt auf das erbärmliche Maß des menschlichen Begreifens reduziert war, drehte sich im Kreis, als er zu erfassen versuchte, welche Veränderungen die Inbesitznahme eines menschlichen Avatars mit sich gebracht hatte. Er konnte nicht mehr hinter den sterblichen Schleier blicken, und genausowenig konnte er Zeitpunkt und Art des Todes seiner Anhänger erkennen oder beeinflussen. Er konnte Lügen und das Oberflächliche nicht mehr durchschauen oder sich tief in die Seele eines Menschen bohren und jene Wahrheit entdecken, die tief im Bewußtsein zu finden war. Auch war es ihm nicht mehr möglich, unendlich viele Ereignisse gleichzeitig wahrzunehmen, um auf sie angemessen zu reagieren, während er schon längst mit anderen Dingen beschäftigt war.

„Ao, was hast du getan?" rief er und fühlte, wie der weiche Stein des Throns unter dem Druck seiner kräftigen Finger zermalmt wurde. Er bemühte sich, seine Wut unter Kontrolle zu bekommen. Die anderen würden bald kommen, hunderte von Anhängern, auf die er den Traum übertragen hatte. Tyrannos mußte vorbereitet sein.

Der Gott der Zwietracht setzte sich auf den kleinen Thron und versuchte, dessen großes Ebenbild zu ignorieren, das einst ihm gehört hatte. *Meine Anhänger werden zu mir aufsehen und nur eine menschliche Gestalt sehen*, dachte er. *Einen von ihnen, der verrückt geworden ist und behauptet, von ihrem Gott besessen zu sein. Sie werden diesen Leib töten, wenn sie ihn lange genug gefoltert haben, um zu erfahren, wer tatsächlich diesen Tempel dem Erdboden gleichgemacht hat.*

Der Schwarze Herrscher wußte, daß er mehr als nur menschlich erscheinen mußte, wenn er seine Anhänger überzeugen wollte. Er erinnerte sich an das Gesicht, das er im Traum gesehen hatte, und begab sich daran, es zu Fleisch werden zu lassen. Durch den Kontakt mit seinen Anhängern wußte Tyrannos, daß sich irgendwo unter dem Tempel eine Schatzkammer befand. Er formte das Bild eines Jaderings und sprach einen Zauber, der ihn in seine empfangsbereite Hand befördern würde. Einen Moment später trug er den Ring und begann, einen Gestaltwandlungszauber zu rezitieren. Die Bewegungen waren so perfekt und elegant, wie der Zauber es erforderte.

Er begann mit den Augen, deren Augäpfel er in Flammen aufgehen ließ. Die Haut rings um die Augen des Avatars konnte dieser Belastung nicht standhalten, also veränderte Tyrannos das blasse Fleisch, bis es schwarz, verkohlt und ledern war und in Fetzen hing, die teilweise den Blick auf geheime, verborgene Aussparungen freigaben. Aus dem Schädel selbst wuchsen spitze Dornen, die aus dem geschwärzten Fleisch hervortraten. Das Gesicht nahm das bestialischste Aussehen an, das möglich war, ohne jegliche Menschenähnlichkeit aufzugeben.

Aus Tyrannos' Händen wurden Klauen, mit denen er Fleisch und Knochen zerreißen und Stahl zerschmettern konnte. Es tat weh, den Handschuh zu tragen, aber das war seine einzige Möglichkeit, um seine Verehrer zu beeindrucken. Er hörte bereits die Schritte seiner Priester, Soldaten und Magi, die sich einen Weg durch die Ruine bahnten, um zum Thronsaal zu gelangen.

Tyrannos spürte, daß mit dem Zauber etwas nicht stimmte. Er war sicher, daß er ihn korrekt angewendet hatte, doch die Kraft, die seinen Körper durchflutete und sich auf die Veränderungen auswirkte, die er vorgenommen hatte, gewann an Intensität und wollte trotz seiner geistigen Befehle nicht verstummen. Die Luft um ihn herum wirkte, als sei sie erstarrt und wolle schon bald jegliches Leben aus diesem Körper pressen. Er empfand einen Moment reinster menschlicher Panik und versuchte, den Zauber abzubrechen. Tyrannos mußte aber feststellen, daß er die menschliche Gestalt nicht wieder angenommen hatte, sondern jenes Monster geblieben war, das er geschaffen hatte.

Tyrannos blieb keine Zeit, um sich Gedanken über den sonderbaren Verlauf des Zaubers zu machen. Die ersten seiner Getreuen kamen näher. Sie waren bewaffnet und bereit, den zu vernichten, der den finsteren Tempel entweiht hatte. Der Schwarze Herrscher gab seinen Anhängern nicht einmal die Gelegenheit, etwas zu sagen, sondern stellte sich vor seinen Thron und sprach zu ihnen.

„Kniet vor eurem Gott", sagte Tyrannos einfach und hielt den heiligen Handschuh vor den abscheulichen, grimmen Kopf seines Avatars. Der Kleriker erkannte das Artefakt sofort und tat wie ihm befohlen. Sein Gesicht war von Entsetzen geprägt. Auch die Gläubigen, die ihm durch die Ruinen gefolgt waren, gehorchten sofort.

Tyrannos sah die angsterfüllten Gesichter seiner Anhänger und unterdrückte nur mit Mühe das Lachen, das in ihm tobte.

♦ ♦ ♦

Mitternacht schloß die Augen und spürte, wie sie von der Morgensonne umspielt wurde. Sanfte Finger aus purer Wärme kosten ihr Gesicht. Es waren diese einfachen Augenblicke, in denen die Erinnerung an die angenehmen Seiten des Lebens über die magischen triumphierte und sie sich dem Luxus hingab, die Qualen zu vergessen, die sie erst vor kurzem hatte erdulden müssen. Fast fünfundzwanzig Sommer wandelte Mitternacht nun schon in den Reichen und hatte angenommen, es gäbe nur noch wenige Dinge, die die Fähigkeit hatten, sie in Erstaunen zu versetzen. Sie hätte es aus Erfahrung besser wissen müssen, vor allem, da ihre gegenwärtigen Umstände bestenfalls als ungewöhnlich zu bezeichnen waren.

Sie war in einem fremden Bett aufgewacht, an einem Ort, von dem sie nicht wußte, wie sie dorthin geraten war. Vor dem Fenster sah sie eine kleine Lichtung, jenseits derer ein dichter Wald lag. Wo immer sie auch war, ihr eigentliches Ziel hatte sie eindeutig nicht erreicht: die von Mauern umgebene Stadt Arabel im Norden Cormyrs.

Schattental

Kleidung, Waffen und Bücher lagen säuberlich geordnet auf einer wunderschön geschnitzten Kommode neben ihrem Bett. Es kam Mitternacht vor, als hätte jemand ihren Besitz gezielt so hingelegt, daß sie alles sofort entdecken konnte. Selbst ihre Dolche waren in Reichweite. Noch befremdlicher war aber, daß Mitternacht ein hübsches Nachthemd aus Seide trug, das die Farbe des ersten Frosts im Winter hatte – weiß mit hellblauen Tönen.

Die junge Frau begutachtete als erstes ihre Bücher und stellte erleichtert fest, daß sie unversehrt waren. Dann trat sie ans Fenster, um es zu öffnen, damit die frische Morgenluft ins Zimmer gelangen konnte. Es ließ sich nur mit Mühe öffnen, als hätte man es seit Jahren nicht mehr benutzt. Das Zimmer an sich war dagegen makellos und ganz offensichtlich erst vor kurzem saubergemacht worden.

Mitternacht wandte sich vom Fenster ab und bemerkte einen Spiegel mit Goldrahmen. Das Bild, das er ihr zeigte, erschreckte sie allerdings.

Jemand hatte Mitternachts hüftlanges Haar gewaschen und sorgfältig gebürstet. Ihre Wangen zeigten eine künstlich aufgelegte leichte Röte wie bei einem jungen Mädchen. Ihre Lippen hatten eine ungewöhnliche karmesinrote Färbung, und jemand hatte einen Hauch Chartreuse über ihren Augen aufgetragen. Sogar ihr straffer, schlanker Körper, auf den sie großen Wert legte, war femininer geworden. Im Gegensatz zu der verschwitzten, zerzausten Abenteurerin, die in der Nacht zuvor auf dem Weg nach Arabel einem Sturm getrotzt hatte, der nicht von dieser Welt zu sein schien, war die Frau, deren Abbild der Spiegel ihr zeigte, fast wie eine Göttin, die mit ihrer übernatürlichen Anziehungskraft ihre Anhänger täuschen konnte.

Mitternacht griff nach ihrem Hals und ertastete unter dem Nachthemd den kalten Stahl des Anhängers.

Sie legte das Nachthemd ab und trat näher an den Spiegel, um den Anhänger genauer zu betrachten. Es war ein Stern in den Farben Blau und Weiß, über dessen Oberfläche Energiefäden zogen, die wie winzige Blitze wirkten. Als sie den Anhänger drehte, um die Rückseite zu betrachten, spürte sie ein leichtes Ziehen im Nacken.

Die Kette des Anhängers war untrennbar mit ihrer Haut verbunden.

Es erforderte all ihre Konzentration, um einen einfachen Zauber zu wirken, damit der Stern Magie orten konnte, doch die Folgen dieses Zaubers waren unfaßbar. Ein Lichtblitz schoß aus dem Anhänger und tauchte das gesamte Zimmer in grelles Licht. Das einfache Schmuckstück besaß so große Macht, daß Mitternacht weiche Knie bekam und sich der Raum um sie zu drehen begann.

Sie wandte sich um und schaffte es, mit unsicheren Schritten zurückzugehen und sich auf das Bett fallen zu lassen, bevor sie zusammenbrechen konnte. Ihre Finger krallten sich in die Laken, während sie die Augen geschlossen hielt, bis das Schwindelgefühl vorüber war. Dann drehte sie sich auf den Rücken und sah sich erneut um. Ihre Gedanken drifteten ab zu den Ereignissen des vergangenen Monats.

Mitternacht hatte sich vor nicht mal drei Wochen in Immersee der Gesellschaft des Luchses unter dem Kommando Knorrel Talbots angeschlossen. Talbot hatte vom Tod eines großen Wyrm an den Ufern des Lindwurmwassers erfahren. Was die unerschrockenen Helden, die den betagten Drachen niedergerungen hatten, nicht wußten, war, daß dieser spezielle Wyrm in der Wüste Anauroch eine diplomatische Gesandtschaft angegriffen hatte.

Glaubte man der Geschichte des einzigen Überlebenden, dann hatte der Drache die Diplomaten in einem Stück geschluckt und sich alle Reichtümer einverleibt, die die Männer als Geschenke für die Herrscher Cormyrs mit sich geführt hatten. Talbot wollte die Überreste des Drachen ausfindig machen und eine Reihe magisch versiegelter Taschen bergen, die der

Wyrm verschlungen hatte. Ein schmutziger Job, daran bestand kein Zweifel, aber ein sehr lukrativer.

Die Suche war erfolgreich verlaufen, und die Aufgabe, die Versiegelung der Taschen aufzuheben, war Mitternacht zugefallen. Sie hatte fast einen Tag benötigt, um die vielschichtigen Schutzmaßnahmen aufzuheben, die die Magier auf die Behältnisse gelegt hatten. Als sie schließlich alle magischen Fallen außer Kraft gesetzt hatte, mußte die Gruppe zu ihrer Enttäuschung erkennen, daß sich in den Taschen nichts weiter befand als Dinge, die Talbot als Verträge und Handelsabkommen interpretiert hatte.

Mitternacht war bei der Gruppe geblieben, als Talbot die Mitglieder mit Gold für ihre Dienste bezahlte, das er sich bei einer vorangegangenen Suche verdient hatte. Erst am Abend hatte Mitternacht Talbots eigentlichen Plan in Erfahrung gebracht.

Sie war soeben von Goulart abgelöst worden, einem stämmigen Mann, der nur selten sprach, und wollte sich dem Schlaf hingeben, als laute Stimmen ihre Aufmerksamkeit weckten. Die Stimmen verstummten sofort, woraufhin Mitternacht tat, als schliefe sie fest, aber bereit war, sich zur Wehr zu setzen. Nach einer Weile waren die Stimmen wieder zu hören, und diesmal erkannte sie Talbot als einen der Sprecher. Sie wirkte einen Zauber des Hellhörens, um zu lauschen. Dabei erfuhr sie, daß die Mission gar kein Fehlschlag gewesen war.

Auf den Schriftrollen fanden sich die wahren Namen zahlreicher Roter Magier aus Thay. Die Informationen in den Dokumenten waren von verschiedenen Spionen im Auftrag König Azouns zusammengetragen worden, der sich auf diese Weise gegen die wachsende Gefahr aus dem Reich im Osten absichern wollte. Mit Hilfe der Angaben auf den Pergamenten konnten die Roten Magier vernichtet werden.

Mitternacht war als letzte für die Gruppe rekrutiert worden, und das aus gutem Grund. Die eigentlich magisch Veranlagten der Gruppe waren die Zwillingsbrüder Parys und Bartholeme Guin. Sie hatten sich geweigert, die Taschen zu öffnen, weil sie sich vor der überlegenen Magie jenes weit entfernten Reichs fürchteten, mit deren Hilfe sie versiegelt worden waren. Dadurch war Talbot gezwungen gewesen, für die Mission eine weitere Magierin anzuwerben, die ihr Leben lassen mußte, sobald der Auftrag erledigt war.

Talbot wollte Mitternacht aber die Wahrheit sagen und ihr Gelegenheit geben, sich ihnen anzuschließen, wenn sie die Dokumente unter den Gegnern der Roten Magier an den Meistbietenden versteigerten. Während sich die Männer stritten, hatte Mitternacht mit Hilfe ihrer magischen Kräfte die wertvollen Pergamente an sich gebracht und die Flucht angetreten.

Mitternacht reiste vom Lager aus nach Norden über Calantars Weg und war besorgt über das sonderbare Verhalten ihres Pferdes. Nachts unterwegs zu sein hatte ihm noch nie etwas ausgemacht, seine blutrote Mähne hatte selbst in den dunkelsten Stunden vor Tagesanbruch im Wind geweht. Doch in dieser Nacht hatte sich das Pferd beharrlich geweigert, sein langsames, bedächtiges Tempo zu verändern, während sie sich auf dem letzten Stück der scheinbar verlassenen Strecke befunden hatten, die zur von Mauern umgebenen Stadt Arabel und damit in eine sichere Zuflucht führte.

„Wir müssen es noch heute nacht in die Stadt schaffen", flüsterte Mitternacht sanft, nachdem sie schon mit Flüchen, Tiraden, Tritten und Geschrei versucht hatte, das Pferd zu einem höheren Tempo anzuspornen. Auf der freien Straße war weit und breit niemand zu sehen, und es gab auch keine Baumgruppen, die nahe genug standen, um einen Hinterhalt zu erlauben.

Mitternacht tastete nach den Pergamenten in ihrem Umhang. Talbot und seine Männer würden ihr bald dicht auf den Fersen sein. Sie hatte noch kein Wort dessen gelesen, was die Schriftstücke enthielten, und doch war ihr die Brisanz ihres Inhalts bewußt – sie konnten weit entlegene Reiche erschüttern.

SCHATTENTAL

Mitternachts Pferd bäumte sich auf, aber ihre Sinne erfaßten nichts, was die panische Reaktion des Tiers gerechtfertigt hätte. Dann fielen ihr die Sterne auf. Viele von ihnen wurden verdeckt und tauchten Augenblicke später wieder auf. Noch während Mitternacht schützend den Arm hob, preschten die Brüder Guin durch die Luft heran, um sie von vorn und von hinten gleichzeitig anzugreifen. Aus der Finsternis links von Mitternacht tauchten Talbot und seine übrigen Leute auf und stürmten auf sie zu.

Mitternacht schlug sich tapfer, war aber hoffnungslos unterlegen. Nur die Tatsache, daß sie im Besitz der Pergamente war, hielt die anderen davon ab, sie auf der Stelle zu töten, und als sie abgeworfen wurde, flehte Mitternacht Mystra um Beistand an.

Ich werde dich retten, meine Tochter, sagte eine Stimme, die nur Mitternacht allein hörte. *Aber nur, wenn du mein heiliges Unterpfand rechtfertigst.*

„Ja, Mystra!" schrie Mitternacht. „Alles, was du willst!"

Aus der Dunkelheit schoß plötzlich mit unglaublicher Geschwindigkeit eine große, blauweiße Kugel heran, die Mitternacht und ihre Gegner traf und in ein blendendes Inferno hüllte. Mitternacht hatte das Gefühl, ihre Seele würde zerrissen. Sie war sicher, daß sie sterben würde. Dann umhüllte sie die Nacht.

Als Mitternacht erwachte, war die Straße vor ihr verbrannt, und die gesamte Gesellschaft des Luchses war tot. Die Pergamente waren vernichtet. Ihr Pferd war fort, und um ihren gebräunten Hals trug Mitternacht einen seltsamen, schönen, blauweißen Anhänger.

Mystras Unterpfand.

Verwirrt ging die Magierin zu Fuß weiter. Sie war sich des gewaltigen Sturms, der um sie herum tobte, kaum bewußt. Zwar war es Nacht, doch war der Weg vor ihr so hell erleuchtet wie am Mittag. Sie ging solange Richtung Arabel, bis sie vor Erschöpfung zusammenbrach.

Mitternacht erinnerte sich nicht, was von dem Moment an, da sie zusammenbrach, bis zu dem Moment, da sie in diesem seltsamen Zimmer wieder aufgewacht war, geschehen war. Sie spielte unbewußt mit dem Anhänger, dann begann sie, sich anzuziehen. Der Stern war offenbar eine Erinnerung an Mystras Gefallen. Aber warum war er mit ihrer Haut verbunden?

Sie schüttelte den Kopf.

„Ich werde warten müssen, bis ich die Antwort auf diese Frage erhalte", sagte die Magierin bedauernd. Früher oder später würde sie Antworten finden, dessen war sie sicher. Ob sie ihr gefallen würden oder nicht, das war ein ganz anderes Thema.

Mitternacht wollte ihre neue Umgebung so rasch wie möglich erkunden, daher raffte sie rasch ihre Habseligkeiten zusammen. Als sie sich über ihre Tasche beugte, um ihr Zauberbuch zu ihrer Kleidung zu packen, warnte sie ein leichter Luftzug, daß sie nicht allein in dem fremden Schlafzimmer war. Einen Moment später spürte sie Hände auf ihrem Rücken.

„Herrin", sagte eine sanfte Stimme. Mitternacht drehte sich um und sah ein junges Mädchen vor sich, das in Rosa und Weiß gekleidet war und wie eine zierliche Rose wirkte, die mit jeder Bewegung ein Stück mehr aufblühte. Schulterlanges Haar umrahmte ein attraktives Gesicht, das im Moment jedoch von Angst geprägt war.

„Herrin", setzte das Mädchen erneut an. „Geht es Euch gut?"

„Ja. Das war ja ein heftiger Sturm in der letzten Nacht", sagte Mitternacht im Versuch, der Angst des Mädchens mit einigen freundlichen Worten entgegenzuwirken.

„Sturm?" fragte das Mädchen leise, und ihre Stimme war kaum ein Flüstern.

„Ja", sagte Mitternacht. „Du hast doch sicher den Sturm mitbekommen, der das Land in der letzten Nacht heimsuchte, oder?" Mitternacht sprach mit ernster Stimme. Sie wollte die Ängste des Mädchens nicht schüren, aber sie wollte sich auch keine Ahnungslosigkeit vorspielen lassen.

Das Mädchen atmete durch. „Es gab keinen Sturm in der letzten Nacht."

Mitternacht sah das Mädchen lange an und mußte erschrocken feststellen, daß seine Augen die Wahrheit sprachen. Die Magierin sah wieder zum Fenster und senkte den Kopf so weit, daß ihr langes schwarzes Haar ins Gesicht fiel. „Was ist das hier?" fragte sie schließlich.

„Unser Zuhause. Mein Vater und ich leben hier, und Ihr seid unser Gast."

Mitternacht seufzte. Zumindest schien sie nicht in Gefahr zu sein. „Ich bin Mitternacht von Tiefental. Ich erwachte in der Kleidung einer edlen Dame, aber ich bin nur eine Reisende, und ich kann mich nicht daran erinnern, zu diesem Haus gekommen zu sein", sagte Mitternacht. „Wie heißt du?"

„Annalee!" rief eine Stimme irgendwo hinter Mitternacht. Das Mädchen zuckte zusammen und wandte sich der Tür zu, wo ein großer, drahtiger Mann mit schütteren braunen Locken und einem zotteligen Bart stand. Er trug etwas, das wie eine weiche braune Kutte aussah, die mit breiten Ledergürteln zusammengehalten wurde. Goldbesatz zierte den Kragen und die weiten Manschetten.

Annalee schwebte an Mitternacht vorbei und verließ das Zimmer, und nur der Duft ihres exotischen Parfüms erfüllte die Luft, als sie sich so plötzlich zurückzog.

„Wärt Ihr vielleicht so freundlich, mir zu sagen, wo ich bin und wie ich herkam? Ich kann mich nur an einen schweren Sturm in der vergangenen Nacht erinnern", sagte Mitternacht.

Der Mann riß die Augen auf und hielt sich eine Hand vor den Mund, so überraschten ihn ihre Worte.

„Oh, wie außergewöhnlich", sagte er, während er sich auf den Bettrand sinken ließ. „Wie heißt Ihr, hübsche Reisende?"

Plötzlich wünschte Mitternacht, sie hätte sich ausreichend auf Etikette verstanden, um zu wissen, wie man auf ein Kompliment angemessen reagierte. Da sie es nicht wußte, wandte sie lediglich den Blick ab und sah zu Boden, während sie gehorsam ihren Namen und ihren Herkunftsort nannte.

„Und Euer Name?" fragte Mitternacht. Die Schwäche, die sie schon zuvor gespürt hatte, kehrte zurück und zwang sie, sich auch aufs Bett zu setzen.

„Brehnan Mueller. Ich bin Witwer, wie Ihr vielleicht schon erahnt habt. Meine Tochter und ich leben in diesem Häuschen im Wald westlich von Calantars Weg." Er sah sich traurig um. „Meine Frau wurde krank. Sie wurde hier in unser Gästezimmer gebracht, wo sie starb. Ihr wart der erste Mensch, der seit fast einer Dekade in diesem Bett lag."

„Wie kam ich hierher?"

„Zuerst etwas anderes: Wie geht es Euch?" erwiderte er.

„Müde, erschöpft, fast schon... benommen."

Er nickte. „Ihr spracht von einem Sturm in der vergangenen Nacht?"

„Ja."

„Ein gewaltiger Sturm erschütterte die Reiche", sagte Brehnan. „Meteore zerrissen den Himmel und legten die Tempel überall in den Reichen in Schutt und Asche. Wußtet Ihr das?"

Mitternacht schüttelte den Kopf. „Ich wußte von dem Sturm, aber nicht von den Zerstörungen."

Sie spürte, wie sich ihre Gesichtshaut spannte. Sie sah wieder zum Fenster. Plötzlich kehrten die Bilder in ihr Gedächtnis zurück. „Aber der Boden ist trocken. Es gibt keine Hinweise auf ein solches Unwetter."

„Das Unwetter ist zwei Wochen her, Mitternacht. Annalees kostbarer Hengst bekam Angst vor dem Sturm und ging durch. Ich fand das Pferd jenseits der Wälder in der Nähe der Straße wieder, und dort fand ich dann auch Euch. Eure Haut leuchtete so hell, daß ich fast geblendet wurde. Eure Hände waren um diesen Anhänger geklammert, den Ihr um den Hals tragt. Auch nachdem ich Euch hierher gebracht hatte, gelang es mir lediglich, Eure Finger von dem Anhänger zu lösen, nicht aber, ihn

Euch abzunehmen. Ich befürchtete anfangs, das Bett, auf dem wir jetzt sitzen, könnte Eure letzte Ruhestätte werden. Doch dann habt Ihr Eure Kraft zurückerlangt, und ich merkte, wie der Heilungsprozeß von Tag zu Tag voranschritt. Jetzt geht es Euch wieder gut."

„Warum habt Ihr mir geholfen?" fragte Mitternacht. Die Schwäche ließ allmählich wieder nach, dennoch fühlte sie sich immer noch ein wenig schwindlig.

„Ich bin ein Kleriker Tymoras, der Göttin des Glücks. Ich habe Wunder erlebt. Wunder wie dieses, von dem Ihr offenbar gesegnet seid, hübsche Dame."

Mitternacht sah den Kleriker an, war aber weder auf seine nächsten Worte gefaßt noch auf den Eifer, mit dem er sie sprach

„Die Göttern wandeln in den Reichen, teure Mitternacht! Tymora persönlich ist zwischen dem Mittags- und dem Abendmahl im schönen Arabel zu sehen. Selbstverständlich ist dafür ein kleiner Obolus an die Kirche zu entrichten. Schließlich muß einem der Anblick einer Göttin ein paar Goldstücke wert sein, nicht? Ihr Tempel muß schließlich wieder aufgebaut werden."

„Natürlich", stimmte Mitternacht zu. „Götter... Gold... vor zwei Wochen... " Sie merkte, daß sich das Zimmer wieder um sie zu drehen begann.

Plötzlich hörte sie ein Geräusch von draußen. Durch das Fenster sah sie, wie Annalee ein Pferd auf die Lichtung führte, das zum Fenster sah. Mitternacht verschlug es die Sprache, als sie sah, daß es zwei Köpfe hatte.

„Natürlich haben sich einige Veränderungen ereignet, seit die Götter in die Reiche gekommen sind", sagte Brehnan. Dann wurde sein Tonfall vorwurfsvoll. „Ihr habt Euch doch noch nicht an irgendwelcher *Magie* versucht, oder?"

„Warum fragt Ihr?"

„Die Magie ist... ein wenig unzuverlässig geworden, seit es die Götter in die Reiche verschlagen hat. Wenn nicht Euer Leben davon abhängt, solltet Ihr keine Zauber wirken."

Mitternacht hörte, wie Annalee beide Pferdeköpfe mit unterschiedlichen Namen rief und mußte lachen. Der Raum drehte sich immer schneller um sie, und sie kannte auch den Grund dafür. Es war der Zauber, den sie gewirkt hatte. Sie wollte aufstehen, kippte aber wieder nach hinten aufs Bett. Besorgt rief Brehnan ihren Namen und versuchte, sie am Arm zu fassen.

„Wartet, es geht Euch noch nicht gut genug, um Euch irgendwohin zu begeben. Außerdem sind die Straßen unsicher."

Doch Mitternacht hatte sich längst aufgerichtet und war auf dem Weg zur Tür. „Es tut mir leid, aber ich muß nach Arabel", sagte die Magierin, während sie aus dem Zimmer stürmte. „Vielleicht kann mir dort jemand sagen, was sich in den letzten paar Tagen in Faerun getan hat!"

Brehnan sah ihr nach und schüttelte den Kopf. „Nein, meine Dame, ich bezweifele, daß Euch irgend jemand – ausgenommen vielleicht der große Weise Elminster persönlich – erklären kann, was im Augenblick in den Reichen geschieht."

2

DER RUF

Kelemvor ging durch die Straßen Arabels. Die gewaltigen Mauern, die die Stadt immer wieder vor Invasionen geschützt hatten, waren von jedem Punkt seines Weges zu sehen. Auch wenn er es nie zugegeben hätte, machten ihn die Mauern nervös, da sie Sicherheit vorgaukelten, in Wahrheit aber kaum mehr als Gitterstäbe am Käfig eines Kriegers waren.

Das hektische, lautstarke Treiben an diesem typischen Tag in der Handelsstadt erfüllte seine Ohren, während es auf Mittag zuging. Kelemvor betrachtete aufmerksam die Gesichter der Passanten. Die Bewohner hatten in der jüngsten Zeit große Entbehrungen überlebt, aber das bloße Überleben genügte nicht, wenn der Wille der Menschen gebrochen war.

Kelemvor hörte Kampfeslärm, konnte aber die tatsächliche Auseinandersetzung nicht sehen. Der Krieger hörte Gebrüll und das Geräusch von Schlägen, die auf ein Kettenhemd trafen – in der jüngsten Zeit eine recht häufige Begebenheit. Vielleicht aber war der Streit auch nur eine sorgfältig geplante Falle, um die Aufmerksamkeit eines einzelnen Reisenden zu gewinnen und ihm seine Geldbörse abzunehmen.

Auch das war in jüngster Zeit an der Tagesordnung.

Die Geräusche erstarben, wahrscheinlich ebenso wie ihre Verursacher. Kelemvor beobachtete die Straße und stellte fest, daß niemand auf den Streit reagierte. Es war fast, als hätte nur er ihn gehört. Was bedeutete, daß die Geräusche von überall kommen konnten. Kelemvors Sinne waren auf wundersame Weise geschärft, was ihm nicht immer zum Vorteil gereichte.

Trotz allem war der Überfall – sofern es sich überhaupt darum gehandelt hatte – nichts Ungewöhnliches. In gewisser Weise war Kelemvor sogar erleichtert, daß es sich um einen normalen Zwischenfall handelte, denn in Arabel wie in den Reichen insgesamt schien ihm in jüngster Zeit kaum noch etwas normal zu sein. Alles war ungewöhnlich, und nicht einmal auf die Magie konnte man sich seit der Ankunft verlassen, wie jener Tag inzwischen genannt wurde. Kelemvor dachte an die Veränderungen in den Reichen, die er in den vergangenen Wochen mit eigenen Augen gesehen hatte.

In der Nacht, in der die Götter die Reiche betraten, lag ein enger Verbündeter Kelemvors nach einem Scharmützel mit einer umherziehenden Bande von Kobolden verwundet in seinem Quartier. Der Soldat und der Kleriker, der sich um den Mann kümmerte, kamen in den Flammen eines Feuerballs um, der aus dem Nichts entstanden war, als der Kleriker versucht hatte, Heilmagie einzusetzen. Kelemvor und die anderen Augenzeugen waren schockiert gewesen; sie hatten noch nie einen so bizarren Vorfall miterlebt. Tage später, nachdem sich die Überlebenden der Zerstörung von Tymoras Tempel unter der Leitung der Göttin selbst neu formiert hatten, distanzierte sich die Kirche von jeglichen Aktionen des Klerikers und bezeichnete ihn als Ketzer, der den Zorn der Götter heraufbeschworen hatte.

Doch dies war nur das erste von zahlreichen sonderbaren Ereignissen, die Arabel heimsuchten.

Der örtliche Schlachter kam eines Morgens schreiend aus seinem Geschäft gerannt, nachdem das geschlachtete Vieh, das er auf Eis gelagert hatte, plötzlich zum Leben erwacht war und sich an seinem Mörder rächen wollte.

Kelemvor selbst hatte danebengestanden, als ein Magus versuchte, einen einfachen Schwebezauber zu wirken, aber feststellen mußte, daß er keine Kontrolle mehr über den Zauber hatte. Der Söldner sah mit an, wie die beständig kleiner werdende Gestalt des schreienden Magiers in den Wolken verschwand. Niemand sah je wieder etwas von dem Magus.

Schattental

Vor über einer Woche waren Kelemvor und zwei andere Angehörige der Wache gerufen worden, um einem Magier zu Hilfe zu kommen, der eine blendende Lichtkugel geschaffen hatte und mit einem Mal in der Kugel selbst gefangen war. Es war unbekannt, ob er die Kugel absichtlich oder zufällig geschaffen hatte. Der Zwischenfall ereignete sich vor der Taverne zur Schwarzen Maske, und die Wachen sollten die Menschenmenge zurückhalten, die zusammengekommen war, um mitzuerleben, wie zwei andere Magier versuchten, ihren Bruder zu befreien. Die Kugel brach aber erst eine Woche später zusammen, nachdem der in ihr gefangene Magus verdurstet war.

Kelemvor hatte mit einiger Verärgerung zur Kenntnis genommen, daß die Taverne zur Schwarzen Maske nie besser besucht war als in eben jener Woche. Nach dem zu urteilen, was er von Reisenden gehört hatte, die in der Stadt hinter den Mauern Zuflucht gesucht hatten, schien es, als herrsche überall in den Reichen das Chaos, nicht nur in Arabel. Er unterbrach den Gedankengang und konzentrierte sich auf das Hier und Jetzt.

Die rechte Schulter des Kriegers schmerzte, und allen Tinkturen und Salben zum Trotz, die auf seine Wunden aufgetragen worden waren, ließ der Schmerz seit Tagen nicht nach. Üblicherweise half der eine oder andere Heilzauber, doch Kelemvor traute nach dem, was er miterlebt hatte, keiner Magie mehr. Dennoch verkündeten viele Propheten, Kleriker und Weise ein neues Zeitalter, eine Zeit der Wunder, obwohl ein allgemeines Mißtrauen gegenüber Magie die Bevölkerung erfaßt hatte. Viele Möchtegern-Propheten wühlten sich plötzlich aus einer Lawine wohlverdienter Anonymität hervor und behaupteten, persönliche Kontakte zu den Göttern zu haben, die in den Reichen wandelten.

Ein besonders sturer alter Mann hatte geschworen, Oghma, Gott des Wissens und der Erfindungen, habe die Gestalt seiner Katze Pretti angenommen und bespräche seitdem mit ihm Angelegenheiten von größter Wichtigkeit.

Während dem Alten niemand glaubte, wurde allgemein akzeptiert, daß es sich bei der Frau, die aus den brennenden Überresten des Tempels der Tymora in Arabel getreten war, wirklich um die Göttin in Menschengestalt handelte. Sie hatte in den Flammen gestanden und es geschafft, den Geist hunderter ihrer Anhänger für einen kurzen Augenblick zu einen und ihnen Einblicke in Dinge zu gewähren, die nur eine Göttin erlebt haben konnte.

Kelemvor hatte den geforderten Preis bezahlt, um das Antlitz der Göttin zu sehen. Ihm war nichts besonderes aufgefallen. Da er kein Anhänger Tymoras war, machte er sich nicht die Mühe, die Göttin zu bitten, sie möge seine Wunden heilen. Er war ziemlich sicher, daß sie ihm für diese Bitte noch einmal Geld abgenommen hätte.

Außerdem erschwerte der Schmerz es ihm, zu vergessen, daß Ronglath Ritterbruck seinen Stolz schlimmer verletzt hatte als sein Fleisch, als er eine mit Dornen besetzte Keule tief in seinen Körper getrieben hatte. Sie hatten droben auf dem Hauptaussichtsturm gekämpft, wo Ritterbruck postiert war. Während des Kampfs war Kelemvor über die Stadtmauer in den sicheren Tod gestürzt.

Er war aber nicht gestorben.

Kelemvor hatte sich bei dem Sturz nicht einmal schwere Verletzungen zugezogen.

Der Krieger hielt in seinen Überlegungen inne und betrachtete sein Spiegelbild im Schaufenster Gelzunduths, eines Händlers von zweifelhaftem Ruf. Er sah durch sein Abbild hindurch und betrachtete die kuriose Sammlung von Waren im Schaufenster. Gerüchte besagten, Gelzunduth handle hinter der Fassade des An- und Verkaufs handverarbeiteter Edelsteine, Schmuckwaffen und seltener Bände voller vergessener Geschichten in Wahrheit mit gefälschten Urkunden und anderen falschen Dokumenten, außerdem mit Informationen über die jeweiligen Standorte der Wachen in der gesamten Stadt. Zahlreiche Versuche verdeckt ermittelnder Agenten, den gerissenen Gelzunduth in eine Falle zu locken, waren allesamt gescheitert.

Gerade wollte sich Kelemvor abwenden, als sein Blick noch einmal auf sein Spiegelbild fiel. Er betrachtete sein Gesicht: stechende, fast leuchtend grüne Augen, ein dunkles, tief gebräuntes Gesicht mit dichten Augenbrauen, einer geraden Nase und einem kantigen Kinn. Eingerahmt wurde es von einer wilden Mähne aus schwarzem Haar, das nur wenige graue Strähnen aufwies, die ihrerseits ein Zeichen dafür waren, daß er bereits mehr als dreißig Sommer in den Reichen lebte. Er trug ein Kettenhemd und Leder, dazu ein Schwert, das halb so groß war wie er, in einer Scheide auf dem Rücken.

„He, Wachmann!"

Kelemvor drehte sich um und betrachtete das winzige Mädchen, das ihn angesprochen hatte. Die junge Frau war kaum älter als fünfzehn, doch ihr zierliches Gesicht schien den Preis für Entbehrungen und Sorgen bezahlt zu haben, denen sie offenbar vor kurzem ausgesetzt gewesen war. Ihr Haar war blond und knabenhaft kurz geschnitten, einzelne Strähnen klebten an der schweißnassen Stirn. Ihre Kleidung war nur unwesentlich mehr als eine Ansammlung von Lumpen, und sie hätte ohne Mühe als Bettlerin durchgehen können. Die junge Frau schien schwach, lächelte aber tapfer und versuchte, sich mit einer Sicherheit zu bewegen, zu der ihr Körper nicht mehr in der Lage zu sein schien.

„Was willst du von mir, Kind?" fragte Kelemvor.

„Ich bin Caitlan Mondsang", antwortete das Mädchen mit rauher Stimme. „Ich bin weit gereist, um dir zu begegnen."

„Sprich weiter."

„Ich brauche einen Schwertkämpfer", sagte sie. „Es geht um eine Queste von größter Dringlichkeit."

„Wird es einen Lohn für meine Mühen geben?" wollte Kelemvor wissen.

„Einen großen", versprach Caitlan.

Der Söldner sah sie argwöhnisch an. Die junge Frau wirkte, als würde sie jeden Moment an Unterernährung sterben. Nicht einmal eine Straße entfernt war die Herberge zum Hungrigen Mann, also packte Kelemvor das Mädchen bei der Schulter und führte es zu diesem Lokal.

„Wohin gehen wir?" fragte Caitlan.

„Du kannst etwas Warmes im Bauch gebrauchen, nicht? Sicher weißt du schon, daß Zehla von der Herberge zum Hungrigen Mann denen gibt, die es nötig haben." Er blieb stehen, ein Ausdruck der Besorgnis huschte über sein Gesicht. Dann sprach er bedächtig und mit kaltem, harschem Tonfall weiter. „Sag mir, daß ich dich davon nicht erst in Kenntnis setzen mußte."

„Gewiß nicht", sagte das Mädchen. Er rührte sich nicht. Er war noch immer besorgt. „Ich hatte es nicht nötig, das von dir zu erfahren. Du hast mir keinen Gefallen getan."

„Stimmt", sagte er und ging weiter.

Sie ließ sich von ihm führen, irritiert über das sonderbare Gespräch, das sie eben geführt hatten. „Du wirkst besorgt."

„Die Zeiten geben Grund zur Sorge", sagte Kelemvor.

„Wenn du darüber reden willst..."

Doch dann standen sie schon vor dem Hungrigen Mann, und Kelemvor schob die junge Frau hinein. Es war eine ruhige Tageszeit, und nur wenige Kunden waren zum Mittagsmahl anwesend. Diejenigen, die dumm genug waren, Kelemvor und die junge Frau anzustarren, wurden mit einem Blick bedacht, der ihnen das Blut in den Adern gefrieren ließ und sie dazu brachte, sich sofort abzuwenden.

„Etwas jung für deinen Geschmack, Kel", rief eine vertraute Stimme. „Aber ich nehme an, du hast hehre Absichten."

Jeder andere, der diese Bemerkung gewagt hätte, wäre mit einem gewalttätigen Wutausbruch konfrontiert worden, doch die ältliche Frau, die diese Worte gesprochen hatte, wurde mit einem schwachen Lächeln auf Kelemvors Lippen belohnt. „Ich fürchte, die Streunerin bricht jeden Moment zusammen."

Schattental

Die Frau berührte Kelemvor an der Schulter und sah die junge Frau an. „Ein wahrhaft schmächtiges Ding", sagte sie. „Ich habe genau das richtige, um wieder etwas Fleisch auf ihre Rippen zu bringen. Einen Moment."

Caitlan Mondsang sah der alten Frau nach, als sie fortging, dann drehte sie sich zu Kelemvor um. Der schien wieder in die Gedanken versunken zu sein, die ihm solche Sorgen machten. Caitlan wußte, wie wichtig es war, daß sie ihren Kämpfer sorgfältig auswählte, also durchwühlte sie ihre Tasche und holte den blutroten Edelstein heraus. Sie versteckte ihn in ihrer Handfläche, während sie den Arm ausstreckte und Kelemvors Hand mit ihrer bedeckte. Reines rotes Licht blitzte auf, und Caitlan fühlte, wie der Edelstein im gleichen Moment in ihr Fleisch schnitt, in dem er auch die Hand des Söldners aufkratzte.

Kelemvor machte einen Satz vom Tisch fort und zog sich von der jungen Frau zurück, während er das Schwert zog und über den Kopf hob.

„Kelemvor! Halt!" rief Zehla. „Sie will dir nichts tun!" Die alte Frau stand ein paar Tische entfernt und hielt Caitlans Mahl in Händen.

„Deine Vergangenheit ist für mich ein offenes Buch", sagte Caitlan leise, und Kelemvor sah auf das Mädchen hinab und war entsetzt über den Zorn, den seine Worte in ihm auslösten. Sie hielt den leuchtend roten Stein in der Hand, während sie sprach, als sei sie besessen. Langsam senkte Kelemvor sein Schwert. „Du warst auf einer Mission, endlose Tage und Nächte des Wartens und Täuschens. Myrmeen Lhal, Herrscherin von Arabel, fürchtete, einen Verräter in den eigenen Reihen zu haben. Sie beauftragte den Verteidigungsminister Evon Stralana damit, Söldner anzuwerben, um die Stadtwache zu infiltrieren und einen Weg zu suchen, um den Verräter ausfindig zu machen."

Zehla stellte das Tablett vor Caitlan ab, doch die nahm das Essen nicht wahr. Es war so, als werde sie völlig von den Worten vereinnahmt, die sie sprach.

„Was für eine Hexerei ist das?" wollte Kelemvor von Zehla wissen.

„Keine Ahnung", antwortete die alte Frau.

„Und warum hast du mich dann aufgehalten?" fragte Kelemvor immer noch voller Sorge, die junge Frau könnte eine Gefahr darstellen.

Zehla runzelte die Stirn. „Falls du es vergessen hast, in meinem Lokal wurde noch nie ein Tropfen Blut vergossen. Solange ich lebe, wird das auch nicht geschehen. Außerdem ist sie noch ein Kind."

Kelemvor runzelte seinerseits die Stirn und lauschte, was Caitlan weiter von sich gab.

„Der Verteidigungsminister sprach dich und einen Mann namens Cyric an. Ihr wart neu in der Stadt, die einzigen Überlebenden eines gescheiterten Unterfangens, ein Artefakt zu bergen, das als Ring des Winters bekannt ist. Es wurde befürchtet, der Verräter stehe im Dienste derer, die den wirtschaftlichen Zusammenbruch Arabels herbeiführen wollten, indem sie die Handelsrouten sabotierten und Arabels Bedeutung für die Reiche schmälerten."

Sie machte eine kurze Pause: „Mit Hilfe Cyrics und eines weiteren Mannes enttarntest du den Verräter, doch ihm gelang die Flucht, und seitdem herrschen in der Stadt Angst und Mißtrauen. Dafür gibst du dir die Schuld. Jetzt arbeitest du als gewöhnlicher Wachmann und läßt zu, daß dein Talent für Abenteuer ungenutzt bleibt."

Der Stein hörte auf zu leuchten und wirkte nun wie ein gewöhnlicher Kiesel. Caitlan hielt den Atem an.

Kelemvor dachte an die Eiskreatur, die über den Ring des Winters wachte. Er hatte nichts unternommen, als das Geschöpf buchstäblich das Blut in den Adern seiner Gefährten hatte gefrieren lassen, deren Schreie abrupt geendet hatten, nachdem sie zu Eis erstarrt waren. Der Tod der anderen hatte Kelemvor und Cyric Zeit zur Flucht verschafft. Kelemvor hatte als erster von dem Ring erfahren und die Gruppe zusammengestellt, die diesen hatte bergen sollen, obwohl er die Führung einem anderen übertragen hatte.

„Mein ‚Talent' für Abenteuer", sagte Kelemvor angewidert. „Männer sind wegen meines Talents gestorben, gute Männer."

„Es sterben jeden Tag Männer. Ist es nicht erstrebenswert zu sterben, wenn man die Taschen voller Gold hat? Oder zumindest auf der Suche danach?"

Er lehnte sich zurück. „Bist du eine Magierin? Kannst du deshalb meine verborgensten Gedanken lesen?"

Sie schüttelte den Kopf. „Nein. Der Stein... war ein Geschenk. Er war das einzig Magische, das ich besaß. Nun ist er aufgebraucht. Ich bin wehrlos deiner Gnade ausgeliefert, Kelemvor. Ich entschuldige mich für mein Tun, aber ich mußte wissen, ob du ein ehrbarer Mann bist."

Der Söldner steckte das Schwert zurück. „Dein Essen wird kalt", sagte er nur.

Caitlan ignorierte die Speise, obwohl unübersehbar war, wie hungrig sie war. „Ich bin hier, um dir ein Angebot zu machen. Ein Angebot, das Abenteuer und Gefahr umfaßt, aber auch Reichtümer jenseits deiner Vorstellungskraft und jene Aufregung, nach der du dich bereits seit so vielen Wochen verzehrst. Willst du hören, was ich vorzuschlagen habe?"

„Was weißt du über mich?" fragte Kelemvor. „Was hat dir der Stein über mich erzählt?"

„Was gibt es sonst zu wissen?" erwiderte Caitlan.

„Du hast die Frage nicht beantwortet."

„Und du meine nicht."

Er lächelte. „Erzähl mir von deiner Queste."

◆   ◆   ◆

Adon lächelte tapfer, obwohl er von vier bewaffneten Wachen umgeben war, die ihn durch die große Zitadelle von Arabel führten. Sie gingen an all den Dingen vorüber, mit deren Anblick sich Adon bei seinem letzten Besuch in der Zitadelle vertraut gemacht hatte – die weitläufigen, betriebsamen Korridore, die fröhlich wirkenden Buntglasfenster, die das Licht brachen, das warm auf sein Gesicht fiel. Der Wohlstand in der Zitadelle stellte einen krassen Kontrast zu der Armut dar, der Adon auf den Straßen begegnet war. Der Kleriker strich mit der Hand über sein Gesicht, als fürchte er, daß der Schmutz, an den er dachte, sich auf irgendeine Weise an ihm festgesetzt haben könnte, um sein strahlendes Erscheinungsbild zu beeinträchtigen.

Sune Feuerhaar, die Göttin, der er den größten Teil seines jungen Lebens ein treuer Kleriker gewesen war, hatte ihn mit der weichsten, hellsten Haut gesegnet, die es überhaupt in den Reichen gab. Man warf ihm von Zeit zu Zeit Eitelkeit vor, doch er ließ solche Anschuldigungen an sich abgleiten. Von denen, die Sune nicht verehrten, konnte man nicht erwarten, daß sie verstanden, daß er – obwohl er regelmäßig dafür dankte – die Pflicht hatte, die kostbaren Gaben zu hüten und zu wahren, die die Göttin ihm gewährt hatte. Er hatte gekämpft, um ihren guten Namen und ihren Ruf zu wahren, und er hatte nie auch nur einen Kratzer davongetragen. So *wußte* er, daß er gesegnet war.

Nun, da die Götter in die Reiche gekommen waren, betrachtete Adon es nur als eine Frage der Zeit, bis sich sein Weg mit dem Sunes kreuzte. Hätte er gewußt, wo sie sich aufhielt, wäre er sofort aufgebrochen, um sie zu suchen. So aber war Arabel mit seinem ständigen Kommen und Gehen von Händlern, die eine lockere Zunge und einen unstillbaren Durst hatten, der beste Ort, um abzuwarten, bis ihm weitere Informationen bekannt wurden.

Natürlich hatte es im Tempel der Sune Meinungsverschiedenheiten gegeben. Zwei Kleriker hatten den Tempel unter fragwürdigen Umständen verlassen. Andere waren in Sorge, da sie behaupteten, von Sune alleingelassen zu werden. Ein Vorbote dafür war sicherlich das Schweigen der Göttin auf ihre Gebete. Seit der Zeit der Ankunft war es nur den Klerikern Tymoras möglich gewesen, erfolgreich göttliche Magie zu wirken, und das wurde der Nähe zu ihrem von Gott geschaffenen Fleisch zugeschrieben. Es schien, als wirkten die Zauber eines Klerikers dann nicht mehr, wenn er mehr als anderthalb Kilometer von seinem Gott entfernt war.

Heiltränke und magische Gegenstände, die die Wirkung der Heilmagie nachahmten, verkauften sich zu Höchstpreisen, obwohl sie ebenfalls unzuverlässig waren. Örtliche Alchimisten sahen sich gezwungen, Leibwächter zu engagieren, die ihre Waren und ihr Leben beschützten.

Adon hatte sich besser als die meisten anderen auf das Chaos eingestellt. Er wußte, daß alles, was in Verbindung mit den Göttern geschah, Sinn hatte. Ein echter Gläubiger sollte Geduld und Verstand genug haben, um auf Erleuchtung zu warten, statt zuzulassen, daß seine Phantasie außer Kontrolle geriet. Adons Glaube war unerschütterlich, und dafür war er belohnt worden. Die Tatsache, daß die hübsche Myrmeen Lhal, Herrscherin von Arabel, ihn hatte rufen lassen, war für ihn der Beweis, daß er gesegnet war.

Das Leben war schön.

Die Gruppe ging durch einen Gang, den Adon nicht kannte. Er versuchte, kurz stehenzubleiben, als sie an einem Spiegel vorbeigingen, doch die Wachen drängten zum Weitergehen. Ein wenig verärgert gehorchte er.

Eine der Wachen war eine Frau mit dunkler Haut und fast schwarzen Augen. Es gefiel Adon, daß Frauen so problemlos zum Wachdienst zugelassen wurden. „Finde die Stadt, die von einer Frau regiert wird, und du wirst im ganzen Land auf wahre Gleichheit und Gerechtigkeit stoßen", war sein Motto gewesen. Er lächelte die Wachfrau an und wußte, daß es eine weise Entscheidung gewesen war, Arabel zu seiner neuen Heimat zu machen.

„Welche Ehre wartet auf mich als Lohn für meine Beteiligung an den Bemühungen, den üblen Schurken Ritterbruck niederzuringen? Keine Angst, wenn ihr es mir verratet, werde ich nichts sagen und völlig überrascht wirken. Aber die Spannung ist so groß, daß ich sie nicht länger ertrage."

Eine der Wachen kicherte, aber das war auch schon die ganze Reaktion, die Adon erhielt. Die Vergütung des Klerikers für seine Arbeit in der Stadt war gering, und er hatte sich in dieser Angelegenheit so lange an den Verteidigungsminister gewandt, bis Myrmeen Lhal sich persönlich eingeschaltet hatte, und Adon ahnte den Grund dafür.

Adons Rolle bei der Aufdeckung der Verschwörung hatte darin bestanden, die Geliebte eines der mutmaßlichen Verschwörer zu verführen, eine Frau, von der es hieß, sie rede im Schlaf. Adon hatte sich bewundernswert geschlagen, aber sein Lohn war gewesen, sich fast eine Woche lang der Gesellschaft von Wachleuten zu erfreuen und jede Bewegung von zwei Söldnern beobachten zu lassen, die vom Verteidigungsminister für den Fall Ritterbruck rekrutiert worden waren.

Der Kampf mit dem Verräter war, als er endlich zustande kam, kurz und ärgerlicherweise ohne richtigen Abschluß gewesen. Ritterbruck war entkommen, obwohl Adon selbst den Arbeitsraum des Verschwörers sowie ein persönliches Notizbuch entdeckt hatte, das Informationen enthielt, in denen man nichts anderes sehen konnte als die zentralen Punkte des Angriffs der Verräter auf Arabel.

Adon kehrte in die Gegenwart zurück. Sie begaben sich immer weiter nach unten, hinab in einen schmutzigen, staubigen Bereich der Festung, den Adon noch nie besucht, ja, von dem er nicht einmal gehört hatte.

„Seid ihr sicher, daß die Herrin mich hier empfangen will, nicht in den königlichen Gemächern?"

Die Wachen schwiegen.

Licht war inzwischen zum kostbaren Luxus geworden, und aus irgendeinem Abschnitt des düsteren Gangs hörte der Kleriker das Rascheln und Scharren von Ratten. Hinter ihm fiel eine schwere Tür zu. Das Echo war in der Stille, die im Gang herrschte, ohrenbetäubend.

Die Wachen hatten brennende Fackeln aus Wandhaltern genommen. Die Hitze der Fackel hinter sich empfand Adon als äußerst unangenehm.

Die einzigen Geräusche stammten nun von den Schritten der Gruppe, die immer weiter vorwärts strebte. Obwohl die breiten Schultern des Wachmanns vor Adon ihm die Sicht nahmen, konnte er sich vorstellen, wo er war.

Ein Verlies! Diese Trottel hatten ihn in ein Verlies geführt!

Dann fühlte Adon die Hand des Wachmanns hinter ihm auf seinem Rücken, und ehe er reagieren konnte, wurde er nach vorne gestoßen. Sein schlanker, aber muskulöser Körper fing den Aufprall zum größten Teil ab, als er sich abrollte und aufsprang, um eine Kampfhaltung einzunehmen. Im gleichen Moment hörte er, wie eine Stahltür zufiel. Die Lektionen, die Adon beim Erlernen der Kunst der Selbstverteidigung gelernt hatte, hätten sich als nützlich erweisen können, wenn ihm früher klargeworden wäre, in welcher Situation er sich befand .

Er verfluchte sich, daß er sich so bereitwillig hatte überrumpeln lassen, und für einen kurzen Moment verfluchte er die Eitelkeit, die seinen Verstand benebelt hatte. Die Abtrünnigen waren Gefolgsleute Ritterbrucks! Der Kleriker war sicher, daß er bald Gesellschaft von seinen Gefährten Kelemvor und Cyric erhalten würde.

Wir waren Narren, dachte Adon. *Wie konnten wir nur glauben, die Gefahr sei beseitigt, nur weil ein einziger Mann die Flucht ergriffen hatte?*

Im Raum war es völlig finster. Adon klopfte den Staub von seiner teuren Kleidung. Er hatte seine bevorzugten Seidenstoffe getragen und ein mit Gold besticktes Taschentuch mitgenommen – für den Fall, daß die Herrin zu Tränen gerührt war, wenn er ihr Angebot annahm und ihr königlicher Gefährte wurde. Seine Stiefel waren so gut poliert, daß sie noch den schwächsten Lichtschein reflektierten, obwohl Adon über so verschmutzten Boden hatte gehen müssen.

„Ich bin ein Narr", sagte er in die Finsternis.

„So sagt man", ertönte die Stimme einer Frau hinter ihm. „Aber niemand ist ohne Fehl." Adon hörte, wie ein Streichholz angezündet wurde, dann flammte eine Fackel auf, deren Lichtschein erkennen ließ, wer sie hielt. Eine hübsche, dunkelhaarige Frau.

Myrmeen Lhal, die Herrin von Arabel.

Die Flammen spiegelten sich in ihren Augen, und ihr Flakkern wirkte wie ein Freudentanz zu Ehren ihrer Schönheit. Sie trug ein dunkles Cape, das sich in Hüfthöhe teilte. Adon starrte auf ihren vollen Busen, der sich mit jedem Atemzug unter dem Kettenhemd hob und senkte.

Adon breitete die Arme aus und ging auf seine Liebe zu, eine Kriegerin, die den Mut und die Weisheit besaß, um ein Königreich zu regieren.

Das Leben wurde immer schöner.

„Bleibt stehen, wenn Ihr nicht den Wunsch hegt, wie ein abgeschlachtetes Schwein hier herausgetragen zu werden."

Adon erstarrte. „Herrin... "

„Erweist mir die Ehre", sagte Myrmeen wütend, „Eure Antworten auf ‚ja, Herrin' oder ‚nein, Herrin' zu beschränken."

Die Herrin von Arabel trat vor, und im gleichen Moment fühlte der Kleriker den kalten Stahl einer Klinge, die gegen seine Magengrube drückte.

„Ja, Herrin", sagte Adon, dann schwieg er.

Myrmeen trat einen Schritt zurück und betrachtete sein Gesicht. „Ihr seid hübsch", sagte sie, obwohl sie in Wahrheit nur nett sein wollte. Der Mund des Klerikers war ein wenig zu groß, die Nase nur fast vollkommen und sein Kiefer viel zu kantig, als daß man ihn als besonders angenehm hätte ansehen können. Und doch war da ein knabenhaftes, spitzbübisches Leuchten in seinen Augen, die viel zu unschuldig dreinblickten, um wahr zu sein. Seine Seele verlangte es nach Abenteuern, sowohl im

Dienste seiner Göttin als auch der vielen hübschen Frauen Arabels – wenn man den Gerüchten Glauben schenken durfte.

Adon ließ sich zu einem Lächeln hinreißen, das rasch wieder verschwand, als er spürte, daß die Klinge etwas tiefer angesetzt wurde. „Ein hübsches Gesicht, gepaart mit einem gesunden, brauchbaren Körper... "

Brauchbar? Adon kam ins Grübeln.

„Und einem Ego so groß wie mein Königreich!"

Adon wich zurück, als Myrmeen ihn anschrie und die Fackel bedrohlich dicht an sein Gesicht hielt. Der Kleriker spürte, wie sich Schweißtropfen auf seiner Stirn bildeten.

„Das stimmt doch, oder?"

Adon schluckte. „Ja, Herrin."

„Und Ihr wart es auch, der gestern Abend geprahlt hat, er würde mich in sein Bett bekommen, noch bevor der Monat vorüber ist?"

Adon schwieg.

„Egal. Ich weiß bereits, daß es so ist. Hört zu, Ihr Narr. Es ist meine Sache, wann ich wen zu meinem Liebhaber mache! Das war schon immer so, und es wird auch so bleiben!"

Adon fragte sich, ob seine Brauen möglicherweise schon versengt waren.

„Ich hörte über Euch schon von Lord Tessaril Winter von Abendstern, noch bevor ich Euch erlaubte, Euch in Arabel niederzulassen. Ich hielt Euer Talent für wertvoll bei der Beschaffung von Informationen mittels privater Intrigen, und in dem Punkt habt Ihr Euch als nützlich erwiesen."

Der Kleriker mußte an Tessaril Winters milchigweiße Schultern und ihren zarten, parfümierten Nacken denken und machte sich bereit zum Sterben.

„Doch wenn Ihr Eure schlimme Phantasie gegen Myrmeen von Arabel richtet, kann es nur eine Strafe geben!"

Adon schloß die Augen und machte sich auf das Schlimmste gefaßt.

„Das Exil", sagte sie. „Bis zum Mittag des morgigen Tages habt Ihr meine Stadt verlassen. Zwingt mich nicht, die Wachen auf Euch zu hetzen. Deren Feingefühl würde Euch keine Veranlassung zum Dank geben."

Adon öffnete die Augen noch rechtzeitig, um Myrmeens Rücken zu sehen, als sie die Zelle verließ und dabei die gelassenste Form von Mißachtung zur Schau stellte, die Adon je zu Gesicht bekommen hatte. Er bewunderte ihre Anmut, während sie ein Zeichen gab und zwei Wachen zu ihr aufschlossen. Die beiden anderen Wachen kamen auf Adon zu. Er bewunderte ihren Mut, ihre Weisheit und ihre Großzügigkeit, ihm die Möglichkeit zum Verlassen der Stadt zu geben, statt ihren Wachen einfach nur den Befehl zu geben, ihm die Kehle durchzuschneiden.

Doch als die beiden Wachen ihn weiter in die Zelle drängten, statt ihn gehen zu lassen, ging ein wenig von der großen Bewunderung verloren. Er wußte, daß er sich nicht zur Wehr setzen konnte, egal was sie mit ihm vorhatten. Selbst wenn er die beiden Wachen im Verließ besiegte, waren seine Chancen gering, es bis zu den Stadttoren zu schaffen – ganz zu schweigen davon, sie zu durchschreiten. Und sollte es ihm dennoch gelingen, wäre er auf der Flucht, nicht ausgestoßen. All seine Handlungen würden dann ein schlechtes Licht auf die Kirche werfen.

„Verunstaltet nicht mein Gesicht!" rief er. Die Wachen lachten laut.

„Hier lang", sagte einer der beiden Männer, während sie Adon am Arm packten und ihn aus der Zelle schleppten.

◆   ◆   ◆

Als Cyric in sein Zimmer in der Herberge zum Nachtwolf zurückkehrte, fühlte er in seiner Seele Erschöpfung. Zwar betonte er stets, seine Zeit als Dieb läge schon lange hinter ihm, doch seine Denkweise, seine Bewegungen und Taten kündeten vom Gegenteil. Nur in der Hitze des Gefechts, wenn seine volle Konzentration erforderlich war, um ihn überleben zu lassen, konnte er sich den Gedanken an sein früheres Leben entziehen.

Schattental

Auch jetzt, wo der Abend nahte, benutzte Cyric die im Dämmerlicht liegende Hintertreppe, um zu seinem Zimmer zu gelangen. Nur ein wirklich aufmerksamer Beobachter wäre in der Lage gewesen, das Geräusch auszumachen, das der schmale Schatten eines Mannes mit kurz geschnittenem Haar verursachte, der sich mit eleganten Bewegungen dem Treppenabsatz im zweiten Stock näherte.

Die jüngsten Ereignisse waren belastend gewesen. Er war nach Arabel gekommen, um ganz von vorn anzufangen, und trotzdem war es wieder erforderlich gewesen, seine Fähigkeiten als Dieb ins Spiel zu bringen, um Beweise gegen Ritterbruck zusammenzutragen. Nun waren seine Tage damit erfüllt, die einfachen Aufgaben eines Wachmanns zu erledigen – nichts weiter als eine langweilige, müßige Tätigkeit und ein unerbittlich deprimierendes Gegengewicht für seine Bemühungen. Die Belohnung, die Evon Stralana ursprünglich versprochen hatte, war halbiert worden, nachdem Ritterbruck entkommen war.

Stralana hatte Cyric und Kelemvor angesprochen, weil beide Außenseiter, neu in der Stadt und für die Verräter Unbekannte waren. Cyric hatte zwar nicht ernsthaft vorgehabt, sich den Wachmannschaften von Arabel anzuschließen, doch Stralana hatte dies zur Voraussetzung gemacht. Er hatte auch darauf bestanden, daß ein Vertrag vorlag, der besagte, daß Cyric ein Wachmann war. Zudem sollte der Verdacht zerstreut werden, die Wachen seien infiltriert worden. Doch der Vertrag, den Cyric als Teil seiner Tarnung unterschrieben hatte, erwies sich als bindend. Als es zur Krise kam, hielt Stralana an den Bedingungen dieses Vertrags fest – schließlich brauchte Arabel jeden Wachmann.

Viele Verteidigungseinrichtungen der Stadt, die einst magisch verstärkt gewesen waren, waren nicht länger vertrauenswürdig, und man war sogar dazu übergegangen, Zivilisten vorübergehend zum Wachdienst einzuziehen. Cyric vertraute auf eine gute Axt oder ein Messer, auf die Kraft seines Arms, seinen scharfen Verstand und sein Geschick, um nicht in Schwierigkeiten zu geraten. Die, die einzig auf die Macht der Magie vertrauten, waren in den letzten Wochen zu einer Ausnahmeerscheinung geworden.

Die Anwesenheit der „Götter" in den Reichen war für Cyric auch bedrückend. Um Kelemvor, seinem Begleiter bei dem Ritterbruck-Fiasko, zu beweisen, daß er sich nicht fürchtete, hatte Cyric die Tempelruine von Tymora besucht und den Preis bezahlt, um der neuen Gottheit in Arabel gegenüberzutreten. Zwar hatte er sich vorgenommen, das Treffen offen und optimistisch anzugehen, doch die „Göttin" durchschaute ihn auf der Stelle.

„Du glaubst nicht an mich", sagte Tymora ohne jede Regung in der Stimme.

„Ich glaube an das, was mir meine Sinne sagen", erwiderte Cyric unverblümt. „Wenn Ihr eine Göttin seid, warum braucht Ihr dann mein Gold?"

Die Göttin betrachtete ihn von oben herab, dann sah sie weg und hob eine ihrer wohlmanikürten Hände, um ihn wissen zu lassen, daß die Audienz vorüber sei. Auf dem Weg nach draußen erleichterte er drei von Tymoras nichtsahnenden Kleriker um deren eingenommenes Gold und spendete es noch am gleichen Nachmittag einer Mission für die Armen.

Am meisten beunruhigte Cyric, daß es hunderte von Zeichen gab, die darauf hinwiesen, daß in den Reichen nicht alles in bester Ordnung war. Seit der Nacht der Ankunft hatte er für seinen Teil genügend sonderbare Vorfälle miterlebt.

Eines Nachts wurde er in ein Lokal namens Freundliches Lächeln gerufen, wo er gezwungen war, einen Kleriker des Lathander zu beschützen, der auf dem Rückweg nach Tantras war. Der Kleriker hatte ohne böse Absicht bei einem Stück ranzigen Fleischs einen Reinigungszauber wirken wollen, der allerdings nicht seine Wirkung erzielt hatte. Statt dessen war unter den anderen Gästen des Lokals eine Massenhysterie ausgebrochen, da sie fürchteten, er habe mit seiner „ungesegneten Magie" sämtliche Speisen vergiftet.

An einem Nachmittag gerieten zwei Magier auf einem Marktplatz in Streit, was zu einem Kampf führte, bei dem Magie zum Einsatz kam. Die überraschten Gesichter der beiden Magi verriet, daß ihre Zauber sich nicht wie erwartet entfaltet hatten – einer der Magier wurde von einem unsichtbaren Diener davongetragen, während der andere hilflos mitansehen mußte, wie ein riesiges Netz vom Himmel fiel und sich über den Marktplatz legte. Die festen klebrigen Fäden hafteten an allem, was sie berührten. Fast die gesamten Waren wurden durch sie vernichtet, und da das Netz äußerst brennbar war, verbrachten Cyric und die anderen Wachleute fast zwei Tage damit, die Fäden zu zerhakken, um die unschuldigen Opfer zu befreien.

Cyric schreckte aus seinen Grübeleien hoch, als er in einen Durchgang einbog und ein junges Paar überraschte. Die beiden waren damit beschäftigt, die Tür zu ihrem Zimmer aufzuschließen, und als Cyric an ihnen vorbeiging, erkannte er in dem jungen Mann den Sohn eines Wachmanns, der sich unablässig darüber beklagte, welche Schwierigkeiten sein Sohn ihm mache. Die junge Frau mußte jene „Dirne" sein, die der Sohn auf Geheiß des Vaters nicht mehr treffen sollte.

Cyric tat, als würde er den Jungen nicht erkennen, obwohl er gespürt hatte, welche Furcht von ihm ausging. Cyric beneidete ihn um diese starken Gefühle. Schon lange hatte nichts in seinem Leben seine Gefühle so sehr in Wallung bringen können, weder zum Guten noch zum Schlechten.

Komm schon, dachte Cyric. *Du hast dir dieses Leben ausgesucht. Oder das Schicksal hat es für dich ausgesucht*, fügte er rasch hinzu.

Er betrat sein Zimmer, indem er sich mit voller Wucht gegen die Tür warf, die so heftig aufflog, daß sie gegen die Wand knallte. Jemand in einem der anderen Zimmer reagierte auf den Lärm, indem er gegen die Wand schlug.

Hinter der Tür konnte sich niemand versteckt haben, da er durch den Schwung mitgerissen worden wäre. Er trat die Tür zu und rollte sich fast im gleichen Moment auf sein Bett, bereit, sein Kurzschwert zu ziehen und sich gegen jeden Eindringling zur Wehr zu setzen, der sich vielleicht an der Decke festhielt und sich auf ihn stürzen wollte.

Doch es war niemand da.

Er sprang auf und trat die Tür des Schranks ein. Er lauschte auf einen überraschten Aufschrei, der ertönen würde, wenn der, der sich dort versteckte, erkannte, daß Cyric die Tür umgebaut hatte, so daß sie nach innen klappen konnte.

Noch immer niemand.

Cyric beschloß, die Schranktür erst nach dem Abendessen wieder zu richten, und überprüfte statt dessen seine Waffen, die er in den Aussparungen im Schrank versteckt hatte – seine Handaxt, die Dolche, Pfeile und Bogen und auch der Versetzermantel waren unangetastet. Er sah nach dem Haar, das er im Fensterrahmen eingeklemmt hatte, und stellte beruhigt fest, daß es noch da war. Dann endlich entspannte er sich etwas.

In dem Moment bemerkte Cyric die etwa menschengroße Gestalt, die plötzlich vor dem Fenster auftauchte. Das Fenster barst im gleichen Augenblick, und Cyric wurde nach hinten geschleudert, während er versuchte, sich vor den Glassplittern zu schützen, die auf ihn herabregneten.

Cyric hörte, daß sein Angreifer ins Zimmer gesprungen kam, noch ehe die letzte Scherbe auf dem Boden gelandet war. Er stellte sich vor, wie sein Widersacher gerade eben noch im Zimmer über ihm gewartet und auf die Geräusche gelauscht hatte, die der ehemalige Dieb beim Eintreffen verursacht hatte. Er verfluchte sich, daß er sich zu einer Routine hatte verleiten lassen, denn es war klar, daß sein Angreifer Cyric seit Tagen beobachtet haben mußte.

Ein leichter Luftzug zu seiner Rechten machte Cyric auf eine Gefahr aufmerksam, während er sich erhob. Er bewegte sich nach links und entging nur knapp einem Messerstich, der auf seinen Rücken gezielt war. Ohne sich umzudrehen, rammte Cyric seinem Angreifer den Ellbogen ins Gesicht, dann hechtete er über das Bett hinweg auf die andere Seite des Zimmers. Noch ehe er landete, hatte er das Kurzschwert gezogen. Er sah zum zerschmetterten Fenster.

Es war niemand außer ihm im Raum. Durch den Fensterrahmen sah Cyric das Seil, das sein Gegner benutzt hatte. Es schwang ins Zimmer und wieder hinaus. Aber der Mann, der es benutzt hatte, war nicht zu sehen.

Wieder war es ein Lufthauch, der Cyric warnte, und er warf sich zur Seite. Er sah, wie in der Wand hinter ihm ein Dolch Gestalt annahm.

Er ist unsichtbar, dachte Cyric ruhig. Aber etwas stimmte nicht. Man war durch Unsichtbarkeit nur geschützt, bis man angriff. In diesem Fall aber war sein Widersacher erst unsichtbar geworden, als er ihn angegriffen hatte.

Cyric wußte, daß es um sein Überleben schlecht bestellt war. Dennoch begann er breiter zu grinsen als seit langem.

Der ehemalige Dieb bewegte sich flink und zerschnitt mit der Klinge die Luft vor ihm, stieß aber auf keinen Widerstand, so oft er auch seine Richtung änderte. Mit der freien Hand nahm Cyric Gegenstände, die im Zimmer standen, und warf sie mal hierhin, mal dorthin, während er darauf wartete, daß sein unsichtbarer Gegner endlich einen Schmerzenslaut von sich gab.

Etwas zog leicht an der Bettdecke, dann erhob sich ein Stück Faden scheinbar wie von selbst in die Luft. Offenbar war er an der Kleidung des Unsichtbaren haften geblieben. Cyric wandte seinem Angreifer den Rücken zu und bewegte sich von ihm fort, dann ging er in die Hocke.

Der Angreifer schlug von oben zu, und als Cyric in diese Richtung griff, bekamen seine Finger einen menschlichen Arm zu fassen. Er schleuderte den Mann mühelos über die Schulter und hörte, wie ein Messer zu Boden fiel, das gleich darauf sichtbar wurde.

Cyric drücktedem Gegner das Knie auf die Kehle und setzte die Klinge seines Schwerts an.

„Zeig dich", befahl Cyric.

„Moment", ächzte eine Stimme.

„Was?"

„Der Zauber läßt gleich nach. Es dauert etwas, nachdem ich mit meinen Angriffen aufgehört habe. Alles, was mit Magie zu tun hat, läuft in letzter Zeit merkwürdig. Wenn überhaupt."

Cyric runzelte die Stirn. Obwohl die Stimme gedämpft war, klang sie vertraut.

Kurz darauf war die Wirkung des Zaubers vorüber, und der Mann nahm Gestalt an. Ums Gesicht hatte er Stoff gewickelt, der mit Stahlgeflecht verstärkt zu sein schien. Auch der größte Teil seiner Lederkleidung war damit überzogen. Das einzige, was sonst an ihm auffiel, war ein blauer Stein in einem Ring am Finger. Cyric legte das Gesicht des Mannes frei.

„Marek", flüsterte Cyric. „Nach so vielen Jahren."

Cyric starrte in die Augen des älteren Mannes, der auflachte. Es war ein von Herzen kommendes, fröhliches Lachen. „Noch immer der aufbrausende Schüler, Cyric. Selbst gegenüber deinem Mentor."

Cyric packte ihn fester, und Marek sah zur Decke. „Junger Narr", krächzte er. „Wenn ich dich hätte töten wollen, dann hättest du schon vor Tagen deinen letzten Atemzug getan. Ich wollte nur sicherstellen, daß du die Fertigkeiten noch besitzt, die ich dich lehrte." Marek verzog das Gesicht. „Schrullen eines alten Mannes, wenn man so will. Du hättest mich in meiner Dummheit auch töten können."

„Warum sollte ich *dir* glauben – dem Meister der Lügen?"

Marek gab einen mißbilligenden Laut von sich. „Glaub, was du willst. Aber die Diebesgilde will dich wieder in ihren Reihen wissen, dort, wo du hingehörst."

Schattental

Cyric versuchte, seine Reaktion auf diese Worte zu verbergen, doch er konnte nicht das Lächeln unterdrücken, das Marek sagte, was er wissen wollte.

„Du hattest diesen Gedanken auch schon", sagte Marek zufrieden. „Ich habe dich beobachtet, mein guter Cyric. Dein Leben ist erbärmlich."

„Es ist ein Leben", gab Cyric zurück.

„Nicht für einen mit deiner Begabung. Dir wurde der Weg gewiesen, und du bist in ungeahnte Höhen aufgestiegen."

Cyric lächelte noch breiter. „Wenn die Lügen erst einmal begonnen haben, gibt es kein Halten mehr, wie? Ich war ein *mittelmäßiger* Dieb. Meine Abwesenheit fiel kaum auf. Das ist für dich nur ein Frage des Stolzes. Ich würde wetten, die Gilde weiß nichts von diesem Besuch."

Marek verzog das Gesicht. „Wie lange willst du diese Scharade aufrechterhalten?"

„Das kommt drauf an", sagte Cyric und drückte die Klinge fest gegen die Kehle seines früheren Mentors.

Marek warf einen Blick auf das Messer. „Dann tötest du mich?"

„Was?" Cyric grinste. „Und diese scharfe Klinge an Leute wie dich vergeuden? Nein, ich glaube, in Arabel hat man Verwendung für dich. Es könnte für mich gar eine anständige Provision abfallen."

„Ich verrate dich."

„Dann bin ich weg", erwiderte Cyric. „Niemand wird dir glauben, und selbst wenn, es wird mich niemand suchen. Unsereins ist selten gefragt, wenn unsere Geheimnisse erst einmal ausgeplaudert sind."

„Andere werden kommen", sagte Marek. „Verkauf mich in die Sklaverei, und es werden andere kommen."

„Dann zögest du es vor, wenn ich dich tötete?"

„Ja."

„Ein Grund mehr, es nicht zu tun", sagte Cyric, stand auf und trat von Marek zurück, denn das Spiel war vorbei.

„Ich habe dir zuviel beigebracht", sagte Marek und erhob sich dann, um seinem früheren Schüler Aug' in Auge gegenüberzustehen. „Die Gilde *würde* dich zurücknehmen, Cyric. Obwohl du nicht mal versucht hast, meinen Ring zu nehmen." Er zwinkerte. „Ich stahl ihn aus dem Versteck eines Hexenmeisters, zusammen mit einer Reihe anderer Gegenstände, von denen ich gar nicht erst so tue, als wüßte ich, was sie darstellen."

Jemand klopfte. „Ja?" rief Cyric und wandte seinen Blick nur einen Herzschlag lang von Marek ab. Im gleichen Moment hörte er Glas knirschen, dann war Marek auch schon verschwunden. Er stürmte ans Fenster und entdeckte Marek auf der Straße. Der ältere Mann schien darauf zu warten, daß Cyric ihm folgte.

Wieder wurde geklopft.

„Eine Einladung von Kelemvor und Adon, die sich mit Euch zum frühestmöglichen Zeitpunkt in der Herberge "Stolz von Arabel" treffen möchten."

„Und du bist?"

„Tensyl Durmond, von Iardons Mietlingen."

„Warte einen Moment, dann sollst du ein Goldstück bekommen."

„Komm zu uns", rief Marek von der Straße herauf. „Sonst wird sein jämmerliches Leben an der Seite der Schwerstarbeiter in zwei Wochen enden. Ich bin mir nicht zu fein, dich zu verraten, um zu bekommen, was ich will, Cyric. Vergiß das nicht."

„Ich werde es nicht vergessen", erwiderte Cyric, dann ging er zur Tür. „Ich vergesse *nie* etwas."

Cyric öffnete die Tür und ignorierte den ungläubigen Ausdruck in Tensyls Gesicht, als er die Verwüstungen in dem kleinen Zimmer sah.

3
ANNÄHERUNG

Mitternachts Kopf wurde klarer, nachdem sie den Bauernhof verlassen hatte. Sie stieß auf eine kleine Karawane – selbst in schwierigen Zeiten ein vertrauter Anblick auf der Straße nach Arabel – und konnte mit ihr in die Stadt reisen. Keiner der Reisenden konnte ihr allerdings etwas Neues über die Geschehnisse der letzten zwei Wochen berichten, auch wenn jeder von ihnen Geschichten zu erzählen wußte, in denen Magie außer Kontrolle oder die Natur in Aufruhr geraten war.

Sie verbrachte den Tag damit, durch Arabel zu wandern und eine Bestätigung für Brehnans Geschichte über die Götter und den seltsamen Zustand zu bekommen, in der sich die Magie in den Reichen befand. Mitternacht wußte, daß sie soviel Zeit mit der Suche nach Antworten verbringen konnte, wie sie wollte, da sie immer noch eine gut gefüllte Börse mit sich führte, die sie sich bei der Gesellschaft des Luchses verdient hatte. Wenn sie sparsam blieb, konnte sie mit dem Gold mindestens drei Monate auskommen.

Gleich zu Beginn ihrer Suche war Mitternacht auf das Haus der Herrin gestoßen, den Tempel der Tymora, und hatte den geforderten Eintritt bezahlt, um das Gesicht der Göttin zu betrachten. Als sich ihre Blicke trafen, rührten sich sonderbare Empfindungen in Mitternacht, und plötzlich wußte sie ohne Zweifel, daß diese Frau die fleischgewordene Göttin war. Es herrschte ein Gefühl der Anziehung zwischen ihnen, als würden sie auf einer anderen Ebene ein großes Geheimnis oder eine Wahrheit teilen. Allerdings hatte Mitternacht keine Ahnung, worum es sich dabei handeln mochte. Am beunruhigendsten war aber die Empfindung, die Mitternacht in den Augen der Göttin sah, als die Magierin wieder gehen wollte.

Furcht.

Mitternacht eilte aus dem Tempel und verbrachte den Rest des Tages damit, die Stadt zu erkunden. Sie fand keinen Tempel, der der Göttin Mystra geweiht war, und als sie schließlich in eine Taverne einkehrte, waren verständnislose Blicke und Schulterzucken die einzigen Reaktionen auf ihre Fragen nach dem Verbleib der Göttin der Magie. Anscheinend hatten nicht alle Götter in der Nacht der Ankunft einen so spektakulären Auftritt hingelegt, wie es Tymora zweifellos getan hatte. Offenbar waren bisher nicht einmal alle Götter in die Reiche herabgestiegen.

Schließlich führte Mitternachts Weg sie rechtzeitig zum Abendmahl in die Herberge „Stolz von Arabel". Sie stand in der Tür und beobachtete einen riesigen schwarzen Raben, der wie ein Geier im Halbdunkel kreiste. Dann löste sie ihren Blick von dem Tier und trat ein. Mitternacht setzte sich an einen Tisch im hinteren Teil des Raums und bestellte einen Krug ihres bevorzugten Biers sowie eine stärkende Mahlzeit.

Nach einer Weile fiel ihr eine kleine Gruppe Abenteurer auf, die am anderen Ende des Schankraums saßen und deren Unterhaltung sich ins Stimmengewirr im Lokal mischte. Mitternacht merkte, daß ihr Blick immer wieder zu dem stämmigen Söldner und seinen Gefährten wanderte. Schließlich stand sie auf und stellte sich ans andere Ende der Bar, um ihrem Gespräch besser folgen zu können.

♦   ♦   ♦

„Die Wände leben und atmen", sagte Caitlan Mondsang. „Man sagt, keine Wand habe Ohren? Nun, diese schon."

„Und das soll uns Mut machen?" fragte Adon.

Kelemvor lehnte sich zurück, trank sein Bier und rülpste laut. Adon warf ihm einen bösen Blick zu. Der "Stolz von Arabel" war ein teures Lokal, in dem ein gewisses Maß Anstand gewahrt werden mußte. Reisende Adlige stiegen manchmal in der Herberge ab, wenn es im Palast an Räumlichkeiten fehlte, und nur fahrende Händler und Kaufleute, die bestens verdienten, konnten sich den „Stolz von Arabel" leisten.

Nachdem sie die Ritterbruck-Verschwörung aufgedeckt hatten, stand es Kelemvor, Cyric und Adon frei, die Herberge zu besuchen, wann immer es ihnen in den Sinn kam, ohne bezahlen zu müssen. Obwohl sie dies unabhängig voneinander schon oft genutzt hatten, saßen sie jetzt zum ersten Mal gemeinsam hier.

Während die Abenteurer beisammen saßen, um sich Caitlans Geschichte anzuhören, bemerkte Adon eine hübsche Kellnerin, die ihn anlächelte. Ihr Gesicht kam ihm bekannt vor, aber er konnte es nicht zuordnen.

„Es ist nicht möglich, daß eine Festung lebt", wandte Cyric ein.

„Diese schon! Die Wände können sich einem nähern. Die Gänge können sich zu einem Labyrinth verformen, in dem ihr den Hungertod sterben könnt. Der Staub allein reicht, um euch zu töten. Er kann sich verfestigen und zum Dolch werden, der sich ins Herz bohrt, oder zu einem Krieger, der niemals müde oder erschöpft wird."

Und wie bist du dann entkommen, Kleine? fragte sich Cyric und lächelte flüchtig. Er saß mit dem Rücken zur Wand, die Erkenntnis aus einer schmerzhaften Lektion, die er in seiner Zeit als Dieb hatte lernen müssen. Nach dem Kampf mit Marek, der nicht einmal eine Stunde her war, erschien es umso klüger, diese Lektion zu befolgen.

Cyric war klar, daß Caitlan ihnen nicht alles erzählte, und allein schon aus diesem Grund schwieg der ehemalige Dieb und verbarg sein Lächeln hinter einer vorgehaltenen behandschuhten Hand.

„Sag mir noch einmal, warum wir Leib und Leben riskieren sollen, um dir und diesem Mädchen zu helfen, das uns Reichtum verspricht, selbst aber Lumpen trägt", bat Adon Kelemvor.

Cyric bemerkte, daß der Kleriker nervös wirkte – so nervös, daß er jedesmal zusammenzuckte, wenn die Tür der Herberge aufging und ein neuer Gast eintrat. Seit er Kelemvors Einladung gefolgt war, kam ihm das Verhalten des Klerikers sonderbar vor, und jetzt war er in einer Stimmung, die ihn für menschliche Gesellschaft ungeeignet machte. Das war beunruhigend.

„Erwartest du jemanden?" fragte Cyric den Kleriker, doch Adon verzog nur das Gesicht.

„Gewiß gibt es ein Risiko", sagte Kelemvor schließlich. „Aber was ist das Leben anderes als eine Folge von Risiken? Ich weiß nicht, ob es euch auch so geht, aber ich kann den Gedanken nicht ertragen, noch einen Tag länger in diesen erdrückenden Mauern eingesperrt zu sein."

„Und meine Herrin ist an diesem unheiligen Ort gefangen, und das für alle Zeit, wenn ihr drei sie nicht rettet!" Caitlan war bei fast jedem Wort noch blasser geworden, Schweißperlen standen auf ihrer Stirn.

Adon sah zur Seite und bemerkte, daß die Kellnerin, die ihn angelächelt hatte, langsam näherkam. Sie war zierlich und hatte feuerrotes Haar, das ihn an Sune erinnerte. Sie trug ein Tablett mit Getränken und blieb am Nachbartisch stehen.

Plötzlich erinnerte er sich an ihr Gespräch vor zwei Nächten, als er ihr in der Herberge zum Vollmond begegnet war, wo sie wie er Gast gewesen war. Adon genoß die Gesellschaft in jener Herberge, und der Lohn der jungen Frau war zu gering, als daß sie daran hätte denken dürfen, es sich im "Stolz von Arabel" gutgehen zu lassen.

„Adon", sagte sie und betrachtete ihn.

Er konnte sich nicht an ihren Namen erinnern. „Liebste."

Einen Moment später fand sich Adon auf dem Boden wieder, sein Kopf dröhnte noch vom Aufprall des Tabletts. „Einen feinen Rat hast du mir gegeben, du Narr! Ich soll die gleiche Bezahlung fordern! Ich soll gerecht behandelt werden, als Person und nicht nur als Dienstmädchen, das sich von reichen Trunkenbolden in feinen Klamotten anstarren und angrapschen lassen muß, die hierher kommen!"

Adon versuchte vergeblich, seinen angeschlagenen Kopf wieder halbwegs klar zu bekommen. Ja, die Worte hörten sich zweifellos an, als könnten sie aus seinem Mund stammen...

„Das Gespräch war kein Erfolg?" fragte der Kleriker ruhig.

Die Kellnerin bebte vor Wut. „Ich habe meine Chance eingebüßt, die nächste Frau des Herbergsbesitzers zu werden. Ein Leben in Luxus, einfach weggeworfen, und nur deinetwegen!"

Sie warf das Tablett zu Boden, und Adon achtete darauf, ihm auszuweichen. Die Kellnerin stürmte davon, und Adon sah seine Gefährten an.

„Wie schnell können wir aufbrechen?" fragte er und nahm Cyrics dargebotene Hand.

„Willkommen", sagte Cyric und verbarg sein Lächeln nicht länger.

„Wir müssen mehr in Erwägung ziehen als nur unsere Eile, die Flucht zu ergreifen und unser Verlangen, Abenteuer zu erleben", sagte Kelemvor. „Auch wenn Magie nicht mehr vertrauenswürdig ist, sollten wir einen Magus auf diese Reise mitnehmen."

Cyric runzelte die Stirn. „Du hast recht. Aber wen?"

Nach einem Moment sagte Adon: „Wie wäre es mit Meister Aldophus? Er ist ein Weiser von gutem Ruf und eng mit König Azoun befreundet."

„Sonderbare Geschehnisse im Überfluß – und die Hölle bricht los", zitierte Cyric einen Satz, den Aldophus formuliert hatte, einen Satz, der eine neue, düstere Bedeutung angenommen hatte, von der der Weise nichts geahnt hatte, als er ihn zum ersten Mal gesprochen hatte.

„Aldophus ist ein Dilettant in Sachen Naturwissenschaften." Alle drehten den Kopf und starrten die dunkelhaarige Frau an, die vor den Abenteurern stand. „Ich zweifle ernsthaft daran, daß die Fähigkeit, die Eigenschaften unedlen Metalls und einfacher Erde zu bestimmen sehr hilfreich für das ist, was ihr vorhabt."

Kelemvor gab einen verächtlichen Laut von sich. „Ich nehme an, du hast Besseres zu bieten?"

Die Frau hob eine Augenbraue, woraufhin Kelemvor ihr Gesicht betrachtete. Ihre Augen waren tief und unergründlich schwarz, in ihnen tanzten scharlachrote Funken. Ihre Haut war tiefbraun, und er nahm an, daß sie aus dem Süden stammte. Ihre Lippen waren voll und blutrot, ein kühles Lächeln hatte sich in ihr faszinierendes Gesicht eingebrannt, das von langem schwarzen, geflochtenen Haar umrahmt war.

Für eine Frau war sie groß, ein Stück größer als Kelemvor, und sie trug einen Umhang, der nur wenig von dem wunderschönen Anhänger in Sternform zeigte, den sie um den Hals trug. Ihre Kleidung war tiefviolett, und sie trug zwei große Bücher über die Schultern, die sie mit Ledergurten zusammengeschnürt hatte.

Das ist Männersache, dachte Kelemvor, *und sie mischt sich hier ein.* Er wollte ihr das eben sagen, doch dann schrie er auf, da sein Krug zerplatzte und an seiner Stelle ein Drache entstand, der aus bläulich-weißem Feuer war und eine Flügelspannweite von den Ausmaßen eines erwachsenen Mannes hatte. Das Gebrüll des Drachen lenkte die Aufmerksamkeit aller Gäste in der Herberge auf sich. Der Drache öffnete das Maul und gab den Blick auf seine Reißzähne frei, die scharf wie Dolche waren. Dann bäumte sich die Kreatur auf und schoß, dessen war sich Kelemvor sicher, in der alleinigen Absicht vor, ihm den Kopf abzubeißen und damit der Blutlinie der Lyonsbanes ein Ende zu setzen.

Die Schnelligkeit und Heftigkeit des Monsters hinderten Kelemvor daran, das Schwert rechtzeitig zu ziehen, und der

SCHATTENTAL

Drache hätte den Söldner mühelos im gleichen Augenblick töten können. Doch dann hielt die Kreatur inne, rülpste unglaublich laut und löste sich in Nichts auf.

Kelemvors Stuhl war unter ihm zusammengebrochen, und er stand breitbeinig und mit rasendem Herzen da, während seine Blicke umherwanderten. Dann grinste die Frau und gähnte gelangweilt. Kelemvor warf ihr einen bösen Blick zu.

„Besseres zu bieten?" fragte sie. „Ich schätze schon." Dann zog sie einen Stuhl heran. „Ich bin Mitternacht von Tiefental."

Schwerter wurden in die Scheide zurückgesteckt, Äxte an ihren angestammten Platz gestellt, Bolzen aus Armbrüsten genommen, und in der Herberge kehrte wieder Ruhe ein.

„Eine Illusion! Wir brauchen einen Magier, keinen Illusionisten!" Kelemvors kehliges Lachen verstummte aber schnell, als er sah, daß der schwere Eichentisch an der Stelle verkohlt war, an der der Drache aufgetaucht war.

Kelemvor empfand eine solche Beherrschung der Magie als irritierend, vor allem, wenn sie von einer Frau ausging. Vielleicht war es nur Zufall gewesen.

Kelemvor stützte sich auf sein Schwert und stand auf. Ehe es ihm in den Sinn kam, sein Schwert zurück in die Scheide zu schieben, ertönte eine vertraute Stimme.

„Nein! Ich sehe wohl nicht recht! Es kann doch nicht sein, daß der mächtige Kelemvor diese armselige Herberge mit seinem Besuch beehrt!"

Kelemvor hielt das Schwert erhoben und suchte nach dem lachenden Gesicht des Söldners Thurbrand. Er sah, daß dieser nicht allein war. Zwei quadratische Tische waren zusammengeschoben worden, damit die Gruppe um Thurbrand Platz genug hatte, die aus sieben Männern und drei Frauen bestand, von denen man keinen für einen Stammgast im „Stolz von Arabel" hätte halten können. Die Männer sahen trotz ihres recht geringen Alters nach erfahrenen Kriegern aus. Ein Mann, ein Albino, griff nach seinem Dolch, doch Thurbrand bedeutete ihm,

Ruhe zu wahren. Eine schöne Frau mit kurzem blonden Haar saß gleich neben Thurbrand und hing förmlich an seinen Lippen und an jedem Wort, das er sagte. Am anderen Ende des Tischs saß eine junge Frau mit kurzem braunen Haar, die nichts sagte, sondern Kelemvor nur mißtrauisch ansah.

Kelemvor starrte in Thurbrands nur allzu vertraute smaragdgrüne Augen und stellte fest, daß sie so trügerisch und hypnotisierend waren wie immer. Kelemvor schnitt eine Grimasse.

„Und ich dachte, Hunde müßten an der Leine gehalten werden", erwiderte Kelemvor. „Der Halter muß gezüchtigt werden!"

Thurbrand schüttelte den Kopf und lächelte, während er seine Gefährten betrachtete. Sein Blick sagte eindeutig, daß sich keiner von ihnen einmischen sollte, ganz gleich, was auch geschah. „Kelemvor!" sagte er, als sei es eine Qual, den Namen auszusprechen. „Die Götter können doch nicht *so* grausam sein."

Kelemvor warf den Zuschauern an den anderen Tischen einen Blick zu, so daß sie einer nach dem anderen rasch wegsahen. „Du wirst langsam alt", sagte Kelemvor deutlich leiser als üblich.

Thurbrand war knapp über dreißig Sommer alt, also kaum älter als Kelemvor selbst, und doch hatte das Alter begonnen, an ihm zu zehren. Thurbrands goldenes, feines Haar wurde schütter, und er trug es ungewöhnlich lang, um größere kahle Stellen zu bedecken. Thurbrand war sich dieser Tatsache offenbar sehr bewußt, weshalb er sich auch ständig durch das Haar strich und mit den Fingern hindurchfuhr, um sicher zu sein, daß keine kahle Stelle sichtbar wurde.

Seit Kelemvor ihn zum letzten Mal gesehen hatte, hatten sich auf Thurbrands Stirn und rund um die Augen tiefe Falten gebildet. Die Art, wie er sich sogar im Sitzen gab, erinnerte an die Behäbigkeit eines beleibt gewordenen Geschäftsmanns, nicht an den durchtrainierten Körper eines geschickten Kriegers, mit dem Kelemvor in früheren Jahren Seite an Seite wilde Kämpfe erlebt hatte, bevor eine Meinungsverschiedenheit – deren Anlaß beide Männer längst vergessen hatten – sie dazu gebracht hatte, getrennte Wege zu gehen. Thurbrands Gesicht war aber immer noch rot durch ein Übermaß an Sonne, und seine Arme wirkten genauso kräftig wie die Kelemvors.

„Alt? Thurbrand aus den Steinländern? Wirf doch einmal einen Blick in den Spiegel, du plumpes Wrack. Hat dir noch niemand gesagt, daß zivilisierte Männer ihr Schwert nur ziehen, wenn es einen Grund dafür gibt?"

„Ich bedaure den Mann, der einen von uns beiden für zivilisiert hält", meinte Kelemvor und steckte sein Schwert weg.

„Kel", sagte Thurbrand. „Du erschütterst meine zerbrechliche Fassade. Ich bin hier Stammgast, ein angesehener Waffenhändler und ein erfahrener Mann im Umgang mit seinesgleichen. Wo wir gerade davon sprechen... ich hätte da vielleicht einen kleinen Auftrag für dich..."

„Genug!" sagte Kelemvor.

Thurbrand schüttelte den Kopf in gespielter Verzweiflung. „Na gut, du weißt, wo du mich findest."

„Wenn ich keine Augen am Hinterkopf hätte, wüßte ich es nicht", entgegnete Kelemvor und wandte Thurbrand den Rücken zu.

Kelemvor fand einen neuen Stuhl an seinem Platz vor und erblickte einen jungen Kellner, der mit den Überresten des alten in die Küche eilte. Mitternacht saß selbstbewußt zwischen Cyric und Adon. Caitlan sagte nichts, ihr Blick hing an dem Anhänger der Magierin, der jetzt auf Mitternachts Umhang ruhte. Die Frau wirkte, als würde sie jeden Moment ohnmächtig. Ihre Haut war schneeweiß, und ihre Hände zitterten.

„Wir haben uns über die beste Route unterhalten und über den angemessenen Anteil an der Beute für jemanden von meiner Erfahrung", sagte Mitternacht selbstsicher, während Kelemvor spürte, wie sich jedes Haar an seinem Körper aufrichtete. „Ich schlage vor..."

„Steh auf", fiel Kelemvor ihr ins Wort.

„Ihr braucht mich", sagte Mitternacht ungläubig, während sie widerwillig gehorchte.

„Ja", sagte Kelemvor. „So dringend wie jemanden, der mir im Schlaf die Kehle aufschlitzt. Fort mit dir!"

Plötzlich erhob sich Caitlan, und ihr Mund bewegte sich, als wolle sie aufschreien. Sie legte die Hände um ihren Hals und fiel vornüber auf den Tisch.

Kelemvor sah entsetzt zu dem Mädchen. „Meine Belohnung", flüsterte er. Als er aufblickte, bemerkte er, daß die anderen von ihm zu hören erwarteten, was sie tun sollten. „Adon", sagte er schroff. „Steh nicht einfach herum. Du bist Kleriker. Stell fest, was sie hat, und heile sie!"

Adon schüttelte den Kopf und drehte ihm seine Handflächen zu. „Ich kann nicht. Da die Götter in den Reichen weilen, funktionieren unsere Zauber nur, wenn wir in ihrer Nähe sind. Das mußt du doch wissen!"

Kelemvor fluchte angewidert, als er sah, daß Caitlan trotz der angenehmen Raumtemperatur zitterte. „Dann hol eine Decke oder so etwas, damit ihr wieder warm wird."

Mitternacht trat vor. „Meinen Umhang", sagte sie und griff nach dem Verschluß, der den Stoff zusammenhielt.

Kelemvor warf ihr einen stechenden Blick zu. „Du gehörst nicht zu uns."

Eine Kellnerin kam mit einem frischen Tischtuch. „Ich habe es mitbekommen", sagte sie und half Kelemvor, das Mädchen in den Stoff einzuwickeln, dann wich sie zurück, während der Söldner die Bewußtlose in die Arme nahm.

Er sah seine Gefährten an. „Geht mit der Magierin oder kommt mit mir", sagte er nur. Adon und Cyric sahen erst einander dann, dann zu Kelemvor. Mitternacht würdigten sie keines Blickes.

„Wie ihr wollt", sagte die Magierin kühl. Kelemvor und seine Gefährten gingen an ihr vorbei, und sie sah zu, wie Adon den anderen die Tür aufhielt und sie die Herberge verließen.

Mitternacht wandte sich ab und stieß fast mit einer Kellnerin zusammen, deren schmales Gesicht ein nervöses Lächeln zierte. Das Mädchen spielte ängstlich mit seiner Schürze. „Sag, was du zu sagen hast", herrschte Mitternacht sie an.

„Eure Rechnung, Herrin."

Mitternacht sah hinüber zu dem Tisch, an dem sie zuerst gesessen hatte. Dort stand noch ihre Mahlzeit, die schon lange kalt geworden war. Ihr war der Appetit vergangen. Mitternacht folgte der Frau zur Theke und bezahlte beim Wirt.

„Sind noch Zimmer frei?" fragte sie.

Der Mann gab ihr das Wechselgeld zurück. „Nein, Herrin, wir sind ausgebucht. Vielleicht noch im Scharlachroten Speer? Der ist ganz in der Nähe..."

Mitternacht ließ sich den Weg beschreiben, dann gab sie dem Mann ein Goldstück für seine Bemühungen. Ehe der Mann Worte gefunden hatte, um sich für das großzügige Trinkgeld zu bedanken, war Mitternacht schon auf halbem Weg zur Tür.

Als sie in die kalte Nachtluft trat, erhob sich an einem absichtlich nicht bedienten Tisch eine dunkle Gestalt. Es gab in Arabel wenig, was sich nicht mit einer Handvoll Gold kaufen ließ – dazu gehörte auch das Recht, in einer düsteren Ecke eines Lokals ungestört an einem Tisch zu sitzen. Das unergründliche Schwarz der Augen des Fremden schien mit Bildern der Abenteurer erfüllt. Er grinste breit, dann wurde er eins mit den Schatten und verschwand, bevor überhaupt jemand zur Kenntnis genommen hatte, daß er hereingekommen war.

◆ ◆ ◆

Caitlan lag quer über dem Rücken von Kelemvors Pferd, während er durch die Nacht ritt. Cyric und Adon waren dicht hinter ihm. Bald erreichten sie die Herberge zum Hungrigen Mann, und Cyric half Kelemvor, der die junge Frau Adon übergab, der mit ausgestreckten Armen wartete. Der Söldner sprang vom Pferd und stürmte zur Tür der Herberge, ohne sich darum zu kümmern, daß er sein Tier nicht angebunden hatte.

„Sollen wir ihm folgen?" fragte Adon.

„Gib ihm etwas Zeit", sagte Cyric, und gleich darauf kam Kelemvor wieder heraus. Er wies die beiden an, sich hinter die Herberge zu begeben.

Am Hintereingang wartete eine alte Frau auf sie, die eine Laterne hochhielt und sie hektisch hereinwinkte. Kelemvor wirkte in der Gegenwart der Frau unterwürfig.

„Zehla, das ist Cyric, ein befreundeter Wachmann, und Adon von Sune", stellte Kelemvor vor.

Die Alte schüttelte den Kopf. „Du kannst uns später bekanntmachen. Kommt."

Gleich darauf standen sie neben Zehla in einem Raum, den sie stets für Notfälle bereithielt. Sie betrachtete die von Fieber geschüttelte Caitlan Mondsang und wischte mit einem nassen Handtuch die Schweißperlen ab, die sich auf der Stirn bildeten.

„Sie ist krank, vielleicht stirbt sie", sagte Zehla. Ihre weisen Züge und Falten sprachen Bände darüber, daß sie sich mit Schmerz und Leid auskannte.

Kelemvor bemerkte, daß Caitlan das Bewußtsein wiedererlangte. Sie wollte etwas sagen, aber er mußte sich vorbeugen, um sie zu hören.

„Rette sie", hauchte sie. „Rette meine Herrin."

„Ruh dich aus", erwiderte Kelemvor nur und strich dem Mädchen das Haar aus dem Gesicht. Dann nahm Caitlan seine riesige Hand in einen eisernen Griff, der den Söldner zusammenzucken ließ.

„Sie kann dich *heilen*", sagte Caitlan, dann wurden ihre Muskeln schlaff, und sie sank zurück auf das Bett.

„Zehla!" schrie Kelemvor, aber die alte Frau war schon da. Kelemvor blickte zu den anderen. Wenn sie das Versprechen des

Mädchens gehört hatten, ließen sie es sich nicht anmerken. Sein Geheimnis war gewahrt.

„Sie lebt", erklärte Zehla. „Noch."

Sie bat Cyric und Adon, das Zimmer zu verlassen, damit sie und Kelemvor sich unter vier Augen unterhalten konnten. Die beiden sahen ihn an, um herauszufinden, ob er sich der Bitte anschloß, doch sein Blick galt einzig Caitlan. Sie gingen hinaus, und Zehla schloß die Tür hinter ihnen.

„Meine Belohnung", sagte Kel und wies auf das Mädchen. „Wenn sie stirbt, werde ich um meine Belohnung betrogen."

Zehla kam auf ihn zu. „Ist das deine einzige Sorge?"

Kelemvor riß seinen Blick von dem Mädchen los und kehrte der alten Frau den Rücken zu.

„Reichtum wird nicht immer in Gold bemessen, lieber Kel. Es gibt Menschen, die anderen helfen, weil ihnen das guttut. Ihnen reicht das Wissen, daß sie auf dieser Welt etwas verändert haben. Käufliche Helfer sind dagegen billig und im Überfluß vorhanden. Du solltest mal darüber nachdenken."

„Meinst du, ich wüßte das nicht? Ich denke täglich daran. Aber vergiß nicht, ich bin kein Kind, das die Welt mit weit aufgerissenen Augen betrachtet und sich von dir Vorhaltungen machen läßt. Ich habe keine andere Wahl, als meinen Weg zu gehen."

Zehla ging zu ihm und berührte seinen Arm. „Warum, Kel? Kannst du mir den Grund sagen?"

Kelemvor zog die Schultern ein, als sein Zorn verrauchte. „Nein."

Zehla schüttelte den Kopf und ging an ihm vorbei. Sie schob einen Stuhl weg und öffnete eine Luke im Fußboden, aus dem sie ein kleines Kästchen hervorholte. Dann stützte sie sich am Bett ab, um wieder aufzustehen.

„Hilf mir", sagte sie, als sie das Kästchen neben Caitlan stellte. Kelemvor zögerte, woraufhin Zehla ihn kühl ansah. „Komm, wir müssen deine Investition schützen."

Kelemvor trat vor und sah zu, wie Zehla das Kästchen öffnete, in dem sich eine Reihe verschiedenfarbiger Fläschchen befand. „Heiltränke", sagte Kelemvor.

„Klar. Darum bist du doch hergekommen, statt dich mit ihr zu einem Tempel zu begeben, oder?"

„Ja", sagte Kelemvor. „Der Magie der Kleriker kann man nicht trauen. Ich befahl Adon vorhin, sie zu heilen, ohne daran zu denken, daß nichts mehr wie in der Zeit vor der Ankunft ist. Natürlich konnte er sie nicht heilen. Ich fürchtete, die Tymoragläubigen würden sie fortschicken, da sie keine von ihnen ist. Oder sie hätten uns gezwungen, morgen wieder zu ihnen zu kommen. Doch bis dahin hätte sie tot sein können."

„Wenn sie dies hier trinkt, kann es genauso tödlich wirken, als würde sie gar nichts bekommen", sagte Zehla, während sie eine Phiole hochhielt. „*Alle* Magie ist ungewiß."

Er seufzte und betrachtete Caitlan, die noch immer zitterte. „Aber wir haben keine andere Wahl."

Zehla entfernte den Deckel von dem Fläschchen und hob den Kopf des Mädchens an. Kelemvor half ihr, und gemeinsam brachten sie das bewußtlose Mädchen dazu, den Trank zu schlucken.

„Du bist also wegen meiner Heiltränke gekommen."

„Ich wußte, du würdest, wenn du keine Tränke hättest, wissen, wo man einen kriegen kann", sagte Kelemvor. „Notfalls auf dem Schwarzmarkt. Solche Dinge erzielen Höchstpreise." Das Fläschchen war leer, und Kelemvor ließ Caitlans Kopf zurück auf das Kissen sinken. „Was jetzt?"

„Jetzt warten wir", sagte Zehla. „Wenn wir sie nicht vergiftet haben, werden wir wahrscheinlich erst morgen ein Resultat sehen."

„Wenn der Trank wirkt, wird sie dann stark genug sein, um mit uns zu reiten?"

„Sie wird überleben", sagte Zehla. „Alles weitere sehen wir dann."

Kelemvor wollte Gold herausholen, doch Zehla hielt seine Hand fest.

„Im Gegensatz zu dir, Kel, ist es mir Lohn genug, wenn ich weiß, daß ich ein Leben gerettet habe." Sie wies auf das offene Kästchen, in dem sich noch ein halbes Dutzend Fläschchen befand. „Stell das weg", sagte sie und ging hinaus.

Kelemvor stand eine Zeitlang einfach nur da und betrachtete abwechselnd Caitlan und die Behältnisse, während Zehlas Worte schwer auf ihm lasteten. Als der Söldner schließlich auch das Zimmer verließ, warteten Cyric und Adon bereits auf ihn.

Zehla hatte sie schon informiert, daß es Caitlan etwas besser ging. Kelemvor war nicht in der Stimmung für eine Diskussion. Er verließ die Herberge gefolgt von seinen Kameraden und wartete, bis jeder auf seinem Pferd saß. Dann leierte er eine Reihe von Befehlen herunter, die Cyric überraschten und einige der bis dahin gehegten Zweifel an Kelemvors Fähigkeiten zerstreuten.

„Der Junge, den du erwähntest, Cyric, der, den du mit dem Mädchen in der Herberge gesehen hast und dessen Vater Wachmann ist. Statte ihm einen Besuch ab und überzeuge ihn, daß er morgen um die Mittagszeit für eine Ablenkung sorgt, wenn sein Vater das Nordtor bewacht. Wenn er widerspricht, drohe ihm damit, sein Verhältnis mit dem Mädchen zu verraten und sag ihm, er solle schweigen, auch wenn wir abgereist sind. Du habest Freunde in der Stadt, die ihn auch dann noch auffliegen lassen können. Mach' das im Schutz der Nacht, dann ruh dich aus und pack deine Habseligkeiten zusammen. Wir treffen uns beim ersten Schein des neuen Tages beim Hungrigen Mann."

Er sah zu Adon: „Ich will, daß du einen Mann namens Gelzunduth aufsuchst – ich werde dir den Weg beschreiben. Cyric und ich brauchen falsche Pässe, die einer genauen Betrachtung standhalten. Der fette alte Gierschlund ist ein Meister im Dokumentenfälschen. Wir brauchen auch einen falschen Freibrief." Kelemvor warf Adon einen Beutel Gold zu. „Das sollte ausreichen, um deine Ausgaben zu decken. Mit deiner Unschuldsmiene wirst du keine Schwierigkeiten haben, das Schwein zum Mitmachen zu bewegen. Wenn er sich weigert, komm zu mir in den Hungrigen Mann. Wenn ich nicht da bin, warte auf mich, dann begleite ich dich. Ich habe mit dem Mann noch eine Rechnung zu offen."

Adon wirkte verwirrt. „Keiner von euch muß die Nacht in der Kaserne bei den anderen Wachen verbringen?"

Kelemvor sah Cyric an.

„Teil unserer Belohnung dafür, daß wir den Verräter entlarvten", sagte der. „Diese Unabhängigkeit ist sehr angenehm."

Adon schnitt eine Grimasse. „Falsche Pässe? Das ist wohl kaum legal."

Kelemvor zügelte und verhielt sein Pferd. Er warf Adon einen wütenden Blick zu. „Du kannst nicht heilen, du kannst nicht zaubern. Du bist im Kampf allenfalls *adäquat*. In Anbetracht dessen sollte es nicht zuviel von dir verlangt sein, falsche Pässe zu beschaffen."

Adon ließ den Kopf hängen und hörte sich die Wegbeschreibung, die Kelemvor ihm gab, an, dann machte er sich auf den Weg zum Haus Gelzunduths.

„Was wirst du tun?" fragte Cyric.

Kelemvor mußte fast lachen. „Ich suche einen Magier, *keine* Magierin."

Der Söldner ritt in die Nacht und überließ Cyric seiner eigenen Aufgabe, während er seinen Fragen nachhing.

♦ ♦ ♦

Die Straßen Arabels waren menschenleer, und Mitternacht fragte sich einen Moment lang, ob möglicherweise eine Ausgangssperre verhängt worden war. Sie war den Weg gegangen, den man ihr im „Stolz von Arabel" beschrieben hatte, und hatte sich schon nach kurzer Zeit verlaufen. Mitternacht wußte, daß dies gut für sie war, weil sie auf diese Weise Zeit hatte, um sich zu beruhigen, ehe sie im Scharlachroten Speer wieder unter Menschen kam.

Mitternacht berührte zögernd den Anhänger – Mystras Unterpfand –, während sie an den Drachen aus blauen Flammen dachte, der im „Stolz von Arabel" Gestalt angenommen hatte. Sie hatte einen Levitationszauber wirken wollen, um Kelemvor zu beeindrucken, doch aus irgendeinem Grund hatte sich der Zauber verändert. Mitternacht war äußerlich ganz ruhig geblieben und hatte die Erschaffung des Drachens für sich in Anspruch genommen, obwohl sie entsetzliche Angst gehabt hatte.

Die Magierin berührte erneut den Anhänger. Vielleicht hatte es etwas mit dem Drachen zu tun. Auf der anderen Seite lag es vielleicht nur an der unberechenbaren Natur der Magie, daß der Drachen entstanden war.

Mitternacht war nicht in der Lage, den wahren Grund für den schiefgelaufenen Zauber auszumachen, und beschäftigte sich wieder mit der Suche nach dem Scharlachroten Speer.

Dann sah sie vor sich auf der Straße ein Pferd – und einen Mann, der sie rief. Thurbrand, der Söldner, der Kelemvor in der Herberge provoziert hatte.

„Schöne Narzisse!"

„Ich heiße Mitternacht", erwiderte sie, als sich der Mann näherte. Niemand sonst war auf der Straße. Der Name, mit dem er sie bezeichnet hatte, amüsierte sie, obwohl ihre innere Stimme sie warnte, sich vor dem lächelnden Mann zu hüten.

„Ich bin *niemandes* schöne Narzisse!"

„Dann gibt es keine Gerechtigkeit auf der Welt", sagte Thurbrand. Seine grünen Augen schillerten im Mondlicht.

„Was willst du, Drachenauge?"

„Ah, ich sehe, Kelemvors freundliche Art ist nicht spurlos an Euch vorübergegangen", sagte er sanft. „So wirkt er auf viele, die sich mit ihm anfreunden wollen. Er hat viel gelitten, verehrte Mitternacht, und dieses Leid gibt er an alle weiter, mit denen er sich umgibt."

„Nur Mitternacht", sagte die Magierin, die einen kalten Schauer spürte und ihren Umhang enger um sich zog.

Er lächelte und rückte eine Strähne zurecht, die eine kahle Stelle bloßgelegt hatte. „Kommt, ich biete Euch einen Platz für die Nacht und einen Gesellschafter, der eine Frau zu schätzen weiß, die so lieblich und fähig ist wie Ihr."

Thurbrand wandte sich um und ging zu seinem Pferd. „Vielleicht können wir auch übers Geschäft reden."

Entweder trogen Mitternacht ihre Augen, oder das Pferd, dem sich Thurbrand näherte, hatte wirklich eine blutrote Mähne – ein Pferd, das das Ebenbild jenes Tieres war, von dem sie vor den Toren Arabels getrennt worden war. Mitternachts Herz raste, als sie sah, wie Thurbrand stehenblieb und über die Schulter zurückblickte. Mitternacht eilte an seine Seite, während sie begann, einen Plan zu entwickeln. Vielleicht konnte Thurbrand ihr helfen, den arroganten Narren Kelemvor davon zu überzeugen, daß sie keine Frau war, die sich so behandeln ließ. Thurbrand würde sich allerdings nicht für die Richtung interessieren, in der sich ihre Überlegungen bewegten.

„Um genauer zu sein: das Geschäft, in das der Schurke Kelemvor Euch nicht mit einbeziehen wollte. Es gibt vieles, was ich gerne wüßte."

Mitternacht runzelte die Stirn und wirkte einen Vergessenszauber bei Thurbrand. Ein blasser, blauweißer Blitz zuckte über seinen Halsansatz, und Thurbrand legte den Kopf schräg, um verärgert auf seinen Hals zu schlagen. „Verdammte Käfer", zischte er. „Worüber sprachen wir gerade?"

„Ich erinnere mich nicht."

„Seltsam", sagte Thurbrand, während er auf seinen schwarzen Hengst stieg und dann zu Mitternacht blickte, die die Hand ausgestreckt hatte. Sie stieß sich ab und stemmte sich so fest mit dem Stiefel in seine Hand, daß sie ihn fast vom Pferd riß, dann saß auch sie bequem.

„Was ist seltsam?" fragte sie.

„Ich erinnere mich auch nicht." Thurbrand zuckte die Achseln. „War wohl nicht so wichtig."

„Vermutlich", pflichtete sie ihm bei und versetzte dem Tier einen leichten Tritt in die Flanken. Dann klammerte sie sich fest, als es plötzlich mit seinen Reitern durch die Nacht jagte. „Ich schätze, Ihr habt recht. Ein schönes Pferd habt Ihr da!"

„Ich habe ihn erst letzte Woche gekauft. Etwas unbeherrscht, aber ohne Furcht."

Mitternacht grinste und tätschelte das Pferd. „Es kommt bestimmt nach seinem Herrn."

Thurbrand lachte und legte seine behandschuhte Hand auf Mitternachts unbedecktes Knie, zog sie aber zurück, als das Pferd vorwärts schoß. Wenn er nicht Gefahr laufen wollte, abgeworfen zu werden, mußte er die Zügel mit beiden Händen halten.

Mitternacht überlegte, ob sie einen Zauber kannte, damit der Mann seine Finger bei sich behielt und in der Nacht seinen Kopf auf seinem Kissen ruhen ließ. Eigentlich war es aber egal. Wenn Mitternacht an diesem Abend allein sein wollte und die Magie sie im Stich ließ, hatte sie immer noch ihr Messer.

Ein Messer funktionierte immer.

Mitternacht lächelte und entspannte sich. Kelemvor würde sie nicht noch einmal abweisen, wenn er erst einmal gesehen hatte, was sie mit Thurbrand vorhatte.

♦ ♦ ♦

Kelemvor kehrte wütend und müde von seiner ergebnislosen Suche zurück. Er fand Adon überraschenderweise auf dem Boden vor und holte den Mann lange genug aus dem Schlaf, um zu erfahren, daß alles nach Plan verlaufen war. Gelzunduth hatte die falschen Pässe ausgestellt. Nachdem Kelemvor sie an sich genommen hatte, legte sich Adon erneut auf die zerknitterten Decken auf dem Fußboden und schlief sofort wieder ein.

Der Söldner wollte wissen, wie die Mission gelaufen war und warum Adon die Nacht nicht im Tempel verbrachte, aber er war froh, daß Adon nicht von sich aus eine Erklärung abgab. Die lebhafte Erinnerung an einen Abend, an dem er Wache gehabt und sich endlos lang hatte anhören müssen, wie der Kleriker seine Göttin pries, reichte, Kelemvor davon abzuhalten, sich von ihm auch nur die einfachste Angelegenheit erklären zu lassen. Adon würde unweigerlich die Gelegenheit ergreifen, das Gespräch auf Sune zu bringen und sie wieder zu preisen.

Stunden später, als Kel fest schlief, erwachte Adon und konnte nicht mehr einschlafen. Der Kleriker hatte befürchtet, eine bewaffnete Wache vorzufinden, die ihn zurück ins Verließ in seinem Quartier im Tempel der Sune bringen würde. Darum hatte er den Tempel gemieden. Adon war Kel dankbar, daß er ihn die Nacht hier verbringen ließ, doch er hatte gelernt, daß es nicht ratsam war, dem Mann gegenüber solche Dinge anzusprechen. Er würde einen anderen Weg finden, sich erkenntlich zu zeigen.

Adon war klar, daß er übervorsichtig war. Immerhin hatte Myrmeen Lhal ihm bis zum Mittag des nächsten Tages Zeit gegeben, Arabel zu verlassen. Aber wenn sich ihre Laune änderte, konnte er plötzlich einem Auftragsmörder gegenüberstehen. Seine Erfahrung mit der Servorerin aus dem „Stolz von Arabel" hatte ihn vorsichtig werden lassen.

Adon zog sich im Halbdunkel an, wobei er versuchte, den Zustand zu ignorieren, in dem sich das Zimmer befand. Das Quartier des Klerikers war immer aufgeräumt, während Kelemvors Zimmer so aussah, als hätte eine kleinere Katastrophe Waffen, Karten, schmutzige Kleidung und angefangene Speisen querbeet überall verteilt. Dem Anblick nach zu urteilen erlaubte Kelemvor wohl unter keinen Umständen, daß hier jemand aufräumen kam.

Von der Erkenntnis getrieben, er sollte zumindest versuchen, seine Habseligkeiten an sich zu nehmen, verließ Adon die Herberge und ging nervös durch die Seitengassen zum Tempel der

SCHATTENTAL

Sune. Als er ihn erreicht hatte, war keine Wache zu sehen, also ging er hinein und gab einem Suniten die Anweisung, ihm bestimmte persönliche Gegenstände aus seinem Quartier zu holen. Der Sunit reagierte mit einer Reihe wütender Drohungen, die sich vor allem darum drehten, daß Adon seinen Schlaf gestört hatte. Doch als er verstand, daß Adon für immer ging, war er mit einem Mal sehr entgegenkommend.

Als der Sunit zurückkehrte, achtete Adon darauf, daß er ihm auch den Kriegshammer mitgebracht hatte, den er brauchen würde, wenn die Beschreibung der Festung stimmte, die Caitlan geliefert hatte. Dann kehrte Adon zurück in die Herberge zum Hungrigen Mann, schuf für seine Habseligkeiten ein wenig Platz auf dem Boden und legte sich wieder hin.

Beim ersten Sonnenstrahl weckte Cyric die beiden mit der Nachricht, daß auch seine Mission problemlos verlaufen war. Kelemvor zog sich an und ging zu Caitlan, um nach ihr zu sehen. Er war angenehm überrascht, als er sah, daß sie sich aufgesetzt hatte und über das Frühstück herfiel, das Zehla gerade eben gebracht hatte.

„Kelemvor!" rief Caitlan, als sie den Söldner sah. „Wann brechen wir auf?"

Zehla warf Kelemvor einen warnenden Blick zu.

„Sobald du dazu in der Lage bist. Und..."

„Ist Mitternacht auch hier? Ich habe viele Fragen an sie", sagte Caitlan. „Sie ist wunderbar, nicht? So hübsch, intelligent und begabt..."

„Sie kommt nicht mit uns", erwiderte Kelemvor knapp und sah, daß seine Worte auf sie eine belastende Wirkung hatten. Die junge Frau erbleichte auf der Stelle.

„Sie *muß* mitkommen", sagte sie.

„Es gibt andere Magier..."

„Es ist meine Queste", entgegnete sie und ließ zum ersten Mal ihr wahres Alter erkennen. „Du nimmst Mitternacht mit, oder wir gehen nirgendwohin."

Kelemvor rieb sich die Stirn. „Du verstehst nicht. Zehla, erklär ihr bitte, daß sich eine Frau für eine solche Mission nicht eignet."

Zehla stand vom Bett auf und verschränkte die Arme. „Und ein Kind eignet sich dafür?"

Kelemvor erkannte, daß er geschlagen war, und lenkte seufzend ein. Seine Suche nach einem Magier am Vorabend war ergebnislos verlaufen. Die wenigen Magi, die Interesse an diesem Abenteuer gezeigt hatten, waren zwar voller Begeisterung gewesen, aber sie waren nicht kompetent. Ein Magus brannte sogar sein Haus ab, als er versuchen wollte, ihm zu zeigen, daß er der richtige war.

„Ich kann sie suchen", sagte er schließlich. „Aber Arabel ist groß. Es könnte mehr Zeit erfordern, als wir zur Verfügung haben."

Caitlan sah weg. „Dann warten wir."

„Und was ist mit deiner Herrin?" fragte Kelemvor mißtrauisch, und wieder hatten seine Worte auf sie eine belastende Wirkung.

„Wir werden nur kurz warten", lenkte sie ein.

Zehla schob Kelemvor aus dem kleinen Zimmer in den Flur. „Wie ich gesehen habe, sind die Heiltränke unberührt", sagte Zehla.

„Ich bin vieles", entgegnete er, „aber kein Dieb. Hast du eine Vorstellung, was ihren Zustand ausgelöst haben könnte?"

„Zuviel Sonne, Erschöpfung... ihr ganzer Körper war geschwächt und damit empfänglich für Krankheiten. Es scheint, als sei sie schon eine ganze Weile durch die Stadt gewandert, um ihren Kämpfer auszuwählen."

Adon und Cyric kamen gerade noch zeitig in den Gang, um diese letzten Worte mitzuhören. Sofort mischten sie sich ins Gespräch ein.

„Das ist schmeichelhaft", sagte Adon gutgelaunt. „Sie muß in dir etwas Besonderes gesehen haben, Kelemvor."

„Eigentlich war sie ziemlich verzweifelt. Kelemvor war einfach nur der erste, der bereit war, mit ihr zu reden", sagte Zehla. „Ein ziemlich geschwätziges Ding, wenn sie erst einmal redet."

Kel zuckte leicht zusammen. Was hatte sie Zehla sonst noch erzählt? Hatte sie ihn verraten?

„Wir haben zu tun", sagte Kelemvor und bedeutete Cyric und Adon, ihm zu folgen.

Unbemerkt die Stadt zu verlassen würde schwierig werden. Sowohl Kelemvor als auch Cyric würde man kurz nach dem Abendmahl zum Dienst erwarten. Cyric mochte unauffällig genug sein, um aufmerksame Wachen oder unbezwingbare Mauern zu überwinden, doch der massive Söldner mit einem Kind, einem aufgeblasenen Kleriker und einer Magierin im Schlepptau würde das nicht bewerkstelligen können.

„Cyric, geh los und kauf' Kleidung und alles andere, wovon du glaubst, es könnte uns tarnen. Adon, versuch, Mitternacht zu finden. Wir werden... uns mit ihr zufriedengeben. Ich werde hier packen und an einem Plan arbeiten", sagte Kelemvor, nachdem die drei Abenteurer nach draußen gegangen waren.

Als Kelemvor eine Stunde später aus seinem Zimmer kam, stieß er fast mit zwei von Zehlas Angestellten zusammen, die mit Lebensmitteln bepackt waren. Draußen traf er auch Cyric und Adon, die überraschend leichtfüßig die Vorräte verstauten.

Adon grinste und nickte in Richtung des Schattens der Ställe, aus dem Mitternacht hervortrat. Sie war in Begleitung eines schwarzen Pferdes mit blutroter Mähne. Kelemvor ließ geschlagen die Schultern sinken. Er dachte an Caitlans Gesicht und das Gold, das sie ihm versprochen hatte, und das genügte, daß er seine spitze Zunge im Zaum hielt.

„Magst du Glücksspiele, Kel?" fragte Mitternacht amüsiert.

„Sieht aus, als ließe ich mich genau in diesem Moment auf eines ein", murmelte er.

Mitternacht streckte die Hand aus, in der sie etwas hielt, das an einen Mop erinnerte. „Mit besten Grüßen von deinem

Freund Thurbrand", sagte sie. Kelemvor sah, daß es sich um Menschenhaar handelte – wie es schien, sämtliche Haare, die sich noch auf Thurbrands Kopf befunden hatten.

„Ist er...?"

„Ziemlich verärgert, ja."

Kelemvor grinste. „Du sprachst gerade von Glücksspielen?"

Mitternacht nickte. „Betrachte das als meinen Einsatz, um bei deinem Spiel mitzuspielen."

Diesmal mußte Kelemvor herzlich lachen, aber das Lachen verging ihm, als er die Verkleidungen sah, die aus den Kisten neben Cyrics Pferd hervorlugten. Er sah genauer hin und entdeckte Perücken, erstaunlich lebensechte Masken und Lumpen, in die man ein Paar alte Bettlerinnen stecken würde.

Caitlan tauchte hinter der Gruppe auf und wirkte munter und gesund. Sie begrüßte Mitternacht, als sei die Frau die Antwort auf ihre Gebete. Dann schweifte ihr Blick zu einem Punkt, der jenseits der Mauern von Arabel zu liegen schien. Ihr Gesichtsausdruck wurde ernst.

„Wir müssen los", sagte sie. „Wir haben nicht mehr viel Zeit."

Mitternacht sah Kelemvor an. „Ich kann Adon mit den Vorräten helfen, wenn du willst."

Kelemvor nickte und schnappte sich die Kisten, die ihre Verkleidungen enthielten. Cyric folgte ihm in die Herberge.

„Wie heißt der Ort, zu dem wir reisen?" fragte Mitternacht.

„Burg Morgrab", erwiderte Adon.

Mitternacht zuckte die Achseln und legte ihren Umhang ab, damit sie sich besser bewegen konnte. Der blau-weiße Anhänger funkelte im Sonnenschein, während sie den Umhang über den Rücken ihres Pferdes warf.

Bei den Ställen löste sich ein Schatten aus der Dunkelheit, nahm die Gestalt eines Raben an und flog von den Ställen fort und über die Köpfe der Abenteurer hinweg, wobei er eine Geschwindigkeit erreichte, an die kein Geschöpf der Natur heranreichen konnte.

4
DIE NATUR LÄUFT AMOK

Tyrannos war nicht untätig gewesen in den beiden Wochen seit der Zeit der Ankunft, wie seine Anhänger nun jene Nacht nannten, in der er aus dem Himmel verstoßen worden war. Es waren fast unaufhörliche Aktivitäten erforderlich, um seine Aufmerksamkeit von seinem beunruhigenden Status als Sterblicher abzulenken. Bei den wenigen Gelegenheiten, bei denen er es sich gestattete, den Blick nach innen zu richten und die zerbrechliche sterbliche Hülle zu erforschen, in die er zwangsläufig hatte schlüpfen müssen, verlor sich der Schwarze Fürst in den endlosen Wirren der Maschinerie, die ihn bewegte und ihm eine Stimme gab.

Welche Gaben und Wunder sich ihm in den submikroskopischen Regionen rund um die Großhirnrinde offenbart hatten – und als er mit seinem Bewußtsein in eine einzige Zelle im endlosen Blutstrom seines Körper übergewechselt war und seinen Körper hatte entscheiden lassen, welchen Weg er auf seinen Erkundungen einschlagen sollte, fühlte Tyrannos eine Verzückung, die es mit der Göttlichkeit aufnehmen konnte!

Da erkannte er die Falle und zwang sich zum Rückzug. Er errichtete Barrikaden im Hirn des Körpers, den zu bewohnen er gezwungen war, und verstärkte seine Wahrnehmung, um sie vollkommen nach außen zu richten und niemals wieder den Gefahren zu erliegen, die mit seiner sterblichen Existenz verbunden waren. Tyrannos war ein Gott. Für ihn hatten Wunder etwas Gewöhnliches und Langweiliges. Doch jetzt war er von den Wundern der Ebenen abgeschnitten und würde sich auf die vor ihm liegende Aufgabe konzentrieren müssen, wenn er die Hoffnung bewahren wollte, eines Tages doch wieder in den Himmel gelangen zu können und seinen Hunger nach Wundern auf eine Weise zu stillen, die einem Gott entsprach.

Während Tyrannos' erster Tage in der Zentilfeste fielen die menschlichen Herrscher der Stadt in seiner Gegenwart auf die Knie und legten ihm all ihr Hab und Gut zu Füßen. Tyrannos war dankbar dafür, daß die Übernahme unblutig verlaufen war. Er hatte alles menschliche Futter gebraucht, das ihm in die Klauen geriet, um die Zahnräder seiner Maschinerien zu schmieren.

Der Bau des neuen Tempels für Fürst Tyrannos hatte begonnen. Schon bald hatte man den Schutt weggeschafft und behelfsmäßige Mauern errichtet, um die komplexen Planungsbesprechungen abzuschirmen, die Tyrannos einberief. Zwar bot sich Fürst Schach an, Tyrannos mitsamt seinem Personal zur Verfügung zu stehen, da er ahnte, daß seine Stellung als nomineller Herrscher der Zentilfeste auf dem Spiel stand, doch Tyrannos beschloß, in der Nähe seines schwarzen Throns zu bleiben. Außerdem war er nicht daran interessiert, sich der Langeweile auszusetzen, die die alltäglichen Abläufe in der Stadt für ihn bedeuteten, solange ihre Bewohner loyal und bereit waren, sich auf einen Fingerzeig hin zu opfern.

In seiner dritten Nacht in den Reichen begann Tyrannos zu träumen. In seinen Träumen sah er Mystra, die angesichts des Schreckens lächelte und über Ao lachte, als die Götter ihrem Schicksal überlassen wurden. Tyrannos, der Alpträume beschert hatte, war nun selbst einem solchen zum Opfer gefallen. Er verfluchte sein Fleisch, das ihm diese neue Schwäche einbrachte. Doch der Alptraum diente einem Zweck, und einmal mehr dachte Tyrannos deshalb darüber nach, welche Bedeutung Mystras rätselhafter Abschied von den Ebenen haben mochte.

Daher beschloß Tyrannos, Mystra aufzusuchen und zu erfahren, warum sie Aos Zorn so ruhig hingenommen hatte.

Schattental

Fünf Tage nach der Zeit der Ankunft traf Tempus Schwarzdorn ein, ein Magus von großer Macht und Bedeutung, der ihm Neuigkeiten über Mystras Aufenthaltsort in den Reichen brachte. Tyrannos legte ein Siegel auf die Türen, die zu seinen Privatgemächern führten, und teleportierte sich zusammen mit Schwarzdorn zur Burg Morgrab. Sie fanden Mystra vor der Burg, geschwächt und hilflos – offenbar infolge eines Traumas oder Angriffs. Vielleicht hatte sie einen Zauber versucht, der fehlgeschlagen war, überlegte Tyrannos und lachte über die Ironie einer solchen Situation.

Als der Schwarze Fürst sich vor ihr aufbaute, nahm Mystra auf einmal seine Anwesenheit wahr und setzte ein einzelnes Bruchstück ihrer Macht frei – einen veränderten Geas, der für ihren vorgesehenen Avatar bestimmt war. Der Zauber nahm die Gestalt eines bläulich-weißen Falken an, stieg auf in den Nachthimmel und floh. Tyrannos befahl Schwarzdorn, der magischen Kreatur zu folgen. Der Gesandte verwandelte sich in einen großen schwarzen Raben und flog dem Falken nach, verlor ihn aber in Arabel.

Als Tyrannos die Göttin im Verlies von Burg Morgrab in mystische, aus magischem Feuer geschaffene Ketten legte, fühlte er, wie der Raum von einer Welle der Macht erfaßt wurde. Das karge Verlies erzitterte, als Mystra das Bewußtsein wiedererlangte und ihre Fesseln prüfte.

Dann beschwor Tyrannos einen Schrecken, der Mystra schwach und gefügig halten sollte.

Komm, Ungeheuer, ich rufe dich auf diese Ebene, wie es meine Diener so viele Male zuvor taten.

Tyrannos hörte in den Tiefen seines Geistes ein Grollen, als die Kreatur erwiderte: *Ich komme.*

Es erschien zuerst als wirbelnder roter Nebel, der sich wie ein Zyklon drehte – hunderte zuckender, mißgestalteter Hände wuchsen hervor, die gierig die Luft vor der Göttin zerteilten. Plötzlich schlug das Wesen eine ebenso große Anzahl blaßgelber Augen auf, die in dem wirbelnden Nebel trieben. Sie zuckten wie Geister umher und betrachteten ihre Beute aus jedem

Winkel. Dann schienen sich unzählige Wunden im Nebel aufzutun, die sich als aufgerissene Mäuler entpuppten. Jedes von ihnen führte hinfort in eine endlose Folge finsterer Dimensionen. Die Mäuler gingen auf und zu und stießen einen Schrei aus, der von Hunger getrieben zu sein schien.

Mystra erkannte die Kreatur wieder: Es war ein *Hakeashar*, ein Wesen von einer anderen Ebene mit einer unstillbaren Gier nach Magie. Tyrannos hatte zweifellos mit dem Monster einen Pakt geschlossen. Im Gegenzug für seine Hilfe beim Wechsel auf die Materielle Ebene würde das Geschöpf dem Schwarzen Fürsten etwas geben, was für ihn von großem Wert war: Macht. Der *Hakeashar* hatte nämlich die Fähigkeit, etwas von der Magie abzugeben, die er in sich aufnahm. Und Tyrannos würde diese Rohenergie haben wollen, um seine Pläne umzusetzen.

Mystra überlegte, welche Möglichkeiten sie hatte. Wenn Tyrannos so dumm gewesen war, einen Pakt mit dieser Kreatur zu schließen, die für ihre Verschlagenheit bekannt war, dann konnte es einen Weg für sie geben, das zu ihrem Vorteil zu nutzen.

„Wir haben viel zu besprechen", sagt Tyrannos, während der *Hakeashar* hinter ihm in der Luft schwebte.

„Warum hast du mich gefangengenommen?" fragte Mystra.

„Ich werde dich von deinen Fesseln befreien, sobald du mich angehört hast... und dich bereit erklärt hast, mir bei der Verwirklichung meines Plans zu helfen."

„Sprich."

„Ich möchte eine Allianz der Götter schaffen", sagte Tyrannos. „Schwöre mir und meiner Sache Ergebenheit, Göttin, und du wirst frei sein."

Obwohl der *Hakeashar* nur ein Stück von ihr entfernt war, konnte Mystra ihr Lachen nicht unterdrücken. „Du bist verrückt", sagte sie.

„Nein", erwiderte Tyrannos. „Nur praktisch." Er wandte sich der Kreatur zu. „Sie gehört dir", sagte er. „Aber denk an unsere Abmachung."

Natürlich.

Hundert Augen wanderten fort von Tyrannos, und diesmal konnte Mystra nicht anders, als aufzuschreien.

Als es vorbei war, kicherte die groteske Gestalt und verschlang ihre eigenen leuchtenden Augen, bereit, nach dem Mahl zu schlafen. Mystra stellte erstaunt fest, daß sie noch lebte. Der Schmerz war selbst in ihrer Nebelgestalt entsetzlich gewesen.

Tyrannos schrie der Kreatur Flüche entgegen, bis sie einige Augen öffnete und eine Blase aus bläulich-weißem Feuer entließ, die den Schurken einhüllte. Nach einem kurzen Augenblick pulsierte Tyrannos vor gestohlener Energie.

„Genug!" schrie Tyrannos, das Feuer erlosch sofort.

„Du warst es, nicht?" sagte Mystra leise, während sie kraftlos an ihren Fesseln zu zerren versuchte. „Du hast die Tafeln des Schicksals geraubt. Ich hatte dich von Anfang an in Verdacht."

„Ich nahm sie an mich", gab Tyrannos zu, während das Geschöpf, das er auf diese Ebene gebracht hatte, das letzte seiner Augen verschlang und in einen tiefen Schlaf fiel. „Zusammen mit Myrkul."

„Ao wird dich dafür büßen lassen", sagte sie. Tyrannos fühlte, wie sich eine Spur der Magie, die ihr entzogen worden war, in ihm wand und darauf wartete, entfesselt zu werden.

„Ao wird keine Macht über mich haben", erklärte er. Sein lautes Lachen erfüllte das Verlies.

Seit jener Nacht hatte Tyrannos den *Hakeashar* Mystras Kraft mehr als ein Dutzend Male rauben lassen, die so wie die Blutkörperchen eines Menschen immer wieder neu gebildet zu werden schienen. Jedesmal hatte Tyrannos einen Bruchteil dieser Energie erhalten, so wie es die Abmachung mit dem Geschöpf besagte. Und jedesmal erhielt er mehr Macht.

Tyrannos streifte durch die Korridore Neu-Acherons, der ehemaligen Burg Morgrab, und sehnte sich nach seinem wahren Tempel sowie nach jemandem, mit dem er seine Siege teilen konnte. Schwarzdorn war fast immer unterwegs. Wenn er nicht über die Geschehnisse in der Zentilfeste wachte, hielt er meist Ausschau nach Anzeichen der Macht, die Mystra kurz vor ihrer Gefangennahme freigesetzt hatte. Die Handvoll Menschen, die Schwarzdorn dazu verpflichtet hatte, sich um Tyrannos' menschliche Bedürfnisse zu kümmern, waren bemitleidenswerte Vertreter ihrer Spezies, und Tyrannos zeigte an ihnen keinerlei Interesse.

An diesem Tag stand Fürst Tyrannos in dem gewaltigen Verlies unter Burg Morgrab und sah in das wie erstarrt wirkende Wasser der Schale des Sehens, die er geschaffen hatte, und sprach mit Fürst Myrkul. Ein großer Teil des Raums, genaugenommen sogar des gesamten Schlosses, war an Tyrannos' Bedürfnisse angepaßt worden. Burg Morgrab hatte sich sehr verändert, seit sie zur Heimstatt des Gottes geworden war. Der Schwarze Fürst hatte versucht, einzelne Kammern und Korridore magisch zu verändern und sie seinem Tempel des Leids in Acheron nachzuempfinden. In vielen Fällen waren seine Versuche, Magie zu wirken, gescheitert. Die Instabilität der Magie machte es selbst einem Gott unmöglich, jeden Zauber genau zu treffen. Wenn er sich der Magie bediente, kam sich Tyrannos wie ein Maler vor, der ohne Hände zu malen versuchte. Die Form des Schlosses hatte für Tyrannos beinahe etwas Amüsantes, wenn dessen Existenz nicht auch ein Sinnbild für seinen Verlust gewesen wäre. So konnte der verstoßene Gott keinen Gefallen daran finden.

„Was hoffst du dadurch zu erreichen, daß du Mystras Macht entziehst?" fragte Myrkul ungeduldig. „Deine sterbliche Gestalt kann nur ein gewisses Maß an Energie aufnehmen, und die mußt konstant nachströmen."

„Du verstehst nicht", sagte Tyrannos. „Wir haben einen Bund geschlossen, als wir gemeinsam die Tafeln stahlen."

„Ein Zweckbündnis", erwiderte Myrkul. „Und das kann man kaum als erfolgreich bezeichnen. Sieh, was aus uns geworden ist. Geringer als ein Gott, mehr als ein Mensch. Welcher Platz wartet auf uns in den Reichen, Tyrannos?"

Tyrannos betrachtete das ausgemergelte, an ein Skelett erinnernde Gesicht von Myrkuls Avatar, dann mußte er an sein eigenes abscheuliches Antlitz denken. Ihm schauderte.

„Wir haben unser Geburtsrecht", sagte Tyrannos schließlich. „Wir sind Götter, egal welche Prüfungen Ao uns auferlegt." Tyrannos schüttelte den Kopf, hielt dann aber inne, als ihm bewußt wurde, daß es sich um eine rein menschliche Geste handelte. „Myrkul, denk daran, warum wir die Tafeln des Schicksals gestohlen haben."

Myrkul kratzte sich das knochige Gesicht, was Tyrannos fast auflachen ließ. Der Anblick des gefürchteten Gottes des Todes, der von etwas so Banalem wie Juckreiz geplagt wurde, war so bemitleidenswert, daß es fast schon witzig war. Der Gott der Zwietracht seufzte und sprach weiter. „Wir haben die Tafeln gestohlen, weil wir glaubten, Ao schöpfe aus ihnen Kraft. Wir hatten gehofft, Ao werde sich ohne die Tafeln weniger in unsere Angelegenheiten mischen."

„Ja", sagte Myrkul enttäuscht. „Wir waren Narren."

„Wir hatten recht!" rief Tyrannos. „Denk doch einmal nach. Warum hat sich Ao die Tafeln nicht *zurückgeholt?*"

Myrkul ließ die knochigen Hände sinken. „Das habe ich mich auch schon gefragt."

„Ich glaube, es liegt daran, daß er es nicht kann", fuhr Tyrannos fort. „Vielleicht hat er nicht mehr die Kraft dazu. Das könnte der Grund sein, warum unser Lehnsherr uns aus den Ebenen verbannte! Unser Plan war erfolgreich. Ao hatte Angst, die Götter würden sich zusammenschließen und sich gegen ihn erheben. Darum verbannte Ao uns in die Reiche und machte uns mißtrauisch, ängstlich und verwundbar."

„Ich verstehe", sagte Myrkul. „Aber das ist nur eine Theorie."

„Die von den Tatsachen untermauert wird", gab Tyrannos zurück. „Ich habe schon das erste Pfand in diesem Spiel gefangengenommen, wenn man sie so nennen möchte."

„Mystra?"

„Mit ihrer Macht werden wir alle Magie in den Reichen kontrollieren!" Tyrannos lachte. Natürlich log er. Wenn die Göttin diese Macht besessen hätte, wäre es ihm nie möglich gewesen, sie so leicht in seine Gewalt zu bringen.

„Ich nehme an, daß alle Götter, die sich nicht deinem Vorhaben anschließen, entweder unterjocht oder vernichtet werden", sagte Myrkul mißtrauisch. „Und du wirst Mystras Kraft einsetzen, um das zu erreichen."

„Natürlich", antwortete Tyrannos. „Aber wir sind schon Verbündete. Warum sollen wir uns über derlei Dinge unterhalten?"

„Das ist wahr", pflichtete Myrkul ihm bei.

„Außerdem glaube ich, daß es eine Macht gibt, die uns aus unserem Zustand befreien kann", sagte Tyrannos. „Eine Macht, die Mystra in den Reichen versteckt hat."

Myrkul nickte. „Was hast du vor?"

„Das besprechen wir später", erwiderte er. „Jetzt muß ich mich mit dringenderen Dingen befassen."

Myrkul senkte den Kopf, und sein Bild in der Schale des Sehens verblaßte. Eigentlich hatte Tyrannos mit Myrkul zu früh Kontakt aufgenommen, da er noch nicht über seinen nächsten Schritt entschieden hatte.

Tyrannos drehte sich abrupt um, als ein schwarzer Rabe mit atemberaubender Geschwindigkeit in das Verlies geflogen kam und sich in seinen Diener Schwarzdorn verwandelte.

„Fürst Tyrannos, es gibt viel zu berichten. Ich glaube, ich habe den Menschen in Arabel ausfindig gemacht, der ein Geschenk Mystras trägt. Es ist eine Frau, und sie trägt es als blauweißen Anhänger in Form eines Sterns."

Tyrannos lächelte. Der Anhänger, den Schwarzdorn beschrieb, war identisch mit dem Symbol, das Mystra in den Ebenen getragen hatte.

„Und es kommt noch besser", sagte Schwarzdorn. „Die Magierin, die den Anhänger trägt, ist auf dem Weg hierher."

Schattental

◆   ◆   ◆

Sie brachen aus Arabel nicht in einer großen Gruppe auf, die womöglich Aufmerksamkeit erregt hätte. Adon ritt zunächst allein aus der Stadt. Mitternacht und Caitlan folgten mit zwei Packpferden, und schließlich machten sich um die Mittagszeit Kel und Cyric auf den Weg. Sie trugen die Verkleidung alter Bettlerinnen und gelangten unbehelligt aus der Stadt. Wie geplant trafen sie sich an einem Punkt, der einen halben Tagesritt von Arabel entfernt lag. Der Söldner bestand darauf, die Kostüme zu vergraben, die er und Cyric getragen hatten. Am liebsten hätte er sie verbrannt, doch er befürchtete, man könnte den Rauch von einem der Wachtürme in Arabel aus bemerken.

Inzwischen war fast eine Stunde um, und die erdrückenden Mauern rund um Arabel waren so sehr hinter ihnen zusammengeschrumpft, daß sie nur einen kleinen Streifen am Horizont hinter den Helden bildeten und schließlich gar nicht mehr zu sehen waren. Vor ihnen war bislang kein Ziel in Sicht, als sie über die weite Ebene ritten, die sich schier endlos von Ost nach West über das Land erstreckte. Die Berge des Gnoll-Passes waren in der Ferne im Norden zu erkennen.

Kelemvor ritt an Cyrics Seite und schlug ihm auf den Rücken. Cyric wurde durch den kräftigen Hieb im Sattel nach vorn geschleudert, und als er sich wieder gefangen hatte, sah er den anderen Mann vorsichtig an.

„Ach, das ist das wahre Leben, nicht wahr, Cyric?"

Einfache Vergnügungen für einfache Gemüter, dachte Cyric, grinste aber nur breit und ließ ein volltönendes „Ja" hören. Nach kurzer Zeit ritt Kel voraus. Cyric verhielt sein Pferd, um die Leinen zu prüfen, die die Packpferde mit dem seinem verbanden. Es war alles in Ordnung.

Nach einer Weile konzentrierte sich Cyric auf ein anderes, weit angenehmeres Thema. Sein Blick ruhte auf Mitternachts seidigen Beinen, die gegen die Flanken ihres Pferdes drückten. Sie ritt ein Stück vor ihm, und von Zeit zu Zeit konnte er sehen, daß sich ihr hübsches Gesicht zu einer Grimasse verzogen, wenn die Komplimente, mit denen der neben ihr reitende Adon sie überschüttete, allzu peinlich wurden.

Cyric fragte sich, ob der Kleriker Mitternacht mit seinem Redefluß verführen wollte, doch es sah nicht danach aus. Vielmehr schien es, als neige Adon angesichts der Stille des Landes um sie herum dazu, sich ständig unterhalten zu müssen, auch wenn er der einzige war, der an dieser Unterhaltung teilnahm. *Vielleicht will er nur nicht mit seinen langweiligen Gedanken allein sein*, überlegte er.

Mitternacht war zum gleichen Schluß gekommen. Sie spürte, daß Adon Sorgen hatte, doch es fiel ihr schwer, Mitleid zu empfinden, da sich der Mann weigerte, etwas über seine Probleme zu verraten. Das schlimmste daran war jedoch, daß sie diese Zeit hätte nutzen sollen, um zu meditieren und ihre Kräfte aufzusparen, doch ihr ungebetener Reisegefährte gestattete ihr keinen Augenblick Ruhe.

Schließlich war Mitternachts Geduld erschöpft, und sie versuchte ihm klarzumachen, daß sie allein sein wollte. Die subtile Andeutung drang aber nicht zu ihm durch, also mußte sie das Thema unverblümt zur Sprache bringen.

„Geh fort, Adon! Laß mich in Ruhe!"

Doch selbst der direkte Weg hielt Adon nicht davon ab, sie weiter mit Komplimenten zu überhäufen.

„Du bist eine wahre Göttin!" rief Adon.

„Wenn du glaubst, daß du mich auch dann lobpreisen kannst, wenn du deine Lungen nicht einsetzt, dann tu das doch bitte."

„Und bescheiden auch noch!"

Mitternacht sah zum Himmel. „Mystra, hilf!"

„Oh, sich in der Hitze selbst der stärksten Flamme zu wärmen, käme eisiger Kälte gleich, wenn man... "

Schließlich drehte sie sich zu Kelemvor um und fragte: „Darf ich diesen Mann töten?"

Kelemvor schüttelte den Kopf und genoß die Unterhaltung. Caitlan schloß zu ihm auf. Sie fand den offenbaren Zwist in den eigenen Reihen keineswegs amüsant. Vielmehr machte sie dieses Verhalten nervös.

„Kein Grund zur Sorge", sagte Kelemvor. „Vertrau mir."

Caitlan nickte langsam, konnte aber den Blick nicht von der dunkelhaarigen Magierin und dem Kleriker abwenden.

„Oh, mit einem feurigen Temperament, das zu ihrem flammenden Herzen paßt", sagte Adon.

„Teile *deiner* Anatomie werden gleich in Flammen stehen, wenn du nicht auf der Stelle verstummst!" brüllte Mitternacht.

So ging es ununterbrochen weiter, bis die Luft dünn wurde und sich Gewitterwolken über ihnen zusammenbrauten. Mit einem Mal riß der Himmel auf, begleitet von einem gewaltigen Donner, dann ging ein warmer Sommerregen auf die Helden nieder.

Adon redete unaufhörlich weiter, mußte aber von Zeit zu Zeit seinen Redefluß unterbrechen, um Regenwasser auszuspucken, das in seinen Mund gelangt war. Der Sturm half, seine Stimme zu dämpfen, bis seine Worte nur noch ein dumpfes Summen waren, das fast völlig vom Prasseln des Regens übertönt wurde.

Mitternacht warf den Kopf zurück. Der sanfte Regen half ihr, sich zu entspannen. Als der Sturm noch heftiger wurde, schloß sie die Augen und überließ sich ganz den Empfindungen, die durch den gleichmäßigen Regen ausgelöst wurden. Sie lächelte und stellte sich vor, wie starke, feste Hände ihre Schläfen, ihr Genick und ihre Schultern massierten. Sie stellte sich Kelemvors Arme dabei vor; sie schienen stark genug, um Bäume auszureißen, doch gleichzeitig waren die Hände sanft genug, um die Tränen eines Kindes liebevoll wegzuwischen. Mitternachts Pferd bäumte sich auf, und sie erwachte aus ihrem Tagtraum.

„Ich habe Adon zu Cyric geschickt, damit er ihn zu den Lehren Sunes bekehrt", sagte Kelemvor grinsend, auch wenn ihn der Dauerregen sichtlich störte. Sein langes schwarzes Haar klebte an seiner Kopfhaut, und die grauen Strähnen erweckten den Eindruck, er trüge das Fell eines Stinktiers, das vor Angst gestorben war, auf dem Kopf. Mitternacht hielt es für ihre Pflicht, ihm das zu sagen. Er senkte den Kopf und murmelte einen Fluch, während er versuchte, den Regen zu ignorieren und weiterzureden.

„Wir haben über eines noch nicht gesprochen... " Er machte eine Pause und spie einen Schwall Regenwasser aus. „Die Aufgabenverteilung."

Sie nickte.

„Du als die Frau der Gruppe wirst dich um die Zubereitung des Essens und alles andere kümmern, was in einem Haushalt anfällt."

Mitternachts Pferd zuckte, als die Reiterin ihre kräftigen Beine gegen seine Flanken preßte und ihre Hände in seinem Nackenfell vergrub.

„Ich als die Frau der Gruppe?" fragte Mitternacht und unterdrückte den Zauber, mit dem sie sich am Morgen befaßt hatte. Er hätte diesen aufgeblasenen Kerl in eine Spezies verwandelt, für die seine Einstellung besser geeignet war. Dann mußte sie an das letzte Mal denken, als sie für eine Gruppe ein Essen zubereitet hatte. Der Kleriker, der mitgereist war, hatte alle Heilzauber anwenden müssen, um die Leiden derer zu lindern, die ihren Kochkünsten zum Opfer gefallen waren.

„Caitlan kann dir ja helfen. Die Männerarbeit werden wir unter uns aufteilen."

Mitternacht zuckte, hielt aber ihren Blick starr geradeaus gerichtet und preßte ein knappes „Ja" heraus.

„Gut so!" sagte Kelemvor und versetzte Mitternachts Pferd einen Schlag mit der flachen Hand. Das Pferd drehte den Kopf ein wenig zur Seite, ignorierte aber den Schlag, der es in wilden Galopp hatte versetzen sollen. Mitternacht lockerte ihren Griff und streichelte es liebevoll.

Kelemvor fiel zurück, um mit den anderen zu sprechen, während Mitternacht angestrengt darüber nachdachte, warum es ihr eigentlich so wichtig gewesen war, mit diesen Leuten mitzureiten.

SCHATTENTAL

Unbewußt hatte sie die Finger um den Anhänger gelegt und strich noch immer über den blauweißen Stern, als sie bemerkte, welche Wirkung die heftigen Regenfälle auf das flache Land ringsum hatten.

Einige Flecken Erde wurden von Wasser getränkt, während sich andere verhärteten, als seien sie aus Felsgestein. An einigen Stellen zeigten sich kleine Risse im Boden, an anderen schoß grünes Gras mit unglaublicher Geschwindigkeit in die Höhe.

Plötzlich wurde die vollgesogene Erde schwarz und verkohlt, und Bäume, die seit langem tot waren, begannen zu wachsen und zu blühen und reckten die geschwärzten Ästen gen Himmel, als wollten sie den Verursacher dieses Wahnsinns anflehen, endlich aufzuhören. Kleine Heerscharen von Würmern hingen an den zuckenden Zweigen und blähten sich auf, bis sie platzten und sich in blutrote Äpfel verwandelten. Kleine schwarze Käfer krabbelten über die Äpfel, entpuppten sich dann aber als winzige Augen, die heftig blinzelten, während es unvermindert weiterregnete.

Wunderschöne Setzlinge schossen hoch und wuchsen kopfüber aus der Erde, wobei die zerbrechlichen obersten Zweige auf unmögliche Weise das Gewicht des Stamms trugen, der in die Luft wuchs. Die Bäume waren voller prächtiger grüner Blätter und Früchte in Rosa und Gold. An ihrer Spitze wucherte ein Gewirr aus verästelten Wurzeln, die sich mit denen ihrer nächsten Nachbarn vermischten. Dann wuchsen die Äste und Zweige der zerfallenden Bäume hoch in die Lüfte und durchdrangen das Geflecht aus bernsteinfarbenen Wurzeln.

Wo noch Augenblicke zuvor nur Ödland gewesen war, stand nun ein üppiger Wald voller Wunder und Rätsel. Über dem Weg bildete das Wurzelgeflecht ein Dach, das immer dichter wurde, bis vom Himmel, der sich rot verfärbt hatte, nur noch hier und da ein Fleckchen zu sehen war. Das Dach hielt den größten Teil des Regens ab, so daß die Helden sich von dem Wolkenbruch erholen konnten.

Obschon sie nun weitgehend vom Regen verschont blieben, wurde die Weiterreise dadurch erschwert, daß sie nur langsam vorankamen. Bäume blockierten den Weg, und die Helden waren gezwungen, seinem Verlauf zu Fuß zu folgen, wobei sie sich durch das Gewirr aus Ästen am Boden vorankämpften.

„Ich habe das Gefühl, wir haben uns hoffnungslos verlaufen", meinte Cyric, als er mehrere Ranken zur Seite schob und auf eine Lichtung trat.

„Unmöglich", entgegnete Kel schroff. „Es gibt nur eine Straße, und die führt zur Burg Morgrab und allem, was dahinter liegt."

„Aber wir könnten schon vor einiger Zeit von der Straße abgekommen sein, Kel. Wer weiß das schon?" fragte Mitternacht und blieb stehen, um ihrem Pferd über einen Ast zu helfen und es auf die Lichtung zu führen.

„Wir bewegen uns vielleicht schon seit Stunden im Kreis", klagte Adon.

Der Wald, in dem bisher Ruhe geherrscht hatte, war plötzlich voller Leben. Insekten summten in ihrer Geheimsprache. Das Flattern von Flügeln mischte sich mit dem Stampfen neu geschaffener Beine, die aus schleimgefüllten Kokons herausplatzten und erste tastende Schritte machten.

In der zunehmenden Finsternis des Waldes konnten die Helden nichts erkennen. Ein Blick durch die wenigen Lücken im Dach aus Wurzeln und Ästen zeigte, daß sich der Himmel schwarz verfärbte. Der Regen hatte aufgehört.

Die Leinen, mit denen die Packpferde aneinandergebunden waren, wurden zum Zerreißen gespannt, als die Tiere sich von Cyric und seinem von Panik erfüllten Pferd loszureißen versuchten. Dann rissen die Stricke, und die Pferde stürmten in den Wald. Cyric fluchte und wollte ihnen nach.

„Laß sie laufen!" rief Kelemvor. Die Geräusche wurden wieder lauter, und Cyric schloß sich den anderen auf der Lichtung an. Vor ihren Augen wurde der Wald immer finsterer, während die Geräusche von Bewegungen im Geäst sich näherten.

Schattental

Plötzlich hallte das Kreischen der Packpferde durch den Wald. Kelemvor zog sein Schwert und näherte sich Mitternacht. „Ein alter Trick", sagte er. Der Lärm um sie herum wurde immer lauter, bis er ein konstantes Getöse war. „Weitergegeben von einer Kriegergeneration zur nächsten... "

Cyric fand in einem der Leinenbeutel am Sattel seines Pferdes seinen Versetzermantel und warf ihn sich um. Sein Umriß schien zu schimmern, dann tauchten um ihn herum zahlreiche Cyric-Phantome auf, einige vor, andere hinter ihnen, wieder andere machten leicht veränderte Gesten, bis es unmöglich wurde, den echten Cyric auszumachen. Sie alle schienen über die Wirkung des Mantels überrascht und erfreut.

Auch Kelemvor war über den Effekt mehr als verblüfft. „Cyric, was ist hier los?"

„Ich weiß nicht. Das hat der Mantel noch nie gemacht!"

In den Bäumen waren in unmittelbarer Nähe sowie tiefer im Wald silberne und bernsteinfarbene Lichtblitze zu sehen, die größer wurden, je näher die Geräusche kamen. Mitternacht hatte eine gute Vorstellung davon, worum es sich dabei handelte.

Augen, die sie anstarrten.

Klappernde Zähne.

Die Wurzeln und Ranken über den Helden erzitterten. Die Erde unter ihnen schien zu bluten, und Adon sah, wie Armeen von Feuerameisen aus den Wunden hervorquollen. Er schrie auf, als er versehentlich in einen eben aufgeworfenen Hügel trat und ein Schwarm Ameisen an seinen Beinen emporliefen. Er schlug nach den Insekten, deren angeschwollene Leiber unter den Hieben zerplatzten.

In Cyrics Nähe zerbarst ein Baum, zum Vorschein kam die mit Schleim überzogene, taumelnde Gestalt einer bleichgesichtigen, ghulhaften Kreatur. Sie war nackt und von schwarzen Adern überzogen, die unablässig pulsierten und sich wie zufällig einen Weg durch den Körper bahnten. Die Gliedmaßen des Dings bewegten sich vor und zurück, begleitet vom ekelerregenden Geräusch berstender Knochen und zerplatzenden Fleischs, das die Luft erfüllte, als die großen schwarzen Bäume insgesamt ein Dutzend dieser Abscheulichkeiten ausspieen.

„Laßt die Pferde los", schrie Kelemvor, und sofort ließen die Helden die Zügel fahren. Die Pferde waren aber so gut erzogen und an Gefahr gewöhnt, daß sie sich nicht weit von ihren Reitern entfernten und auf der Lichtung verharrten.

Die Kreatur, die vor Cyric stand, lachte, während ihre bernsteinfarbenen Augen im Schädel versanken und auf ihrer Zunge wieder auftauchten. Dann schluckte sie sie wieder und ließ sie diesmal aus dem fahlen Fleisch ihrer Brust hervordringen. Die Kreatur trat vor und riß sich einen Arm aus dem Schultergelenk, um ihn als Waffe zu benutzen, dann stürmte das Ding auf Cyric zu, während sich die klauenartigen Finger des abgetrennten Arms gierig öffneten und schlossen.

Cyric hatte gerade noch Zeit zu bemerken, daß die Kreatur nicht aus der klaffenden Schulterwunde blutete, bevor sie auf eines seiner schemenhaften Abbilder einschlug. Der ehemalige Dieb wirbelte herum und hieb mit der Handaxt nach der Kreatur.

Kelemvor stand neben Mitternacht, Caitlan und Adon und sah mit an, wie das bleiche Geschöpf Cyric attackierte, als er ein tiefes Grollen hörte und beim Umdrehen ein Paar gelber Hunde sah, die je drei Köpfe und acht Spinnenbeine besaßen und sich von hinten an die Gruppe heranschlichen. Die Hunde trennten sich und gingen zum Angriff über.

„Adon! Mitternacht! Rücken-an-Rücken-Formation mit mir. Wir müssen Caitlan schützen!" Der Kleriker und die Magierin reagierten sofort und bildeten mit Kelemvor ein Dreieck, in dessen Mitte Caitlan stand. „Caitlan, hock dich hin, leg die Hände um die Knie und drück das Gesicht nach unten! Sieh nur auf, wenn es sein muß. Sei bereit loszulaufen, wenn wir zu Boden gehen!"

Caitlan gehorchte wortlos. Aus ihrem Blickwinkel dicht am Boden konnte sie an Kelemvors Stiefeln vorbeisehen und im Wald weitere Hunde ausmachen. Einige von ihnen warteten am

Rand der Lichtung, andere preschten vor und griffen die bleichen Kreaturen an. Einer der Spinnenhunde, der sich flach am Boden hielt, schien direkt auf Caitlan zuzurennen. Sie schloß fest die Augen und zog den Kopf ein, dann betete sie, Mystra möge sie erretten.

Mitternacht machte sich bereit, einen Abwehrzauber zu wirken, und auch sie betete – betete, der Zauber möge nicht fehlschlagen. Magische Geschosse besaßen vielleicht nicht genug Kraft, um die Bestie zu stoppen, doch Mitternacht wagte nicht, etwas so Gewaltiges wie einen Feuerball einzusetzen, da sie fürchtete, er könne nach hinten losgehen und ihre Gefährten töten. Daher versuchte sie, einen Dekastab – einen Stab der Macht – zu beschwören, wofür sie einen abgebrochenen Ast benutzte.

Die Magierin schloß den Zauber ab, als der erste Hund sprang.

Nichts geschah.

Einen Augenblick lang roch Mitternacht den fauligen Atem des mittleren Kopfes der Kreatur, und drei kräftige Kieferpaare öffneten sich weit, um ihr Fleisch zu zerfetzen. Dann warf sich Adon gegen den Hund und schleuderte ihn beiseite, ehe er Mitternacht etwas antun konnte. Er und der Hund landeten voneinander getrennt auf dem Boden. Der Hund lag rücklings in einer morastigen Kuhle und strampelte mit den Beinen, während er versuchte, sich wieder aufzurichten.

Adon sah auf und schrie: „Mitternacht, Caitlan, aus dem Weg!"

Der zweite Hund hatte Kelemvor angesprungen. Er duckte sich und schlitzte das schreiende Tier auf, als es über ihn hinwegsprang. Mitternacht packte Caitlan und riß sie mit sich, während Kelemvor unter dem Gewicht des Hundes zu Boden ging und auf die Stelle fiel, an der nur Sekunden zuvor Caitlan gehockt hatte.

Kel erhob sich, zog sein Schwert aus dem Rumpf des Hundes und sah, daß der andere Hund in der Schlammpfütze zu ertrinken schien. Der Söldner ging zu dem Tier und setzte seinem Leben ein Ende, womit er es gleichzeitig von seinem Leiden erlöste und die Gefahr für die Gruppe ausschaltete. Die Kreatur winselte noch einmal kurz, dann sackte sie zusammen und sank tiefer in den Morast.

Die anderen Spinnenhunde hielten sich weiter am Rand der Lichtung. Sie wollten offenbar dem raschen Tod entgehen, den die Rudelführer durch Kelemvors Schwert erfahren hatten, und griffen statt dessen die bleichen Geschöpfe an, die aus den Bäumen hervorgekommen waren.

„Rasch, Adon. Hilf Cyric!" gellte Kelemvor, als eine weitere der menschenähnlichen Kreaturen auf den ehemaligen Dieb losstürmte.

Mitternacht zischte: „Wenn du noch irgendeinen finsteren Trick in der Hinterhand hast, Kel, wäre jetzt die Zeit, ihn auszupacken!"

„Bitte nie um etwas, worauf du nicht vorbereitet bist", knurrte der Söldner, schüttelte dann den Kopf und machte sich bereit, als sich ein Trio von Bleichhäutigen näherte, das den Hunden aus dem Weg gegangen war. Caitlan stand zwischen Kel und Mitternacht. Kelemvor wußte, daß sie bestenfalls darauf hoffen konnten, die Kreaturen so lange wie möglich von dem Mädchen fernzuhalten.

Ein paar Meter entfernt watete Adon in die See aus zuckenden Körperteilen, die rings um Cyric verstreut lagen, während er sich einer weiteren blassen Abscheulichkeit stellte. Diese, so sah Adon, riß sich selbst den Kopf ab und schleuderte ihn auf den jungen Kleriker. Der Kopf, der die Zähne gebleckt hatte, flog vorbei, da Adon einen Schritt zur Seite machte und mit seinem Hammer auf eine abgetrennte Hand einschlug, die Cyrics Kehle zerfetzen wollte.

Die Hand platzte unter der Wucht des Aufpralls. Abrupt drehte sich Adon um, als er hinter sich ein heftiges Atmen hörte und nahe seinem Ohr eine Hitze spürte, die von etwas Düsterem, Bösem ausging. Der abgetrennte Kopf schwebte hinter ihm in der Luft und lächelte breit, wobei er scharfe Zähne entblößte.

Schattental

„Es sind keine Menschen", rief Cyric. „Sie leben nicht einmal, jedenfalls nicht so, wie wir es erwarten würden. Sie sind gewissermaßen Pflanzen... in der Gestalt von Menschen!"

Der Kopf, der neben Adon schwebte, gab einen sonderbaren Laut von sich, der an ein Kichern erinnerte.

Adon wich ein Stück zurück, wandte den Blick aber nicht von dem Kopf, während er den Hammer hob. Der Kopf machte einen Satz auf den Kleriker zu, doch der traf mit dem Hammer seinen Kiefer, bevor der Kopf Gelegenheit bekam, ihn zu beißen. Mit einem lauten Stöhnen wirbelte der Kopf herum und fiel zu Boden.

Nachdem er den Kopf endgültig außer Gefecht gesetzt hatte, blickte Adon auf und sah, daß die drei Humanoiden, die es gewagt hatten, sich Kelemvor zu nähern, in zuckende, blutleere Stücke zerteilt waren, die auf dem Boden verstreut lagen. Doch es war schon die nächste Gruppe auf dem Weg zu Kelemvor und Mitternacht, und ein Stück hinter ihnen kam ein weiteres Dutzend dieser Kreaturen aus dem Wald und zerschnitt mit den rasiermesserscharfen Klauen die Luft.

Mitternacht befahl ihren Gefährten, hinter sie zu treten, während sie versuchte, jenen völligen inneren Frieden zu finden, der erforderlich war, um einen Zauber wirken zu können. Sie begann leicht zu schwanken, und ihr leiser Gesang übertönte langsam das Geplapper der herannahenden Kreaturen. Plötzlich entstand ein blendender Lichtblitz, und Salven blau-weißer Geschosse traten aus ihren Händen hervor, die auf alle Kreaturen zielten. Die magische Salve schien kein Ende zu nehmen, und sogar Mitternacht selbst wirkte angesichts der Wirkung ihres Zaubers irritiert. Die Pfeile aus magischem Licht durchbohrten die Kreaturen wie Dolche, und plötzlich brachen sie den Angriff ab.

Die greulichen Kreaturen begannen, sich in Bewegung zu setzen. Sie sahen zum Himmel, dann betrachteten sie sich selbst, und schließlich fielen sie eine nach der anderen. Ihr Fleisch verlor seine Festigkeit, als die Illusion des Menschlichen in sich zusammenfiel und ihre wahre Natur zum Vorschein kam. Wurzeln brachen aus ihren Körpern hervor, bohrten sich in die Erde – und wenige Augenblicke später war von den Geschöpfen nur noch ein Geflecht aus schwarzen und weißen Ranken übrig.

Mitternacht sah auf ihren Anhänger und beobachtete, wie winzige Lichtfäden über die Oberfläche zuckten und verschwanden. Sie war erschöpft.

Da die leichte Beute vernichtet war, kamen die Spinnenhunde aus dem Wald und näherten sich den Helden. Es waren mehr Hunde, als Kelemvor erwartet hatte – mindestens zwanzig Bestien wagten sich auf die Lichtung.

Plötzlich sah Mitternacht etwas Unglaubliches: eine verzerrte Bewegung von der Form und Größe eines Pferdes mitsamt Reiter. Im nächsten Moment war der quecksilberne Reiter bei ihnen und umkreiste die Gruppe mit rasender Geschwindigkeit. Mitternacht hatte das Gefühl, in einem Wirbelwind zu stehen. Sie sah einen kurzen gelben Blitz und erkannte, daß es sich bei dem Reiter um Adon handelte. Doch wie war er zu so etwas in der Lage?

Mitternacht widmete sich nicht weiter ihren Spekulationen, da sie sah, daß Adon sie nicht mehr schützend umkreiste, sondern sich auf die Spinnenhunde zu bewegte. Er ritt mitten unter sie, und sein Kriegshammer schnitt eine Schneise in die Meute wie eine Sichel in ein Erntefeld. Sekunden später hatten sich die überlebenden Hunde in den Wald zurückgezogen.

Die Bedrohung war abgewendet, doch Adon und sein Pferd bewegten sich weiter mit atemberaubender Geschwindigkeit und verschwanden zwischen den Bäumen. Es war nicht zu übersehen, daß er die Kontrolle über die Magie verloren hatte, die er eingesetzt hatte.

„Bei Mystra", sagte Mitternacht. „Du wirst noch einmal mein Tod sein." Dann rannte sie los, um sich der unmöglichen Aufgabe zu stellen, den Kleriker einzuholen.

SCHATTENTAL

Ein eiskalter Regen setzte ein und drang durch das Dach aus Baumwurzeln. Mitternacht fühlte ein Stechen auf der Haut, als sie von Tropfen getroffen wurde, während ein heftiger Wind sie zurücktrieb.

Adon, dessen Herz raste und dessen Gedanken sich überschlugen, während er sich mit aller Macht festklammerte, erkannte, daß sich seine Lungen nicht mit Luft füllten und sein Griff sich lockerte. Er hatte dem Reittier eine kleine Dosis seines Schnelligkeitstranks gegeben, der einzigen Habe, die er versteckt hatte, als Kelemvor eine Bestandsaufnahme der Besitztümer jedes einzelnen vorgenommen hatte. Adon wußte, daß es falsch war, bei solchen Dingen zu lügen, doch er wußte auch, daß der Trank eine Gabe Sunes war - und es würde allein ihre Weisheit sein, die seine Hand beim Einsatz des Tranks führte.

Als sich aber die Spinnenhunde zum Angriff formierten und er kein Zeichen seiner Göttin erhalten hatte, war Adon in Panik geraten und hatte die Angelegenheit selbst in die Hand genommen. Er gab seinem Pferd den Trank, aber es jagte bereits los, als er ihm erst ein paar Tropfen verabreicht hatte. Dann war ihm die kleine Phiole aus der Hand geflogen, da er sich mit aller Macht hatte festklammern müssen.

Nun, da die Geschwindigkeit seines Pferdes ihm den Atem nahm und an den Rand der Bewußtlosigkeit brachte, hatte Adon eine Vision – das Gesicht einer hübschen Frau, geformt aus den flüchtigen Lichtpunkten und Farben, die ihn im Wirbel der Geschwindigkeit umgaben. Die Hände der Frau streckten sich nach ihm aus und berührten die Seiten seines Gesichts, schoben ihn sanft mal in die eine, mal in die andere Richtung, als wolle sie in vollem Umfang die Wunder erkunden, die Sune ihm beschert hatte.

„Er ist nicht allzu schwer verletzt", sagte Mitternacht.

Adon blinzelte, und die Illusion der Bewegung schwand allmählich. „Ich dachte, du seiest Sune", sagte er.

„Er scheint verwirrt", meinte Kel.

„Ja", stimmte Cyric ihm zu. „Aber das ist nichts neues."

Mit einem Mal nahm Adon die Welt um sich herum gestochen scharf wahr und stellte fest, daß er in die Gesichter seiner Gefährten blickte. Sie schienen sich in einem Wald aufzuhalten, obwohl Adon sicher war, daß der Weg zur Burg nur über flaches Ödland führte. Scharlachrote Lichtpunkte drangen durch die Baumkronen, die etwas sonderbar wirkten.

„Mitternacht, du... du hast mich gerettet", sagte Adon erstaunt und lächelte sie an.

„Du bist vom Pferd gefallen", erwiderte Mitternacht. Adons Sattel und Vorräte lagen längs des Weges verstreut. Mitternacht erkannte, daß der Kleriker sich am Sattel festgehalten haben mußte, dessen Gurte der hohen Geschwindigkeit des Pferdes nicht hatten standhalten können.

Entsetzen durchzuckte Adon. „Mein Gesicht! Es ist doch nicht... "

„Unversehrt", sagte Cyric müde. „Wie immer. Jetzt erkläre mir lieber, was wir da gesehen haben."

„Ich verstehe nicht...", sagte Adon und versuchte, so unschuldig wie möglich zu wirken.

„Du bist geritten wie der Wind, Adon. Du schienst mehr ein verwischtes Schemen denn ein Reiter auf seinem Pferd", sagte Kelemvor. „Ich dachte, deine Magie gehorcht dir nicht mehr?"

„Ich würde es so nicht formulieren", gab Adon zurück.

„Es ist mir egal, wie du es *formulieren* würdest. Was verschweigst du uns?"

Mitternacht trat herzu und half Adon hoch. „Sei kein Narr, Kel", sagte sie. „Es ist doch klar, daß er nicht erklären kann, was geschehen ist. Niemand von uns kann den Wahnsinn erklären, der die Reiche seit dem Sturz der Götter befallen hat."

Kel schüttelte den Kopf. „Sollen wir weiterziehen?"

Adon nickte dankbar, und außer Mitternacht kehrten alle zu ihren Reittieren zurück.

„Das war ein Fehler, Adon", flüsterte Mitternacht. Der Kleriker wollte etwas erwidern, doch Mitternacht schnitt ihm das

Wort ab. „Ich brauchte einen Moment, um es zu erkennen. Du hast Zaubertränke, nicht wahr?"

Er senkte den Kopf. „Einen, aber der ist jetzt verbraucht."

Mitternacht sah Adon nachdenklich an. „Noch irgendwelche Überraschungen?"

Er blickte beunruhigt auf. „Nein, Mitternacht, ich schwöre es bei Sune."

„Magie anzuwenden könnte dich schneller zu Sune bringen, als dir lieb sein dürfte, Adon. Genaugenommen hättest du uns alle töten können."

Er nickte, dann flüsterte er: „Sag bitte Kel nichts. Er würde mich bei lebendigem Leib häuten."

Sie lächelte. „Das dürfen wir nicht zulassen", sagte sie und entfernte sich von ihm.

„Auf gar keinen Fall", sagte Adon mit einem Mut in seiner Stimme, den er eigentlich gar nicht besaß. Er beugte sich vor, um seinen Kram einzusammeln.

„Komm", rief Caitlan ihm zu. „Wir müssen uns sofort auf den Weg machen!"

„Aber wir haben uns verlaufen!" erwiderte Adon.

Dann, wie als Reaktion auf die Worte des Klerikers, begannen die Bäumen zu schrumpfen und zu schmelzen. Nach wenigen Sekunden war der Weg wieder frei, und der Regen hatte aufgehört.

„Sune sei Dank!" rief der Kleriker und beeilte sich, damit er den Anschluß nicht verpaßte.

Da sein Pferd unauffindbar war, mußte Adon bei Kelemvor mitreiten. Lieber wäre es ihm gewesen, wenn Mitternacht ihn auf ihr Pferd gelassen hätte, weil sie dann ihre Unterhaltung vom Nachmittag hätten fortsetzen können. Als Mitternacht ihn aber mit zu Schlitzen verengten Augen ansah, war er rasch von diesem Gedanken abgerückt. Statt dessen ritt Caitlan bei ihr mit. Da beide Packpferde tot waren, hatte die Gruppe die verbliebenen Vorräte auf die übrigen Pferde umverteilen müssen.

Mitternacht führte ihr Pferd, auf dem Caitlan saß, zu Fuß, bis sie den zerfallenden Wald gut anderthalb Kilometer hinter sich gelassen hatten. Der eben noch so von Leben erfüllte Wald war bereits in einem massiven Zustand des Verfalls. Mitternacht ging davon aus, daß bis zum Morgen von ihm nur Staub und trockene Erde übrig sein würden, so wie es auch bei ihrer Ankunft der Fall gewesen war.

Die Helden schlugen ihr Nachtlager unter den Sternen auf und aßen, was nicht von den Ameisen befallen worden oder an die geheimnisvollen Legionen verlorengegangen war, von denen sie angegriffen worden waren. Dann legten sie sich schlafen und wollten am nächsten Morgen weiterziehen. Keiner aus der Gruppe hatte dagegen etwas einzuwenden gehabt.

Cyric sprach zwar nicht von Umkehr, aber es war nicht zu übersehen, daß er wegen der seltsamen Ereignisse besorgt war, die sie den ganzen Tag heimgesucht hatten. Statt aber über den Kampf zu sprechen, nahm der ehemalige Dieb seine Decken und legte sich gleich nach dem Essen schlafen.

Als Kel sich hinlegen wollte, sah er, daß Caitlan allein dasaß und zum Horizont starrte. Seit dem Angriff im Wald hatte die junge Frau wenig gesagt, und der Krieger fragte sich, was ihr rätselhafter Blick wohl verbarg. Zeitweise erschien ihm Caitlan wie ein ängstliches Kind, und dann wieder gab es Gelegenheiten, da erinnerten ihre Intelligenz und Entschlossenheit an einen kampferfahrenen General. Der Widerspruch war verblüffend.

Kelemvor hatte es immer vermieden, selbst ein Kommando zu übernehmen. Es war ihm stets unbehaglich gewesen, für andere die Verantwortung zu übernehmen. Warum hatte er dann diese Queste in dem unbeirrbaren Glauben akzeptiert, er sei der Mann, der sie anführen mußte? Kelemvor sagte sich, Langeweile habe ihn zu dem Entschluß getrieben, weil er so Arabel hatte verlassen können. Er brauchte Abenteuer, mußte das geordnete, zivilisierte Stadtleben hinter sich lassen. Aber es gab noch einen anderen Grund.

Sie kann dich heilen, Kelemvor.

Der Söldner wußte, daß es besser war, sich an das Fünkchen Hoffnung zu klammern, statt sich dem grellen Licht der Realität zu stellen und sich der Verzweiflung hinzugeben. Er konnte nur hoffen, daß Caitlan die Wahrheit sagte.

Kels Gedanken bewegten sich weiter in diese Richtung, während er in einen tiefen Schlaf fiel und von der Jagd träumte.

Mitternacht übernahm die erste Wache, während sich alle anderen zur Ruhe begaben, denn sie war zu angespannt und zu sehr von Leben erfüllt, so daß an Schlaf gar nicht zu denken war, nicht einmal an Entspannung.

Während sie im Lager saß und auf die Geräusche der Nacht horchte, dachte die Magierin über Kelemvors seltsames Verhalten seit dem Kampf nach. Beim Abendessen hatte er darauf bestanden, daß alle gemeinsam kochten. Anschließend war er genauso darauf bedacht gewesen, daß sie gemeinschaftlich die Reste vergruben, um keine Aasfresser anzulocken. Er wirkte mit einem Mal ganz anders als der Mann, dem sie zum ersten Mal in der Taverne in Arabel begegnet war.

Vielleicht war der Söldner zu der Erkenntnis gelangt, Mitternacht sei tatsächlich ein nützliches Mitglied der Gruppe, und vielleicht war es ihm unangenehm, daß er sie lediglich als die letzte Wahl betrachtet und darauf wieder und wieder hingewiesen hatte. Außerdem gab es eine Sache, die Mitternacht und er gemein hatten – eine wilde Ader, die sie für ein Leben als Wanderer und Abenteurer geeignet machte, sonst aber für wenig mehr.

Mitternacht verbrachte die folgenden vier Stunden damit, ihre stärker werdenden Gefühle für den Söldner in den Griff zu bekommen und sich mit den Fragen zu beschäftigen, die den mit ihrem Fleisch verschmolzenen Anhänger betrafen. Ihre Überlegungen bewegten sich unablässig im Kreis, bis Adon kam, um sie abzulösen.

Der Kleriker beobachtete Mitternacht, die sofort fest einschlief, und beneidete sie. Aber egal, welchen Schrecken er sich an diesem Abend hatte stellen müssen, und ganz gleich, wie faulig die Luft dieses toten Landes auch war, die seinen Geruchssinn beleidigte, er wußte, daß die Lage viel schlimmer hätte sein können. Wenigstens befand er sich in der Gesellschaft unerschrockener Kameraden und war frei. Er mußte sich nicht mit der ständigen Gefahr einer Festnahme oder der Erniedrigung befassen, der er sich hätte stellen müssen, wenn sich Myrmeen Lhal direkt an seine Ältesten im Tempel der Sune gewandt hätte.

Nein, er war ein freier Mann, und er war so eindeutig besser bedient.

Dennoch hätte er gerne ein einziges Seidenkissen gehabt, auf das er seinen Kopf betten könnte.

◆   ◆   ◆

Die Schlafgemächer Myrmeen Lhals waren atemberaubend. Die Decke war kuppelartig in mehreren Reihen konzentrischer Kreise angelegt, die sich spiralförmig zur Mitte hin fortsetzten. Beherrscht wurde der Raum durch ein immenses rundes Bett, das einen Durchmesser von dreieinhalb Metern hatte und mit roten Bettlaken und zahlreichen weichen, mit Goldspitze besetzten Kissen geschmückt war. Kunstwerke waren im Raum in großer Zahl untergebracht, einige von ihnen spektakulär, andere einfach schön.

Doch das großartigste Kunstwerk von allen war Myrmeen Lhal selbst. Sie war nur durch eisige schwarze Vorhänge zu sehen, die von den besten Illusionisten der Stadt unaufhörlich erneuert wurden. Diese Vorhänge erlaubten ihr den Blick auf jedes noch so exotische Panorama, wenn ihre Phantasie danach verlangte.

Myrmeen Lhal erhob sich aus der riesigen Badewanne, die von Künstlern aus dem fernen Shou Lung aus dem besten Elfenbein geschnitzt worden war. Düsen, die ständig heißes Wasser in die Wanne nachlaufen ließen, hielten die Temperatur des Badewassers immer konstant. Exotischste Öle und verzauberte

Schattental

Gewürze bescherten ihrer Haut Freuden, die nicht einmal der erfahrenste Liebhaber ihr hätte bieten können. Sie haßte es, wenn die Zeit im verzauberten Wasser dem Ende entgegenging, doch sie wußte genau, daß sie es nicht wagen konnte einzuschlafen – jedenfalls nicht, wenn sie am Morgen nicht so lethargisch sein wollte, daß sie ihre Aufgaben um eine Woche verschieben mußte, damit der Effekt des Bades verflog und sie wieder klar denken konnte.

Ein durchscheinendes, azurnes Gewand, das mit funkelnden winzigen Sternen durchwirkt war, fiel Myrmeen in die Hand. Der Stoff trocknete ihre Haut und brachte ihr Haar auf königlichste Weise in Form, als sie es über den Kopf streifte.

Das Gewand war ein Geschenk eines mächtigen – und verliebten – Magus, der vor einem Jahr in der Stadt zu Besuch gewesen war. Und obwohl das magische Gewand von ihren Hofmagiern überprüft worden war, machte sich Myrmeen Sorgen, die plötzliche Unwägbarkeit der Magie könnte es zu einer Gefahr für ihr Leben machen. Sie hatte sich geschworen, von nun an ohne das Kleid auszukommen, doch dieses Versprechen gab sie sich seit einer Woche jeden Tag aufs Neue.

Wenn das Kleid mich tötet, dachte Myrmeen, *bin ich für die Kleriker wenigstens gut angezogen.*

Plötzlich mußte sie an Adon von Sune denken, und ihr Körper wurde von unkontrollierbarem Gelächter geschüttelt. Der arme Kerl zitterte vermutlich vor Angst und hatte sich aus Furcht um sein Leben an einen abscheulichen Ort zurückgezogen. Natürlich war er nicht in Gefahr, doch Myrmeen Lhal hatte sich die Gelegenheit nicht entgehen lassen können, dem Kleriker einen Dämpfer zu verpassen. Immerhin boten sich ihr denkbar wenige Möglichkeiten, um ihr einstiges Talent als Trickserin zur Anwendung kommen zu lassen. Sie seufzte und räkelte sich auf dem Bett.

Sie wollte eben nach einem Pagen läuten, als ihr etwas Seltsames auffiel: Die Rubine an ihrem goldenen Kelch fehlten.

Myrmeen erhob sich vom Bett, doch die Jahre der Herrschaft hatten ihre Kriegerinstinkte verkümmern lassen, und so bewegte sie sich zu spät, um dem dunkel gekleideten Mann auszuweichen, der auf sie zustürmte und sie auf das Bett warf. Der Aufprall war so heftig, daß ihr die Luft aus den Lungen gepreßt wurde. Sie fühlte das Gewicht des Mannes auf sich, der jede Bewegung ihrerseits unterband, während er ihr eine Hand auf den Mund legte.

Gesicht und Körper des Mannes waren von einer Art Stahlgeflecht bedeckt, nur ein paar Aussparungen ließen Augen, Nase und Mund frei.

„Ruhig, meine Dame. Es ist nicht meine Absicht, Euch Schaden zuzufügen", sagte der Mann mit tiefer, kehliger Stimme. Myrmeen Lhal strampelte um so heftiger. „Ich habe Neuigkeiten über die Verschwörung."

Myrmeen wurde ruhig, und im gleichen Moment hatte sie das Gefühl, der Griff ihres Angreifers lockere sich. „Wie seid Ihr hier hereingekommen?" murmelte sie hinter der Hand des Mannes.

„Wir haben alle unsere kleinen Geheimnisse", sagte er. „Es wäre dumm, sie zu verraten."

„Ihr – Ihr sprecht von der Verschwörung", erwiderte sie und atmete heftig vor gespielter Angst. Sie überlegte, ob sie zu schluchzen beginnen sollte, entschied sich aber dagegen.

„Der Schurke Ritterbruck ist noch auf freiem Fuß."

Myrmeen Lhal kniff die Augen zusammen.

„Aber das wußtet Ihr. Was Ihr vielleicht noch nicht wißt, ist, daß drei der Agenten Evon Stralanas aus der Stadt geflohen sind. Kelemvor, Adon und der einstige *Dieb* Cyric haben zur Hochsonne die Stadt in Begleitung zweier Fremder verlassen."

Der Mann machte eine kurze Pause, dann fuhr er fort: „War es nicht das Werk dieser drei, das es Ritterbruck ermöglichte, die Flucht zu ergreifen? Denkt darüber nach, meine Dame, mehr habe ich nicht zu sagen."

Als Marek aufstand, rollte sich Myrmeen Lhal nach links, als wolle sie die Hände vor ihr rot angelaufenes Gesicht halten.

Tatsächlich aber hielt sie sich am Bettrand fest und trat ihm mit beiden Beinen in den Bauch. Der Schrei und das Knacken, das sie hörte, bedeuteten vermutlich, daß sie seine Rippen getroffen hatte.

„Bei den Göttern", schrie der Mann, als Myrmeen Lhal einen Fausthieb folgen ließ, der nur knapp seine Kehle verfehlte. Er kannte die Technik und packte ihren Arm, erkannte seinen Fehler aber schon im nächsten Augenblick, als sie ihm heftig gegen den Knöchel trat. Er heulte ein zweites Mal vor Schmerz auf und mußte ihren Arm loslassen, ehe er ihn hatte auskugeln können. Myrmeen hatte die ganze Zeit über geschrieen, so daß es für Marek keine Überraschung war, als die Türen zu ihren Gemächern aufgerissen wurden und eine Handvoll Wachleute hereingestürmt kamen.

Marek überlegte, ob er es mit den Wachen aufnehmen oder die Flucht ergreifen sollte. Als er aber daran dachte, wie einfach es für ihn sein würde, aus den kläglichen Verliesen Arabels zu entkommen, hob er die Hände hoch und ergab sich.

„Holt ein paar Antworten aus dem Mistkerl heraus", sagte Myrmeen Lhal, die die erstaunten Blicke nicht bemerkte, die ihre fast völlige Nacktheit bei den Wachen hervorgerufen hatte. „Was ist? Seid ihr taub? Los, los."

Sie hielt einen der Männer zurück. „Und laß den Verteidigungsminister wissen, daß ich ihn auf der Stelle im Besprechungszimmer sehen will!" Sie warf einen Blick auf ihr zerfetztes Gewand. „Sobald ich angemessen gekleidet bin."

„Ich habe doch gesagt, daß man sich über den Wachdienst nicht beklagen kann", bemerkte einer der Wächter, als sie Marek wegbrachten. Myrmeen wartete, bis sie wieder allein in ihren Gemächern war, ehe sie mit einem erfreuten Lächeln auf die Bemerkung des Wachmanns reagierte. Das Lächeln verschwand aber rasch wieder, als sie an das Trio dachte, das sie vielleicht verraten hatte, und die Maßnahmen erwog, die sie würde ergreifen müssen, um herauszufinden, ob dem wirklich so war.

Eine halbe Stunde später war Myrmeen Lhal im Besprechungszimmer und gab alle Informationen, die sie erhalten hatte, weiter an Evon Stralana, einen mageren, blassen Mann mit dunklem Haar. Er nickte ernst.

„Dann fürchte ich, daß dieser Wurm Gelzunduth die Wahrheit gesagt hat", sagte Stralana.

„Ihr wußtet davon?" schrie Myrmeen ihn an.

„Heute morgen gelang es einem unserer Männer, die erforderlichen Beweise vorzulegen, um den Fälscher Gelzunduth festzunehmen."

„Weiter."

Stralana holte Luft. „Gestern abend wurde Gelzunduth von Adon aufgesucht, der ihn dafür bezahlte, falsche Pässe für zwei Männer auszustellen, die verdächtig nach Kelemvor und Cyric klingen. Er erwarb auch einen falschen Freibrief. Gelzunduth wußte sofort, mit wem er es zu tun hatte, und verhielt sich so höflich wie möglich. Als Gelzunduth zum ersten Mal verhört wurde, deutete er an, er könne Korruption unter der Wache aufdecken helfen. Er hoffte, er könne sich mit diesen Informationen eine Freilassung oder eine geringere Strafe erkaufen. Es waren Stunden erforderlich, um den Willen des Schweins zu brechen. Er hat dann alles freiwillig preisgegeben."

Myrmeen sah auf die winzige Flamme der einsamen Kerze, die zwischen Stralana und ihr stand. Als sie den Blick hob, stand ihr der Zorn über das, was sie erfahren hatte, in den Augen.

„Ich will wissen, wer die Tore bewachte, als Kelemvor und die anderen Arabel verließen. Ich will, daß sie hierhergebracht und verhört werden. Mit ihrer Bestrafung befassen wir uns, sobald wir wissen, welches Tor sie genommen haben."

Stralana nickte. „Ja, Herrin."

Sie hatte die Fäuste so fest geballt, daß die Knöchel weiß hervortraten. Sie zwang sich, ihre Hände zu entspannen, während sie weiterredete. „Dann werden wir uns mit Kelemvor und seiner Gruppe beschäftigen."

5

DIE KOLONNADE

Cyric, der die letzte Wache hatte, betrachtete das schöne Pastellrosa des Morgenhimmels. Zarte ockerfarbene Streifen schienen die schneeweißen Wolken zu entflammen, die sich über den Horizont schoben. Plötzlich spürte der ehemalige Dieb aber eine ungewöhnliche Wärme in seinem Nacken, und als er sich umdrehte, stellte er fest, daß ein zweiter Sonnenaufgang den ersten vollendet imitierte.

Im Norden und im Süden gingen weitere Sonnen so schnell auf, daß man zusehen konnte, wie sie binnen Minuten in Richtung Zenit strebten. Ob es sich um eine Illusion handelte oder nicht, ihre Auswirkungen waren in jedem Fall besorgniserregend. Die Hitze der grellen Himmelskörper ließ die winzigen Schlammspalten austrocknen und verhärten, und die Erde verströmte plötzlich einen fauligen Gestank. Cyric weckte rasch die anderen, ehe die volle Wirkung der gewaltigen Hitze einsetzen konnte.

Kelemvor, der vom schlechten Schlaf der vergangenen Nacht noch immer wie gerädert war, begann, nach dem einzigen Zelt zu suchen, das sie mitgenommen hatten. Plötzlich fluchte er, als ihm einfiel, daß es zerstört worden sein mußte, als die Kreaturen am Tag zuvor ihre Packpferde getötet hatten. Er befahl den anderen, Decken und Mäntel zu nehmen und sie sofort über sich zu legen, da das flache Land rundherum keinen anderen Schutz vor den Sonnen bot.

„Mitternacht!" rief Kel. „Falls du irgendeinen guten Zauber weißt, der uns jetzt helfen kann – nur zu!"

Mitternacht ignorierte seinen sarkastischen Tonfall.

„Kommt alle her", rief Mitternacht. „Und holt auch die Pferde. Dann tragt unsere Wasservorräte zusammen."

Sie kamen Mitternachts Aufforderungen nach, und ein dichter Nebel erfüllte die Luft, als die dunkelhaarige Magierin einen kurzen Zauber wirkte, um das Umfeld zu befeuchten. Ein zweiter Zauber kühlte ihr Trinkwasser, um sicherzustellen, daß es nicht verdampfte. Die Decken hüllten die Abenteurer in Finsternis und trugen dazu bei, die Hitze der Sonnen zu lindern. Mitternacht war froh, daß ihre Zauber nicht außer Kontrolle geraten waren. Sie sah winzige Blitze über die Oberfläche ihres Anhängers wandern, und trotz der Hitze fröstelte sie.

In der Finsternis unter seiner Decke erinnerte sich Adon an einen simplen Zauber, von dem er wußte, er würde ihn die Hitze schadlos überstehen lassen. Er wünschte sich, für den Zauber beten zu können, doch er wußte, daß es keine Wirkung zeigen würde. Vor und nach seiner Wache hatte er gebetet und Zauber ausprobiert; jeder Versuch war ein Fehlschlag gewesen, wie stets seit der Zeit der Ankunft.

Mitternacht konnte die Sonnen sogar durch den Stoff ihres Mantels sehen. Fasziniert sah sie, wie sie aufeinander zustrebten und direkt über ihnen zu einer einzelnen, gleißenden Sonne verschmolzen. Augenblicklich ging die Temperatur auf ein normales Maß zurück. Die Gefahr schien gebannt.

Die Hitze zeigte aber ihre Wirkung bei den Abenteurern, und als sie aufbrechen wollten, entstand ein Streit darüber, welche Sonne nun die echte gewesen war und in welche Richtung sie demnach weiterreiten mußten. Schließlich vertrauten sie Cyrics untrüglichen Instinkten, und ein Anschein von Normalität kehrte in ihre Reise zurück.

Nach einer Weile wich das Flachland üppig bewachsenen, wogenden Hügeln im Osten und den imposanten Bergspitzen des Gnoll-Passes in weiter Ferne. Die Helden verließen die Hauptstraße und waren angenehm überrascht, als sie auf die

Ruinen einer Kolonnade stießen, die ein Becken mit frischem Wasser umschlossen, das Adon prüfte und für rein erklärte. Sie tranken gierig und füllten ihre Behältnisse auf.

Plötzlich brachte Adon die schweißgetränkten Abenteurer auf den Gedanken, ein Bad zu nehmen, als er begann, sich zu entkleiden.

„Adon!" schrie Kelemvor. Der Kleriker erstarrte mitten in der Bewegung – auf einem Bein stehend und die Hände um einen Stiefel gelegt. „Eine Frau und ein Kind sind zugegen!"

Adon setzte den Fuß wieder auf, ehe er den Halt verlor. „Tut mir leid."

Mitternacht schüttelte den Kopf. Ein Bad zu nehmen und sich zu erfrischen, ehe sie sich auf den letzten Abschnitt ihres Ritts machten, war verlockend, doch sie mußten sich dafür etwas anderes einfallen lassen.

„Wenn ihr drei baden wollt, dann werde ich mit Caitlan am anderen Ende des Beckens warten, bis ihr fertig seid. Mit dem Rücken zu euch", sagte die Magierin.

„Gut, dann werden wir das gleiche bei euch machen", sagte Kelemvor und zog sein Hemd aus.

„Nur werdet ihr euch bereits hinter der nächsten Hügelkuppe befinden, bevor wir auch nur ein Stück unserer Kleidung abgelegt haben", erwiderte Mitternacht und nahm Caitlans Hand.

Nachdem die beiden das andere Ende der Kolonnade erreicht hatten, zog sich Adon aus und legte seine Kleidung ordentlich zusammen. Dann nahm er Anlauf und sprang ins kristallklare Wasser. Er planschte und johlte wie ein Kind, während Kelemvor ausgelassen lachte und sich auch auszog. Auch Cyric ging ins Wasser, wirkte aber viel verschlossener.

Mitternacht war überrascht, daß Caitlan schwieg, während sie warteten, bis die Männer mit ihrem Bad fertig wurden. Sie unterhielt sich gern mit Caitlan, doch ihre Versuche, sie zu einer Äußerung zu bewegen, schlugen fehl, da sie stumm dasaß und zum Horizont starrte.

„Mitternacht!"

Ohne sich umzudrehen, erwiderte sie: „Ja, Kel?"

„Ich muß dir etwas sagen."

Mitternacht verzog das Gesicht, da sie den spielerischen Tonfall in Kelemvors Stimme bemerkte. „Das kann warten."

„Ich könnte es vergessen", sagte Kelemvor. „Keine Angst, wir sind im Wasser."

Mitternacht ließ die Schultern sinken und sah zu Caitlan. „Warte hier", sagte sie. Caitlan nickte.

Sie stand auf und sah, daß Kel sich zu ihrer Seite des Beckens begeben hatte, während Adon und Cyric sich fernhielten.

Mitternachts gelegentliche Phantasien über einen unbekleideten Kel erwiesen sich als von der Wahrheit gar nicht so weit entfernt. Der Anblick von Kelemvors nassem, glänzenden Körper erzeugte bei Mitternacht einen wohligen Schauer, obwohl sie sich dagegen zu wehren versuchte. Sie konnte sich nicht erinnern, wann sie zuletzt von Händen wie seinen berührt worden war. Kelemvor riß Mitternacht aus ihren Gedanken, als er eine Wasserfontäne hochspritzen ließ und sie gut gelaunt aufforderte, sich zu ihm zu gesellen.

„Das könnte dir so passen", entgegnete Mitternacht und verschränkte die Arme vor der Brust.

„Ja!" sagte Kelemvor. Seine Augen blitzten schelmisch.

„Genau darum bleibt meine Kleidung da, wo sie im Augenblick ist, bis ihr drei hinter dem Hügel dort verschwunden seid", sagte sie und trat mit dem Fuß ins Wasser, so daß das Gesicht des Söldners naßgespritzt wurde. Er wollte ihr Fußgelenk zu fassen bekommen, verfehlte es aber und kippte nach vorn, wobei er mit dem Kopf auf dem steinernen Beckenrand aufschlug. Er ruderte mit den Armen und versank, während sein Blut im Wasser rote Schlieren bildete.

„Kel!" schrie Mitternacht. Im gleichen Moment entstand ein Wirbel, und eine Hand aus wirbelndem, spritzendem Wasser hob Kelemvor aus dem Becken und setzte ihn auf einer kleinen

Bank ab. Adon eilte zu ihm, während Mitternacht seine Kleidung holte.

„Er kommt wieder in Ordnung", sagte Adon, nachdem er die Wunde untersucht hatte. „Ich schlage nur vor, daß er sich eine Weile nicht bewegt."

„Du Narr!" schimpfte Mitternacht, doch Kelemvor grinste nur und schüttelte den Kopf. Adon legte eine Decke über den Söldner und wandte sich Cyric zu, der schon vollständig angezogen war.

„Das wäre es wert gewesen", meinte Kel, sah Mitternacht dann aber besorgt an. „Du zitterst."

Kelemvor hatte recht. Mitternacht zitterte so heftig, daß sie nichts dagegen tun konnte. Sie hatte keinen Zauber gewirkt, um Kelemvor zu retten, und war doch sicher, daß sie ihn irgendwie aus dem Wasser geholt hatte. *Vielleicht wird der Anhänger explodieren. Immerhin ist er ein magischer Gegenstand*, dachte die Zauberkundige und schlang ihre Arme um sich, damit das Zittern aufhörte.

Dann schrie sie, als eine zweite Wasserfontäne aus dem Becken schoß und sie umschloß. Sie war entsetzt, als sich – bis auf den Anhänger – ihre gesamte Kleidung von selbst von ihrem Körper löste und das Wasser ihren nackten Leib wusch, während ihre Gewandung in der Luft tanzte und die gleiche Behandlung erfuhr. Die anderen konnten von dem, was sich in der Wassersäule abspielte, nur wenig sehen, und als alles vorüber war und das Becken das Wasser wieder gierig in sich aufnahm, stand Mitternacht strahlend sauber und komplett angezogen vor ihnen.

Sie zitterte nicht mehr, fühlte aber wieder eine gewisse Unsicherheit. Doch ob es nun der Anhänger gewesen war oder ob das Wasser selbst irgendwie die Macht besaß, dies alles zu vollführen, es schien doch so, als käme hier nur harmlose Magie zum Einsatz.

„Guter Trick", sagte Cyric und lächelte Mitternacht an. „Mich überrascht nur, daß du deinen Zaubern traust, nach allem, was wir gesehen haben."

„Ich habe seit heute morgen keinen Zauber mehr gewirkt", erwiderte die Magierin. „Ich weiß nicht, wodurch das verursacht wird. Es könnte auch von Caitlan ausgehen."

Mitternacht sah zu der Bank, auf der sie sie zurückgelassen hatte, und fühlte Panik in sich aufsteigen, als sie erkannte, daß Caitlan nicht mehr dort saß. Ehe sie etwas sagen konnte, hörte sie hinter sich ein lautes Platschen. Sie drehte sich um und sah, daß sie beschlossen hatte, das nunmehr freie Becken zu nutzen.

Wegen Kelemvors Verletzung beschlossen die Helden, in der Kolonnade ihr Lager aufzuschlagen und am nächsten Morgen zur Burg weiterzureisen. Cyric verbrachte einen Gutteil des Tages damit, sich die Säulen und Statuen rund um ihr Lager anzusehen.

Die Säulen waren breit und glatt, und in einer Höhe von dreieinhalb Metern über dem Boden waren sie durch schöne steinerne Bögen miteinander verbunden, die wie erdgebundene Regenbögen wirkten.

Einige Säulen waren geborsten, zerklüftete Spitzen ragten in die Luft. Durch manche Säulen zogen sich Risse, die vom Kapitell bis zum Boden reichten, und große Steinblöcke hatten sich neben den zertrümmerten Säulen tief ins Erdreich gebohrt. Einzelne Bögen fehlten ganz, wodurch die einst vollkommene Symmetrie der Kolonnade gestört und durch ein wildes, unvorhersagbares Erscheinungsbild ersetzt wurde.

Die Statuen waren für Cyric von besonderem Interesse, obwohl fast alle Skulpturen beschädigt waren. Vielen fehlte der Kopf. Einige Figuren stellten Männer, andere Frauen dar, die alle von vollendeter Gestalt waren. Der ehemalige Dieb verbrachte Stunden mit seinem Studium, wobei eine Statue seine besondere Aufmerksamkeit erregte: ein kopfloses Paar Liebender, die der Kolonnade den Rücken zugewandt hatten und deren Hände die Gefühle ausdrückten, die zu zeigen ihre fehlenden Köpfe nicht mehr in der Lage waren.

Als es langsam finster wurde, bemerkten die Abenteurer, daß von dem Wasserbecken ein starkes Leuchten ausging, so als sei sein Boden mit Phosphor überzogen. Eine genauere Untersuchung ergab aber, daß dem nicht so war. Das Wasser tauchte die Gesichter der Reisenden in bläulich-weißes Licht, während sie entspannt am Becken saßen und sich über die verschiedensten Dinge unterhielten.

Cyric erzählte von glücklosen Abenteurern, die ihr Glück in den legendären Ruinen Myth Drannors gesucht und dabei die Warnungen der Helden ignoriert hatten, die diesen Ort bewachten. Alle seine Geschichten endeten damit, daß die Abenteurer getötet wurden oder spurlos verschwanden. Mitternacht beklagte sich amüsiert bei ihm, daß er so deprimierende Dinge erzählte.

„Abgesehen davon wüßte ich gern, woher du weißt, was diese Leute in den Ruinen erlebt haben, wenn du nicht mit ihnen gereist bist oder sie irgendwie mit dem Leben davongekommen sind?" fragte Mitternacht.

Cyric sah ins Wasser und erwiderte nichts, aber Mitternacht beschloß, nicht weiter nachzuhaken.

Adon erging sich in Lobeshymnen auf Sune, aber Kel schnitt dem Kleriker das Wort ab und kam auf Träume und deren Erfüllung zu sprechen.

„Ich will niemanden deprimieren", sagte er in Erinnerung an Mitternachts Worte, „aber Cyrics Geschichten haben für uns alle eine Bedeutung. Zu oft habe ich erlebt, daß sich Menschen von dem Wunsch vereinnahmen ließen, ihre Träume zu verwirklichen. Eines Tages nämlich blicken sie sich um und sehen all die Freuden und Wunder, die ihnen entgangen sind, weil sie nur damit beschäftigt waren, von einem Ort zum nächsten zu reisen und Reichtümer zu horten."

„Das ist ziemlich unerfreulich", stimmte Mitternacht zu. „Ich habe solche Menschen kennengelernt. Du auch, nehme ich an."

„Flüchtige Bekannte", sagte Kelemvor.

„Ich verstehe nicht, was das mit uns zu tun hat", meinte Adon schläfrig.

„Es hat *nur* mit uns zu tun", gab Kel zurück, dessen Blick auf der fast hypnotischen Bewegung des Wassers ruhte. „Was, wenn wir morgen sterben?"

Caitlan wurde blaß, da sie ahnte, worauf Kelemvor hinaus wollte.

„Wie sagte Aldophus: ‚Sonderbare Geschehnisse im Überfluß – und die Hölle bricht los.' Überlegt, was wir gestern erlebt haben. Gibt es wirklich etwas, das es wert ist, sich wieder solchen Alpträumen auszusetzen? Oder vielleicht noch schlimmeren? Ich habe geschworen, weiterzuziehen. Doch ich bin bereit, jeden von euch aus seiner Pflicht zu entlassen", sagte Kelemvor und sah weiter ins Wasser.

Adon stand auf. „Ich bin beleidigt. Natürlich werde ich weitermachen. Ich bin kein Feigling, auch wenn du das vielleicht glaubst."

„Das habe ich nie behauptet, Adon. Ich hätte gar nicht gefragt, ob du mitreist, wenn mir dieser Gedanke gekommen wäre." Kel sah die anderen an.

Mitternacht sah, daß Caitlan zitterte, und legte ihr eine Dekke um. „Mein Versprechen gilt für Caitlan ebenso wie für dich, Kelemvor", sagte sie und drückte das verängstigte Mädchen an sich. „Ich werde weiter mitreisen. Daran sollte es keinen Zweifel geben."

Cyric hatte sich vom Lichtschein des Beckens in den Schatten zurückgezogen. Er verstand, welches Spiel Kel spielte. Er förderte den Zusammenhalt und die Begeisterung, indem er bei seinen Gefährten genau diese Eigenschaften in Frage stellte. Doch für Cyric hatte Kelemvor damit nur das ausgesprochen, was ihn selbst seit Beginn ihrer Reise beschäftigte.

Ich kann umkehren, dachte Cyric, *und niemand kann mich aufhalten.*

„Cyric?" rief Kel. „Wo ist Cyric?"

„Hier", antwortete dieser und stellte überrascht fest, daß er zur Gruppe zurückkehrte und sich wieder niederließ. „Ich dachte, ich hätte etwas gehört."

Kelemvor sah sich mißtrauisch um.

„Aber da war nichts", fuhr Cyric fort und kniete sich vor Caitlan hin, die auf der gesamten Reise kaum ein Wort gesagt hatte. „Auch wenn es vielleicht nicht viel wert ist, Caitlan, gebe ich dir noch einmal mein Wort, daß wir deine Herrin aus der Burg retten."

Cyric sah Kelemvor an. „Manche glauben, unser Leben sei vorbestimmt und wir hätten kaum Kontrolle über unser Tun. Also könnten wir uns ebensogut allem unterwerfen, was uns das Schicksal präsentiert. Hast du schon einmal so empfunden?"

„Noch nie", sagte Kel. „Niemand außer mir bestimmt mein Schicksal."

Cyric reichte ihm die Hand. „Dann sind wir uns ja einmal in einer Sache einig", sagte Cyric und lächelte. Tief in seinem Herzen wußte er aber, daß es gelogen war.

◆ ◆ ◆

Sie müssen in der Nähe sein, dachte Tyrannos. Er wühlte im Wasser in seiner Schale des Sehens, bis sein Arm ermüdet war. Erleichterung machte sich breit, als in ihm endlich ein Bild Gestalt anzunehmen begann. Dennoch störte etwas seine Bemühungen, Mystras Rettern nachzuspionieren. Auch als sich das Wasser in der Schale beruhigte, war das Bild verschleiert und ungenau.

Tyrannos betrachtete das fast regungslos Portrait der Menschen, die gekommen waren, um Mystra zu retten. Am meisten interessierte ihn die Frau, obwohl sie auf der Seite lag und schlief und er ihren Anhänger nicht sehen konnte. Er betrachtete auch die anderen, und plötzlich dröhnte lautes Gelächter durch den fleischgewordenen Gott. Tyrannos' menschliche Stimmbänder waren der groben Behandlung nicht gewachsen, und so wurde aus dem dröhnenden Gelächter ein heiseres Krächzen.

Tyrannos stellte sich vor Mystra, die vom abfälligen Lachen des Schwarzen Fürsten geweckt worden war. „Das da schickst du gegen mich?" fragte Tyrannos und wies auf die Schale des Sehens. „Sie reichen ja nicht mal an die Beschreibung heran, die Schwarzdorn mir gegeben hat."

Mystra sagte nichts.

„Ich dachte, deine vier Retter würden mir etwas abverlangen. Aber die?"

Mystra versuchte, sich nichts anmerken zu lassen, doch es keimte Hoffnung in ihr auf. *Nur vier?* dachte sie. Dann hatte ihr Ruf funktioniert!

Als Tyrannos Mystra gefangengenommen hatte, hatte die Göttin einen Bruchteil ihrer Macht in Gestalt eines magischen Falken ausgeschickt. Der potentielle Avatar, den der Falke aufsuchen sollte, würde jung sein und gewaltiges Potential haben – eine wenig erfahrene, aber bedeutende Magierin. Als er Caitlan ausgemacht hatte, gab es einen kurzzeitigen Kontakt zwischen Mystra und dem Mädchen, bei dem sie Caitlan anwies, Mitternacht mitsamt dem Anhänger zu finden und Krieger um sich zu sammeln, die der Sache würdig waren.

Mystra gab dem Falken auch einige Zauber mit auf den Weg, die auf den übertragen werden sollten, der ihren Ruf empfing. Einer war ein Zauber gewesen, um in die Gedanken eines anderen zu blicken, so daß ein geeigneter Kämpe gefunden werden konnte. Der zweite war ein Schutzmantel gegen jede Form des Ortens von Magie. Der dritte und letzte Zauber war noch nicht benutzt worden, wie Mystra spürte. Ein minimales Flackern ihrer Essenz hatte die Freisetzung der ersten beiden Zauber angezeigt, als sie benutzt wurden. Der dritte Zauber hatte sich noch nicht bemerkbar gemacht.

Abscheu prägten die Gesichtszüge des Schwarzen Fürsten, als er weitersprach. „Wenigstens sind sie klug genug, das Kind zurückzulassen. Aus dessen Tod könnten sie keinen Nutzen ziehen, außer daß sie dein Unbehagen verstärken würden. Und ich will dir wirklich keine Schmerzen zufügen, meine liebe Mystra. Es sei denn, du läßt mir keine Wahl."

Mystra hatte gelernt, sich als Gefangene von Fürst Tyrannos in Geduld zu üben. Und das, was sie gelernt hatte, hatte sie auch zur Anwendung gebracht, obwohl sie vor Dankbarkeit aufschreien wollte, daß ihr Plan bislang wie beabsichtigt verlaufen war. Caitlan war vor Tyrannos' Suchzaubern geschützt. Er wußte nicht, daß sie noch bei der Gruppe war.

„Ich werde dir jetzt ein letztes Mal meine Nachsicht anbieten. Verschreibe dich meiner Sache und hilf mir, die Götter gegen Fürst Ao zu einen, damit wir den Himmel wieder für uns beanspruchen können. Dann werde ich dir alles vergeben. Nutzt du diese Gelegenheit nicht, die ich dir biete, dann werde ich die Qualen der Verdammten auf diese Menschen niederfahren lassen, die dich befreien wollen, das schwöre ich dir!"

Hinter ihm ertönte ein Geräusch. „Fürst Tyrannos."

Tyrannos drehte sich um und sah Tempus Schwarzdorn. Die Haut des Magiers war blaß, fast elfenbeinern, sein langes, pechschwarzes Haar hatte er zu einem Pferdeschwanz zusammengebunden. Er trug einen Brustpanzer aus reinem Stahl, der in der Mitte einen blutroten Edelstein aufwies, der so groß war wie die geballte Faust eines erwachsenen Mannes. Er wirkte substanzlos, fast wie ein Geist.

„Dringende Angelegenheiten erfordern Eure Anwesenheit in der Zentilfeste", sagte Schwarzdorn. „Man hat Ritterbruck gefunden."

„Ritterbruck?" Tyrannos schüttelte den Kopf.

„Die Verschwörung gegen Arabel. Unser Agent."

Tyrannos atmete schnaufend aus. „Der gescheitert ist."

„Fürst Schach will ihn sofort hinrichten", sagt Schwarzdorn. „Aber der Mann hat eine makellose Vergangenheit, und seine Aufgabe war ein Ding der Unmöglichkeit."

Tyrannos legte seine klauenartigen Hände zusammen. „Das ist dir persönlich wichtig, richtig?"

Schwarzdorn senkte den Kopf. „Ronglath Ritterbruck und ich sind seit Kindesbeinen Freunde. Sein Tod wäre eine pure Verschwendung."

Tyrannos atmete tief durch. „Laß uns das besprechen. Du wirst Schach mein Urteil überbringen. Niemand wird es wagen, es in Frage zu stellen."

Mystra sah zu, wie Tyrannos sich mit seinem Gesandten unterhielt. Der Gott der Zwietracht war so völlig auf Schwarzdorn konzentriert, daß Mystra eine Weile vor seinen permanenten Belästigungen verschont blieb.

Wenigstens habe ich Gelegenheit zu fliehen, dachte Mystra. *Daß mein geplanter Avatar die eine gefunden hat, die mein Vertrauen genießt, ist mehr, als ich erhofft hätte. Ich werde nicht noch eine solche Chance bekommen. Und dann werde ich Fürst Ao wissen lassen, wer die Diebe waren, und nach Hause zurückkehren können!*

Sie hatte jedoch keine Zeit, um Freude zu empfinden. Es war Zeit zum Handeln. Mystra wußte, daß sie sich nicht von ihren Fesseln lösen und fliehen konnte. Doch weder ihre Ketten noch die Gegenwart des *Hakeashar* hatten sie davon abhalten können, genug mystische Energie zurückzuhalten, um einen letzten kleinen Zauber zu wirken.

Mystra konzentrierte sich und spürte eine Verbindung zu Caitlan.

Komm sofort her! befahl Mystra. Die Worte hallten laut im Kopf des Mädchens wider. *Benutze den letzten Zauber, den ich dir gewährt habe, und komm her. Warte nicht auf die anderen. Sie werden rechtzeitig hier sein.*

Plötzlich wurde die Verbindung unterbrochen, und Mystra hörte Tyrannos' Schritte. Schwarzdorn war fort. Tyrannos baute sich wieder vor der Göttin auf.

„Hast du deine Meinung geändert?" fragte er. „Hast du dich entschlossen, mir zu folgen?"

Sie schwieg.

Tyrannos seufzte. „Eine Schande, daß du bald tot sein wirst. Denn wie oft wirst du noch den Hakeashar überstehen können? Die Qual, die er dir bereitet, wenn er in deine Essenz eindringt, muß unvorstellbar sein."

Mystra regte sich nicht.

„Ich werde Ao auch ohne dich stürzen, Mystra. Es wäre klug von dir, dich mir anzuschließen, bevor ich dich wirklich töten muß."

Als Mystra noch immer nichts sagte, wandte sich Tyrannos ab und ging zur Schale des Sehens, wo er weiter versuchte, nach den Gästen Ausschau zu halten, die in unmittelbarer Nähe zu seiner Burg ihr Lager aufgeschlagen hatten.

◆ ◆ ◆

Komm sofort her! befahl Mystra, und Caitlan reagierte sofort. Obwohl die Worte der Göttin besagten, sie solle ihre neuen Freunde zurücklassen, war Caitlan versucht, Mitternacht oder Kelemvor zu wecken und ihnen von Mystras Ruf zu berichten, um ihnen zu sagen, daß keine Zeit mehr vergeudet werden durfte, daß sie sich sofort zur Burg begeben mußten.

Aber sie mußte Mystras Befehl gehorchen. Also sprach Caitlan tonlos die Worte des Zaubers und wurde im gleichen Moment in den Nachthimmel gehoben. Cyric hörte nicht einmal, daß sie sich geregt hatte. Obwohl es ein aufregendes Erlebnis war, durch die Luft segeln zu können, vergaß Caitlan den ernsten Anlaß für ihre Fertigkeiten keine Sekunde.

Die Göttin brauchte sie.

Zusammen mit Mystras Ruf hatte Caitlan eine komplexe Folge von Bildern empfangen, und indem sie den realen Vorbildern folgte, erreichte sie Burg Morgrab schnell und drang unbemerkt ein. Caitlan nahm ein allumfassendes Übel an diesem Ort wahr, obwohl die staubigen Gänge, durch die sie sich bewegte, harmlos zu sein schienen. Schließlich fand Caitlan den Raum, in dem sie die seltsame, leuchtende Gestalt der Göttin der Magie ausmachte.

Mystra wirkte nicht menschlich. Sie war mit sonderbar pulsierenden Ketten an der Verlieswand festgemacht worden und schwebte wie ein Geist.

Ein entsetzlich mißgestalteter Mann befand sich auch in der Kammer. Er stand in der Mitte des Raums und starrte in ein kunstvoll gearbeitetes Becken, das mit trübem schwarzem Wasser gefüllt war. Caitlan sah, daß seine Züge teils menschlich, teils tierisch und teils dämonisch waren. Der deformierte Mann drehte sich plötzlich um und sah zu Caitlan, die aber in den Schatten verborgen blieb. Es war, als hätte er gehört oder auf irgendeine Weise gefühlt, daß sie ins Verlies gekommen war.

Der dunkle Mann sah zu Mystra und sagte: „Ich wünschte, die Sonne würde aufgehen, damit diese armseligen Menschen endlich kommen und für meine Unterhaltung sorgen."

„Sie werden mehr tun als nur das, Tyrannos!" gab Mystra zurück.

Caitlan schnappte nach Luft. Der mißgestaltete Mann war Fürst Tyrannos, der Gott der Zwietracht! Er mußte sich einen Avatar genommen haben, so wie es Tymora in Arabel getan hatte.

Da wußte Caitlan, was von ihr erwartet wurde. Sie freute sich, da sie nun ihr endgültiges Schicksal kannte. Vor ihr stand Tyrannos und schrie die Göttin an, sprach wüste Bedrohungen aus und bedrängte sie, sich irgendeinem verrückten Plan anzuschließen, den er entwickelt hatte. Mystra reagierte nicht, und Caitlan fürchtete bereits, die Essenz der Göttin schwände dahin und ihr Tod stünde unmittelbar bevor. Dann befreite sie sich von diesen Gedanken und wartete darauf, daß sich Tyrannos lange genug abwandte, um ihr Zeit zu geben, die Distanz zu überwinden, die zwischen ihr und der Göttin der Magie lag.

Dann würde es an Mystra sein, Freude zu empfinden...

6
NEU-ACHERON

Als die Helden den letzten Hügel überschritten und in die Senke blickten, in der Burg Morgrab lag, sahen sie, in welch heruntergekommenem Zustand das Bauwerk war. Kelemvor verlor zunehmend den Mut, während sie sich der Ruine näherten.

„Wenn nicht irgendeine Kreatur aus dem Untergrund sie geschluckt hat, dann müßte Caitlan hier irgendwo sein", sagte der Söldner. „Ich verstehe noch immer nicht, warum sie weggelaufen ist."

Cyric seufzte. „Kelemvor, ich habe es dir heute Morgen schon ein Dutzendmal gesagt. Caitlan hat fest geschlafen, als meine Wache um war. Ich habe sie nicht gehen hören."

„Aber deshalb wissen wir noch immer nicht, wo sie hin ist", wandte Mitternacht ein, der man die Sorge um das Mädchen anhörte. „Oder wie sie unser Lager verlassen konnte, ohne daß wir es mitbekamen."

„Bei all den sonderbaren Dingen, die sich hier abspielen", meinte Adon, „würde es mich nicht wundern, wenn sie wirklich vom Erdboden verschluckt wurde."

Kel versteifte sich. Wenn das Mädchen tot oder auch nur für immer verloren war, würde er seine Belohnung nicht erhalten. Ein leichtes Beben ging durch seine Muskeln. „Runter vom Pferd, Adon, los!"

„Aber... aber... "

Als sich Kelemvor nicht einmal umdrehte, um mit ihm zu streiten, erkannte Adon, daß es das beste sein würde, den Weg bis zur Burg Morgrab zu Fuß zurückzulegen. Es gefiel ihm ohnehin nicht besonders, sich das Pferd mit dem Söldner teilen zu müssen, da dieser viel zu stark schwitzte.

Kel konzentrierte sich wieder auf die Burg. Es stand außer Frage, daß Morgrab schön anzusehen gewesen war. Sie war von einfacher und schlichter Bauweise, wodurch der Ort um so einschüchternder wirkte. Die Feste war ein perfektes Quadrat, an jeder Ecke erhob sich ein riesiger zylindrischer Turm. Immens hohe Mauern verbanden die fensterlosen Türme, und an der den Helden zugewandten Seite ragte ein massiver Obelisk auf, bei dem es sich offenbar um den Eingang handelte. Das gesamte Gebäude erinnerte in seiner Farbe an Knochen, die man in der Sonne hatte bleichen lassen.

Als die Helden näherkamen, sahen sie, daß die Burg drei Stockwerke hoch und von einem Graben umgeben war, der schon lange ausgetrocknet war. Von den Schrecken, die in dem Graben einst Diebe und Mörder ferngehalten hatten, waren nur Knochenreste vorhanden, die aus der dunkelbraunen Erde ragten und Cyric hervorragenden Halt boten, als er in den Graben hinabstieg.

„Versuch, zum Tor hinaufzuklettern", rief Kelemvor Cyric zu, als der ehemalige Dieb den Grund des Grabens erreicht hatte und sich der der Burg zugewandten Seite näherte.

„So ist unser Kel", murmelte Cyric. „Als wenn ich etwas anderes versuchen würde."

Die Zugbrücke war ein Stück weit geöffnet, und die gewaltigen Ketten, die sie hielten, waren festgerostet. Als Cyric vom Burggraben zur Befestigung der Ketten hinaufkletterte und sich an den rostigen Kettengliedern weiter nach oben hangelte, bewegten sie sich kein Stück. Dann kletterte Cyric weiter zu einem abbröckelnden Mauervorsprung und folgte ihm bis zur Seite der nicht ganz heraufgezogenen Zugbrücke. Dort ließ er sich zwischen Brücke und Mauer hindurchgleiten und sprang gut viereinhalb Meter tief zu Boden. Augenblicke später war es ihm gelungen, den Mechanismus wieder in Gang zu setzen und die Brücke herabzulassen.

Kel, Mitternacht und Adon banden ihre Pferde an den Pfosten vor der Brücke an und nahmen nur ihre Waffen und ein paar Fackeln mit, nachdem die Brücke mit viel Lärm und Quietschen auf der anderen Seite des Grabens aufsetzte.

„Soviel dazu, daß wir uns heimlich nähern", seufzte Mitternacht. „Vielleicht sollten wir einfach warten, bis der Burgherr kommt und uns begrüßt."

Adon fand ihre Bemerkung amüsant, Kel dagegen nicht. „Bringen wir es hinter uns", knurrte er, als sie die Brücke überquerten. „Wir können immer noch auf eine Belohnung hoffen, wenn wir Caitlan oder ihre Herrin finden."

Cyric stand mit gezogenem Schwert am Tor und wartete auf einen üblen Wächter, der sich beim Betreten der Burg auf die Helden stürzen mochte. Doch es zeigte sich kein abscheuliches Geschöpf. Vielmehr schien sogar das laute Knarren der Zugbrücke überhaupt niemanden zu interessieren. „Das ist merkwürdig", sagte der einstige Dieb, als die Helden zu ihm kamen. „Vielleicht ist das die falsche Burgruine."

Kelemvor runzelte die Stirn und trat als erster in den ersten riesigen Raum. In dem ringsum von Mauern umschlossenen Saal war es auch im Schein ihrer Fackeln schwierig, etwas zu erkennen, doch schon bald wurde klar, daß die gewaltige Eingangshalle völlig leer war. Die Gruppe ging durch einen Gang, der der Brücke gegenüberlag.

Cyric spähte in viele der kleinen Räume, an denen die Helden vorbeikamen, während sie tiefer in die Burg vordrangen. Die Räume, die er sah, waren einander alle sehr ähnlich – an einer Wand lehnten die Trümmer eines Tisches, ein Stück daneben lag ein Stuhl, der verwesende Leichnam eines Tiers war zu sehen, das einen Weg in die Burg gefunden hatte und dann verhungert oder von einer Krankheit befallen worden war, bevor es dann in einer Ecke verendet war. Andere Räume waren ganz leer.

Die Flure selbst wurden von Elfenbeinsäulen gesäumt, die mit Gold verziert waren und jeweils fünf Meter voneinander entfernt standen. Das meiste Gold war längst abgeschabt. Die Teppiche in den Räumen waren mit Wasser vollgesogen und unrettbar beschädigt. Die Muster und Materialien, die trotz des Schmutzes noch erkennbar waren, zeigten, daß es sich einst um Kostbarkeiten gehandelt hatte. Die Decken waren gewölbt, und die Stuckarbeiten waren nur noch stellenweise zu erkennen. Die noch sichtbaren Bilder bildeten eine sonderbare Mixtur aus Titanenkämpfen und gesichtslosen Monarchen, die auf Schädelthronen saßen. Keines der Fresken zeigte etwas erfreuliches.

Nachdem sie fast eine Stunde umhergewandert waren, aber nichts gefunden hatten, was die Schilderungen des Mädchens hätte untermauern können, sprach Cyric, der aus, was ihnen allen durch den Kopf ging.

„Gold", sagte er sarkastisch. Seine Worte hallten wild durch die leeren, düsteren Korridore.

„Ja", meinte Kelemvor, der lieber nicht daran denken wollte. Ein heftiges Schaudern ging durch seinen Körper, und der Söldner sagte, die Suche sei noch nicht vorbei. Vielleicht würde er ja doch noch seine Belohnung bekommen.

„Reichtümer jenseits aller Vorstellungskraft, Abenteuer, die jeder Beschreibung spotten", sagte Cyric und ließ seine Fingergelenke knacken, um die Ermüdung zu bekämpfen.

„Mir tun alle Glieder weh", flüsterte Adon.

„Dann hast du sie wenigstens noch", entgegnete Kel und ließ den Kleriker sofort verstummen.

„Vielleicht lassen sich hier doch noch Reichtümer finden", sagte Cyric schließlich. „Dann wären unsere Anstrengungen wenigstens gerechtfertigt."

„Glaubst du nicht, daß dieses Gemäuer schon mehrfach geplündert wurde?" Mitternacht schwenkte ihre Fackel umher. „Hast du hier bisher etwas von Wert gesehen?"

„Noch nicht", antwortete der einstige Dieb. „Aber sehr weit sind wir noch nicht vorgedrungen."

Adon war nicht überzeugt. „Wenn Caitlans Herrin *wirklich* hier von menschlichen oder wie auch immer gearteten Briganten festgehalten würde, sollten wir wenigstens solange suchen, bis wir ihren Leichnam gefunden haben, damit wir sie beerdigen können. Vielleicht ist Caitlan schon dabei."

„Dann sollten wir uns aufteilen, um schneller voranzukommen. Adon, du gehst mit Mitternacht, ihr sucht das Erdgeschoß ab. Ich gehe mit Cyric nach oben", sagte Kel schließlich. „Wir *müssen* eine Belohnung für unsere Mühe bekommen, und ich werde nicht von hier fortgehen, ehe wir nicht etwas von Wert entdeckt haben."

Als sie eine Treppe fanden, gingen Kelemvor und Cyric nach oben, in der Hoffnung, Caitlan zu finden – oder einen Schatz, der sich in einem der Schlafgemächer jener wohlhabenden Familien befinden mochte, die diese Feste vor langer Zeit erbaut hatten.

Adon ging mit Mitternacht und suchte mit ihr einen Weg in die unteren Stockwerke des Schlosses. Sie fanden eine Wendeltreppe. Je weiter sie nach unten gingen, desto kälter wurde die Luft, die ihnen entgegenschlug. Sie hatten den letzten Treppenabsatz erreicht und einen kleinen Vorraum am Fuß der Treppe betreten, als Adon einen erschrockenen Schrei ausstieß. Ein schmiedeeisernes Gitter war herabgesaust und hatte einen seiner wallenden Ärmel durchbohrt, wodurch der Kleriker immobilisiert wurde, während zu beiden Seiten je ein weiteres Gitter hervorschoß, deren lange, spitze Gitterstäbe dem Leben des Mannes ein jähes Ende zu bereiten drohten.

Der Kleriker konnte sich losreißen, ehe die Tore sich geschlossen hatten, doch damit war er nun von Mitternacht getrennt. Adon betrachtete den zerrissenen Ärmel, ärgerte sich einen Moment lang über den Schaden und eilte dann Mitternacht zu Hilfe, die auf der anderen Seite der Barriere prüfte, wie stabil die Gitterstäbe waren.

„Kel!" schrie Adon. „Cyric!"

Mitternacht wußte, daß die Schreie des Klerikers nicht gehört würden – zumindest nicht von ihren Freunden. Sie wandte sich von den Gitterstäben ab und sah zu ihrem Schrecken eine schwere Holztür, die dreimal so hoch war wie sie und den Weg hinter ihr versperrte. Augenblicke zuvor war es noch nicht dort gewesen. Plötzlich waren von der anderen Seite des Tores ein kratzendes Geräusch und eine Stimme zu hören.

„Caitlan?" rief die Magierin. „Bist du das?"

Mitternacht drückte ein Ohr gegen die Tür und versuchte, die Stimme deutlicher zu hören. In diesem Moment wurde das Portal geöffnet und gab den Blick auf einen langen, leeren Gang frei. Die Stimme war verstummt.

Mitternacht schüttelte den Kopf. „Adon, du wartest hier, während ich herausfinde, wohin es hier geht."

Als sie sich umdrehte, war der Kleriker verschwunden.

♦   ♦   ♦

Kelemvor und Cyric fanden die oberen Etagen des Schlosses im gleichen desolaten Zustand vor wie das Erdgeschoß. Das einzige, was ihnen wirklich seltsam vorkam, war die Tatsache, daß es keinerlei Fenster gab. Seit sie ins oberste Stockwerk gelangt waren, hatten sie nicht die kleinste Maueröffnung gefunden, während die Räume entweder leer waren oder zerbrochenes Mobiliar und zerfetzte Teppiche enthielten.

In einem Raum fanden sie eine große Truhe, deren Deckel sich nicht öffnen lassen wollte. Kel zog sein Schwert und zerschlug das Schloß. Sie zogen gemeinsam mit aller Kraft am Deckel, wichen aber zurück, als er sich endlich löste und ihnen als „Belohnung" ein übler Gestank entgegenschlug. In der Truhe fanden sie die Kadaver einer kleinen Armee von Ratten. Durch die plötzlich eindringende Frischluft zerfielen die Körper in

Windeseile und bildeten eine eklige Masse, aus der die Tierskelette herausragten.

Als Cyric und Kel auf den Gang zurückkehrten, spannten sich die Muskeln des Söldners an, und ein heftiger Schmerz schoß durch seinen Körper. „Es gibt hier nichts!" schrie er. Der Söldner ließ die Fackel fallen und hielt sich die Hände vors Gesicht. „Verschwinde! Geh!"

„Was?"

„Dieses Mädchen muß die ganze Zeit gelogen haben. Laß nur mein Pferd zurück, nimm die anderen mit und reitet weg", sagte Kelemvor.

„Das kann nicht dein Ernst sein!" erwiderte Cyric.

Kelemvor kehrte dem einstigen Dieb den Rücken zu. „Hier ist keine Belohnung zu finden! Hier gibt es nichts! Ich gebe die Queste auf."

Cyric nahm unter seinen Füßen etwas Sonderbares wahr. Er sah zu Boden und bemerkte, daß der zerschlissene Teppich sich zu erneuern begonnen hatte. Wie ein Lauffeuer breiteten sich überall auf ihm in beiden Richtungen des Gangs die ursprünglichen strahlenden Muster aus. Der verjüngte Teppich schien sich am Boden festzuklammern, dann schoß er an die Decke.

Der Gang begann zu zittern, als würde die Erde unter der Burg von einem Erdbeben erschüttert. Teile der Mauern lösten sich und stürzten auf Kelemvor und Cyric, doch die Wucht des Aufpralls wurde von ihrer Rüstung absorbiert, während sie nach Kräften ihre Gesichter schützten. Dann vollführte der Teppich einen Angriff auf sie, als würden ihn riesige Hände als Handschuh benutzen. Der Teppich war im Begriff, die beiden zu packen und zu zermalmen.

Cyric fühlte einen stechenden Schmerz, als die Hände des Teppichs ihn packten und in Stücke zu reißen drohten. Er führte einen raschen Hieb mit dem Schwert gegen den Teppich. „Verdammt, Kelemvor, tu doch etwas."

Doch der Söldner war erstarrt, die Hände hatte er noch immer vor dem Gesicht, während der Teppich nach ihm griff.

„Caitlan hat gelogen", sagte er. Er war bleich und zitterte. „Keine Belohnung..."

Der Söldner stieß einen Schrei aus, der nicht von dieser Welt zu sein schien, dann löste er eine Klammer in Höhe seiner Schulter und ließ seinen Brustpanzer fallen. Die Kleidung darunter zerriß, und Cyric glaubte zu sehen, wie eine von Kelemvors Rippen aus seinem Brustkorb hervorbrach. Dann taumelte Kelemvor durch einen der Schnitte, die Cyric dem Teppich beigebracht hatte, und stürmte zur Treppe, während es aussah, als würde das Fleisch von seinem Schädel weggesprengt, um etwas zu weichen, das pechschwarze Haut und grünlich leuchtende Augen hatte.

♦   ♦   ♦

Der Schwarze Fürst fühlte, wie sich ein Lächeln auf seinem Gesicht abzeichnete. Er hatte gehofft, die Mächte des Anhängers und die Kraft von Mystras Möchtegernrettern testen zu können. Seine Hoffnung war erfüllt worden. Jedes Mitglied der Gruppe war in eine gesonderte Falle geraten, so daß Tyrannos sie einzeln beobachten und seine finstere Magie zur Anwendung bringen konnte, die im weiteren Verlauf ihre Seelen zerreißen würde.

Mystra kämpfte weiter gegen ihre Fesseln an, da die Nähe des Anhängers sie rasend machte.

„Bald wird er hier sein", sagte Tyrannos, der sich zu ihr umdrehte. „Und dann wird er mir gehören." Der Gott der Zwietracht warf den Kopf in den Nacken und lachte laut.

Mystras Ringen hörte auf, und sie stimmte in Tyrannos' wahnsinniges Gelächter ein.

„Bist du wahnsinnig?" fragte der Schwarze Fürst, als er zu lachen aufhörte und sich der gefangenen Göttin weiter näherte. „Deine ‚Retter' wissen nicht einmal, warum sie hier sind. Sie haben keine Ahnung von der Macht, mit der sie es zu tun haben, und sind dir gegenüber nicht loyal. Ihnen gelüstet es nur nach Gold!"

Mystra lächelte nur, und bläulich-weiße Flammen zuckten durch ihre Essenz. „Nicht alle", sagte sie dann und schwieg sofort wieder.

Tyrannos stand keine dreißig Zentimeter von ihr entfernt und betrachtete die ständig wechselnde Form der Göttin der Magie. „Der *Hakeashar* wird dir deine Überheblichkeit schon austreiben", sagte der Gott, fürchtete insgeheim aber, sie halte irgendeine Kraftreserve vor ihm verborgen.

Das Wasser in der Schale des Sehens warf Blasen und verlangte seine Aufmerksamkeit.

Der Schwarze Fürst blickte in die Schale, dann zeichnete sich ein grausames Lächeln auf seinem verunstalteten Gesicht ab. „Findest du nicht, daß deine Möchtegernretter für ihre Mühen eine kleine Belohnung erhalten sollten?" Tyrannos versuchte, auf das Wasser in der Schale des Sehens einen Zauber zu wirken. Licht schoß aus seiner Hand, dann rasten sechs leuchtende Pfeile kreuz und quer durch das Verlies. Der Gott der Zwietracht schrie auf, als er von allen magischen Geschossen gleichzeitig getroffen wurde.

„Die Magie ist unzuverlässig geworden, seit wir die Himmel verlassen haben", brummte Tyrannos und hielt sich den Arm an der Stelle, an der er getroffen worden war. „Schließe dich mir an, dann können wir wieder eine sichere Kunst daraus machen."

Mystra schwieg beharrlich.

„Egal", sagte er, als er noch einmal zu der Beschwörung ansetzte. „Das Chaos der Magie berührt uns Götter viel weniger als deine menschlichen Verehrer. Ich werde Erfolg haben."

Tyrannos wirkte den Zauber ein weiteres Mal und hatte Glück. Der Wasser wurde heißer, kochte, verdampfte und kühlte dann ab, bis es wieder ein erfrischendes Naß war. Die Bilder, die sich im Wasser abzeichneten, hatten sich stark verändert, und Tyrannos sah interessiert, wie die nächste Stufe seines Plans begann. Er tauchte einen Kelch ins Wasser und ließ ihn vollaufen.

„Sie wollen Gold und Reichtümer? Sie sollen beides haben. Sie sollen bekommen, was ihr Herz begehrt, auch wenn es sie tötet."

◆ ◆ ◆

Die Bestie, die Kel gewesen war, verließ sich ganz auf ihre Sinne, als sie sich durch den Wald bewegte. Sie erkannte den Geruch frischen Taus, und die yErde unter ihren Tatzen fühlte sich weich und lebendig an. Die Sonne schien und wärmte die Bestie, die innehielt, um sich von einer Pfote einen Rest Blut zu lecken, das von einem Tier stammte, dann lief sie weiter.

Die Bäume reichten bis in die Himmel, und ihre Zweige, die bernsteinfarbenes Laub trugen, rauschten in der leichten Brise, die über das weiche Fell der Bestie strich und ein Kribbeln durch ihren Leib schickte.

Etwas stimmte nicht.

Der Panther betrat eine Lichtung. Dinge, die sein beschränkter Verstand nicht begriff, kamen in Sichtweite. Es waren Dinge, die nicht auf Erden gewachsen, aber auch nicht vom Himmel gefallen waren. Sie waren von Menschen hier abgelegt worden, und trotz seiner niedrigen Intelligenz war der Panther fasziniert.

Plötzlich schoß ein stechender Schmerz durch den Schädel des Tiers, es fiel ihm schwer, das Gleichgewicht zu halten. Der Panther fauchte und warf den Kopf zurück, während sich etwas von innen in ihm festkrallte. Dann jaulte er lange und durchdringend, als sich sein Brustkasten dehnte und zerbarst. Schließlich wurde der Schädel gespalten, und aus dem Leib bohrte sich der Arm eines Mannes.

Kel prüfte, ob seine Gliedmaßen ihm gehorchten, ehe er aufzustehen versuchte. Reste von Pantherfleisch klebten noch an ihm, und er schlug nach den verhaßten Erinnerungsstücken an jenen Fluch, den seine Ahnen ihm auferlegt hatten.

Kel war sicher, daß die Aufgabe der Queste diesmal die Verwandlung verursacht hatte. Ohne Belohnung waren die Reise mit Caitlan und das Risiko, auf das er sich eingelassen hatte, vergebens gewesen. Der Fluch war damit nicht einverstanden, und der Panther war die Strafe gewesen.

Auf der Lichtung fand Kelemvor seine Kleider und sein Schwert. Seine Kleidung war blutgetränkt, und das klamme Leder auf der nackten Haut war ein so unangenehmes Gefühl, daß er sich am liebsten alles sofort vom Leib gerissen hätte. Er wußte aber, daß das dumm gewesen wäre.

Er erinnerte sich nicht, wie er an diesen Ort gelangt war, der so weit von Burg Morgrab entfernt zu liegen schien. Der Garten erinnerte kaum an die weiten Ebenen im Norden Cormyrs. Vielmehr sah alles nach dem Schauplatz für eine Romanze aus, an dem Ritter der Ehre wegen kämpften und die Liebe stets über alles andere siegte.

Kel wußte, daß er lächelte. Lang unterdrückte Erinnerungen stürmten auf ihn ein. Vor ihm nahmen diese Erinnerungen Gestalt an, als marmorne Podeste in blauen und rosafarbenen Pastelltönen aus dem Nichts entstanden und sich eine riesige Bibliothek voller verbotener Bücher manifestierte. Als Kind war es Kel verboten gewesen, in der Lyonsbane-Feste in die Bibliothek zu gehen, wenn kein Erwachsener anwesend war – und selbst dann durfte er nur militärische Texte oder Geschichtsbücher lesen. Phantastik, Abenteuer und Romanzen wurden im obersten Regal aufbewahrt, an das nur sein Vater herankam.

Rückblickend fragte er sich, warum sie überhaupt dort gestanden hatten. War sein Vater, dieser monströse und boshafte Mensch, von diesen bewegenden Geschichten angetan gewesen? Damals hatte Kelemvor das nicht für möglich gehalten. Die Bücher mußten Kelemvors Mutter gehört haben, die bei seiner Geburt gestorben war.

Nach dem Staub zu urteilen, den Kelemvor auf den verbotenen Büchern vorgefunden hatte, wenn er sich dem Verbot seines Vaters widersetzte und mitten in der Nacht in die Bibliothek schlich, um mit Hilfe von aufeinandergetürmten Tischen und Stühlen an sie heranreichen zu können, mußten diese Bücher sein privater Schatz sein, den ihm sein Vater nicht einmal dann wegnehmen konnte, wenn er sich von seiner brutalsten Seite präsentierte. In den Büchern fand er Geschichten über epische Abenteuer und Heldentum, über wundersame und schöne Länder, die er eines Tages hatte besuchen wollen.

Nachdem er seinen Vater getötet und sich im Wald versteckt hatte, waren diese Geschichten für ihn eine Quelle gewesen, aus der er neue Kraft und Hoffnung hatte schöpfen können. Eines Tages würde er auch ein Held sein, keine Bestie, die ihresgleichen tötete.

Jetzt entstand rund um den Söldner eine Bibliothek voller Regale mit den Abenteuern von Helden, deren Namen und Erlebnisse Legenden geworden waren. Einige Bücher flogen durch die kreisrunde Arena, die sich mitten im Wald bildete, und öffneten sich von selbst, um Kelemvor ihre geheimen Träume zu präsentieren.

Entsetzt sah er, daß sein Name immer wieder in den Geschichten über Mut und Heldentaten erwähnt wurde. Doch die Ereignisse, die in ihnen dargestellt wurden, hatten sich nie zugetragen. *Vielleicht ist dies eine Prophezeiung*, dachte Kelemvor, als eine Geschichte an ihm vorüberzog, in der er die gesamten Reiche rettete. *Nein*, seufzte er. Es gab keinen Lohn, der hoch genug ausfallen konnte, um den Fluch zu befriedigen. *Und wenn ich nicht für etwas bezahlt werde, das nicht in meinem eigenen Interesse liegt, werde ich zur Bestie.*

Kelemvor war so von den Worten gefesselt, die er in den vorbeiziehenden Bänden las, und derart in seine Gedanken über den Lyonsbane-Fluch vertieft, daß er die Veränderungen seiner Umgebung erst bemerkte, als eine vertraute Stimme nach ihm rief.

SCHATTENTAL

„Kel!"

Er sah auf und erblickte eine große Halle, die den Platz des Waldes eingenommen hatte. Die Bücher verschwanden, und die Halle füllte sich mit hunderten von Männern und Frauen. Sie waren völlig reglos und standen auf Plattformen oder Podesten. Ihrer Kleidung und Haltung nach zu urteilen waren sie Krieger. Jeder war in eine Lichtsäule getaucht, obwohl deren Quelle nicht zu sehen war und das Licht ein Stück über ihnen mit der Finsternis verschmolz.

„Kelemvor! Hier, mein Junge!" hörte er wieder die vertraute Stimme.

Der Söldner drehte sich um, bis er einem älteren Mann gegenüberstand, dessen Körperbau und Haltung seiner eigenen exakt entsprach: Burne Lyonsbane, seinem Onkel. Er stand auf einer Plattform und war in helles Licht getaucht.

„Das ist unmöglich. Du bist... "

„Tot?" Burne Lyonsbane lachte. „Vielleicht. Aber wer in die Annalen der Geschichte eingeht, stirbt niemals wirklich. Statt dessen kommt er hierher, in die Halle der Helden, von wo aus er auf seine Liebsten hinabblicken und warten kann, bis sie zu ihm kommen."

Kel wich vor seinem Freund zurück. „Ich bin kein Held, Onkel. Ich habe schreckliche Dinge getan."

„Tatsächlich?" fragte Burne und hob eine Augenbraue. Mit Schwung zog er sein Schwert und spaltete die Luft neben ihm. Ein Lichtstrahl bohrte sich durch die Finsternis und enthüllte eine leere Plattform. „Deine Zeit ist gekommen, Kelemvor. Nimm deinen Platz unter den Helden ein, und alles wird dir offenbar."

Kelemvor zog sein Schwert. „Das ist eine Lüge. Eine Scharade! Wie kannst ausgerechnet du mich jetzt hintergehen? Du warst es, der mich gerettet hat, als ich noch ein Kind war."

„Ich kann dich wieder retten", sagte Burne. „Hör zu."

„Kelemvor!" rief eine andere Stimme. Kel sah sich um. Neben der Plattform, die für ihn reserviert war, stand ein rotbärtiger Mann, der die Kleidung eines Kriegerkönigs trug.

„Torum Garr!" erwiderte Kelemvor. „Aber..."

„Ich würde dir für deine Reinheit und deine Ehre Tribut zollen, Kelemvor. Ohne dich an meiner Seite wäre ich in der letzten Schlacht gegen die Dunkelelfen gefallen. Du hast gekämpft, obwohl du wußtest, daß ich dich nur mit meinem Dank bezahlen konnte. Die Art, wie du dich oft schützend vor andere stelltest, ohne eine Gegenleistung zu erwarten, zeichnet dich als wahren Helden aus!"

In Kels Kopf drehte sich alles. Er umklammerte sein Schwert fester. In seiner Erinnerung war der König im Exil, Torum Garr, im Kampf gestorben, weil Kelemvor sich von ihm abgewandt hatte.

„Kelemvor, dir verdanke ich, daß ich die Kontrolle über mein Königreich zurückerlangt habe. Doch als ich dich zu meinem Erbe machen wollte, weil ich keine eigenen Söhne hatte, hast du abgelehnt. Ich verstehe jetzt, daß du dich korrekt und ehrbar verhalten hast. Dein Mut ist ein Beispiel, dem andere nachzueifern versuchen. Deine Abenteuer haben dich legendär gemacht. Akzeptiere wenigstens den Lohn dafür, indem du dich für alle Ewigkeit zu uns stellst."

Ein weiterer Mann tauchte auf, in etwa so alt wie Kelemvor selbst. Er hatte wirres schwarzes Haar, und sein hübsches Gesicht war von einem noch wilderen Ausdruck geprägt.

„Vance", sagte Kel kühl und distanziert.

Der andere Mann verließ sein Podest und umarmte Kel, wodurch er den Söldner zwang, sein Schwert zu senken. Vance trat einen Schritt zurück und sah Kel aufmerksam an. „Wie geht es dir, Freund? Ich bin gekommen, um dir Tribut zu zollen."

Kelemvor hatte nie überlegt, wie Vance in diesem Alter aussehen würde. Es war zehn Jahre her, daß der Mann von Attentätern angegriffen worden war und Kel sich gezwungen gesehen hatte, sein Flehen zu ignorieren, da sein Handeln von dem Fluch diktiert wurde, der seine gesamte Existenz bestimmte.

„Du hast mir das Leben gerettet. Wir haben zwar nur wenig Zeit zusammen verbracht, aber ich habe dich immer als meinen ersten und besten Freund betrachtet. Du bist zu meiner Hochzeit zurückgekehrt und hast dabei nicht nur mein Leben gerettet, sondern auch das meiner Frau und meines ungeborenen Kindes. Zusammen haben wir die Identität dessen entdeckt, der mir übel wollte, und der Bedrohung ein Ende gemacht. Ich grüße dich, mein ältester, teuerster Freund!"

„Das kann nicht stimmen", sagte Kel. „Vance ist tot."

„Hier lebt er", erwiderte Burne. Kelemvors Besucher traten zurück, damit sich der ältere Mann vor seinem Neffen aufbauen konnte. „Laß dich von diesem Ort trösten. Nimm den dir zustehenden Platz in dieser Halle ein, und du wirst dich an nichts aus deinem früheren Leben erinnern. Die Geister, die dich verfolgen, werden ruhen, und du wirst eine Ewigkeit damit verbringen, deine heldenhaften Taten immer wieder zu durchleben. Was sagst du dazu, Kel?"

„Onkel...", sagte Kel und hob das Schwert. Seine Hände zitterten. „Ich habe von dem Tag geträumt, an dem alles wahr wird, was du versprochen hast. Doch die Zeit der Träume ist vorbei."

„Willst du so die Wirklichkeit sehen? Dann sieh", sagte Burne.

Plötzlich hielt er das Buch in Händen, das von Kelemvors Leben als Held berichtete. Die Seiten begannen, sich von selbst umzublättern, erst langsam, dann immer schneller. Kel sah, daß das Buch vor seinen Augen umgeschrieben wurde. Die Geschichten von Kelemvors Heldentaten verschwanden und wurden durch seine wirkliche Vergangenheit ersetzt.

„Deine Träume können wahr werden, Kel! Entscheide dich rasch, ehe die letzte Geschichte überschrieben ist und du deine einzige Chance verpaßt hast, ein wahrer Held zu werden!"

Kelemvor sah mit an, wie die Geschichte, in der er Vance rettete, korrigiert wurde. Er hörte einen Schrei und sah gerade noch rechtzeitig auf, um mitzuerleben, wie Vance aus der Halle verschwand. Die Geschichte in dem Buch wurde die der Wahrheit, und seine Chance, Fehler wiedergutzumachen, schwand vor seinen Augen.

Torum Garr packte ihn am Arm: „Entscheide dich schnell! Laß mich nicht noch einmal sterben, Kel!"

Kel zögerte, doch dann wurde das Kapitel über Torum Garr neu geschrieben, und der rotbärtige König starb noch einmal. Kel war nicht da, um ihn zu beschützen.

Torum Garr verschwand.

„Es ist noch nicht zu spät", sagte Burne. „Es ist noch nicht zu spät, das zu verändern, woran du dich erinnerst." Der ältere Mann preßte verzweifelt die Lippen aufeinander und sah ihm tief in die Augen. „Du weißt, wie es zwischen uns endete, Kel. Laß es nicht noch einmal geschehen! Wende dich nicht ab! Laß mich nicht noch einmal sterben!"

Kel kniff die Augen zusammen und schlug mit seinem Schwert auf das in Gold gebundene Buch ein. Die Bindung wurde zerfetzt, ein leuchtender Nebel entstieg aus dem Buch. Alle Helden in der Halle lösten sich in roten Nebel auf, dann verschwand auch die Halle selbst. Sekunden später war nur noch ein Hauch der Illusion verblieben, der sich genauso schnell auflöste.

Kelemvor fand sich in den Überresten einer Bibliothek im Erdgeschoß des Schlosses wieder. Zu seinen Füßen lag ein altes, zerrissenes Märchenbuch. Kelemvor trat das Buch aus dem Weg, als er zur Tür rannte.

Im Flur sah der Söldner die Überreste eines Mannes – vermutlich das Wild aus seinem Traum. Kelemvor rannte zur Treppe, um in die unteren Gewölbe der Burg Morgrab zu gelangen, und bemerkte nicht, daß der Tote das Symbol Tyrannos' trug, des Gottes der Zwietracht.

SCHATTENTAL

♦ ♦ ♦

Mitternacht lief durch endlose finstere Gänge. Adon war fort, und sie konnte sich nicht erinnern, wie sie hierher geraten war. Winzige Bewegungen waren am Rand ihres Sichtfelds auszumachen, doch sie sah nach vorn und ignorierte sie. Sie hörte etwas, das nach Stimmen klang – Laute des Schmerzes und der Angst. Sie ignorierte auch sie. Sie sollten sie ablenken, von ihrem Ziel abbringen. Das durfte nicht sein.

Mitternacht blieb vor einem hell erleuchteten Durchgang stehen. Sie atmete durch, dann trat sie in das Licht, das ihre Sinne umschloß, bis sie spürte, wie jemand sie am Arm packte.

„Du bist spät!" herrschte eine alte Frau sie an. Mitternacht blinzelte, und dann wurden die Einzelheiten des strahlenden Korridors, durch den die Alte Frau führte, alarmierend schnell deutlich. Mitternacht sah einen Spiegelsaal. Vor jedem der Spiegel stand eine mit hellrotem Leder bezogene, kunstvoll verzierte Couch. Die Bögen wurden von Kerzenhaltern flankiert, und von der Decke hingen hunderte von Kronleuchtern. Im Gang brannten tausende von Kerzen, und Mitternacht zuckte zurück, als sie im Spiegel ihr Bild sah.

„Die Zeremonie hat schon begonnen!" zischte die alte Frau kopfschüttelnd.

Mitternacht trug ein schönes Kleid aus funkelnden Diamanten und Rubinen, und Schmuck, der verschwenderisch mit Juwelen besetzt war, zierte ihre Finger und Handgelenke. Ihr Haar war nach oben gekämmt und wurde durch eine edelsteinverzierte Krone in Form gehalten.

Der Anhänger war fort.

Diese Entdeckung ließ ihre Arme und Beine schwach werden, und die Frau half Mitternacht, auf einer der Bänke Platz zu nehmen. „Na, na, meine Liebe, das ist nicht die Zeit, um vor den Schmetterlingen in deinem Bauch zu kapitulieren. Dir wird heute große Ehre zuteil! Sunlar wird sehr enttäuscht sein, wenn du ihn warten läßt."

Sunlar? dachte Mitternacht. *Mein Lehrer aus Tiefental?*

Mitternacht fühlte, wie das Blut aus ihrem Kopf wich, während sie versuchte, sich wieder hinzustellen. Dann wurde die Welt zu einem rasenden Wirbel aus Lüstern und brennenden Kerzen, bis Mitternacht erkannte, daß sie in einem wunderschönen Tempel auf dem Thron saß. Eine Reihe von Männern und Frauen stand vor ihr, und die Opulenz der Kammer mit ihrem Kuppeldach ließ den Spiegelkorridor wie ein geschmackvolles Beispiel für Untertreibung wirken.

Sunlar betrat den Tempel, gefolgt von einer kleinen Gruppe Schüler. Er war der Hohepriester der Mystra in Tiefental und hatte es sich zu seiner persönlichen Aufgabe gemacht, auf die junge Mitternacht achtzugeben und sie auszubilden. Die Gründe für sein Handeln hatte er nie offengelegt.

Sunlar war hübsch und stark gewesen, als Mitternacht ihn gekannt hatte, und als er den Thronsaal durchschritt, stellte sie fest, daß er noch genauso aussah. Seine Augen waren geisterhaft bläulich-weiß, und sein braunes Haar war voll und dicht und lag in kunstvoll frisierten Locken. Zwei Strähnen fielen ihm in die Stirn bis an die Augenbrauen, die sein wie aus feinstem Marmor gehauenes Gesicht einrahmten. Aber er trug Festgewänder, die Mitternacht noch nie gesehen hatte. Zweifellos dienten sie nur besonderen Anlässen wie der Begrüßung königlicher Gäste.

Mitternacht war von einigen Männern und Frauen umgeben. Sie alle trugen Mystras Symbol, den bläulich-weißen Stern, und wenn Mitternacht mit einem von ihnen Blickkontakt aufnehmen wollte, sahen sie alle zu Boden, als seien sie nicht würdig, sie direkt anzusehen. Mitternacht war über dieses Verhalten beunruhigt, und gerade wollte sie den Mund öffnen, um sie zu befragen, da trat Sunlar vor sie.

„Edle Mitternacht", rief er. „Diese Versammlung findet zu Euren Ehren statt. Doch es ist im Interesse aller Anwesenden, Eure Worte zu hören und Eure Entscheidung zu ehren."

„Meine... Entscheidung?" fragte Mitternacht recht verwirrt.

Sunlar wirkte beunruhigt. Trotz der Ehrerbietung, die Mitternacht und dieser Zeremonie zuteil geworden war, brandete ein Flüstern auf und breitete sich im gesamten Raum aus. Sunlar hob die Hände, und augenblicklich kehrte Ruhe ein.

„Es ist nur angemessen, wenn Mitternacht formell noch einmal zu hören bekommt, was ihr angeboten wurde", sagte Sunlar und wandte sich den Besuchern zu, die im Tempel zusammengekommen waren.

Sunlar blickte wieder zu Mitternacht.

„Diese Ehre wurde von der Herrin der Geheimnisse schon seit langem nicht mehr gewährt", sagte er und streckte Mitternacht seine Hand entgegen. Sie stand auf und nahm sie. Plötzlich wurde das Licht im Raum gedämpft, und ein intensiv strahlender bläulich-weißer Stern flammte über den Köpfen der Anwesenden auf, die gemeinschaftlich den Atem anhielten, als sich herausstellte, daß der Stern so flach wie eine Münze war. Dann glitzerte die Oberfläche des Sterns und veränderte sich, wurde zu einem Portal in eine andere Dimension. Das Licht aus diesem anderen Reich war gleißend, und Mitternacht konnte nur sehr wenig von dem erkennen, was sich jenseits des Durchgangs befand.

Sie bedeckte ihre Augen. „Die Macht der Magister?"

Sunlar lächelte. „Ja, edle Mitternacht, die Macht der Magister." Der glühende Portal begann sich schwindelerregend schnell zu drehen.

„Die Herrin Mystra, die Göttin der Magie, hat Euch vor allen anderen in den Reichen ausgewählt, um ihr Mund in den Reichen zu werden – die Magistra", sagte Sunlar.

Sie standen direkt unter dem sich drehenden Portal. Mitternacht hob die Hand und spürte, wie die winzigen Sterne, die sich mit dem Portal drehten, ihre Haut streichelten. Das Gefühl zauberte ein Lächeln auf ihre Lippen. Sie betrachtete die Gesichter der Menschen, die sich im Tempel versammelt hatten. Sie wirkten freundlich und liebevoll, und es ging von ihnen eine immense Erwartung aus. Sie erkannte unter ihnen viele ihrer Mitschüler aus der Zeit in Tiefental.

Mitternacht sah in das grelle Licht des Portals. „Das kann nicht Euer Ernst sein."

Sunlar hob die Arme, dann begann das Portal, sich auf sie herabzusenken. Mitternacht stand wie angewurzelt da. „Kommt. Wir werden die Domäne Mystras besuchen, das magische Netz, das die Welt umgibt. Vielleicht wird Euch das bei der Entscheidung helfen."

Das Portal umschloß Mitternacht und Sunlar, und dann fand sich die Magierin in einem Reich bizarrer Konstrukte wieder, deren permanent wechselnde Muster fast wie eine eigene Sprache auf sie wirkten. Es gab einen blendenden Blitz, und Mitternacht sah, daß sie in die Luft stieg. Sie und Sunlar durchdrangen die Mauern des Tempels, dann stiegen sie weiter auf, bis sie die Wolken hinter sich gelassen hatten und Faerun nur noch ein wirbelndes Staubkorn irgendwo tief unter ihnen war. Mitternacht betrachtete einen Moment lang den Planeten, dann fühlte sie, daß sich etwas hinter ihr befand. Sie wandte sich um und sah sich einer unglaublichen Energiematrix gegenüber, einem wunderschönen Energiegewebe, das sich durch das Universum ausbreitete und in dem ein Feuer pulsierte, wie Mitternacht es noch nie gesehen hatte.

„Ihr könnt Teil davon sein", sagte Sunlar.

Mitternacht wollte das Gewebe berühren, hielt aber inne, als sie ihre Hand sah. Ihr Fleisch war durchscheinend geworden, und in der Hülle ihrer körperlichen Gestalt sah sie ein Pulsieren aus phantastischen Farben, die ein Spiegelbild der magischen Rohenergie vor ihr waren.

„Das ist Macht", sagte Sunlar. „Macht, um Welten zu schaffen, die Kranken zu heilen, das Böse zu vernichten. Macht, um Mystra so zu dienen, wie sie es wünscht."

Mitternacht war überwältigt.

„Sie ist für Euch erfaßbar", fuhr Sunlar fort, „und es ist Eure Verantwortung, sie anzunehmen, Mitternacht. Niemand sonst kann der Mund der Herrin Mystra auf Faerun sein."

Die schwarzhaarige Magierin schwieg einen Augenblick lang, dann fragte sie leise: „Aber was erwartet Mystra von mir im Gegenzug für diese Ehre?"

„Absolute Ergebenheit. Und Ihr müßt Euch für den Rest Eures Lebens dazu verpflichten, in allen Reichen für die Sache Mystras einzutreten."

„Dann will sie alles. Ich werde kein eigenes Leben mehr haben."

Sunlar lächelte. „Das ist ein geringer Preis dafür, daß Ihr die mächtigste Repräsentantin dieser Göttin auf der Welt werdet."

Sunlar sah zu der winzigen Welt weit unter ihnen und breitete die Arme aus. „Dies alles wird Euch gehören, edle Mitternacht. Ihr werdet über die gesamte Welt wachen, und ohne Euch wird sie untergehen."

Die Struktur des Universums begann sich aufzulösen. Gewaltige Teile des Netzes zerfielen vor Mitternachts Augen. In den Rissen konnte sie Bilder des Tempels und derer sehen, die Mystra anbeteten. Sie schrieen zu Mystra, sie möge sie erretten. Sie riefen nach der Magistra, damit sie die Reiche heile.

„Ihr müßt Euch schnell entscheiden", sagte Sunlar.

Die Löcher im Universum wurden größer. An manchen Stellen konnte Mitternacht das Netz schon nicht mehr sehen.

„Ihr seid die einzige, die die Reiche retten kann, edle Mitternacht, aber Ihr müßt Euch jetzt entscheiden."

Sie keuchte. Das Netz schien sie zu rufen. Sie wollte etwas sagen, Verantwortung übernehmen, als sie im Chor der Gläubigen im Tempel eine leise, aber unüberhörbare Stimme schreien hörte.

„Mitternacht", schrie eine vertraute Stimme. „Ich brauche deine Hilfe, um Cyric und Adon zu retten!"

„Kel!" schrie Mitternacht. „Sunlar, ich muß ihm helfen."

„Ignoriert seine unbedeutenden Sorgen", sagte Sunlar. „Besser noch, löst seine Probleme, indem Ihr den gesamten Reichen helft."

„Wartet, Sunlar. Ich kann nicht einfach mir nichts dir nichts alles im Stich lassen, was mein Leben ausmacht, was mir am Herzen liegt. Ich brauche mehr Zeit!"

„Das ist das einzige, was Ihr nicht habt", sagte Sunlar sanft.

Die Ewigkeit verschwand. Das Netz war nicht mehr. Nur der Tempel blieb. Mitternacht sah hinab auf ihre Hände, die wieder aus Fleisch und Blut waren. Sie fühlte, daß ihr Tränen über die Wangen liefen, und mußte lachen.

Einer von Mystras Anhängern trat vor. Ein Mann, dessen Gesicht sie kannte.

Kelemvor.

Der Söldner streckte ihr die Hand hin. „Komm ", sagte er. „Die anderen brauchen dich. Ich brauche dich."

Sunlar packte sie an den Schultern und drehte sie zu sich um. „Hört nicht auf ihn. Ihr habt eine Verpflichtung gegenüber der Göttin! Ihr habt eine Verpflichtung gegenüber den Reichen!"

„Nein!" schrie Mitternacht und riß sich aus Sunlars Griff los. Mystras Anhänger erstarrten mitten in der Bewegung, und Kelemvor stand wieder vor ihr, diesmal in Rüstung.

„Ihr habe Euch und Eure Göttin entehrt", sagte Sunlar, dessen Gesicht mit den Schatten verschmolz, die wie ein Vorhang über den Thronsaal fielen und die Illusion verdunkelten. Dann war er fort. Augenblicke später waren nur noch vereinzelte Flekken der Illusion übrig, und Mitternacht sah, daß Kel über den Boden eines Raums kroch, der früher einmal ein Thronsaal gewesen sein mochte. In einer Ecke lag ein großer Sessel auf der Seite, der sie verblüffend an den Thron erinnerte, auf dem sie eben gesessen hatte. Der stickige, muffige Raum, in dem sie sich befand, hatte ein Kuppeldach wie der in ihrer Illusion.

Mitternacht blickte an sich herunter und stellte fest, daß der Anhänger immer noch fest mit ihrer Haut verbunden war.

„Was ist hier los? Vor einer Minute habe ich eine Tür geöffnet, im nächsten Moment schwebe ich über der Welt. Und jetzt stehe ich in den Ruinen eines Thronsaals."

Dann bemerkte Mitternacht, daß Kel verwundet zu sein schien. Sie lief zu ihm, konnte aber keine Verletzung entdecken. Trotzdem schwitzte der Söldner und machte einen verängstigten Eindruck.

„Gib mir etwas!" preßte er mit tiefer, bedrohlicher Stimme heraus.

„Was? Wovon redest du?"

Kel zuckte. Seine Rippen schienen sich aus eigenem Antrieb zu bewegen. Mitternacht betrachtete ihn vorsichtig.

„Eine Belohnung!" sagte er, während seine Haut dunkler wurde. „Dafür, daß ich dich aus der Illusion befreit habe und wir auf diese Queste gegangen sind. Wir haben sie aufgegeben, Cyric und ich... "

Der Söldner zitterte und wandte sich von Mitternacht ab. „Schnell!"

„Ein Kuß", flüsterte sie. „Deine Belohnung wird ein Kuß von meinen Lippen sein."

Kelemvor sackte atemlos zusammen. Als er sich erhob, hatte seine Haut wieder eine natürliche Färbung angenommen.

„Was sollte das?" fragte Mitternacht, aber er schüttelte nur den Kopf.

„Wir müssen die anderen finden", sagte er.

„Aber ich... "

„Ohne sie kommen wir hier unmöglich lebend raus", brüllte Kelemvor. „Wir müssen sie *jetzt* finden, auch um deinetwillen."

Mitternacht regte sich nicht.

„Wir wurden getrennt", sagte Kel. „Wir wurden in verschiedene Teile des Schlosses geschickt. Ich erwachte in der Bibliothek im Erdgeschoß. Ich folgte dem Lärm und habe dich gefunden."

„Lärm? Dann hast du alles gesehen und gehört... "

„Nur wenig. Ich hörte deine Stimme und folgte ihr bis hierher. Aber wir haben später noch Zeit genug, um all das zu verstehen. Hilf mir erst, die anderen zu finden."

Mitternacht folgte dem Söldner durch die dunklen Gänge.

♦ ♦ ♦

Nachdem Kel durch den Riß im Teppich entkommen war, begann dieser, sich Cyric von allen Seiten zu nähern, umschloß ihn und zog sich dann allmählich zu, bis er die Ausmaße einer großen Truhe erreicht hatte. Der einstige Dieb versuchte, den Teppich mit seinem Schwert zu zerschneiden, hatte aber keinen Erfolg, weil die Klinge bei jedem Hieb abprallte. Der Teppich schrumpfte weiter, bis er Cyric umschloß und so eng anlag, daß dieser das Bewußtsein verlor. Als er wieder erwachte, lag er in einer Seitengasse der Zentilfeste, und ein Wachmann trat ihm in die Seite, um ihn aufzuwecken. Es war wie in seiner Kindheit.

„Los, steh auf", sagte eine der Schwarzen Wachen. „Sonst bekommst du außer Stahl heute nichts in den Leib."

Cyric wehrte die Tritte ab und stand auf.

„Stinkendes Gesindel", sagte der Wachmann verächtlich und spie Cyric vor die Füße. Der einstige Dieb bewegte sich vorwärts, um den Mann anzugreifen, doch jemand aus dem Schatten hinter ihm hielt ihn zurück. Hände bedeckten seinen Mund, andere umfaßten seine Arme. Er wollte gegen die Hände ankämpfen, hatte aber keinen Erfolg. Während der Wachmann dastand und lachte, wurde Cyric in die Seitengasse gezerrt.

„Nur die Ruhe, Junge", sagte eine vertraute Stimme.

Cyric sah, wie der Wachmann bis zum Ende der Gasse ging und auf die Straße zurückkehrte. Dann war er außer Sichtweite.

Cyric gestattete es seinem Körper, sich zu entspannen, dann lockerte sich auch der stählerne Griff, in den man ihn genommen hatte. Er drehte sich um und starrte in den Schatten. Noch ehe er sich an die Lichtverhältnisse gewöhnt hatte, wußte er, wer die Männer, die dort standen, waren.

Einer von ihnen war Quicksal, ein mieser kleiner Dieb, dem es größtes Vergnügen bereitete, seine Opfer zu töten. Genau wie Cyric es in Erinnerung hatte, war Quicksals feines, golden schimmerndes Haar fettig und wies Reste von Färbemitteln aller Art auf, da Quicksal sich gern verkleidete. Falsche Bärte, Schminke, die hohes Alter vortäuschte, seltsame Akzente, Schrullen – alles Bestandteile eines stets wachsenden Repertoires, auf das Quicksal zurückgriff, um markante Charaktere zu erschaffen, an die sich potentielle Zeugen erinnern konnten. Sein Gesicht war hager und hatte durch die Nase etwas von einem Falken, und seine Finger waren extrem lang. Cyric wußte, daß Quicksal mindestens fünfundzwanzig Sommer alt sein mußte, doch machte er den Eindruck, als sei er weit unter zwanzig.

Der andere Mann war Marek, und als Cyric ihn genauer betrachtete, war nichts von dem gealterten, harten Gesicht zu sehen, in das er erst vor ein paar Nächten geblickt hatte, als Marek ihn in der Herberge angegriffen hatte. Dieser Marek war viel jünger. Das kurze, lockige Haar war noch pechschwarz, nicht so graumeliert, wie es der Fall hätte sein müssen. Seine Haut hatte gerade erst begonnen, einen Ansatz der Falten zu bilden, die sich noch entwickeln sollten. Seine stechenden blauen Augen hatten noch nichts von ihrem Feuer verloren, und der Körper zeigte keine Anzeichen irgendwelcher Erschlaffungserscheinungen. Das war der Mann, bei dem Cyric gelernt hatte, für den er geraubt und ohne zu zögern Dinge getan hatte, die für ihn heute undenkbar war. Cyric war in vieler Hinsicht ein Waisenkind gewesen, und Marek war der einzige Vater, den er je gehabt hatte.

„Komm mit", sagte Marek. Cyric gehorchte und ließ sich durch eine Reihe von Türen führen, bis sie in der Küche eines Gasthauses angelangt waren, das er nicht erkannte. Es kam ihm so vor, als hätte er sich immer nur führen lassen, und als sie in einen beleuchteten Flur gelangten, sah Cyric in einen Spiegel, der ein Stück von ihm entfernt hing. Mehr als zehn Jahre waren aus seinem Gesicht verschwunden. Die Krähenfüße um seine Augen waren fort, seine Haut wirkte glatter, weniger gezeichnet vom Lauf der Zeit und den Entbehrungen, die er hatte erdulden müssen.

„Du fragst dich wahrscheinlich, warum wir hier sind", sagte Marek zu dem unfaßbar fetten Koch, der am anderen Ende der Küche neben einem Vorhang stand.

„Nein, überhaupt nicht", sagte der fette Mann und lächelte so breit, daß seine feisten Wangen hochgeschoben wurden. Er wies auf den Vorhang. „Sie ist da."

Marek nahm Cyric am Arm und führte ihn zum Vorhang. „Sieh", sagte Marek und schob den Stoff ein wenig zur Seite. „Da ist unser nächstes Opfer, und dein Los in die Freiheit, Cyric."

Cyric spähte hindurch. Von seinem Blickwinkel aus konnte er nur ein paar Tische im Schankraum sehen, von denen nur einer besetzt war. Eine gutaussehende Frau mittleren Alters, in feine Seidenstoffe gekleidet und eine bis zum Bersten gefüllte Handtasche neben sich, saß an dem Tisch und löffelte die Suppe, die ihr eine attraktive Kellnerin eben gebracht hatte. Sie rief die Kellnerin zurück.

„Diese Suppe ist nicht kochend heiß", schrie die Frau in einer Tonlage, die Cyric Zahnschmerzen bereitete. „Ich habe eine heiße Suppe bestellt, keine laue."

„Aber gnädige... "

Die Frau faßte die Kellnerin an der Hand. „Sieh doch selbst", kreischte die Frau und drückte die Hand der jungen Bedienung in den dampfenden Suppenteller. Diese unterdrückte einen Aufschrei und schaffte es, ihre Hand loszureißen, ohne den Inhalt des Tellers über die Frau zu schütten. Die Haut der jungen Frau hatte eine kräftig rote Farbe angenommen, ein sicheres Zeichen, daß die Suppe brühend heiß war.

Schattental

„Wenn man hier meinen Anforderungen nicht gerecht werden kann, werde ich eben anderswo einkehren!" sagte die Frau und rollte mit den Augen. „Möchte bloß wissen, wo mein Neffe bleibt. Er sollte mich hier treffen." Sie runzelte die Stirn und machte eine ungeduldige Geste. „Und jetzt schaff' das da weg und bring mir, was ich bestellt habe!"

Die Kellnerin nahm den Teller, verbeugte sich und ging zurück zur Küche. Cyric mußte zurückweichen, um nicht gesehen zu werden.

„Ruhig", sagte Marek, der hinter Cyric stand. Der Vorhang wurde geteilt, und die junge Frau kam hindurch. Sie sah Marek an und gab Cyric ihr Tablett. Sie schmiegte sich an Marek und küßte ihn auf den Mund, löste sich dann wieder von ihm und nahm ein feuchtes Tuch aus dem Waschbecken, das sie sich um die Hand wickelte.

„Ich will diesmal nicht auf meinen Anteil warten", sagte sie.

Quicksal zog sein Messer aus der Scheide und rammte es dann wieder hinein, was ein durchdringendes, kratzendes Geräusch erzeugte, das die Kellnerin lächeln ließ. „Ich verspreche, daß unsere Wohltäterin nicht auf *ihren* Anteil warten muß."

„Das sehe ich auch so", sagte Cyric und war über seine Äußerung erstaunt.

Die Kellnerin zwinkerte Marek zu. „Du weißt ja, wo du mich findest. Wir feiern."

Sie nahm Cyric das Tablett ab und machte eine neue Portion Suppe fertig, die dampfte wie die vorangegangene. Dann warf sie das feuchte Tuch fort und machte sich auf den Weg in den Schankraum.

„Bleibt hier", sagte Marek und folgte der Frau. Cyric schob den Vorhang weg und sah Marek mit der Frau sprechen. Als Quicksal an seinem Ärmel zog, ließ er den Vorhang los.

„Zeit zu gehen", sagte Quicksal, und wenige Augenblicke später kauerten sie in den Schatten der Gasse hinter dem Gasthaus.

Die Tür wurde geöffnet, dann kam die Frau heraus, gefolgt von Marek, der sie zur Eile antrieb. Desorientiert sah sie sich um.

„Ich verstehe nicht", sagte sie. „Sie haben doch gesagt, mein Neffe sei in dieser Gasse hier angegriffen worden und dürfe nicht bewegt werden und... "

Sie begriff, als Quicksal aus dem Schatten trat.

„Du bist zwar nicht mein Tantchen", meinte Quicksal, „aber dein Geld nehmen wir trotzdem."

Die Frau wollte schreien, doch Quicksal drängte sie gegen die Wand und preßte ihr eine Hand auf den Mund. Er zog sein Messer und hielt es ihr an die Kehle. „Ganz ruhig. Ich will dich nicht umbringen. Außerdem ist das hier die Zentilfeste. Wenn du schreist, kommen nur noch mehr, die alle etwas von deinem Geld wollen."

Marek griff nach der Handtasche und durchsuchte sie. Schließlich schüttelte er den Kopf.

„Das ist leider nicht genug", sagte Marek und bedeutete Cyric vorzutreten. Quicksal ging ein Stück zur Seite, hielt aber seine Klinge in der Nähe der Kehle der Frau.

„Ich habe nicht mehr!" rief sie aufgelöst. „Gnade!"

„Ich würde diese Bitte gerne erfüllen", erwiderte Marek und senkte den Kopf. „Aber ich kann den Jungs nicht den Spaß verderben."

Cyric zog sein Messer. Quicksal legte ihm die Hand auf die Brust. „Du wirst es nie schaffen, sie umzubringen. Und dann wird Marek dich in alle Ewigkeit als Schüler haben." Der blonde Dieb trat wieder näher an die Frau heran. „Du kannst es auch mir überlassen, sie zu töten, Marek."

„Geh mir aus dem Weg!" herrschte Cyric ihn an, und Quicksal drehte sich zu ihm um.

Der alten Frau standen inzwischen Tränen in den Augen. „Helft mir!" rief sie. Ihre Hände zitterten.

„Welch ein Dilemma", sagte Marek. „Wer wird dieses unschuldige Blut vergießen?"

Cyric wirbelte herum. „Es gibt auf dieser Welt keine Unschuld!"

Marek hob eine Augenbraue. „Aber welches Verbrechen hat diese Frau begangen?"

„Sie hat dem Mädchen wehgetan."

Marek zuckte die Achseln. „Und? Das habe ich selbst schon des öfteren getan. Außerdem hat sie sich nicht beklagt." Marek mußte lachen. „Ich finde, Quicksal soll die Frau töten. Schließlich hast du mir nie gezeigt, daß du bereit bist, unabhängig zu sein. Und das wird der Diebesgilde nicht gefallen."

„Du lügst!" rief Cyric. Mit jedem Schritt, den Quicksal der Frau näherkam, rückte Cyrics Hoffnung auf Unabhängigkeit ein Stück weiter in die Ferne.

„Einen Moment", sagte Marek und hob die Hand, um Quicksal zu stoppen, dann wandte er sich Cyric zu. „Verdient sie den Tod, nur damit du deine Freiheit erlangst?"

„Ich kenne sie. Sie ist... " Cyric schüttelte den Kopf. „Sie ist Arroganz und Eitelkeit. Privileg und Vorurteil. Es macht ihr nichts aus, Arme und Bedürftige zu ignorieren und ist eher bereit, uns krepieren zu lassen, als auch nur einen Finger für uns krumm zu machen. Sie ist distanziert und grausam, außer wenn ihr Kopf auf dem Spiel steht. Dann winselt sie um Gnade. Ich kenne diese Sorte. Sie steht für alles, was ich hasse."

„Und sie hat keine Eigenschaften, die das aufwiegen? Sie ist nicht zu Liebe oder Freundlichkeit in der Lage? Es gibt keine Chance, daß sie sich ändert?" wollte Marek wissen.

„Nicht die geringste", sagte Cyric bestimmt.

„Gutes Argument", meinte Marek. „Aber ich bin nicht überzeugt. Quicksal, du bringst sie um."

Die Frau schnappte nach Luft und wollte fliehen, doch Quicksal war viel zu schnell für sie. Sie hatte noch keine zwei Schritte gemacht, da hatte der blonde Dieb ihr schon die Kehle aufgeschlitzt. Die Frau brach in der Gasse zusammen. Quicksal lächelte. „Vielleicht nächstes Mal, Cyric."

Cyric sah in Quicksals Augen und fühlte sich, als sei er in zwei Teiche des Wahnsinns eingetaucht. „Ich verdiene es, frei zu sein", grollte Cyric und steckte sein Messer weg.

„Dann beweise es mir", forderte Marek. „Zeig' mir, daß du es wert bist, dann bekommst du deine Freiheit. Ich lasse dich unbehelligt abreisen, wenn du das möchtest. Ich werde dafür sorgen, daß die Diebesgilde dich als vollwertiges Mitglied anerkennt. Dein Leben wird in deiner Hand liegen, und du wirst tun können, was du willst."

Cyric schauderte. „Alles, was ich mir erträumt habe", sagte er gedankenverloren.

„Aber nur du kannst den Traum Wirklichkeit werden lassen", sagte Marek. „Jetzt sei ein guter Junge und töte Quicksal."

Cyric sah wieder zu Quicksal und bemerkte, daß der blonde Dieb nun ein Schwert trug, das er Sekunden zuvor noch nicht in der Hand gehalten hatte. Doch statt zum Angriff überzugehen, nahm Cyrics Rivale eine Abwehrhaltung ein und sah sehr verängstigt aus.

„Steck dein Messer weg", sagte Quicksal mit einer Stimme, die nicht die seine war. „Erkennst du mich nicht?"

Cyric wich nicht zurück. „Nur zu gut. Und versuch nicht, mich zu verwirren, indem du deine Stimme verstellst. Ich kenne deine Tricks."

Quicksal schüttelte den Kopf. „Das ist nicht real!" Cyric wußte, daß ihm die Stimme bekannt vorkommen sollte, mit der Quicksal sprach, doch er konnte sich nicht konzentrieren. Der blonde Dieb trat einen Schritt zurück. „Es ist eine Illusion, Cyric. Ich weiß nicht, was du zu sehen glaubst, aber ich bin es, Kel."

Cyric bemühte sich, den Namen oder die Stimme zuzuordnen, doch das Denken fiel ihm zu schwer.

„Du mußt dagegen ankämpfen", sagte Quicksal.

„Er hat recht, Cyric", sagte Marek halblaut. „Du mußt dagegen ankämpfen." Aber auch Mareks Stimme hörte sich plötzlich anders an, wie die einer Frau.

Schattental

Cyric regte sich nicht. „Etwas stimmt hier nicht, Marek. Ich weiß, welches Spiel du hier mit mir treibst, aber es ist mir egal. Ich will nur, daß du Wort hältst." Dann sprang Cyric auf Quicksal zu.

Der wich dem ersten Hieb aus und überraschte Cyric damit, daß er einige Schritte zurückwich und eine Abwehrhaltung einnahm. *Das ist ganz und gar nicht Quicksals Stil*, dachte Cyric.

„Hör sofort auf", rief Quicksal und parierte auch den nächsten Hieb. Cyric zog den Schlag durch und rammte den Ellbogen in Quicksals Gesicht. Gleichzeitig nahm er die Waffe in die andere Hand und packte Quicksals Handgelenk. Dann rammte er den blonden Dieb gegen die Wand und zwang ihn, das Schwert loszulassen.

„Mit deinem Tod gewinne ich ein Leben", rief Cyric und hob das Messer, um den tödlichen Hieb zu führen.

„Nein, du tötest einen Freund!" schrie Marek. Cyrics Klinge war schon in Bewegung, als er erkannte, daß es sich in Wahrheit um Mitternachts Stimme handelte. Sein Opfer war nicht Quicksal, sondern Kel!

Er versuchte alles, um den Stoß zu bremsen, doch es war zu spät. Der Dolch fuhr in Kelemvors Schulter.

Kel stieß ihn zurück, Cyric ging zu Boden, doch die Klinge steckte noch in der Schulter seines Opfers. Der Söldner hob sein Schwert auf und ging auf den einstigen Dieb los.

„Verzeih mir", flüsterte Cyric, als sein Gegenüber sein Schwert zum Schlag erhob.

„Kelemvor! Nicht!" rief Mitternacht. „Er sieht jetzt, daß wir es sind!"

Der Söldner verharrte, dann ließ er das Schwert sinken. Cyric wich ein Stück zurück und sah Mitternacht an der Stelle, an der eben noch Marek gestanden hatte. Dann war Kelemvor neben ihr. Aus seiner Schulterwunde strömte Blut, sein Gesicht war bleich.

Die Gasse verblaßte und verschwand, doch die Frau, die Quicksal getötet hatte, war noch da. Sie lag mit dem Gesicht im Dreck, und die Blutlache um sie herum breitete sich immer noch aus. Cyric starrte auf die Frau, bis auch sie verschwand.

„Was sieht er?" flüsterte Kel. „Da ist nichts." Mitternacht schüttelte den Kopf.

„Es tut mir leid, Kelemvor, ich habe dich für einen anderen gehalten", sagte Cyric, während er zu ihm ging.

Kelemvor zog den Dolch aus der Schulter und verzog vor Schmerz das Gesicht, dann warf er Cyric die Waffe vor die Füße. Mitternacht verband seine Wunde.

„Wir müssen Adon suchen", sagte Kel. „Er ist der einzige, der uns noch fehlt."

„Ich ahne, was ihn in Versuchung führen würde", sagte Mitternacht, als sie den Verband angelegt hatte. Gemeinsam eilten die Helden zur Treppe.

◆   ◆   ◆

Adon hatte sich von dem Gitter abgewandt, das ihn von Mitternacht trennte, und war ein Stück durch die Halle gegangen, um zu sehen, ob es einen einfachen Weg gab, um wieder zu der Magierin zu gelangen, die sich auf der anderen Seite der Barriere befand. Statt zu ihr zu gelangen, fand er sich mit einem Mal unter einem wunderschönen, sternenübersäten Himmel wieder.

Wie Adon feststellte, handelte es sich um eine sonderbare Anordnung von Sternen, die alle in Bewegung zu sein schienen.

Und *tatsächlich* bewegten sich die Sterne, manche von ihnen gar so rasend schnell, daß sie nur wie Lichtstreifen wirkten. Adon schloß die Augen, doch die Sterne waren nach wie vor zu sehen und spielten auch hinter seinen geschlossenen Lidern ihre Spiele.

Adon betrachtete die Sterne lange. Als er sich dann umsah, fand er sich auf dem Boden liegend wieder, umgeben von unzähligen Rosen, deren Duft seine Sinne überschwemmte. Obwohl sie Ruhe verbreiteten, begann sein Herz schneller zu schlagen, und sein Kopf wurde von Benommenheit erfüllt. Die Blüten berührten seine Finger so sanft, daß er unwillkürlich lächeln mußte. Dann wurde Adon klar, daß nicht die Sterne in Bewegung waren, sondern er selbst.

Er öffnete die Augen und sah über den Rand des Blumenbeets, wo er ein Dutzend der schönsten Wesen erblickte, die ihm je begegnet waren. Ihr Haar schien in Flammen zu stehen, und ihre Körper waren von vollkommen. Er erkannte, daß sein Blumenbeet auf ihren willigen Schultern ruhte.

Die Gegenwart dieser Wesen gab Adon ein solches Gefühl der Sicherheit, daß er nicht einmal zusammenzuckte, als eine Flammenwand um ihn herum emporschoß. Sein Blick wurde etwas getrübt, und alles, was er sah, schien einen bernsteinfarbenen Glanz anzunehmen. Die Flammen sprangen von den roten auf die weißen Rosen über und verwandelten sie in schwarze Orchideen, dann erfaßten sie das Fleisch des Klerikers. Er spürte keinen Schmerz, nicht einmal leichtes Unbehagen, als das Feuer ihn umschloß. Da war nur der helle Schein der Liebe und ein Wohlgefühl, das sich durch seine Seele bewegte, während er seinen eigenen Tod zu verstehen begann, der lange vor diesem Augenblick eingetreten sein mußte.

So sehr er sich auch bemühte, er konnte sich nicht erinnern, was geschehen war, seit er in den Korridoren unter der Burg Morgrab von Mitternacht getrennt worden war. Er erwachte auf seinem Scheiterhaufen und wurde dorthin gebracht, wo ihn nur sein ewiger Lohn erwarten konnte.

Aber wie bin ich gestorben? fragte Adon sich, und die schönen, wechselnden Stimmen derer, die ihn trugen, erfüllten die knisternde Luft um ihn.

„Daran erinnert man sich nie", sagten sie. „Der Augenblick des Schmerzes wird von anderen erduldet, um dich zu schonen."

Anderen?

„Anderen, die geworden sind wie wir. Unser Zweck ist, Leiden zu lindern. Wir leben deinen Tod, damit du im Königreich Sunes wiedergeboren werden kannst."

Strahlende kristallene Spitzen durchbohrten die Nacht, und Adon konzentrierte sich auf den Tempel vor ihm, der sich über den Horizont erstreckte. Die Mauern des Tempels waren mit atemberaubend schönen kristallenen Mustern überzogen, aber es gab keine einheitliche Struktur, die sich wiederholt und den Anblick hätte langweilig werden lassen. Es war, als hätte jeder von Sunes Anhängern, der an diesem Ort seine Ruhestätte gefunden hatte, seine eigenen Vorstellungen über die Grenzen und Erscheinungsbilder beigesteuert, die die Ewigkeit zeigen sollten. Eine Vereinigung aller Erwartungen war die Folge, doch eine sichere Hand hatte all die individuellen Bilder genommen und zu einem großen Ganzen zusammengefügt, das niemanden enttäuschte und einen Ort der Schönheit hatte entstehen lassen, der Adons kühnste Erwartungen übertraf.

Allein der Eingang war größer als jeder Tempel, den Adon je gesehen hatte, und was sich dahinter erstreckte, war eine Welt für sich. Er wurde durch Länder getragen, in denen unzählige Gläubige in Teichen badeten und sich vergnügten, die aus ihren eigenen Freudentränen entstanden waren. Die Felsen, auf denen sie lagen und die Wärme von Sunes Liebe genossen, waren einst die Steine des Unglaubens gewesen, die ihre Seele nach unten gezogen und eine Vereinigung mit der Göttin unmöglich gemacht hatten. Nachdem sie nun von der schrecklichen Last des Lebens befreit waren, konnten sie sich ganz darauf konzentrieren, Ordnung, Schönheit und Liebe zu wahren, indem sie Sune anbeteten.

Adon und seine Träger durchquerten viele solcher Länder, wobei jedes neue Panorama Adon mehr überwältigte als das vorige, und er war überrascht, überhaupt noch erfassen zu können, was seine Augen zu sehen bekamen. Dann verschwanden seine Träger, und er stand vor einem schmiedeeisernen, glänzenden

Tor, das sich in einen Vorhang aus sprudelndem Wasser verwandelte. Er schritt mühelos hindurch.

Was dahinter lag, war im Vergleich zu den Wundern, die Adon bisher gesehen hatte, ein sehr kleiner Raum. Er hatte keine Wände, statt dessen schossen Flammen bis hinauf in den Himmel. Sanft wallende Vorhänge schützten die Augen des Klerikers vor den Flammen und bildeten die Grenzen des Raums, der im Herzen des ewigen Feuers der Schönheit lag.

„Durst?"

Adon drehte sich um, und die Göttin der Schönheit selbst, Sune, stand vor ihm. Sie hielt in jeder ihrer leuchtenden Hände ein Glas, das bis zum Rand mit einem dickflüssigen, karmesinroten Nektar gefüllt war. Adon nahm ein Glas und sah, daß seine Haut im gleichen bernsteinfarbenen Licht zu strahlen begann wie Sunes.

„Göttin", sagte er und kniete nieder, ohne auch nur einen Tropfen des Getränks zu verschütten.

Sune lachte und zog ihn mit kräftigen Händen wieder hoch. Adon spürte, wie ihm der Atem stockte, als sie ihn berührte und eine Macht durch seinen Körper schoß, die jenseits aller Vorstellungskraft lag.

Atem. Ich lebe noch, dachte Adon und freute sich darüber.

Sune schien seine Gedanken zu lesen. „Du bist nicht tot, du dummer Junge. Noch nicht. Ich habe dich aus dem einfachsten aller Gründe hergebracht. Ich liebe dich. Von allen, die mich anbeten, bist du der einzige, den ich will."

Adon war sprachlos. Er hob den Kelch an die Lippen und fühlte, wie der Nektar sich seinen Weg durch seinen Körper bahnte. „Göttin, ich bin sicher nicht würdig... "

Sune lächelte und zog sich vor seinen Augen aus, streifte eine flammende Seidenrobe ab und ließ sie zu Boden gleiten, wo sie verschwand. Adon sah zu Boden und erblickte wogende Wolken unter seinen Füßen.

„Ich bin die Schönheit", sagte Sune. „Berühre mich."

Adon trat vor, als befinde er sich in einem Traum.

„Wahrheit ist Schönheit, Schönheit ist Wahrheit. Nimm mich in die Arme, dann werden die Antworten auf all deine unausgesprochenen Fragen klar."

Von irgendwoher hörte Adon eine Stimme, die eine Warnung rief, aber er ignorierte sie. Nichts konnte wichtiger sein als dieser Augenblick. Er nahm die Göttin in die Arme und berührte ihre Lippen mit seinem Mund.

Der Kuß schien endlos. Doch ehe Adon die Augen wieder öffnete, spürte er, daß Sune sich veränderte. Ihre sanften Lippen waren heftig und fordernd geworden. Eine endlose Folge spitzer Zangen schien aus ihren länger werdenden Kiefern hervorzutreten, um dem Kleriker das Fleisch vom Gesicht zu reißen. Ihre Finger hatten sich in böse Schlangen verwandelt, die sich in seiner Haut verbissen und ihn zu zerfetzen drohten.

„Sune!" schrie Adon.

Die Kreatur lachte, während sich die schlangengleichen Tentakel ihrer Finger um Adons Hals schlossen. „Du bist der Göttin nicht würdig", sagte das Geschöpf. „Du hast gesündigt und mußt bestraft werden!"

Auf der anderen Seite des Innenhofs sahen Mitternacht, Kel und Cyric, wie der Kleriker entsetzt auf die Knie sank. Etwas, das nur er sehen konnte, zwang ihn in diese Position.

„Vergib mir!" schrie Adon. „Ich werde alles tun, damit du mir vergibst! Alles!"

„Wir müssen zu ihm", sagte Mitternacht.

„Ihr werdet nichts tun!" ertönte eine schallende Stimme, die den gesamten Innenhof erfüllte und unzählige Echos warf. „Ihr werdet nur eines tun, nämlich durch Tyrannos den Tod finden!"

Plötzlich wurde das Trio mit Illusionen bombardiert. Innerhalb eines Dutzends Herzschläge wurde Kel in die Traumwelt der Bücher aus seiner Kindheit gerissen: Er erlebte ein Liebesepos, in dem er ein fremder Prinz war, der ausgeschickt wurde, um eine hübsche, aber herzlose Prinzessin zu heiraten, der aber auf sein Königreich verzichtete und mit einer Bauerntochter davonlief. Mitternacht sah sich als mächtige Königin, die ihr Reich vor Armut und Gier rettete. Gleichzeitig zogen vor Cyrics Augen Bilder eines freien, unbeschwerten Lebens vorüber, zusammen mit Bildern von Gold und unschätzbaren Artefakten. Doch der Anblick von Heldentum, Macht und Freiheit konnte sie nicht ablenken. Unbeirrt stürmten die Helden über den Hof.

Die Herausforderungen kamen immer rascher und intensiver, je weiter sie vordrangen: Sunlar tauchte vor Mitternacht auf und forderte sie zum magischen Duell heraus. Ihre gesamte Klasse stand hinter dem Lehrer und brannte darauf, gegen sie anzutreten. Cyric sah sich der Eiskreatur gegenüber, die den Ring des Winters bewachte. Er sah hilflos mit an, wie das Monster nach ihm griff. Kel sah die Henker, die seinen Großvater getötet hatten, doch diesmal waren sie seinetwegen hier. Er sah an sich hinab und stellte fest, daß er jetzt alt und müde war. Seine Versuche, ein Heilmittel für seinen Zustand und Erlösung für seine welke Seele zu finden, waren gescheitert.

Und trotzdem kämpften sich die Helden weiter in die Mitte des Hofes vor, um Adon zu erreichen.

Der kniete noch immer und sah mit an, wie das Paradies zerrissen und neu geordnet wurde. Der Dämon, der sich als Göttin ausgegeben hatte, war fort, doch Sunes Reich hatte sich verändert. Der Tod und die Bestrafung ihrer Schützlinge waren jetzt der Hauptgrund für seine Existenz, da in Gewänder gekleidete Gestalten Sunes Getreue folterten.

„Das ist eine Lüge!" schrie Mitternacht, als sie Adon fast erreicht hatte.

Der Kleriker sah sie mit großen Augen an. Neben sich entdeckte er eine Frau, die so aussah wie Mitternacht, doch sie trug die gleiche Kleidung wie die, die die Suniten quälten.

„Aber... es war so schön!" sagte Adon, den Mitternachts Worte ärgerten.

„Sieh dich um", sagte Mitternacht. „Das ist die Wirklichkeit!"

Adon sah sich um und mußte erkennen, daß Sune an eine riesige Steinplatte angekettet worden war, die von den Gewandträgern in einen Fluß hinabgelassen wurde, der rot war vom Blut der Anhänger der Göttin.

Alle Gestalten trugen exakt den gleichen Anhänger wie Mitternacht.

„Der Anhänger!" schrie Sune. „Er ist die Quelle ihrer Macht! Nimm ihn, und ich werde frei sein!"

Mitternacht packte Adon an den Schultern. „Verdammt, hör mir zu!"

„Nein!" schrie Adon, und ehe Kelemvor oder Cyric reagieren konnten, machte der Kleriker einen Satz auf Mitternacht zu, der so unvermittelt war, daß sie damit nicht gerechnet hatte. Adons Hand schloß sich um Mitternachts Dolch und zog daran. Mitternacht trat ihm in die Magengegend, was ihn zurückschleuderte. Den Dolch hielt er noch immer umklammert. Sie hörten ein durchdringendes, knackendes Geräusch, als Adon mit dem Kopf auf dem Boden aufschlug. Dann blieb der Kleriker bewußtlos liegen.

Mitternacht begann mit den Bewegungen und dem Gesang, die einen Zauber freisetzen würden, der den magischen Angriff abwehren sollte. Während sie betete, der Zauber möge nicht fehlschlagen, zuckten winzige Feuer über ihren Anhänger. Ein gleißender, bläulich-weißer Blitz umgab im nächsten Augenblick den Innenhof, als Mitternachts Zauber einen Mahlstrom der Magie freisetzte.

◆ ◆ ◆

Tyrannos taumelte zurück und schrie auf, als das Wasser in der Schale des Sehens zu einem kochenden Storm aus Blut wurde, der wie ein Geysir in die Höhe schoß. Überall auf und um Burg Morgrab wurden die Zauber, die Tyrannos benutzt hatte, um aus den Ruinen ein annäherndes Abbild seines Zuhauses in den Ebenen zu erschaffen, von Mitternachts Magie zerschmettert.

Tyrannos' Tempel, sein neues Acheron, zerfiel. Die großen Tore, die er geöffnet hatte, begannen sich zu schließen. Die Gänge und Räume, die ein so geschicktes Abbild seines einstigen Tempels in den Ebenen erzeugt hatten, verloren ihren Halt in der Realität und verbrannten.

Es dauerte nur wenige Momente, dann war nichts weiter übrig als die Ruine des Schlosses. Tyrannos stürzte nach vorn. Er schluchzte, und ein Teil seines Verstandes nahm erstaunt die Entdeckung einer weiteren Empfindung wahr, die für ihn neu war, mit der die Menschen aber jeden Tag in ihrer kurzen Existenz zurechtkommen mußten: Verlust.

Neu-Acheron existierte nicht mehr.

Als er sich schließlich umdrehte und den Hakeashar rufen wollte, damit er die Kraft erlangen konnte, um Mystras Möchtegernretter zu vernichten, mußte der Schwarze Fürst schokkiert erkennen, daß die mystischen Fesseln leer waren.

Die Göttin Mystra war entkommen.

7

MYSTRA

Mitternacht kniete auf dem Boden und erholte sich vom Schock des Zauberns, als Adon neben ihr auftauchte. Der Hof der Burg Morgrab zeigte keinerlei Überreste der Schlacht, die in ihm stattgefunden hatte.

„Es ist weg", sagte Adon. „Sunes Königreich ist weg, als hätte es niemals existiert."

Mitternacht sah ihn an. Als sie sprach, hatte ihr Tonfall etwas Tröstendes. „Ich bin sicher, es existiert irgendwo, Adon. Wenn die Zeit reif ist, wirst du den Weg dorthin finden."

Adon nickte, dann halfen er und Cyric ihr hoch. Einige Meter entfernt stand Kel und hustete zweimal, ehe er sich umdrehte. „Was ist geschehen?" fragte er und hielt sich die verletzte Schulter.

„Etwas hat Spielchen mit unserem Verstand gespielt", sagte Mitternacht. „Es versuchte, uns zu kontrollieren, uns gegeneinander auszuspielen. Ich habe ein einfaches Bannen von Magie gewirkt und... "

„Du hast diese Explosion ausgelöst?" fragte Kel und setzte sich abrupt auf.

„Du solltest dich nicht bewegen", sagte Adon und versuchte vergeblich, den Mann dazu zu bringen, sich wieder hinzulegen.

„Verdammt. Wir haben einen ganzen Tag in der Kolonnade verloren, weil ich flachgelegen habe. Laß mich in Ruhe, mir geht es gut!"

„Laß ihn los, Adon", sagte Mitternacht und lächelte den Kämpfer an. „Ja, Kelemvor, ich habe diese Explosion verursacht – oder besser gesagt, meine Magie. Nach dem zu urteilen, was uns widerfuhr, kam ich zu der Erkenntnis, daß jemand uns einer gewaltigen Illusion ausgesetzt hatte. Ich wollte sie vertreiben, aber der Zauber blieb nicht ohne Nebenwirkung. Allerdings scheint es, als hätte der Zauber denjenigen gestoppt, der für die Illusionen verantwortlich war."

„Die Stimme Tyrannos'", lachte Cyric. „Vermutlich irgendein Spinner, der sich für einen Gott hält."

„Dann schlage ich vor, daß wir ihn suchen", sagte Kelemvor und sah sich um. „Er muß der sein, der Caitlans Herrin gefangenhält."

„Ich dachte, du hättest es aufgegeben, weiter nach ihr zu suchen", sagte Cyric.

Kelemvor lächelte und sah Mitternacht an. „Das hatte ich. Aber ich denke, die Belohnung, die mich erwartet, wenn ich diese Queste zu Ende führe, ist es wert durchzuhalten." Der Kämpfer sah auf die blutigen Lumpen auf seiner Schulter und überlegte, ob er sein Schwert mit nur einer Hand würde halten können. Er konnte die rechte Hand zur Faust ballen, wenn auch nicht sehr fest, da der Schmerz, der dabei entstand, ihn Sterne sehen ließ.

Cyric schüttelte nur den Kopf, während er zum Eingang des Innenhofs ging und hinausspähte. Nirgends war eine Bewegung auszumachen. Die Gänge wirkten noch immer so, wie sie sich ihnen präsentiert hatten, als Cyric in die Burg eingedrungen war.

„Wir sollten nach Caitlans Herrin suchen und mit ihr fliehen, solange wir das noch können", sagte Cyric, als er auf den Hof zurückkehrte. Kelemvor nickte zustimmend, und wenig später standen die Abenteurer wieder in der Eingangshalle.

„Und nun?" fragte Kel. „Suchen wir die Burg noch einmal Stock für Stock ab?"

Mitternacht drehte sich und erstarrte, den Mund weit aufgerissen.

„Ich glaube, das können wir uns sparen", sagte Cyric. „Seht."

Kelemvor blickte über seine Schulter und entdeckte eine gräßliche, blutrote Masse, die durch den Gang auf sie zukam – der *Hakeashar*. In dem Nebel, aus dem sich die Kreatur zusammensetzte, sah Kelemvor hunderte von Händen mit zehn Fingern, die durch die Luft fuhren. Körperlose gelbe Augen stachen aus dem Nebel hervor, begierig, die Beute zu betrachten, die sich ihnen bot.

Kelemvor ließ die Schultern sinken. „Für heute habe ich von solchen Dingen eigentlich genug", sagte er und zog mit der Hand des unversehrten Arms das Schwert. Seine Bewegungen waren nicht elegant, aber er hoffte, eine Haltung einnehmen zu können, die beeindruckend genug war, um dem Geschöpf Angst einzujagen.

Die Kreatur stieß einen Schrei aus, der sich als rasender Schmerz in die Köpfe der Helden bohrte. Sie war noch größer geworden, und ihre zahllosen gierigen Mäuler schienen immer noch zu wachsen, je näher sie kam. Cyric packte Mitternacht am Arm, und sie liefen durch den Flur, um den *Hakeashar* zu entkommen.

„Vielleicht kannst du noch ein bißchen mehr verkraften?" fragte Adon beschwörend, während er sich erst langsam zurückzog und dann losrannte.

Die Kreatur brüllte erneut.

„Vielleicht", sagte Kelemvor, der seine Haltung aufgab und ebenfalls rannte. Der wirbelnde Nebel schnappte nach seinen Fersen, während Kel versuchte, die anderen einzuholen.

Die Helden schafften es einige Augenblicke lang, den Abstand zu dem Ungeheuer zu wahren, wurden aber rasch müde. Als sie den Turm erreicht hatten, der gut zweihundert Meter vom Innenhof entfernt war, hatte der *Hakeashar* sie fast eingeholt. Im Turm selbst war die Treppe, die nach oben führte, mit allerlei Gerümpel übersät, so daß die Helden unter der Führung Adons die Treppe in den Keller nahmen. In der Finsternis des Treppenhauses erschien der *Hakeashar* wie ein Lichtblitz, als er ihnen folgte und sie in dem Moment einholte, da Mitternacht sah, daß der Korridor vor ihnen von Geröll versperrt wurde.

Sie stellte sich der Kreatur und rief ihren Gefährten zu, aus dem Weg zu gehen. Sie sprach bereits einen Zauber, als das Monster zum Stehen kam und die gesamte Breite des Ganges beanspruchte. Seine Augen zwinkerten heftig, als Kelemvor sein Schwert hob und Cyric seinen Versetzermantel umlegte.

Mit einem Mal kam im Gang ein kräftiger Wind auf, der aus Mitternachts Fingerspitzen hervorschoß. Der Wind schnitt sich durch die Kreatur und hielt sie einen Moment zurück. Dann erstarb er schlagartig.

Der *Hakeashar* schob sich langsam vorwärts. Angezogen wurde er von der unglaublichen Macht, die er in Mitternachts Anhänger gespürt hatte.

Cyric trat vor, während sein Versetzermantel wieder ein Dutzend Ebenbilder schuf. Die zahlreichen Augen des *Hakeashar* erfaßten die Trugbilder, die der Mantel geschaffen hatte und die sich wild hin- und herbewegten, um den Blickwinkel der Illusion ständig zu verändern.

„Was haben wir bisher erreicht, außer daß es uns gelungen ist, dieses Ding zu verwirren?" flüsterte Kelemvor Mitternacht zu. Die Magierin bewegte sich genau in dem Moment von dem Kämpfer weg, als die Hände des Monsters nach vorn schossen und Cyric den Versetzermantel entrissen. Die Trugbilder verschwanden in dem Moment, als der *Hakeashar* sich den Mantel einverleibte.

Ein Dutzend neuer Augen und Mäuler öffneten sich, als das Geschöpf wuchs.

„Worauf wartest du?" fragte Kel. „Wo bleibt dein Zauber?"

Der *Hakeashar* kicherte, da er sich daran erinnerte, wie er sich an der Magie der Göttin gelabt hatte.

Mitternacht hielt inne und wandte sich dem Kämpfer zu. „Kel."

Schattental

Der *Hakeashar* kam näher.

„Schlag ihn in Stücke", sagte sie zu Kelemvor.

Kelemvor packte das Heft des Schwertes fester.

Der *Hakeashar* blieb stehen.

Das Gehirn des *Hakeashar* verarbeitete mehr als hundert Bilder eines behaarten Menschen mit Schwert. Die Bestie war von einer seltsamen Neugier erfüllt. Sie schob fünf ihrer Mäuler über den Menschen und schnappte nach ihm. Überrascht stellte sie fest, daß ihre Bemühungen nichts brachten. Der Mensch begann zu lachen, dann schoß ein heftiger Schmerz durch die Kreatur, als sechs ihrer Augen mit einem einzigen Schwerthieb des Menschen für immer geschlossen wurden.

◆ ◆ ◆

Das Gebrüll des *Hakeashar* schallte durch die Burg, während der Schwarze Fürst vor dem Wasser der unbrauchbar gewordenen Schale des Sehens kniete. Tyrannos hatte die Kreatur herbeigerufen und in der Burg auf die Suche nach Mystra geschickt.

Ein kleiner Stein fiel direkt vor Tyrannos' Gesicht ins Wasser und ließ ihn aufblicken.

Eine junge Frau, fast noch ein Mädchen, stand in der Türöffnung. Sie lächelte ihn breit an und hielt einige Steine in der Hand, die sie aus der morschen Wand neben ihr gelöst hatte.

„Es ist nicht schön, wenn die eigene Macht sich gegen einen richtet, nicht wahr?" fragte sie. Ihre Stimme klang erschreckend vertraut.

„Mystra!" schrie Tyrannos und machte einen Satz auf die fleischgewordene Göttin zu. Sie warf dem Schwarzen Fürsten die Steine entgegen, während sie die Stimme hob, um einen Zauber zu sprechen. Die Steine verwandelten sich im Flug in bläulich-weiße Geschosse, die sich in Tyrannos' Körper bohrten und ihn auf den Boden des Verlieses schleuderten.

Ein erneuter Schrei war aus dem Gang zu hören, diesmal erheblich lauter. Mystra schauderte, als sie den *Hakeashar* hörte.

Tyrannos nutzte ihre kurze Unachtsamkeit, um selbst einen Zauber zu wirken. Aus seinem Panzerhandschuh riß er einen Rubin, der sofort verschwand und zu einem blutroten Lichtstreifen wurde, der auf die Göttin der Magie zuschoß.

Tyrannos verschlug es den Atem, als Mystra mühelos die Wirkung von Nezrams Rubinstrahl absorbierte, der die Göttin eigentlich von ihrem Avatar hätte trennen sollen. Dann ging ein Beben durch Tyrannos, als der rote Strahl zu ihm zurückkehrte und sich in seine Brust fraß. Einem straff gespannten Seil gleich hing der Strahl zwischen Mystra und Tyrannos in der Luft.

„Es war töricht, einen komplizierten Zauber zu probieren", sagte Mystra. „Das magische Chaos scheint dich endlich eingeholt zu haben." Damit nahm sie den Strahl in beide Hände.

Er verspürte ein entsetzliches Reißen und Zerren in seinem Inneren. Der rote Strahl leuchtete auf, dann schoß eine Energiewelle aus seinem Körper durch ihn hindurch zu Mystra. Der Zauber war fehlgeschlagen und gab Mystra nun Gelegenheit, ihm im Gegenzug seine Kraft zu entziehen.

Tyrannos kämpfte darum, bei Bewußtsein zu bleiben, als sich karmesinrote Bänder aus dem Strahl lösten, sich um ihn legten und an seinem Fleisch zerrten, als wollten sie es ihm von den Knochen reißen. Er spürte, wie eine Rippe nach der anderen brach, als sich die Gewalt des Angriffs plötzlich in sich verkehrte und jegliches Leben aus ihm zu quetschen drohte. Mystra ließ den Strahl los, der zu Tyrannos zurückschoß.

Die Brust des Schwarzen Fürsten platzte auf, eine Flut von bläulich-weißen Feuern schoß aus ihr hervor und umgab Mystra, die ihre Hände dem Strom aus Magie entgegenhielt und ihn in sich aufnahm. Die Farbe der Feuer veränderte sich zu einem kräftigen Bernsteinton, dann zu einem leuchtenden Rot, als der letzte Rest Energie, den er Mystra geraubt hatte, aus Tyrannos wich wie eine erste Welle seiner eigenen Kraft.

„Du hast die Göttin der Magie gefangengenommen, du Narr! Nun wirst du dafür bezahlen!"

Tyrannos schrie auf, als weitere Energie aus ihm wich. „Mystra! Ich... "

„Du... du stirbst?" fragte sie ironisch. „Ja, es scheint so. Grüß Fürst Myrkul von mir. Ich glaube nicht, daß sich unter seinen Schutzbefohlenen bisher je ein Gott befunden hat. Aber auf der anderen Seite bist du ja auch kein Gott mehr, nicht wahr, Tyrannos?"

Tyrannos hob flehend die Hände.

„Also gut, Tyrannos, ich gebe dir eine Chance, damit du dein Leben retten kannst. Sag' mir, wo du die Tafeln des Schicksals versteckt hast, dann werde ich Gnade walten lassen."

„Du willst sie für dich?" stieß Tyrannos hervor, während eine weitere Woge von Energie seinen Körper verließ.

„Nein", sagte Mystra. „Ich will die Tafeln Fürst Ao zurückgeben und dem Wahnsinn ein Ende setzen, den du verursacht hast."

Im Korridor war eine Bewegung zu sehen, und Mystra drehte sich zur Seite und erkannte, daß Kel und seine Gefährten im Durchgang standen.

Plötzlich tauchte vor dem Schwarzen Fürsten ein wirbelnder schwarzer Strudel auf, dann entstieg Tempus Schwarzdorn dem Riß, den er mit seiner Magie erzeugt hatte. Er griff nach dem Leib seines verwundeten Herrn und zog ihn mit sich in den Wirbel. Bevor Mystra einschreiten konnte, waren Tyrannos und sein Diener verschwunden. Mystras Zauber brach in dem Moment, als sich der Wirbel schloß, und ein Schwall chaotischer Energie schleuderte die Göttin gegen die Wand. Als sie aufsah, stand Kel vor ihr.

Der Kämpfer sah blaß aus. „Ich wußte ja, daß du einiges aushältst, Kleine, aber jetzt bin selbst ich beeindruckt."

Mystra lächelte, als sie fühlte, wie der wilde Energiestrom sie durchströmte.

„Caitlan", sagte Mitternacht. „Geht es dir gut?" Die Magierin beugte sich über den Avatar, und dadurch wurde der sternförmige Anhänger sichtbar.

„Der Anhänger. Gib ihn mir!" schrie Mystra.

Mitternacht wich zurück. „Caitlan?"

Mystra sah Mitternacht noch einmal an und erkannte, daß der Anhänger sich mit der Haut der Magierin verbunden hatte, damit er ihr nicht abgenommen werden konnte, wenn sie schlief oder hilflos war.

„Wir sollten sie hinausbringen", sagte Mitternacht.

„Warte", erwiderte Cyric. „Ich will wissen, wie sie in der Nacht das Lager verlassen hat. Und warum."

„Bitte", sagte Adon ruhig. „Wir sollten uns erst einmal um die Herrin des Mädchens kümmern."

Plötzliche Wut erfüllte die Göttin. „Ich bin Mystra, Göttin der Magie! Die Kreatur, gegen die ich kämpfte, war Tyrannos, der Gott der Zwietracht. Und nun gib mir diesen Anhänger! Er gehört mir!"

Mitternacht und Adon starrten den Avatar bestürzt an. Kel runzelte die Stirn, und Cyric betrachtete Mystra argwöhnisch.

Kel verschränkte die Arme. „Vielleicht hat der Kampf sie verwirrt."

„Caitlan Mondsang und ich sind eins geworden", entgegnete Mystra ruhig. „Ich habe sie hierhergeführt und meine Seele mit ihrer verschmolzen, um uns beide vor Fürst Tyrannos in Sicherheit zu bringen. Ihr habt ihr auf der Reise hierher geholfen, darum habt ihr euch um unseren Dank verdient."

„Und noch etwas mehr", sagte Kelemvor.

„Die Schuld wird beglichen werden", gab Mystra zurück. Kel dachte an Caitlans Worte, als sie krank im Bett gelegen hatte.

Sie kann dich heilen.

Mystra wandte sich Mitternacht zu. „Auf Calantars Weg gingst du einen Pakt mit mir ein. Ich rettete dein Leben vor denen, die dir Schaden zufügen wollten. Im Gegenzug hast du versprochen, meine Macht zu behüten. Das tatest du auf bewundernswerte Weise." Mystra streckte die Hand aus. „Doch nun ist es Zeit, diese Macht zurückzugeben."

Mitternacht senkte den Kopf und erschrak, als sie erkannte, daß der Anhänger lose um ihren Hals hing. Sie gab ihn Mystra, die augenblicklich von heftigem bläulich-weißen Feuer umgeben war.

Die Göttin warf den Kopf in den Nacken und genoß einen Moment absoluter Verzückung, als ein Teil der Macht, über die sie in den Ebenen verfügt hatte, ihren Körper durchdrang. Wie vor der Zeit der Ankunft genügte wieder Mystras bloßer Wille, um Magie zu wirken. Sie war zwar noch immer deutlich schwächer als in der Zeit, bevor Ao sie aus dem Himmel verstoßen hatte, doch nun war Mystra wieder mit dem magischen Gitter verbunden, das Faerun umgab. Das Gefühl war wundervoll.

„Wir sollten uns von hier entfernen", sagte sie zu ihren Rettern. „Dann werde ich euch alles sagen, was ihr wissen wollt."

Als sie sich kurz darauf dem Tor der Burg Morgrab näherten, spürten die Helden die Wärme der Sonne, und als sie die finsteren Ruinen verließen, waren sie einen Moment lang geblendet. Sie traten mit langsamen Schritten aus der Burg, als wollten sie sie dazu herausfordern, ihnen ein letztes Sperrfeuer des Wahnsinns entgegenzuschleudern. Nichts geschah. Die Burg war völlig leblos.

Mystra sah zum Himmel auf und entdeckte die funkelnde Himmelstreppe, die nach oben führte, dabei ihr Aussehen aber immer wieder änderte. Für einen kurzen Augenblick glaubte die Göttin, am oberen Ende der Treppe eine Gestalt zu sehen, doch im nächsten Moment hatte das Bild seine Substanz verloren und war nicht mehr zu erkennen.

Die Abenteurer folgten Mystra, die auf einen Punkt zustrebte, der nicht weiter als hundertfünfzig Meter vom Eingang der Burg entfernt war. Auf dem Weg dorthin entbrannte eine hitzige Debatte.

„Hast du den Verstand verloren?" brüllte Kel.

„Ich glaube ihr", erwiderte Mitternacht.

„Ja, *du* glaubst ihr. Aber kann deine ‚Göttin' irgend etwas von dem beweisen, was sie behauptet?"

Mystra wies die Gruppe an, auf sie zu warten, während sie sich der Himmelstreppe zuwandte. Kelemvor stürmte vor und beklagte sich, ihnen seien Reichtümer versprochen worden. Die Göttin starrte den Mann an, und in ihren Augen brannte ein bläulich-weißes Feuer. „Du hast den Dank einer Göttin", sagte sie kühl. „Was könntest du mehr wollen?"

Kelemvor erinnerte sich an seine Begegnung mit Tymora, die er erst hatte sehen dürfen, nachdem er einen Eintritt entrichtet hatte.

„Ich würde mich mit einer guten Mahlzeit, neuer Kleidung und soviel Gold, daß ich mir ein Königreich kaufen kann, zufriedengeben", versetzte er. „Und ich würde gerne meinen Arm wieder benutzen können!"

Plötzlich legte Mystra den Kopf schräg. „Ist das alles? Ich nahm an, ihr wolltet zu Göttern werden."

Cyric kniff die Augen zusammen. „Ist das möglich?"

Mystra lächelte, Feuerkugeln sprangen aus ihren Händen hervor. Kelemvor schrie fast, als die knisternde Energie des ersten Feuerballs ihn von Kopf bis Fuß umgab. Plötzlich fühlte er eine Lebenskraft, wie er sie seit langem nicht mehr gekannt hatte. Die Flammen erloschen, und Kelemvor hob den Arm. Fassungslos erkannte er, daß die Verletzung geheilt war.

Der zweite Feuerball traf den Boden, und im nächsten Moment standen dort zwei stattliche Pferde als Ersatz für die, die sie verloren hatten, sowie zwei Packpferde, in deren Taschen sich die verschiedensten Vorräte sowie ein Vermögen in Gold und Edelsteinen befanden. Dann wandte Mystra sich ab und ging zur Treppe. Sie öffnete die Hände, breitete die Arme aus und senkte den Kopf, als würde sie meditieren.

Kelemvor stand neben Mitternacht, und es dauerte nicht lange, da entbrannte der Streit von neuem. Cyric sah zu, ohne einzugreifen, und Adon betrachtete stumm die Göttin.

„Ich gebe zu, daß sie Macht hat, und daß sie sich mit ihrer Herrin vereinigt haben soll, kann auch stimmen", sagte Kelemvor.

„Warum glaubst du dann nicht, was deine Sinne dir sagen? Weißt du nicht zu schätzen, was Mystra uns zum Dank gegeben hat?" fragte Mitternacht.

„Das haben wir uns sauer verdient!" gab Kelemvor zurück und stopfte sich ein großes Stück Süßbrot in den Mund. „Doch ein mächtiger Magus wie beispielsweise Elminster von Schattental könnte ohne Anstrengung dasselbe vollbringen. Ich habe schon andere ‚Götter' gesehen und bin bis heute nicht sicher, ob es sich vielleicht nur um mächtige Verrückte handelte."

Mystra sah bei der Erwähnung des Namens Elminster auf, und ein Lächeln huschte über ihre Züge, als erinnere sie sich an etwas Schönes oder Amüsantes. Dann drehte sie sich um.

„Und deshalb sprichst du in ihrer Gegenwart Blasphemisches!" rief Mitternacht.

„Ich sage, was ich denke!"

„Ich glaube ihr!" brüllte Mitternacht und stieß gegen Kels Brustpanzer. „Ohne Mystra hättest du deinen Arm vielleicht nie wieder einsetzen können."

Kelemvor schien getroffen. Er dachte an seinen Vater, der wegen seiner eigenen Verletzungen das Abenteurerleben hatte aufgeben müssen und der seitdem durch die Lyonsbane-Feste gewandert war und Kelemvors Leben zur Hölle gemacht hatte.

„Du hast recht", sagte Kel. „Ich sollte dankbar sein, aber... Caitlan eine Göttin? Du mußt zugeben, daß das ziemlich viel Phantasie erfordert."

Mitternacht sah zu Mystra. Die Göttin bot in der Gestalt des Mädchens, mit dem sie tags zuvor noch gereist waren, keinen beeindruckenden Anblick.

„Ja", sagte Mitternacht. „Aber ich weiß, daß es stimmt."

Adon hatte von Mitternacht und Kel unbemerkt hinter den beiden gestanden, dann hatte er sich abgewandt.

Wir haben gegen einen Gott gekämpft, dachte er. *Und jetzt dienen wir einer Göttin, auch wenn das den anderen noch gar nicht völlig bewußt geworden ist.* Obwohl er zu dieser Erkenntnis gelangte, wunderte sich Adon, warum sie ihn nicht mit Begeisterung und Ehrfurcht erfüllte. Es waren doch schließlich die Götter, die in den Reichen wandelten.

Adon betrachtete das magere Kind, das da im Schmutz kniete, und spürte bei dem Anblick ein leichtes Unbehagen. Dann erinnerte er sich an den kurzen Blick, den er auf die Abscheulichkeit hatte werfen können, die Mystra als Tyrannos bezeichnet hatte, den Schwarzen Fürsten.

Das waren die Götter?

Mystra erhob sich und blieb vor der Treppe stehen, bereit, den Aufstieg zu wagen. Ein flüchtiges Lächeln huschte über das Gesicht des Avatars, als ihm die Bedeutung dieses Augenblicks bewußt wurde. Mystra drehte sich zu ihren Rettern um.

„Vor euch liegt eine Himmelstreppe, die ihr mit euren Sinnen nicht wahrnehmen könnt", sagte Mystra. „Die Treppe ist ein Reiseweg zwischen den Königreichen der Götter und der Menschen. Ich bin im Begriff, einen gefährlichen Weg zu gehen. Wenn ich Erfolg habe, werdet ihr vier meine Zeugen sein, wenn ich in die Ebenen zurückkehre. Wenn ich scheitere, muß einer von euch der Welt meine Worte bringen. Das ist eine heilige Aufgabe, die ich nur dem übertragen kann, dessen Glaube vorbehaltlos ist."

Mitternacht trat vor. „Nimm mich", sagte sie. „Sag mir, was zu tun ist."

Kel schüttelte den Kopf und trat neben Mitternacht. „Haben wir nicht schon genug getan? Wir haben unser Leben riskiert, um deine Göttin zu retten. Laß uns aufhören, solange wir noch können. Wir können die Welt erkunden, und es gibt tausend Möglichkeiten, unsere Belohnung auszugeben. Wir sollten gehen."

„Ich bleibe hier", sagte Mitternacht.

Adon trat einen Schritt nach vorn. „Ich bleibe bei ihr."

Kelemvor sah Cyric an, der nur die Achseln zuckte. „Meine Neugier hält mich hier", sagte er mit einem spöttischen Unterton.

„In den Reichen tobt das Chaos", sagte Mystra.

„Das wissen wir!"

„Kelemvor!" ermahnte Mitternacht ihn.

„Aber kennst du auch den Grund?" wollte Mystra wissen.

Kelemvor schwieg.

Mystra sprach weiter. „Es gibt eine Macht, die über den Göttern steht. Diese Macht, von der die Menschen nichts wissen sollen, hat die Götter aus dem Himmel verbannt. Fürst Helm, Gott der Wächter, blockiert die Tore zu den Ebenen und hält uns in den Reichen fest. Hier müssen wir uns einen menschlichen Wirt nehmen, einen Avatar, da wir sonst kaum mehr sind als umherwandernde Geister. Wir büßen für das Verbrechen, das zwei von uns begangen haben. Fürst Tyrannos und Fürst Myrkul stahlen die Tafeln des Schicksals. Mindestens eine dieser Tafeln wurde in den Reichen versteckt, doch wo, das weiß ich nicht. Uns wurde aufgetragen, diese Tafeln zu finden und an ihren rechtmäßigen Ort im Himmel zurückzubringen."

Cyric schien verwirrt. „Aber du hast die Tafeln nicht", sagte er. „Was beabsichtigst du zu tun?"

„Die Identität der Diebe gegen Nachsicht den unschuldigen Göttern gegenüber eintauschen", antwortete Mystra.

Kel verschränkte die Arme vor der Brust und begann zu lachen, während er sich gegen sein Pferd lehnte. „Das ist absurd. Sie denkt sich das alles nur aus."

Plötzlich hörte er in seinem Kopf Mystras Worte.

Ich hätte dich heilen können, sagte sie. *Aber da du mir nicht glaubst, werde ich es nicht tun.*

Kel verstummte und wurde bleich.

„Göttin! Ich will dich begleiten!" bot sich Mitternacht an.

Kelemvor sah die Magierin beunruhigt an.

Mystra dachte gründlich über den Vorschlag nach. Ein Mensch, der Zeuge von Dingen werden würde, die nur ein Gott verstehen konnte? Sie würde wahnsinnig werden. Caitlans Verstand war geschützt, doch sie konnte nichts tun, um auch Mitternacht zu schützen.

"Nur Götter dürfen mir folgen", sagte sie schließlich. Die Macht, die in dem Anhänger eingeschlossen gewesen war, und die Energie, die sie Fürst Tyrannos entrissen hatte, regten sich in ihr, als wollten sie freigesetzt werden. Dann fühlte Mystra, wie der Quell der Magie in ihr sie zu überwältigen drohte. Die Göttin erlebte einen Augenblick reinster menschlicher Panik, als sie die Kontrolle über diese Kräfte verlor. Das Gras bewegte sich leicht, während jeder Halm von einem bläulich-weißen Feuer umschlossen wurde.

Cyric fühlte angenehme Wärme unter seinen Füßen. Die Luft war mit blau-weißen Funken erfüllt, und der Wind wurde sichtbar, als strahlende Lichtstreifen die Luft wie Pinselstriche eines verrückten Genies erfüllten, dann aber wieder verblaßten.

Einen Moment lang konnte Mitternacht die Treppe sehen und erkannte dabei, daß es sich nur dem Namen nach um eine Treppe handelte. Eine unzählige Folge zarter Hände mit nach oben gerichteter Handfläche führte himmelwärts. An manchen Stellen war es nur eine Hand, dann wieder waren sie so dicht gedrängt, daß es wirkte, als sei das Fleisch verschmolzen. Sie hoben und senkten sich ohne erkennbaren Rhythmus, und die stählernen Finger zuckten in Erwartung des nächsten Gastes beständig vor und zurück. Ein Netz aus kristallinen Knochen verband die Gruppen von Händen miteinander. Seltsamerweise war bei keiner der Hände je der Stumpf zu sehen. Ein sanfter Nebel trieb von Gruppe zu Gruppe.

Dann war die Treppe fort, und Mitternacht sah wieder zu Mystra.

Caitlans Gestalt verlor an Substanz und schimmerte, als vor den Augen der Helden aus dem Mädchen die reife Frau wurde, zu der es ohnehin hätte werden sollen. Ihr Körper war wohlgeformt und hübsch, sie hatte ein schmales, sinnliches Gesicht, doch ihre Augen waren sehr alt und ließen ein ganzes Jahrtausend an Erfahrungen erkennen.

Schattental

Die Göttin war erschüttert, als sie sich abwandte und fortging. Sie schien über dem Boden zu schweben, und wo immer ihr Fuß ihn berührte, zuckten winzige bläulich-weiße Blitze auf.

Mystra sah, daß ihre Wahrnehmung der Treppe und des Tors zu den Ebenen sich ständig veränderte. Eben noch sah sie eine wunderschöne Kathedrale aus Wolken, zu der eine breite, kunstvoll verzierte Treppe hinaufführte. Dann wieder schien die Umgebung des Tors aus gewaltigen, lebenden Runen zu bestehen, die einen fremdartigen Tanz vollführten, da sie mit ihren Gefährten immer wieder die Plätze tauschten und Geheimnisse jener Kunst verrieten, über die Mystra lange nachgedacht, sie aber nie entdeckt hatte – bisher.

Nur das Tor selbst blieb immer gleich: Es war eine große Stahltür in Form einer riesigen Faust, das Symbol Helms.

Auf halber Strecke teilten sich die Wolken. Vor Mystra nahm Helm Gestalt an.

„Ich grüße dich, Fürst Helm", sagte Mystra.

Helm sah Mystra nur an. „Geh zurück. Dieser Weg ist dir verschlossen."

„Ich will nach Hause", sagte sie voller Wut auf den Wächter.

„Hast du die Tafeln?"

Mystra lächelte. „Ich kann etwas über die Tafeln *sagen*. Ich weiß, wer sie gestohlen hat und warum."

„Das reicht nicht. Du mußt umkehren. Die Ebenen sind nicht mehr unser."

Mystra schien verwirrt. „Aber Fürst Ao würde diese Information sicher haben wollen."

Helm wich nicht von der Stelle. „Gib sie mir, ich leite sie weiter."

„Ich muß sie persönlich überbringen."

„Das kann ich nicht zulassen", sagte er. „Kehr' um, ehe es zu spät ist."

Mystra ging weiter nach oben, während sich die Urkräfte der Magie um Faerun zusammenzogen, da sie sie einsatzbereit haben wollte.

„Ich will dir keinen Schaden zufügen, mein guter Helm. Geh aus dem Weg."

„Es ist meine Pflicht, dich aufzuhalten", sagte Helm. „Ich war einmal nachlässig in meinen Pflichten. Das wird sich nie wiederholen."

Helm kam weiter auf sie zu.

„Geh aus dem Weg", wiederholte Mystra mit einer Stimme, die laut war wie Donnerhall.

Helm wich nicht zur Seite. „Zwing mich nicht, dir weh zu tun, Mystra. Ich bin im Gegensatz zu dir noch ein Gott."

Mystra erstarrte. „Du sagst, ich sei keine Göttin mehr? Ich werde dir das Gegenteil beweisen!"

Helm senkte den Blick, dann sah er sie wieder an. „So sei es."

Mystra griff auf alle Energien zu, die sie gesammelt hatte, während sie sich Helm genähert hatte. Ein Beben durchfuhr sie, als sie sich für den ersten Zauber bereitmachte.

Drunten am Boden sah Mitternacht zu, wie die Götter aufeinander zugingen. Helm griff nach Mystra, just als sie mehrere Feuerkugeln auf ihn schleuderte. Helm wich zurück und biß die Zähne zusammen, als die winzigen weißen Flammen seine Haut versengten. Der Wächter schlug mit der Faust nach Mystra, die dem Hieb auswich, dabei aber beinahe von der Treppe gestürzt wäre.

Helm drang weiter vor. Er trug keine erkennbaren Waffen, und doch schossen Flammen aus seinen Händen, während er sich der Göttin näherte. Mystra wußte instinktiv, daß er sie nicht berühren durfte. Sie zog sich zurück, während der Wächter von Urmagie durchdrungen wurde. Sie versuchte, Bigbys Zermalmende Hand zu beschwören, doch der Zauber schlug fehl, und eine unzählige Reihe von rasiermesserscharfen Klauen schoß auf Helm zu. Der Wächter wehrte sie mühelos ab.

Helms Hand fuhr herab, und Mystra spürte einen entsetzlichen Schmerz, der sich ins Innerste ihres Dasein bohrte, als seine Finger sich in ihre Brust schnitten. Ein blutiger Regen verteilte sich wie winzige flackernde Funken aus Magie in tiefem Karmesinrot in der Luft.

Mystra spürte, wie ihr Blut erkaltete, als Helms Hand über ihre Schulter strich. Die Göttin der Magie nahm Rache, indem sie einen Zauber sprach, der sich auf Helms Psyche auswirken sollte. Er sollte seine tiefsten Ängste freisetzen und ihn zwingen, sich vor Entsetzen vor Mystra zu beugen. Doch Helm biß die Zähne zusammen und schlug wieder zu, während er Mystras Angriff ignorierte. Des Wächters größte Angst war es, Ao zu enttäuschen, und da er sich dieser Furcht bereits hatte stellen müssen, gab es nichts mehr, wovor er sich noch fürchtete.

Mystra erkannte, daß sie verloren hatte, als Helm ihr mit einer Handbewegung eine klaffende Bauchwunde zufügte, aus der ein Schwall Blut herausschoß, begleitet von einem heftigen bläulich-weißen Feuer. Dann spürte die Göttin einen kalten Hauch dicht an ihrem Hals, als es Helm fast gelang, ihre Kehle zu zerfetzen.

Cyric stand da und sah zu, wie die beiden Götter versuchten, einander umzubringen. Das Schauspiel faszinierte ihn, und jedesmal, wenn Helm einen Schlag führte, verspürte er große Begeisterung. Es erfüllte ihn mit unerklärlicher Freude, als er mit ansah, wie das Blut eines Gottes vom Himmel regnete.

Mystra wich einem weiteren Schlag Helms aus und wirkte einen komplexen Bindezauber, der zur Folge hatte, daß Fesseln aus Urmagie auf den Wächter herabsanken. Doch Helm schüttelte auch sie ab. Mystra nutzte diesen Moment der Ablenkung und stürmte an ihm vorbei. Es fiel ihr schwer, sich zu konzentrieren, da die Schmerzen so unfaßbar waren. Doch sie kämpfte sich Stück für Stück weiter, und schließlich tauchte vor ihr das Tor auf, hinter dem sich die majestätischen Ebenen befanden. Für einen Augenblick konnte sie die Schönheit und Vollkommenheit ihres Zuhauses im Nirwana sehen.

All das war mein, dachte Mystra. Sie hatte den höchsten Punkt der Treppe erreicht, ihre Beine zitterten heftig. Die Göttin wollte eben die Hand nach dem Tor ausstrecken, als jemand ihren Arm packte und sie herumriß. In Helms Augen stand Trauer.

„Leb' wohl, Göttin", sagte Helm.

Dann bohrte er seine Hand in ihre Brust.

Mitternacht sah zum Himmel und fragte sich, ob sie den Verstand verlor. Kel stand neben ihr und rief Adon zu, er solle Cyric mit den Pferden und den Vorräten helfen.

Mitternacht hatte gesehen, wie Helm einen Moment lang wie betäubt dastand, Mystra an ihm vorbeikroch und sich wieder erhob. Die Göttin hatte die Arme ausgebreitet, und dann hatten sich vor ihr aus magischen Blitzen und den nebulösen Formen der Elemente der Luft ein Tor gebildet, das wie eine riesige Faust aussah – und dann hatte Helm Mystra eingeholt und zu sich umgedreht, damit sie sich seinem Zorn stellen konnte.

„Nein!" schrie Mitternacht. Kelemvor und Adon sahen nach oben und erlebten mit, wie Helm Mystra mit der Hand durchbohrte.

Mystras Kopf wurde nach hinten geworfen, so unerträglich war der Schmerz, als ihre Essenz aus ihrem Avatar wich und ihr zartes menschliches Fleisch barst. Mitternacht fühlte, wie eine immense Hitze auf sie zuraste. Es war, als nähere sich eine unsichtbare, sengende Energiewand. Aus den bläulich-weißen Flammen, die mit ihrer sanften Magie das Gras entfacht hatten, waren nun schwarze Flammen geworden, die die Erde versengten und Ödland zurückließen. Die Vernichtung nahm ihren Anfang in dem Gebiet, das direkt unter der Göttin lag, und breitete sich in alle Richtungen aus.

Mitternacht versuchte, eine Energiewand zu beschwören, um ihre Kameraden zu schützen. Lichtbänder begannen um die Abenteurergruppe zu wirbeln, und kurz darauf waren sie von einer regenbogenfarbenen Kugel umschlossen. Trotz des Wirbelwinds aus Farben, aus dem die Hülle der schützenden Kugel bestand, konnten die Abenteurer etwas von dem Chaos erkennen, das sich um sie herum abspielte.

Der Horizont schien zu verschwimmen, und Himmel und Erde wurden eins, als sich in der Luft gewaltige schwarze Glassäulen bildeten und sich in einem weiten Kreis um die Gruppe und die Himmelstreppe in den Grund bohrten. Der Anblick erinnerte an die Kolonnade, in der sie die Nacht verbracht hatten. Die Wolken wurden schwarz, als die Säulen so weit nach oben gewachsen waren, daß sie sie berührten. Wunderschöne, zarte Strahlen aus sanftem, pastellfarbenen Licht fielen durch die Wolkenrisse. Die Strahlen wanderten hin und her, versengten die Erde und ließen Klüfte entstehen, die groß genug waren, um einen Mann zu verschlucken.

Ströme aus feurigem Blut sammelten sich in den Spalten im Boden, und die Hitze, die von den kochenden Blutflüssen ausging, wurde unerträglich. Die schwarzen Säulen wurden von den Strahlen zermalmt, und gigantische Trümmerstücke stürzten zu Boden, als die Strahlen ihre Form verloren, sich durch die Luft schnitten und alles vernichteten, was sie berührten.

Burg Morgrab fiel diesem Ansturm zum Opfer, ihre Wände zerplatzten, als seien sie aus Kalk. Alle Ecktürme stürzten in sich zusammen und rissen die angrenzenden Mauern mit sich.

Hoch oben am Himmel stand Helm im Zenith der Verwüstung. Sein Leib war nur eine Silhouette gegen das gleißende Licht der Sonne hinter ihm. Mitternacht sah, wie Helm ein weiteres Mal die Hand nach unten bewegte und eine wirbelnde Masse durchdrang, die vor ihm in der Luft schwebte.

Ist das Mystras Essenz? fragte sich Mitternacht.

Die bläulich-weißen Feuer, die aus Helms Händen austraten, verwoben sich zu einem komplexen Muster, das Mitternachts Vision von dem magischen Gitter in ihrer Illusion ähnelte. Dann brach aus diesem Gitter ein gleißender Lichtstrahl hervor und durchdrang die schützende Kugel, in der sich Mitternacht und ihre Gefährten drängten. Vor der absolut weißen Fläche ihrer Wahrnehmung erkannte Mitternacht ein noch helleres Licht, das die Gestalt einer Frau hatte, die sich ihr näherte.

„Göttin!" rief Mitternacht.

Ich habe mich geirrt. Andere Götter könnten versuchen, was ich versucht habe... die Reiche könnten vernichtet werden. Es gibt eine weitere Himmelstreppe. In Schattental. Wenn Tyrannos noch lebt, wird er versuchen, die Kontrolle über sie zu erlangen. Du mußt dorthin gehen, Elminster warnen. Dann finde die Tafeln des Schicksals und setze diesem Wahnsinn eine Ende!

Plötzlich fiel ein Gegenstand vom Himmel und durchdrang die schützende Kugel. Mitternacht streckte die Hand aus und fing den Anhänger auf. Dann schien das Licht des Gitters die Zauberkundige zu durchdringen, als würde es von dem Anhänger angezogen. Jeder Nerv in Mitternachts Körper rebellierte, als weißglühende Feuer sich einen Weg durch sie bahnten und die letzten Worte der Göttin in ihr Gehirn einbrannten.

Bring Elminster den Anhänger. Er wird dir helfen.

„Mir?" rief Mitternacht. „Wobei?"

Das Bild der Tafeln des Schicksals brannte sich ebenfalls in Mitternachts Gedächtnis ein. Die Tafeln waren aus Ton und hatten eine Größe von weniger als sechzig Zentimetern. Damit waren sie klein genug, um sie zu tragen und vor suchenden Blicken zu verbergen. In sie eingeritzt waren Runen, die die Namen und Pflichten aller Götter nannten. Diese funkelten bläulich-weiß.

Das Bild der Tafeln verschwand, als sich der Lichtstrahl in das Gitter zurückzog und Mystras schimmernde Gestalt mit sich nahm.

„Göttin", flüsterte Mitternacht. „Geh nicht."

Es erfolgte keine Erwiderung, doch durch die regenbogenfarbene Kugel konnte sie sehen, wie das magische Gitter verschwand. Dann endete das Chaos. Die Helden sahen Helm vor dem Tor stehen. Er verschränkte die Arme, dann verschwand er. Es war, als sei er nie dagewesen.

8
NICHT IMMER MENSCHLICH

Tempus Schwarzdorn räumte das Hauptgemach in Tyrannos' neuem Tempel in der Zentilfeste immer dann auf, wenn der Schwarze Fürst nicht anwesend war. Es lag in Schwarzdorns Verantwortung, sich um die tagtäglichen Vorgänge im Dunklen Tempel zu kümmern. Er hatte außerdem persönlich den Bau der zweiten, kleineren Kammer an der Rückseite des Tempels überwacht. Nachdem die Arbeiter ihren Auftrag erledigt hatten, wurden sie von dem Magus getötet. „Niemand darf davon wissen", hatte Tyrannos gesagt, und Schwarzdorn hätte sein Leben gegeben, um die Geheimnisse von Tyrannos' „Meditationskammer" zu wahren. Eigentlich war es ein schmutziger Ort, der aber seinen Zweck erfüllte.

Tyrannos hatte sorgfältig darauf geachtet, bestimmte Dinge vor seinen Anhängern geheimzuhalten. Der Schwarze Fürst fürchtete, sie würden ihn vielleicht nicht so glühend verehren, wenn sie von seinen menschlichen Grenzen, von seinem Bedürfnis nach Schlaf und Nahrung wußten, und ihre Bereitschaft, sich für seine Sache zu opfern, könnte darunter leiden. Also ließ sich Tyrannos von Schwarzdorn alle Speisen und Getränke durch einen geheimen Tunnel bringen, und wenn der Schwarze Fürst schlafen mußte, legte er sich in das kleine Bett in dieser Kammer, während sein Gesandter an seiner Seite über ihn wachte.

In den Ecken des Raums stapelten sich geheime Texte, denen sich Tyrannos in jeder freien Minute gewidmet hatte. Auf einem Tisch gleich daneben fand sich eine Sammlung kleiner, scharfer

Klingen, die aussahen wie Bildhauerwerkzeuge. Tyrannos hatte sie benutzt, um bei einigen seiner Anhänger entsetzliche Experimente mit deren Fleisch anzustellen und stundenlang dem Strom des Blutes zuzusehen, den er ausgelöst hatte. Dabei lauschte er auch intensiv den qualvollen Schreien der schwächeren seiner Opfer. Schwarzdorn wußte, daß diese Studien für seinen Herrn sehr wichtig waren, aber den Grund dafür kannte er nicht. Doch Tyrannos war sein Gott, und Schwarzdorn wußte nur zu gut, daß man die Motive einer Gottheit nicht in Frage stellte. Nach einer Weile war Tyrannos dieser Experimente überdrüssig gewesen, da sie nicht die gewünschten Resultate gebracht hatten. Die Klingen blieben aber offen sichtbar auf dem Tisch liegen, um ihn daran zu erinnern, daß er die Antworten noch nicht gefunden hatte.

Als Tyrannos in der Burg Morgrab gewohnt hatte, war diese Kammer leer gewesen, doch nun entstand ein kräftiger Wirbel, und dann stürzte der Schwarze Fürst durch den Riß im Raum auf den harten Boden der Kammer. Sein Atem war flach, und Tränen liefen ihm übers Gesicht. Er versuchte, sich einen simplen Zauber ins Gedächtnis zu rufen, damit sich sein geschundener Leib vom Boden erhob und auf die feste Matratze des Bettes schwebte, die so für ihn unerreichbar fern war. Seine Mühen waren vergebens. Dann tauchte auch Schwarzdorn aus dem Nichts auf und schleppte Tyrannos sofort zum Bett. Der Gesandte stöhnte, als er den Avatar seines Herrn anhob und auf das Bett zog.

„Hier, Herr. Ihr werdet ruhen, und Ihr werdet genesen."

Die Stimme seines treuen Gesandten hatte für Tyrannos etwas tröstendes. Schwarzdorn hatte ihn gerettet. Er hatte gesehen, wie Tyrannos schwächer und schwächer geworden und dem Tod nahe gewesen war, und doch war er gekommen. Für den Schwarzen Fürsten ergab das keinen Sinn. Wären ihre Rollen vertauscht gewesen, hätte er das Leben des Gesandten geopfert, anstatt sein eigenes aufs Spiel zu setzen.

Vielleicht fühlt er sich verpflichtet, weil sein Freund Ritterbruck weiterleben darf, überlegte Tyrannos. *Das muß der Grund für seine Hilfe sein. Da er jetzt aber die Schuld beglichen hat, werde ich ihn wohl im Auge behalten müssen.*

Tyrannos sah eine Blutlache, die aus seinem Körper stammte. Ein Lungenflügel war gerissen, und er hätte nicht sprechen sollen, doch er streckte seine Hand aus, um die scharlachrote Pfütze zu berühren.

„Mein Blut!" rief Tyrannos. „Mein Blut!"

„Ihr werdet Euch erholen, mein Fürst", sagte Schwarzdorn. „Ihr könnt bei Euren Klerikern Heilzauber wirken. Wendet diese Magie bei Euch an."

Tyrannos tat, wozu Schwarzdorn ihn drängte, doch er wußte, daß der Heilungsprozeß langsam und schmerzhaft sein würde. Er versuchte, sich von diesem Unbehagen abzulenken, indem er sich auf die Erinnerungen an seine Rettung aus der Burg konzentrierte. Schwarzdorns Magie war stark genug gewesen, um den Magier zur Burg zu bringen und ihn selbst und Tyrannos von dort wegzuschaffen. Doch sie hatten es nur bis zur Kolonnade jenseits der Burg geschafft.

Tyrannos hatte mitangesehen, wie Mystra der dunkelhaarigen Zauberkundigen den Anhänger abgenommen hatte, und einen Moment später hatte die Göttin der Magie sich gegen Helm gestellt, der sich ihr auf der Himmelstreppe in den Weg gestellt hatte.

Die Tafeln! Helm hatte von ihr die Tafeln gewollt!

Tyrannos hatte voller Entsetzen zugesehen, wie Helm Mystra vernichtet hatte. Und er hatte gesehen, wie die letzten Reste ihrer Essenz sich der Zauberkundigen genähert hatten. Er hatte die Warnung gehört, die die Göttin bei der Rückgabe des Anhängers an die dunkelhaarige Frau ausgesprochen hatte. Magie von unglaublicher Macht war angewendet worden, als Helm gegen Mystra kämpfte. Und Tyrannos hatte die Gelegenheit genutzt, um die Arbeit zu vollenden, die Schwarzdorn begonnen hatte, und ebensolche Magie hatte sie zurück in die Zentilfeste gebracht.

Tyrannos lachte, als er darüber nachdachte, daß er ohne Mystras Warnung niemals auf die Idee gekommen wäre, die Himmelsleiter in Schattental in seine Pläne einzubeziehen. Wenn sie ihr Schicksal schweigend hingenommen hätte, wären die Dinge, die sie so fürchtete, nie in Gang gesetzt worden. Als Tyrannos nun auf seinem Bett lag und versuchte, sich von den schweren Verletzungen zu erholen, die Mystra ihm zugefügt hatte, begann er, Pläne zu schmieden, bis er schließlich in eine tiefe Heiltrance versank.

♦ ♦ ♦

Der Himmel hatte die Farbe dunklen Lavendels und war von königsblauen und goldenen Streifen durchzogen. Die Wolken waren noch immer schwarz und spiegelten die tote, verkohlte Erde unter ihnen wider. Aus den gewaltigen Säulen waren Bäume mit welken, steinernen Zweigen geworden, die sich kilometerweit über den Boden erstreckten. Die Erde war an manchen Stellen glatt wie Glas, an anderen Stellen aufgerissen und mit Trümmern übersät. Die roten Flüsse kühlten sich ab und verfestigten sich. Vom Himmel fiel kein Eis mehr.

Die Wände der Regenbogenkugel, die die Abenteurer und ihre Pferde umgab, verschwanden, als Mitternacht den Zauber aufhob. Sie berührte den bläulich-weißen Sternanhänger, der wieder um ihren Hals lag, der aber nichts mehr von der Macht besaß, die ihm zuvor innegewohnt hatte. Nun war er nur noch ein Symbol für die seltsame, apokalyptische Begegnung zwischen Mitternacht und ihrer Göttin.

Mitternacht stieg auf ihr Pferd und betrachtete die verwüstete Umgebung. „Mystra hat mich gebeten, nach Schattental zu reisen und mit Elminster Kontakt aufzunehmen. Ich kann von keinem von euch erwarten, daß er mich begleitet. Aber wenn ihr mitkommen wollt... ich breche jetzt sofort auf."

Kel ließ den Sack Gold fallen, den er auf sein Pferd hatte laden wollen. „Was?" brüllte er. „Wann hat Mystra dir das denn erzählt? Wir haben nichts gehört."

„Von dir erwarte ich als letztes, daß du es verstehst, Kelemvor. Aber ich muß jetzt los." Sie sah zu Adon. „Kommst du?"

Der Kleriker sah von der Magierin zu Kelemvor und Cyric, doch niemand sagte ein Wort. Adon stieg auf und ritt an Mitternachts Seite. „Du bist wahrlich gesegnet, daß du mit einer solchen Mission beauftragt wirst. Danke, daß du mich gebeten hast, dir zu helfen. Ich werde dich begleiten."

Cyric lachte, als er die Vorräte verstaut hatte. Er griff nach den Zügeln der Packpferde und meinte: „Für mich gibt es hier nichts mehr zu tun. Ich kann ebensogut mitreiten. Kommst du, Kelemvor?"

Kel stand neben seinem Pferd, sein Mund stand vor Schreck weit offen. „Ihr wollt alle einem Fiebertraum nacheilen?" fragte er. „Ihr macht einen großen Fehler."

„Komm mit, wenn du willst", rief Mitternacht Kel zu, dann ritt sie los, gefolgt von Adon und Cyric.

Der Weg war tückisch und unkalkulierbar, und als das Trio ein gutes Stück auf dem Weg in Richtung der Berge in der Ferne zurückgelegt hatte, hörten sie die unverwechselbaren Geräusche von Kels Pferd. Sie kamen näher, und schließlich war der Kämpfer auf gleicher Höhe mit Mitternacht. Eine Weile sprach niemand.

„Wir haben noch nicht einmal unsere Belohnung aufgeteilt", sagte Kelemvor schließlich.

„Ich verstehe", erwidert Mitternacht und lächelte amüsiert. „Gut. Ich stehe in deiner Schuld."

„Ja", sagte Kelemvor und erinnerte sich an ihre Worte in der Burg. „So ist es."

Als sie durch die alptraumhafte Landschaft ritten, die die Folge von Mystras Vernichtung war, sahen die Helden, daß die Verwüstungen noch viel schlimmer waren als gedacht. Die Straßen waren fort, riesige Krater, die bis zum Rand mit rauchendem Teer gefüllt waren, versperrten ihnen den Weg und zwangen sie stellenweise, ein Stück zurückzureiten und einen anderen Weg einzuschlagen. Doch am Abend waren die Berge in Sichtweite gekommen, und sie schlugen ihr Lager an einer Stelle auf, von der aus sie den Gnoll-Paß überschauen konnten.

Auf der Straße unterhalb des Lagers der Abenteurer zog eine Karawane von Händlern vorüber, die ihre Wagen mit Waren beladen hatten. Die Karawane wurde gut bewacht, und als Adon aufsprang, um die Reisenden vor dem zu warnen, was vor ihnen lag, geriet er in einen Hagel aus Pfeilen und mußte sich zu Boden werfen.

Die Karawane zog vorüber und war bald außer Sichtweite. Adon kehrte ins Lager zurück, wo ein Feuer entfacht worden war und Mitternacht etwas zubereitete, das Fleisch zu sein schien, aber ziemlich übel roch. Sie schien genau zu wissen, was sie da tat, da sie Kelemvor von Zeit zu Zeit anwies, das Fleisch zu wenden, während sie mit ihrem Dolch Gemüse schnitt.

Die Mahlzeit fiel nicht aus wie geplant, und so sah es aus, als müßten sie hungrig einschlafen. Daraufhin hielt Cyric einen kleinen Beutel hoch, den er inmitten von Mystras Geschenken entdeckt hatte, und bedeutete den anderen, ruhig zu sein. Aus dem Beutel holte er mehrere Laibe Süßbrot hervor, mehrere Portionen Trockenfleisch, Krüge voller Bier, Käselaibe und noch viel mehr. Obwohl der Beutel die ganze Zeit über leer zu sein schien, förderte Cyric immer mehr Essen zutage.

„Wir werden nie mehr Hunger oder Durst leiden", sagte Kel.

Als sie später aßen, spürte Kelemvor, daß ihm die Lebensmittel schwer im Magen lagen. Das Essen war gräßlich, und er fragte sich ernsthaft, ob es klug war, in dieser Zeit der instabilen Magie etwas zu verzehren, was einer magischen Quelle entsprang. Die anderen aßen kommentarlos weiter, doch ihre Gesichter verrieten, daß sie so dachten wie er. Dann beendete Mitternacht das Schweigen mit dem Wunsch, Adons Heilzauber sollten bald zurückkehren, damit sich ihr Magen wieder beruhigte. Kelemvor und Cyric befürworteten ihre Äußerung lautstark und nachdrücklich.

Nach dem Essen kümmerten sich Mitternacht und Cyric darum, die Reste wegzuräumen, während Kel und Adon einen Blick auf die Geschenke warfen, die Mystra ihnen gemacht hatte.

„Wirst du bis Schattental mitreiten?" fragte die Zauberkundige plötzlich Cyric.

Er zögerte.

„Wir haben Vorräte, gesunde Pferde und Gold genug, um für den Rest unseres Lebens reich zu sein", fuhr sie fort. „Warum willst du nicht mitkommen?"

Cyric kämpfte mit sich. „Ich wurde in der Zentilfeste geboren, und als ich dort wegging, schwor ich mir, nie zurückzukehren. Schattental ist für meinen Geschmack schon viel zu nah." Er hielt inne und sah die Magierin an. „Dennoch scheint mich mein Weg in diese Richtung zu führen, so sehr ich auch ein anderes Ziel ins Auge fassen möchte."

„Du sollst nichts gegen deinen Willen tun", sagte Mitternacht. „Es ist deine Entscheidung."

Cyric seufzte. „Dann komme ich mit. Vielleicht kaufe ich mir in Schattental ein Boot und fahre eine Weile den Ashaba hinab. Ich könnte mir vorstellen, daß das sehr ruhig sein könnte."

Mitternacht nickte lächelnd. „Du hast dir Ruhe verdient, Cyric – und meine Dankbarkeit dazu."

Die Magierin hörte Geräusche von der anderen Seite des Lagers, wo Kelemvor und Adon immer noch mit der Bestandsaufnahme beschäftigt waren. Adon hatte versprochen, Kel auf die Finger zu sehen, woraufhin dieser laut aufgelacht und ihm einen kräftigen Schlag auf den Rücken verpaßt hatte.

Mitternacht und Cyric setzten ihre Unterhaltung über ferne Länder fort und tauschten Wissen über Bräuche, Rituale und Sprachen aus. Sie sprachen über frühere Abenteuer, auch wenn sich Mitternacht umfassender zu diesem Thema äußerte als Cyric.

„Mystra", sagte er schließlich. „Deine Göttin... "

Mitternacht wischte ihren Dolch ab und steckte ihn zurück in die Scheide. „Was ist mit ihr?"

Cyric schien über Mitternachts Reaktion erstaunt. „Sie ist tot, nicht?"

„Vielleicht", sagte Mitternacht. Sie dachte einen Moment darüber nach, dann ging sie wieder zu der kleinen Grube, die sie ausgehoben hatten, um die Reste zu vergraben. „Ich bin kein Kind, nicht wie Adon. Ich trauere um Mystra, aber es gibt andere Götter, bei denen man sich bedanken kann, wenn es notwendig werden sollte."

„Du mußt dich nicht vor mir verschließen... "

Sie erhob sich. „Mach das fertig", sagte sie, wies auf die Grube und ging weg. Cyric betrachtete ihren Rücken, als sie ihn verließ, dann ging er wieder an die Arbeit. Er dachte zurück an den Anblick der streitenden Götter und mußte an das kindliche Strahlen denken, das ihn erfüllt hatte, als ihr Blut vergossen wurde. Voller Scham über seine Reaktion auf Mystras Tod verdrängte Cyric seine Gedanken und konzentrierte sich auf die Arbeit.

Mitternacht war ein Stück Wegs vom Lager und von Cyric weggegangen. Sie fühlte eine Kälte, die nichts mit der dünnen Luft zu tun hatte. *Es nützt nichts, den Tod Caitlans und Mystras zu betrauern*, dachte sie. Stumm verfluchte sie Cyric dafür, daß er die Göttin erwähnt hatte. Es war nichts Böses in diesem Mann, das sie hätte erkennen können. Ein Leben der Entbehrungen war der Grund dafür, daß er sich bei jeder Unterhaltung unwohl fühlte, die über eine eindeutige und klare Verwendung von Worten hinausging.

Kelemvor hingegen war in dieser Hinsicht das genaue Gegenteil von Cyric. Seine Taten und seine unausgesprochenen Erklärungen begeisterten Mitternacht. Nur wenn er versuchte, seine Gefühle hinter seiner Fassade aus schlecht formulierten und unpassenden Scherzen zu verbergen, wirkte er wie ein dummer

Tölpel und tat damit seinen vielen Stärken keinen Gefallen. Vielleicht gab es für sie eine gemeinsame Zukunft.

Doch das würde nur die Zeit zeigen.

Sie näherte sich Kelemvor und Adon, die sich immer noch stritten.

„Es wird gerecht geteilt!" zischte Kel.

„Aber das ist gerecht! Du, ich, Mitternacht, Cyric und Sune. Ohne sie..."

„Fang nicht wieder mit Sune an!"

„Aber..."

„Durch vier", sagte Mitternacht kühl, und beide Männer drehten sich zu ihr um. „Mach mit deinem Anteil, was du willst, Adon. Wenn du möchtest, gib ihn deiner Kirche."

Adon ließ die Schultern sinken. „Ich wollte nicht gierig sein..."

Kelemvor schien bereit, das anzuzweifeln.

„Vielleicht solltest du ein wenig ruhen", schlug Mitternacht vor. Der Kleriker nickte.

„Ja, vielleicht hast du recht."

Adon ging. Im flackernden Schein seiner Fackel folgte er dem Weg, der zum Lagerfeuer führte. Er rutschte auf einem der Steine aus, fing sich und murmelte etwas über Sune, ehe er verschwand.

„Wie geht es dir?" fragte Mitternacht. „Waren meine raffinierten Kochkünste nach deinem Geschmack?"

„Soll ich offen sprechen?" fragte Kelemvor.

Mitternacht lächelte. „Besser nicht."

„Dann fühle ich mich in der Lage, aus diesen Felsen ein Königreich zu schlagen."

Sie nickte. „Ich auch." Sie wies auf die Schätze. „Sollen wir?"

„Ja. Es ist immer ein Vergnügen, mit einem scharfen Verstand und einem klaren Kopf zusammenzuarbeiten, wenn es um derlei geht."

Mitternacht sah ihn an, doch er wandte seinen Blick nicht von dem Schatz. Vor ihnen lag das Gold auf einem Baumstumpf.

Es waren Rubine dabei, kleine Schmuckstücke und ein sonderbares Artefakt. Mitternacht beugte sich vor, um es genau zu betrachten. Sie stieß einen Freudenschrei aus, nahm den magischen Gegenstand und grinste Kelemvor an.

„Wir werden wohl *doch* durch fünf teilen müssen!"

Kel wich zurück. „Wie?"

„Dies ist eine Harfe aus Myth Drannor. Elminster ist bekannt dafür, daß er sie sammelt. Wenn alle Stricke reißen, können wir damit sein Interesse wecken."

Kel dachte darüber nach. „Was ist sie wert?"

Mitternacht ließ sich nicht entmutigen. „Das werden wir erst wissen, wenn uns jemand ein Angebot macht, nicht?"

„Ja. Guter Gedanke."

„All diese Harfen sollen magische Eigenschaften besitzen", sagte Mitternacht, als sie den Gegenstand betrachtete. Die Harfe war alt, aber früher einmal war sie strahlend schön gewesen. Die feinen Intarsien in Elfenbein und Gold hatte ein echter Künstler geschaffen, und ihr dunkelrotes Holz reflektierte das Feuer der Fackeln, als handle es sich noch um die ursprüngliche Politur. Mitternacht zupfte ungeschickt an den Saiten. Ein Ton erklang, ein sonderbarer, disharmonischer Fluß volltönender Noten, die lauter und lauter wurden. Kels Rüstung begann zu zittern, als würde sie von einer unsichtbaren Kraft angegriffen.

„MITTER... "

Auf einmal sprangen alle Klammern auf, und Kelemvors Rüstung fiel zu Boden.

„... NACHT!"

Kelemvor setzte sich hin, gekleidet nur in ein Kettenhemd, während die Teile seiner Rüstung um ihn verstreut auf dem Boden lagen. Mitternacht hatte den Mund geöffnet, sie bewegte ihre Kiefer lautlos, dann begann sie zu lachen, bis sie den Halt verlor und hinfiel.

„Sieh an!" Kel runzelte die Stirn.

„Bitte!" sagte Mitternacht warnend.

„Nein, ich meinte..." Der Kämpfer betrachtete seine Rüstung und seufzte.

Mitternacht setzte sich auf und holte tief Luft. „Das muß Methilds Harfe sein. Wenn ich mich recht erinnere, so weiß man von ihr, daß sie alle Stoffe teilt, alle Schlösser und Verschlüsse und so weiter öffnet."

„Verstehe", sagte Kel. Seine leichte Verärgerung wich vollends, als er ihr Lächeln sah. „Vielleicht wäre *jetzt* der geeignete Zeitpunkt für die Belohnung, über die wir gesprochen haben. Was meinst du?"

Mitternacht stand auf und wich zurück. „Ich glaube nicht", sagte sie, doch ihr Herz raste plötzlich wie wild.

Mitternacht wandte sich ab. Sie hörte, wie Kel aufstand, dann spürte sie seine Hand auf ihrer Schulter. Die Magierin biß sich auf die Lippe und starrte in den Schein der Fackel vor ihnen. Seine andere Hand schob sich langsam über ihre Taille, während Mitternacht zitterte, da sie gegen ihr eigenes Verlangen ankämpfte.

„Wir reden nur von einem Kuß", sagte er. „Einem einzigen Kuß. Wem soll der schaden?"

Sie lehnte sich gegen Kelemvor, der ihr sanft das Haar aus dem Nacken blies, während er den Griff um ihre Taille verstärkte. Mitternacht legte die Hand auf seine.

„Du hast mir versprochen, du würdest es mir sagen..."

„Was sagen?"

„Du warst in der Burg in Not. Du hast mich schwören lassen, daß ich dich belohne, damit du weitermachen konntest. Es ergab keinen Sinn."

„Es ergab Sinn", erwiderte Kelemvor und ließ sie los. „Aber manche Dinge *müssen* geheim bleiben."

Mitternacht drehte sich um. „Warum? Sag mir den Grund."

Kel zog sich in die Schatten zurück. „Vielleicht sollte ich dich von deinem Versprechen befreien. Die Folgen muß nur ich tragen, du mußt dir darüber keine Gedanken machen. Vielleicht wäre es so..."

Mitternacht wußte nicht, ob es am Licht lag oder ob Kels Haut wirklich dunkler geworden war. Das Fleisch unter seiner Haut schien in Bewegung zu sein.

„... besser", sagte der Kämpfer mit leiser, gutturaler Stimme. Er begann am ganzen Körper zu zucken, und es schien, als würde er vor Schmerz zusammenbrechen.

„Nein!"

Mitternacht rannte zu ihm, nahm sein Gesicht in die Hände und küßte ihn. Seine Brauen wirkten voller, das Haar wüst und dunkel, als würden die grauen Strähnen verschwinden. Seine stechenden grünen Augen wirkten wie smaragdenes Feuer. Als sie einander küßten, schien sich sein Körper zu entspannen, und er legte den Kopf in den Nacken, als wolle er etwas sagen.

Sie betrachtete sein Gesicht, das wieder aussah, wie sie es kannte. „Sprich nicht", sagte sie. „Wir müssen jetzt nicht reden."

Sie küßte ihn erneut, und diesmal übernahm er die Kontrolle über den Kuß und preßte sie eisern an sich.

Weder Kelemvor noch Mitternacht bemerkten, daß Cyric sich ihnen geräuschlos genähert hatte. Er sah, wie die beiden einander küßten und Kelemvor die Magierin hochhob, so daß ihre Füße den Halt verloren. Mitternacht hatte die Arme um seinen Hals gelegt, während er sie auf das Gold bettete. Sie lachte und öffnete die Verschlüsse ihrer Kleidung.

Cyric ging zurück zum Lagerfeuer. Er hatte den Kopf gesenkt und spürte, wie Wut in ihm aufstieg, als er hinter sich das Lachen der beiden hörte, das ihn zu verhöhnen schien.

Am Feuer angekommen sagte er zu Adon: „Leg dich hin, ich übernehme die Wache." Dann setzte er sich und starrte in die Flammen.

◆   ◆   ◆

Nach der Wache legte sich Cyric hin, um sich auszuruhen, doch er träumte, er sei wieder in den Gassen der Zentilfeste. Diesmal war er noch ein Kind, und ein gesichtsloses Paar führte ihn durch die Straßen und nahm Gebote von Passanten entgegen, denn es versuchte, ihn an den Meistbietenden zu versteigern.

Cyric schreckte hoch, und als er versuchte, sich an den Traum zu erinnern, konnte er es nicht. Er lag eine Weile wach und dachte daran, daß es eine Zeit gegeben hatte, in der Träume für ihn die einzige Möglichkeit zur Flucht gewesen waren. Aber das war lange her, und im Moment war er in Sicherheit. Er drehte sich um und fiel in einen tiefen, erholsamen Schlaf.

Adon ging nervös auf und ab, da er die Wildnis verlassen wollte. Mitternacht schlug ihm vor, er solle die Zeit nutzen, um Sune zu danken. Der Kleriker hielt inne, riß die Augen auf und murmelte: „Natürlich." Er mußte nur kurze Zeit suchen, dann hatte er eine Stelle gefunden, die sich als Altar eignete. Mitternacht und Kelemvor sagten weiter nichts, sondern lagen einfach eng umschlungen gegen einen großen schwarzen Felsblock gelehnt da und sahen in das Feuer, das sie entzündet hatten. Mitternacht beugte sich hinüber und küßte den Kämpfer, aber was noch vor Stunden völlig natürlich gewesen war, hatte jetzt etwas Unbequemes und Fremdartiges.

Die Helden weckten Cyric im ersten Lichtschein des Morgens und führten ihre Pferde vom Berg hinunter. Gegen Mittag hatten sie ein gutes Tempo erreicht, auch wenn ihr Frühstück – das sie aus dem Beutel genommen hatten – bei allen einen bitteren Nachgeschmack hinterlassen und einen verdorbenen Magen verursacht hatte.

Die Straße war an einigen Stellen beschädigt, und aus einer der Lavagruben, auf die die Abenteurer stießen, sprangen große silberne Fische mit scharfen Zähnen in die Luft. Hin und wieder schien die Sonne an der falschen Stelle am Himmel zu stehen, und die Helden fürchteten, sich wieder im Kreis zu bewegen. Doch sie gingen weiter, und schon bald sah der Himmel wieder normal aus.

Während sich die Gruppe durch das zerklüftete Land voranbewegte, stieß sie auf viele seltsame Dinge, etwa riesige Felsblöcke, die von den bizarren Kräften, die beim Kampf zwischen Mystra und Helm freigesetzt worden waren, so bearbeitet worden waren, daß sie an das Gesicht eines Frosches erinnerten.

Ein Stück weiter schienen zwei gegenüberliegende Hügel gegeneinander Krieg zu führen. Ganze Felsblöcke und kleinere Felsbrocken wurden hin- und hergeschleudert und verursachten schallende Treffer. Die Kampfhandlungen wurden eingestellt, als sich die Reisenden näherten, und gingen augenblicklich weiter, sobald sie sich außer Reichweite befanden. Je weiter sich die vier von dem Ort entfernten, an dem Mystra gestorben war, desto seltener stießen sie noch auf sonderbare Vorkommnisse, und schließlich konnten sich die Helden ein wenig entspannen.

Sie machten Halt und schlugen auf einer Lichtung am Fuß eines großen Berges ihr Nachtlager auf, der von dem Chaos um Mystras Tod unberührt geblieben zu sein schien. Cyric mußte entsetzt feststellen, daß der Beutel mit den unerschöpflichen Vorräten leer war. Als er hineingriff, spürte er, wie etwas Kaltes, Feuchtes an seiner Hand leckte, woraufhin er den Beutel hastig wegwarf.

Sie mußten mit dem Essen auskommen, das sie bei sich trugen, aber sie waren überzeugt, daß es für die lange Reise reichen würde, die noch vor ihnen lag. Als Mitternacht und Cyric aber eine Mahlzeit zubereiten wollten, mußten sie erkennen, daß das Fleisch plötzlich verdorben war. Die Brote waren hart wie Stein, und die Früchte verfaulten bereits. Hastig aßen und tranken sie, was noch genießbar war, doch selbst das Bier hatte seinen Geschmack verloren und war zu bitter schmeckendem Wasser geworden.

Cyric war sehr ruhig. Nur wenn ein Thema aufkam, das ihn wirklich faszinierte, äußerte er seine Meinung – und das sehr enthusiastisch. Dann verfiel Cyric wieder in sein meditatives Schweigen und starrte in die Flammen des Lagerfeuers, während sich die Finsternis der Nacht um die müden Reisenden legte.

In dieser Nacht ging Mitternacht zu Kelemvor, der sie wortlos in die Arme nahm. Später beobachtete sie den Schlafenden und war fasziniert vom ruhigen Rhythmus seines Körpers. Sie lächelte. Wenn sie einander berührten, waren eine Kraft und Heftigkeit in seinen Bewegungen, solch wunderbare Leidenschaft, daß sie sich fragte, warum sie jemals an ihren Gefühlen für diesen Mann gezweifelt hatte. Es erstaunte sie, daß er nie geheiratet hatte – eine der wenigen Tatsachen über ihn, die sie ihm hatte entlocken können, bevor der Schlaf den Kämpfer an ihrer Seite überwältigte.

Mitternacht zog sich leise an und ging zu Adon, der die erste Wache hatte. Sie fand den Kleriker vor, als er gerade versuchte, einen kleinen Spiegel mit den Zehen festzuhalten, während er damit beschäftigt war, mit einem von Cyrics Dolchen Haare in seinem Gesicht zu entfernen, die ihn offenbar störten. Dann kümmerte er sich um sein Haar und fuhr mit einem silbernen Kamm hindurch, wobei er leise bis hundert zählte. Mitternacht löste ihn ab, und er begann, mit großer Sorgfalt sein Nachtlager zu richten. Kurz darauf schlief er tief und fest, im Gesicht ein zufriedenes Lächeln. Einmal während ihrer Wache hörte sie Adon flüstern: „Nein, Liebste, natürlich bin ich nicht entsetzt." Dann wurde seine Stimme so leise, daß sie nichts mehr verstand.

Als Mitternacht versuchte, Kelemvor zu wecken, damit er die nächste Wache übernahm, schlug er spielerisch nach ihr und versuchte, sie zu sich aufs Lager zu ziehen. „Kümmere dich um deine Pflichten", sagte sie, als er sich aufsetzte und die Arme nach ihr ausstreckte. Er sah sie an, grinste breit und verließ sie dann, ohne zu sagen, was ihm auf der Zunge zu liegen schien, was Mitternacht aber veranlaßt hätte, ihn auf der Stelle zu steinigen.

Kurz vor Morgen bekam Kel Hunger. Die Packpferde waren in der Nähe festgemacht, und er hatte keine Lust, bis zum gemeinschaftlichen Morgenmahl zu warten. Er verließ das Lagerfeuer und begab sich zu den Pferden. Der schwache Schein der Morgenröte genügte, um ihn erkennen zu lassen, daß beide

Pferde tot waren. Ein Stück weiter lagen die anderen beiden Tiere, die sie von Mystra bekommen hatten, auf der Seite und zitterten.

Kelemvor rief die anderen, und gemeinschaftlich betrachteten sie die Tiere. Es gab keinen erkennbaren Grund für den Zustand, in dem sie sich befanden. Nichts an ihnen wies auf den Angriff irgendwelcher Bestien hin, und es war auch kein Saboteur unter ihnen, der das zu verantworten gehabt hätte.

Als sie ihre Vorräte prüften, mußten die Helden feststellen, daß inzwischen alle Speisen völlig verdorben waren. Das Fleisch war von grünlichen, blasenwerfenden Geschwüren überzogen, seltsame schwarze Insekten krochen aus dem Obst hervor. Die Brote waren hart und verschimmelt. Die Getränke waren verdunstet. Nur das Wasser, das aus dem Becken der Kolonnade vor Burg Morgrab stammte, war noch genießbar.

Kelemvor warf einen Blick in die Taschen, in denen sich das Geld und die anderen Schätze befunden hatten. Er schrie auf, als er nur gelbe und schwarze Asche vorfand. Die Harfe aus Myth Drannor war völlig verrottet, und als Mitternacht sie in die Hand nehmen wollte, zerbrach sie in unzählige Stücke. In der Tasche, in der sich die Diamanten befunden hatten, war nur Staub. Die Magierin legte ihn zur Seite, da sie ihn noch bei einem Zauber verwenden konnte.

„Nein", flüsterte Kel und zog sich von Mitternacht zurück, die versucht hatte, ihn zu trösten. Er funkelte sie an. „Jetzt haben wir nur noch deine elende Queste!"

„Kel, nicht – "

„Es war alles umsonst!" schrie er und wandte der Magierin den Rücken zu.

Adon trat einen Schritt vor. „Was sollen wir essen?"

Kelemvor sah ihn über die Schulter an. Seine Augen und Zähne wirkten unnatürlich hell, als nähmen sie das erste Licht des Morgens auf und bündelten es. Seine Haut schien dunkler als sonst. „Ich werde etwas suchen", sagte er. „Ich werde für uns sorgen."

Cyric bot sich an, ihm zu helfen, doch Kel winkte ab, während er auf die Berge zulief. „Nimm wenigstens den Bogen mit!" rief Cyric ihm nach, doch Kelemvor ignorierte ihn und wurde vor dem von Schatten überzogenen Hügel zu einem dunklen Schemen.

„Die Götter haben's gegeben, die Götter haben's genommen", sagte Adon philosophisch und zuckte die Achseln.

Cyric stieß ein bitteres Lachen aus. „Deine Götter... "

Mitternacht hob ihre Hand, und Cyric sprach nicht zu Ende. „Nimm, was du von deinen Reittieren nehmen möchtest", sagte sie. „Dann sollten wir versuchen, ihnen das Ende so leicht wie möglich zu machen."

„Können wir denn gar nichts tun?" fragte Adon, dem die leidenden Tiere zu Herzen gingen.

„Doch", sagte Cyric und zog seine Klinge.

Mitternacht atmete schwer aus und nickte. Cyric schlug vor, zu warten, bis Mitternacht und Adon außer Sichtweite gelangt waren, doch sie waren der einhelligen Meinung, bleiben und den Tieren Trost spenden zu wollen, während Cyric sie von ihrem Leid erlöste.

♦ ♦ ♦

Stunden vergingen, in denen Kelemvor nicht zurückkehrte. Schließlich erklärte sich Adon bereit, nach ihm zu suchen.

Adon stieß auf tiefe Schatten und winzige unsichtbare Wesen, die seltsame Laute von sich gaben. Der Kleriker fragte sich, ob Kelemvor verletzt worden war oder ob er sie vielleicht verlassen hatte. Doch der Kämpfer hätte dann wohl sein Pferd mitgenommen, wurde Adon bewußt. Diese Erkenntnis spendete ihm aber wenig Trost, als er sich von den Schatten verschlucken ließ.

Etwas huschte über seinen Fuß. Adon stellte erleichtert fest, daß es sich um ein graues Eichhörnchen handelte, das plötzlich innehielt, ihn ansah und dann mit einem gewaltigen Satz die

Flucht ergriff, als der Kleriker in die Hocke ging, um in die blauen Augen des Tiers zu sehen. Er ging weiter durchs Dickicht der Bäume und schob jeden Zweig aus dem Weg, der sein Gesicht hätte zerkratzen können. Als er sich in eine höhere Region begab, fand Adon eindeutige Hinweise darauf, daß Kelemvor hier entlanggekommen war.

Adon gratulierte sich, daß er die Spur gefunden hatte, als er über Kelemvors Brustpanzer stolperte. Er war blutverschmiert. Behutsam nahm Adon den Kriegshammer vom Gürtel.

Ein Stück weiter entdeckte Adon den Rest von Kels Rüstung, der ebenfalls blutig war. Er dachte an Kels Geschick im Kampf und fragte sich, welche Bestie den Kämpfer zu Fall gebracht haben mochte.

In den Bäumen war eine plötzliche Bewegung auszumachen. Adon sah schwarzes Fell und gefletschte Zähne. Er verschluckte den Schrei nach Hilfe, da er fürchtete, so nur seine Position zu verraten. Der Kleriker verharrte einige Minuten lang völlig reglos, bis er hinter sich das Gebrüll eines Tiers hörte.

Adon machte sich gar nicht erst die Mühe, sich umzublicken, sondern folgte der Spur aus abgebrochenen Zweigen und aufgewühlter Erde. Dabei sah er nicht lange genug zu Boden, wodurch ihm entging, daß die Spuren, die von der Rüstung wegführten, als Fußabdrücke eines Menschen begannen und allmählich zu den Pfotenabdrücken eines großen Tiers wurden.

Adon wußte nicht, wie weit er gelaufen war, als er durch ein Geflecht aus Zweigen stürmte und mit einem Mal keinen Boden mehr unter den Füßen hatte. Ein Stück trug ihn sein Schwung durch die Luft, dann klatschte er ins Wasser.

Er kehrte an die Wasseroberfläche zurück, schüttelte den Schlamm aus dem Haar und sah sich um. *Ein Sumpf?* wunderte er sich. *Hier? Das ist doch Wahnsinn!*

Ob es nun Wahnsinn war oder nicht, es blieb die Tatsache, daß Adon an das morastige Ufer einer schönen und zugleich unheimlichen Landschaft schwimmen mußte, das von einem weichen, bläulich-weißen Leuchten erhellt wurde. Das Sonnenlicht wurde von Moosen aufgefangen, die von den großen schwarzen Zypressen herunterhingen und deren Leuchten erkennen ließ, wie komplex ihre Struktur war. Das Moos schien sich zu strecken, je weiter es nach unten reichte, und hier und da berührte es gar ganz sanft die Oberfläche des Sumpfs. Riesige Lotosblätter trieben auf Adon zu, und als er an Land kletterte, sah er einen hübschen Schmetterling mit Flügeln in Silber und Orange, der vor seinen Augen aus einem Kokon schlüpfte. Ein einsamer Reiher setzte sich in Bewegung, als Adon sich ihm näherte, dann ergriff er die Flucht, wobei er leise, plätschernde Geräusche verursachte, während er sich aus dem Wasser erhob.

Adon entstieg dem Sumpf und bemerkte angewidert, wie seine gute Kleidung nun aussah. Plötzlich aber erstarrte er, als er ein Brüllen und dazu ein Geräusch irgendeiner Bestie hörte, die sich über ihm durch den Wald bewegte. Aber die Geräusche verstummten so plötzlich, wie sie begonnen hatten. Adon sah sich vergeblich nach einem Versteck um. Gruppen von leuchtend gelben und roten Blättern überzogen die dürren grauen Bäume in seiner Nähe, aber es gab kaum etwas, das dem Kleriker als Schutz dienen konnte, als er sich langsam wieder den Hügel hinauf zu der Lichtung bewegte, von der aus er in den Sumpf gefallen war.

Auf dem Weg dorthin fand Adon seinen Kriegshammer. *Gut*, dachte er. *Wenigstens werde ich im Kampf fallen.*

Wie Kelemvor.

Die Kreatur im Wald heulte wieder, und sofort rannte Adon los, der sich bei jedem Schritt sagen mußte, daß er nicht um Hilfe rufen durfte. Schließlich erreichte er die Lichtung, doch eine große schwarze Gestalt schlich dort hin und her und versperrte ihm den Weg.

Er blieb stehen.

Es war ein Panther, der ein Wild erlegt und so verstümmelt hatte, daß es kaum noch zu erkennen war. *Etwas so Natürliches*, dachte Adon. *Und ich dachte, es sei irgendein schrecklicher Troll.*

Der Panther warf den Kopf von einer Seite zur anderen, als sei er benommen. Adon betete zu Sune, die Bestie möge mit ihrer Beute zufrieden sein. Gerade wollte er einen Schritt nach hinten machen, als der Leib des Tiers heftig geschüttelt wurde. Es warf den Kopf nach hinten, und einen Moment lang sah Adon die leuchtend grünen Augen. Das Tier wand sich vor Schmerz, als plötzlich eine Menschenhand aus seiner Kehle hervorplatzte.

Adon ließ vor Schreck den Hammer fallen, der schwer auf dem Waldboden aufschlug. Die Kreatur bekam davon nichts mit. Eine zweite blutige Hand brach aus der Flanke der Bestie hervor, dann hörte Adon, wie der Brustkorb aufplatzte und sah, wie Kelemvors Kopf durch die entstandene Öffnung geschoben wurde. Einer der Läufe der Bestie platzte auf, zum Vorschein kam ein bleiches, verschrumpeltes Bein, dessen Größe zu einem Kind zu passen schien. Doch schon im nächsten Moment begann das Bein zu wachsen, bis es die Ausmaße wie bei einem erwachsenen Mann erreicht hatte, und der verdrehte Fuß an diesem Bein dehnte sich und gab krachende Geräusche von sich, als die Knochen den ihnen zugedachten Platz einnahmen.

Ein zweites Bein kam zum Vorschein, und der Wachstumsprozeß wiederholte sich, als das Ding, das irgendwie zu Kelemvor wurde, aus der Hülle der schwarzen Bestie herausplatzte. Der Kämpfer gab einen erschöpften Laut von sich, als er zu Boden stürzte. Schon begann sich auf seiner nackten Haut das Netz seiner Körperbehaarung abzuzeichnen.

Adon bückte sich, um seinen Hammer aufzuheben. Er schob sich langsam vorwärts und fühlte, wie ihm ein Schauder über den Rücken lief, als er sich dem Kämpfer näherte. „Kelemvor?" fragte er, doch obwohl die Augen des Mannes weit aufgerissen waren, nahmen sie nichts wahr. Kelemvor atmete flach, und unter seiner Haut platzten kleine Äderchen, während sein Fleisch sich so veränderte, daß es allmählich seinem wahren Alter entsprach.

„Kelemvor", sagte Adon noch einmal, segnete den Mann dann und verließ die Lichtung. Er fand den Rückweg problemlos und durchquerte kurze Zeit später erneut das Dickicht, bis er das Lager erreichte. Mitternacht und Cyric warteten schon.

„Und? Hast du ihn gefunden?" fragte Mitternacht.

Adon schüttelte den Kopf. „Nein, aber ich würde mir keine Sorgen machen", antwortete er. „Im Tal hinter dem ersten Hügel gibt es genügend Gelegenheit zur Jagd und für ein wenig Ruhe. Ich bin sicher, daß er beides genießt und bald zurückkehren wird."

Adon berichtete von dem merkwürdigen Sumpf, der sich hinter dem ersten Kamm gebildet hatte, und dann waren auch schon die Geräusche eines Mannes zu hören, der sich durch das Grün bewegte. Mitternacht und Cyric trafen am Fuß des Vorgebirges mit Kel zusammen. Das Blut, das auf seiner Rüstung getrocknet war, hätte ebensogut von dem toten Wild stammen können, das er über die Schulter geworfen hatte. Cyric half ihm, die Beute ins Lager zu tragen.

Adon beobachtete den Kämpfer, der außer der Mahlzeit vor sich nichts wahrzunehmen schien. Einmal sah er auf und warf dem Kleriker einen stechenden Blick zu. „Was ist los? Hast du vergessen, das Essen zu segnen?" fragte er bitter.

„Nein", erwiderte er. „Ich... ", er machte eine ausholende Geste, „... ich war in Gedanken."

Kel nickte und widmete sich wieder seinem Essen. Als sie satt waren, legten Adon und Cyric alles noch brauchbare Fleisch zusammen und wickelten es fürs Abendessen ein.

„Ich muß mit dir reden", sagte Kel. Mitternacht nickte und folgte ihm zur Straße. Sie hatte bereits gespürt, daß er etwas sagen wollte, und war nicht überrascht, als er sie dann schließlich ansprach. „Es muß eine Belohnung geben, sonst kann ich nicht mit."

Mitternachts Enttäuschung war offensichtlich. „Kel, das ergibt doch keinen Sinn. Früher oder später mußt du mir sagen, was das soll."

Kelemvor erwiderte nichts.

Mitternacht seufzte. „Was soll's diesmal sein, Kel? Das gleiche wie letztes Mal?"

Er senkte den Kopf. „Es muß jedesmal etwas anderes sein."

„Was sollte ich dir sonst geben?" Sie legte eine Hand auf Kels Wange.

Kel faßte grob danach und schob sie fort, so daß sie ihn nicht umarmen konnte. „Es ist egal, was ich begehre, es zählt nur, was du zu geben bereit bist! Die Belohnung muß etwas sein, das für dich von Wert ist, und sie muß dem entsprechen, was ich zu tun bereit bin, um sie mir zu verdienen."

Mitternacht konnte ihren Zorn kaum zügeln. „Was wir beide haben, ist für mich wertvoll."

Kel nickte. „Für mich auch."

Mitternacht trat einen Schritt vor, blieb aber stehen, ehe sie nahe genug war, um den Kämpfer zu berühren. „Sag mir, was es ist. Ich kann dir helfen... "

„Niemand kann das!"

Sie sah Kel erstaunt an. In seinen Augen erkannte sie die gleiche heftige Verzweiflung wie auf Burg Morgrab. „Unter bestimmten Bedingungen", sagte Mitternacht.

„Ich höre."

„Du reitest mit. Du verteidigst uns gegen Angriffe. Du wirst beim Kochen und beim Aufschlagen des Lagers helfen. Du wirst alle Informationen mit uns teilen, die für unsere Sicherheit und unser Wohlergehen von Bedeutung sind, selbst wenn es nur deine Meinung ist." Mitternacht holte Luft. „Und du wirst jeden direkten Befehl ausführen, den ich dir gebe."

Schattental

„Meine Belohnung?" fragte Kelemvor.

„Mein *wahrer Name*. Ich werde dir meinen *wahren Namen* nennen, nachdem wir mit Elminster gesprochen haben."

Kel nickte. „Das wird genügen."

Die Abenteurer ritten den Rest des Tages weiter, wobei sie sich wieder damit begnügen mußten, jeweils zu zweit zu reiten. Als sie am Abend ihr Lager aufgeschlagen und gegessen hatten, begab sich Mitternacht nicht zu Kel. Statt dessen saß sie bei Cyric und leistete ihm während der Wache Gesellschaft. Sie sprachen über die Orte, die sie gesehen hatten, wobei keiner von ihnen verriet, was sie in diesen fremden Ländern getan hatten.

Nach einiger Zeit wurde Mitternacht müde und ließ Cyric allein, um sich hinzulegen. Sie fiel in einen tiefen, erholsamen Schlaf, der jäh gestört wurde, als sie das Bild einer schrecklichen schwarzen Bestie mit leuchtend grünen Augen und einem Maul voller Reißzähne sah. Sie schreckte hoch und riß die Augen auf. Einen Moment lang glaubte sie, winzige bläulich-weiße Feuer auf der Oberfläche des Amuletts zu sehen, doch war das unmöglich. Mystras Macht war auf die Göttin zurückübertragen worden, und diese war getötet worden.

Sie hörte ein Geräusch und griff nach ihrem Messer, sah dann aber, daß Kel vor ihr stand.

„Zeit für deine Wache", sagte er und verschwand in der Nacht.

Als Mitternacht am Feuer saß, suchte sie die Finsternis nach Kelemvor ab, konnte ihn aber nirgends sehen. Ein Stück von ihr entfernt lag Cyric und wälzte sich im Schlaf umher, da ihn Alpträumen plagten.

Adon fand keinen Schlaf. Ihm machte das Geheimnis zu schaffen, das er erfahren hatte. Kel schien sich nicht an Adons Anwesenheit erinnern zu können, als er sich vom Panther zum Menschen verwandelt hatte. Oder gab Kelemvor nur vor, sich nicht zu erinnern? Adon wollte gerne jemandem anvertrauen, was er gesehen hatte, doch fühlte er sich als Kleriker dazu verpflichtet, die Privatsphäre des Kämpfers zu wahren. Es schien ihm klar, daß er Kelemvors Geheimnis wahren mußte, bis der Mann sich entweder aus eigenem Antrieb seinen Gefährten anvertraute oder für die Gruppe zur Gefahr wurde.

Adon sah in die Nacht und betete, daß er sich richtig entschieden hatte.

♦ ♦ ♦

Tempus Schwarzdorn entzündete eine Fackel, bevor er in den Tunnel trat, dann nahm er die Vorräte, die er beschafft hatte. Der Tunnel war fachmännisch angelegt worden. Wände und Decke waren vollkommen zylindrisch, und der Boden war ein langer, sechzig Zentimeter breiter, ebener Weg. Die Wände hatte man poliert und mit einer Substanz versiegelt, die nach dem Trocknen wie Marmor aussah. Schwarzdorn bedauerte, daß die Handwerker hatten sterben müssen und ihr Tod mit einem tragischen Unfall erklärt worden war. Er fragte sich, ob ihm irgend jemand die Geschichte abnahm.

In der Kammer über ihm gab Tyrannos unzusammenhängende Worte in einer Sprache von sich, die Schwarzdorn noch nie gehört hatte. Der Gesandte horchte aufmerksam, während er auf den steinernen Stufen nach oben ging und dabei auf jenen Ablauf achtete, den er zusammen mit Fürst Tyrannos eingerichtet hatte, um vor Eindringlingen gefeit zu sein: rechter Fuß auf die erste Stufe, linker Fuß auf die dritte. Rechter Fuß schloß zum linken auf der dritten Stufe auf. Dann links eine Stufe, rechts zwei Stufen weiter, danach alle Schritte in umgekehrter Reihenfolge und in einer anderen Kombination wieder nach oben. Jeder, der davon abwich, würde von den Fallen, die Tyrannos eingerichtet hatte, in Scheiben geschnitten werden.

Schwarzdorn balancierte auf einem Bein, als er versuchte, die Besorgungen nicht fallen zu lassen. Er berührte den Hebel an der Wand, zog ihn drei Rasten zurück, schob ihn neun vor und zog ihn dann wieder zwei zurück. Die Wand vor ihm verschwand, und Schwarzdorn trat in Tyrannos' Geheimkammer ein.

Der Magus wandte sich ab von dem Anblick, den Tyrannos' dunkles, blasenwerfendes Fleisch und der blutige Speichel an seinem Mund boten. In der Mauer neben dem Schwarzen Fürsten klaffte ein Loch. Schwarzdorn sah, daß eine der Verankerungen aus der Wand gerissen worden war. Das Bettgestell war schon vor längerer Zeit zertrümmert worden, die Matratze lag in Fetzen. Tyrannos schrie, sein Körper zuckte heftig, während er sich weiter in den Wutanfall hineinsteigerte.

Schwarzdorn begann, sich eine neue Entschuldigung für die Abwesenheit des Schwarzen Fürsten zurechtzulegen, als der Lärm hinter ihm schlagartig verstummte. Er drehte sich um und sah, daß Tyrannos sich nicht regte. Der Gesandte näherte sich langsam seinem Gott und fürchtete schon, Tyrannos' Herz könnte stehengeblieben sein. Im Raum hing der Gestank des Todes.

„Fürst Tyrannos", rief Schwarzdorn, und Tyrannos riß die Augen auf. Eine klauenbewehrte Hand raste auf Schwarzdorns Kehle zu, doch der Gesandte wich zurück und entging dem Hieb. Tyrannos richtete sich auf.

„Wie lange?" fragte er nur.

„Es freut mich zu sehen, daß es Euch gutgeht!" Schwarzdorn fiel auf die Knie.

Tyrannos riß die verbliebenen Verankerungen aus der Wand und öffnete die Fesseln an seinen Fuß- und Handgelenken. „Ich habe eine Frage gestellt."

Schwarzdorn berichtete Tyrannos alles, was sich in der finsteren Zeit seit seiner Rettung aus der Burg Morgrab zugetragen hatte. Der Schwarze Fürst saß auf dem Boden, hatte sich an die Wand gelehnt und hörte zu. Gelegentlich nickte er.

„Wie ich sehe, sind meine Wunden geheilt", sagte Tyrannos.

Schwarzdorn lächelte voller Begeisterung.

„Jedenfalls die körperlichen. Aber da ist immer noch die Sache mit meinem Stolz."

Das Lächeln verschwand von Schwarzdorns Lippen.

„Ja. Mein lachhafter menschlicher Stolz... " Tyrannos hielt seine Klauen hoch. „Aber ich bin kein Mensch", sagte er zu Schwarzdorn. „Ich bin ein Gott."

Der Angesprochene nickte.

„Hilf mir beim Ankleiden", sagte Tyrannos, und Schwarzdorn eilte herzu. Während sie mit Tyrannos' schwarzer Rüstung beschäftigt waren, stellte der Gott Fragen zu bestimmten Anhängern und erkundigte sich danach, welche Fortschritte bei seinem Tempel gemacht worden waren.

„Und die Menschen, die Mystra in der Burg Morgrab retteten?" fragte Tyrannos schließlich. „Was ist mit ihnen?"

Schwarzdorn schüttelte den Kopf. „Ich weiß es nicht."

Eines der Rubinaugen in Tyrannos' Panzerhandschuh öffnete sich weit. Der Schwarze Fürst verzog das Gesicht. Das Denken des dunklen Gottes kreiste um die Erinnerungen an Mystras letzte Augenblicke und ihre Warnung an die dunkelhaarige Magierin.

„Wir werden sie finden", sagte er. „Sie werden nach Schattental reisen, um sich die Hilfe des Magiers Elminster zu sichern."

„Wollt Ihr, daß sie gefangengenommen werden?"

Tyrannos blickte irritiert auf. „Ich will, daß sie getötet werden." Tyrannos sah wieder zu dem Panzerhandschuh. „Und dann will ich, daß mir der Anhänger der Frau gebracht wird. Nun geh. Ich werde dich rufen, wenn ich bereit bin." Schwarzdorn nickte und verließ den Raum.

Der Schwarze Fürst sank gegen die Wand, sein Körper zitterte. Er war sehr schwach – nein, korrigierte sich Tyrannos. Der Leib, in dem er sich befand, war sehr schwach. Tyrannos, der Gott, war unsterblich und gegen solche Nichtigkeiten immun, ganz egal, wie sich seine Situation gestaltete. Tyrannos genoß die ersten Augenblicke wahrer Klarheit, seit er aus dem Heilschlaf erwacht war, dann überlegte er, welche Möglichkeiten ihm offenstanden.

Helm hatte Mystra gefragt, ob sie im Besitz der Tafeln des Schicksals sei. Als sie ihm angeboten hatte, statt dessen die Identität der Diebe preiszugeben, hatte er sie vernichtet. Das Geheimnis, das er mit Fürst Myrkul teilte, war sicher.

„Ihr seid doch nicht allwissend, Fürst Ao", flüsterte Tyrannos. „Der Verlust der Tafeln hat Euch geschwächt, wie Myrkul und ich vermutet hatten."

Tyrannos wurde bewußt, daß er diese Worte in einem leeren Raum laut ausgesprochen hatte. Er spürte Kälte in seiner Essenz. Es gab immer noch Reste von Menschlichkeit, die er diesem Avatar austreiben mußte. Doch das mußte warten. Zumindest war sein Streben nach Macht keine menschliche Marotte gewesen. Die Queste hatte mit dem Diebstahl der Tafeln begonnen und würde mit der Ermordung Aos enden.

Aber es gab noch Hindernisse, die Tyrannos überwinden mußte, ehe er seinen Endsieg erringen konnte.

„Elminster", sagte er leise. „Vielleicht sollten wir uns treffen."

In der dunkelsten Stunde des Morgens stand Tyrannos vor einer Versammlung seiner Anhänger. Nur die, die im höchsten Rang waren oder die größten Privilegien genossen, waren zugegen, als Tyrannos auf seinem Thron Platz nahm und sich seinen Anhängern zuwandte. Er vernetzte den Geist jedes einzelnen mit den anderen, damit sie alle seinen Fiebertraum von Ruhm und unglaublicher Macht teilen konnten. Ohne ein Wort zu sagen, hatte Tyrannos die Menschen in Rage versetzt.

Fzoul Chembryl hatte die lauteste Stimme von allen, und er sprach mit der größten Leidenschaft von Tyrannos' Sache. Zwar wußte der Gott der Zwietracht, daß Fzoul sich in der Vergangenheit seinem Willen widersetzt hatte, aber seine Bewunderung für den rothaarigen Priester wuchs, als sich Fzoul für die Auflösung der Zentarim – deren stellvertretender Anführer Fzoul selbst war – einsetzte und die Reformation des Schwarzen

Netzwerks unter der alleinigen Autorität Tyrannos' forderte. Natürlich bat Fzoul zugleich darum, für den Posten des Führers dieser Kräfte in Erwägung gezogen zu werden, doch die Entscheidung läge ausschließlich bei Tyrannos.

Der Schwarze Fürst lächelte. Es gab nichts besseres als einen Krieg, um Menschen zu motivieren. Sie würden gegen Schattental marschieren, und Tyrannos persönlich würde die Truppen anführen. In der Hektik des Gefechts würde sich Tyrannos davonstehlen und den aufrührerischen Elminster aus dem Weg räumen. In der Zwischenzeit würden Attentäter ausgeschickt, um Mystras Magierin abzufangen, bevor sie den Anhänger an den Weisen von Schattental übergeben konnte. Eine weitere Gruppe würde ausgeschickt, um die lästigen Ritter von Myth Drannor zu beschäftigen. Zufrieden mit seinem Plan kehrte Tyrannos in seine geheime Kammer zurück.

In dieser Nacht träumte der Gott der Zwietracht nicht, was für ihn gut war.

9
DER HINTERHALT

Jedesmal, wenn der kahlköpfige Mann zu schlafen versuchte, hatte er unvermeidlich den immer gleichen schockierenden Alptraum. Er erwachte fast augenblicklich, wenn der Traum einsetzte, doch dann erkannte er, daß dieser nur die Wirklichkeit widerspiegelte. Sein Alptraum war eine Erinnerung an die großflächigen Verwüstungen, die er und seine Männer vorgefunden hatten, als sie von Arabel zu dem Ort gereist waren, an dem einst die Burg Morgrab gestanden hatte.

Irgend etwas sagte dem Kahlköpfigen, daß sein Lager sich nahe der Stelle befand, die das Auge eines übernatürlichen Sturms gewesen war. Die Auswirkungen hatten sich fast bis Arabel erstreckt, waren aber dann zum Stillstand gekommen. Die Bewohner der Stadt hinter den Mauern waren erleichtert gewesen, daß ihr Zuhause verschont worden war, doch ein Blick von einem der Wachtürme genügte, um die beunruhigenden Veränderungen der Landschaft zu sehen und zu erkennen, wie knapp die Stadt ihrer Vernichtung entgangen war.

Tymora war an dem Tag, an dem die sonderbaren Lichter aus dem Norden den Himmel erfüllt hatten, einem entsetzlichen Angriff ausgesetzt gewesen. Die Göttin war daraufhin in einen schweren Schockzustand verfallen, aus dem sie sich noch nicht gelöst hatte, als der Kahlköpfige und seine Gesellschaft der Morgenröte die Stadt verlassen hatten, um Kelemvor und dessen Komplizen aufzuspüren. Tymoras Anhänger hatten unablässig Gottesdienste abgehalten, doch die Göttin saß nur auf ihrem Thron, reagierte auf keinen Ruf und starrte auf etwas, das sich der menschlichen Wahrnehmung entzog.

Der kahlköpfige Mann verwarf die Alpträume und Erinnerungen und versuchte, wieder einzuschlafen. Am kommenden Morgen würden er und seine Männer von diesem unangetastet gebliebenen Ort der Schönheit aufbrechen, einer schön anzusehenden Kolonnade, die einst ein Schrein für die Götter gewesen sein mochte. Das kühle, sprudelnde Naß in dem prächtigen Becken hatte zwar seinen Männern Erfrischung geboten, aber es hatte nicht die Erinnerungen an die gewaltige Zerstörung fortspülen können, die sie mitangesehen hatten.

Zwar war er kein gläubiger Mensch, dennoch schickte der Kahlköpfige ein Stoßgebet an Shar, die Göttin der Vergeßlichkeit. Fast schien es, als sei sein Gebet erhört worden, da gellte ein Schrei durch die Nacht. Der kahle Mann sprang auf.

„Da!" rief einer seiner Männer und deutete auf den blonden Kämpfer, der am Hals gepackt und hochgehoben worden war. Die Haut des Angreifers des Mannes schien kalkweiß zu sein, und der Mondschein warf ein unwirkliches Licht auf die kopflose Statue.

„Die Statuen", rief ein anderer Mann. „Sie leben!"

Der Kahlköpfige hörte ein leises Geräusch hinter sich und drehte sich um. Sein Blick ruhte auf der Statue der Liebenden, die noch immer miteinander verbunden waren. Die Steinhand des Mannes war eins mit dem Rücken der Frau. Die steinernen Liebenden bewegten sich wie ein Wesen und schossen mit einer Geschwindigkeit nach vorn, auf die der Kahlköpfige nicht gefaßt war.

Zahlreiche Schreie gellten durch die Nacht.

♦ ♦ ♦

Die Berge des Gnoll-Passes waren hinter Kelemvor und seinen Gefährten zu sehen, doch die Reiter sahen sich nicht allzuoft um. Hätten sie es getan, dann wäre ihnen aufgefallen, wie die Berge vor dem sanften Blau des Himmels schimmerten, als wären die stolzen Gipfel nichts weiter als eine Illusion.

Schattental

Die Entscheidung, der Straße nach Norden zu folgen und in Richtung Tilverton zu reiten, hatten sie einstimmig getroffen. Nicht einmal Kelemvor hatte etwas gegen diese Änderung ihrer Pläne einzuwenden gehabt, obwohl er es eilig hatte, nach Schattental zu kommen und den Auftrag hinter sich zu bringen. Bevor die Packpferde gestorben waren und sich ihre Nahrung und Vorräte in Staub verwandelt hatten, hätte er vielleicht etwas einzuwenden gehabt. Doch jetzt war klar, daß sie einen Zwischenstopp einlegen und neue Vorräte beschaffen mußten, bevor sie die Schattenkluft durchqueren konnten, um nach Schattental zu reisen.

Kelemvor und Adon teilten sich die meiste Zeit ein Pferd, genauso Mitternacht und Cyric. Neben dem Verlust war diese Unbequemlichkeit das größte Ärgernis für die Helden, so daß es nicht lange dauerte, bis die Nerven von Reitern und Reittieren blank lagen.

Die Helden waren am Ende eines langen Ritts durch die fahlen Weiten der trügerischen Steinländer, als sie fünfhundert Meter abseits der Straße eine Gruppe Reisender entdeckten. Aus der Ferne wirkte das Gelände noch flach und ungefährlich und stellte eine einladende Alternative zu der langen, gewundenen Straße vor ihnen dar. Doch als sie näherkamen, wurden verborgene Kämme sichtbar, und die Fallen, die dieses Gebiet aufzuweisen hatte, wurden offensichtlich.

Die Reisenden hatten offenbar die Straße verlassen, weil sie hofften, so Zeit sparen zu können, doch dabei waren sie in eine Untiefe in der Oberfläche der Region geraten. Ihr Wagen war umgestürzt, die Pferde waren unter seinem Gewicht erdrückt worden. Einige Personen lagen auf dem ebenen grauen Boden neben dem Wagen, und der Wind trug das Schluchzen verzweifelter Frauen bis zu den Abenteurern. Adon war der erste, der Kelemvor drängte, als der Kämpfer den Blick abwandte.

„Wir können nichts tun. Die Behörden in Tilverton können jemanden schicken", sagte Kelemvor.

„Wir können sie nicht einfach sich selbst überlassen", warf Mitternacht ein, die über Kels Einstellung entsetzt war.

Kelemvor schüttelte den Kopf. „Ich schon."

„Das sollte mich eigentlich überraschen", sagte Mitternacht. „Aber dann wieder wundert es mich gar nicht. Hat für dich alles einen Preis, Kelemvor?"

Kelemvor warf der Magierin einen wütenden Blick zu.

„Wir können sie nicht im Stich lassen", meinte nun auch Adon. „Einige von ihnen könnten verletzt und auf die Dienste eines Klerikers angewiesen sein."

„Was willst du denn schon tun?" fragte Cyric energisch. „Du kannst doch nicht heilen."

Adon sah zu Boden. „Das ist mir klar."

Mitternacht sah zu Kel. „Was sagst du, Kelemvor?"

Kelemvors Augen waren eiskalt. „Es gibt nichts, was ich sagen könnte. Wenn du dich auf eine solche Dummheit einlassen willst, dann ohne mich!" Er sah Mitternacht an. „Es sei denn natürlich, du *befiehlst* es mir."

Mitternacht wandte den Blick vom Kämpfer ab und sah zu Cyric, der bei ihr mitritt. Der einstige Dieb nickte, woraufhin sie in Richtung der glücklosen Reisenden galoppierte.

Adons Bitten stießen auf taube Ohren, bis Kelemvor schließlich vom Pferd sprang und dem Kleriker ein Zeichen gab, hinüberzureiten.

„Geh", sagte er. „Ich warte hier."

Adon sah den wütenden Kämpfer mit einer Mischung aus Mitleid und Verwirrung an.

„Geh!" schrie Kelemvor und versetzte dem Pferd einen Schlag mit der flachen Hand, das sofort Mitternacht und Cyric hinterherritt.

Mitternachts Pferd legte die Distanz rasch zurück, doch die schluchzende Frau schien die nahenden Reiter nicht zu bemerken. Als Cyric und Mitternacht nahe genug waren, sahen sie, daß ihr hellblauer Rock voller Blut war, das längst getrocknet und unangenehm braun geworden war. Die Beine der Frau waren von der Sonne stark gebräunt, ihre Hände wirkten hart und schwielig, als sie über den Leichnam eines vor ihr liegenden Mannes strich. Sie hatte blondes, verfilztes Haar, das ihr ins Gesicht fiel. Den Kopf des Mannes hatte sie an die Brust gedrückt, während sie sanft hin- und herschaukelte.

„Seid Ihr verletzt?" fragte Mitternacht, als sie vom Pferd stieg und zu der Frau ging. Die Magierin bemerkte, daß die Frau jünger war, als sie zunächst geglaubt hatte. Genaugenommen wirkte sie fast nicht einmal alt genug, um die Ehre des Eherings zu verdienen, den ihre Hand schmückte.

Der Mann trug eine enge Lederhose, die Sohlen seiner Stiefel waren fast durchgelaufen. Sein hellblaues, zerknittertes Hemd war mit braunen Flecken übersät. Die Magierin konnte in der Nähe des Mannes keine Waffen ausmachen.

Als Adon zu den beiden aufschloß, erkannte Cyric, daß der Tote keinen Ring trug.

„Zurück!" schrie der einstige Dieb, als plötzlich sechs Männer rings um die Helden aus dem Sand geschossen kamen. Der Tote grinste breit, gab seiner „Frau" einen flüchtigen Kuß und griff nach einem Breitschwert, das zum Teil im dunklen Sand unter ihm vergraben war. Die Frau holte ein Paar Dolche unter dem Rock hervor, sprang flink auf und ging in eine leichte Lauerstellung, während sie sich den anderen anschloß, die unablässig um ihre Beute kreisten und immer näher kamen.

Kel, der an der Straße stand, fluchte, als er sah, wie die Falle zuschnappte. Ihm war klar, daß Mitternacht von ihm erwartete, daß er sie verteidigte. Er stürmte auf die Gestalten zu, die in einiger Entfernung standen. Gerade zog er sein Schwert, als etwas am Ohr des Kämpfer vorbeihuschte. Er fühlte eine kalte Brise, und der Gegenstand zischte leise an ihm vorbei. Kelemvor sah, wie ein Pfeil mit Stahlspitze ein Stück von ihm entfernt im Sand landete.

Hinter sich hörte er Rufe. Er ignorierte die Stimmen der wütenden Männer und konzentrierte sich statt dessen auf das leise Geräusch, wenn die Bögen gespannt und die Pfeile abgeschossen wurden. Der Kämpfer drehte sich um und ging auf die Knie. Sein Schwert blitzte auf, als es zwei der drei Pfeile zerschnitt, die ihn zweifellos gefällt hätten.

Kelemvor sah sich drei Bogenschützen gegenüber, die sich auf der anderen Seite der Straße aus dem schmutzigen Sand gewühlt hatten. Hinter ihm hörte er aus der Ferne Stahl auf Stahl. Kelemvor wußte, daß Mitternacht, Cyric und Adon auch um ihr Leben kämpften.

„Wir besitzen nichts", rief Kelemvor den Bogenschützen zu, die erneut drei Pfeile auf ihn abschossen, und rollte sich zur Seite weg. Der Anblick eines Pfeils, der dicht über sein Gesicht hinwegflog, machte ihm die Aussichtslosigkeit der Situation klar. Ganz egal, wohin er auswich, einer der drei Schützen würde immer in die richtige Richtung zielen. Seine Rüstung bot kaum Schutz gegen die Langbogen der Angreifer, und da sein Kopf völlig ungeschützt war, sahen die drei Meister ihres Fachs in ihm zweifellos das ideale Ziel.

Die Schützen bewegten sich ein Stück nach vorn und über die Straße, wo sie erneut Stellung bezogen. Dann versuchten sie eine neue Taktik, indem sie nicht mehr gleichzeitig auf ihn schossen, sondern sich abwechselten. Im nächsten Moment war Kelemvor unter Dauerbeschuß, da der erste Schütze schon neu anlegte, während der dritte die Sehne losließ.

Bei dem umgestürzten Wagen hatte der Kampf verzweifelte Ausmaße angenommen. Mitternacht sah, daß der Bolzen einer Armbrust auf Cyrics Rücken zielte. Ihr erster Gedanke war, einen Zauber zu sprechen, um den einstigen Dieb zu retten. Aber sie hatte weder Zeit dafür, noch konnte sie sagen, ob ihr Zauber funktionieren oder versagen würde. Sie ging in die Hocke und warf ihren Dolch, der sich in die Kehle des Angreifers bohrte.

Schattental

Der stählerne Pfeil geriet außer Kontrolle, als der Mann reflexartig den Abzug betätigte, und flog hoch über Cyrics Kopf.

Cyric, der von dem Angreifer mit der Armbrust nichts ahnte, kämpfte gegen den Anführer der Bande. Seine Handaxt hatte sich gegen das Breitschwert seines Widersachers als unpraktisch erwiesen. Er täuschte links an, weil er hoffte, den Mann so zu sich zu locken und zu entwaffnen. Doch der Schwertträger fiel nicht auf den Trick herein, sondern führte einen Hieb, der Cyrics Kehle nur um wenige Fingerbreit verfehlte. Der einstige Dieb rollte sich ab und schaffte es, seine Axt tief in den Knöchel des Angreifers zu jagen und dabei fast den Fuß abzutrennen. Der Mann stürzte. Seine Klinge hatte er gegen Cyric gerichtet, doch der tauchte unter der Klinge weg und stieß seine Axt mit aller Kraft nach oben. Der Bandit gab keinen Laut mehr von sich, als sich die Axt in seinen Hals fraß.

Cyric riß die blutverschmierte Waffe zurück. Ein scharfer, stechender Schmerz schoß durch seinen Körper, als ihn eine der Klingen traf, mit denen die „Frau" des Banditen hantierte.

Am Rand des Kreises, der sich um Mitternacht und Cyric formiert hatte, wurde Adon von Kelemvors Pferd gezerrt. Sein Kriegshammer löste sich aus dem Gurt, der ihn an Adons Seite hielt, und fiel zu Boden, während der Kleriker direkt daneben landete. Er packte die Waffe in dem Moment, als sich ein schmutziger Stiefel näherte, der auf seine Hand treten wollte. Adon packte den Stiefel und zog ihn zur Seite, woraufhin sein Träger, der ein Kurzschwert hielt, zu Boden ging. Fast im gleichen Moment wurde er hart von Adons Hammer getroffen. Der machte einen Satz nach vorn und entging nur knapp einem Messer, das ihn einen Teil seines ordentlich gekämmten Haars einschließlich der dazugehörigen Kopfhaut hätte kosten können. Auch dieser Angreifer wurde von Adons Hammer hart getroffen.

Adon hörte eine Bewegung hinter sich. Er drehte sich um und sah einen verdreckten Mann mit einem Kurzschwert auf sich zukommen, der ihm seine Waffe ins Herz jagen wollte. Noch ehe der Kleriker aber reagieren konnte, kollidierte ein anderer Bandit mit dem Kurzschwertträger und schleuderte ihn zu Boden. Adon sah zur Seite und erkannte, daß Mitternacht in einen Faustkampf verstrickt war. Ihr Gegner war ein stämmiger Mann mit stählernen Handschuhen. Er rammt ihr das Knie in den Magen und faltete die Hände, hob sie hoch über den Kopf und machte sich bereit, Mitternacht mit seinen gewaltigen Fäusten den Schädel einzuschlagen.

Adon erinnerte sich an seine stundenlangen Studien, rannte los und versetzte dem Mann einen so gewaltigen Schlag in den Rücken, daß dessen Wirbelsäule sofort zerschmettert wurde. Der Bandit fiel, die Augen weit aufgerissen, während Adon einen Schritt zur Seite machte. Er half Mitternacht auf, die ihn ungläubig ansah.

„Ein Anhänger Sunes muß dafür ausgebildet sein, die Geschenke zu beschützen, die ihm seine Göttin so großzügig gegeben hat", sagte Adon und lächelte.

Sie hätte fast gelacht, doch dann stieß sie den Kleriker aus dem Weg, um einen Zauber zu sprechen, der den nächsten Angreifer wie angewurzelt auf der Stelle stehenließ. Er ließ seine Waffe fallen und schüttelte sich, als wachse etwas Entsetzliches in ihm heran, dann verrollte er die Augen, während sein Fleisch dunkler wurde und zu Stein erstarrte. Eine einzelne Träne rann aus seinem Auge.

Mitternacht erstarrte. Sie hatte ein Kind niedergestreckt, nicht älter als fünfzehn Sommer. Sie hatte nur einen Schild errichten wollen, um den Hieb abzuwehren, den er landen wollte. Wie konnte ihn das zu Stein erstarren lassen?

Die Statue explodierte und übersäte die Umgebung mit kleinen schwarzen Steinbrocken.

Cyric war nahe genug, um die Explosion zu hören, und wich vor der jungen Frau mit dem wilden Blick zurück, die unablässig auf ihn einschlug. Die Wunde in seiner Seite blutete so stark, daß er spürte, wie das warme Blut bis auf sein Bein tropfte. Mit jeder Bewegung wurde der Schmerz heftiger. Er fiel über die Leiche des Schwertkämpfers, dessen hellblaues Hemd sich mit Blut vollgesogen und eine satte karmesinrote Farbe angenommen hatte. Die Hiebe der Frau kamen näher an seine Brust heran, woraufhin Cyric beschloß, das Risiko einzugehen. Mit der einen Hand packte er ihr Handgelenk, die andere schloß sich um ihren Hals.

Mit der freien Hand holte sie aus und bohrte ihre Fingernägel in sein Gesicht. Cyric drehte ihre Hand, in der sie den Dolch hielt, bis er ihre Knochen brechen hörte, dann stieß er sie von sich, so daß sie auf den harten Boden aufschlug. Ein häßliches Geräusch ertönte, als ihr Schädel brach, dann verschwand das Feuer aus ihren Augen. Ein kleines blutiges Rinnsal lief aus ihrem Mundwinkel, bahnte sich einen Weg an ihrem Hals entlang und kam in Höhe der Brüste zum Stillstand.

Sie war tot.

Etwas Düsteres und Schreckliches in Cyric bejubelte diese Erkenntnis, doch ein edlerer Teil seiner Seele verdrängte diese Gedanken.

Cyric hörte ein Geräusch neben sich und fuhr herum. Der Wundschmerz flammte plötzlich auf und ließ den einstigen Dieb zur Seite taumeln, so daß er über den Leichnam der Frau stürzte. Zwar konnte er sich nicht bewegen, aber er sah, wie Mitternacht und Adon sich den letzten beiden Banditen stellten.

Die zwei brachten es zusammen kaum auf vierzig Sommer, so daß es kein Wunder war, als sie kehrtmachten und hinter den umgestürzten Wagen flohen. Sie schrieen hektische Befehle, damit ihre angeblich tödlich verletzten Pferde unter dem behutsam auf ihre Flanken gelegten Wrack hervorkamen.

Cyric sah, wie Mitternacht die Umgebung absuchte und ihr Blick plötzlich bei ihm verharrte. Er streckte den Arm aus, als

Mitternacht und Adon an seine Seite eilten. Einen Moment später hatte Mitternacht seinen Kopf in ihren Schoß gelegt, ihre Hand lag besänftigend auf seiner Brust. Der einstige Dieb ließ den Kopf erleichtert sinken, als er sah, daß sich Mitternachts Gesichtsausdruck veränderte.

„Kel", sagte sie leise. Cyric erkannte, daß ihr Blick zur Straße gerichtet war. Er selbst drehte den Kopf so, daß er auch die Straße sehen konnte, wo Kel von einer kleinen Gruppe Bogenschützen belagert wurde. Mitternacht bat Adon, sich an ihrer Stelle um Cyric zu kümmern, dann stand sie auf und lief zur Straße.

„Mitternacht, warte!" rief Adon ihr nach. „Du rennst in dein Verderben!"

Mitternacht zögerte. Sie wußte, Adon hatte recht. Kel war zu weit entfernt, und selbst wenn sie es bis zu ihm schaffte, würde sie mit ihren Dolchen nicht viel ausrichten können. Wenn, dann konnte sie den Kämpfer nur mit Magie retten. Sie dachte an das Kind, das sie unabsichtlich getötet hatte. Das Bild des explodierenden Körpers hatte sich in ihr Gedächtnis eingebrannt.

Als Mystras Geschenke zu Staub zerfallen waren, hatte Mitternacht etwas von dem Pulver aufbewahrt, das vor dem Zerfall Diamanten dargestellt hatte. Sie wiederholte den Zauber, um eine Energiewand entstehen zu lassen, griff in den Beutel und nahm ein wenig von dem Diamantstaub zwischen die Finger. Im richtigen Moment ließ sie den Staub durch die Luft wirbeln, und es gab einen gleißend hellen Blitz aus bläulich-weißem Licht. Sie wurde zu Boden geworfen, während an der Stelle, an der sie gestanden hatte, ein komplexes Lichtmuster entstand. Mit dem Gefühl, ihr sei ein Teil ihrer Seele entrissen worden, sah sie zur Straße.

Das Lichtmuster verschwand, doch die Wand war nicht aufgetaucht.

Mitternacht warf frustriert den Kopf zurück. Sie wollte gerade vor Wut schreien, als etwas am Himmel erschien.

Schattental

Es war ein riesiger Riß in der Luft, eine wirbelnde Masse, in der Lichter in allen Farben des Spektrums zu sehen waren. Der Riß hatte die Form einer Münze, die man auf den Rand gestellt und dann in den Himmel geworfen hatte. Er wurde größer und schob sich dann sogar vor die Sonne.

An der Straße wehrte sich Kelemvor immer noch gegen die Bogenschützen, die weiter vorrückten. In seinen Ohren dröhnte es, doch er nahm an, die Ursache seien die Wunden, die er erlitten hatte. Zwei Pfeile hatte er nicht abwehren können, doch Kelemvor ignorierte den Schmerz, der von seiner rechten Wade und seinem linken Arm ausging.

Die Bogenschützen rückten vor, entschlossen, der Existenz des Kämpfers ein Ende zu setzen, als sie plötzlich innehielten.

Kelemvor fragte sich, ob die Banditen vielleicht endlich alle Pfeile aufgebraucht hatten, da sie sich zurückzogen, während sie zum Himmel hinaufzeigten. Zwei der Schützen ließen sogar ihre Waffen fallen, da sah Kelemvor, daß er einen dunkleren Schatten zu werfen schien. Dann legte sich ein gewaltiger dunkler Schleier über die Erde, und die Bogenschützen schrieen etwas in einer Sprache, die Kelemvor nicht kannte. Sie rannten Richtung Arabel davon.

Kelemvor sah nach oben und vergaß sofort die Bogenschützen. Der Riß war noch weiter gewachsen, und als Kelemvor nach hinten stolperte, sah es so aus, als blicke ein unglaublich großes Auge durch das riesige Loch im Himmel, um dann wieder zu verschwinden.

Kel wandte sich um und suchte das Schlachtfeld nach Mitternacht, Cyric und Adon ab. In der Dunkelheit, die sich über das gesamte Gebiet gelegt hatte, konnte er ihre Gestalten kaum noch ausmachen. Er sah aber, daß zwei von ihnen immer noch standen und jemanden zu tragen schienen.

Adon, dachte Kelemvor. *Die Diebe haben den armen, wehrlosen Adon ermordet!*

Obwohl er Blut verloren hatte und starke Schmerzen verspürte, lief Kel auf die Gestalten zu.

Auch Cyric hatte das Auge gesehen. Sein Kopf war nach hinten gesunken, als Mitternacht und Adon ihn in die relative Sicherheit des umgestürzten Wagens trugen und auf den Boden legten.

Die Erde bebte.

„Verlaßt mich nicht", sagte Cyric.

Mitternacht sah verwirrt auf ihn hinab, dann strich sie über sein Gesicht. „Nein", erwiderte sie.

Kurz bevor er das Bewußtsein verlor, sah er eine Gestalt, die sich durch den blendenden Wirbelwind aus Sand und Staub von der Straße her auf sie zu bewegte.

Mitternacht lief dem Kämpfer entgegen, der sich schleppend vorwärts bewegte und mit ihrer Hilfe in den Schutz des umgestürzten Wagens gelangte. In dem Augenblick riß der starke Wind ein Stück des Wagens hoch. Die Eichenplanken knarrten entsetzlich, dann brachen sie und segelten in die Luft. „Wir müssen hier weg!" schrie der Kämpfer, konnte sich aber selbst kaum hören, da der Wind so laut heulte.

„Cyric ist verletzt", erwiderte Mitternacht. „Wir können ihn nicht zurücklassen."

„Cyric?" rief Kel überrascht, während eine Staubwand auf ihn zugerast kam. „Ist er transportfähig?"

„Nein!" schrie Mitternacht. „Adon kümmert sich um seine Wunden, so gut er kann."

Ein leises Zischen war zu hören, als der Boden neben den beiden verdampfte. Die Luft neben ihnen knisterte, eine Reihe kleiner weißer Sterne bildete sich, und ein Loch von der Größe eines Mannes fraß sich in die Luft, als Mitternacht die Hände hob, um einen weiteren Zauber vorzubereiten.

Ein alter Mann trat aus dem Portal hervor, in der linken Hand einen langen Stab. Seine Gesicht war zwar von den Falten des

Alters durchzogen, hatte aber eine Schärfe, die Bände über seine kaum verhohlene Verärgerung sprach. Er trug einen großen Hut und einen schlichten grauen Mantel. Sein schneeweißer Bart reichte bis zu seiner Brust. Er sah Mitternacht an.

„Warum hast du mich gerufen?" fragte er.

Mitternacht riß die Augen auf. „Ich habe Euch nicht gerufen."

Der Alte sah hinauf zu dem stetig wachsenden Riß im Himmel. Sonderbare Lichter spielten an den Rändern. „Warst du das?"

„Ich wollte nicht..."

Der alte Mann hob eine Hand, damit sie schwieg, dann schüttelte er den Kopf und sah wieder Mitternacht an. „Es gibt weit einfachere Wege, meine Aufmerksamkeit zu erregen, das solltest du wissen. Du hättest beispielsweise nach Schattental kommen können."

„Elminster!" rief Mitternacht, wurde dann aber durch den Wind von dem alten Weisen abgeschnitten. Der Staub legte sich, und sie nahm einen Bewegung aus Elminsters Richtung wahr. Der graue Nebel teilte sich und gab den Blick frei auf hektische Handbewegungen, die einhergingen mit der unverwechselbaren Stimme des Mannes, die so laut wurde, daß sie den Wind übertönte. Dann wurde Elminster erneut von Nebel umgeben, doch einen Moment später löste sich ein Teil davon auf und der Weise stand vor ihr.

„Weißt du, was das ist?" fragte Elminster voller Ungeduld und zeigte auf den immer noch wachsenden Riß am Himmel. *„Das"*, fuhr er fort, ohne auf eine Antwort zu warten, „ist die direkte Auswirkung von Geryons Todeszauber. Zauber dieser Art sind streng verboten, auch wenn es schwierig ist, die Anwender zur Rechenschaft zu ziehen, da sie üblicherweise längst tot sind, wenn der Zauber diese Phase erreicht hat!" Elminster atmete schwer aus. „Abgesehen davon ist Geryon selbst seit über fünfzig Sommern tot."

Das Grollen wurde heftiger.

„Könnt Ihr es aufhalten?" rief Kelemvor.

„Natürlich", erwiderte der alte Mann. „Ich bin *Elminster*, hast du das schon vergessen?" Er sah die Mageirin an. „Steht der Zauber irgendwo?"

„Nein", sagte Mitternacht.

„Kannst du dich erinnern, was du getan hast?"

Sie schüttelte den Kopf. „Es war ein Versehen."

„Gut", meinte er. „Sieh das als Warnung. Solche Zauber sind gefährlich."

Der Riß schien sich zu senken. Elminster sah hinauf und entfernte sich ein Stück von Mitternacht und Kel, um sich ganz auf das Loch im Himmel zu konzentrieren.

Der Kämpfer und die Magierin merkten, daß sie den Weisen sprachlos ansahen.

Die alten Hände des Magiers bewegten sich mit erstaunlicher Geschwindigkeit, während er mit tiefer, dröhnender Stimme eine Formel sang. Er wurde von funkelnden Energien umgeben, von einer Flut von Sternen, die sich durch den schweren Schleier der grauen Winde bohrten. Auf Elminsters Stirn begannen sich Schweißtropfen zu bilden, während er den Zauber sprach. In den Zwischenräumen zwischen seinen Fingern bildete sich ein Geflecht aus winzigen glühenden Augen. Kurz bevor das Netz vollständig war, brach es in sich zusammen, und in der Luft schwebte eine silberne Scheibe, die sich rasch drehte.

Elminster sprach einen Befehl aus, und die wirbelnde Scheibe schoß in die Luft, wobei sie an Größe zunahm. Sie zerplatzte in einem blendenden Schauspiel, und der Riß im Himmel neigte sich langsam. Das Loch sank vom Himmel herab wie ein Drachen, dessen Schnur man durchtrennt hatte und der jetzt langsam auf die Erde zurückkehrte, während er vom Wind mal in die eine, mal in die andere Richtung geweht wurde.

„Göttin!" schrie Mitternacht, als der Riß das gesamte Gebiet umschloß und sie ihrer Sinne beraubte. Als sie wieder sehen und fühlen konnte, merkte sie, daß sie noch immer an der gleichen Stelle stand. Jedoch war jetzt die Nacht hereingebrochen.

Elminster seufzte tief.

Der Riß war fort. Die einzige Lichtquelle war das leuchtende, bläulich-weiße Portal hinter Elminster. Der Magier sah Mitternacht ernst an und sagte: „Das reicht."

Mitternacht nickte eifrig. Sie hörte ein Aufstöhnen und sah, daß Kelemvor auf dem Boden saß und sich den Kopf hielt.

Elminster trat in das Portal, woraufhin Mitternacht ihm mit schriller Stimme hinterherrief, er solle stehenbleiben. Er steckte den Kopf durch das Portal. „Was ist?"

„Mystra", sagte Mitternacht.

Elminster sah sie traurig an.

„Die Göttin ist tot", führte sie ihren Satz zu Ende.

Elminster legte den Kopf schräg. „Ich habe davon gehört." Dann zog er sich rasch ins Portal zurück, und die Öffnung zerbarst in einem Regen aus tanzenden Flammen.

Mitternacht stand in der Finsternis. „Aber sie hatte eine Botschaft", sagte sie, allein und schockiert. „Eine Botschaft für Euch." Die Magierin machte ein paar Schritte bis zu der Stelle, an der sich das Portal befunden hatte.

„Elminster!" rief sie, doch ihr verzweifelter Ruf blieb unbeantwortet.

◆   ◆   ◆

Mitternacht und Kel entzündeten Fackeln, um die pechschwarze Nacht zu durchdringen und nach Cyric und Adon zu suchen. Zweimal waren sie in südlicher Richtung zur Straße gegangen, da die Sterne sie in die Irre geführt hatten. Ihre Rufe waren ungehört verhallt. Aber jetzt standen sie vor ihren Kameraden.

Adon hatte Mitternacht und Kel den Rücken zugewandt, als sie sich ihm näherten, und der Kleriker machte einen Satz, als Mitternacht ihn an der Schulter berührte. Er drehte sich um und schrie den beiden entgegen, wie froh er war, sie wieder bei sich zu wissen. Als Mitternacht nach Cyrics Zustand fragte, sah Adon sie überrascht an. Sie sprach weiter, woraufhin sich in seinem Gesicht Panik abzeichnete.

Ihnen wurde klar, daß Adon taub war. Die Versuche, von den Lippen seiner Freunde zu lesen, schlugen fehl, was sein Entsetzen nur noch verstärkte. Doch Mitternacht schaffte es, ihn zu beruhigen, indem sie seine Hand nahm und mit dem Zeigefinger einen Buchstaben nach dem anderen in seine Handfläche schrieb.

Mitternacht war klar, daß der Zusammenbruch des Risses Adon hatte ertauben lassen. Er hatte sich inmitten des Sturms aufgehalten und war nur von dem zerfallenden Wagen geschützt worden, während sie sich bei Elminster befunden hatten, der auf irgendeine Weise vor den Wirkungen des Sturms geschützt worden war.

Als Mitternacht Cyric untersuchte, stellte sie fest, daß sein Atem zwar gleichmäßig ging, es ihr aber unmöglich war, ihn aufzuwecken. Da die Magierin keine Möglichkeit hatte, das Ausmaß des Schadens zu untersuchen, den die Klinge verursacht hatte, blieb ihr nichts anderes übrig, als die Wunde zu bedecken und auf das beste zu hoffen.

Während sie sich um Adon und Cyric kümmerte, machte sich Kel auf die Suche nach Pferden, die den Sandsturm überlebt hatten, ganz gleich, ob es ihre eigenen oder die der Banditen waren. Der Kämpfer fand Mitternachts Pferd und das eines Banditen und kehrte mit beiden zu Adon zurück. Der Kleriker wußte, was mit den Tieren zu tun war, ohne daß Kel etwas sagen mußte.

Während Adon im Schein einer Fackel auf die Pferde aufpaßte, setzten sich Kel und Mitternacht zu Cyric. „Die Schuld muß beglichen werden", sagte Kel.

Mitternacht sah ihn überrascht an. „Was? Wir haben noch eine weite Reise vor uns."

„Das war nicht abgemacht", sagte Kel ruhig. „Ich sollte dich begleiten, bis du mit Elminster gesprochen hast. Das hst du."

„Er wollte mir nicht zuhören", rief die Magierin.

„Das werde ich auch nicht", sagte er schroff. „Die Schuld muß beglichen werden."

„Gut", sagte sie. „Mein... *wahrer Name*... "

Kel wartete.

„Ist Ariel Manx."

Sie hörten ein Husten. Beide drehten sich um und sahen, wie Adon Cyric aufhalf. „Cyric", sagte Mitternacht und ging zu ihm hinüber.

Er stieß einen Schrei aus, als er sich setzen wollte, und sein Körper entspannte sich erst wieder langsam, als Mitternacht ihn wieder vorsichtig auf den Boden legte.

„Wie sollen wir ihn transportieren, Kel? Er ist schwer verletzt", sagte sie.

Kel sah weg. „Ich habe nicht... "

„Du hattest doch nicht etwa vor, ihn hier zurückzulassen?"

„Nein", sagte Kel. „Aber... "

„Noch eine Belohnung?" fragte sie. „Bedeutet es dir eigentlich nichts, was wir durchgemacht haben? Bedeuten wir dir etwas, oder geht es nur um deine Belohnung?"

Kel sagte nichts.

„Ich brauche Hilfe, um Cyric nach Tilverton zu bringen, damit er dort gepflegt werden kann, bis er für den Ritt nach Schattental genesen ist. Was du danach tust, interessiert mich nicht." Sie holte die Börse vor, deren Inhalt sie sich bei der Gesellschaft des Luchses verdient hatte. „Ich werde dir alles Gold geben, das ich noch habe."

Nach einigen Augenblicken hob Kel den Kopf und sprach: „Wir können aus dem Wagen der Diebe ein Holzgestell bauen, unseren Zeltstoff darüberlegen, und damit hätten wir eine Trage. Die Räder sind intakt, also könnten wir Cyric hinter uns herziehen, während wir weiterreiten."

Mitternacht reichte Kel den Beutel. „Nimm. Ich will sicher sein, daß du dein Versprechen einlöst."

Kelemvor nahm den Beutel und ging zu den Trümmern, die auf der Ebene verstreut lagen. Er entdeckte eine kleine Laterne, die heil geblieben war, und zündete sie an. Im ihrem Schein sah er Mitternachts Gesicht und bemerkte, daß ihr Tränen über das Gesicht liefen.

♦ ♦ ♦

In der Zentilfeste war ein Verbrecher, dessen Hände und Füße man gefesselt hatte, durch die Straßen geschleift worden. Sein Körper schlug auf das Pflaster der von Fackeln erleuchteten Wege auf, und seine Schreie waren weit zu hören. Den geschundenen Körper hatte man Tyrannos zu Füßen gelegt. Der Schwarze Fürst hatte überrascht zur Kenntnis genommen, daß der Mensch sich noch immer an sein Leben klammerte, obwohl es nur noch an einem seidenen Faden hing.

Der Mann hieß Thurbal und war Wachhauptmann und Hüter von Schattental. Es war ihm gelungen, unentdeckt in die Stadt zu gelangen, und er hatte dann versucht, sich unter einem falschen Namen Zutritt zum Schwarzen Netzwerk zu verschaffen. Fzoul hatte den Mann sofort bemerkt, und obwohl er Tyrannos den Rat gegeben hatte, dem Mann falsche Informationen zukommen und ihn nach Schattental zurückkehren zu lassen, wollte der Gott diesen Affront nicht so einfach hinnehmen.

Thurbal war unendlich vielen Verhören unterzogen worden und hatte immer wieder behauptet, nichts über Tyrannos' Pläne zu wissen. Der Schwarze Fürst war nicht bereit, ein Risiko einzugehen, und befahl seinen Männern, den Spion durch die Stadt zu schleifen und ihn dann zu seinem Tempel zu bringen, wo er hingerichtet werden sollte. Boten hatten an Tyrannos' Elite Einladungen überbracht, und die Hinrichtung war ein Ereignis geworden, bei dem es wegen der großen Zahl von Anwesenden nur Stehplätze gab.

SCHATTENTAL

Als die Zeit der Exekution gekommen war, erhob sich Tyrannos von seinem Thron und stellte sich vor Thurbal, um einen Versuch zu machen, den alten, halbtoten Krieger zu seinen Füßen weiter zu quälen. Die Augen des Mannes waren stechend und wachsam, und Tyrannos vermutete, daß sich daran nicht einmal etwas ändern würde, wenn der Spion in Fürst Myrkuls Reich übergewechselt war.

Im Thronsaal drängten sich Würdenträger mit ihren Frauen, die einen Trinkspruch auf den Schwarzen Fürsten ausbrachten und immer wieder seinen Namen riefen, als sich seine Klauenhände Thurbal näherten. Doch bevor auch nur die Spitze eines einzelnen Nagels von Tyrannos' Panzerhandschuh das Auge des sterbenden Mannes erreicht hatte, zuckte ein bläulich-weißes Licht auf – und dann war Thurbal verschwunden. Tyrannos stand einen Moment lang reglos da. Jemand hatte Thurbal wegteleportiert, vermutlich an einen sicheren Ort.

Der Sprechchor verstummte.

Tyrannos sah seinen Anhängern in die Augen. Ihr Ausdruck verriet Überraschung und Verwirrung. Bis zu diesem Moment war ihre Loyalität unerschütterlich gewesen. Er wollte sie nicht wissen lassen, daß sich jemand so leicht seinem Willen widersetzen konnte.

„Und nun ist er nichts weiter als eine Erinnerung", sagte Tyrannos, wobei er sich erhob und seine Klauen elegant ausfuhr. „Ich habe den Eindringling in Myrkuls Reich geschickt, wo er mit ewigem Leid für seine Verbrechen bezahlen wird!"

Dann setzte der Sprechchor wieder ein, woran der Schwarze Fürst erleichtert erkannte, daß man ihm die Lüge geglaubt hatte. Trotzdem mußte er den ganzen Abend darüber nachdenken, daß ihm sein Sieg entrissen worden war.

Stunden später saß Tyrannos allein in seiner Kammer und grübelte.

„Elminster", sagte Tyrannos laut. „Niemand sonst würde es wagen, sich in meine Pläne einzumischen." Tyrannos' Kelch wurde zerdrückt. „Du wirst bald Thurbals Platz einnehmen, und deine Leiden werden in meinem Reich zur Legende werden! Dafür will ich nicht nur dich tot sehen. Wenn ich mir die Himmelstreppe gesichert habe, werde ich dein schönes Schattental in ein Häufchen Asche verwandeln. Das schwöre ich!"

Tyrannos merkte, daß der Wein aus dem zerdrückten Kelch auf sein Bein getropft war. Er starrte auf den Kelch und verfluchte ihn, doch er nahm nicht wieder seine ursprüngliche Form an. Wütend schleuderte er ihn durch den Raum und rief nach Schwarzdorn, damit der ihm einen neuen Kelch brachte.

„Herr", sagte Schwarzdorn und senkte den Kopf.

„Die Assassinen?"

„Sie sind aufgebrochen, Fürst Tyrannos. Wir warten auf die Kunde von ihrem Erfolg."

Tyrannos nickte und schwieg, während er vor sich hin starrte. Schwarzdorn bewegte sich nicht von der Stelle, da er noch nicht entlassen worden war. So verharrte er die nächsten dreißig Minuten, bis er einen Krampf in einem Bein verspürte und unbewußt sein Gewicht auf das andere verlagerte. Tyrannos sah langsam auf.

„Schwarzdorn", sagte Tyrannos, als hätte er vergessen, daß der Mann die ganze Zeit über anwesend gewesen war. „Ronglath Ritterbruck."

„Ja, Herr?"

„Ich möchte, daß Ritterbruck eines der Kontingente der Rabenzitadelle beim Angriff auf Schattental anführt. Er hat viel wiedergutzumachen, und er könnte bereit sein, ohne zu zögern das zu tun, was andere nicht täten", sagte Tyrannos.

„Das könnte auf Widerstand in Teilen der Truppe stoßen, Fürst Tyrannos. Man betrachtet ihn als jemanden, der die Stadt enttäuscht... "

„Aber er hat mich nicht enttäuscht!" fiel Tyrannos ihm ins Wort. „Bisher jedenfalls nicht. Erfülle deine Pflichten und stelle nie wieder eine meiner Anweisungen in Frage."

Schwarzdorn senkte den Blick.

„Überbringe meine Anweisung in dieser Sache persönlich", sagte Tyrannos. „Und wenn du schon dort bist, wirst du über die Einsatzbereitschaft unserer Truppen und die Verpflichtung von Söldnern wachen."

„Wie soll ich reisen, Fürst Tyrannos?"

„Benutze den Zauber des Gesandten, du Narr. Darum habe ich ihn dir beigebracht."

Schwarzdorn wartete.

„Du kannst jetzt gehen", sagte Tyrannos.

Schwarzdorn runzelte die Stirn, während er seine Arme ausbreitete und den Zauber rezitierte. Der Magier wußte, daß es angesichts der Instabilität der Magie in den Reichen nur eine Frage der Zeit war, bis der Zauber fehlschlagen würde. Er könnte in der Gestalt eines Raben gefangen sein oder sich in etwas weit schlimmeres verwandeln. Er könnte gar sterben. Als der Magier aber den Zauber abgeschlossen hatte, verwandelte er sich in einen großen Raben, der auf die Wand zuflog und dann verschwand. Diesmal hatte der Zauber gewirkt wie vorgesehen.

Tyrannos blieb allein in seiner Kammer zurück und kam zu dem Schluß, daß er über vieles nachdenken mußte.

♦ ♦ ♦

Ronglath Ritterbruck trieb sein Schwert in den Boden, dann kniete er auf einem Bein davor nieder. Er senkte den Kopf und umfaßte das Heft des Schwerts mit beiden Händen. Man hatte ihm trotz der Überfüllung der Rabenzitadelle private Gemächer gegeben. Wenn er seine Mahlzeiten zu sich nahm, saß niemand mit am Tisch. Wenn er mit dem Schwert oder der Keule übte, war nur sein Lehrer anwesend. Die meiste Zeit war er völlig allein.

Ritterbruck war knapp über vierzig Winter alt, mit kurzem, graumeliertem Haar, azurblauen Augen, einem Schnurrbart und mit tiefen Falten überzogener, gebräunter Haut. Seine Züge waren markant. Seine Größe von fast einem Meter achtzig wurde von einem sehr beeindruckenden Körperbau zusätzlich betont.

Sein Leben lang hatte er der Zentilfeste gedient, aber jetzt war er entehrt, und am liebsten hätte er seinem Leben selbst ein Ende gesetzt, wäre nicht Tempus Schwarzdorn eingeschritten.

Schwarzdorn hatte durch seine wohlmeinende Freundschaft und Loyalität dafür gesorgt, daß sich Ritterbruck einer härteren Strafe ausgesetzt sah, als es der Tod für ihn gewesen wäre. Ritterbruck verdrängte diese Gedanken.

Es gab andere, die er hassen konnte. Da war zum Beispiel der Magier Sememmon, der Ritterbruck als „den Auserwählten" angesprochen und den Spion ausgelacht und ihn vor anderen verhöhnt hatte, wann immer ihm das möglich gewesen war. Ritterbruck wußte, daß der Magier die Verbindung verabscheute, die er über Schwarzdorn zu Tyrannos hatte. Wenn der Magier auch nur geahnt hätte, wie sehr sich Ritterbruck selbst wünschte, diese Verbindung zu beenden, hätte er über diese Ironie sicher noch lauter gelacht.

Und dann war da der Mann, der in erster Linie für alles verantwortlich war, was Ritterbruck widerfahren war: Kelemvor.

Hätte der Kämpfer sich nicht eingemischt, wäre Ritterbruck nicht entlarvt und nicht diesen Qualen ausgesetzt worden. Wäre Kelemvor nicht gewesen, dann hätte sein Plan, die Stadt Arabel zu diskreditieren, funktionieren können.

Ritterbruck hielt das Heft seines Schwertes so verkrampft fest, daß die Knöchel weiß hervortraten. Plötzlich warf er den Kopf nach hinten und stieß einen Wutschrei aus, der durch die Flure der Festung schallten, in der er zu dienen hatte. Der Schrei war das der erste Laut, den Ritterbruck von sich gegeben hatte, seit er in die Zitadelle gekommen war.

Niemand klopfte, um nachzusehen, ob er verletzt war. Niemand kam zu ihm geeilt, wie es beim Aufschrei eines Offiziers normal gewesen wäre.

Das Echo seines Schreis verhallte, als Ritterbruck hinter sich ein Geräusch hörte.

„Ronglath", sagte Tempus Schwarzdorn. „Ich bringe Kunde von Fürst Tyrannos."

Ritterbruck erhob sich und hob sein Schwert auf. Er sagte kein Wort, während er sich die Nachricht anhörte.

„Komm mit, dann werden wir die Ankündigung gemeinsam machen", sagte Schwarzdorn, der nichts von dem Haß in den Augen seines Freundes aus Kindertagen zu bemerken schien. „Du wirst von der Zitadelle zu den Ruinen von Teschwelle marschieren, wo Söldner darauf warten, sich uns anzuschließen. Die Armee werden sich bei Voonlar sammeln und dort das Signal zum Angriff abwarten. Natürlich werden andere Truppen in andere Richtungen entsandt. Doch darüber mußt du dir keine Gedanken machen."

Ritterbruck fühlte, wie sehr seine Hand zitterte. Das Schwert steckte noch nicht in der Scheide.

„Kelemvor", sagte er und horchte seiner eigenen Stimme nach. Er schob das Schwert in die Scheide und folgte Schwarzdorn aus dem Raum.

Schwarzdorn drehte sich um. „Bitte?"

Ritterbruck räusperte sich. „Eine Schuld, die ich begleichen muß", sagte er. „Ich bete, daß ich Gelegenheit dazu bekomme."

Schwarzdorn nickte, dann führte er den Spion in die Versammlungshalle, wo sich bereits etliche Männer eingefunden hatten. Ritterbruck betrachtete das Meer aus Gesichtern, dessen Anblick Hoffnung in ihm aufkeimen ließ.

Ich kann mich in dieser Schlacht bewähren, dachte Ritterbruck. *Und dann werde ich mich rächen können.*

10

TILVERTON

Kelemvor arbeitete bis weit in die Nacht, um den Wagen fertigzustellen, auf dem sie Cyric transportieren konnten. Dabei ignorierte er den Schmerz, den seine Verletzungen ihm bereiteten. Sie waren nicht schwer genug, um ihn von seiner Aufgabe abzuhalten, außerdem wollte er beim ersten Licht am Morgen nach Tilverton aufbrechen. Erst als er sicher war, daß der umgebaute Wagen seinen Zweck erfüllen würde, legte sich Kelemvor hin und schlief sofort ein.

Mitternacht saß bei Cyric und hielt Wache, während Kelemvor und Adon schliefen.

„Du bist bei mir geblieben", sagte Cyric. „Das hätte ich nicht geglaubt."

„Wieso hast du gedacht, ich könnte dich aufgeben?" fragte Mitternacht.

Es dauerte einen Moment, ehe Cyric antwortete. Es schien, als müsse er erst seine Worte sammeln, um sie in die richtige Reihenfolge zu bringen. „Du bist der erste Mensch, der mich nicht aufgegeben hat", sagte er dann. „Es ist das, was ich von jedem erwarte."

„Das kann ich nicht glauben", sagte Mitternacht. „Deine Familie..."

„Habe ich nicht", erwiderte er.

„Niemanden, der noch lebt?" fragte Mitternacht vorsichtig.

„Überhaupt niemanden", sagte Cyric mit einer Verbitterung, die Mitternacht überraschte. „Ich wurde als Säugling in der Zentilfeste ausgesetzt. Sklavenhändler fanden mich auf der Straße, und eine reiche Familie aus Sembia kaufte mich und zog mich groß wie ein eigenes Kind. Bis ich zehn war. Eines Nachts hörte ich sie streiten, so wie es Eltern oft tun. Doch bei dem Streit ging es nicht darum, daß einer mit dem anderen unzufrieden war, sondern es ging um die Schande, die ich ihnen bereitet hatte.

Einer unserer Nachbarn hatte die Wahrheit über mich erfahren, und meine ‚Eltern' empfanden nur Scham über ihr finsteres Geheimnis. Ich stellte sie zur Rede und drohte, sie zu verlassen, wenn ich sie so sehr in Verlegenheit brachte." Er verzog den Mund zu einem bösen Lächeln. „Sie haben mich nicht aufgehalten. Es war eine weite Reise zur Zentilfeste. Ich geriet unterwegs mehrmals in Lebensgefahr, aber ich lernte auch."

Mitternacht strich ihm das Haar aus dem Gesicht. „Das tut mir leid. Du mußt nicht weiterreden."

„Ich möchte aber", sagte Cyric mit Nachdruck. „Ich lernte dabei, daß man tut, was man tun muß, um zu überleben, auch wenn das bedeutet, anderen etwas wegzunehmen. Ich kam in diesem schwarzen Loch namens Zentilfeste an, wo ich versuchte, etwas über meine Vergangenheit zu erfahren. Aber natürlich fand ich keine Antworten. Ich wurde ein Dieb, und mein Tun erregte schnell die Aufmerksamkeit der Diebesgilde. Ihr Führer Marek nahm mich auf und vermittelte mir die Feinheiten dieses Berufsstandes. Ich lernte schnell. Lange Zeit tat ich alles, was Marek mir auftrug. Ich wollte diesen Schuft mit dem schwarzen Herzen um jeden Preis zufriedenstellen. Ich brauchte Jahre, ehe ich erkannte, daß immer mehr und mehr nötig war, ehe er sein Zeichen der Zustimmung gab, das mir so viel bedeutete."

Cyric schwieg wieder und schluckte. Mitternacht wartete geduldig. Sie wußte, er würde weitersprechen, wenn er bereit war. Sie mußte ihn nicht drängen.

„Als ich sechzehn war", fuhr er fort, „richtete Marek seine Aufmerksamkeit auf einen neuen Rekruten, der etwa so alt war wie ich, als ich Marek zum ersten Mal begegnete, und mir wurde klar, daß ich ein weiteres Mal benutzt worden war – also plante ich meinen Ausstieg. Als dieser Plan bekannt wurde, setzte die Gilde eine Belohnung auf meinen Kopf aus. Niemand wollte mir helfen, als ich den Versuch unternahm, die Zentilfeste zu verlassen. Ich nehme an, ich hätte es wissen müssen. Die Leute, die ich für meine Verbündeten gehalten hatte, wußten auf einmal nichts mehr mit mir anzufangen. Ich hätte es nie aus der Stadt geschafft, wenn ich nicht schon da so geschickt im Umgang mit der Klinge gewesen wäre. Die Straßen färbten sich rot in der Nacht, in der ich die Stadt verließ."

Mitternacht ließ den Kopf ein wenig sinken. „Und dann?"

„Ich verbrachte acht Jahre auf der Straße und nutzte meine Fertigkeiten, um der einen Leidenschaft nachgehen zu können, die ich schon als kleiner Junge gehabt hatte: dem Reisen. Doch egal, wohin ich kam, überall waren die Menschen gleich. Armut und Ungleichheit waren genauso verbreitet wie Luxus und Reichtum. Ich hatte gehofft, ich würde irgendwo Kameradschaft und Gleichheit finden können. Statt dessen stieß ich überall auf Kleinlichkeit und Ausbeutung. Irgendwie hatte ich wohl immer gedacht, ich könnte dem dauernden Verrat meiner Jugend entkommen und einen Ort finden, an dem Ehrlichkeit und Anstand die Oberhand haben, aber diesen Ort gibt es nicht. Jedenfalls nicht in diesem Leben."

Mitternacht ließ den Kopf noch tiefer sinken. „Es tut mir leid, daß du solchen Schmerz empfindest."

Cyric zuckte die Achseln. „Das Leben ist Schmerz. Das habe ich gelernt. Aber bemitleide nicht mich, weil ich das klarer sehe als du. Bemitleide dich selbst. Du wirst noch früh genug mit der Wahrheit konfrontiert."

„Da irrst du, Cyric. Es ist nur so, daß es so vieles gibt, was du noch nicht gesehen hast. Man hat dir so vieles vorenthalten, was das Leben zu bieten hat."

„Tatsächlich?" gab der einstige Dieb zurück. „Meinst du Liebe und Lachen? Eine Frau?" Er lachte bitter. „Romantik ist auch eine Lüge."

Mitternacht strich sich eine Strähne aus dem Gesicht. „Und warum sagst du das?"

„Ich war vierundzwanzig, als ich erkannte, daß mein Leben kein Ziel und keinen Sinn hatte. Ich kehrte zur Zentilfeste zurück, und diesmal führten meine Bemühungen, etwas über meine Herkunft zu erfahren, zu einem Ergebnis. Man sagte mir, meine Mutter sei sehr jung gewesen und habe einen Offizier aus der Zentilfeste unglaublich geliebt. Als sie schwanger wurde, verstieß er sie und behauptete, das Kind sei nicht von ihm. Sie ging zu den Armen und Obdachlosen, die sich um sie kümmerten, bis ich geboren wurde. Dann kam mein Vater, tötete meine Mutter und verkaufte mich für einen guten Preis. Wie aus dem Märchen, oder?"

Mitternacht sagte nichts, sondern sah nur ins Feuer.

„Ich habe noch andere Versionen der Geschichte gehört, doch diese halte ich für die Wahrheit. Sie wurde mir von einer Bettlerin erzählt, die behauptete, mit meiner Mutter befreundet gewesen zu sein, aber sie konnte mir nicht den Namen des Mannes sagen, der mich gezeugt hatte, und sie wußte auch nicht, was aus ihm geworden war. Schade. Ich hatte mich so gefreut, mich lange und ausgiebig mit dem Mann zu unterhalten, ehe ich ihm die Kehle aufschlitzte. Marek und die Gilde boten mir an, mich wieder aufzunehmen, aber ich lehnte ab. Meine Ablehnung wurde allerdings nicht akzeptiert, also mußte ich erneut aus der Stadt fliehen. Als ich die Zentilfeste schließlich verlassen hatte, war ich der Ansicht, die Vergangenheit hinter mir zurückgelassen zu haben. Ich versuchte einen Neuanfang und entschied mich für das Leben eines Kämpfers. Aber meine Vergangenheit holt mich immer wieder ein und zwingt mich, stets weiterzuziehen. Ich hatte gehofft, mir von Mystras Belohnung eine weite Reise leisten zu können, vielleicht durch die Wüste.

Ich weiß nicht so recht, wohin – einfach nur irgendwohin, wo ich ein wenig Frieden gefunden hätte."

Mitternacht atmete tief aus.

Cyric lachte. „Jetzt kennen wir gegenseitig unsere Geheimnisse, und du hast keinen Grund mehr, dich vor mir zu fürchten."

„Ich weiß nicht, was du meinst", sagte Mitternacht, die versuchte, ihre Besorgnis zu verbergen. „Welche Geheimnisse weißt du von mir?"

„Nur eines, Ariel", erwiderte Cyric.

„Du hast meinen *wahren Namen* gehört... "

„Unabsichtlich", sagte er. „Wenn ich ihn vergessen könnte, würde ich es sofort machen, obwohl es ein schöner Name ist." Cyric schluckte schwer. „Kein lebendes Wesen weiß alles, was ich dir erzählt habe. Wenn du mich vernichten wolltest, könnte ich dich nicht aufhalten. Wenn du die Gilde wissen läßt, wo ich bin, bin ich ein toter Mann."

Mitternacht strich ihm übers Gesicht. „Das würde mir nicht mal im Traum einfallen", sagte sie. „Unter Freunden sind Geheimnisse sicher."

Cyric hob den Kopf. „Sind wir das? Freunde?"

Mitternacht nickte.

„Interessant", sagte er. „Freunde."

Cyric und Mitternacht sprachen noch lange, und als es Zeit war, daß Adon eine Wache übernehmen sollte, beschlossen sie, ihn nicht zu wecken.

Gegen Morgen, nachdem Mitternacht von Kelemvor abgelöst worden war und Cyric die Möglichkeit bekommen hatte, ein wenig zu schlafen, hatte der Wundschmerz so sehr nachgelassen, daß er sich wieder hatte aufsetzen können. Cyric war sogar kräftig genug, mit den anderen zu essen, auch wenn ihre Vorräte nur noch aus ein paar Süßbroten bestanden.

Nach dem Frühstück bat Cyric Mitternacht, ihm seinen Bogen zu bringen, damit er ihr zeigen konnte, wie man damit umging. Mitternacht zielte auf einen großen Vogel, der seit dem

Morgen über der Gruppe kreiste. Die Kombination aus Cyrics Instinkten und Mitternachts bemerkenswerter Kraft holte den Vogel vom Himmel, den sie über dem Feuer rösteten, nachdem Adon die abgeschossene Kreatur geborgen hatte.

Nachdem er sich die Nacht über hatte erholen können, hatte sich Adons Hörvermögen ein Stück weit gebessert. Das erste Zeichen für seine Fortschritte bestand darin, daß der Kleriker nicht mehr von Kelemvor mit dessen gepanzertem Ellbogen angestoßen werden mußte, weil er dem Kämpfer ins Ohr schrie, statt normal zu reden. Auch wenn Adon noch nicht wieder richtig hörte, hielt ihn das nicht vom Reden ab. Nun allerdings strengte er sich an, sich selbst zu hören, wenn er seine blumigen Bemerkungen von sich gab, als dürfe er nicht das Risiko der völligen Verdammnis eingehen, die ganz sicher die Folge sein würde, wenn seine wichtigen Erklärungen über den rechten Weg Sunes nicht mit dem richtigen Timbre und der angemessenen Lautstärke ausgesprochen wurden.

Nachdem die Abenteurer den Vogel verspeist hatten, packten sie ihre Habseligkeiten zusammen und stiegen auf die beiden verbliebenen Pferde. Kelemvor durfte sich seines wieder mit Adon teilen, während der Karren, den der Kämpfer gebaut hatte, an Mitternachts Pferd festgemacht wurde.

Die Reise war überraschend angenehm für den verletzten einstigen Dieb, obwohl die Trage ihn in ihrem verschwitzten, ledernen Griff hatte. Cyric wurde nur hin und wieder durchgerüttelt, wenn es über eine Unebenheit ging. Erst am späten Morgen zerbrachen die Räder des Karren an einem großen Stein, der im Weg gelegen hatte, und konnten nicht mehr repariert werden. Kel mußte seine Konstruktion von Mitternachts Pferd lösen und am Straßenrand liegenlassen, während Cyric für den Rest des Reise bei ihr mitritt.

Am Horizont war ein Sturm aufgezogen, als die Helden zum ersten Mal die Tore Tilvertons sahen. Die Gefahr eines Unwetters hatte sich von da an gehalten, und der stahlgraue Himmel verschwand hinter unheilvollen schwarzen Wolken. In der Ferne waren den ganzen Morgen über Blitze zu sehen gewesen, und leises Donnergrollen rollte immer wieder über die Ebene.

Einige Stunden später hatten sie Tilverton erreicht und wurden sofort von einer Gruppe von Männern angehalten, auf deren Uniformrock das Zeichen des Purpurnen Drachen zu sehen war. Die Männer wirkten erschöpft und waren schmutzig, aber höchst aufmerksam. Noch bevor der Anführer der cormyrischen Patrouille die Abenteurer nach ihrem Freibrief gefragt hatte, richtetene sechs der Männer ihre schußbereite Armbrust auf sie. Kelemvor holte die gefälschte Urkunde hervor, die Adon in Arabel gekauft hatte, und reichte sie dem Hauptmann. Der Anführer der Patrouille begutachtete sie, gab sie zurück und winkte die Gruppe durch. Ohne Zwischenfall gelangten sie in die Stadt.

Die Abenteurer waren müde und ernst, als sie durch Tilverton ritten. Es war kurz vor Mittag, und ihr Magen knurrte wie ein wildes Tier, das aus seinem Käfig gelassen werden wollte. Cyric war erschöpft, und als die Helden vor einer Herberge anhielten, versuchte er, von Mitternachts Pferd abzusteigen. Er schaffte es bis zum Boden, fiel dann aber leise stöhnend gegen das Tier mit der roten Mähne. Sein zweiter Versuch, einen Schritt zu machen, war nur geringfügig erfolgreicher.

Mitternacht stieg auch ab und legte einen Arm des einstigen Diebes über ihre Schultern. Die Magierin war größer als der dünne, dunkelhaarige Mann und mußte sich ein wenig bücken, als sie Cyric half, in die Herberge einzutreten. Der Kleriker, der wieder gut hören konnte, eilte Mitternacht sofort zu Hilfe, während der Kämpfer abstieg und die beiden Pferde in den Stall hinter der aus grauem Stein errichteten Herberge brachte.

Das Schild über der Tür identifizierte die Herberge als Zum erhobenen Krug. Als Mitternacht und Adon versuchten, den Türgriff zu erreichen, sahen sie einen jungen Mann mit blaßgrauen Augen, der im Schatten neben der Tür saß.

„Könntet Ihr uns vielleicht helfen?" rief Mitternacht, während sie versuchte, den einstigen Dieb besser zu fassen zu bekommen, da der wegzusacken drohte.

Der junge Mann blickte weiter stur geradeaus und ignorierte die Bitte der Magierin.

Da setzte über der Stadt ein schmutzigbrauner Regen ein. Mitternacht mühte sich mit der Tür ab, dann schleppte sie Cyric mit Adons Hilfe hinein. Sie trat die Tür hinter sich zu und half Cyric, sich auf einen Stuhl gleich neben dem Eingang zu setzen. Zunächst hielt sie die Herberge für verlassen, doch dann bemerkte sie in einem der Speisesäle flackerndes Licht und hörte gedämpfte Stimmen. Sie rief, doch ihre Bitten um Unterstützung verhallten ungehört.

„Verdammt", zischte sie. „Adon, du bleibst mit Cyric hier." Mitternacht machte sich auf die Suche nach dem Wirt.

Als sie den Gemeinschaftsraum betrat, sah Mitternacht, daß sich etliche Männer dort aufhielten. Einige von ihnen schienen Soldaten zu sein, da sie das Wappen des Purpurnen Drachen trugen. Einige von ihnen waren verwundet, aber ihre Verletzungen waren versorgt worden. Bei anderen schien es sich um Zivilisten zu handeln, die wie die Soldaten einen mürrischen und verschlossenen Eindruck machten.

„Wo sind der Wirt und seine Helfer?" fragte Mitternacht den nächststehenden Soldaten.

„Weg, um zu beten, schätze ich", sagte der Mann. „Jetzt ist ungefähr die Zeit dafür."

„Es ist immer ungefähr die Zeit dafür", meinte ein anderer Mann, der sich auf sein Getränk konzentrierte.

„Ich verstehe nicht", sagte Mitternacht. „Kümmert sich niemand um die Herberge?"

Der Soldat zuckte die Achseln. „Oben könnten ein oder zwei Gäste sein, aber ich weiß es nicht genau." Mitternacht wandte sich ab, doch er redete weiter. „Du kannst dir nehmen, was du brauchst. Es wird niemanden kümmern."

Mitternacht verließ kopfschüttelnd den Raum und ging zum Foyer zurück, wo Adon neben Cyric stand.

„Wo ist Kel?" fragte sie. Adon zuckte die Achseln, sah zur Tür und hob verwirrt die Hände.

Mitternacht fluchte wieder und rannte aus der Herberge. Am anderen Ende der Straße sah sie Kelemvor, der sich entfernte.

„Wo gehst du hin?" rief sie ihm nach. „Du schuldest mir etwas!"

Der Kämpfer blieb stehen und senkte den Kopf. *Ich schulde dir nur, aus deinem Leben zu verschwinden,* dachte er. *Wir haben zu viele Geheimnisse, und es gibt zu viele Fragen, deren Antworten dir nicht gefallen würden.*

Das wollte er ihr aber nicht sagen. Statt dessen rief er: „Die Schuld wird beglichen werden!", dann ging er weiter.

Mitternacht stand einen Moment lang zitternd da, dann kehrte sie in die Herberge zurück und setzte sich zu Cyric.

„Vielleicht braucht er Zeit", sagte Adon etwas lauter als geplant.

„Er kann ein ganzes Leben Zeit bekommen", fauchte Mitternacht. Ihre wütende Miene schwand, als die Tür geöffnet wurde und sie sich erhob. Ein weißhaariger Mann, der mehr als fünfzig Winter gesehen hatte, stand in der Türöffnung und sah die Reisenden kühl an. Er ging an ihnen vorbei in ein kleines Nebenzimmer, ohne auf Mitternachts Versuche zu reagieren, seine Aufmerksamkeit zu erregen. Als er den Raum wieder verließ, roch er nach billigem Fusel und stellte überrascht fest, daß die Reisenden noch immer da waren.

„Was wollt ihr?" fragte er.

„Etwas zu essen, eine Unterkunft, vielleicht einige Auskünfte..."

Der alte Mann machte eine wegwerfende Handbewegung. „Die ersten beiden könnt ihr euch *nehmen*. Niemand wird euch hindern. Auskünfte kosten."

Mitternacht fragte sich, ob der Mann verrückt war. „Wir haben keine Münzen, um für unsere Unterkünfte zu bezahlen, aber vielleicht können wir Euch Schutz anbieten vor denen, die Euch Eurer kostbaren Dienste berauben... "

„Mich berauben!?" erwiderte der Mann beunruhigt. „Du mißverstehst mich." Er beugte sich vor, und der Gestank nach billigem Fusel ließ Mitternacht zurückweichen. „Man kann niemanden berauben, den es nicht mehr kümmert, was er hat. Nimm, was dir gefällt!"

Der Mann ging zurück in den dunklen Nebenraum und rief: „Es kümmert mich nicht mehr."

Mitternacht sah die anderen an und ließ sich gegen die Wand sinken. „Vielleicht sollten wir unsere Sachen holen", sagte sie nach einer Weile. „Wir könnten hier eine Zeitlang bleiben."

Sie schafften ihr Gepäck ins erste freie Zimmer, dann holte Adon die Schlüssel, die an einem Brett hinter der Empfangstheke in dem kleinen Raum hingen, in dem der Wirt lag und seinen Rausch ausschlief. Das Zimmer, das die Helden sich genommen hatten, war angenehm und verfügte über zwei Betten. Adon legte seine Sachen auf eines der Betten und machte sich daran, sich umzuziehen, obwohl sich die Magierin mit im Zimmer befand.

Draußen regnete es noch immer, im Zimmer war es düster, weswegen Mitternacht eine kleine Laterne neben dem Bett anzündete. Adon untersuchte Cyric flüchtig, dann brach er auf, um die Stadt zu erkunden.

Mitternacht half Cyric aus seiner Kleidung und lachte, als der einstige Dieb errötete. „Keine Sorge", sagte sie. „Ich bin eine völlige Amateurin."

Cyric zuckte zusammen. „Du machst das gut", sagte er und zog die Bettdecke über sich.

„Ich werde auf dem Boden schlafen", sagte sie. „Das ist gut für meinen Rücken. Und achte darauf, daß du zugedeckt bleibst. Die Wärme ist gut für dich."

Cyric runzelte die Stirn. „Ich bin zu alt, um bemuttert zu werden. Du solltest dir um dich selbst Gedanken machen, nicht um mich... "

Mitternacht hob die Hand und bedeutete ihm, er solle schweigen. „Wir müssen dich wieder hochpäppeln", sagte sie sanft. „Du mußt für deine Reise zu Kräften kommen."

Cyric wirkte verwirrt. „Welche Reise?"

„Deine Suche nach einem besseren Ort", sagte die Magierin. „Du mußt mich nicht weiter begleiten. Der Weg zwischen Tilverton und Schattental sollte frei sein. Ich schaffe es allein dorthin."

Cyric schüttelte den Kopf und versuchte, sich aufzusetzen. Mitternacht drückte ihn sanft zurück aufs Bett. „Es ist nicht nötig", sagte er. „Nicht nötig, daß du allein weiterziehst."

„Aber, Cyric. Ich kann dich nicht bitten mitzukommen. Du brauchst Ruhe und Erholung... "

Cyric hatte sich aber schon entschieden. „Es muß hier doch Heiltränke geben. Arznei, Salben. Alles in dieser Stadt scheint jedem zur Verfügung zu stehen, der etwas braucht. Bring mit etwas, das mich heilt, und dann werde ich so lange an deiner Seite sein, wie du mich brauchst."

„Ich hätte dich nicht verlassen, solange du noch nicht gesund bist", sagte sie.

„Deine Mission drängt. Du kannst es dir nicht leisten, zu warten."

„Ich weiß", erwiderte sie. „Aber ich wäre trotzdem geblieben. Schließlich bist du mein Freund."

Zum ersten Mal seit sehr langer Zeit zeichnete sich auf Cyrics Lippen ein Lächeln ab.

♦   ♦   ♦

Kelemvor war allein unterwegs. Das Unwetter hing genau über der Stadt, und der Regen, der nun orangefarben war, prasselte auf ihn nieder, während er nach dem Schmied suchte. Den fand er schließlich auch in seiner Schmiede. Kelemvor huschte hinein, da der Regen noch heftiger wurde.

Der Schmied war ein stämmiger Mann, der einen ähnlichen Körperbau wie Kel hatte. Er hatte schwarze Locken, und seine bloßen Arme wiesen an manchen Stellen Prellungen auf, an anderen waren sie versengt. Der Schmied sah nicht auf, als sich der Kämpfer näherte. Die Hufeisen, die er für das ein Stück abseits stehende Pferd schmiedete, waren fast fertig. Er wandte sich ab und probierte das Paar an, das er zum Abkühlen weggelegt hatte.

„Ich brauche einen Augenblick Eurer Zeit", sagte Kelemvor.

Der Hufschmied ignorierte den Kämpfer und hielt den Blick fest auf seine Arbeit gerichtet. Kelemvor räusperte sich laut, konnte aber keine Reaktion hervorrufen. Er fror, war müde und nicht in der Stimmung, sich beleidigen zu lassen.

Der Kämpfer legte den Teil der Rüstung ab, den die Pfeile der Bogenschützen durchbohrt hatten, und warf die Metallplatten dem Schmied zu. Sie trafen ihn und schlug ihm das rotglühende Werkzeug aus der Hand. Der Mann bückte sich, um den Hammer aufzuheben, bevor er das auf dem Boden ausgebreitete Stroh entfachen konnte. Dann betrachtete er die Rüstung, und schließlich blickte er auf und sah die Fleischwunde am Arm des Kämpfers, in der sich Teile der Pfeilspitze verhakt hatten.

„Das kann ich reparieren", sagte der Schmied ohne den Anflug irgendwelcher Gefühle. „Für Eure Wunden kann ich nichts tun."

„Gibt es in Tilverton keine Heiler?" fragte Kel. „Ich sah ein Stück die Straße entlang einen großen Tempel."

Der Mann wandte sich ab. „Der Tempel des Gond."

„Also gut, dann habe ich den Tempel des Gond gesehen. Dort müssen Kleriker sein, die... "

„Legt den Rest Eurer Rüstung ab, damit ich mich an die Arbeit machen kann", unterbrach ihn der Schmied. „Zum Tempel könnt Ihr allein gehen. Ich heile nur Metall."

Kelemvor gab dem Schmied die Rüstung und zog die Kleidung an, die er sich aus den Vorräten der Gruppe genommen hatte. Der Schmied machte sich schweigend an die Arbeit und ignorierte jeden Versuch des Kämpfers, ihm Fragen zu stellen. Er konnte ihn anschreien oder mit aller Höflichkeit sprechen, die er aufbringen konnte, er bekam keine Antwort. Als er die beschädigte Rüstung repariert hatte, weigerte sich der Hufschmied, eine Bezahlung für seine Arbeit anzunehmen.

„Das ist meine Pflicht gegenüber Gond", sagte er, während Kelemvor auf die Straße trat.

Trotz des Regens fand Kelemvor den Tempel des Gond ohne Schwierigkeiten. Hin und wieder begegnete er einem Bürger, der durch die Straßen ging oder vor einem Geschäft auf dem Fußweg lag, doch keiner von ihnen schien ihn zu bemerken. Ihre Blicke waren leer und schienen etwas anzustarren, das nur sie sehen konnten. In einem Viertel stieß er dabei auch auf die größte Ansammlung von Schmieden, die er je gesehen hatte. Allerdings standen die meisten Betriebe leer.

Als Kel endlich den Tempel erreicht hatte, sah er, daß der Eingang die Form eines riesigen Ambosses hatte. Das Gebäude selbst zeichnete sich durch schnörkellose kraftvolle Formen und Strukturen aus, die die Schuppen und Geschäfte ringsum winzig erscheinen ließen. Im Tempel brannten Feuer, und ein nicht abreißender Chor der Anbetung schallte vom Eingang her.

Er betrat den Tempel des Gond und war überrascht, wie groß der Hauptsaal war. Wenn es im Tempel Unterkünfte für die Hohepriester gab, mußten sie sich zweifellos unter der Erde befinden, da das gesamte Erdgeschoß ausschließlich als Hauptkammer diente.

In der Kammer scharten sich Gläubige um einen Hohepriester, dessen Gesicht unter einer weiten Kapuze verborgen war und der auf einem riesigen steinernen Amboß stand. Gewaltige Hände aus Stein waren zu beiden Seiten des Altars zu sehen, eine von ihnen hielt einen immensen Hammer. An vier Ecken rund um den Hohepriester brannten Feuer.

Die tragenden Säulen, die bis zur gewölbten Decke reichten, hatten das Aussehen von Schwertern, und die Fenster waren von einer Reihe ineinander verschachtelter Hämmer eingerahmt. Es war schwer, die Worte des Hohepriesters zu verstehen, da ständige Zwischenrufe aus der Menge bis auf einige wiederkehrende Formulierungen alles andere unverständlich machten, es war aber klar, daß der Hohepriester immer wieder Lobpreisungen Gonds aussprach sowie eine gleiche Anzahl von Verwünschungen auf die Bürger Tilvertons.

„Die Götter wandeln in den Reichen!" brüllte ein Mann neben Kelemvor. „Warum hat Fürst Gond uns im Stich gelassen?"

Die Worte des Mannes gingen aber in der endlosen Folge von Sprechchören und Schreien unter. Kel schätzte, daß sich fast die gesamte Bevölkerung der kleinen Stadt im Tempel versammelt hatte, auch wenn er hin und wieder einige sah, die den Tempel verließen.

„Wartet", rief der Priester, als eine größere Gruppe aus dem Tempel gehen wollte. „Gond hat uns nicht im Stich gelassen. Er hat mir die Gabe des Heilens übertragen, damit die, die an ihn glauben, bei guter Gesundheit bleiben, bis die Zeit seiner Ankunft gekommen ist." Nur wenige ließen sich von diesen Worten bewegen, doch im Tempel zu bleiben.

Kelemvor hörte den Einwohnern Tilvertons aufmerksam zu und erfuhr, daß sie sich dafür entschieden hatten, ausschließlich Gond anzubeten, den Gott der Hufschmiede und Kunsthandwerker. Als sich in der Stadt herumsprach, daß die Götter in den Reichen wandelten, begannen die Menschen, sich auf die Ankunft ihrer Gottheit vorzubereiten. Sie standen bereit und warteten auf ein Zeichen oder ein Wort.

Sie warteten vergeblich. Gond war in Lantan erschienen und unternahm keinen Versuch, mit seinen treuen Gläubigen in Tilverton in Kontakt zu treten. Als eine kleine Gruppe aus der Stadt nach Lantan reiste und um eine Audienz bat, war sie abgewiesen worden. Als sie hartnäckig blieb, wurden zwei aus der Gruppe getötet, die übrigen mußten um ihr Leben rennen. Nachdem diese Nachricht sich in der Stadt herumgesprochen hatte, war der Glaube vieler erschüttert worden. Nun verbrachten sie fast den ganzen Tag im Tempel und versuchten, mit ihrem Gott Kontakt aufzunehmen und das zu widerlegen, was sie tief in ihrem Herzen längst wußten.

Gond interessierte sich nicht für Tilverton.

Kelemvor wollte eben den Tempel verlassen, als er im hinteren Teil des Saals einen Mann mit silbergrauem Haar ausmachte. Neben ihm stand ein kleines, dunkelhaariges Mädchen, das sich völlig auf das schöne, fast unwirkliche Gesicht des Mannes konzentrierte. Niemand sonst schien den Mann zu bemerken, und als er sich abwandte, hatte Kelemvor den Eindruck, er habe das Mädchen gar nicht wahrgenommen. Es folgte ihm, während der Mann zu Kelemvor kam, ihm in die Augen sah und grinste. Die Augen des Silberhaarigen waren bläulich-grau mit winzigen roten Sprenkeln. Seine Haut war so blaß, daß es fast danach aussah, als sei sie von feinem silbernen Fell überzogen.

„Bruder", sagte der Mann einfach, dann ging er weiter.

Kelemvor drehte sich um und versuchte, ihn oder das Mädchen einzuholen, doch als der Kämpfer die Straße erreichte, war von den beiden nichts mehr zu sehen.

Einen Moment lang stand er in dem purpurnen und grünen Hagel, der jetzt auf Tilverton niederging, dann kehrte er in den Tempel zurück. Nachdem er wieder seinen Platz eingenommen hatte, fiel ihm eine junge Frau auf, eine Priesterin. Das Feuer das Glaubens in ihren Augen war noch nicht erloschen, sondern brannte so hell, daß es den Nachthimmel in Flammen hätte aufgehen lassen können. Sie war sehr schön und trug ein weißes Kleid mit einem Ledergürtel. Komplexe Muster waren in den Stoff eingewebt worden, und ihre Schultern waren mit stählernen Platten bedeckt. Die sonderbare Mischung aus zarter Seide und hartem Stahl verlieh ihrem Erscheinungsbild noch mehr Kraft.

Der Kämpfer sprach die Priesterin an, deren Name Phylanna lautete.

„Ich brauche eine Unterkunft", sagte Kelemvor.

„Du brauchst mehr als nur das", erwiderte die Priesterin, „wenn ich deine Wunden so sehe. Glaubst du an Gond?"

Kelemvor schüttelte den Kopf.

„Dann haben wir ein Gesprächsthema, wenn sich unser Heiler deiner Wunden annimmt." Phylanna drehte sich um und bedeutete ihm, ihr zu folgen. „Ich spüre, daß du in den letzten Tagen sehr gelitten hast." Sie wartete seine Antwort nicht ab.

Phylanna führte ihn zu einer schmalen Treppe, die in einen engen Raum hinabführte. Dort warteten sie, bis der Hohepriester seine Tirade gegen den schwindenden Glauben in der Stadt beendet hatte und den Raum betrat. Phylanna verschloß die Tür, nachdem er hereingekommen war.

„Du darfst mit niemandem über das reden, was du gleich sehen wirst", sagte Phylanna, während sie Kelemvor half, sich auf das einzige Bett im Raum zu legen.

„Ich bin Rull von Gond", sagte der Priester, dessen Stimme von seiner langen Predigt rauh war. „Betest du den Wunderbringer an?"

Ehe Kel antworten konnte, legte Phylanna ihre Finger auf die Lippen des Kämpfers und sagte: „Es ist in diesen schwierigen Zeiten nicht von Bedeutung, ob er Fürst Gond verehrt. Er braucht unsere Hilfe, und wir müssen sie ihm gewähren."

Rull runzelte die Stirn, dann nickte er. Der Priester schloß die Augen und nahm einen großen roten Kristall aus der Kette, die er um den Hals trug, und bewegte ihn über Kelemvor hin und her.

„Ein Wunder, daß du laufen kannst und bei klarem Verstand bist. Ein schwächerer Mann wäre an den Infektionen gestorben, die du in dir trägst", sagte Rull, als er Kel untersuchte. Der Kämpfer betrachtete den Kristall und bemerkte in seinem Inneren ein seltsames Glühen.

„Kelemvor ist stolz", sagte Phylanna. „Er erduldet seine Wunden klaglos."

„Nicht ganz", brummte er, während der Hohepriester zu Werke ging.

Phylanna wirkte besorgt, als Rull das Ritual vollzog, um den Kämpfer zu heilen, aber die Fertigkeiten des Priesters als Heiler wurden offenbar, als er seine Finger geschwind bewegte und die schwarzen Wundränder des Kämpfers langsam durchblutet wurden. Der Priester schwitzte; die Stimme hatte er erhoben, um Gond anzurufen. Phylanna sah immer wieder ängstlich zur Tür, da sie fürchtete, andere könnten in den Raum eindringen und die Bemühungen des Priesters stören.

Die Splitter der Pfeilspitzen bewegten sich allmählich an die Hautoberfläche, und Phylanna half Rull, die Splitter mit den Fingern herauszuziehen.

Dann war es vorbei. Rulls Körper entspannte sich, fast als sei ihm sämtliche Energie entzogen worden, und Kelemvor ließ sich aufs Bett sinken. Die Wunden waren nicht mehr so empfindlich, und er wußte, daß sein Fieber nachgelassen hatte.

„Rulls Glaube ist stark, weshalb er von den Göttern belohnt wurde", sagte Phylanna. „Dein Glaube muß auch stark sein, um so etwas überleben zu können."

Kel nickte. Er sah, daß das Licht im Kristall nur noch ein schwaches Flackern war.

„Vielleicht dumm und starrköpfig, aber sehr stark", fuhr Phylanna fort.

Kel lachte. „Du kannst froh sein, daß ich hier liege und mich nicht erheben kann, Frau."

Phylanna lächelte und sah fort. „Vielleicht."

Obwohl sowohl Phylanna als auch Rull ihn befragten, warum er nach Tilverton gekommen sei und welchen Glauben er habe, verriet er ihnen nur wenig über sich. Als der Kämpfer wissen wollte, wieviel er dem Priester für dessen Bemühungen schulde, erwiderte Rull nichts, sondern ging fort.

„Ich wollte ihn nicht beleidigen", sagte Kel. „Es ist üblich, daß..."

„Materielle Dinge sind unsere geringste Sorge", erwiderte die Priesterin. „Was deine Unterkunft angeht... "

Kel sah sich in der kleinen, fensterlosen Zelle um. „Ich habe eine Abneigung gegen so umschlossene Räume."

Phylanna lächelte. „Im Erhobenen Krug könnte ein Zimmer frei sein."

Kel schluckte. „Gegen diese Herberge habe ich auch eine Abneigung."

Phylanna verschränkte die Arme vor der Brust. „Dann wirst du bei mir bleiben müssen."

Es gab einen lauten Knall, und von der Treppe, die in den engen Raum führte, waren dröhnende Stimmen zu hören. Kelemvor setzte sich auf und griff nach seinem Schwert, aber Phylanna legte ihm eine Hand auf die Schulter und schüttelte den Kopf.

„Das ist im Tempel Gonds nicht erforderlich. Leg dich hin, damit du dich ausruhen kannst, bis ich zurückkehre."

„Warte!" rief Kel.

Phylanna drehte sich um.

„Wenn Rull fertig ist, bitte ihn, noch einmal zu mir zu kommen", sagte der Kämpfer. „Ich will mich entschuldigen."

„Ich werde ihn nach seiner nächsten Predigt herbringen", sagte sie.

„Allein", gab Kel zurück. „Ich muß mit ihm allein reden."

Phylanna wirkte irritiert. „Wie du willst", sagte sie und eilte aus dem kleinen Raum.

Kelemvor ruhte sich gut eine Stunde lang aus und fühlte sich in der engen Umgebung immer unbehaglicher, je besser es ihm ging. Die Bürger im Tempel des Gond waren wieder lautstark zu hören, und der Kämpfer hörte interessiert ihren Rufen zu, die sich in Rulls Predigt mischten.

„Tilverton wird fallen!" schrie jemand.

„Wir sollten alle nach Arabel oder Abendstern auswandern", meinte ein anderer.

„Ja! Gond kümmert sich nicht um uns, und Azoun wird eher Cormyr beschützen als uns!"

Rulls Stimme erhob sich über die Zwischenrufe, und er setzte zu einer erneuten Tirade gegen diejenigen an, die nicht länger Gond anbeteten. „Tilverton wird sicher verflucht werden, wenn wir vom Glauben abfallen! Fürst Gond hat mir seinen Heilzauber übertragen, oder etwa nicht?" rief der Priester und übertönte einige Minuten lang die Massen. Dann war die Predigt zu Ende, und Kelemvor hörte wieder Schritte auf der Treppe. Er griff nach dem Schwert.

Der Kämpfer legte seine Waffe sofort weg, als Rull eintrat. Die Wortgefechte mit den Menschen im Tempel hatten ihn sichtlich angestrengt. „Du wolltest mich sprechen", sagte er und ließ sich zu Boden sinken.

Ohne sich auf der Pritsche aufzusetzen, drehte sich Kel zu ihm um und seufzte: „Ich bin dankbar für das, was Ihr für mich getan habt."

Rull lächelte. „Phylanna hatte recht. Es ist nicht wichtig, ob du Gond anbetest oder nicht. Als sein Kleriker ist es meine Aufgabe, mit den Zaubern, die er mir gegeben hat, jeden zu heilen, der meine Hilfe braucht."

„Und die Menschen von Tilverton scheinen Eure Hilfe wirklich zu benötigen", fügte Kel an.

„Ja", stimmte Rull zu. „Sie verlieren den Glauben an Gond. Ich bin der einzige, der sie zu seiner Herde zurückbringen kann."

„Und wenn Ihr scheitert?"

„Dann wird die Stadt fallen", sagte der Priester. „Aber das wird nicht geschehen. Früher oder später werden sie auf mich hören."

„Natürlich", sagte Kel. „Wenn die Leute von Tilverton wüßten, daß Gond Euch auch im Stich gelassen hat und daß Eure heilende Magie nur von dem Stein stammt, den Ihr tragt, würden sie noch weniger auf Euch hören als im Moment. Sie würden sich für immer von Gond abwenden."

Rull erhob sich. „Es ist meine Magie. Sie ist ein Geschenk Gonds, um den guten Menschen von Tilverton zu zeigen, daß er immer noch um sie besorgt ist. Ich werde... "

„Du wirst tun, was ich sage", knurrte Kelemvor. „Sonst werde ich dich vor dem Volk von Tilverton bloßstellen. Selbst wenn ich mich irren sollte, werden mir die Leute glauben."

Rull ließ den Kopf sinken. „Was willst du?"

Kel setzte sich auf. „Ich brauche dich, um jemandem zu helfen, der noch schwerer verwundet ist als ich. Ich habe versprochen, auf seine Sicherheit zu achten, und dieses Versprechen muß ich einhalten."

„Ich nehme nicht an, daß dieser Jemand Gond verehrt?" fragte Rull. „Andererseits.... was hat das schon zu bedeuten?"

♦   ♦   ♦

Adon wanderte durch die Straßen und versuchte, jemanden zu finden, mit dem er reden konnte. Das schwere Unwetter hatte nachgelassen, und daß es vielleicht nicht gut war, nachts durch die Stadt zu laufen, in der Räuber und Mörder ihm auflauern konnten, kam ihm gar nicht in den Sinn. Selbst nachdem der Kleriker erfahren hatte, daß es in der letzten Woche eine ganze Reihe blutiger Morde gegeben hatte, streifte er weiter durch Tilverton. Er hatte etwas Wichtiges zu erledigen.

Von dem jungen Mann angefangen, der vor der Herberge gesessen und offenbar weder Regen noch Hagel wahrgenommen hatte, waren die Reaktionen auf die Fragen des Klerikers über den Zustand der Stadt einhellig apathisch. Die Augen der Bewohner Tilvertons waren einzig auf ihr eigenes Leid gerichtet.

Der Glaube sollte der Seele Auftrieb geben. Anbetung war die höchste Berufung, die sich der Kleriker vorstellen konnte – und doch hatte sich diese Betätigung für die Bewohner der Stadt zu einem Quell von Schmerz und Verbitterung entwickelt, von dem sie reichlich getrunken hatten und der ihnen jedes Gefühl für Freude und Vernunft genommen hatte.

SCHATTENTAL

Als Adon durch die Straßen Tilvertons ging und jeden ansprach, der ihm begegnete, kehrten die Worte in sein Gedächtnis zurück, die in dem dunklen Raum der Burg Morgrab gesprochen worden waren.

Wahrheit ist Schönheit, Schönheit ist Wahrheit. Nimm mich in die Arme, dann werden die Antworten auf all deine unausgesprochenen Fragen klar.

Adon wußte, daß Schönheit in der Wahrheit lag, schließlich verehrte er die Göttin der Schönheit. So verbrachte er die Nacht damit, verzweifelt zu versuchen, das Licht der Wahrheit in den Augen der armen Leute wiederaufflammen zu lassen, denen er begegnete. Unmittelbar vor Anbruch der Dämmerung hatte ihm eine Frau in die Augen gesehen, und ein schwacher Schimmer war in den ihren aufgeglommen, während er gepredigt hatte. Adons Herz war daraufhin von Hoffnung erfüllt gewesen.

„Gute Frau, die Götter haben uns nicht verlassen. Sie brauchen mehr denn je unsere Unterstützung, unsere Verehrung und unsere Liebe. Es liegt in unseren Händen, das goldene Zeitalter der Schönheit und der Wahrheit zurückzubringen, in dem die Götter uns wieder geneigt sein werden. Aber in dieser finsteren Zeit wird unser Glaube auf die Probe gestellt, und wir dürfen nicht verzagen. Wir müssen Trost im Glauben finden und unser Leben weiterleben. Dadurch werden wir den Göttern einen größeren Tribut zollen, als es mit dem stärksten aller Gebete möglich ist. Sune hat mich nicht erwählt, aber ich habe die Hoffnung nicht aufgegeben, eines Tages vor ihr zu stehen", sagte der Kleriker zu der Frau. Als Adon ihre Schultern packte, fühlte er sich versucht, die Frau zu schütteln, nur um zu sehen, ob es ihr half, seine Worte zu verstehen.

Die Alte sah Adon lange an, während ihr Tränen in die Augen schossen. Adon war froh, daß seine Worte zu ihr durchgedrungen waren.

Dann sprach sie.

„Es klingt, als wolltet Ihr Euch selbst von Euren Worten überzeugen", sagte sie bitter. „Geht, Ihr seid hier unerwünscht!" Dann wandte sie sich ab und schlug die Hände vors Gesicht, während sie laut schluchzend fortging.

Eine einzelne Träne lief über Adons Wange, als er weiterging und sich in der Finsternis verlor.

♦   ♦   ♦

Als Kelemvor erwachte, war Phylanna bereits gegangen. Ihre Seite des Bettes war kalt. Er dachte an ihre zärtlichen Küsse und an die Kraft, die er in ihrer Umarmung erfahren hatte, doch diese Gedanken verfinsterten sich mehr und mehr, als sein Verstand immer wieder zu einem Thema zurückkehrte.

Mitternacht.

Ariel.

Seine Schuld ihr gegenüber war beglichen, doch er konnte sie nicht vergessen.

Kelemvor wußte, daß Cyric inzwischen Besuch von Rull bekommen hatte. Er hoffte, daß Cyric bis zum nächsten Morgen soweit sein würde, zusammen mit Mitternacht die Stadt zu verlassen.

Am Ende des Ganges vor dem Schlafzimmer waren Geräusche zu hören. Kelemvor streifte sein Kettenhemd über, zog sein Schwert und stand aus dem wohlriechenden Bett der Priesterin auf. Sie hatte ihn in ihre Gemächer im obersten Stockwerk über dem Geschäft ihres Bruders geführt, das über eine Wendeltreppe zu erreichen war. Sie hatten kein Wort gesprochen, aber das war auch nicht nötig gewesen. Begegnungen wie diese hatten ihre eigene Sprache, und Kel wußte, daß er Tilverton am Morgen verlassen und nie wieder an diese Frau denken würde.

Er war sicher, daß sie die gemeinsame Nacht der Leidenschaft genauso betrachtete wie er.

Kelemvor öffnete die Schlafzimmertür und zog sich zurück, als er Phylanna am Ende des Ganges stehen sah. Das große Fenster stand offen, und der Mond tauchte ihren nackten Leib in fahles Licht, während sie die Arme ausgestreckt hielt und sich von den wallenden Vorhängen streicheln ließ, die vom kühlen Wind der Nacht bewegt wurden.

Der Kämpfer war im Begriff, die Tür zu schließen und sich wieder hinzulegen, als er aus dem Flur die Stimme eines Mannes hörte, der etwas in einer fremden Sprache sang. Kelemvor trat aus dem Zimmer und blieb abrupt stehen, als er den silberhaarigen Mann sah, der ihm im Tempel aufgefallen war.

Der Mann, der ihn „Bruder" genannt hatte und dann verschwunden war.

Phylanna tanzte voller Eleganz und Anmut. Sie hatte die Augen offen, aber sie schien Kel nicht zu sehen, der sich ihr näherte. Der Silberhaarige sang weiter, doch jetzt ruhte sein Blick auf dem Kämpfer. Die blaugrauen Augen des silberhaarigen Mannes flammten trotz der Finsternis auf, die seine Züge nicht erkennen ließ. Seine Gestalt war nur eine Silhouette im Mondlicht.

Der Mann hörte auf zu singen, als der Kämpfer Phylanna fast erreicht hatte. „Nimm sie", sagte er. „Ich will ihr nichts tun."

Phylanna brach in Kels Armen zusammen, der sie vorsichtig auf den Boden legte.

„Wer bist du?" fragte er.

„Ich trage viele Namen. Wie soll ich für dich heißen?"

„Es ist eine einfache Frage", gab der Kämpfer zurück.

„Auf die es keine einfache Antwort gibt", seufzte der Mann. „Du kannst mich Torrence nennen. Der Name ist so gut wie jeder andere."

„Warum bist du hier?" Kelemvor faßte das Heft seines Schwerts fester, als er fühlte, wie sich in seinem Magen etwas Finsteres, Gewaltiges regte.

„Ich wollte dich nach draußen holen, damit du dich meinem Mahl anschließen kannst. Komm und sieh."

Kelemvor trat ans Fenster und sah hinunter auf die Straße. Das Mädchen, das im Tempel neben dem Mann gestanden hatte, lag mit zerfetzter Kleidung dort unten, schien sonst aber unversehrt zu sein.

Noch.

Torrence erbebte, und die feinen weißen Haare auf seiner Haut wurden voller und dichter. Seine Kleidung schwebte zu Boden, während seine Wirbelsäule knackte und länger wurde. Sein Gesicht nahm den Ausdruck einer Bestie an, seine Kiefer schoben sich vor, während er einen kehligen Wohllaut ausstieß. Sein gesamter Körper veränderte sich. Er bewegte seine Gliedmaßen vor und zurück, bis die Knochen knarrten. Gewaltige Reißzähne säumten seine offenstehende Schnauze. Seine Fingernägel waren zu rasiermesserscharfen Klauen geworden.

„Ein Werschakal", brachte Kelemvor atemlos hervor.

Phylanna erwachte und sah verwirrt zu Kelemvor. Sie sah nicht das Monster, das neben dem Fenster stand. Kel sah Torrence an.

„Komm, Bruder. Ich teile mir dir."

Kelemvor kämpfte gegen das an, was sich in seiner Brust zu regen begann. Plötzlich entdeckte Phylanna den Werschakal und suchte hinter Kelemvor Schutz. „Gond stehe uns bei", rief sie.

„Ja, bring sie näher heran", sagte Torrence, „dann können wir uns an beiden laben."

„Verschwinde", rief Kelemvor, während er die Priesterin zurückstieß und sein Schwert hob. Die Angst in ihren Augen war nahezu unerträglich. „Jetzt!" schrie er, als er fühlte, daß vertraute Qualen mit seiner Seele zu spielen begannen.

Er rettete Phylanna vor dem Werschakal, aber für seine Heldentat würde er nichts bekommen.

„Ich habe mich geirrt. Du bist nicht von meiner Art. Du bist verflucht." Torrence sah Phylanna an, dann kehrte sein Blick zu Kelemvor zurück. „Du kannst sie nicht retten, Verfluchter. Sie wird für deine Täuschung mit dem Leben bezahlen!"

SCHATTENTAL

Kelemvor drehte sich langsam um, seine Haut war dunkel geworden und mit schwarzen Haaren überzogen. Er ließ sein Schwert fallen und zog das Kettenhemd aus. Er hatte es eben über den Kopf gestreift, als sein Fleisch explodierte und die Bestie in ihm den Werschakal ansprang, um ihn aus dem Fenster zu stoßen. Die silberhaarige Kreatur heulte auf, als sich die Bestien mitten im Sprung begegneten und zu Boden stürzten.

♦   ♦   ♦

Ein neuer Tag brach an. Adon wurde von den Schreien der Sterbenden aus seiner inneren Einkehr gerissen.

Der Kleriker näherte sich mit wachsendem Unbehagen der Quelle dieser Schreie, da sie sich nicht nach etwas anhörten, was ein Mensch von sich geben würde. Als er näherkam, sah er, daß viele Bewohner von den Lauten angelockt worden waren, als hätten sie den Schleier der Lethargie zerrissen, der über ihnen lag. Die Bürger standen da und sahen einen Alptraum.

Die Zuschauer standen an beiden Enden der Gasse, und Adon konnte nur hin und wieder eine verwischte Bewegung ausmachen – mal ein leuchtendes Weiß, dann eine große schwarze Gestalt, die einen Satz nach vorn machte und sich dann zurückzog, um ein unmenschliches Gebrüll auszustoßen. Zwei Gestalten schienen dort einen obszönen Totentanz zu vollführen.

Adon drängte sich an den Schaulustigen vorbei. Keiner der beiden Kämpfer war ein Mensch, obwohl einer von ihnen auf gekrümmten Hinterbeinen stand. Das Gesicht war das eines Schakals, doch es war menschliche Intelligenz in den graublauen Augen zu erkennen, die beunruhigt die Menschenmenge und die warme Sonnenscheibe betrachteten, die sich über den Horizont erhob. Die Kreatur war mit weichem Fell überzogen und blutete aus zahlreichen Wunden.

Die andere Bestie war Adon nur zu vertraut: der schlanke, schwarze, sehnige Körper; die stechenden grünen Augen; das aufgerissene, blutverschmierte Maul – und die Art, wie sie sich ihrer Beute näherte. All das erinnerte Adon an die unfaßbare

Szene, die er vor nicht allzu langer Zeit in den Bergen jenseits des Gnoll-Passes miterlebt hatte.

Die Bestie war Kelemvor.

Neben den sich duellierenden Schreckgestalten lag die Beute, um due sie offenbar stritten. Ein dunkelhaariges Mädchen lag reglos und mit zerfetzter Kleidung auf der Straße. Adon sah, daß das Mädchen atmete und seine Lider hin und wieder zuckten.

Der Panther stellte sich auf die Hinterläufe und fiel den Werschakal wieder an. Sie lösten sich voneinander, als sie auf der Blutlache wegrutschten, die sich unter ihnen gebildet hatte. Einige Blutspritzer trafen das Gesicht des Mädchens.

Adon wandte sich um und rief den Zuschauern zu: „Wir müssen den Schakal niederringen und das Mädchen retten!"

Niemand reagierte.

„Einer von euch muß doch irgendeine Art von Waffe mit sich führen... irgend etwas!"

Adon verfluchte sich, daß er seinen Kriegshammer in der Herberge gelassen hatte, und trat einen Schritt auf die beiden Kreaturen zu. Beide hielten abrupt inne und sahen ihn an. Dann schlug der Panther, der Kelemvor war, wieder nach dem Schakal, und sofort wurde der Kampf wieder aufgenommen. Adon wich zurück, bahnte sich einen Weg durch die teilnahmslose Menge, die das Spektakel beobachtete, und rannte durch die Straßen.

Immer wieder rief er zwei Namen, während er zum Erhobenen Krug eilte.

SCHATTENTAL

11

DIE SCHATTENKLUFT

„Er wird angegriffen?" fragte Mitternacht. „Von irgendeiner Bestie?"

„Ja, von einem Schakal mit silbernem Fell, der sich wie ein Mensch bewegt!" schrie Adon.

„Und die Leute aus der Stadt sehen nur zu?"

„Du hast doch gesehen, wie sie sich verhalten. Schnell jetzt. Kelemvor ist auch eine Bestie."

„Kel ist *was*?" fragte sie ungläubig.

Adons Schilderungen dessen, was er beobachtet hatte, ergab weder für Mitternacht noch für Cyric einen Sinn. Seine Panik hatte seine sonst so guten Beschreibungen und Schilderungen zunichte gemacht, und nur ein paar alptraumhafte Bruchstücke der gesamten Geschichte wurden etwas klarer, als der Kleriker wiederholt zu erklären versuchte, was er gesehen hatte.

Die Helden liefen die Treppe hinunter und stürmten aus der Herberge. Cyric, dem Rull von Gond einen merkwürdigen, aber erfolgreichen Besuch abgestattet hatte, durchtrennte die Leine, mit der ihre Pferde im Stall angebunden war, mit einem Messer, dann ritten sie aus dem Stall, als seien sie auf der Flucht – Cyric auf Kelemvors Pferd, Adon bei Mitternacht. Die Wegbeschreibung des Klerikers war unnötig, da die ganze Bevölkerung von Tilverton von dem Kampf aufgeweckt worden sein mußte. Männer, Frauen und Kinder drängten sich in der Gasse.

Mitternacht befahl Adon, auf die Pferde aufzupassen, und Cyric nahm seinen Bogen und einen guten Vorrat an Pfeilen mit. Sie schoben sich durch die Menge und stießen die Menschen links und rechts aus dem Weg. Unmittelbar bevor ein älteres Paar den beiden Platz machte, sah Cyric zu Boden und bemerkte, daß der graue Steinboden von einer großen Blutlache bedeckt war. Dann blickte er auf und zuckte zusammen, als sich ihm die bizarre Szene offenbarte.

Der Werschakal lag niedergemetzelt auf der Straße. Er zitterte und klammerte sich an sein Leben, obwohl der Tod offenbar nahe war. Ein riesiger schwarzer Panther lief lautlos hin und her und blieb immer wieder stehen, um von einer der vielen Blutlachen zu trinken, die sich rings um das praktisch tote Wesen gebildet hatten. Das Mädchen, das Adon hatte beschützen wollen, war ebenfalls zu sehen. Es hatte sich blutüberströmt gegen eine Hauswand sinken lassen und schluchzte laut. Es hatte sich zusammengekauert und sah immer nur kurz zu dem verwundeten Panther, der sich ihm mit jeder Runde näherte, die er um seine Beute machte.

Cyric legte einen Pfeil auf die Sehne, ohne Mitternachts Ruf wahrzunehmen. Jedes Geräusch schien zu ersterben, als er die Sehne spannte. Das schwache vibrierende Geräusch, das der Pfeil verursachte, als er am Bogen entlangglitt, war das einzige, was der dunkelhaarige Mann hörte. Er spürte ein leichtes Ziehen, das von seiner frisch verheilten Verletzung ausging.

Der Panther blieb stehen und sah Cyric an. Die Intensität dieser vollkommenen grünen Augen brachte den einstigen Dieb dazu, den Arm ein wenig zu entspannen. Die Bestie brüllte, und mit diesem Laut nahm er auch wahr, daß die Bürger ihm zujubelten und ihn anfeuerten zu tun, wozu sie nicht in der Lage waren.

Mitternacht wagte nicht, sich zu bewegen, da sie befürchtete, Cyric könnte sich erschrecken und den Pfeil loslassen. Sie erkannte die Wahrheit, als ihr Blick und der des Panthers einander begegnet waren. Adon war zu ihr getreten, ging an ihr vorbei und begab sich zu dem Mädchen, das an der Wand kauerte. Er nahm es an der Hand und zog es hinter sich her, bis sie die Menschenmenge auf der anderen Seite erreicht hatten. Der Panther ignorierte den Kleriker.

Ich will es verstehen, dachte Mitternacht. *Sieh mich an, verdammt!* Doch die Augen der Bestie ruhten nur auf ihrem potentiellen Richter.

Völlig unbemerkt tat der Schakal seinen letzten Atemzug.

Plötzlich sah der Panther fort und begann zu zittern, als hätte Cyrics Pfeil ihn getroffen. Die Bestie stieß einen Schmerzensschrei aus, dann fiel sie auf die Seite. Die Brust des Tiers barst, und zum Vorschein kamen der Kopf und die Arme eines Mannes. Augenblicke später waren von dem Panther nur noch etwas Fell und Blut übrig. Beides zersetzte sich rasch.

Kelemvor lag auf der Straße, nackt und blutig. Sein Haar war voll und schwarz und fiel ihm ins Gesicht, als er versuchte, sich aufzurichten, dann aber stöhnend zusammenbrach.

„Töte ihn!" rief jemand. Kel sah auf und entdeckte Phylanna, eine der Frauen, die er gerettet hatte. Sie stand vor ihm, ihr rotes Haar schien in der Morgensonne in Flammen zu stehen. „Töte ihn!"

Kel sah in ihr Gesicht und sah nur Haß.

Ja, dachte er. *Töte ihn.*

Einige Bürger wagten ein paar Schritte nach vorn, da Phylannas Aufforderung ihnen offenbar Mut gemacht hatte. Jemand fand einen Ziegelstein, der sich während des Kampfs gelöst haben mußte, und hob ihn über den Kopf.

Cyric stürmte vor, den Bogen immer noch gespannt. „Halt!" rief er. Die Menge blieb stehen. „Wer will zuerst sterben?"

Phylanna ließ sich von Cyrics Drohung nicht beeindrucken. „Töte ihn!" schrie sie.

Adon erhob sich von der Seite des verletzten Mädchens. „Es war nicht der Mann dort, der euresgleichen getötet hat! Dieses Mädchen wäre jetzt tot – abgeschlachtet von dieser *Mißgeburt* dort drüben –, wenn dieser Mann nicht eingeschritten wäre!"

Mitternacht trat neben Phylanna. „Adon hat recht. Laßt ihn in Ruhe, er hat schon genug gelitten." Die Magierin machte eine Pause. „Außerdem werden sich die von euch, die ihm etwas tun wollen, erst uns stellen müssen! Nun geht nach Hause!"

Die Bürger zögerten. „Geht", schrie Mitternacht. Tatsächlich drehten sie der Gruppe den Rücken zu und gingen. Kel hatte aber ihre Gesichter gesehen und wußte, welche Abscheu sie für ihn empfanden.

Phylanna starrte den Kämpfer an und sah, wie sein Haar wieder graue Strähnen bekam und wie sich die kleinen Falten in seinem Gesicht bildeten.

„Du bist unrein", sagte sie mit einem unglaublichen Haß in der Stimme. „Du bist verflucht. Geh fort. Deine Anwesenheit ist unerwünscht."

Dann drehte sie sich um und ging zu dem Mädchen, das Torrence als Mahlzeit hätte dienen sollen. „Geh", sagte sie zu Adon und nahm das Kind in den Arm. „Du bist auch nicht willkommen."

Kelemvor erhaschte eine Blick auf das Gesicht des Mädchens, das von Phylanna fortgetragen wurde. Er hoffte, in seinen Augen wenigstens eine Spur von Verstehen zu entdecken, doch da war nur Angst. Der Kämpfer sank wieder zu Boden, sein Gesicht war nur wenige Fingerbreit von dem Blut entfernt, das er vergossen hatte. Er schloß die Augen und wartete, daß auch die letzten Zuschauer – seine ehemaligen Verbündeten – sich entfernten.

„Geht es ihm gut?" fragte Cyric.

Kel war irritiert. Die Schritte des Mannes schienen sich zu nähern.

„Ich weiß nicht", sagte Mitternacht, kniete nieder und berührte seinen Rücken. „Kelemvor?"

Kel kniff die Augen zusammen. Er wollte nicht die Abscheu und Furcht in den Augen seiner Freunde sehen.

„Kelemvor, sieh mich an", sagte Mitternacht nachdrücklich. „Das bist du mir dafür schuldig, daß wir dich gerettet haben."

Kel wollte sich gerade umdrehen, als ein Laken hochgewirbelt wurde und sich langsam auf seinen Leib senkte. Er sah hoch und erkannte Adon, der ihm das Laken über den Rücken legte. Er wickelte das Laken um sich und hockte sich hin. Mitternacht und Cyric waren bei ihm.

In ihren Augen sah er nur Sorge, nichts anderes.

„Meine... Rüstung und mein Kettenhemd sind oben."

„Ich hole sie", sagte Cyric und ging langsam die Treppe hinauf, da seine Seite noch immer etwas schmerzte, nachdem er den Bogen so lange Zeit gespannt gehalten hatte.

Kelemvor sah Mitternacht ins Gesicht. „Du... du bist nicht von dem angeekelt, was du gesehen hast?"

Sie berührte sanft sein Gesicht. „Warum hast du nichts gesagt?"

„Ich habe es noch niemandem gesagt."

Cyric kehrte mit Kels Sachen zurück. Er legte sie neben ihn auf den Boden, dann wies er auf Adon. „Wir sorgen für deine Privatsphäre, während du dich anziehst. Vor uns liegt ein langer Weg, und auf den begeben wir uns am besten, solange die Sonne uns noch nicht in den Rücken scheint, sondern hoch am Himmel steht."

Adon paßte am anderen Ende der Gasse auf, währen Cyric in die Richtung ging, aus der sie gekommen waren. Kelemvor ließ den Kopf sinken, und Mitternacht fuhr ihm mit der Hand durchs Haar.

„Ariel", flüsterte er.

„Ich bin hier", erwiderte Mitternacht und drückte den Kämpfer an sich, bis er zu sprechen begann. Als er erst einmal angefangen hatte, seine Geschichte zu erzählen, mußte Kelemvor feststellen, daß er nicht aufhören konnte, bis die Vertrauensschuld bei Mitternacht erfüllt war.

◆   ◆   ◆

Der Fluch der Lyonsbanes war in Kelemvors Familie von Generation zu Generation weitergegeben worden. Kyle Lyonsbane war der erste und einzige Lyonsbane, der für seine Taten mit dem Fluch belegt worden war. Alle, die ihm folgten, erhielten ihn durch sein unreines Blut diesen Fluch, obwohl sie keine Schuld traf. Kyle war als mustergültiger Söldner bekannt gewesen: Jeder Auftrag hatte seinen Preis, und er war unerbittlich, wenn es darum ging, seine Bezahlung einzutreiben. Selbst trauernde Witwen blieben nicht verschont, wenn sie über das Gold verfügten, das ihm zustand.

Kyles Verhalten wurde ihm in einer Schlacht zum Verhängnis, als er vor der Wahl stand, eine verwundete Hexenmeisterin zu verteidigen oder sich weiter durch die feindlichen Linien voranzukämpfen, um deren Feste zu erreichen und als erster die großen Reichtümer zu plündern.

Mit Kyles Hilfe hätte die Hexenmeisterin vielleicht ihre Kraft wiedererlangen können, doch der Söldner wußte, daß sie sich gegen die Plünderung aussprechen würde, während er nicht den Nutzen darin erkannte, ihr zu helfen. Er ließ sie zurück, und sie starb durch Feindeshand. Doch noch vor ihrem Tod sprach sie einen Fluch über ihn aus, der ihn zwang, seine Jagd auf Beute in einer Gestalt auszuüben, die seinem Charakter besser entsprach als seine menschliche.

Als Kyle die Feste erreichte und versuchte, sich seinen Anteil am Gold zu nehmen, fühlte er eine plötzliche Schwäche. Er schleppte sich in eine abgeschiedene Kammer, wo er sich in einen kaum vernunftbegabten, fauchenden Panther verwandelte. Instinktiv wußte die Bestie, daß sie aus der Feste entkommen mußte. Erst nachdem er einen halben Tag lang auf der Flucht gewesen war und einen Reisenden getötet hatte, durchlitt Kyle die schmerzliche Rückverwandlung in den Menschen, der er zuvor gewesen war.

Für den Rest seiner Tage litt Kyle unter dem Fluch der Hexenmeisterin. Jedesmal, wenn er etwas tun wollte, was ihm eine Belohnung einbrachte, wurde er zur Bestie – und obwohl selbstlose, heroische Taten für den Söldner unter diesem Fluch zulässig waren, hatte er sich geschworen, nie solchen Aktivitäten nachzugehen. Er mußte sich vom Leben als Söldner verabschieden, das er so geliebt hatte, und vom Lohn früherer Abenteuer leben. Als sein Gold aufgebraucht war und ihm nichts mehr übrig blieb, als sich von der Familie seiner Frau unterstützen zu lassen, nahm er sich das Leben, bevor er sich den Stempel der Armut aufdrücken ließ oder irgendwelche guten Taten vollbrachte.

Ehe Kyle starb, zeugte er noch einen Sohn, bei dem sich aber erstaunlicherweise eine Umkehr des Fluchs manifestierte: Kyle konnte nichts tun oder machen – außer es ging darum, sein eigenes Leben zu schützen –, wenn ihm nicht ein Lohn in Aussicht gestellt wurde. Wenn er etwas leistete und dafür nicht entlohnt wurde oder wenn er etwas aus reiner Nächstenliebe tat, wurde er zum Panther und war gezwungen zu töten.

Ein des Weges kommender Magier stellte die Theorie auf, daß der ursprüngliche Fluch als Bestrafung für Bösartigkeit und Habgier gedacht war. Da aber jedes Kind bei seiner Geburt unschuldig ist, fand der Fluch nichts, was er bestrafen konnte, und veränderte sich so, daß er das Unschuldige und Gute in Kyles Sohn bestrafte.

Die Absicht des Fluchs war ins Gegenteil verkehrt worden, und so entstand eine lange Linie von Söldnern, die so blutrünstig und skrupellos waren wie einst Kyle Lyonsbane. Es war Lukyan, Kyles Enkel, der eine drohende Gefahr in dem Fluch erkannte, als Kyle alt und senil wurde: Der alte Söldner konnte sich nicht länger daran erinnern, ob eine Belohnung in Aussicht gestellt und ausgehändigt worden war. Dadurch verwandelte sich der alte Mann ohne Anlaß in die Bestie und wurde so zur Gefahr für alle, die sich in seiner Nähe aufhielten. So entstand im Lyonsbane-Clan die Verpflichtung für jeden Sohn, den Vater zu töten, sobald dieser fünfzig Sommer alt geworden war.

Die Familie überlebte viele Generationen, aber die rituelle Tötung des Vaters war nicht immer erforderlich, da der Fluch nicht jede Generation traf. Kelemvors Vater und Onkel beispielsweise waren von der Wirkung des Fluchs nie betroffen gewesen und konnten völlig frei leben. So wie Kelemvor waren jedoch alle Söhne, die Kendral Lyonsbane zeugte, nicht so vom Glück gesegnet wie ihr Vater.

Kelemvor war ein Nachfahr der siebten Generation von Kyle und hatte sein Leben lang versucht, sich von dem Fluch zu befreien. Er sehnte sich danach, Gutes und Gerechtes zu tun, aber die Jahre verstrichen, ohne daß die Hoffnung auf Heilung sich erfüllt hätte. Vor ihm lag nur der blutige Pfad des Söldners, der für alles entlohnt wurde, was er unternahm.

Kelemvor war am Ende der Geschichte und wartete, daß Mitternacht etwas sagte. Sie war ruhig gewesen und hatte den Kämpfer sanft berührt, als er gesprochen hatte.

„Wir werden einen Weg finden, dich zu heilen", sagte sie dann.

Kelemvor sah in ihren Augen eine Mischung aus Mitleid und Bedauern.

„Wirst du mich nach Schattental begleiten?" fragte Mitternacht schließlich. „Ich biete dir eine akzeptable Belohnung."

Der Kämpfer nahm nicht den Blick von ihr. „Ich muß wissen, was."

„Meine Liebe."

Kelemvor berührte ihre Hände. „Dann komme ich mit", sagte er und drückte sie an sich.

◆   ◆   ◆

Als Kelemvor und seine Gefährten zum Erhobenen Krug zurückkritten, hielt Cyric einige Male, um die Vorräte zusammenzustellen, die sie für ihre Reise nach Schattental benötigten. Er fand Pferde für Adon und für sich, und für die Gruppe besorgte er Fleisch und Brot. Als sie die Herberge erreicht hatten, ging Mitternacht zusammen mit Kelemvor hinein, um ihre Habseligkeiten zu holen. Cyric und Adon warteten vor der Tür.

Schattental

Der junge Mann mit den blaßgrauen Augen saß von ihnen unbemerkt im Schatten neben der Tür. Zwischen Cyric und Adon herrschte unbehagliches Schweigen. Cyric sah hinüber zur Hauptstraße von Tilverton und entdeckte eine Gruppe von Reitern, die vom Tempel kommen mußten. Eine Holzdiele knarrte, und Cyric drehte sich gerade noch rechtzeitig um, um den jungen Mann zu bemerken, der sich aus dem Schatten hinter Adon erhob und ein Messer in der Hand hielt. Cyric war schon in Bewegung, als sich der Kleriker umdrehte. Die Klinge zerschnitt die Luft und war sogar für den einstigen Dieb zu schnell. Blut spritzte gegen die Wand, als das Messer Adons Gesicht traf.

Cyric riß den bewußtlosen Kleriker mit einer Hand zurück, als der Mann mit den grauen Augen erneut zuschlagen wollte. Der einstige Dieb hielt schon den Dolch in der freien Hand und machte eine Vorwärtsbewegung. Im nächsten Moment hatte er den Angreifer durchbohrt.

„Ich sterbe zum Ruhme Gonds", sagte der Mann und fiel nach hinten in seinen Stuhl.

Mitternacht und Kel kamen aus der Herberge. „Nimm ihn", sagte Cyric und schob Kelemvor den Kleriker zu. Adons Gesicht war blutig. Mitternacht half Kel, sich um den verwundeten und bewußtlosen Freund zu kümmern, während Cyric loseilte und die Pferde holte.

Der Mann mit den grauen Augen hielt die Hände auf den Bauch gepreßt. „Phylanna hat uns gewarnt", sagte er und wies auf Kelemvor. „Sie sagte uns, Fürst Gond habe ein Monster zu uns geschickt, um uns zu testen. Nur wenn wir es töten, können wir beweisen, daß wir würdig sind, Fürst Gond, den Wunderbringer, hier zu empfangen... "

Der Mann kippte vom Stuhl und landete auf den Knien.

Cyric sah zur Straße. Die Reiter, die vom Tempel gekommen waren, näherten sich rasch und würden jeden Moment hier sein. "Wir müssen jetzt los, Kel", sagte er und drehte sein Pferd so, daß es nicht zum Tempel gewandt dastand, sondern zur Straße nach Norden und damit nach Schattental.

Mit einer Schnelligkeit, die aus der Verzweiflung geboren war, legte Kelemvor sich Adon über die Schulter und stieg auf sein Pferd. Mitternacht nahm Adons Habseligkeiten an sich und eilte zu ihrem Pferd. Die Bewohner der Stadt waren ihnen immer noch auf den Fersen, als sie die Straße erreicht hatten und sich auf den Weg quer durch die Steinländer machten.

Die Helden ritten in die Nacht, ihre Verfolger waren nie sehr weit entfernt. Kelemvors Plan war einfach: Die Reiter waren nicht auf einen langen Ritt vorbereitet und würden früher oder später eine Rast einlegen oder sogar umkehren müssen. Sie abzuschütteln war einfach eine Frage der Ausdauer.

Es war früher Morgen, als die Reiter aus Tilverton merklich zurückfielen. Die Helden erreichten einen kleinen See in der Nähe der Schattenkluft. Das Wasser war von vereinzelten Bäumen umgeben, müden Wächtern, die sich danach sehnten, sich hinabzubeugen und sich im klaren Wasser zu erfrischen. Kelemvor wußte, daß die Gruppe es sich nicht erlauben konnte, Rast zu machen, obwohl er fast der Versuchung erlag, die das kühle Wasser für ihn darstellte. Während sie am See entlangritten, hoffte der Kämpfer, daß die Willenskraft ihrer Verfolger es mit seiner eigenen nicht aufnehmen konnte.

Einige Minuten später stießen sie einen Jubelschrei aus, als sie sahen, daß Phylanna und die Gondgläubigen am See angehalten hatten. Zwar hatten sie jetzt einen beträchtlichen Vorsprung und waren auch recht müde, dennoch ritten sie bis fast zur Hochsonne weiter. Da sie bis dahin seit gut zwei Stunden nichts mehr von der Gruppe gesehen hatten, die ihnen gefolgt war, legten sie eine Rast ein, die lange genug war, um zu essen und zu trinken. An Schlaf war aber nicht zu denken.

Während sich Cyric und Kelemvor um die Pferde kümmerten, sah Mitternacht nach Adon und nahm sich die Zeit, seine Wunde zu versorgen. Er hatte viel Blut verloren und war noch nicht aus der Bewußtlosigkeit erwacht, dennoch erwartete die Zauberkundige, daß er es bis zum Verdrehten Turm in Schattental schaffen würde. Als die Helden aber zum Aufbruch bereit waren und Adon auf Kelemvors Pferd gehoben hatten, fragte Mitternacht, ob es für den Kleriker nicht vielleicht besser gewesen wäre, nicht wieder zu erwachen.

Im Laufe des Tages kamen sie der Schattenkluft immer näher. Zur Hochsonne wirkten die gewaltigen Granitfelsen, die die stahlgraue Gebirgskette bildeten, fast geisterhaft, da das Licht nahezu senkrecht ins Tal zwischen den Bergen fiel und es in einen hellen Schein tauchte. Die vier wunderten sich, wie dieser Ort zu seinem Namen gekommen war. Doch als es Nachmittag wurde und sich die Helden den Bergen weiter näherten, mußten sie schnell erkennen, daß der Name mehr als gerechtfertigt war.

Als die Sonne sich Richtung Westen bewegte, legte sich ein Schleier aus Finsternis über den Weg vor ihnen, da die gewaltigen Gipfel der Schattenkluft jeden Sonnenstrahl blockierten. Lange vor Anbruch der Nacht hatten sie das Gefühl, von kühler dünner Luft umgeben zu sein, obwohl die Sonne die Steinländer südlich der Kluft ebenso ausdörrte wie die Wüstenschlundberge im Westen.

Dennoch ritten die Helden weiter, bis sich die Dämmerung kurz vor Einbruch der Nacht über die Steinländer senkte. Der Boden unter ihnen begann, sonderbare Geräusche von sich zu geben, die Kelemvor zunächst ignorierte, da er glaubte, es handle sich lediglich um unterirdische Felsrutsche oder die Erde werde sich wieder beruhigen, nachdem der Regen noch vor kurzem über das Gebiet gezogen war. Doch dann begannen sich die Berge rund um die Schattenkluft zu bewegen.

Im ersten Moment glaubte Mitternacht, der Schlafmangel sorge dafür, daß ihre Sinne sie täuschten, doch dann sah sie, daß sich der Gebirgskamm westlich von ihr langsam in ihre Richtung drehte. Im Osten stürzten gewaltige Felsblöcke von den Klippen und schlugen zwischen den Bäumen ein, die sie zerdrückten oder entwurzelten.

Die Erde bebte, was die Pferde erschreckte. Der Lärm wurde ohrenbetäubend, und bald schlugen die Felsblöcke in immer geringerer Entfernung ein und zermalmten bereits die Bäume, die am Wegesrand standen. Der Weg durch die Schattenkluft wurde enger, und im Nordosten stiegen neue Berge aus dem Boden empor.

„Wir müssen es auf die andere Seite schaffen", rief Kelemvor und rammte die Absätze seiner Stiefel fester in die Flanken seines Pferdes. „Los!"

Als der Kämpfer auf dem schmaler werdenden Weg voranritt, während sich Cyric und Mitternacht dicht hinter ihm hielten, wurde offenbar, daß die beiden Gebirgskämme sich aufeinander zu bewegten, um die Kluft zu verschließen. Felsen und Geröll schlugen rings um sie ein, entwurzelten Bäume und ließen riesige Staub- und Schmutzwolken aufsteigen, die den Abenteurern eine Sicht von nur wenigen Fuß erlaubten. Sie hatten keine andere Wahl, als so schnell zu reiten, wie es nur ging. Zwar bestand die Gefahr, auf dem Weg von einem Felsblock getroffen zu werden, doch wenn sie zögerten und nur vorsichtig weiterritten, würden sie von den Bergen zermalmt werden.

Während sie durch das Chaos ritten, schlug die Natur erneut zu. Mitternachts Pferd merkte es zuerst und wurde abrupt langsamer, obwohl die Magierin alles versuchte, um das Tier zur Eile anzutreiben. Die Farbe der Wolken, die sich auf einmal um sie legten, war die trüben Bernsteins. Sie mußten sich Mund und Nase zuhalten, um nicht die übelriechenden Gase einzuatmen, aus sich denen der dichte Nebel zusammensetzte. Als ihnen keine andere Wahl mehr blieb, mußten sie notgedrungen einatmen. Die wabernde Luft brannte verheerend in ihren Lungen, und ganz gleich, in welche Richtung sie sahen – der Nebel war überall.

SCHATTENTAL

Auch den Pferden fiel das Atmen schwer, aber sie jagten japsend und keuchend weiter. Der Nebel ließ die Helden kaum erkennen, wohin sie sich bewegten, aber es schien, als würden sich die Berge nicht mehr so schnell nähern, seit sich die Wolken gebildet hatten.

Cyric wußte, daß es ein Wunder war, daß sie überhaupt so lange überlebt hatten. Wenn die Berge erst einmal wieder anfingen, sich so rasch zu verschieben, würden die Abenteurer von einer Lawine aus Erde, Felsen und Bäumen mitgerissen werden, bevor sie die Schattenkluft verlassen hatten.

„Wir sollten kurz anhalten", sagte Mitternacht keuchend und hustend. „Wir müssen uns orientieren und sicherstellen, daß wir noch in die richtige Richtung reiten."

„Ja", japste Kelemvor. „Im Moment können wir es wohl wagen."

Die Helden hielten an und ließen ihre Pferde einen Augenblick ruhen. Sie suchten im Nebel nach markanten Punkten, etwas, das sie inmitten der Zerstörung nach Norden lotsen würde. Doch der Nebel war zu dicht, zudem wurde es bereits dunkel, so daß sie Cyrics Vermutung zustimmten.

„Ich glaube, wir bewegen uns in die richtige Richtung", sagte der einstige Dieb, als sie bereit waren, weiterzureiten und aufstiegen. „Wir haben eh keine Wahl, als dem Weg zu folgen, von dem wir annehmen, daß er durch die Kluft führt."

Mitternacht lachte. „In dem bizarren Wald kurz hinter Arabel hat uns das sehr geholfen."

Als Cyric und Kelemvor einander einen finsteren Blick zuwarfen und ihre Pferde antrieben, um loszureiten, schrie Mitternacht plötzlich auf. Eine Ratte mit leuchtend roten Augen und einem immens aufgeblähten Körper schoß aus dem Nebel auf sie zu. Die Magierin schlug nach der Kreatur, die so groß war wie der Unterarm eines kräftigen Mannes und bei dem Aufprall laut quietschte. Die Ratte fiel zu Boden und rannte fort.

Dann hörten die Helden ein Geräusch, das sogar Kelemvor Gänsehaut bereitete. Rings um sie war lautes, schrilles Quieken zu hören, das von den Felswänden zurückgeworfen wurde. *Das müssen mindestens zweihundert sein*, dachte Cyric, als die erste Horde riesiger Ratten durch den Nebel heranstürmte.

Kelemvors Pferd bäumte sich auf und warf Adon fast ab. „Hinter mich!" schrie Mitternacht. Plötzlich entstand ein bläulich-weißer Schild um die Helden, der die riesigen Ratten abprallen ließ.

Kelemvor versuchte, sein Pferd innerhalb des Schilds zu beruhigen. „Findest du nicht, daß es etwas zu riskant ist, hier einen Zauber zu wirken? Ich meine, du hättest die Ratten auch in Elefanten verwandeln können."

„Wenn du so unglücklich darüber bist, Kelemvor, könnte sie den Schild ja auch wieder senken", sagte Cyric.

Der Kämpfer sagte nichts, Mitternacht lächelte nur, drehte sich aber nicht zu ihren Gefährten um, sondern konzentrierte sich darauf, den Schild aufrechtzuerhalten, während eine Ratte nach der anderen an der magischen Barriere abprallte.

Cyric sah den Nagern nach, die an ihnen vorbeirasten. „Sie scheinen sich gar nicht für uns zu interessieren", sagte er. „Ich frage mich, ob sie vor etwas weglaufen oder ob das Beben ihre Nester zerstört hat."

Nachdem die letzte Ratte außer Sichtweite war, fiel der Schild in sich zusammen, als hätte man mit einem Hammer einen Spiegel zerschlagen. Dann verschwanden auch die Scherben. „Ich glaube, wir sollten uns sofort aufmachen", sagte Kelemvor. Die Helden begannen, sich einen Weg um die umgestürzten Bäume und Felsblöcke herum zu bahnen.

Sie ritten stundenlang durch die Nacht, aber der Nebel ließ nicht nach. Kelemvor spürte, wie das Gefühl der Übelkeit in seinem Magen immer stärker wurde, das ohne jeden Zweifel von der beißenden Luft verursacht wurde. Er fühlte sich schwach und müde, und manchmal war er sicher, sich jeden Augenblick übergeben zu müssen, obwohl es nie dazu kam. Gelegentlich schienen sich die Berge vor ihnen leicht zu verschieben, doch Kel war an dieses Geräusch mittlerweile so gewöhnt, daß er es gar nicht mehr wahrnahm.

Dann endlich ließ der Nebel etwas nach. Die Stimmung der Helden besserte sich schlagartig, da sie plötzlich leichter atmen konnten. Auch der Weg wurde angenehmer. Nachdem sie ihre Pferde auf einer Strecke von mehr als anderthalb Kilometern zu Fuß geführt hatten, da der Boden von Felsbrocken übersät gewesen war, konnten sie jetzt wieder aufsitzen und weiterreiten. Adon wurde auf Mitternachts Pferd gelegt, dann trieb Kel sein Tier zur Eile an, um zu erkunden, was vor ihnen lag.

Der Söldner merkte nach einem kurzen Stück, daß der Nebel sich völlig aufgelöst hatte und er endlich wieder saubere, klare Luft einatmen konnte. So weit im Norden war kein Geröll von den Bergen gestürzt, und allem Anschein nach waren sie nun außer Gefahr. Doch das Land im Norden der einstigen Schattenkluft hatte sich auch verändert. Es war nun seltsam und schön zugleich.

Die Straße strahlte weiß und zeigte auf einer Strecke von einigen Kilometern, wo sie reiten mußten. Dann verlor sie sich in den zerklüfteten Ausläufern einer schönen Gebirgskette, die aussah, als sei sie vollständig aus Glas.

Cyric und Mitternacht schlossen zu Kel auf, der noch immer die merkwürdigen Berge im Nordosten betrachtete.

„Wo sind wir?" fragte Cyric, der sein Pferd anhielt und abstieg. „Ich kann mich nicht erinnern, daß es irgendwo in den Reichen gläserne Berge geben soll."

„Ich glaube, sie sind neu", erwiderte Kel. „Wir haben uns in die richtige Richtung bewegt, wir befinden uns nördlich der Schattenkluft." Der Kämpfer wies in Richtung Westen. „Sieh doch, da sind die Wüstenschlundberge, und das direkt vor uns im Norden ist der Spinnenspukwald."

„Dann sitzen wir in der Falle", sagte Mitternacht und ließ den Kopf hängen. „Die Berge können wir nicht überwinden, und sie liegen genau in der Richtung, in die wir reisen müssen."

Die Helden schwiegen. „Dann müssen wir eben durch die Wälder", meinte Cyric schließlich. „Umkehren können wir nicht, und wenn uns Mitternacht nicht gerade auf ihrem Besen über die Berge fliegen will, dann ist das unsere einzige Möglichkeit."

„Wenn sie einen Besen hätte, würde der im Moment wahrscheinlich eh nichts nützen", sagte Kelemvor und ritt auf den Wald zu.

Als die Gruppe sich ihnen näherte, regte sich in den Bäumen etwas. Es hatte die Größe eines Pferdes, acht dünne Beine und eisblaue Augen.

Während Mitternacht und Kelemvor zu den glühenden Augen im Wald sahen, warf Cyric einen letzten Blick auf die Schattenkluft. Aus dem Nebel schälte sich eine Gruppe Reiter. „Die Reiter aus Tilverton!" rief der ehemalige Dieb. Cyric riß sein Pferd herum, dann griff er nach seinem Bogen.

Kel zog sein Schwert und ritt neben Cyric, während Mitternacht nach einem rettenden Fluchtweg suchte. Die Schemen huschten jetzt schneller zwischen den Bäumen hin und her und patrouillierten am Waldrand.

Mitternacht stieg ab und trat den nahenden Reitern in den Weg. Obwohl sie überaus erschöpft war, zog sie den Dolch und wappnete sich für den Kampf. Das unnatürliche Leuchten der Straße tauchte die Szene in ein unwirkliches Licht, das es den Helden ermöglichte, die Reiter klar und deutlich zu sehen, die sich ihnen näherten. Mitternacht erkannte den Kahlköpfigen an der Spitze wieder.

Drachenaugen.

„Thurbrand", sagten Kel und Mitternacht gleichzeitig.

Der hielt sein Pferd an und stieg ab. „Ich grüße euch", sagte er zu Kel und Cyric, dann sah er Mitternacht an. „So sieht man sich wieder, hübsche Narzisse."

Schattental

„Wie habt ihr es durch die Schattenkluft geschafft?" fragte Kelemvor, während er sein Schwert wegsteckte.

„Wie ihr auch. Ich habe schon Schlimmeres erlebt", sagte Thurbrand. „Als wir die Berge erreichten, waren sie ohnehin fast zum Stillstand gekommen. Es war nicht so schlimm."

Einer seiner Leute räusperte sich unüberhörbar. „Nun, wir haben einen Mann verloren", fügte Thurbrand an. „Er wurde von einem Felsblock erschlagen."

„Und die Tilvertoner?" fragte Mitternacht besorgt. „Diejenigen, die uns verfolgten?"

„Sie mußten ein wenig zur Umkehr überredet werden. Wir haben dabei zwei unserer Leute verloren, sie aber ein ganzes Dutzend", sagte Thurbrand. „Das hat sie überzeugt."

Cyric schüttelte den Kopf. *Narren*, dachte er. *Sterben für einen Gott, der sich nicht einmal für sie interessiert.*

„Übrigens", fuhr Thurbrand fort, „solltet ihr wissen, daß eine Schwadron Meuchelmörder aus der Zentilfeste hinter euch her ist, um euch zu töten. Sie sind Tyrannos' Elitetruppe, sie wurden praktisch von Geburt an darauf trainiert."

Cyric holte tief Luft. „Sie tragen knochenweiße Rüstungen, ihre Haut ist gebleicht. Tyrannos' Symbol ist mit schwarzer Farbe auf ihr Gesicht gemalt." Der ehemalige Dieb schauderte. „Ich wäre als Kind fast an sie verkauft worden. Wenn sie uns finden, sind wir praktisch tot."

„Und was jetzt?" überlegte Mitternacht.

Thurbrand betrachtete die Gruppe. „Ihr habt einen Verwundeten. Er sollte versorgt werden. Außerdem kann ich mir vorstellen, daß ihr schon seit einiger Zeit weder gegessen noch geschlafen habt."

„Aber was ist mit den Assassinen?" fragte Kelemvor und sah unruhig zur Schattenkluft.

„Wir können natürlich auf sie warten", sagte Thurbrand und bedeutete seinen Leuten, näherzukommen. „Wenn sie so gut ausgebildet sind, nützt es nichts, vor ihnen wegzulaufen. Da wird es am besten sein, wenn wir ihnen hier zu unseren Bedingungen gegenübertreten."

Mitternacht legte eine Hand auf seinen Arm. „Warum seid ihr uns gefolgt?"

Thurbrand drehte sich um, sagte aber nichts.

„Warum seid ihr hier?" fragte Mitternacht leise.

„Meine Leute werden sich um den Kleriker kümmern, dann können wir reden."

„Verdammt", rief Kel. „Sag endlich, was du willst." Im gleichen Moment zogen Thurbrands Leute die Schwerter.

Er legte die Stirn in Falten. „Habe ich das noch gar nicht erwähnt? Ihr vier werdet gesucht, weil man euch in Arabel verhören will. Die Anklage lautet Verrat. Im Grunde seid ihr alle verhaftet."

Der Kahlköpfige bedeutete seinen Männer, die Schwerter wieder wegzustecken, dann entfernte er sich.

◆   ◆   ◆

Tyrannos war mit Schwarzdorn allein in seinem Thronsaal. Schwarzdorn stand neben der riesigen Tür des Raums, dessen Zentrum von einer bernsteinfarbenen Wolke erfüllt war, in der ein großer fleckiger Schädel zu sehen war.

„Ich bin beeindruckt, Myrkul", sagte der Schwarze Fürst, während er auf und ab ging. „Wie du mir in Erinnerung gerufen hast, war unsere letzte Zusammenarbeit alles andere als ein durchschlagender Erfolg. Als ich dich nach meinem Kampf mit Mystra um deine Unterstützung bat, hast du nur gelacht. Ich aber bin höflich genug, um sogar mitten in der Nacht zu reagieren, wenn du mich anrufst."

„Was bedeutet uns schon die Tageszeit?" gab Myrkul zurück. „Willst du nun meinen Vorschlag hören?"

„Ja, rede doch weiter!" rief Tyrannos ungeduldig und ballte die Fäuste.

Myrkul räusperte sich. „Ich glaube, wir sollten uns noch einmal zusammentun. Es spricht einiges für deinen Plan, die Macht der Götter zu vereinen, was mir erst jetzt klargeworden ist."

Schattental

„Und wieso?" fragte Tyrannos müde, während er sich zu seinem Thron schleppte und dort niederließ. Die bernsteinfarbene Wolke folgte ihm. „Bist du es so wie ich leid, deine Zeit in diesen Fesseln aus Fleisch zu verbringen?"

„Das ist die eine Überlegung", sagte Myrkul. „Ich weiß auch, wo du noch eine Himmelstreppe findest. Die brauchst du, um auf die Ebenen zurückzukehren, nicht wahr?"

„Sprich weiter", forderte der Schwarze Fürst ihn auf.

„Du hast mir von deinem Plan erzählt, in die Täler einzufallen. Wußtest du, daß es eine Treppe gleich vor den Toren des Tempels des Lathander in Schattental gibt?"

„Ja, ich weiß von dieser Treppe", sagte Tyrannos. „Aber ich weiß deine Bemühungen zu schätzen."

Der Schwarze Fürst lächelte. Daß es in Schattental eine Himmelstreppe gab, war für Tyrannos tatsächlich keine Neuigkeit, doch bislang hatte er deren genaue Position nicht gekannt. Natürlich wäre es Tyrannos nie in den Sinn gekommen, den Fürsten der Knochen wissen zu lassen, daß dieser wertvolle Informationen herausgefunden hatte.

Der geisterhafte Schädel schloß die Augen. „Wie kann ich es wiedergutmachen, daß ich dich als Verbündeten so enttäuscht habe. Ich will dir in jeder erdenklichen Hinsicht behilflich sein."

Tyrannos zog eine Augenbraue hoch und stand auf. „Du weigerst dich nach wie vor, direkt am Kampf teilzunehmen, wie willst du mir da behilflich sein?"

„Ich habe noch immer eine gewisse Kontrolle über die Toten. Ich... ich kann die Kraft aus der Seele eines Menschen an mich reißen, wenn er stirbt."

Tyrannos näherte sich dem Schädel. „Kannst du mir diese Kraft übertragen?"

Der Schädel nickte.

Tyrannos überlegte, dann sagte er: „Meine Bedingungen sehen so aus: Du wirst die Seelen aller an dich nehmen, die im Kampf sterben, und diese Energie an mich weiterleiten."

„Und dann?" fragte Myrkul.

„Du wirst dich bereithalten, um dich mir anzuschließen, wenn der Angriff auf die Ebenen beginnt. Wenn die Zeit gekommen ist, die Himmelstreppe zu stürmen, wirst du an meiner Seite sein. Wir werden erst meine Anhänger hinaufschicken, die den Kampf überleben, damit sie Helm attackieren. Wenn er sie tötet, wird er mich um so stärker machen, während er selbst geschwächt wird. So beschleunigt er seine eigene Vernichtung."

Der Schädel im Nebel blieb ausdruckslos, dann nickte er. „Ja. Gemeinsam werden wir die Ebenen zurückerobern, und vielleicht können wir gar Ao vom Thron stoßen."

Tyrannos hob die Faust. „Nicht *vielleicht*. Wir *werden* ihn stürzen!"

Dann löste sich die Wolke auf, und Myrkul war verschwunden. Tyrannos ging zu der Stelle, an der der Schädel zuletzt geschwebt hatte. „Was dich angeht, Myrkul, werden wir solange Verbündete sein, wie es mir nutzt."

Er lachte. Die Zeremonien, die Myrkul vornehmen mußte, um Tyrannos mit der Macht zu versorgen, um die er gebeten hatte, würden den Fürst der Knochen und die meisten seiner Hohepriester schwächen. Wenn die Zeit gekommen war, um die Treppe zu besteigen, würde Myrkul auf Tyrannos' Kraft bauen. Er würde den Verrat nicht ahnen, den Tyrannos plante.

„Schwarzdorn", sagte Tyrannos. „Bereite meine Gemächer vor."

Der Gesandte eilte am Schwarzen Fürsten vorbei.

„Ich glaube, heute nacht werde ich gut schlafen."

12

DER SPINNENSPUKWALD

„Nimm den Fuß aus meinem Gesicht", sagte Thurbrand und griff nach seinem Schwert.

Es war kurz vor dem Frühstück, und der Kahlköpfige war von einer Serie von Tritten in den Rücken aus einem kurzen Schlaf gerissen worden. Als er die Augen öffnete, sah er die Sohle von Kels Stiefel.

„Verräter? Was soll das heißen, wir vier werden in den Reichen als Verräter bezeichnet?" herrschte Kel ihn an.

„*Mutmaßliche* Verräter", erwiderte Thurbrand. „Und jetzt nimm bitte deinen Fuß weg, ehe ich ihn dir abschlage."

Kelemvor trat von dem kahlköpfigen Mann zurück. Thurbrand stand auf und ließ Rücken, Hals und Schultern knacken, als er sich streckte und reckte. Die Abenteurer und Thurbrands Gruppe hatten ihr Lager am Rand des Spinnenspukwalds aufgeschlagen.

„Wie geht es deinen Gefährten, Kelemvor?" fragte Thurbrand und stand auf, um sich etwas zu essen zu holen.

„Sie leben."

Thurbrand nickte. „Und Mitternacht? Ist sie wohlauf? Wir haben da noch eine Schuld zu begleichen... "

Kelemvors Schwert war aus der Scheide, ehe Thurbrand seinen Satz beenden konnte.

„Betrachte sie als getilgt."

Thurbrand runzelte die Stirn. „Ich will nur meine Haare wiederhaben."

Kel sah sich um. Das unverwechselbare Geräusch, das sein Schwert verursacht hatte, als er es gezogen hatte, war im ganzen Lager zu hören gewesen. Mindestens sechs Männer standen mit gezückter Klinge da und warteten nur auf ein Wort ihres Anführers.

„Oh", sagte Kel und steckte das Schwert weg. „Ist das alles?"

Thurbrand kratzte sich den kahlen Schädel. „Das reicht mir", sagte er. „Auch wenn meinen Mätressen diese Frisur zu gefallen scheint."

Kelemvor lachte und setzte sich zu Thurbrand, der etwas aß. Cyric, der von dem Streit geweckt worden war, kam zu ihnen. Er ging langsam, und im hellen Schein der Morgensonne waren die Prellungen an seinen Armen zu sehen, die der Ritt durch die Schattenkluft hinterlassen hatte.

„Du siehst aus – ", begann Kelemvor, als sich der einstige Dieb näherte.

„Sag es nicht", unterbrach Cyric und griff nach dem Essen. „Wenn du so aussähest oder dich so fühltest wie ich, dann wärst du tot."

„Du bist es aber nicht", sagte Kel beiläufig.

„Da bin ich nicht so sicher", meinte Cyric und fuhr sich durch das zerzauste Haar. „Mitternacht? Adon?"

„Adon ist noch bewußtlos."

„Dann weiß er es noch nicht", sagte Cyric leise und machte eine Handbewegung, die Adons Wunde andeutete.

Kel schüttelte den Kopf.

Cyric nickte knapp, dann wandte er sich ab und rief einem von Thurbrands Männern einen Befehl zu. Der sah zu Thurbrand, und nachdem der langsam die Augen geschlossen und genickt hatte, brachte der Mann Cyric einen Becher warmes Bier. Der trank ihn in einem Zug aus und gab den Becher zurück.

„Schon besser", meinte er dann und sah zu Thurbrand. „Was soll dieses Gerede, wir seien Verräter?"

Thurbrand erzählte vom Kampf zwischen Myrmeen Lhal und einem Angreifer, der sich als Mikel zu erkennen gegeben hatte, woraufhin Cyric lachte. „Marek konnte sich noch ein anständiges Pseudonym ausdenken."

Der Kahlköpfige zog die Augenbrauen hoch, dann erzählte er von seinem Treffen mit Lhal und Evon Stralana und von der Truppe, die er hatte zusammenstellen sollen. „Natürlich bestand ich darauf, den Trupp persönlich anzuführen", sagte Thurbrand. „Es ist seit langem allgemein bekannt, daß die Ritterbruck-Verschwörung in der Zentilfeste ihren Ursprung hatte. Als wir davon erfuhren, daß euch eine Bande von zentischen Meuchelmördern auf den Fersen ist, wurde eure Unschuld etwas in Frage gestellt."

„Du hattest Zweifel?" fragte Kel.

„Du hast für falsche Papiere und einen falschen Freibrief bezahlt, dann hast du die Stadt verkleidet verlassen und dich deiner Verpflichtung entzogen, Arabel zu dienen und zu beschützen. Und dann behauptet dieser Mikel – oder Marek –, du seiest in eine Verschwörung verstrickt. Ich glaube, du verstehst, daß die Schlußfolgerungen zwangsläufig waren." Thurbrand grinste. „Aber natürlich zweifelte ich daran."

„Und warum bist du nicht sofort nach Arabel zurückgekehrt?" fragte Cyric.

Thurbrand sah ihn nachdenklich an. „Nachdem wir wußten, was euch erwartete, war die einzig richtige Entscheidung, weiterzureiten und die Schattenkluft zu überqueren, um einem ehemaligen Verbündeten zu helfen."

Kelemvor rollte mit den Augen.

„Oh, *bitte*", meinte Cyric knapp. „Es muß etwas geben, was du haben willst."

„Gut, daß du das sagst", sagte Thurbrand. „Abgesehen davon, daß ich gern so schnell wie möglich meine Haare zurückhaben möchte, gibt es in Arabel noch einen hübschen kleinen Auftrag, für den ich einige gute Leute gebrauchen könnte... "

„Wir haben in Schattental zu tun", erwiderte Kelemvor.

„Und dann?"

„Dann werden wir wohl sehen, wohin der Wind uns weht", antwortete Cyric.

Thurbrand lachte. „Es weht ein kräftiger Wind in unsere Richtung. Vielleicht können wir uns einig werden."

„Wir werden sehen, was Mitternacht dazu sagt", meinte Kelemvor leise.

Cyric und Thurbrand sahen den Söldner einen Moment lang an, dann begannen sie zu lachen und standen auf, um sich noch mehr Essen zu holen. Er merkte nicht, daß Adon aufgewacht war.

Der Kleriker war erwacht, als der Name Myrmeen Lhal fiel, obwohl er auf der gegenüberliegenden Seite des Lagers genannt worden war. „Bei Sune, ich bin wie geröstet!" sagte er. Als er eine Frau lachen hörte, erkannte er, daß er nicht allein war.

Sie war kaum älter als sechzehn Sommer und saß neben ihm. Sie arbeitete sich ungeniert schlürfend durch eine große Schüssel voller Haferschleim, die auf ihrem Schoß ruhte. Wie Adon bald erfuhr, hieß sie Gillian. Sie hatte glattes braunes Haar, und ihre stark gebräunte Haut wirkte fest und trocken. Ihre Augen war tiefblau, und ihr Gesicht war durchschnittlich, aber attraktiv.

„Ah", sagte sie. „Du bist wach!" Sie stellte die Schüssel ab, hob sie dann wieder hoch und hielt sie ihm hin. „Willst du auch was?"

Adon rieb sich die Stirn und erinnerte sich plötzlich des Angriffs des grauäugigen Mannes in Tilverton. Er wußte, daß dessen Dolch ihn getroffen und er dann das Bewußtsein verloren hatte. Er fühlte sich ausgeruht und verspürte eine nur geringe Schwäche in seinem Körper.

„Ich wußte, daß Sune mich beschützen würde", sagte er zufrieden.

Die Frau starrte ihn an. „Willst du nun was oder nicht?"

„Ja, bitte." Sein Hunger war stärker als jede Sorge wegen Myrmeen Lhal und ihrer Lakaien. Als sich der Kleriker aufsetzte, spürte er ein schmerzhaftes Ziehen in der linken Gesichtshälfte und ein Brennen. Etwas Warmes lief über seine Wange. *Seltsam*, dachte Adon. *Für den frühen Morgen ist es nicht ungewöhnlich warm, warum schwitze ich dann so?* Dann sah er die Frau an.

Gillian schien zu frösteln, als sie sich rasch abwandte.

„Was ist los?" fragte Adon.

„Ich werde den Heiler holen", sagte Gillian und stand auf.

Adon strich mit der Hand über sein Gesicht. Er schwitzte noch stärker als zuvor. „Ich bin selbst Heiler. Ich bin Kleriker im Dienst Sunes. Habe ich Fieber?"

Gillian sah ihn an, wandte den Kopf dann aber sofort wieder ab.

„Bitte, sag mir doch, was nicht stimmt!" sagte Adon und streckte den Arm nach der Frau aus. Da sah er, daß er Blut an der Hand hatte. Er hatte keinen Schweiß gefühlt.

Adons Atem stockte, er hatte das Gefühl, ein unglaubliches Gewicht laste auf seiner Brust. Seine Haut wurde kalt, und ihm war, als drehe sich alles um ihn.

„Gib mir die Schüssel", sagte er.

Gillian sah zu den anderen im Lager und rief einen von ihnen zu sich. Mitternacht sah, daß Adon wach war, und sprang auf.

„Gib her!" schrie Adon und riß ihr die Schüssel aus der Hand, wodurch sich der Inhalt auf der Erde verteilte. Seine Hände zitterten, als er mit dem Ärmel das Metall sauberrieb und dann hochhob, um sein Gesicht in dem gewölbten Spiegelbild zu betrachten.

„Nein!"

Gillian hatte sich zurückgezogen, statt dessen kamen Mitternacht und ein Kleriker angestürmt, der das Symbol Tymoras trug.

„Das kann nicht sein", sagte Adon.

Der Kleriker Tymoras hatte breit gegrinst, als er zu Adon gelaufen kam, da er froh war, daß der junge Sunit erwacht war. Doch als er dessen Gesichtsausdruck sah, verschwand das Lächeln wieder.

„Sune, bitte... ", sagte Adon.

Die Muskeln im Gesicht des Heilers spannten sich. Plötzlich verstand er. „Wir haben getan, was wir konnten", sagte er.

Mitternacht legte eine Hand auf Adons Schulter und sah zu Cyric und Kelemvor, die am anderen Ende des Lagers saßen.

Adon sagte nichts, sondern starrte nur sein Spiegelbild an.

„Wir sind zu weit von Arabel und der Göttin Tymora entfernt, um Heilmagie einzusetzen", fuhr der Kleriker fort. „Wir hatten keine Tränke. Wir mußten uns mit den Salben und natürlichen Heilmitteln bescheiden, die ich herstellen konnte."

Der Rand der dünnen Metallschüssel begann sich unter Adons Griff zu biegen.

„Wichtig ist, daß du lebst, und vielleicht kann dir jemand deines eigenen Glaubens auf eine Weise helfen, die uns verwehrt ist."

Das Metall bog sich weiter.

„Ich muß dich untersuchen. Du blutest. Du hast die Fäden aufgerissen."

Mitternacht nahm Adon die Schüssel aus der Hand. „Tut mir leid", flüsterte sie.

Der Heiler beugte sich vor und wischte mit einem Tuch das Blut von Adons Gesicht. Der Schaden war nicht so schlimm, wie er befürchtet hatte, da nur einige der Fäden aufgerissen waren. Während der Kleriker die Narbe betrachtete, wünschte er sich, sie wären in einer Stadt gewesen, in der er einen Suniten hätte finden können. Mit den richtigen Instrumenten hätte er sauberer arbeiten können.

Adons Finger wanderten über die dunkler werdende Narbe und folgten ihr von seinem linken Augen über den Wangenknochen und die Wange, bis sie am Unterkiefer angekommen waren.

♦ ♦ ♦

Später an dem Morgen, als die Abenteurer ihr Lager auflösten, geriet Cyric mit Brion in Streit, einem jungen Dieb, der zu Thurbrands Leuten gehörte.

„Natürlich verstehe ich, was du sagst!" brüllte er den Albino an. „Aber wie kannst du ignorieren, was du mit den eigenen Sinnen wahrnimmst?"

„Ich habe ins Antlitz der Göttin Tymora selbst geblickt", sagte Brion. „Mehr Beweis brauche ich nicht. Die Götter besuchen die Reiche, um ihr heiliges Wort persönlich zu verkünden."

„Ja, gib uns dein Geld, und wir zeigen dir unsere Göttin", entgegnete Cyric. „Vielleicht wird sie als nächstes noch in eine Kristallkugel sehen."

„Ich sage doch nur... "

„Ich habe schon verstanden", rief Cyric.

„Eine Gabe ist immer notwendig... "

„Ein notwendiges Übel, meinst du wohl." Cyric schüttelte den Kopf und sah weg.

„Man muß schrecklich einsam sein, wenn man nur an sich selbst glaubt", sagte Brion. „Mein Glaube macht mich erst zu einem Ganzen."

Cyric bebte vor Wut, dann bekam er seine Gefühle in den Griff. Er wußte, daß Brion ihn nicht absichtlich provoziert hatte, doch der dunkelhaarige, drahtige ehemalige Dieb war schon gereizt gewesen, als er am Morgen erwacht war. Vielleicht lag es an der bedrückten Stimmung, die wegen Adons Verletzung über dem Lager lag. Aber ein Teil von ihm wollte am liebsten wieder in die Berge reiten und sich vom Schicksal jede Monstrosität in den Weg stellen lassen, die ihm einfiel. Sogar der Spinnenspukwald hatte etwas Verlockendes an sich, obwohl Cyric wußte, daß er dort außer dem Tod nichts finden würde.

In der Ferne waren seltsame Geräusche zu hören, und die Erde bebte. Cyric sah, wie gewaltige Kristallscherben aus den Glasbergen wuchsen, die den Weg nach Schattental blockierten.

„Gnädige Tymora", rief Brion, als der riesige Glasbrocken barst und die Bruchstücke in allen Farben des Regenbogens schillerten.

Dann schoß ohne Vorwarnung ein glänzender schwarzer Speer von der Größe eines kleinen Baums gleich neben Cyric aus der Erde. Der einstige Dieb wurde zu Boden geschleudert, rappelte sich aber schnell wieder auf und nahm die Zügel seines Pferds. Überall auf der Ebene bohrten sich solche zerklüfteten Speere aus dem Untergrund und wuchsen bis zu einer Höhe von bestimmt dreieinhalb Metern in den Morgenhimmel.

„Zeit zum Aufbruch", sagte Kelemvor zu Thurbrand, dann rannten die beiden zu den Pferden. „Sieht aus, als müßten wir doch durch den Wald!"

Thurbrand trieb seine Männer zur Eile an und befahl ihnen, in den Wald zu gehen. Ehe sie sich aber in Sicherheit bringen konnten, wurden zwei seiner Männer und drei Pferde von den Spitzen durchbohrt. Die Überlebenden stürmten in die Finsternis des Spinnenspukwalds. Auf der Ebene schossen unablässig weitere Speere gen Himmel, und in den Bergen im Nordosten stürzte eine Glaslawine nach der anderen ins Tal.

Als sie sich dem Wald näherte, bemerkte Mitternacht, daß Adon fehlte. Sie suchte am Waldrand stehend die Ebene ab und entdeckte das reiterlose Pferd des Klerikers, das zwischen den Spitzen hindurcheilte. Mitternacht rannte los und fing das Reittier mitten auf der Ebene ein.

Durch die Staubwolken bewegte sich eine Gestalt langsam auf das Pferd zu.

„Adon? Bist du das?" rief Mitternacht.

Der Kleriker ließ sich Zeit mit dem Aufsitzen, und mit der gleichen Gemächlichkeit führte er es von der todbringenden

Ebene fort in Sicherheit. Falls er Mitternachts Worte gehört oder ihre hektischen Gesten gesehen hatte, ignorierte er sie völlig. Als er aber auch dann noch nicht reagierte, als ein Pfahl nur wenige Meter von ihm entfernt in die Höhe schoß, gab Mittnacht dem Pferd einen kraftvollen Schlag mit der flachen Hand, woraufhin es losgaloppierte. Adon gab weder einen Laut von sich, noch beugte er sich vor, als das Pferd losstürmte. Er klammerte sich nur an der Mähne des Tieres fest und ließ sich mitreißen.

Kel wartete am Waldrand. Die meisten von Thurbrands Männern hatten sich in den Wald zurückgezogen, und die übrigen, die sich in Sicherheit hatten bringen können, schlossen sich ihnen nun in der Finsternis des Spinnenspukwalds an.

Von den Wesen, die sie am Abend zuvor gesehen hatten, war nichts zu sehen. „Vielleicht schlafen sie am Tag", sagte Kel. Der Lärm von zersplitterndem Glas und berstendem Boden hatte ein wenig nachgelassen, war aber noch immer nicht vorbei.

„Wenn die Kreaturen am Tag schlafen", sagte Mitternacht, als sie sicher an den Waldrand zurückgekehrt war, „dann wird es am besten sein, wenn wir am Abend Schattental erreicht haben."

Kelemvor, Cyric und die Gesellschaft der Morgenröte pflichteten ihr bei, nur Adon ritt schweigend tiefer in den Wald.

Den ganzen Tag über bewegten sich die Abenteurer durch den Wald, zuckten bei jedem Geräusch zusammen und waren stets bereit, die Schwerter zu ziehen. Adon ritt vor Kelemvor und Mitternacht, Cyric ritt mit Brion, dessen Pferd einer der Spitzen auf der Ebene zum Opfer gefallen war. Je tiefer sie in den Wald vordrangen, desto dichter wurde die Flora, bis Thurbrand schließlich die anderen aufforderte, abzusitzen und die Pferde zu Fuß zu führen.

Adon ignorierte Thurbrands Worte, woraufhin Kel zu ihm eilte. „Hast du jetzt vielleicht dein Augenlicht verloren?" rief er ihm zu, aber der Kleriker ignorierte ihn und trieb sein Pferd tiefer ins Unterholz, bis der Söldner ihm auf den Arm schlug, um ihn auf sich aufmerksam zu machen. Adon sah Kel an, nickte und stieg vom Pferd.

„Der Tod ist hier", sagte Adon mit ausdrucksloser Stimme. „Wir haben ein Beinhaus betreten."

„Das wäre nicht das erste Mal", erwiderte Kelemvor und kehrte zu Mitternacht zurück.

Ein Stück vor ihnen befanden sich Cyric und Brion. Obwohl Cyric den jungen Dieb mal frustriert, mal amüsiert betrachtete, vermittelte er eine Unschuld, die etwas Erfrischendes hatte. Zwar konnte er noch nicht seit allzu langer Zeit Abenteurer sein, aber im Umgang mit dem Dolch konnte er es bereits mit Cyric aufnehmen.

Nach dem Frühstück hatte Brion Cyric zu einem Geschicklichkeitstest mit dem Dolch herausgefordert, und Cyric wäre um ein Haar dem Albino unterlegen. Dann hatten sie gemeinsam einen Trick mit insgesamt sechs Dolchen vorgeführt, die sie sich von Gefährten ausgeliehen hatten. Mit atemberaubender Geschwindigkeit hatten sie einander die Dolche zugeworfen, jeder von Cyrics Würfen war auf halber Strecke mit einem Dolch aus Brions Hand und umgekehrt abgewehrt worden.

So geschickt er aber mit dem Dolch war, haftete dem Albino nicht der Geruch von Blut und Wahnsinn an, wie es bei so vielen Abenteurern der Fall war. Brions Gefährten dagegen war deutlich anzusehen, daß ihnen der Gedanke ans Töten gefiel. Cyric sah es sogar in Gillians Augen.

Cyric sah Brion auch an, daß man die Male, bei denen er absichtlich Blut vergossen hatte, an einer Hand abzählen konnte, und ihm war auch klar, daß er es jedesmal bedauert hatte, wenn er ein Leben hatte nehmen müssen.

Der Wald, durch den sie zogen, war anfänglich trügerisch schön. Die Bäume waren groß und kräftig, ihre Kronen voller grüner Blätter. Heller Sonnenschein fiel durch das Laub und streichelte sanft die Gesichter der Helden, wenn sie eine der vielen Lichtsäulen durchschritten, die bis zum Waldboden vordrangen.

Als sie sich aber über ein Stück bewegten, das wie viele andere Stellen auch völlig mit knorrigen Wurzeln überzogen war, hörte Kelemvor, daß in den Bäumen um sie herum vereinzelt Zweige knackten. Er drehte sich rasch um und deutete auf Zelanz und Welch, die Söldner, die die Nachhut bildeten, doch sie hatten nichts gehört. Sie sahen Kelemvor an und zuckten die Achseln. Kel sah sich um, konnte aber nirgends eine Bewegung ausmachen. Also drehte er sich um und ritt weiter.

Die Geräusche waren abermals zu hören, und diesmal hatte die gesamte Gruppe sie vernommen. Waffen wurden gezogen, aber keiner der Kämpfer war in der Lage, in den Bäumen irgendeinen Hinweis auf die Kreaturen auszumachen. Thurbrand, der vorausritt, lotste die Gruppe vorsichtig auf einem schmalen Weg voran, der sich durch den Wald schlängelte. Als er um einen Baum herumging, blieb er abrupt stehen und versteifte sich, um angriffsbereit zu sein.

Ein Mann in einer knochenweißen Rüstung stand vor Thurbrand und war von langen, fasrigen Fäden eines Netzes umgeben, das ihn an einen Baum gefesselt hatte. Seinen Helm trug er nicht mehr, und die gebleichte weiße Gesichtshaut trug das schwarze Symbol Tyrannos'. Der Assassine hatte sein Schwert gezogen und starrte Thurbrand an. Sein Gesicht war zu einer Grimasse mit wild aufgerissenen Augen erstarrt.

Einige Meter weiter sah Thurbrand weitere fünf Männer aus Tyrannos' Elitetruppe, die an andere Bäumen rings um die weite Lichtung gefesselt worden waren.

„Sie sind alle tot", sagte Thurbrand. „Aber was immer sie getötet hat, ist noch in der Nähe."

Die Abenteurer blieben stehen, während Kelemvor und Thurbrand ein riesiges Netz untersuchten, das zwischen den Bäumen gespannt war, an denen die Toten hingen. Die anderen mit Ausnahme Adons kamen zusammen und beobachteten wachsam die Bäume. Adon stand einfach nur neben seinem Pferd und starrte in das dunkle Blätterwerk, das die Sonne abhielt.

Während die Gruppe dastand und auf etwas horchte, das sich in den Bäumen bewegen mochte, wurde ihnen allen klar, daß aus dem Wald keinerlei Geräusch zu ihnen vordrang. Weder raschelten Blätter im Wind, noch war ein Insekt zu hören. Es herrschte Stille.

Wortlos drückte Gillian die Zügel ihres Pferds dem Kleriker Tymoras in die Hand und kletterte mit dem Geschick eines Affen auf einen Baum. Sie machte kein Geräusch, während sie bis in die Baumspitze kletterte und dann die Umgebung mit geübtem Blick beobachtete. Fünf Minuten warteten die anderen, während Gillian mühelos von Ast zu Ast sprang und die Umgebung aus jedem möglichen Blickwinkel betrachtete. Dann gab sie ihnen das Signal, daß alles in Ordnung war.

Noch ehe sie wieder auf dem Waldboden angekommen war, gab sie Thurbrand ein Zeichen, zu ihr zu kommen. „Nicht einmal der stärkste Wind könnte diese Zweige bewegen", sagte sie und deutete auf etwas, das ihr aufgefallen war. „Alles ist hier von einem dünnen Film überzogen. Das verursacht diese Starre."

Thurbrand nickte und streckte die Arme aus, um ihr aus dem Baum zu helfen. Sie sah ihn erstaunt an, dann machte sie einen Satz über ihn hinweg und landete auf dem Waldboden inmitten eines Gewirrs aus Wurzeln, die alle an dieser Stelle ihren Ausgang nahmen. Sie verursachte ein rauhes, fast schmatzendes Geräusch, und fast im gleichen Moment schossen die Wurzeln empor.

Insgesamt acht Beine, alle lang, spindeldürr und pechschwarz, umschlossen Gillian. Jedes dieser Beine hatte vier Gelenke und mündete in eine rasiermesserscharfe Spitze, die die Größe eines Schwerts hatte. Der gewaltige Leib, auf dem Gillian gelandet war, erhob sich aus der Erde und brachte sie aus dem Gleichgewicht, so daß sie keinen rettenden Sprung zur Seite machen konnte. Dann schob sich der Kopf der Kreatur aus dem Boden, und sie sah feuerrote Augen und vier Beißzangen.

Die Beine der riesigen Spinne falteten sich zusammen und bohrten sich von acht Seiten in Gillian. Als sich die Spinne aufrichtete, erwachte der Wald zum Leben. Überall um die Reisenden herum begannen die Wurzeln zu beben. Ein Mann aus der Gruppe hatte auch unwissentlich auf dem Unterleib einer Spinne gestanden und fiel dem gleichen Schicksal zum Opfer wie Gillian.

Cyric und Brion standen mit gezogenen Dolchen Rücken an Rücken. Eine der Spinnen griff Cyrics Reittier an und injizierte ihm mit einem Biß ein lähmendes Gift. Die Spinne ließ das Tier los und wartete, bis das Gift wirkte, ehe sie das Pferd in ihr Netz fortschleppen konnte. Cyric fluchte, als ihm klarwurde, daß der größte Teil seines Gepäcks einschließlich seiner Handäxte in den Taschen war, die das Tier getragen hatte. Dennoch unternahm er keinen Versuch, sein Hab und Gut vor der Spinne zu retten, die über das sterbende Tier wachte.

Die Spinnen waren überall. Die kleinsten hatten immer noch das Format eines Hundes. Cyric starrte einem der Geschöpfe in die Augen, das auf ihn zukam. Die Beine waren hellgrün, und der schwarze Leib war an den Seiten mit orange gesprenkelt. Der Ausdruck des Jägers bei der Spinne ließ Cyric lächeln, während er seinen Dolch in ein Auge der Kreatur trieb.

Die Klinge bohrte sich tief in die zuckende Masse des Auges, das in sich zusammenfiel und den Dolch verschlang. Doch die Spinne ließ sich nicht aufhalten.

„Ihr Götter!" rief Cyric und sprang auf einen niedrig hängenden Ast. Die Spinne schoß vor und griff mit ihren Beinen an genau der Stelle ins Leere, an der Cyric eben noch gestanden hatte. Während er hinauf in die Baumkrone kletterte, hörte er unter sich einen Schrei.

Die verletzte Spinne hatte eines ihrer Beine Brion in die Seite gejagt. Die Dolche, die er in der Hand hielt, halfen nichts, um den Schrecken abzuwehren. Die Spinne hob ein zweites Bein, das sie ebenfalls in ihr Opfer jagen wollte. Brion riß den Kopf nach hinten, während er sich wehrte, und sah zu Cyric auf.

Der sah, daß Brion den Mund bewegte und ihn stumm anflehte, ihm zu helfen.

Cyric zögerte und überlegte, was er tun sollte. Er wußte, daß der Mann an dem Gift der Kreatur starb. Es gab wenig, was er tun konnte, außer an seiner Seite zu sterben.

Die Spinne schlug mit dem zweiten Bein zu. Das Leben wich vor Cyrics Augen aus Brions Blick.

Auf der anderen Seite der Lichtung sah Mitternacht, wie drei Spinnen heranstürmten. Kelemvor, Zelanz und Welch standen neben ihr, und Adon hielt sich völlig reglos hinter ihnen auf, als würde er nichts von der Gefahr wahrnehmen, in der er schwebte.

Zwei Spinnen waren besonders groß und fett, ihre Leiber waren schwarz und rot, die karmesinroten Beine aufgedunsen. Die dritte war ganz schwarz, hatte dünne schwarze Beine und war deutlich beweglicher als die beiden anderen. Die engen Zwischenräume zwischen den Bäumen bremsten sie kaum, da sie dort, wo es zu eng wurde, einfach hochkant an den Baumstämmen entlang ihren Opfern immer näherkamen.

Die kleine Spinne machte einen Satz auf die Helden zu, aber Kelemvor schlug ihr mit einem einzigen Schwerthieb drei Beine ab. Der Söldner schlug noch einmal zu und traf den Leib, wobei er sich vor den Beißzangen in acht nahm. Als sich Kelemvor umdrehte, war die Spinne unmittelbar vor ihm und erhob sich auf die Hinterbeine. Er jagte sein Schwert in den ungeschützten Bauch und stieß die Kreatur von sich fort, die mit einem Bein nach ihm ausholte. Kelemvor wurde zur Seite geschleudert, konnte aber noch sein Schwert befreien, ehe er gegen einen Baum prallte.

SCHATTENTAL

Mitternacht sah, wie sich ihnen die beiden anderen Spinnen näherten. Sie warf einen Blick auf ihren Dolch und erkannte, daß diese Waffe gegen solche Monster nutzlos war. Sie versuchte, sich ihren Kampfstab-Zauber in Erinnerung zu rufen. Mitternacht riß einen kleinen Ast vom Baum neben ihr und sprach die Beschwörung. Plötzlich nahm ein leuchtender bläulich-weißer Stab in ihrer Hand Gestalt an. Als Mitternacht die Spinne angreifen wollte, mußte sie erkennen, daß der Stab das Aussehen einer Sense angenommen hatte. Sie schlitzte die erste Spinne auf, während sich die andere leichtere Beute suchte.

Sie fiel Zelanz und Welch an, die Seite an Seite kämpften. Mit ihren flink kreisenden Schwertern erledigten sie sie recht schnell, aber es näherten sich bereits andere. Eine milchweiße Substanz, die zu Boden tropfte, war das einzige Anzeichen, das sie erkennen ließ, daß eine andere Spinne damit beschäftigt gewesen war, über ihnen eine Netz zu spinnen. Zelanz sah gerade noch rechtzeitig hoch, um den rötlichen Leib der Spinne zu sehen, die sich auf ihn stürzte.

Am Rand der Lichtung bewegte sich der Kleriker Tymoras voran. Er legte die Hand auf einen Baumstamm und sah, wie Thurbrand um sein Leben gegen die Spinne kämpfte, die Gillian getötet hatte. Er machte einen weiteren zaghaften Schritt und sah sich plötzlich Bohaim gegenüber, einem jungen Magier aus Suzail. Er machte einen Satz nach hinten, um Bohaim den Weg freizumachen, doch ein Spinnenbein bohrte sich plötzlich durch die Brust des Magiers. Der Mann schrie auf, während die Spinne ihn nach oben riß und ihn ihren hungrigen Beißzangen näherte.

Die Gesellschaft der Morgenröte stirbt, dachte der Kleriker. Hinter ihm war ein Knirschen zu hören. Er hob die Keule und sah sich einer purpurnen und weißen Spinne gegenüber. Eines der Spinnenbeine durchbohrte ihn mit unglaublicher Geschwindigkeit. Er schickte ein stummes Stoßgebet an Tymora, dann versank die Welt für ihn in Finsternis.

Nicht weit entfernt blitzte Thurbrands Schwert , und der Kopf der Spinne, die Gillian getötet hatte, wurde einschlagen, verspritzte aber noch sein Gift, so daß der Söldner sich abwenden mußte, um nicht getroffen zu werden. Fünf weitere Spinnen näherten sich Thurbrand. Ein Stück weiter kämpften zwei Mitglieder seiner Gesellschaft der Morgenröte um ihr Leben. Thurbrand rannte zu den beiden und ignorierte die Kreaturen, die sich ihm näherten.

Hoch oben im Baum sah Cyric mit wachsender Faszination zu, wie sich die Spinnen durch den Wald bewegten. Er wußte, daß der Anblick ihn anwidern oder zornig machen sollte, denn das einzige Ziel der Geschöpfe bestand darin, ihn und seine Freunde zu töten. Aber die Struktur dieses lauernden Todes hatte für Cyric etwas Schönes, da sie so simpel und zugleich so geordnet war.

Neben ihm ertönte ein Geräusch, und im nächsten Moment machte er einen Satz und sprang vom Baum. Er entging nur knapp einem Paar Beißzangen. Auf halber Höhe gelang es dem einstigen Dieb, sich so zu drehen, daß er die Wucht des Aufpralls abfangen konnte, als er aufschlug.

Cyric hörte das schon vertraute Geräusch einer Spinne, die sich im Boden regte und ihn jeden Moment mit ihren Beinen umgeben würde.

Fünfzig Meter entfernt stand Kel auf. Die Geräusche der Spinnen überschwemmten seine Sinne. Ihre Gliedmaßen bewegten sich krachend, und die Bäume bewegten sich leicht unter ihrem Gewicht. Die Monster umzingelten ihn, kamen aber nicht näher, um ihn zu töten. Dann kam eine einzelne weiße Spinne langsam auf ihn zu, die größer war als jede andere, die Kelemvor bisher gesehen hatte.

Um Kel wurde der Kreis etwas größer gezogen, damit die weiße Spinne Platz hatte, um sich zu bewegen. Der Söldner sah auf und entdeckte, daß in den Bäumen über ihm weitere Spinnen lauerten. Für Kelemvor gab es keine Möglichkeit zur Flucht, und die anderen waren vermutlich tot. Dann stürmte die weiße Spinne vor, und Kelemvor schlug ihr ein Bein ab, während ein anderes nahe seinem Gesicht in die Luft stach. Eine drittes Bein kratzte über seine Rüstung, öffnete den ramponierten Brustpanzer und hieb nach seiner Brust.

Mit entsetzlicher Klarheit sah Kelemvor ein viertes Bein auf sich zukommen. Im nächsten Augenblick würde es seine Brust durchbohren, und dann würde die Spinne seinen zuckenden Leib an sich ziehen, um ihn zu fressen.

In dem Moment schoß ein bläulich-weißer Schmerz durch den Kopf des Söldners.

Als Cyric vom Baum sprang und Kel den Kampf gegen die Spinne aufnahm, trat Mittnacht einer blutroten Spinne entgegen, während hinter ihr Adon stand und keine Anstalten machte, sich schützen zu wollen. Mitternacht stürzte zwischen den nach ihr greifenden Beinen hindurch und trieb ihre magische Sense in das Auge der Kreatur.

Nachdem die blutrote Spinne zuckend zu Boden gesunken war, sah Mitternacht sich um und erkannte, daß sowohl Cyric als auch Kel in Todesgefahr schwebten. Dann wurde ihr Stiefel von einer milchigweißen Flüssigkeit getroffen. Sie sah rechtzeitig nach oben, um den Unterleib einer gelben Spinne zu sehen, die sich auf sie fallen lassen wollte.

Mitternacht wirkte einen Zauber, um einen Schild zwischen sich und der Kreatur entstehen zu lassen, doch als die Beschwörung abgeschlossen war, knisterte ihr Anhänger vor Energie. Blitze zuckten aus dem Stern und trafen Adon, Kelemvor, Cyric sowie die drei verbliebenen Mitglieder der Gesellschaft der Morgenröte.

Als die weiße Spinne ihre Beine auf Kelemvor herabfahren ließ, Cyric in der Falle gelandet war und Adon völlig teilnahmslos zusah, wie sich ihm eine graue Spinne näherte... verschwanden sie.

Mitternacht hatte das Gefühl, jemand ihr reiße die Luft aus den Lungenflügeln, ein greller Blitz blendete sie einen Moment lang, und als sie wieder sehen konnte, stand sie mitten auf einer langen Straße. Einen Augenblick lang glaubte sie, sie sei verrückt geworden, aber dann wurde ihr klar, daß sie sie aus dem Wald fortgebracht hatte.

Kelemvor lag vor ihr auf dem Boden und hatte die Arme an den Kopf gepreßt. „Was hast du gemacht?" stöhnte er und versuchte, aufzustehen. Es gelang ihm nicht. Er sah nach unten und bemerkte, daß der Schnitt quer über seine Brust immer noch blutete. „Obwohl es mir eigentlich ziemlich egal sein könnte."

Cyric und Thurbrand halfen ihm auf. „Ja, *egal*, was es war, wir verdanken dir unser Leben", sagte Thurbrand. „Und damit hast du deine Schuld bei mir getilgt, meine hübsche Narzisse."

Mitternacht machte den Mund auf, um etwas zu sagen, aber ihr fiel nichts ein, was sie hätte von sich geben sollen.

„Gillian, Brion, sie sind alle tot", sagte einer der Überlebenden der Gesellschaft der Morgenröte, der sich um die Verletzungen seines Kameraden kümmerte.

„Tut mir leid", sagte Mitternacht schließlich. „Ich weiß nicht, wie ich uns hier hingebracht habe... ich weiß nicht mal, *ob* ich es überhaupt gemacht habe."

„Wo auch immer ‚hier' sein mag", meinte Cyric und sah sich um.

Adon stand ein Stück von ihnen entfernt und sah gen Norden. Dann drehte er sich um und sagte leise: „Wir sind einen halben Tagesritt von Schattental entfernt."

♦   ♦   ♦

Die Türen, die in Tyrannos' Thronsaal führten, wurden aufgestoßen, als Tempus Schwarzdorn hereingestürmt kam, um auf den Ruf seines Gottes zu reagieren. Tyrannos umklammerte die Lehne seine Throns, seine Klauen kratzten über die Oberfläche.

„Schließ die Tür." Tyrannos' Stimme war kalt und beherrscht. Trotz der Freiheiten, die Tyrannos seinem Gesandten gewährte, fühlte Schwarzdorn einen Moment lang Furcht.

„Ihr wolltet mich sehen, Fürst Tyrannos?" fragte Schwarzdorn mit trügerisch fester Stimme.

Der Schwarze Fürst erhob sich von seinem Thron und bedeutete dem Magier, zu ihm zu kommen. Die Klauenhand des gestürzten Gottes blitzte vor den Augen des Gesandten auf. Schwarzdorn unternahm nichts, um sich zu wehren, als der Gott des Streits ihn grob an der Schulter packte.

„Die Zeit ist gekommen", sagte Tyrannos.

Schwarzdorns Herz stockte kurz, als er sah, daß Tyrannos' Lippen zu etwas verzogen waren, was nur ein Lächeln sein konnte. Es war ein entsetzlicher Anblick.

„Die Zeit, die Götter zu einen, ist da", rief der Schwarze Fürst. „Ich will, daß du Loviatar, der Göttin des Schmerzes, eine Nachricht überbringst. Ich glaube, sie ist in Tiefwasser. Sag ihr, ich möchte sie sprechen... unverzüglich."

Schwarzdorn verkrampfte sich. Der Griff seiner Klaue um die Schulter des Mannes wurde noch fester, als Tyrannos bemerkte, daß sich etwas an Schwarzdorns Körperhaltung veränderte.

„Ist das ein Problem?" knurrte der Gott ihn an.

„Tiefwasser liegt fast am anderen Ende der Reiche, Fürst Tyrannos. Bis ich von dort zurückgekehrt bin, ist Euer Feldzug gegen die Täler bereits Geschichte."

Tyrannos hörte auf zu lächeln. „Ja, wenn du so reist, wie es ein gewöhnlicher Mann täte", sagte Tyrannos. „Aber mit dem Zauber, den ich dir gegeben habe, wirst du Tiefwasser in wenigen Tagen erreicht haben."

Schwarzdorn senkte den Blick, und Tyrannos ließ ihn los. „Was, wenn mich die Göttin nicht auf dem Weg zur Zentilfeste begleiten will?"

Tyrannos wandte sich von seinem Gesandten ab und verschränkte die Arme. „Ich gehe davon aus, daß du sie überzeugen wirst, dich zu begleiten. Das wäre alles."

„Aber... "

„Das wäre alles!" schrie Tyrannos, der herumwirbelte und dessen dunkle Augen aufblitzten.

Schwarzdorn machte einen Schritt nach hinten.

Tyrannos' Augen funkelten noch zorniger. „Du enttäuschst mich", sagte der Gott, dessen Stimme Verachtung verriet, aber keinen Zorn. „Tu, was ich sage, und du wirst wieder in meiner Gunst stehen."

Schwarzdorn verbeugte sich und sprach ein Gebet, das erste, das er je gelernt hatte – ein Gebet an Tyrannos. Dann richtete er sich auf und begann mit dem Zauber, der ihn zu Loviatar bringen sollte. Er stellte sich sein Ziel vor, indem er sich an den Besuch in Tiefwasser in seiner Jugend erinnerte. Kurz darauf begann sein Körper zu schimmern und sich zu verformen, als er versuchte, die Gestalt eines Raben anzunehmen. Doch etwas stimmte nicht. Sein Fleisch wurde in alle Richtungen gleichzeitig gezerrt, während es pechschwarz wurde. Schwarzdorns Kleidung fiel zu Boden.

Er schrie auf und streckte seinem Gott einen teilweise verwandelten Arm entgegen. „Helft mir", war alles, was der Magier noch sagen konnte, ehe er in einem Regen aus schwarzen Funken implodierte. Wo eben noch Schwarzdorn gestanden hatte, fiel ein kleiner schwarzer Edelstein zu Boden, der neben der Brustplatte landete und zersprang.

Tyrannos war völlig entsetzt über diesen Anblick. „Der Zauber", sagte er, als er rückwärts in den Schatten nahe dem Eingang zu seinem Privatgemach taumelte.

Die Wachen, die in den Raum gestürmt kamen, bemerkten ihren Gott nicht, der im Halbdunkel stand. Sie betrachteten kopfschüttelnd die Überreste Tempus Schwarzdorns.

„Ich hatte mir gedacht, daß das früher oder später so kommen würde", sagte einer der Wachmänner.

„Ja", meinte der andere. „Jeder Depp weiß, daß Magie instabil ist."

Tyrannos stürmte vor und tötete die beiden, ehe sie überhaupt begriffen, daß er im Raum war. Dann wandte er sich ab und streifte seine blutige Rüstung ab. Kurz darauf saß er wieder auf seinem Thron und betrachtete die Brustplatte, die auf dem Boden lag.

Ich werde nicht trauern, entschied der Gott kühl. *Schwarzdorn war nur ein Mensch. Eine Schachfigur. Sein Verlust ist bedauerlich, aber er kann ersetzt werden.*

Dann dachte Tyrannos an seine langen Gespräche mit Schwarzdorn. Er erinnerte sich an die seltsamen Emotionen, die er empfunden hatte, als ihm klar geworden war, daß Schwarzdorn ihn gerettet und geheilt hatte.

Der Schwarze Fürst betrachtete seine Hände und sah, daß sie bebten. Dann stieß der Gott des Streits einen langen Schrei der Trauer aus. Überall in Tyrannos' Tempel hielten sich die Menschen die Ohren zu und schauderten, als der Schmerz ihres Gottes seinen Ausdruck fand.

Als sein Schrei endete, blickte der Gott des Streits durch tränennasse Augen nach unten und sah jemanden vor dem Thron stehen.

„Schwarzdorn?" fragte er mit rauher Stimme.

„Nein, Fürst Tyrannos."

Tyrannos wischte sich die Augen und sah auf den rothaarigen Mann hinab, der vor ihm stand. „Fzoul", sagte er. „Es ist alles in Ordnung."

„Herr, tote Männer umgeben Euch im Tempel – "

Tyrannos hob seine Klauenhand.

Der Rothaarige senkte den Kopf. „Ja, Herr." Dann hob er die verstreut auf dem Boden liegende Rüstung seines Gottes auf und half Tyrannos aufzustehen.

„Alles ist bereit", sagte Fzoul, als der Schwarze Fürst wieder seine Rüstung anlegte. „Wann sollen wir mit den Vorbereitungen für den Kampf beginnen?"

Ein wütendes Feuer loderte in den Augen des Gottes auf. Fzoul wich zurück. Dann verzog Tyrannos die Lippen zu einer erschreckenden Grimasse. Auch hinter den spitzen Zähnen des Gottes loderte ein Feuer, als er seine Augen verengte und „Jetzt" sagte.

13

SCHATTENTAL

Die Zeit für das Abendessen war längst vorbei, doch die Reisenden machten keine Rast, da sie entschlossen waren, Schattental zu erreichen, bevor die Nacht vorüber war. Der Zauber, mit dem sie aus dem Spinnenspukwald gelangt waren, hatte ihnen fast zwei Tage gespart.

Mittnacht, Kelemvor und Thurbrand gingen nebeneinander, so wie Cyric und die beiden anderen Überlebenden der Gesellschaft der Morgenröte, Isaac und Vogt, während Adon für sich marschierte und über all das nachdachte, was er verloren hatte.

„Sie starben tapfer", sagte Kelemvor zu Thurbrand.

„Das ist ein schwacher Trost", entgegnete der. Unwillkürlich kamen Erinnerungen an die letzte Queste hoch, die er mit Kel gemeinsam unternommen hatte. Es waren seitdem so viele Jahre vergangen, doch das Ergebnis sah diesmal ganz ähnlich aus: Thurbrand und Kelemvor lebten, alle anderen waren tot.

Cyric wirkte verwirrt und ausgezehrt, als sie durch das Tal gingen. Es war, als hätte man ihn gezwungen, sich einer großen Wahrheit zu stellen, deren Wissen ihn geschwächt hatte und zittern ließ. Wenn er etwas sagte, dann mit leiser, fast erstickter Stimme.

Adon dagegen sprach kein Wort. Auf dem Weg gab es nichts, was er gegen die unwillkommenen Gedanken tun konnte, die ihm immer wieder durch den Kopf gingen. Er ging durch die Nacht, und die unerbittlichen Ängste, die auf den Kleriker einstürzten, machten ihn zu einem bleichen, bebenden Schatten des Mannes, der er einst gewesen war.

Aber nicht alle waren ernst und voller Trauer, während sie sich Schattental näherten. Mittnacht und Kelemvor verhielten sich so, als läge das schlimmste hinter ihnen. Sie lachten und zogen sich wie früher gegenseitig auf. Doch jedes Lachen und Lächeln hatte zur Folge, daß einer der anderen sie ansah, als störten sie die Ruhe bei einer Beerdigung.

Schließlich aber begannen sich die meisten der Helden zu entspannen, als sie durch die Region südlich von Schattental marschierten. Die grünen, weiten Hügel und die volle, weiche Erde in den Ausläufern des Tals waren wunderbar. Selbst die Luft hatte etwas süßliches, und aus dem schneidenden Wind, der den Helden seit dem Erreichen der Steinländer entgegengeweht war, war eine sanfte Brise geworden, die sie anspornte, noch schneller zu gehen.

Es war schon spät, als sie die Brücke erreichten, die über den Ashaba nach Schattental führte. Die winzigen, funkelnden Lichter, die sie aus einiger Entfernung gesehen hatten, entpuppten sich als helle Feuer am anderen Ende der Brücke. Mit Armbrüsten bewaffnete Wachen in strahlenden silbernen Rüstungen gingen auf der Brücke auf und ab und wärmten sich von Zeit zu Zeit die Hände an diesen Feuern.

Kelemvor und Mitternacht befanden sich neben Thurbrand, als sich die Gruppe der Brücke näherte. Als sie aber dem Fluß allmählich näherkamen, regte sich etwas im Gebüsch. Die Helden drehten sich um und griffen nach den Waffen, verharrten aber, als sie sahen, daß von den Büschen zu beiden Seiten des Wegs zur Brücke sechs Armbrüste auf sie gerichtet waren. Die Stahlspitzen der Bolzen glänzten im Mondlicht.

Thurbrand runzelte die Stirn. „Ich glaube, jetzt bleiben wir stehen und tragen unser Anliegen vor." Er wandte sich an die Männer, die aus dem Gebüsch gekrochen kamen. „Nicht wahr?"

„Ein guter Anfang", sagte einer von ihnen.

„Ich bin Thurbrand aus Arabel, Führer der Gesellschaft der Morgenröte. Wir sind gekommen, weil wir in einer dringenden Angelegenheit um eine Audienz bei Trauergrimm bitten wollen."

Schattental

Die Wachen traten nervös von einem Fuß auf den anderen und wirkten, als sei ihnen etwas unbehaglich. „In welcher Angelegenheit?" fragte einer der Männer einen Moment später.

Mitternachts Gesicht lief rot an und sie trat zu den Wachen. „In einer Angelegenheit, die die Sicherheit der Reiche angeht!" rief sie. „Ist das dringend genug?"

„Schön und gut, aber könnt ihr das beweisen?" Der Wachmann trat vor Thurbrand und streckte seine Hand aus. „Euer Freibrief?"

„Gewiß", sagte Thurbrand und gab dem Mann ein zusammengerolltes Pergament. „Unterzeichnet von Myrmeen Lhal."

Der Wachmann studierte das Schriftstück.

„Wir hatten im Spinnenspukwald viele Opfer zu beklagen", sagte Thurbrand.

„Dies sind eure Überlebenden? Wie heißen sie?" fragte die Wache.

Thurbrand sah zu den beiden tatsächlichen Überlebenden seiner Gruppe. „Vogt und Isaac", sagte er.

Kelemvor und Mitternacht sahen einander an.

„Und die da?"

Thurbrand wies auf Mittnacht. „Das ist Gillian, die anderen sind Bohaim, Zelanz und Welch."

Der Wachmann gab ihm die Urkunde zurück. „Ihr könnt passieren", sagte er und trat zurück. Im nächsten Moment hatten sich die Wachen wieder in die Büsche zurückgezogen.

Die Reisenden überquerten vorsichtig die Brücke, und als sie die andere Seite erreicht hatten, sah Thurbrand Kelemvor an.

„Ein recht interessanter Ort", meinte Thurbrand.

Ein bewaffnetes Kontingent, das bei der Brücke patrouillierte, hielt die Gruppe an, und das Ritual wiederholte sich. Diesmal „boten" sich die Soldaten an, die erschöpften Reisenden zum Verdrehten Turm zu eskortieren, obwohl Mitternacht schnellstmöglich zu Elminster wollte.

„Protokoll", flüsterte Cyric. „Denk an deine letzte Begegnung mit dem Magier. Dürfte es nicht einfacher verlaufen, wenn dir der Weg zu ihm vom örtlichen Fürsten geebnet wird?"

Mitternacht sagte nichts.

Während sie sich dem Verdrehten Turm näherten, bemerkte Cyric, daß die Häuser und Geschäfte zu beiden Seiten des Weges ihm wie verlassen vorkamen. In der Ferne waren dagegen Lichter zu sehen, und der Lärm irgendwelcher Aktivitäten schallte aus einer Nebenstraße zu ihnen. Ein Karren mit Heuballen kreuzte ihren Weg, dicht gefolgt von einem zweiten, auf dem Vieh stand. Soldaten begleiteten beide.

„Wenn sie so spät in der Nacht noch Vieh transportieren", sagte Cyric zu Mitternacht, „bereiten sie die Stadt vermutlich auf einen Krieg vor. Ich fürchte, deine Warnung von Mystra vor Tyrannos' Plänen kommt zu spät."

Als sie sich dem Turm näherten, sahen die Helden, daß entlang der Mauern des quadratischen, gedrungenen Gebäudes Fackeln brannten. Sie waren in einem sonderbaren Muster angeordnet. Sie folgten den merkwürdigen Kurven des Turms und zogen sich spiralförmig an der einen Seite hoch, verschwanden aus dem Blickfeld und tauchten ein Stück höher wieder auf, bis sie im Nebel verschwanden, der so dicht war, daß sogar der ungewöhnlich helle Mond ihn nicht durchdringen konnte.

Am Eingang zum Turm standen weitere Wachen, die sich kurz mit der bewaffneten Eskorte der Helden unterhielten. Dann stieß einer der Männer, vermutlich der Hauptmann der Wache, einen lauten, langen Pfiff aus. Während Helden und Wachleute darauf warteten, daß der zum Vorschein kam, der mit dem Pfiff gerufen worden war, löste sich Adon aus der Gruppe und ging die Straße entlang. Einer der Wachmänner eilte zu ihm und brachte ihn zurück zu den anderen. Adon gehorchte wortlos.

Ein Mann in der Kleidung eines Herolds kam aus dem Turm. Er hatte zwar noch immer einen verschlafenen Blick, hörte aber dem Hauptmann der Wache höflich zu und versteckte sein herzhaftes Gähnen immer wieder hinter dem mit Rüschen besetzten Ärmel seines Hemdes.

Der Herold führte Kel, Thurbrand und die anderen durch einen langen Gang, und schon bald hatten sie eine schwere Holztür mit drei voneinander unabhängigen Schließmechanismen erreicht. Cyric betrachtete scheinbar beiläufig die Schlösser, während Kelemvor ungeduldig grummelte. Schließlich wurde die Tür geöffnet, und der Herold, ein großer, schlanker Mann mit graubraunem Haar und Vollbart, wandte sich an die Reisenden.

„Fürst Trauergrimm wird euch empfangen", sagte er nur. Kel konnte einen Blick auf das spärlich beleuchtete Innere des Raums werfen. Wie er befürchtet hatte, war es eine Art Zelle mit kahlem Boden und Ketten an den Wänden. Die Augen des Söldners verengten sich zu schmalen Schlitzen, als er den Herold ansah.

„Wir wollen eine Audienz mit Fürst Trauergrimm, nicht mit den Ratten von Schattental. Wenn er heute keine Zeit mehr für uns hat, werden wir morgen wiederkommen."

Der Herold sah ihn ungerührt an. „Bitte wartet dort", sagte er.

Mitternacht stürmte kurzentschlossen an Kelemvor vorbei und betrat den Raum. In dem Augenblick, in dem sie über die Schwelle trat, war eine Bewegung in den Schatten auszumachen, dann war sie schon wieder verschwunden.

„Nein!" brüllte Kel und machte einen Satz hinter ihr her, fand sich aber zu seiner Überraschung im Thronsaal wieder.

Im Thronsaal hatte man Fackeln angezündet, und Mitternacht konnte erkennen, daß die kunstvollen Stukkaturen an den ansonsten kahlen Wänden von vielen Schlachten zeugten und jene ehrten, die im Dienst des Tals ihr Leben gelassen hatten. An der einen Wand, an der sich keine Stukkaturen fanden, hingen Vorhänge aus rotem Samt. Vor den Vorhängen – und damit dem Eingang gegenüber – standen zwei Throne aus schwarzem Marmor. Im ganzen war der Saal groß genug, um Abgesandte zu empfangen, die zu Besuch kamen, doch er war weder so riesig noch so schmuckvoll wie die Säle im Palast von Arabel.

Am anderen Ende des Raums stand ein älterer Mann, dessen Körperhaltung nichts von seinem Alter verriet. Seine Statur ähnelte der Kelemvors, doch die tiefen Falten in seinem Gesicht verrieten, daß er mindestens zwanzig Jahre älter als der Söldner war. Er trug eine glänzende silberne Rüstung und an der Seite ein mit Edelsteinen besetztes Schwert. Der Mann sah von einem langen Besprechungstisch, der mit Karten übersät war, auf und lächelte den Helden freundlich zu, die den Saal betraten.

An der Außenwand der Kammer war ein Geräusch zu hören, ein dumpfer Knall, gefolgt von einem Fluch. „Und ich sage, er hat die verdammte Tür *doch* verschoben!" Schritte waren zu hören, dann kam eine Hand aus der scheinbar massiven Wand hervor, die Finger vorsichtig ausgestreckt. Ein Gesicht folgte, verschwand aber wieder. „Ich will, daß im ersten Morgengrauen ein Bote zu Elminster geschickt wird. Ich werde mich nicht von seiner Magie festhalten lassen!" Stille. „Nein, ich bin nicht einfach schlecht gelaunt." Seufzen. „Ja, Shaerl, ich werde bald da sein, mein Weib."

Eine Gestalt trat aus der Wand heraus, während die restlichen Abenteurer sowie zwei Wachen hinter Kelemvor und Mitternacht auftauchten. Die Gestalt drehte sich um, sah die Besucher an und erstarrte mitten in der Bewegung. Der Mann sah ausgesprochen gut aus, volles schwarzes Haar, tiefblaue Augen und ein kantiges Gesicht. Seine Kleidung legte Zeugnis davon ab, wie weit die Zeit bereits vorangeschritten war. Er trug ein Hemd, das seine sehr muskulösen Arme, die behaarten Beine und die Füße freiließ, deren Zehen nervös zuckten. Um den rechten Oberarm lag ein karmesinrotes Band. Er warf dem älteren Krieger einen Blick zu, der aber nur mit den Schultern zuckte.

„Ich hatte keine Gäste erwartet", sagte der schwarzhaarige Mann. Dann richtete er sich auf, räusperte sich und lächelte. Er kam auf die Reisenden zu. „Ich bin Trauergrimm, der Fürst dieses Ortes. Wie kann ich euch helfen?"

Kelemvor wollte etwas sagen, aber eine Wache beugte sich zu ihm, die Axt auf bedrohliche Weise erhoben. Trauergrimm kratzte sich an der Wange und bedeutete den Reisenden, einen Moment zu warten. Dann ging er mit dem Wachmann ein Stück von der Gruppe fort.

„Mein guter Yarbro", sagte er. „Erinnerst du dich an unser Gespräch über die Nachteile übereifrigen Verhaltens?"

Yarbro schluckte. „Aber Herr, sie sehen nach Bettlern aus! Sie haben kein Gold, keine Vorräte, sind zu Fuß, und ausweisen können sie sich nur mit einer Urkunde, die fast sicher gestohlen ist."

„Und was war, als dich meine Männer vor zwei Wintern am Rand Myth Drannors fanden?"

„Das ist etwas anderes", sagte Yarbro.

Trauergrimm seufzte. „Wir werden uns noch einmal unterhalten."

Yarbro nickte und wandte sich ab, um zusammen mit dem anderen Wachmann den Saal zu verlassen. Kel war erleichtert, daß sich die Wachleute zurückzogen, da es sich als schwierig hätte erweisen können, in ihrer Gegenwart zu erklären, warum sie sich unter falschen Namen Zutritt verschafft hatten, oder sie wären gezwungen gewesen, weiter diese Namen zu benutzen, um keinen Verdacht aufkommen zu lassen.

Der ältere Krieger trat zu Trauergrimm. Kel und er tauschten einen Blick aus, als Yarbro an dem Söldner vorbei hinausging. Sie mußten beide grinsen. „Dies ist Mayheir Falkenwacht, stellvertretender Rittmeister."

Thurbrand horchte auf. „Stellvertretender Rittmeister? Was ist mit dem bisherigen geschehen?"

„Darüber will ich lieber nicht reden, solange ich nicht weiß, was euch zu mir führt", sagte Trauergrimm. „Was ist mit euch geschehen?"

Bis auf Adon traten alle vor, und sechs Versionen dessen, was sich zugetragen hatte, wurden auf einmal erzählt. Trauergrimm rieb sich müde die Augen und sah zu Falkenwacht.

„Genug!" rief der und sorgte augenblicklich für Stille im Saal.

„Du da", sagte Trauergrimm und wies auf den ernsten, narbengesichtigen Mann. „Ich will deine Version der Geschichte hören."

Adon trat vor und erzählte alles, was er über die Geschehnisse wußte, von denen die Reiche heimgesucht wurden, wobei er sich so kurz wie möglich faßte. Trauergrimm stützte sich auf seinen Thron und runzelte die Stirn.

„Ihr habt vielleicht einige der Vorkehrungen bemerkt, die getroffen wurden", sagte er. „Es ist zu befürchten, daß Schattental schon in wenigen Tagen belagert wird." Er sah zu Thurbrand. „Um Eure Frage zu beantworten: Der alte Rittmeister infiltrierte die Zentilfeste und kam fast ums Leben, als er uns diese Information beschaffte. Er ist jetzt in seinem Quartier und erholt sich von seinen Verletzungen.

Falkenwacht wird eure Delegation nach dem Frühstück zu Elminster geleiten." Trauergrimm gähnte. „Und nun entschuldigt uns. Ich glaube, es gab andere Gründe, warum ich aus der zarten Umarmung des so sehr benötigten Schlafs gerissen wurde. Wir werden uns morgen weiter unterhalten."

Danach wurde jeder der Abenteurer in Privatgemächer geführt, wo ein Dampfbad und ein weiches Bett warteten. Mitternacht ging noch einmal nach draußen, um ein wenig frische Luft zu schnappen, und nach ihrer Rückkehr in den Turm war sie auf dem Weg in ihr Gemach, um sich mit ihren Zaubern zu beschäftigen. Als sie die Tür öffnete, hörte sie ein leises Plätschern. Jemand war in ihrem Zimmer und erwartete ihre Rückkehr.

Sie trat die Tür auf und sprang hinein, wobei sie ihre Laterne am ausgestreckten Arm vor sich hielt. Jemand schrie auf, und im Schein der Laterne sah sie einen großen Mann, der aus der Badewanne sprang und zu seinen Kleidern eilte, die auf dem Boden auf einem Haufen lagen.

„Bei den Göttern", murmelte Kelemvor, als er sah, wer gekommen war. „Mitternacht!"

Kelemvor schüttelte sich wie eine nasse Katze, dann nahm er ein Handtuch. Behutsam trocknete er seine Brust ab, auf der der Riß, den die Spinne ihm zugefügt hatte, verheilt war. Dennoch war die Haut an dieser Stelle noch empfindlich. Mitternacht stellte die Laterne auf einem kleinen Tisch gegenüber dem Bett ab und breitete die Arme aus. „Komm her, Kel, ich helfe dir!"

Obwohl die Laterne nur wenig Licht verbreitete, konnte Mitternacht sein Grinsen sehen.

In den anderen Gemächern im Verdrehten Turm verlief die Nacht nicht so friedlich. Cyric wurde von Alpträumen geplagt, in denen er immer wieder Brion sterben sah. Einige Male wachte er schreiend und schweißgebadet auf, aber jedesmal, wenn er wieder einschlief, kehrten die schrecklichen Bilder zurück.

In einem anderen Raum stand Adon am Fenster und sah hinaus auf die Dächer von Schattental. Überall in der Stadt erblickte er die Türme von Tempeln, konnte aber nicht ausmachen, welchen Göttern sie gewidmet waren. Gegen Morgen stand er noch immer am Fenster, als eine schlicht wirkende Dienerin anklopfte. Sie kam herein und legte die Kleidung hin, die er ihr zum Reinigen gegeben hatte.

„Das Morgenmahl wird bald serviert werden, Herr", sagte sie.

Adon ignorierte sie. Sie wischte sich einige Strähnen aus dem Gesicht und berührte Adon an der Schulter, sprang dann aber zurück, als er herumwirbelte und seine Hände so hielt, als wollte er ihr einen tödlichen Schlag versetzen. Als er sah, daß es sich nur um eine Dienerin handelte, hielt er inne und blieb schweigend stehen. Neena sah dem Kleriker ins Gesicht, dann wandte sie sich voller Respekt ab.

Für Adon war diese Geste schlimmer als ein Hieb in den Magen.

„Geh", sagte er, dann machte er sich für das Morgenmahl bereit.

Kel stand auf der anderen Seite des Ganges, als Neena Adons Quartier verließ. Er hatte gehört, wie der Kleriker sie weggeschickt hatte, und schüttelte den Kopf. Adon würde sich noch lange nicht von der Wunde erholen, das war sicher. Der Söldner drehte sich um und klopfte bei Thurbrand.

„Das Frühstück wird serviert", sagte Kelemvor, als Thurbrand endlich aufmachte.

„Man hat mich informiert", sagte der Kahlköpfige. „Du kannst gehen."

Kelemvor schob den Söldner zurück in dessen Zimmer und schloß die Tür hinter sich. „Wir sollten uns unterhalten... über dich und deine Leute."

„Menschen sterben", sagte Thurbrand und setzte sich aufs Bett. „So ist das im Krieg." Der Glatzkopf trat sein Schwert quer durch den Raum und sah Kelemvor an. „Ich breche auf, Kelemvor. Vogt und Isaac kommen mit."

„Ja. Damit hatte ich gerechnet."

Thurbrand fuhr sich über den kahlen Schädel. „Ich werde zurück nach Arabel gehen und Myrmeen Lhal sagen, was ich gesehen habe. Ich bin sicher, sie läßt die Anklage fallen."

„Anklage? Ich dachte, wir sollten nur befragt werden."

Thurbrand zuckte die Achseln. „Ich wollte euch nicht beunruhigen", sagte er. „Vielleicht erzähle ich ihr auch, ihr wärt alle tot. Wäre dir das lieber?"

„Tu, was du willst. Aber ich bin nicht gekommen, um darüber mit dir zu reden" Kel sah zu Thurbrands Schwert, das in einer Ecke gelandet war. „Du gibst dir die Schuld für das, was im Spinnenspukwald geschehen ist."

„Egal, Kelemvor. Es ist vorbei. Das Blut meiner gesamten Truppe klebt an meinen Händen. Kannst du es mit tröstenden Worten abwaschen?" Thurbrand stand auf, ging in die Ecke und hob das Schwert auf. „Ich hätte sie ebensogut eigenhändig töten können." Der Kahlköpfige zerschnitt mit dem Schwert halbherzig die Luft, als könnte er so seine Gedanken vertreiben. „Außerdem", fuhr er leise fort, „belasten noch viele weitere Tode mein Gewissen, und das weißt du."

Kelemvor sagte nichts.

„Ich kann immer noch die Gesichter jener Männer sehen, die vor all den Jahren in meinem... in unserem Dienste starben, Kel. Ich höre noch ihre Schreie." Thurbrand hielt inne und sah Kelemvor an: „Du auch?"

„Manchmal", sagte Kelemvor. „Wir hatten beschlossen, daß wir überleben, Thurbrand, und mit dieser Entscheidung lebt es sich nur schwer. Aber was unseren Freunden zugestoßen ist, hat nichts mit der Gesellschaft der Morgenröte zu tun. Sie hatte keine andere Wahl, als uns in den Wald zu folgen. Auf der Ebene wären sie alle gestorben, ohne die Chance, sich zur Wehr zu setzen."

Thurbrand kehrte Kelemvor den Rücken zu. „Warum machst du dir solche Gedanken darüber?"

Kel lehnte sich gegen die Tür und seufzte. „Als wir uns auf die Reise begaben, war eine junge Frau in unserer Gruppe, etwa so alt wie Gillian. Caitlan."

Thurbrand sah Kel an, doch der starrte ins Nichts und erlebte vor seinem geistigen Auge noch einmal Caitlans Tod.

„Sie bestand darauf, uns zu begleiten, und starb, als ich sie eigentlich hätte beschützen sollen."

„Und du glaubst, du seiest schuld daran", sagte Thurbrand.

Kelemvor seufzte hörbar. „Ich dachte nur, du wolltest vielleicht über deine Truppe reden."

„Gillian", sagte Thurbrand nach einer kurzen Weile. „Sie wirkte jung für eine Abenteurerin, nicht?"

Kel schüttelte den Kopf. „Ich habe schon jüngere gesehen."

Thurbrand schloß die Augen. „Sie war voller Begeisterung. Ihre Jugend... ließ mich selbst ein wenig jünger werden. Ich wollte, nein, ich mußte sie um mich haben. Ich war sicher, sie beschützen zu können."

Lange herrschte Schweigen im Raum, während die beiden Kämpfer über die Gefährten nachdachten, die gestorben waren – einige vor langer Zeit, andere erst vor ein paar Tagen. „Es war ihre Entscheidung, dich zu begleiten", sagte Kel und ging zur Tür.

„Und es ist meine Entscheidung, Schattental zu verlassen, ehe auch ich tot bin", flüsterte Thurbrand. „Ich werde noch vor Mittag fort sein."

Kelemvor verließ den Raum ohne ein weiteres Wort.

♦ ♦ ♦

Falkenwacht lächelte und schüttelte ungläubig den Kopf. „Was soll das heißen, dies ist kein guter Zeitpunkt? Ich habe diese Leute nicht bis zu Elminsters Turm geführt, um jetzt einfach weggeschickt zu werden."

„Tut mir leid, daß Ihr Euch diese Mühe gemacht habt. Ihr müßt später wiederkommen. Elminster arbeitet an einem Experiment. Ihr wißt, wie wenig nötig ist, um seinen Zorn zu wecken, wenn er in solchen Augenblicken gestört wird. Und jetzt schlage ich vor, daß Ihr Euch wieder auf den Weg macht, wenn ihr nicht alle in Bremsen verwandelt werden oder ein anderes, ähnlich übles Schicksal erleiden wollt."

Lhaeo wollte die Tür schließen, mußte aber feststellen, daß sie blockiert wurde. Falkenwacht zuckte zusammen, als die schwere Tür mit mehr Kraft gegen seinen Fuß gedrückt wurde, als der Sekretär von Elminster aufzubringen imstande war. *Wohl noch ein Zauber des Weisen*, dachte er und drückte die Tür wieder ein Stück auf.

„Hör zu", sagte er, als Kel zu ihm kam und ihm half, die Tür aufzudrücken. „Mein Lehnsherr ist unglücklich. Und wenn *er* unglücklich ist, ist auch *dein* Lehnsherr unglücklich. Und wenn wir beide einen unglücklichen Lehnsherrn haben, dann... "

Plötzlich wurde die Tür weit aufgerissen, Lhaeo machte einen Schritt nach hinten, und sowohl Falkenwacht als auch Kel verloren den Halt und fielen vor seine Füße.

„Laß sie schon rein, bevor er wieder mit seiner unerträglichen Geschichte anfängt!" rief eine vertraute Stimme.

Mitternacht fühlte sich von Ehrfurcht erfüllt, als sie Elminster reden hörte. Sie hörte seine Schritte auf der klapprigen Treppe lauter werden. Dann tauchte ein weißbärtiger Mann am Fuß der Treppe auf und sah Mitternacht lange an. Die Anzahl der Falten rings um seine Augen schien sich zu verdoppeln, als er die Augen zusammenkniff, als könne er ihnen nicht trauen.

„Was? Du schon wieder! Ich dachte, ich hätte dich zum ersten und letzten Mal gesehen, nachdem wir uns in den Steinländern begegnet waren", sagte Elminster. „Trauergrimm ließ mich wissen, jemand würde mit einer *wichtigen* Botschaft zu mir kommen. Bist du das etwa?"

Cyric half Kel auf. Adon blieb ein Stück hinter ihnen stehen.

Mitternacht weigerte sich, ihrem Zorn freien Lauf zu lassen. „Ich bringe die letzten Worte Mystras, der Göttin der Magie, und außerdem ein Symbol ihres Vertrauens. Diesen Gegenstand soll ich an Euch weitergeben, zusammen mit ihrer Botschaft."

Elminster runzelte die Stirn. „Warum hast du mir das nicht schon bei unserer ersten Begegnung gesagt?"

„Ich habe es versucht!" wandte Mitternacht ein.

„Offenbar hast du dir nicht genug Mühe gegeben", sagte Elminster, ging zur Treppe und bedeutete ihr, ihm zu folgen. „Ich darf wohl nicht annehmen, daß du dein lästiges Gefolge in Lhaeos Obhut geben möchtest, während du mir diese *unglaublich wichtigen* Informationen mitteilst, oder?"

Mitternacht atmete tief durch. „Nein", sagte sie dann. „Sie haben gesehen, was ich gesehen habe, und noch mehr."

Der Weise legte den Kopf schräg, während er nach oben ging. „Na gut", meinte er. „Aber wenn sie etwas anfassen, ist das allein ihr Risiko."

„Hier gibt es gefährliche Gegenstände?" fragte Mitternacht, während Elminster vorausging.

„Ja", erwiderte er und sah über die Schulter zurück. „Und ich bin der gefährlichste von allen."

Dann drehte sich der Weise von Schattental wieder um und sprach kein weiteres Wort, bis die Helden in seinen Raum getreten waren.

Mitternacht war sicher, daß irgend etwas auf sie stürzen würde, wenn sie noch einen weiteren Schritt in dieses Allerheiligste wagte. In die Wand ihr gegenüber war ein Fenster eingelassen, und die Sonnenstrahlen, die hineinfielen und die Luft durchschnitten, ließen eine kleine Armee von Staubpartikeln erkennen, die umhertrieben. Auch auf der kleinsten Fläche in diesem bescheidenen Quartier stapelten sich Pergamente und Schriftrollen, alte Texte und magische Gegenstände.

„So", sagte Elminster. „Nun sag' mir, was du mit Mystra zu tun hast. Und überbringe mir ihre Botschaft, Wort für Wort."

Mitternacht berichtete alles, was sie erlebt hatte, von dem Vorfall auf der Straße nach Arabel und ihrer Errettung durch Mystra bis hin zur vermutlichen Vernichtung der Göttin durch Helm.

„Gib mir den Anhänger", sagte Elminster.

Sie zog den Anhänger über den Kopf und gab ihn ihm. Elminster hielt ihn über eine hübsche gläserne Kugel, die ein bernsteinfarbenes Leuchten von sich gab, und wartete. Als nichts geschah, hielt er den Anhänger näher an die Kugel heran, bis das kalte Metall sie berührte, während er beides so weit von sich forthielt, wie es nur ging. Die Kugel sollte platzen, wenn ein mächtiges Objekt in ihre Nähe gelangte, doch es geschah überhaupt nichts.

Elminster sah auf und sagte: „Wertlos, völlig ohne Magie."
Dann warf er den Anhänger auf den Boden und gab ihm einen Tritt, der ihn in eine Ecke des Raums schleuderte, in der er Staub aufwirbelte. „Du hast meine Zeit und meine Geduld beansprucht. Mit beiden macht man keine Späße, vor allem nicht in dieser für die Täler so schweren Zeit."

„Aber in dem Anhänger steckt mächtige Magie", erwiderte Mitternacht. „Wir alle haben es gesehen!"

Sowohl Cyric als auch Kelemvor gaben sofort zum besten, was sich alles zugetragen hatte. Elminster sah Falkenwacht müde an.

„Genug", sagte er schließlich. „Ihr dürft gehen – und tröstet euch mit dem Wissen, daß der Schutz der Täler in den Händen derer liegt, die nicht die kostbare Zeit der Verteidiger mit phantasievollen Geschichten vergeuden, für die es nicht einen einzigen Beleg gibt."

Mitternacht stand auf und starrte den alten Weisen entsetzt an.

„Komm", sagte Kel. „Wir haben getan, was wir konnten."

„Ja", stimmte Elminster ihm zu. „Geht."

Auf einmal schoß der Anhänger aus der Ecke hervor und blieb gleich neben dem Weisen in der Luft hängen. Elminster sah wieder Mitternacht an. Sie fühlte, wie ein Gefühl der Panik sie erfaßte.

„Diese kleine Vorstellung deiner Magie interessiert mich nicht", sagte Elminster mit leiser, beherrschter Stimme. „Heute ist das sogar ziemlich gefährlich."

Der Anhänger begann, sich in der Luft zu drehen. Grelle Blitze zuckten über seine Oberfläche und beleuchteten die Umgebung des Sterns.

„Was soll das?" fragte Elminster.

Ein greller Blitz zuckte auf, dann bildete sich ein Kokon aus bläulich-weißen Lichtblitzen um den alten Weisen, so daß die anderen ihn nicht mehr sehen konnten. In diesem Kokon entstand etwas, das wie ein bernsteinfarbener Wirbelwind aussah, der die Ränder des Kokons versengte. Sekunden später löste sich der Kokon in einer Rauchwolke auf, und die bernsteinfarbenen Lichtblitze verschwanden.

„Vielleicht sollten wir uns doch noch ein wenig unterhalten", sagte Elminster zu Mitternacht, während er den Anhänger in der Luft schnappte.

Falkenwacht trat einen Schritt vor.

„Auf ein Wort, großer Weiser", sagte er respektvoll.

„Ist es eins, daß einem sofort in den Sinn kommt, oder muß ich erst raten?" murmelte der Weise. Falkenwacht stockte einen Moment, dann lachte er herzlich. Elminster sah zur Decke. „Was denn? Siehst du nicht, daß ich beschäftigt bin?"

„Elminster, Fürst Trauergrimm würde gerne mit Euch ein paar Worte über die Verteidigungsmechanismen wechseln, die ihr im Verdrehten Turm eingerichtet habt."

„Ach ja?" gab Elminster zurück. „Wo ist er? Führ ihn her."

Falkenwachts Gesichtsmuskeln zuckten. „Er ist nicht hier."

„Das stellt uns dann wohl vor ein Problem, nicht?"

Falkenwachts Gesicht lief rot an. „Er hat mich geschickt, um Euch zu holen."

„Mich zu holen? Bin ich vielleicht ein Hund, den man einfach so holen kann? Und das nach all der Hilfe, die ich dem Mann gewährt habe!"

„Elminster, Ihr dreht mir die Worte im Mund herum."

Der Weise dachte einen Moment nach. „Ich schätze, dem ist so. Aber ich kann heute nicht von hier fort. Es sind Elemente am Werk, die ich sorgsam beobachten muß." Er gestikulierte. „Komm her", sagte er. „Ich habe eine Nachricht für Trauergrimm."

Falkenwachts Mundwinkel zuckten, als er sich näherte. „Ihr werdet sie mir nicht auf die Haut tätowieren, oder etwa?"

„Natürlich nicht", sagte Elminster.

Schattental

„Und Ihr werdet mich auch nicht in eine Bestie verwandeln und vom Winde verwehen lassen, damit ich die Nachricht bei jedem wiederhole, dem ich begegne, bis ich schließlich wieder bei Fürst Trauergrimm ankomme?"

Elminster rieb sich die Stirn und fluchte. „Woher habe ich nur diesen Ruf?" fragte er geistesabwesend. Falkenwacht war im Begriff, diese Frage zu beantworten, doch der runzlige Finger des Magus bewegte sich vor seiner Nase durch die Luft und ermahnte ihn zur Schweigsamkeit. Elminster sah Falkenwacht tief in die Augen.

„Sag ihm, daß ich schrecklich viel damit zu tun habe, die mystische Verteidigung seines Königreichs vorzubereiten. Die Schutzzeichen, die ich im Verdrehten Turm angebracht habe, sind nur zu seinem Schutz dort. Er sollte sie akzeptieren."

Falkenwacht schwitzte. „Ist das alles?"

Elminster nickte. „Ihr drei, tretet vor."

Kelemvor, Cyric und Adon durchschritten vorsichtig den Raum.

„Jeder von euch hat Dinge gesehen, die nur wenige Menschen überhaupt je wissen werden. Wie ist eure Haltung zur Verteidigung der Täler?"

Das Trio stand vor ihm, Kel sah zu Mitternacht, die seinen Blick mied.

„Seid ihr taub? Steht ihr zum Tal oder nicht?"

Adon trat vor. „Ich will kämpfen", sagte er und erntete einen beeindruckten Blick Elminsters.

„Auf einmal?"

Kelemvor sah wieder zu Mitternacht. Ihr Blick verriet, daß sie nicht die Absicht hatte, von hier aufzubrechen, obwohl sie ihr Versprechen gegenüber der Göttin eingelöst hatte. Wut stieg in ihm auf. Er wollte nicht bleiben, aber er konnte sich auch nicht dazu durchringen, Mitternacht zurückzulassen. „Wir haben es bis hierher geschafft. Tyrannos hat versucht, uns alle zu töten.

Ich werde kämpfen, wenn ich eine Belohnung erhalte", sagte der Söldner schließlich.

„Du wirst eine Belohnung erhalten", meinte Elminster kühl.

Ein kalte Hand legte sich um Cyrics Herz, als die Stille im Zimmer sich zu etwas Überwältigendem entwickelte. Mitternacht sah ihn an. Ihre Augen hatten ein gewisses Etwas. Cyric dachte an Tilverton und daran, wie nahe sie einander auf der Reise gekommen waren.

„Ich werde kämpfen", sagte er. Mitternacht sah fort. „Ich habe ohnehin nichts besseres vor."

Elminster sah Cyric an, dann wandte er sich ab. „Ihr alle habt den Göttern gegenübergestanden und überlebt. Ihr habt ihre Schwächen und Stärken aus erster Hand erlebt. Das wird in diesem Kampf wichtig sein. Die, die kämpfen, müssen wissen, daß der Gegner besiegt werden kann und daß selbst Götter sterben können."

Adon zuckte zusammen.

Elminster sprach leiser weiter: „Ihr müßt wissen, daß es Mächte gibt, die stärker als der Mensch oder ein Gott sind, so wie es Welten im Inneren ebenso gibt wie Welten um uns herum... "

♦ ♦ ♦

Es war kurz nach Mittag, als Falkenwacht, Kelemvor und Cyric Elminster verließen. Adon wollte mit ihnen gehen, aber selbst Kelemvor war der Ansicht, daß der Kleriker nicht in der Verfassung war, in einen Kampf zu ziehen. Cyric hatte sich darüber amüsiert, wie versessen Adon darauf war, Blut zu vergießen, doch er behielt seine Belustigung für sich. Er wußte, daß man auf den Kleriker in einem Kampf nicht bauen konnte. Adon schien sich immer weniger um sein eigenes Schicksal zu kümmern, und damit würde er der letzte sein, dem ein Soldat die Aufgabe anvertrauen wollte, ihm den Rücken freizuhalten.

Auf halbem Weg zurück zum Verdrehten Turm begann Cyric, seine eigenen Gründe zu hinterfragen, die ihn dazu gebracht hatten, sich für die Verteidigung der Stadt auszusprechen. Hier gab es außer einem raschen Tod nichts für ihn. Wenn er sich danach sehnte, dann gab es einfachere Wege. Ein Spaziergang durch die nächtliche Zentilfeste hätte genügt, um seinem Leben ein Ende zu setzen. Vielleicht wollte er auch sein Geschick gegen einen Gott testen, der schon einmal versucht hatte, ihn zu töten.

Wir haben uns einem Gott gestellt und es überlebt – und das sogar ohne Mystras Unterstützung, dachte Cyric. *Was würde wohl erst sein, wenn es uns gelingen würde, einen Gott zu besiegen? Noch in Hunderten von Jahren würden Barden unsere Namen in ihren Liedern preisen.*

Elminsters Worte verfolgten Cyric noch, als sie in den Verdrehten Turm zurückgekehrt waren und darauf warteten, daß Fürst Trauergrimm sich zeigte. Ohne die Präsenz der Götter in den Ebenen zerfielen die Gesetze der Magie und der Physik. Alle Reiche mochten untergehen. Cyric fragte sich, was aus der Asche entstehen würde und wer die Götter dieser düsteren Zukunft sein würden.

Trauergrimm erschien, und Falkenwacht zitierte Elminsters Worte. Kelemvor und Cyric erklärten, sie stünden zur Verfügung, und bei Einbruch der Nacht hatten sie jeder eine Rolle, die sie in der Schlacht spielen würden. Kelemvor sollte Falkenwacht und damit die Mehrheit der Streitkräfte Trauergrimms an der östlichen Grenze unterstützen, wo auch der Angriff von Tyrannos' Truppen erwartet wurde. Cyric sollte die Brücke am Ashaba verteidigen und den Flüchtlingen helfen, die den Fluß überqueren wollten, um in Nebeltal Zuflucht zu suchen. Bogenschützen bezogen bereits Stellung im Wald zwischen Voonlar und Schattental, und Tyrannos' Truppen wurden Fallen gestellt.

Obwohl Trauergrimm seine Streitkräfte optimal verteilt zu haben glaubte, um sich der zentischen Armee zu stellen, machte sich der Fürst Sorgen um Elminsters Platz in der bevorstehenden Schlacht.

„Ich nehme an, Elminster glaubt nach wie vor, die wahre Schlacht werde im Tempel des Lathander stattfinden", sagte er. „Wir brauchen ihn an den Grenzen! Bei Tymora, wir müssen ihn zur Vernunft bringen!"

„Dann wären wir die ersten, denen das gelingt, fürchte ich", sagte Falkenwacht und lächelte breit.

Trauergrimm lachte. „Vielleicht. Elminster hat die Täler stets verteidigt. Aber ich gäbe viel dafür, nur einen kurzen Einblick in seine Denkweise zu erhalten, ehe er seine Überlegungen in Worte faßt."

Sowohl Kel als auch Falkenwacht mußten lachen, als sie den Talfürst reden hörten, während Cyric nur den Kopf schüttelte. Wenigstens war Kel nicht mehr in finstere Gedanken versunken. Vielmehr war es so, daß die Kameradschaft, die sich zwischen ihm und Falkenwacht entwickelt hatte, den Söldner regelrecht umgänglich machte.

Doch Cyric war nicht in der Stimmung für die Scherze des Mannes, also verließ er den Saal. Auf den Gängen des Turms herrschte reges Treiben, während der einstige Dieb auf sein Zimmer ging, um sich für das Abendessen bereitzumachen.

Nachdem er sich umgezogen hatte, wollte Cyric sein Zimmer wieder verlassen. Doch als er zur Tür ging, rutschte er auf einer glatten Stelle des Holzbodens aus. Er fing sich und sah nach unten. Hatte eine dieser Kühe, die als „Dienerinnen" bezeichnet wurden, in seinem Zimmer etwas verschüttet und sich nicht darum gekümmert, es aufzuwischen? In der Mitte des Raums machte er einen Fleck aus, der nach Blut aussah.

Cyrics Finger bebten, als er den roten Klecks berührte. Er tauchte eine Fingerspitze in die Flüssigkeit und leckte vorsichtig daran, um festzustellen, was sie darstellte.

Etwas schien in seinem Kopf zu explodieren, und Cyric fühlte, wie sein Körper nach hinten wegkippte, gegen die Wand schlug und auf dem Bett landete. Ihm war verschwommen klar, welchen Schaden er der Wand und sich selbst zugefügt hatte, doch seine Wahrnehmung war ein unglaublicher Nebel aus Bildern und Klängen. Es fiel dem einstigen Dieb schwer, Illusion und Wirklichkeit voneinander zu unterscheiden.

Sicher war nur, daß jemand ins Zimmer kam und die Tür hinter sich abschloß.

Einen Moment, bevor er das Bewußtsein verlor, wurde Cyric klar, daß der Mann lachte.

Das nächste, was der einstige Dieb wahrnahm, war ein seltsamer Geschmack nach Bittermandel im Mund. Seine Kehle war trocken, Schweiß lief ihm in die Augen. Er atmete rasselnd und schwer. Seine Haut fühlte sich an, als sei sie ihm partiell abgezogen worden. Plötzlich kehrten Sicht und Gehör zurück, und er stellte fest, daß er auf dem Bett lag. Ein grauhaariger Mann saß am Bettrand, hatte aber den Blick von Cyric abgewandt.

„Versuch noch nicht, dich zu bewegen", sagte der Mann. „Du hattest einen schweren Schock."

Cyric versuchte zu sprechen, aber seine Kehle war rauh, und er fing an zu husten, was ihm nur noch mehr Schmerzen bereitete.

„Bleib liegen", sagte der Mann. Cyric hatte das Gefühl, etwas drücke ihn auf das Bett. „Wir haben vieles zu besprechen. Du wirst nicht mehr von dir geben können als ein Flüstern, aber keine Sorge, ich höre gut."

„Marek", krächzte Cyric. Die Stimme war unverkennbar. „Das ist unmöglich! Du wurdest in Arabel verhaftet."

Marek sah Cyric an und zuckte die Achseln. „Ich entkam. Hast du je von einem Kerker gehört, aus dem ich nicht fliehen kann?"

„Was tust du hier?" sagte Cyric und ignorierte die Prahlerei des Mannes.

„Nun... ", sagte Marek und erhob sich vom Bett. „Ich war auf dem Weg zur Zentilfeste. Die Reise hat mich ermüdet. Meine Dokumente – dieselben, mit denen ich nach Arabel gelangen konnte – stammten von einem Soldaten in der Nähe von Fernberg. Ein Söldner. Niemand wird ihn vermissen. Ich erklärte, ich sei auf dem Rückweg, um mich am Konflikt zwischen Fernberg und der Zentilfeste zu beteiligen, weil ich davon ausging, die Bürger von Schattental würden das für ein lohnenswertes Unternehmen halten. Ich war mir sicher, daß meine Tarnung nicht auffliegen würde. Ich wußte nicht, daß Schattental gerade zum Krieg gegen die Zentilfeste rüstete. Die Wachen verlangten von mir, mich ihrer verdammten Armee anzuschließen!"

„Was ist mit dem Vorrat an magischen Gegenständen, mit dem du in Arabel geprahlt hast? Konntest du nichts davon anwenden, um der Wache zu entkommen?" fragte Cyric.

„Ich war gezwungen, fast alles in Arabel zurückzulassen", sagte Marek. „Erwartest du etwa, daß ich dich angreife? Sei kein Narr, ich bin hier, um zu reden."

„Wie bist du in den Turm gelangt?"

„Durch die Vordertür. Vergiß nicht, ich bin jetzt Mitglied der Wache."

„Aber woher wußtest du, daß ich hier bin?"

„Ich wußte es nicht. Es war alles Zufall, so wie alles im Leben. Als die Wachen versuchten, mich davon zu überzeugen, es werde sich lohnen, wenn ich mich ihnen anschloß – übrigens auch dann, wenn es nicht auf meine eigene Initiative zurückging –, erzählten sie mir von einer kleinen Gruppe Abenteurer, die ins Tal gekommen war, um der Stadt zu helfen, und im Verdrehten Turm logiere. Erstaunlicherweise paßte ein Teil der Personenbeschreibungen auf die Truppe, mit der du Arabel verlassen hattest. Danach war es nicht mehr schwierig, dich ausfindig zu machen."

Er sah Cyric an, dann sprach er weiter: „Nebenbei will ich mich noch für die Wirkung des Tranks entschuldigen, der dich niedergestreckt hat. Dieses Medaillon ist übrigens der einzige magische Gegenstand, den ich noch retten konnte." Er wies auf ein Medaillon aus massivem Gold, das geöffnet worden war. Ein

Tropfen einer roten Flüssigkeit, die an Blut gemahnte, fiel auf den Boden und zischte, als sie auf die Holzbretter traf.

„Man führte mich zu deinem Zimmer und sagte mir, ich sollte einen Moment warten. Als du nicht aufgetaucht bist, wurde mir langweilig. Mir fiel auf, daß der Verschluß an dem Medaillon aussah, als könnte er jeden Moment zerbrechen. Genau das geschah dann auch, und der Trank verteilte sich auf dem Boden. Dann bist du hereingekommen. Zuerst war ich nicht sicher, ob du es wirklich warst, also versteckte ich mich im Schrank. Dann hast du von dem Trank probiert... na ja, den Rest kennst du ja."

„Was hast du vor?" fragte Cyric. „Willst du mich auffliegen lassen? Wie in Arabel?"

„Gewiß nicht", sagte Marek. „Wenn ich es täte, was hinderte dich daran, mich ebenfalls bloßzustellen? Und genau das ist auch der Grund für meinen Besuch. Ich will nur, daß du bis nach der Schlacht schweigst."

„Warum?"

„In der Schlacht werde ich die Seiten wechseln und mit den Siegern zur Zentilfeste zurückkehren."

„Den Siegern", sagte Cyric abwesend.

Marek lachte. „Sieh dich um, Cyric. Hast du eine Vorstellung davon, wie viele Männer die Zentilfeste hergeschickt hat? Allen Vorbereitungen zum Trotz und auch trotz des Vorteils, den der Wald zwischen hier und Voonlar darstellt, hat Schattental keine Chance. Wärst du so klug wie ich, würdest du mir auf dem Fuße folgen, wenn ich mich von hier absetze."

„Das sagtest du schon", meinte Cyric.

„Ich biete dir die Rettung", sagte Marek, „die Chance, in das Leben zurückzukehren, für das du geboren bist."

„Nein", erwiderte Cyric. „Ich werde nie zurückkehren."

Marek schüttelte den Kopf. „Dann wirst du in dieser Schlacht sterben. Und warum? Ist das dein Kampf? Was steht für dich auf dem Spiel?"

„Etwas, das du nicht verstehst", sagte Cyric. „Meine Ehre."

Marek mußte lachen. „Ehre? Welche Ehre liegt darin, als namenloser, gesichtsloser Soldat auf dem Schlachtfeld zu verrotten? Die Tage, die du fernab der Gilde verbrachtest, haben dir den Verstand geraubt. Ich schäme mich, in dir je einen Sohn gesehen zu haben."

Cyric erblaßte. „Was heißt das?"

„Das, was ich gesagt habe. Sonst nichts. Ich nahm dich als Knaben auf und zog dich groß. Ich lehrte dich alles, was du wissen mußtest." Marek verzog das Gesicht. „Das ist sinnlos. Du bist zu alt, dich zu verändern – und ich bin es auch."

Er war aufbruchsbereit. „Du hattest Recht."

„Womit?"

„Als du in Arabel sagtest, ich würde aus eigenem Antrieb handeln. Du hattest recht. Es kümmert die Gilde nicht, ob du je wiederkommst. Ich war der einzige, der dich zurückhaben wollte. Sie hätten längst vergessen, daß es dich je gab, hätte ich nicht auf einen Versuch gedrängt, dich zurückzuholen."

„Und nun?"

„Jetzt kümmert es mich nicht mehr", sagte Marek. „Du bist ein Nichts für mich. Egal, wie diese Schlacht ausgehen mag, ich will dich nie wiedersehen. Du lebst dein eigenes Leben, tu, was du willst."

Cyric schwieg.

„Die Wirkungen des Tranks sind unangenehm. Vielleicht erlebst du noch ein Delirium, bevor dein Fieber sinkt." Marek nahm das Medaillon und legte es neben Cyric. „Ich will nicht, daß du am Morgen unser Gespräch für eine Fieberphantasie hältst."

Mareks Hand hatte soeben den Türknauf umschlossen, als er von Cyrics Bett Laute hörte, die durch Bewegungen verursacht wurden. „Leg dich hin. Du tust dir nur selbst weh", sagte er, doch in dem Moment fuhr Cyrics Dolch in seinen Rücken.

SCHATTENTAL

Der einstige Dieb sah zu, wie sein ehemaliger Mentor fiel. Kurz darauf kamen Trauergrimm und Kelemvor zusammen mit zwei Wachleuten in den Raum.

„Ein Spion", krächzte Cyric. „Wollte mich vergiften... wollte für das Gegenmittel Antworten haben. Ich tötete ihn und nahm es ein."

Trauergrimm nickte. „Wie es scheint, hast du mir bereits gute Dienste geleistet."

Die Leiche wurde fortgebracht, während Cyric sich wieder ins Bett legte. Eine Weile bewegte er sich am Rand des Deliriums, als das Gift weiter durch seinen Körper wanderte. Er schien gefangen zu sein, halb wach, halb im Schlaf, und Visionen erfüllten seinen Kopf.

Er war ein Kind auf den Straßen der Zentilfeste, allein, auf der Flucht vor den Eltern, die es in die Sklaverei verkaufen wollten, um ihre Schulden zu begleichen. Dann stand er vor Marek und der Diebesgilde, die über ihn zu urteilen hatte – über ihn, einen zerlumpten, blutenden Jungen, den sie auf der Straße aufgelesen hatten, wo er andere beraubte, um selbst überleben zu können. Ihr Urteil machte ihn zum Teil der Gilde.

Doch Marek wandte sich von ihm ab, als er ihn am nötigsten hatte – als die Gilde seine Hinrichtung beschlossen hatte und er gezwungen gewesen war, die Zentilfeste zu verlassen.

Er hatte sich von ihm abgewandt.

Wie immer.

Stunden vergingen, und schließlich stand Cyric auf. Der rote Schleier vor seinen Augen war fort. Sein Blut hatte sich abgekühlt, sein Atem wurde wieder gleichmäßiger. Er war zu erschöpft, um sich länger wachzuhalten, also ließ er sich einfach wieder aufs Bett sinken und fügte sich in einen tiefen, traumlosen Schlaf.

„Ich bin frei", flüsterte er in die Finsternis. „Frei... "

♦   ♦   ♦

Adon verließ Elminsters Haus spät in der Nacht und gleichzeitig mit dem Sekretär Lhaeo. Der Alte hatte sich um Lhaeos Wohlergehen gesorgt, als er ihn losgeschickt hatte, um mit den Rittern von Myth Drannor Kontakt aufzunehmen. Die magische Kommunikation mit dem Osten war unterbrochen worden, und mit Elminsters Schutzzechen gewappnet, mußte der Sekretär per Pferd den Rittern die Nachricht überbringen.

„Wir werden uns wiedersehen", sagte Elminster und sah seinem Sekretär nach.

Adon ging einfach nur weg, ohne daß der Weise etwas sagte oder tat. Er hatte bereits die Hälfte des Weges zurückgelegt, als Mitternacht ihn einholte und ihm einen kleinen Beutel mit Gold gab.

„Was soll ich damit?" fragte Adon.

Mitternacht lächelte ihn an. „Auf unserer Reise sind deine guten Seidenklamotten ruiniert worden", sagte sie. „Du solltest sie ersetzen."

Sie drückte dem Kleriker das Gold in die kalten Hände und versuchte, sie zu wärmen. Die atemlose Erregung, die sie den ganzen Tag über verspürt hatte, war dem Kleriker auf schmerzliche Weise bewußt. Mitternacht hatte nicht nur versucht, die Antworten auf einige der Mysterien zu finden, von denen sie während ihrer Reise heimgesucht worden waren, sondern Elminster hatte es ihr auch gestattet, an einigen kleineren Zauberriten teilzunehmen. Es gab aber auch viele Gelegenheiten, bei denen Mitternacht von Elminsters privaten Zeremonien ausgeschlossen worden war.

Die Finsternis hatte Adon bereits verschluckt, als Mitternacht ihm nachrief, er solle nicht vergessen, am Morgen zurück zu sein.

Adon mußte fast lachen. Sie hatten ihn in einen winzigen Raum gesetzt und ihm ein Buch nach dem anderen über uraltes Wissen gegeben, damit er einen Hinweis auf den Anhänger suchen konnte, den Mitternacht erhalten hatte. Er hatte erklärt, es handle sich um ein Geschenk der Göttin, das von den Feuern ihrer Phantasie geschmiedet worden war. Es hatte nicht existiert, ehe sie es hatte entstehen lassen!

„Aber was, wenn es doch früher existierte?" fragte Elminster mit leuchtenden Augen. Doch Adon war nicht dumm. Unter den Geschichten, die er hatte studieren sollen, fanden sich immer wieder solche, die von Klerikern erzählten, die ihren Glauben verloren und wiedergefunden hatten.

Sie werden es nie verstehen, dachte Adon. Seine Finger strichen über die Narbe in seinem Gesicht. Den Abend hatte er damit verbracht, ihre Reise noch einmal zu durchleben und nach dem Punkt zu suchen, an dem er einen solchen Affront gegen seine Göttin unternommen hatte, daß sie ihn ausgerechnet in der Zeit verließ, in der er sie am dringendsten brauchte.

Als er merkte, wo er war, wurde Adon erschreckend klar, wie weit er gelaufen war, ohne es zu bemerken. Er hatte den Verdrehten Turm schon längst hinter sich gelassen und stand vor dem Schild, das auf das Gasthaus zum Alten Schädel hinwies. Das Gold, das Mitternacht ihm gegeben hatte, hielt er immer noch fest umschlossen in seiner Hand, aber nun steckte er es in eine seiner Taschen, ehe er in das dreistöckige Gebäude eintrat.

Der Schankraum war voll und rauchverhangen. Adon hatte Angst gehabt, er könnte auf Tanz und Ausgelassenheit stoßen, doch die Besucher des Gasthauses waren genauso in Gedanken versunken wie er. Die meisten Gäste im Alten Schädel waren Soldaten oder Söldner, die hier die Zeit bis zur Schlacht totschlugen. Adon bemerkte ein junges Paar, das am anderen Ende der Theke stand und lachte.

Adon stützte sich auf die Theke und ließ das Gesicht in die Hand sinken, während er versuchte, die Narbe zu verdecken.

„Mit welchen Geistern wirst du heute nacht ringen?"

Adon sah auf und entdeckte eine Frau Mitte fünfzig, deren Wangen eine angenehmes, gesundes Rot aufwiesen. Sie stand hinter der Theke und wartete auf die Antwort des Klerikers. Als seine einzige Reaktion ein verletztes, sterbendes Aufflackern in seinen einst so feurigen Augen war, grinste sie und ging. Augenblicke später kehrte sie mit einem Glas zurück, das bis zum Rand mit einem dicklichen violetten Gebräu gefüllt war, das im Licht funkelte. Kleine Stücke roten und bernsteinfarbenen Eises trieben in dem Getränk, weigerten sich aber beharrlich, an die Oberfläche zu gelangen.

„Versuch das", sagte sie. „Es ist die Spezialität des Hauses."

Adon hob das Glas und merkte, wie ihm ein süßes Aroma in die Nase stieg. Er blinzelte dem Getränk zu, und die Frau machte eine aufmunternde Geste. Adon nahm einen Schluck und fühlte, wie jeder Tropfen Blut in seinem Körper zu Eis wurde. Seine Haut spannte sich straff über seine Knochen, und in seiner Brust breitete sich ein rasendes Feuer aus. Mit bebenden Fingern stellte er das Glas ab, was ihm aber so große Mühe machte, daß die Frau ihm dabei helfen mußte.

Adon hatte Mühe durchzuamten, und in seinem Kopf drehte sich alles, als er fragte: „Was in Sunes Namen ist denn da drin?"

Die Frau machte eine wegwerfende Geste. „Etwas hiervon, etwas davon. Und von etwas anderem eine Menge."

Adon rieb sich die Brust und versuchte, Luft zu holen.

„Ich bin Jhaele Silbermähne", sagte die Frau. „Und du... ?"

Adon hörte ein leises Zischen, das von der Theke kam. Einer der Eiswürfel hatte sich aufgelöst, bernsteinfarbene Schlieren trieben durch die Flüssigkeit. „Adon von Sune", hörte er sich sagen und wünschte, er könnte es zurücknehmen.

„Böser Schnitt, den du da hast, Adon von Sune. Im Tempel der Tymora gibt es mächtige Heiler, die dir vielleicht helfen können. Sie verfügen über eine ziemliche Sammlung von Tränken. Hast du sie schon besucht?"

Er schüttelte den Kopf.

„Wie kommst du überhaupt an solch ein Mal? Unfall oder Absicht?"

Adons Haut kribbelte. „Absicht?" fragte er.

„Viele Krieger tragen solche Narben als Zeichen ihres Muts. Oder für treue Dienste." Ihre Augen leuchteten, und ihm war klar, daß sie jedes Wort ernst meinte.

„Ja", sagte der Kleriker sarkastisch. „So etwas war es."

Adon nahm das Glas noch einmal zur Hand und trank noch einen Schluck. Diesmal wurde sein Kopf leicht taub, und seine Ohren rauschten. Dann war es auch schon vorüber.

„Ein Trinkspruch!" rief jemand. Die Stimme war gefährlich nah. Adon drehte sich um und sah, daß ein Fremder einen Krug über ihm erhoben hatte. Das Haar des Fremden war grau und strähnig. Seine riesige Hand kam ihm entgegen und faßte Adons Schulter.

„Ein Trinkspruch auf den Krieger, der sich den Mächten des Bösen gestellt hat und sie im Dienste der Täler niedergerungen hat."

Adon wollte widersprechen, doch ging gewaltiger Jubel durch den Saal, als alle auf ihn das Glas erhoben. Anschließend kamen viele von ihnen und gaben ihm einen Klaps auf den Rücken. Keiner von ihnen schreckte vor der Narbe zurück, die sein Gesicht durchzog. Sie tauschten Geschichten von Schlachten aus, und auf eine sonderbare Weise fühlte sich Adon heimisch. Nach einer Stunde kratzte der Hocker neben ihm über den Fußboden, eine hübsche Kellnerin mit karmesinrotem Haar setzte sich neben ihn.

„Bitte", sagte Adon und ließ den Kopf sinken. „Ich will allein sein." Als er aufsah, war die Frau immer noch da. „Was ist?" fragte er, bis er erkannte, daß ihr Blick auf der Narbe ruhte. Er wandte sich ab und bedeckte mit der Hand diese Seite seines Gesichts.

„Hübscher, du mußt dich nicht vor mir verstecken."

Adon sah sich um, um zu sehen, mit wem sie sprach, mußte aber feststellen, daß ihr Blick nach wie vor auf ihn gerichtet war.

Er sah die Frau unvermittelt an. Ihr Haar war voll und wild, die Locken fielen ihr bis auf die Schultern und umrahmten die sanften Züge ihres Gesichts. Ihre Augen waren stechend Blau, und ihre eleganten Züge unterstrichen das schelmische Grinsen, das sie zur Schau trug. Sie war einfach gekleidet, hatte aber eine Körperhaltung, die etwas Herrschaftliches vermittelte.

„Was willst du?" flüsterte er.

Ihre Augen leuchteten. „Tanzen."

„Hier ist keine Musik", sagte Adon kopfschüttelnd.

Sie zuckte die Achseln und hielt ihm die Hand hin.

Adon wandte sich ab und starrte in die Tiefe seines eben erst wieder aufgefüllten Glases. Die Frau ließ die Hand sinken und setzte sich wieder zu ihm. Schließlich sah er sie an.

„Du hast doch sicher einen Namen", sagte sie.

Adons Gesichtsausdruck verfinsterte sich. „Für dich ist hier kein Platz. Tu deine Arbeit und laß mich in Ruhe."

„Damit du allein leiden kannst? Das paßt nicht zu einem Helden", sagte sie.

Adon mußte fast husten. „Du denkst, ich sei einer?" Ein fieses Grinsen zeichnete sich auf seinem Gesicht ab.

„Mein Name ist Renee", sagte sie und hielt ihm wieder die Hand hin.

Adon versuchte, nicht zu zittern, als er ihre Hand nahm. „Ich bin Adon", sagte er dann. „Adon von Sune. Und ich bin kein Held."

„Laß lieber mich darüber urteilen, mein Lieber", erwiderte sie und strich ihm übers Gesicht, als gäbe es die Narbe nicht. Ihre Hand wanderte über seinen Hals, seine Brust und seinen Arm, dann nahm sie seine Hand und bat ihn, seine Geschichte zu erzählen.

Widerwillig schilderte Adon erneut, wie er von Arabel hierhergelangt war, wobei seine Stimme meist völlig gefühllos war. Er erzählte ihr alles außer den Geheimnissen der Götter, die er erfahren hatte. Die behielt er für sich, um selbst darüber nachzudenken.

„Du bist ein Held", sagte Renee und küßte ihn auf den Mund. „Man sollte über deinen Glauben angesichts solcher Widrigkeiten reden und sich von ihm inspirieren lassen."

Ein Soldat gleich neben ihm begann zu lachen, und Adon war sicher, der Anlaß für dessen Belustigung zu sein. Er riß sich von der jungen Frau los, knallte ein paar Goldstücke auf die Theke und erklärte wütend: „Ich bin nicht gekommen, um verspottet zu werden!"

„Ich habe doch gar nicht... "

Doch Adon war schon aufgesprungen und bahnte sich seinen Weg zwischen den Abenteurern und den Soldaten hindurch, die sich im Gasthaus drängten. Er gelangte auf die Straße und ging fast einen Häuserblock weit, ehe er sich gegen die Wand eines kleines Ladens lehnte. An der Tür hing ein Metallschild, in das ein Name eingraviert war und in dem Adon im Mondschein sein Spiegelbild sah. Für einen Moment war die Narbe nicht zu sehen, doch dann drehte er den Kopf ein wenig und sah, wie sein Gesicht in dem Metall länger und länger wurde und die Narbe viel entsetzlicher wirkte, als sie tatsächlich war. Er wandte sich von dem Schild ab und verfluchte seine Augen für das, was sie gesehen hatten.

Als er weiter durch die Stadt ging, mußte Adon an die Frau denken, Renee, und an ihr feuriges Haar, das dem Sunes so ähnlich war. Er hatte sie unmöglich behandelt. Er wußte, daß er sich entschuldigen mußte. Auf dem Weg zurück zum Gasthaus wurde er von einer Streife angehalten, durfte dann aber weitergehen. „Ich kann mich an die Narbe erinnern", hörte er einen der Soldaten sagen.

Adons Laune wurde schlechter. Er erreichte das Gasthaus, und nachdem er ein paar Minuten durch den Schankraum geschlendert war, setzte er sich auf seinen alten Platz an der Theke. Er winkte Jhaele Silbermähne zu sich und fragte nach Renee. Jhaele deutete nur mit einer Kopfbewegung auf eine schummrige Ecke des Lokals.

Renee saß mit einem anderen Mann zusammen und machte die gleichen ansprechenden Gesten, die Adon bei ihr beobachtet hatte, als sie mit ihm gesprochen hatte. Sie sah auf, bemerkte, daß Adon sie anstarrte, und schaute weg.

„Sie muß das Geld an dir gerochen haben", sagte Jhaele, und da verstand Adon, welche Absichten Renee verfolgte.

Kurz darauf war er wieder draußen und lief Gefahr, seiner Wut zu erliegen. In der Ferne sah er die Turmspitzen des Tempels. Er machte sich auf den Weg dorthin und lief der gleichen Streife über den Weg.

Er dachte an die Heiler. Vielleicht hatten sie Tränke, die stark genug waren, um die Narbe verschwinden zu lassen.

Tymoras Tempel unterschied sich erheblich von dem in Arabel. Adon ging an einer Reihe mächtiger Säulen vorüber, auf denen kleine Feuer brannten. Vor dem großen Tor hielt niemand Wache, und ein großer, glänzender Gong in unmittelbarer Nähe zum Tor war umgeworfen worden. Als sich Adon dem Tor näherte, erklang aus der Dunkelheit eine Stimme. „Du da!"

Adon drehte sich um und erkannte die Streife, mit der er sich schon vor dem Gasthaus unterhalten hatte.

„Etwas stimmt nicht", rief er zurück. „Der Tempel ist ganz ruhig, und von der Wache ist nichts zu sehen."

Die Reiter, die zu viert waren, stiegen ab. Ihre Rüstungen hatte man mattiert, damit sie bei Nacht nicht auffielen.

„Geh zur Seite", sagte ein stämmiger Mann und schob sich an Adon vorbei. Der Soldat öffnete das Tor und wandte sich um, als ihm aus dem Inneren des Tempels der Gestank des Todes entgegenschlug.

Adon zog ein seidenes Taschentuch hervor und hielt es sich vor Mund und Nase, dann ging er mit einer der Wachen in den Tempel.

Fast ein Dutzend Männer lag auf dem Boden, alle brutal niedergemetzelt. Der Hauptaltar war umgestoßen worden, und mit dem Blut der ermordeten Kleriker hatte man das Zeichen Tyrannos' an die Wände geschmiert. Da die Fackeln immer noch loderten und wegen des Gestanks, der durch den Tempel zog, wußte Adon, daß die Schändung vor höchstens einer Stunde stattgefunden haben konnte.

Keine Kinder, dachte er dankbar. Der Wache neben ihm wurde übel, und sie sank auf die Knie. Als der Mann sich wieder erhob, sah er, daß der junge Kleriker zwischen den Bankreihen und dem erhöht stehenden Altar hindurchging. Adon erlöste die Töten aus den grausamen Posen, in denen die Angreifer sie zurückgelassen hatten, und legte sie auf den Boden. Dann riß er die Seidenvorhänge herunter, die hinter dem Altar hingen, und bedeckte die Leichen, so gut es ging. Der Wachmann kam mit zitternden Knien zu ihm. Von draußen waren Laute zu hören, die auf Bewegungen schließen ließen, dann erklang ein Aufschrei, als die anderen Wachen das Grauen im Tempel erblickten.

„Es könnte noch andere geben", warnte Adon und wies auf die Treppe, die tiefer in den Tempel hineinführte.

„Andere... die noch leben?" fragte der Wachmann.

Der Kleriker sagte nichts, da er eine Vorstellung davon hatte, was sie erwartete. Sicher war für ihn nur, daß er hier nicht die kostbaren Heiltränke finden würde, von denen man ihm berichtet hatte.

Adon blieb auch im Tempel, als für die anderen der Gestank längst unerträglich geworden war. Er wollte für die Toten beten, doch er fand keine Worte.

◆   ◆   ◆

Kelemvor wandte sich vom Fenster ab. Er hatte in Mitternachts Kammer nachgesehen und festgestellt, daß sie noch nicht aus Elminsters Turm zurückgekehrt war. Er kehrte in sein eigenes Zimmer zurück, konnte aber nicht einschlafen. Einen

Moment lang spielte er mit dem Gedanken, zu Elminsters Turm zu reiten und Mitternacht zur Rede zu stellen, doch er wußte, daß es sinnlos sein würde.

Als er nach einer Weile wieder aus dem Fenster blickte, sah er, daß die Magierin auf dem Rückweg war. Er beobachtete, wie sie die Wachen passierte und den Turm betrat. Kurz darauf klopfte es. Kelemvor saß auf dem Bett und fuhr sich mit der Hand durchs Gesicht.

„Kelemvor?"

„Ja!" rief er. „Herein."

Mitternacht betrat den Raum und schloß die Tür hinter sich. „Soll ich eine Laterne anzünden?" fragte sie.

„Du vergißt, was ich bin", antwortete Kel. „Im Mondschein kann ich dich genauso deutlich sehen wie am Mittag."

„Ich vergesse nichts", sagte sie.

Mitternacht trug einen langen, wallenden Umhang, einen mehr als angemessenen Ersatz für den, den sie verloren hatte. Winzige Flammen zuckten über ihren Anhänger. Kelemvor war überrascht, daß sie ihn trug, machte sich aber nicht die Mühe, sie darauf anzusprechen.

Mitternacht legte den Umhang ab und stellte sich vor den Söldner. „Ich glaube, wir sollten reden", sagte sie.

Kel nickte langsam. „Ja. Worüber willst du reden?"

Mitternacht fuhr sich durch ihr langes Haar. „Wenn du müde bist... "

Er stand auf. „Ich bin nicht müde, Ariel."

„Nenn mich nicht so."

„Mitternacht", verbesserte er sich und seufzte auf. „Ich ging davon aus, daß wir diesen Ort gemeinsam verlassen. Ich dachte, du würdest die Warnung überbringen, die Mystra dir anvertraute, und dann hätten wir alles hinter uns und wären frei."

Mitternacht lachte kurz auf. „Frei? Was weiß irgendwer von uns schon über Freiheit, Kelemvor? Dein ganzes Leben lang wirst du von einem Fluch beherrscht, an dem du nichts ändern kannst, und ich wurde von den Göttern selbst zur Närrin gehalten!"

Sie wandte sich von ihm ab und lehnte sich an die Kommode. „Ich kann nicht einfach fortgehen, Kel, ich trage eine Verantwortung."

Kelemvor kam auf sie zu, faßte sie an den Schultern und drehte sie um, damit er ihr ins Gesicht sehen konnte. „Gegenüber wem? Gegenüber Fremden, die dir ins Gesicht spucken, wenn du dein Leben riskierst, um sie zu retten?"

„Gegenüber den Reichen, Kelemvor! Ich trage Verantwortung gegenüber den Reichen!"

Kel ließ sie los. „Dann haben wir wohl wenig zu besprechen."

Mitternacht nahm ihren Umhang. „Für dich ist es mehr als nur der Fluch, nicht wahr? Alles hat für dich seinen Preis. Deine Bedingungen sind mehr, als ich ertragen kann, Kelemvor. Ich kann mich nicht jemandem hingeben, der nicht bereit ist, das gleiche für mich zu tun."

„Was redest du da? Bin ich fortgelaufen? Habe ich dich sitzenlassen? Morgen beginnen wir mit den Vorbereitungen für einen Krieg. Es ist möglich, daß ich dich erst wiedersehe, wenn die Schlacht vorüber ist. Vorausgesetzt, wir überleben."

Eine Weile herrschte Schweigen.

„Du würdest von hier fortgehen, stimmt's?" fragte Mitternacht. „Wenn ich bereit wäre, dich zu begleiten, würdest du noch heute nacht aufbrechen."

„Ja."

Mitternacht atmete tief durch. „Dann hatte ich recht. Wir haben *nichts*, was wir besprechen müßten."

Sie ging zur Tür, doch Kel rief ihr nach: „Meine Belohnung. Elminster hat eine Belohnung versprochen, aber er hat sich nicht dazu geäußert, wie sie aussehen sollte."

Mitternachts Lippen bebten. „Ich habe ihm von dem Fluch erzählt, Kelemvor. Er glaubt, daß er gebrochen werden kann."

„Der Fluch...", sagte Kelemvor gedankenverloren. „Dann war es eine gute Entscheidung zu bleiben."

Mitternachts Haar fiel ihr ins Gesicht.

„Verdammt, er hätte es so oder so gemacht...", sagte sie und machte die Tür auf.

„Mitternacht", rief Kel.

„Was?"

„Du liebst mich noch", sagte er. „Ich wüßte es, wenn es nicht so wäre. Das ist meine Belohnung dafür, daß ich mit dir bis hierher gereist bin, wie du weißt."

Mitternacht fühlte, wie sich ihr Körper versteifte. „Ja", flüsterte sie. „Ist das alles?"

„Es ist alles, was mir wichtig ist."

Mitternacht zog die Tür hinter sich zu und ließ Kelemvor in der Finsternis zurück.

14
KRIEGSGERÜCHTE

Noch vor Sonnenaufgang erfuhr Trauergrimm, was sich im Tempel der Tymora zugetragen hatte. Elminster war gerufen worden und hatte sich mit seinem Lehnsherrn am Eingang zum Tempel getroffen. Adon war noch dort, als der Weise eintraf.

Die Bardin Sturm Silberhand kam auch zum Tempel. Sie trug das Symbol der Harfner, einen silbernen Mond und eine silberne Harfe auf königsblauem Untergrund. Der nächtliche Wind fing sich in ihrem wilden silbernen Haar und wehte es hoch nach oben, was sie weniger nach einer menschlichen Frau aussehen ließ als vielmehr nach einer Rachegöttin. Ihre Rüstung war aus dem glänzenden Silber, das man in den Tälern trug, und sie ging an ihrem Lehnsherrn und dem Weisen vorbei, ohne ein Wort zu sagen.

Trauergrimm machte keinen Versuch, sie aufzuhalten. Statt dessen schloß er sich ihr auf dem Weg in den geschändeten Tempel an, wo sie gemeinsam in respektvoller Stille die Verwüstung betrachteten. Das Symbol Tyrannos', das mit Blut an die Wände geschmiert worden war, fiel ihnen sofort auf. Als Sturm später mit den Wachen sprach, die auf die Zerstörung aufmerksam gemacht worden waren, stellte Adon die Theorie auf, der Diebstahl der Tränke könne Auslöser für den Angriff gewesen sein. Die demoralisierende Wirkung eines solchen Übergriffs auf die Schattentaler und ihren Glauben durfte ebenfalls nicht außer acht gelassen werden. Sturm Silberhand betrachtete argwöhnisch den Kleriker, wie sie es bei jedem Außenseiter gemacht hätte, der bei einer solchen Tragödie anwesend war.

„Das Blut an seinen Händen ist die Folge einer guten Tat, da er die Toten aufbahrte", sagte Elminster. „Dieser Mann ist unschuldig."

Sturm wandte sich Trauergrimm zu, der vor Wut kochte. „Die Harfner werden mit Euch reiten. Gemeinsam werden wir diese feige Tat rächen."

Dann ging sie, da ihre Trauer sie zu überwältigen und ihre stählerne Gefaßtheit zu sprengen drohte. Trauergrimm trug seinen Männern auf, die Toten zu identifizieren und zu beerdigen. Der alte Weise stand neben dem Fürsten und sprach leise: „Tyrannos ist der Gott des Streits. Es ist nicht verwunderlich, daß er uns ablenken und ins Herz treffen will, damit wir trauern und verwundbar sind, wenn er angreift", sagte Elminster. „Wir dürfen nicht zulassen, daß er Erfolg hat."

Trauergrimm bebte vor Wut. „Das wird er nicht", erwiderte er.

Stunden später, nachdem er längst wieder in den Verdrehten Turm zurückgekehrt war, stand Trauergrimm neben seinem Freund und Verbündeten Thurbal, der noch immer in tiefem Heilschlaf lag. Thurbal hatte nichts gesagt, seit Elminsters Magie ihn aus der Zentilfeste gerettet und er Trauergrimm noch von dem geplanten Angriff auf die Täler berichtet hatte.

„Ich habe die Schrecken gesehen, Thurbal. Männer des Glaubens, wie Hunde abgeschlachtet. In meinem Herz brennt gewaltiger Zorn, alter Freund, so heftig, daß er droht, mir den Verstand zu rauben." Trauergrimm senkte den Kopf. „Ich will ihr Blut. Ich will Rache."

Ein solcher Zorn macht dich zu einem wahnsinnigen Hund, er macht dich unfähig, einen Sieg zu erringen, und er macht deinen Untergang zu einem unabwendbaren Schicksal, hatte Thurbal in der Vergangenheit gesagt. *Laß das Feuer in deinem Herzen abkühlen und laß dich von deiner Vernunft durch die Flure der Rache führen.*

Trauergrimm wachte an Thurbals Seite, bis der Morgen anbrach und er gerufen wurde, um sich mit Falkenwacht im Kriegsraum zu treffen.

◆   ◆   ◆

Die Einzelheiten waren in den frühen Morgenstunden organisiert worden, und Kelemvor war erstaunt darüber, welche

Fortschritte in den letzten Tagen gemacht worden waren. Er hatte an Falkenwachts Seite gestanden, als der ältere Krieger hunderte von Soldaten um sich geschart hatte, die sich freiwillig gemeldet hatten, um Schattental zu verteidigen. Viele hatten die alptraumhaften Anblicke des Gnoll-Passes und der Schattenkluft hinter sich gebracht, um es ins Tal zu schaffen. Sie wußten, welches Schicksal die Täler erwartete, wenn es ihnen nicht gelang, Tyrannos und seine Armeen zurückzuschlagen. Ein Ruf der Einigkeit war erschallt, von dem sich Kelemvor so hatte mitreißen lassen, daß er wie die anderen die Faust gereckt hatte.

Dann kam die Plackerei, auch wenn nur wenige klagten. Kaufleute und Maurer fanden sich Seite an Seite mit Soldaten, als es auf Mittag zuging und die Verteidigungslinien im Bereich des Kragteichs auf der Straße nach Voonlar Gestalt annahmen. Wagenladungen voller Steine und Schutt aus den Ruinen der Burg Krag wurden an den Rand der Hauptstraße nordöstlich der Straße gekarrt, die aus dem Tal führte.

Rund um die Bauarbeiter waren die Bogenschützen am Boden und in den Bäumen damit beschäftigt, die Verteidigung der Straße einzurichten und den zentischen Truppen aufzulauern, die aus dem Nordosten kommen würden. Der Kampf mochte noch Tage auf sich warten lassen, doch die Bogenschützen wußten, daß sie sich auch vorbereiten mußten.

Nach getaner Arbeit warteten sie. Der Himmel über ihnen war strahlend blau, und es waren nur wenige Wolken zu sehen. Die Bäume um sie herum waren erfüllt von jenen Klängen, die nur jemand zu schätzen wissen konnte, der Stunde um Stunde Holz gehackt, Bäume gefällt und Pfähle angespitzt, Löcher gegraben und sie dann abgedeckt hatte. Das erledigten die Waldarbeiter, die Fallen aufstellten und ihre Verstecke vorbereiteten.

Die Bogenschützen waren mit ihrer Aufgabe nicht allein. Es gab ganze Mannschaften von Arbeitern aus der Stadt, die gekommen waren, um zu helfen. Angeführt wurden sie dabei von zwei Stadtplanern aus Suzail. Diese waren bei Verwandten in Schattental zu Besuch gewesen, als sich die Nachricht von der bevorstehenden Invasion herumgesprochen hatte. Sie halfen mit, die verschiedenen Hindernisse zu plazieren, die Tyrannos' Armeen den Weg versperren sollten. Außerdem halfen sie, detaillierte Karten zu erstellen, die Fluchtwege durch den Wald zeigten. Natürlich mußte man diese Karten auswendig lernen, da sie längst im Feuer vergangen sein würden, ehe Tyrannos' Armeen eintrafen.

Die Arbeiten wurden den ganzen Morgen über zügig fortgesetzt, doch als der Tag voranschritt und sich die Männer mit den Verteidigungsanlagen zur Stadt hin zurückbewegten, waren sie gezwungen, mehr und mehr ihrer Leute zurückzulassen, die die ausgefeilten Fallen bewachen und deren richtige Anwendung überwachen mußten. Jeder, der eine Falle bewachen oder nach ersten Spähern Ausschau halten mußte, bedeutete, daß die neuen Fallen immer langsamer fertiggestellt wurden. Doch selbst die Männer aus den Tälern, die in den Wäldern bleiben mußten, versuchten, sich bis zum Beginn der Schlacht nützlich zu machen. Vor allem die Bogenschützen nahmen sich die Zeit, sich mit dem Abschnitt des Waldes vertraut zu machen, den sie verteidigen würden.

Sie waren es, die als erste mit dem Feind zusammentreffen würden, und sie verbrachten Stunden damit, sich jedes Geräusch des Waldes zu merken und eins zu werden mit der Natur um sie. So würden sie jedes Geräusch und jeden Geruch sofort wahrnehmen, der ungewöhnlich war. Sie sprachen wenig, sondern übten Handsignale, mit denen sie weitergeben würden, daß sich der Feind näherte, sollte er am Tag angreifen. Für den Fall, daß es zu einem nächtlichen Angriff kommen sollte, waren Signallaternen verteilt worden.

Nun gab es nichts weiter zu tun, als geduldig die Eleganz der Natur zu erleben und zu warten.

SCHATTENTAL

Als der Tag weiter voranschritt, wurde Kelemvor losgeschickt, um die vielen Schmiede zusammenzurufen, die seit Tagen an Schilden, Schwertern, Dolchen und Rüstungen für diejenigen arbeiteten, die notfalls bereit waren, mit nacktem Oberkörper und ihrem bloßen Siegeswillen zu kämpfen. Mit Hilfe zweier Assistenten überwachte er, wie die Waffen auf Wagen verladen wurden. Dann kümmerte sich Kelemvor um die Bogner und Holzschnitzer, die damit beschäftigt waren, Bogen und Pfeile fertigzustellen.

An der Wegeskreuzung vor dem Gasthaus zum Alten Schädel traf man andere Vorbereitungen. Auf dem Hof Jhaele Silbermähnes und ein Stück weiter auf dem Hof Sulcar Reedos wurden bewegliche Strohwände vorbereitet, die den Angriff der zentischen Bogenschützen abhalten sollten, wenn diese bis in Schußweite zur Stadt gelangen würden. Das Lager des Händlers Weregund war komplett geräumt worden, damit ein kleiner Trupp von dort einen Überraschungsangriff starten konnte, wenn es zu Kämpfen an der Kreuzung kommen sollte.

Trauergrimm hatte die Späher handverlesen, die auf dem Harfnerhügel und dem Alten Schädel Feuer entfachen sollten, wenn sich der Feind näherte. Nur Männer, die keine Familien, die um sie trauern und keine Frauen, die zu Witwen werden konnten, hatten, wurden für diese Aufgabe ausgesucht. Ehe er sie auf ihre Posten schickte, stellte der Talfürst sicher, daß sie angemessen ausgerüstet waren, falls es eine lange Wartezeit werden sollte.

Die Verteilung der Vorräte hatte in den frühen Morgenstunden begonnen, stellte sich aber als schier endlose Aufgabe heraus. Jhaele Silbermähne und ihre Arbeiter hatten für jede Gruppe Fleisch, Süßbrot und frisches Wasser zusammengestellt. Sie nahmen auch Zelte und Matten mit, die aber nur sporadisch ausgegeben wurden.

Auf der anderen Seite der Ortschaft traf Cyric an der Ashababrücke ein und erkannte sofort, daß es zwei Gründe für „seine" Männer gab, mit ihrem Posten unzufrieden zu sein. Zum einen hatte sich niemand von ihnen freiwillig für diese Aufgabe gemeldet, da jeder von ihnen den Kampf an vorderster Front hatte miterleben wollen, statt eine Brücke zu bewachen, nur weil die Möglichkeit bestand, daß sich eine zweite Streitmacht von Westen näherte. Zweitens – und das war der entscheidendere Punkt – widerstrebte es ihnen, Befehle von einem Außenseiter entgegenzunehmen. In diesem Punkt paßten sie jedoch gut zusammen, da Cyric es verabscheute, einer Gruppe Befehle zu geben, die er als einen Haufen ungezogener und großmäuliger Kretins betrachtete.

Doch ehe Cyric daran denken konnte, seine Truppe zu organisieren, sah er sich mit einer großen Zahl von Flüchtlingen konfrontiert. Sie hatten sich am Fluß versammelt, wo sie auf die Boote warteten, die sie nach Nebeltal bringen würden. Cyric wies eine Handvoll Soldaten an, sich um das Wohl der alten Leute und Kinder zu kümmern.

Narren, dachte Cyric, als er die Flüchtlinge betrachtete. War ihnen nicht klar, daß sie möglicherweise ihr Zuhause für immer verließen? Der einstige Dieb konnte nicht anders, als an die Idee zu denken, die Marek ihm in den Kopf gesetzt hatte: Warum sollte er nicht zum Feind überlaufen, wenn die einzige Alternative der Tod war? Was war er diesen Leuten schuldig? Wäre da nicht Mitternacht gewesen, dann wäre er schon vor langer Zeit aufgebrochen.

Die Mehrheit der Flüchtlinge waren Kinder und Leute, die für den Kampf zu krank oder zu alt waren. Sie standen da und sahen zu, wie Soldaten zu beiden Seiten der Brücke Gräben aushoben. Sie wußten, daß diese Männer wohl dafür sterben würden, die Häuser zu verteidigen, in denen längst niemand mehr lebte. Doch sie wußten auch, daß eine Flucht die meisten der Soldaten schneller getötet hätte, als es jeder zentische Pfeil und jedes Schwert konnten.

Schattental

Unter den Augen der Flüchtlinge gruben die Männer allmählich langsamer weiter. Die meisten von ihnen beklagten sich offen und kritisierten lautstark den dunkelhaarigen Mann, der zwischen ihnen hin und her ging und zunehmend ungeduldiger Befehle gab.

Dann warf gut ein Dutzend der Männer die Schaufeln hin und richtete sich in dem Graben auf, an dem sie seit Stunden arbeiteten. Der Anführer der Gruppe, ein Hüne namens Förster, wandte sich Cyric zu, der zusammen mit seinen Leuten am anderen Ende der Brücke arbeitete.

„Es reicht!" schrie Förster. Sein Haar klebte schweißnaß auf seiner Stirn. „Unsere Brüder sind bereit, ihr Leben an der Grenze im Osten zu geben, um das Tal zu schützen! Ich sage, wir schließen uns ihnen an! Wer ist dabei?"

Cyric hielt seine Schaufel fest in der Hand und biß die Zähne zusammen. „Verdammt!" zischte er. Als er sich umdrehte und aus dem Graben sah, traf sein Blick den einer jungen Mutter, die keine zwanzig Schritt von ihm entfernt stand. Ihre Augen verrieten, daß sie nicht um ihr Kind, sondern um sich besorgt war.

Gedanken daran, daß seine Eltern ihn als Säugling ausgesetzt hatten, schossen Cyric durch den Kopf, während er ihrem Blick auswich und aus dem Graben stieg. Förster und seine Leute waren bereits mit gezogenen Waffen im Aufbruch, als Cyric ihnen auf der anderen Seite der Brücke den Weg versperrte. Er hätte diese Männer zwar gerne in ihr Verderben laufen lassen, aber er würde es nicht erlauben, daß seine Autorität untergraben wurde.

„Weg da", forderte Förster. „Sonst wirst du mit dem Fluß Bekanntschaft machen, ohne das Glück zu haben, dabei auf einem Schiff zu stehen!"

„Zurück an die Arbeit", sagte Cyric. „Wir haben Befehl, diese Brücke zu halten."

Förster lachte. „Zu halten? Gegen wen? Gegen die untergehende Sonne? Gegen den Rückenwind? Die Schlacht wird im Osten stattfinden. Mach Platz."

Förster war ein Stück näher, aber Cyric regte sich nicht von der Stelle.

„Feigling", sagte Cyric.

Förster blieb stehen. „Große Worte von einer Leiche", sagte er und hob das Schwert. Die Klinge blitzte im Sonnenschein, doch Cyric ging weder aus dem Weg, noch zog er selbst die Waffe.

Er bleckte die Zähne und wies auf die Flüchtlinge. „Sieh sie dir an."

Die Flüchtlinge drängten sich am Ufer des Ashaba und sahen sich ängstlich um. „Du willst Ruhm? Du willst dich von deinem Leben verabschieden? Das ist deine Sache. Aber willst du das auf ihre Kosten tun?"

Försters Schwert sank nach unten. Die Stimmen wurden lauter.

„Wenn du gehst, wer soll sie schützen? Dolchtal wird von den Zentilaren überschwemmt sein! Wenn die Brücke fällt, lieferst du sie und Schattental dem Feind aus!"

Cyric wandte Förster den Rücken zu. „Steht zu mir und steht zu Schattental", rief er. „Was sagt ihr?"

Schweigen. Cyric wartete darauf, daß die Klinge des Riesen seinen Rücken durchbohrte.

„Für Schattental", rief eine Stimme.

„Für Schattental", stimmten andere ein, bis ein lauter Ruf daraus wurde, in den sogar die Flüchtlinge einfielen.

„Ja", sagte Cyric schließlich, und alle wurden ruhig. „Für Schattental. Und jetzt an die Arbeit."

Die Soldaten arbeiteten mit doppelt so großem Einsatz, und in einiger Entfernung konnte Cyric die ersten Schiffe sehen, die die Flüchtlinge in Sicherheit bringen würden.

„Für Schattental", rief eine Frau dem einstigen Dieb zu, als sie zu einem der Schiffe ging. Cyrics Worte hatten in ihren Augen ein Feuer entfacht, Tränen liefen ihr übers Gesicht. Cyric nickte, obwohl er nur Verachtung für diese willensschwachen Schafe empfand, die sich hinter dem Glauben an ihre Götter oder an ihr Land versteckten, um ihr Handeln zu rechtfertigen, anstatt sich dem Leben zu stellen. Er drehte sich um und kehrte zurück an seinen Platz im Graben. Seine Geduld mit Träumern und Feiglingen war erschöpft.

Er hatte die anderen davon überzeugt, daß es richtig war zu bleiben. Jetzt mußte er nur noch sich selbst überzeugen.

Während sich Cyric darum kümmerte, daß die Flüchtlinge auf ihre Boote gelangten und sich auf den Weg den Ashaba entlang machten und er seine Männer erneut zur Eile antrieb, die nach wie vor am Graben arbeiteten, blieb Adon in Elminsters Turm. Nachdem der Kleriker und der Weise früh am Morgen vom Tempel der Tymora zurückgekehrt waren, hatte Elminster Adon mit einer Arbeit betraut, die er in dem beengten Vorzimmer erledigen sollte, in dem sonst Lhaeo saß.

„Du mußt alle Verweise auf folgende Namen finden", sagte Elminster. „Dann studierst und lernst du alle Zauber, die jeder von ihnen in seinem Leben erarbeitete. Sie sind alle in diesen Bänden. Erstelle Listen, damit wir notfalls nachschlagen können."

„Aber meine Magie versagt", sagte Adon. „Ich weiß nicht… "

„Ich auch nicht, aber die Reiche hängen von uns allen ab, und das ist jetzt wohl der geeignete Zeitpunkt, oder meinst du nicht?" Dann war der Weise gegangen, und der Kleriker vertiefte sich solange in die Bände, bis Mitternacht vorbeikam und mit ihnen zum Tempel zurückkehrte.

Als Adon, Mitternacht und Elminster den Tempel des Lathander erreichten, trieb purpurner Nebel über den Abendhimmel. Es war Zeit für das Abendessen. Die drei gingen durch eine fast völlig verlassene Stadt, allerdings hörten sie Cyrics Männer im Westen graben, während im Osten die Verteidigungsanlagen errichtet wurden.

Als sie sich dem Gebäude näherten, sahen Adon und Mitternacht, daß Lathanders Tempel in Form eines Phönix gebaut worden war. Zu beiden Seiten des Eingangstors wuchsen gewaltige Mauern empor. Die Flügel beschrieben eine Kurve und mündeten in Türmen. In der Mitte des Bauwerks befand sich ein großes zweiflügeliges Tor, an das Elminster ungeduldig klopfte. Drei Stockwerke über ihnen wurde ein Fenster geöffnet, ein Mann mit wallendem Haar streckte den Kopf heraus.

„Elminster!" rief der Kleriker ungläubig.

„Der bin ich vielleicht sogar noch, wenn du es nach hier unten schaffst und das Tor öffnest!"

Das Fenster wurde geschlossen, und Elminster trat zurück. Mitternacht redete noch immer wegen des Tempels und wegen der Rolle auf ihn ein, die sie und Adon in der Schlacht spielen sollten.

„Erinnert euch einfach an das, was ich euch beigebracht habe, und tut, was ich gesagt habe", erwiderte Elminster müde.

„Ihr behandelt uns wie Kinder", herrschte Mitternacht ihn an. „Nach allem, was wir durchgemacht haben, wäre eine Erklärung das mindeste, was wir erwarten können."

Elminster seufzte. „Es macht dir doch nichts aus, daß ein alter Mann sich ein wenig ausruht, während du ihm keine Ruhe läßt, oder?"

Er setzte sich, und Mitternacht hatte bereits die Hälfte ihrer Argumente wegen der Tafeln des Schicksals durch, als sie merkte, daß er mitten in der Luft saß und die Luft über ihm voller mystischer Energien war.

Mitternacht hielt inne.

„Eine Himmelstreppe", sagte sie.

„Ja, so wie die, auf der Mystra versuchte, in die Ebenen zurückzukehren."

Mitternacht wich erschrocken zurück. „Dann will Tyrannos..."

„Das Tal interessiert ihn nicht", sagte Elminster. „Er will die Ebenen."

„Aber Helm wird ihn aufhalten, möglicherweise gar töten – "

„Und Schattental wird dabei in Schutt und Asche gelegt und auf den Karten der Reisenden für alle Zeiten nur ein großer schwarzer Fleck sein."

Adon fuhr sich mit den Händen übers Gesicht. „Genau wie Burg Morgrab. Aber was können wir tun?"

Elminster schlug mit der flachen Hand in die Luft. „Natürlich die Himmelstreppe zerstören!" Er hielt Mitternacht eine Hand hin. „Hilf mir auf."

Mitternacht half dem Weisen beim Aufstehen. „Wie können wir etwas zerstören, das die Götter erschufen?"

„Vielleicht kannst du es mir ja sagen", antwortete Elminster. Das Tor zum Tempel wurde geöffnet, und der blonde Mann tauchte auf. Er trug ein leuchtend rote Robe, die mit Gold verziert war.

„Elminster!" rief der Mann. „Ich hatte nicht auf die Zeit geachtet. Natürlich wirst du erwartet."

Rhaymon bedeutete dem Alten einzutreten. „Willst du, daß ich mit deinen Assistenten eine Führung mache, ehe ich gehe?"

„Das ist unnötig", gab Elminster zurück.

Rhaymon hatte die halbe Strecke zum Tor zurückgelegt, als Adon ihn stoppte.

„Ich verstehe nicht", sagte Adon. „Wohin geht Ihr?"

„Ich werde mich meinen anderen Priestern und all den Getreuen anschließen, die hier gebetet haben", sagte Rhaymon. „Bis zum letzten Mann werden sie sich der Armee Schattentals anschließen und bereit sein, ihr Leben zu geben, um die Täler zu beschützen."

Adon nahm seine Hand. „Laßt sie für das bezahlen, was sie den Tymoragläubigen angetan haben."

Rhaymon nickte und war fort.

„Laßt uns hineingehen", sagte Mitternacht und berührte Adon sanft am Arm. Sie schloß hinter sich die Tür.

◆ ◆ ◆

Es war Nacht. Die Erinnerungen plagten Ronglath Ritterbruck. Der Soldat hatte erst nach seiner Ankunft in Voonlar von Tempus Schwarzdorns Tod erfahren. Der Magier Sememmon hatte gelacht, als er Ritterbruck vom Schicksal des Gesandten erzählt hatte.

„Keine Sorge", sagte Sememmon. „Du wirst dich ihm schon noch früh genug anschließen. Du wirst das erste Bataillon gegen die Täler anführen."

Ritterbruck hatte nichts erwidert.

Die Reise von der Rabenzitadelle nach Teschwelle war anstrengend gewesen. Die Soldaten, die er befehligt hatte, waren unwillig und aufsässig gewesen. Die Söldner, die sich ihnen bei den Ruinen von Teschwelle angeschlossen hatten, wußten nichts von Ritterbrucks Scheitern in Arabel und kümmerten sich nur um das Gold, das man ihnen gegeben hatte, damit sie zeitig und marschbereit eintrafen. Ritterbruck hatte sich erst wenige Tage in Voonlar aufgehalten, als der Befehl von Fürst Tyrannos kam, seine Leute um sich zu scharen und loszureiten.

Weder am ersten noch am zweiten Tag ihrer Reise waren ihre Vorratswagen angegriffen worden, und genau das machte Ritterbruck besonders argwöhnisch. Entweder hatten die Verteidiger von Schattental die größte Schwäche von Tyrannos' fünftausend Mann starker Armee nicht erkannt, oder sie hatten so wenig Leute, daß sie nicht einmal einen einzigen Versuch unternehmen konnten, den Vorratszug anzugreifen. Alle fünfzehn Kilometer wurden fünfzig Mann des Bataillons zurückgelassen, die die Straße gegen Angreifer sichern sollte. Obwohl Tyrannos nicht dafür zu haben war, wollte Ritterbruck die Nachhut nicht unbewacht lassen, auch wenn er ein Viertel seiner Truppen benötigte, um genau das sicherzustellen.

SCHATTENTAL

Ritterbruck war ein weiteres Mal überrascht, als die Armee den Wald nordöstlich des Tals erreichte. Er hatte erwartet, daß man den Wald in Brand gesteckt hätte. Offenbar wollten die Schattentaler nicht sang- und klanglos sterben. Sie wollten kämpfen.

Als die Nacht hereinbrach, ging Ritterbruck davon aus, daß die Truppe am Rand der Wälder ihr Lager aufschlagen würde, doch Fürst Tyrannos schickte einen anderen Befehl. Sie sollten im Schutz der Nacht in den Wald reiten, um die Überraschung auf ihrer Seite zu haben, wenn sie auf Widerstand stoßen sollten.

Es war ihnen nicht erlaubt, Fackeln anzuzünden.

Tyrannos' Magier hatten zudem den strikten Befehl, unter keinen Umständen Magie anzuwenden, da die zu unsicher war und sich in ihr Gegenteil verkehren konnte. Das hatte zur Folge, daß sie keinen Zauber wirken konnten, um die Nachtsicht der Soldaten zu verbessern, die mit erheblichem Lärm durch den Wald ritten.

Als Ritterbruck seine verängstigten Männer in die Wälder führte, wurde klar, daß zumindest einige von ihnen Tyrannos' Taktik teilten. Der älteste und erfahrenste Krieger, Mordant DeCruew, ritt neben Ritterbruck. Leetym und Rusch befanden sich bei ihm.

„Das ist Selbstmord", sagte Leetym.

Zum großen Entsetzen der anderen Offiziere nickte Ritterbruck zustimmend.

Rusch hob an: „Unser Fürst und Gott hat uns einen Befehl erteilt."

„Und hat dafür gesorgt, daß es uns unmöglich ist, ihn auszuführen", warf Leetym ein. „Er hat uns wie Vieh zur Schlachtbank getrieben. Ich gehöre zu denen, die unseren ‚Gott' wie einen Menschen essen und trinken sahen. Als Tempelwache habe ich erlebt, daß er wie ein kleines Kind heult. Er hat uns von Anfang an belogen!"

„Wir werden siegen", sagte Rusch und gestikulierte mit der Waffe.

„Steck das Schwert weg", sagte Mordant. „Unsere Feinde werden nicht erwarten, daß wir vor morgen in die Wälder reiten. Sie rechnen frühestens morgen am späten Nachmittag mit uns. Wir werden sie überraschen."

„Mordant hat recht", sagte Ritterbruck. „Wir kämpfen hier nicht gegeneinander. Die Schlacht liegt vor uns. Wenn der Tod unsere Bestimmung ist, werden wir ihm wie Männer gegenübertreten, nicht wie feige Tiere. Wenn ihr das nicht akzeptieren könnt, werde ich euch gleich hier ausweiden."

Die Männer schwiegen, als sie tiefer in die Wälder vordrangen.

◆   ◆   ◆

Connel Graukund, der erste der Bogenschützen, der die nahenden Soldaten hörte, hielt einen Moment inne, um sicher zu sein, was seine Sinne ihm sagten. Er war auf einen Baum geklettert, um für seine Kameraden die Wache zu übernehmen, so wie ein anderer Bogenschütze fünfhundert Meter hinter ihm es auch getan hatte. Dieses Muster setzte sich fort bis zum Kragteich. Jeder Bogenschütze hatte eine Position gewählt, die freie Sicht zum nächsten Wachposten bot, der sich ein Stück näher zur Stadt hin befand. So war es möglich, dem nächsten ein Signal zu geben, ohne daß die nahenden Truppen etwas merkten.

Die Geräusche waren wieder zu hören. Diesmal waren sie von einem Schmerzensschrei begleitet.

Connel hob die Laterne so schnell, daß sie ihm zwischen den verschwitzten Fingern hindurchglitt. Er wäre fast vom Ast gerutscht, als er nach ihr griff. Seine Herz raste, als er das kalte Metall in der Hand fühlte und sich zwang, sie zu entspannen.

Der Bogenschütze spähte nach vorne. Er erkannte, daß die Zentilare in das Netz aus verwobenen Ästen geraten waren, das über die gesamte Breite der Straße reichte, und sich daraus zu befreien versuchten. Die Bäume waren so gefällt worden, daß sie in drei Richtungen gefallen waren. So mußten die Aggressoren zwangsläufig in die Falle laufen – und wenn sie versuchen sollten, durch den Wald auszuweichen, würden sie dort in gleiche Fallen geraten.

Connel gab das Signal. Ein Lichtblitz aus der anderen Richtung sagte ihm, daß seine Mitteilung angekommen war. Er kletterte vom Baum und weckte rasch drei weitere Bogenschützen, die in Bäumen ein Stück näher an der Straße Stellung bezogen. Die Nacht war erfüllt von den Geräuschen der Männer, die versuchten, das Geflecht zu zerschlagen oder darunter hindurchzukriechen. Sie übertönten damit jeden Laut, den einer der Bogenschützen möglicherweise von sich gab, während sie sich auf ihre Posten begaben, an denen sie bereits Köcher plaziert hatten.

Jemand schickt diese Männer wie Vieh zum Schlachter, dachte Connel. Dann gab der Anführer der vier Bogenschützen den Befehl, die erste Welle Pfeile auf die Zentilare abzufeuern.

Schlagartig wurden aus wütenden Rufen die Schreie sterbender Männer, als aus den Bäumen Pfeile auf sie niederprasselten und Tyrannos' Truppen durchbohrten. Weitere Bogenschützen tauchten auf und bezogen für nur wenige Momente Stellung zwischen den Bäumen entlang der Straße.

Ein paar Zentilare schafften es durch die Barriere, einige von ihnen benutzten den Leichnam eines gefallenen Kameraden, um sich vor den Pfeilen zu schützen. Sie stießen Flüche aus und stürmten vor, konnten aber nicht die Holzpfähle sehen, die in Brusthöhe auf der Straße aufgebaut worden waren, so daß sie sich selbst aufspießten.

Connel und die erste Gruppe der Bogenschützen von Schattental begannen sich auf jenen sicheren Weg durch den Wald zurückzuziehen, auf denen sie hinter die nächste Verteidigungslinie gelangten, bei der es sich um eine Reihe von Gruben handelte, die man auf der Straße ausgehoben und sorgfältig getarnt hatte. Diese Gruben waren neunzig Zentimeter tief, und genau in der Mitte war ein einzelner Pfahl gesetzt worden.

Die zweite Gruppe Bogenschützen verließ ihre Stellungen und folgte der ersten in Richtung zur Stadt. Connel Graukund dankte den Göttern dafür, daß bis jetzt nicht ein einziger aus ihren Reihen von den Zentilaren getötet worden war. Er hörte nicht, wie hinter ihm hunderte von Pfeilen abgefeuert wurden, als die zentischen Bogenschützen zum Gegenangriff übergingen. Fast alle Pfeile trafen Bäume und landeten im Geäst, von wo sie harmlos zu Boden fielen.

Connel Graukund spürte nicht einmal den Pfeil, der ihn in den Rücken traf und sein Herz durchbohrte. Er war sofort tot.

Tyrannos' Männer kämpften Stunde um Stunde in der Dunkelheit und bahnten sich mühselig ihren Weg durch die unzähligen Hindernisse, die sich ihnen stellten. Jedesmal, wenn sie einen Abschnitt erreichten, der keinerlei Verteidigungen aufzuweisen schien, bestand Tyrannos darauf, daß die ursprüngliche Formation wiederhergestellt wurde. Die Fußtruppen marschierten voraus und fielen unausweichlich zurück, sobald sie auf neue Fallen auf dem Weg stießen. Die Soldaten starben, da sie in Gruben stürzten oder in Fußangeln getrieben wurden, weil die Männer hinter ihnen sie unablässig weiterdrängten.

Tyrannos war in Ekstase. Wie Myrkul versprochen hatte, wurde er mit jedem Tod stärker. Der Leib des Schwarzen Fürsten war von einer kräftigen roten Aura umgeben, ein sichtbares Zeichen für die Energie der Seelen, die er in sich aufgenommen hatte. Die Aura wurde immer intensiver, je mehr Kämpfer fielen – eigene ebenso wie gegnerische –, und es fiel dem Schwarzen Fürsten schwer, seine Begeisterung zu unterdrücken.

Dennoch täuschte Tyrannos weiter Verärgerung vor, daß seine Truppen so unfähig waren, derart einfache Verteidigungen nicht überwinden zu können, während er sie in Wahrheit in den Tod trieb.

Schattental

◆   ◆   ◆

„In diesem Tempel darf es nicht ein einziges Staubkorn geben, von dessen Existenz wir nichts wissen", sagte Elminster, der seine Worte recht ernst meinte, obwohl er wußte, daß er etwas unmögliches verlangte. „Alles, was irgendwie von persönlicher Natur ist, muß aus dieser Halle gebracht werden. Wir wissen nicht, was sich für den Feind als nützlich erweisen könnte."

Nach dem Bild des Grauens, das sich Adon im Tempel der Tymora geboten hatte, war er nicht begeistert davon gewesen, sich an Elminsters Plänen für den Tempel des Lathander zu beteiligen. Letztlich sah der Kleriker sich aber gezwungen, den Tempel als das zu betrachten, was er eigentlich war: Ziegel und Mörtel, Stein und Stahl, Glas und tropfendes Wachs. Eine andere Kombination dieser Bestandteile – und er hätte in einem Stall stehen können.

Adon fragte sich, ob er auch so kühl und berechnend hätte sein können, wenn es sich um Sunes Tempel gehandelt hätte. Er berührte die Narbe.

Er wußte es nicht, daher widmete er sich seiner Aufgabe. Die Fenster, die auf jedem Stockwerk zu der unsichtbaren Treppe wiesen, standen offen, die Läden hatte man entfernt. Als er jedoch durch den Tempel ging, fielen Adon die kleinen Gegenstände auf, die man in jedem der Räume hinterlassen hatte, in denen er gewesen war. Dies war ein Ort des tiefsten Glaubens, und zugleich war es auch ein Ort gewesen, an dem Männer und Frauen wegen des Freuds und des Leids, die das Leben ihnen beschert hatte, gelacht und geweint hatten.

Eines der Betten war ungemacht. Adon unterbrach seine Arbeit und wollte das nachholen, als ihm bewußt wurde, was er da beabsichtigte. Er wich von dem Bett zurück, als könnte die Macht des Priesters, der dort noch am Morgen gelegen hatte, ihn vernichten.

Ihm fiel ein in schwarzes Leder gebundenes Tagebuch auf, das unter dem Kissen versteckt war. Es war aufgeschlagen und lag auf dem Gesicht. Adon drehte es um und las den letzten Eintrag:

Heute bin ich gestorben, um Schattental zu retten. Morgen werde ich im Königreich Lathanders wiedergeboren.

Adon ließ das Tagebuch fallen und stürmte aus dem Raum. Das Fenster, das er hatte zunageln sollen, stand offen. Die Vorhänge flatterten im sanften Wind, als würden sie leben.

Adon kehrte in den Hauptsaal zurück. Mitternacht wunderte sich über das bleiche Gesicht des Klerikers, als er zu ihr kam. Sie wußte, daß er sehr mit sich hatte ringen müssen, um seine Entschlossenheit zu verlieren, was angesichts der Trauer und Verwirrung noch viel schwerer sein mußte. Doch es gab nichts, das sie tun konnte, um ihm zu helfen.

Und sich selbst auch nicht.

Doch als die Magierin an die bevorstehende Schlacht dachte, wanderten ihre Gedanken zu Kelemvor. Sie bedauerte zwar, daß ihr letzter Wortwechsel so schroff ausgefallen war, doch sie wußte, daß Kel sie durchschaut hatte. Ganz egal, was sie auch sagte, sie liebte ihn – und vielleicht liebte er sie auch.

Mitternacht hatte schon vor langem herausgefunden, wo Kelemvors Achillesferse war. Sein Auftreten sollte über das finstere Geheimnis seines Fluchs hinwegtäuschen. Er war intelligenter und mitfühlender, als er je zugeben würde, und das gab Mitternacht Anlaß zur Hoffnung.

Vielleicht, dachte sie.

Der Klang von Adons Geschrei riß Mitternacht aus ihren Gedanken. Der Kleriker stand neben dem alten Weisen und wiederholte immer wieder den gleichen Satz, doch Elminster ignorierte ihn.

„Es ist erledigt!" schrie Adon.

Der Weise von Schattental blätterte eine Seite des Buchs um, in dem er las.

„Es ist erledigt!" schrie Adon erneut. Endlich sah Elminster auf, nickte, murmelte etwas und widmete sich dann wieder dem zerfallenden Buch, dessen Seiten er vorsichtig umschlagen mußte, damit sie nicht zu Staub zerfielen und ihm genau das Wissen vorenthielten, das im Kampf gegen Tyrannos von entscheidender Bedeutung sein würde.

Adon setzte sich in die Ecke und schmollte.

Mitternacht beobachtete den alten Mann und spielte geistesabwesend mit ihrem Anhänger. Der große Saal des Tempels war freigeräumt worden, die Bänke standen jetzt an den Wänden. Die dunkelhaarige Magierin hatte es aufgegeben, das Vorhaben des Weisen zu ergründen. Er hatte versprochen, alles beizeiten zu erklären. Sie konnte nur wenig mehr tun, als dem Mann zu vertrauen.

„Wünscht Ihr den Anhänger jetzt zu benutzen, mein guter Elminster?" fragte Mitternacht, als sie zu ihm trat.

Auf Elminsters Gesicht zeigte sich ein halbes Dutzend neuer Falten, sein Bart schien etwas nach oben zu rutschen. „Das Geschmeide? Was soll ich damit? Behalte es ruhig, vielleicht bringt es auf dem Basar in Tantras noch ein paar Goldstücke ein."

Mitternacht biß sich auf die Lippe. „Was soll ich dann hier?" fragte sie.

Elminster zuckte die Achseln. „Vielleicht kannst du ja diesen Ort stärken."

Mitternacht schüttelte den Kopf. „Aber wie? Ihr habt nicht..."

Elminster beugte sich vor und flüsterte ihr ins Ohr: „Erinnerst du dich nicht an den Ritus Chiahs, des Hüters der Finsternis?"

„Von Elki, von Apenimon, schöpfe aus deiner Macht..."

Elminster grinste. „Der Traumtanz Lukyan Lutherums?"

Mitternacht spürte, daß ihre Lippen zitterten. Sie rezitierte die Beschwörung fehlerfrei, doch Elminster unterbrach sie, ehe sie fertig war.

„Lies mir nun vor aus den heiligen Schriftrollen von Knotum, Seif, Seker..."

Die Worte sprudelten förmlich aus Mittnacht hervor, und im nächsten Moment erfüllte ein blendender Lichtblitz den Raum. Dann schoß ein schönes, komplexes Muster aus bläulich-weißem Licht über Wände, Boden und Decke. Es setzte sich fort durch die angelehnte Tür ins Vorzimmer, und fast im gleichen Augenblick war der ganze Tempel von geisterhaftem Feuer erfüllt. Dann drang das Muster in die Wände ein und wurde absorbiert.

Mitternacht war sprachlos.

„Das war gar nicht so schwer, oder?" fragte Elminster und wandte sich ab.

„Wartet!" rief Mitternacht ihm nach. „Wie kann ich mich an etwas erinnern, das ich nie gelernt habe?"

Elminster hob die Hände. „Das kannst du nicht. Es ist an der Zeit, die letzte Zeremonie vorzubereiten. Geh und bereite dich vor."

Als Mitternacht sich umdrehte und fortging, spürte Elminster, wie ihn eine Welle der Besorgtheit erfaßte, als sie an ihm vorbeiging. Seit der Nacht der Ankunft hatte er sich auf diesen Moment vorbereitet. Seine Hellsicht hatte ihm gezeigt, daß er bei seinem Kampf zwei Verbündeten begegnen würde, doch die Identität dieser beiden hatte ihn zuerst erschreckt und ihn mit einer Furcht erfüllt, die er nur hätte ignorieren können, wenn er ein Verrückter oder ein Narr gewesen wäre.

Elminster hätte nicht schon mehr als fünfhundert Winter in den Reichen überlebt, wenn er ein Verrückter oder ein Narr gewesen wäre, auch wenn viele behaupten, er sei beides. Dennoch würde er schon bald seine Existenz in die Hände einer unerfahrenen Magierin und eines Klerikers legen müssen, der nicht nur im Begriff war, den Glauben an seine Götter, sondern auch an sich selbst zu verlieren.

Mitternacht hatte recht genau erkannt, daß sie eine Schachfigur der Götter war, und Elminster spürte, daß die Magierin von dieser Aufmerksamkeit fasziniert war, als glaube sie, man habe sie für einen bestimmten Zweck ausgewählt. *Welche Eitelkeit*, dachte Elminster. Es sei denn, sie hatte damit recht. Es war unmöglich zu sagen.

Wie sehnte er sich doch nach dem Beistand Sylunes, die klug genug gewesen war, die Reiche zu verlassen, bevor sie in eine solch entsetzliche Verfassung hatten geraten können. Oder der Simbul, die auf keinen seiner Rufe reagiert hatte.

„Elminster, wir sind bereit", sagte Mitternacht.

Der Weise drehte sich um und sah die Magierin und den Kleriker an. Die Haupttüren des Tempels waren geöffnet worden und warteten darauf, die Energien freizusetzen, die sie alle verschlingen mochten.

„Ja, vielleicht", sagte Elminster, während er Mitternachts Gesicht betrachtete. Er konnte keine Spur von Zweifel in ihren Zügen entdecken. Ihr Interesse galt der Sicherheit der Reiche. Elminster wußte, daß er keine andere Wahl hatte, als ihr zu vertrauen. „Ehe wir anfangen, muß ich dir etwas sagen. Mystra hat dir von den Tafeln des Schicksal erzählt, aber sie hat nicht erwähnt, wo du sie finden kannst."

Mitternacht begann zu verstehen. „Aber Ihr könnt es mir sagen. Die Zauber, bei denen ich Euch assistierte, um intensive magische Quellen in den Reichen aufzuspüren... "

„Eine der Tafeln befindet sich in Tantras, auch wenn ich dir nicht die genaue Position nennen kann", sagte er. „Die andere entzieht sich mir völlig, aber mit genügend Zeit könnte ich auch sie finden."

Er schwieg einen Moment, dann sagte er: „Laßt uns beginnen. Diese Zeremonie wird viele Stunden in Anspruch nehmen... "

◆ ◆ ◆

Die Signalfeuer brannten. Tyrannos' Armee durchbrach die Verteidigungsstellungen in den östlichen Wäldern. Sie würden innerhalb von Stunden den Kragteich erreichen.

Es war fast Morgen, und wie die meisten Soldaten hatte auch Kelemvor geschlafen, als die Feuer entdeckt worden waren. Die lauten Hörner, in die gleichzeitig gestoßen wurde, hatten ihn sofort geweckt.

„Diese Narren müssen die ganze Nacht über geritten sein", sagte Falkenwacht und schüttelte sich, um sich vom Schlaf zu befreien.

„Wahnsinn", sagte Kelemvor, der nicht glauben wollte, daß irgendein General einen dummen Trick versuchen würde.

„Ja", sagte Falkenwacht. „Aber wir haben es auch mit den Zentilaren zu tun." Der Soldat lächelte und schlug Kel auf den Rücken.

In den Tagen, in denen die Verteidigungsstellung nahe dem Kragteich aufgebaut worden war, waren Kelemvor und Falkenwacht fast unzertrennlich geworden. Sie hatten eine ähnliche Vergangenheit, und Falkenwacht kannte Geschichten über die Lyonsbane-Feste und über Kelemvors Vater aus den glorreichen Tagen des Mannes, lange bevor er zu dem seelenlosen Monster degeneriert war, das Kelemvor als Kind gekannt hatte. Falkenwacht kannte auch Burne Lyonsbane, Kelemvors geliebten Onkel.

Aber das Wissen über die Vergangenheit war nicht das einzige, was die beiden verband. Sie hatten auch ähnliche Interesse, was den Schwertkampf anging, und duellierten sich Nacht für Nacht, um an ihren Kampftechniken zu feilen. Falkenwacht machte Kelemvor mit vielen Männern unter seinem Kommando bekannt, und schon bald sprachen sie alle von Freunden, die sie vor langer Zeit verloren hatten. Falkenwacht übertrug oft einen Teil seiner Autorität auf Kelemvor, und die Männer folgten den Befehlen des Söldners, ohne zu zögern.

Da Falkenwachts Aufgabe darin bestand, Fürst Trauergrimm im Kampf zu verteidigen, erhielt Kelemvor das Kommando über die Verteidigungsanlagen am Kragteich. Falkenwachts Männer akzeptierten anstandslos ihren neuen Befehlshaber und waren froh darüber, daß Kelemvor mit ihnen an vorderster Front in der Schlacht kämpfen würde.

Die Verteidigungsposition, die Kelemvor befehligte, war beeindruckend, wenn man daran dachte, wie wenig Zeit die Männer gehabt hatten, um sich vorzubereiten. Die Straße, die von Schattental nach Osten führte, war westlich des Kragteichs komplett blockiert. Die letzten Ladungen Felsen und Schutt waren auf die Straße gekippt worden, dann hatte man die Wagen umgeworfen, um die Blockade zu verstärken. Man hatte Bäume gefällt und vor der Barrikade über die Straße gelegt. Zusätzlich hatten Bogenschützen nördlich des Hindernisses Stellung bezogen.

Die letzte Taktik wurde von den Stadtplanern aus Suzail hinzugefügt und konzentrierte sich auf die Bäume, die entlang der Straße westlich des Kragteichs standen. Obwohl Kelemvor beiden Planern nach dem äußeren Eindruck keine militärische Denkweise zugetraut hätte – kleine Statur, sehr kultiviert und im Umgang mit Waffen völlig unerfahren –, mußte er zugestehen, daß ihre Falle genial war. Selbst Elminster hatte sich durch die Originalität des Plans dazu verleiten lassen, beim Einrichten der Falle zu helfen. Kelemvor konnte es kaum erwarten, bis die zentischen Truppen in diese Falle liefen.

Für den Augenblick konnte Kelemvor aber nichts anderes tun, als einfach nur abzuwarten. Weitere Kämpfer reagierten auf die Hörner, verließen vielleicht zum letzten Mal ihr Zuhause und nahmen ihren Platz ein. Sobald sie eingetroffen waren, nahmen sie hinter der Barrikade Platz und stützten sich nervös auf gezogene Schwerter oder zogen an der Sehne ihres Bogens.

Fast eine Viertelstunde verstrich, ehe jemand ein Wort sagte. Viele Männer mußten gegen ihre Ängste ankämpfen. Es waren mutige Männer, doch sterben wollte keiner. Die Größe von Tyrannos' Armee wurde auf zehntausend Mann geschätzt, während andere Schätzungen von der Hälfte ausgingen.

Während die Soldaten darauf warteten, daß sich die Geräusche der Schlacht näherten, stand Falkenwacht auf und rief: „Morgenmahl, Männer!" Seine Worte bohrten sich wie Pfeile durch die angsterfüllte Stille und rissen jeden aus seinen düsteren Gedanken. Sogar Kelemvor war überrascht, als Falkenwacht begann, auf seine Metallschüssel zu schlagen. „Tyrannos sei verdammt!" rief der Söldner. „Wenn ich heute sterben soll, dann gewiß nicht mit leerem Magen!"

Die Männer schlossen sich seiner Ansicht an, und plötzlich waren alle Kämpfer auf eine Sache konzentriert, die vor wenigen Momenten noch undenkbar gewesen wäre.

Nur ein Mann in Kelemvors Gesellschaft folgte Falkenwachts Beispiel nicht. Er war sehr dünn und hatte ein sonderbares Leuchten im Blick. Er setzte sich zu Kelemvor und Falkenwacht, als die beiden aßen. Er hieß Mawser.

Die Verteidiger von Schattental brauchten einen Freiwilligen für den letzten Trick, den sie bei Tyrannos' Streitkräften anwenden wollten, bevor es zum Kampf Mann gegen Mann kommen würde. Der dünne Mann, der Tymora anbetete, hatte sofort die Gelegenheit ergriffen, diese Falle auszulösen, obwohl sein Tod damit so gut wie sicher war. Mawser glaubte, seine Göttin werde ihn beschützen und ihm soviel Glück zuteil werden lassen, daß er mit dem Leben davonkommen konnte.

Der dünne Mann sah zur Lichtung im Westen des Kragteichs und grinste.

„Ich verstehe nicht, welche Strategie Tyrannos verfolgt", räumte Falkenwacht ein. „Er hat uns Zeit gegeben, auszuschlafen und gut zu frühstücken, während er seine Truppen die ganze Nacht marschieren läßt. Bis sie uns erreicht haben, werden sie ausgelaugt und hungrig sein."

Kel schüttelte den Kopf. „Ich wünschte, Mitternacht wäre hier", sagte er und deutete auf den Kragteich. „Ihre Zauber können Wasser in kochende Säure verwandeln, dessen bin ich sicher. Dann müßten wir die Zentilare nur noch zurücktreiben, und der Sieg wäre unser."

Falkenwacht lächelte. „Weißt du, Kel, ich hatte überlegt, daß ebensogut du über die Barrikade stürmen und Tyrannos' Truppen ganz alleine verjagen könntest. Wir alle könnten doch heimgehen."

Die Kämpfer aßen ihr hastig zubereitetes Mahl, dankten den Göttern, die sie verehrten, und warteten dann weiter auf Tyrannos' Armee. Falkenwacht ging zwischen den Leuten umher, verabschiedete sich von ihnen und wünschte ihnen den Sieg.

Kelemvor dachte an Mitternacht. Seine erste Reaktion auf die Magierin war Verärgerung gewesen. Sie war eine Frau, die versuchte, sich einen Namen zu machen in einem Spiel, das meist von Männern gespielt wurde, doch gleichzeitig schien sie nicht bereit zu sein, die Opfer zu bringen, die nötig waren, um den Regeln entsprechend zu spielen. Kelemvor war schon früher Kriegerinnen begegnet, doch sie hatten alle ihre Sexualität unterdrückt und sich maskulin verhalten, um sich in die Männerwelt einzufügen. Sie waren meist sehr laut und sehr langweilig. Mitternacht dagegen erwartete, daß man sie als das akzeptierte, was sie war – eine Frau.

Sogar Kels Kurzsichtigkeit erlaubte ihm die Erkenntnis, daß sie wirklich würdig war, als Kriegerin respektiert zu werden. Sie hatte auf ihrer Reise immer wieder bewiesen, daß sie fähig und zuverlässig war, und vielleicht mußte sie ihre Weiblichkeit auch gar nicht aufgeben, um ihre Ziele zu erreichen. Sie war attraktiv und stark, und ihr Großmut, ihre Warmherzigkeit und ihr Humor machten sie unwiderstehlich.

Kel fragte sich, ob sich zwischen ihnen etwas ändern würde, wenn sie beide die Schlacht überlebten oder ob es immer eine Ausrede geben würde, weshalb sie nicht zusammensein konnten.

Er hörte einen Schrei und sah sich gerade noch rechtzeitig um, um zu sehen, wie Mawser die Straße entlanglief und sich seiner Kampfposition näherte. Kelemvor lächelte, als er sich vorstellte, was die Zentilare zu sehen bekommen würden, wenn sie sich aus dem Nordosten näherten. So wie auf den letzten Kilometern ihres Vormarschs würde der Weg zur rechten Seite von Bäumen gesäumt sein, abgesehen von dem schmalen Pfad, der zur Burg Krag führte. Die Bäume bedeckten dort noch ein Stück Gelände, dann öffnete sich der Wald vor der Stadt. Links von den Zentilaren grenzte der Kragteich an die Straße. Hundert Meter nach dem Teich würden sie ebenfalls zu ihrer Linken etwas sehen, was nach Lichtung aussah. Die gesamte Straße vor dem Teich war eine riesige Barrikade, das letzte große Hindernis auf dem Weg nach Schattental.

Wenigstens schien das so.

Kel konnte sich kaum noch beherrschen, als der erste Zentilare auf der Straße auftauchte.

15

DIE SCHLACHT

Als sich die Zentilare der Barrikade näherten, die den Weg in Höhe des Kragteiches blockierte, wurden Tyrannos' Bogenschützen vorausgeschickt. Bevor die Armee sich daran machen konnte, die drei Meter hohe und sechs Meter breite Barriere aus Felsen, Dreck, Geröll und umgestürzten Wagen zu überqueren, mußten die Bogenschützen von Schattental aus den Bäumen geholt werden, die den Zentilaren auf dem gesamten Weg östlich der Stadt aufgelauert hatten. Kel hatte seine Leute hier aber so weit in die Wälder zurückgezogen, daß die gegnerischen Bogenschützen nicht wirkungsvoll gegen sie vorgehen konnten. Erst wenn Tyrannos' Truppen die Barrikade überquerten und nicht mehr straff organisiert waren, würden die Kämpfer einen umfassenden Angriff starten. Im Augenblick mußte es reichen, von der anderen Seite des Kragteiches Pfeile auf die Armee abzufeuern.

Tyrannos, der sich in einer hinteren Linie hielt, war außer sich, als die Armee vor der Barrikade zum Stillstand kam. „Warum klettern wir nicht einfach über diese Steine?" schrie Tyrannos einen jungen Offizier an. „Ich will, daß meine Truppen in der nächsten Stunde Schattental erreichen, also solltet ihr entweder durchbrechen oder darüber hinwegklettern."

Der Offizier zitterte, als er erwiderte: „A-aber, Fürst Tyrannos, die Männer aus Schattental warten nur darauf, daß wir die Barriere überwinden, damit sie uns angreifen können. Unsere Truppen sind ein leichtes Ziel, wenn wir hinüberklettern."

„Warum umgehen wir sie nicht?" fragte ein anderer Offizier.

Der Schwarze Fürst dachte nach. „Dann müssen sich unsere Truppen teilen, und dann würden wir gegen unsere Feinde zu deren Bedingungen kämpfen müssen."

Der junge Offizier in einer der vorderen Reihen stammelte: „Wir werden viele unserer Männer verlieren... "

„Das reicht!" brüllte Tyrannos und schlug dem Offizier mit der behandschuhten Hand ins Gesicht, der daraufhin vom Pferd stürzte. Während er sich wieder aufrappelte, sah Tyrannos ihn an und grinste böse. „Ich bin dein *Gott*. Mein Wort ist Gesetz. Wir überwinden jetzt die Barriere."

Der Offizier stieg wieder auf. „Ja, Fürst Tyrannos."

„Und du wirst die erste Gruppe führen", fügte der Schwarze Fürst an. „Wegtreten."

Der Offizier wandte sich ab und kehrte zur Barrikade zurück. Dort standen die Bogenschützen und schossen unablässig Pfeile in die Bäume um sie herum, doch von ihren Gegnern ließ sich noch immer niemand blicken. „Ich brauche eine Truppe, die unsere Vorratswagen zerlegt und eine Rampe baut, damit wir dieses verdammte Ding überwinden können", schrie der junge Mann, als er seine Truppen erreichte.

Nach nur einer halben Stunde waren die Zentilare bereit, die Barrikade zu überqueren. Tyrannos wartete ungeduldig darauf, daß seine Männer das Hindernis stürmten und das Morden wieder begann. Myrkul hatte die Kraft hunderter Seelen in seinen Körper geleitet, doch der Gott des Streits wollte immer noch mehr. Er wollte soviel Kraft haben, daß er Schattental mit seinen eigenen Händen vernichten konnte, so wie er es einmal gekonnt hätte, ehe Ao ihm seine Göttlichkeit genommen hatte. Er wollte Elminster für dessen Einmischung und dafür, daß er für Frieden und Gerechtigkeit eintrat, töten.

Aber vor allem wollte Tyrannos die Ebenen.

Der Schwarze Fürst hörte die Rufe seiner Truppen, die sich bereitmachten, über die Barriere zu stürmen. Ein Schauder lief ihm über den Rücken. *Bald*, dachte Tyrannos, *bald habe ich wieder die Macht eines Gottes.*

An der Front sah Kelemvor, daß die Zentilare zur Überquerung bereit waren, also machte er seine Männer zum Angriff bereit. Wenn alles nach Falkenwachts Plan verlief, würden die Bogenschützen von Schattental so viele Soldaten wie möglich treffen, sobald diese den höchsten Punkt der Barrikade erreichten. Die Männer und die Pferde, die diesem Angriff zum Opfer fallen würden, wären ein zusätzliches Hindernis für die nachfolgenden Truppen, die damit ein noch besseres Ziel für die Schützen abgeben würden.

Kelemvor und seine Männer würden sich der Zentilare annehmen, die es unversehrt über die Barriere schafften. Der Söldner hatte die Verteidigung in kleinen Gruppen organisiert, damit sich seine Leute in kleinen Gruppen zurückziehen und auf den Weg zur Stadt machen konnten, je mehr von Tyrannos' Leuten durchkamen.

Sobald die ersten Zentilare auf dem Weg nach Schattental waren, würde Kelemvor den Fußtruppen und der Kavallerie ein Zeichen geben, die nur darauf warteten, die gegnerischen Truppen zu dezimieren. Der Söldner machte sich keine Illusionen darüber, wie lange es gelingen würde, Tyrannos' Truppen aufzuhalten. Immerhin lag das Zahlenverhältnis bei drei zu eins. Er wußte aber auch, daß dieses Verhältnis deutlich zugunsten Schattentals verändert werden konnte, noch ehe Mawser auf der Lichtung seine Falle zuschnappen ließ.

Nur hundert Meter entfernt schwang sich der junge zentische Offizier auf sein Pferd und führte die Truppen zur Barrikade. Ein Pfeilhagel ging aus den Bäumen nördlich der Straße auf sie nieder und tötete die meisten Soldaten, noch bevor sie drei Schritte auf der Barrikade zurückgelegt hatten. Der Offizier schaffte es auf die andere Seite und bekam nur einen Pfeil ins Bein ab. Sein Pferd erlitt einen Treffer in die Flanke.

Als er aber die andere Seite erreicht hatte, wurde er mühelos von einer kleinen Gruppe von Kriegern aus den Tälern überwältigt. Der junge Mann starb und verfluchte Fürst Tyrannos für dessen Dummheit und Arroganz.

Die Schlacht an der Barrikade zog sich fast eine Stunde hin, bis es den Zentilaren gelang, genug Truppen auf der westlichen Seite um die Barriere herum zu schicken, die die Kämpfer von Schattental zurückdrängen konnten. Kel befahl den Rückzug, woraufhin die Bogenschützen und Soldaten durch den Wald eilten, um ihre letzte Position in den Wäldern einzunehmen, die gleich westlich der Lichtung am Kragteich gelegen war.

Zu der Zeit hatte Tyrannos selbst die Barrikade erreicht. Als er die hunderte Leichen sah, mußte er lächeln. Der Sieg war ihm sicher. Er konnte fühlen, wie die geraubte Kraft sich in der zerbrechlichen Hülle seines Avatars wand.

Der Schwarze Fürst wandte sich an seine Truppen. „Wir haben den Engpaß überwunden, den unsere Feinde für uns vorbereitet haben und dem schlimmsten getrotzt, was sie zu bieten haben. Ich muß euch nun für eine Weile verlassen, um mich zur anderen Front zu begeben. Sememmon wird euch nach Schattental führen. Euer Gott hat gesprochen."

Ein schimmernder Lichtwirbel umgab den Schwarzen Fürsten, dann war er verschwunden.

Kelemvor, der westlich der Lichtung im Wald lauerte, traute seinen Augen kaum. Er sah mit an, wie Tyrannos' Truppen direkt in die Falle marschierten. Als sich die Soldaten vor der Lichtung gesammelt hatten, gab der Söldner das Signal, und Mawser ließ die Falle zuschnappen.

Fast fünfzig Bäume erschienen plötzlich auf der Lichtung neben dem Kragteich, die im nächsten Moment auf die Straße und damit auf die Soldaten stürzten.

Die Stadtplaner hatten darauf hingewiesen, daß die beste Falle die war, die man nicht sehen konnte, bis es zu spät war. Trauergrimm hatte daraufhin veranlaßt, daß die Bäume westlich des

Kragteichs gefällt wurden, damit man sie auf die Soldaten stürzen lassen konnten, die sich auf der Straße näherten. Die Bäume waren durch Taue miteinander verbunden worden, damit der erste Baum alle anderen mitreißen und die Straße auf voller Breite bedecken würde.

Die schwierigste Aufgabe hatte darin bestanden, Elminster davon zu überzeugen, daß er den entscheidenden Teil beisteuerte. Der Talfürst hatte Elminster um einen einzigen Zauber gebeten, um einen Unsichtbarkeitszauber, damit die Bäume von Tyrannos' Truppen nicht bemerkt werden konnten. Der alte Weise war nicht glücklich darüber gewesen, daß man ihn von seinen Experimenten abhielt, aber er erklärte sich zur Mitarbeit bereit, nachdem man ihm den Plan erklärt hatte.

„Ich hoffe nur, daß eine der Eichen Tyrannos' Avatar auf den Kopf trifft", sagte Elminster, erledigte den Zauber und ging zurück an seine Arbeit.

Nachdem die Falle gestellt war, hatte man noch jemanden finden müssen, der mutig genug war – oder dumm genug, je nach Standpunkt –, den ersten Baum in Bewegung zu versetzen, ohne den Standort der Falle zu verraten. Obwohl es ein Selbstmordkommando war, hatte sich jemand freiwillig gemeldet.

Mawser.

Als Kelemvor das Signal gab, war der Mann, der Tymora anbetete, von dem Baum gesprungen, der unmittelbar neben der Straße stand. Mawser war von dem Unsichtbarkeitszauber geschützt worden, während er in der Baumkrone gesessen und sich mit einem kurzen Seil Halt verschafft hatte. Als er sprang, versetzte er mit seinem Gewicht den ersten Baum in Bewegung. Damit tauchte er aber auch mitten in der Luft auf, da sich der Unsichtbarkeitszauber durch die Tatsache aufhob, daß die Bäume nun Waffen bei dem Angriff waren.

Während sich Mawser auf die Zentilare zubewegte und von fünfzig umstürzenden Bäumen gefolgt wurde, betete er zu seiner Göttin des Glücks, daß sie ihn das Zuschnappen dieser Falle überleben ließ.

Kel sah nicht den Pfeil der Zentilare, der Mawsers Kehle zerriß und den Mann tötete, noch ehe er den Boden erreicht hatte.

Doch die Falle funktionierte. Die Bäume zermalmten die Truppen und töteten oder verwundeten gut ein Drittel der Armee. Kelemvor stieß einen lauten Schrei aus, dann folgten ihm seine Männer. Der Plan war zwar sorgfältig ausgearbeitet worden, aber niemand war überzeugt gewesen, daß er auch funktionieren würde. Doch jetzt, da die Kämpfer und Bogenschützen aus den Tälern sahen, wie Tyrannos' Männer versuchten, sich vor dem Gewirr aus umstürzenden Bäumen in Sicherheit zu bringen, konnten sie glauben, was sich vor ihren Augen abspielte.

Das Glück ist heute morgen mit uns, dachte Kelemvor, während er das Zeichen für die nächste Phase des Angriffs gab.

Falkenwacht hatte eine Gruppe von Bogenschützen im Wald hinter der scheinbaren Lichtung postiert, außerdem hatten sich auch alle Schützen hinter der Falle eingefunden, die ihren Posten weiter östlich auf der Straße nach Voonlar aufgegeben hatten. Nun, da die Falle zuschnappt war, schossen die Schützen ihre Pfeile auf das Gewirr aus Baumstämmen ab. Sie zielten mit ihren Pfeilen auf alles, was sich dort bewegte, und töteten oder verwundeten hunderte von Soldaten, die nicht von den Stämmen zermalmt worden waren. Trotz der Bemühungen der Bogenschützen und der gewaltigen Baumstämme drängten Tyrannos' Truppen weiter voran.

Von seiner Position in den Bäumen westlich der Falle konnte Kelemvor einen Blick auf die verbliebenen feindlichen Truppen werfen. Diese machten sich bereits auf den weiteren Vormarsch, obwohl sie kaum mehr tun konnten, als unter den Baumstämmen hervorzukriechen oder über sie hinwegzusteigen. Die zentische Kavallerie, die bei dem Angriff nicht zermalmt worden war, war zumindest nicht länger einsetzbar. Kels Bodentruppen warteten nahe dem Waldrand. Er hatte gehofft, daß die Truppen des Gott des Streits durch die Abfolge von Fallen zumindest ihr Tempo verlangsamen würden, wenn diese sie schon nicht gänzlich auslöschten.

Wenn Tyrannos' Truppen die Baumfalle passierten, würden Kels Männer losstürmen und sie angreifen. Wenn das nicht erfolgreich verlief, würden sie sich im Schutz der Bogenschützen zurückziehen. Wenn alles gut lief, würden die Zentilare bis zur Barriere aus Baumstämmen zurückgedrängt werden, wo sich die Bogenschützen ihrer annehmen konnten, ohne eine Erwiderung ihres Beschusses befürchten zu müssen. Wenn Tyrannos' Männer so dumm waren, den Bogenschützen in den Wald zu folgen, würden sie von Kelemvors Truppen ausgelöscht werden, die sich auf einen Kampf inmitten eines Waldes weitaus besser verstanden als die Zentilaren.

Kelemvor hatte aber den Magier Sememmon nicht in seine Taktik mit einbezogen. Die Informationen, die Trauergrimm von Thurbal erhalten hatte, deuteten darauf hin, daß Tyrannos jegliche Anwendung von Magie untersagt hatte, da Magie instabil und bei einem so wichtigen Konflikt unzuverlässig war. Wenigen Magiern war es gestattet worden, gegen die Täler zu reiten, und die mächtigen Magier, denen eine Beteiligung am Kampf gestattet worden war – so wie Sememmon –, waren zu Offizieren gemacht worden.

Nun stand Sememmon im östlichsten Straßenabschnitt, der von der Baumfalle blockiert war. Einer der Bäume schwebte über seinem Kopf, als sei er von einer unsichtbaren Wand gestoppt worden. Der obere Teil des Baums, der sich jenseits des Abwehrzaubers des Magiers befand, war zu Boden gestürzt und zertrümmert worden. Dann trat der Magier unter dem Baum hervor und hob den Zauber auf. Die Eiche fiel krachend auf die

Erde. Sememmon drehte sich um und wandte sich an seine Männer.

„Wir müssen Magie einsetzen, um uns durch diese Falle zu kämpfen, sonst werden wir abgeschlachtet", schrie er. „Tyrannos sei verflucht!" Dann wirkte der Magier rasch einen Zauber.

Zehn gewaltige Feuerbälle bahnten sich ihren Weg durch Gewirr aus Bäumen vor Sememmon und setzten es in Brand, wodurch die Soldaten getötet wurden, die darunter eingeklemmt waren. „Nein!" schrie der Magier. „Das ist nicht der Zauber, den ich haben wollte!" Er unternahm einen neuen Versuch, woraufhin die Erde erzitterte, als hätte er ein Erdbeben ausgelöst. Eine Symphonie aus Schreien ging von den erschrockenen Soldaten aus, die sich in Sememmons Nähe befanden.

„Du wirst uns alle umbringen", rief jemand.

Sememmon erkannte trotz des Lärms um ihn herum die Stimme. „Ritterbruck", sagte er erstaunt. „Du lebst noch... "

Bevor der schockierte Magier seinen Satz hatte beenden können, traf ihn Ritterbruck mit der Breitseite seines Schwerts. Das Beben endete, als Sememmon fiel.

„Für Tyrannos!" schrie Ritterbruck. „Für den Ruhm!"

Ein Kader Bogenschützen aus Tyrannos' Armee feuerte brennende Pfeile in die Bäume, in denen Schützen aus Schattental Stellung bezogen hatten. Einige von ihnen wurden getroffen, während es anderen gelang, den Rückzug anzutreten. Kel, der mit seinen Männern wartete, verspürte einen Moment lang Panik, als er das Feuer sah, das von den Pfeilen verbreitet wurde. Wenn sich die Flammen ausbreiteten, konnten sie einen Brand von unvorstellbaren Ausmaßen zur Folge haben, und wenn erst einmal der Wald brannte, würden die Flammen schon bald auf die Felder übergreifen und ganz Schattental vernichten.

Ein junger Leutnant namens Drizhal, der noch keine zwanzig Winter alt war, stand neben Kelemvor und teilte dessen Sorge. Er fuhr nervös mit der Hand durch sein strohblondes Haar, während er dem Söldner zuhörte.

Schattental

„Hätten wir doch bloß einen Magier in unseren Reihen", sagte Kelemvor. „Jetzt verstehe ich auch, warum Trauergrimm so frustriert war, daß Elminster sich nicht an der Front in die Schlacht eingemischt hatte. Wir sehen uns einem Waldbrand gegenüber, während dieses alte Relikt an irgendeiner eigenen Verteidigung arbeitet."

„Es ist ungerecht", sagte Drizhal mit rauher Stimme.

Kel sah den jungen Mann an. „Hast du Angst?"

Drizhal erwiderte nichts, doch seine Miene sprach Bände.

„Gut", meinte Kel. „Angst sorgt dafür, daß du aufpaßt. Solange du dich nicht von ihr fressen läßt."

Der Junge nickte, seine Furcht schien sich etwas zu legen.

Auf der belagerten Straße führte Ritterbruck die Zentilare durch die schmorenden Überreste der gefällten Bäume. Als die Truppen an Sememmon vorbeigingen, erhob der sich und war noch wacklig auf den Beinen, wollte aber einen weiteren Zauber versuchen. Sofort rannten die Männer in alle Richtungen davon, da sie sich vor den unvorhersehbaren Folgen der Magie fürchteten.

Kugeln aus feurig roter Energie stiegen aus den Handflächen des Magiers hervor und schossen dann wild umher, als der Pfeil eines Bogenschützen von Schattental seine Schulter durchbohrte. Der Magier fiel erneut zu Boden, und die Energiekugeln rasten über Ritterbrucks Kopf hinweg und fraßen eine Schneise in die Bäume, in deren Nähe sich Kel aufhielt. Sememmon schrie vor Schmerz, während einige Soldaten ihn in Sicherheit zerrten.

Ritterbruck sah, wie Krieger aus den Tälern fluchtartig die Stelle verließen, an der sich Sememmons Kugeln in die Bäume gefressen hatten, und befahl seinen Leuten den Angriff, solange der Feind noch verwirrt war. Wenn Tyrannos' Armee von dem nächtlichen Marsch ermüdet war, bei dem sie auf jedem Schritt mit dem Tod konfrontiert worden war, dann war den Männern aber nichts mehr davon anzumerken, als sie Kelemvors Soldaten nachstellten. Die Zentilare wirkten wie ausgewechselt, als würden sie von dem Verlangen angetrieben, sich für die Qualen zu rächen, die sie auf dem Weg von Voonlar nach hier hatten erdulden müssen.

Nahe dem westlichen Waldrand rief Kel rasch die Führer seiner Angriffstruppe zusammen. Drizhal blieb an der Seite des Söldners.

„Es besteht keine Aussicht darauf, sie in die Wälder zu locken", sagte Kel. „Wir können uns dem Feind nur direkt stellen und die Männer so daran hindern, schnell nach Schattental vorzustoßen. Wir werden sie in mehreren Wellen angreifen und zwingen, ihr Tempo zu verlangsamen."

Die Führer eilten zu ihren Männern und informierten sie über die Pläne, während Kelemvor zusah, wie Tyrannos' Armee durch die Bresche stürmte, die der Magier geschlagen hatte.

♦ ♦ ♦

Die letzten Flüchtlinge hatten sich auf dem Ashaba auf den Weg gemacht, und keiner der Soldaten hatte seinen Posten an der Brücke verlassen, um sich den Waffenbrüdern im Osten anzuschließen. Dennoch ging Cyric jede Stunde die komplette Brücke ab, um die Verteidigungsmaßnahmen immer wieder zu überprüfen und darauf zu achten, daß seine Männer hellwach waren.

Der einstige Dieb befand sich auf Försters Seite der Brücke, die gegenüber von Schattental lag, als aus dem Westen Kampflärm zu hören war. Die Männer auf der anderen Seite begannen zu diskutieren. Cyric sah zu Förster.

„Bleib auf deinem Posten", sagte der einstige Dieb. „Ich gehe besser die anderen warnen, damit sie Ruhe geben."

Cyric erklomm die Brücke. Er hatte beinahe die Pfeiler erreicht, als er hörte, wie sich aus der westlichen Richtung Reiter im Galopp näherten. Der einstige Dieb eilte zurück in den Graben und gab den Kämpfern auf der anderen Seite ein Zeichen, dann machte er seinen Bogen bereit.

Schattental

„Ihr wollt Tod und Ruhm – das könnt ihr haben!" flüsterte Cyric, woraufhin Förster lächelte und das Schwert zog. Dann sah Cyric zu den anderen Männern in seiner Nähe. „Geht nach Plan vor. Wartet, bis der letzte von ihnen auf der Brücke ist, und dann greift auf mein Zeichen an!"

Es schien eine Ewigkeit zu dauern, ehe die Zentilare sie erreicht hatten. Dann war endlich zu hören, wie Reiter die Brücke überquerten. Cyric sah hoch und machte zwei Dutzend Krieger in Rüstung über sich aus, die sich nervös umsahen. Keine weiteren Soldaten waren auf der Straße zu sehen, also gab Cyric das Signal zum Angriff.

Die Zentilare hatten keine Chance. Cyric streckte mit seinem Bogen zwei Soldaten nieder, und aus den Gräben zu beiden Seiten der Brücke kam ein Trupp Männer herausgestürmt und griff die Reiter an. Förster hieb mit Genugtuung auf die Zentilare ein, und als der letzte Feind gefallen war, riefen Cyrics Männer: „Für Schattental! Für Schattental!"

Von der Straße waren aus Richtung Westen erneut Geräusche zu hören, und als Cyric sich umdrehte, sah er, wie weitere Reiter in einiger Entfernung zwischen den Bäumen hervorschossen, die von einem Rothaarigen auf einem wundervollen Pferd geführt auf die Brücke zu galoppierten. Cyric erkannte, daß sich mindestens zweihundert Mann näherten.

„Schneller!" schrie Fzoul. Die Angreifer, die wie eine geschlossene Mauer wirkten, hielten auf die Brücke zu.

Als Cyric losrannte, kam es ihm vor, als würde sich das östliche Ende der Brücke über Ashaba von ihm entfernen, anstatt ihm entgegenzukommen. Die Brücke war nur etwas mehr als dreihundert Meter lang, doch für den einstigen Dieb wirkte die Strecke wie mehrere Kilometer, während er vor der herannahenden Armee auf der Flucht war. Förster und eine Handvoll Männer waren auf gleicher Höhe mit Cyric, als der loszulaufen begann.

Das östliche Ufer war unmittelbar vor ihnen, als sie hörten, wie Tyrannos' Armee am anderen Ende auf die Brücke geritten kam. Cyric sah, daß die Zentilare nicht erst am Westufer des Flusses haltmachten, wodurch die Männer, die sich am Fuß der Brücke versteckt hatten, in Sicherheit waren. Alles verlief nach Plan, was Cyric zutiefst beunruhigte. Nie war irgend etwas genau nach Plan verlaufen.

„Glaubst du, es klappt?" rief Förster, als sie das östliche Ufer erreicht hatten.

Woher soll ich das wissen? hätte Cyric am liebsten gesagt, doch statt dessen machte er einen Satz hinunter zum Ufer und rief: „Natürlich!"

Er rechnete fest damit, daß er von einem Pfeil getroffen würde, sobald er die Brücke verließ. Als Cyric dann aber die Erde des Ufers unter sich fühlte, wurde ihm klar, daß er es geschafft hatte. Förster und die anderen waren immer noch neben ihm.

„Jetzt kommt der schwierige Teil", sagte Cyric leicht außer Atem. Der einstige Dieb sah sich um und betrachtete die nahende Horde. Er hörte das markante Geräusch von Metallrollen, die unter der Brücke knarrten.

„Auf der Brücke sind mindestens zweihundert Soldaten, vorwiegend Reiter", flüsterte Förster.

Es waren noch mehr Geräusche zu hören. Männer ächzten, als sie die Steine zur Seite rollten, die ihre Verstecke in den Stützpfeilern verbargen. Cyric hoffte, daß das Geräusch, das die ins Wasser plumpsenden Steine verursachten, nicht die Zentilare auf der Brücke in Unruhe versetzte und sie die Falle erkennen ließ.

„Sie haben die Hälfte überschritten", rief einer der Männer.

„Jetzt, Cyric", zischte Förster.

„Rückzug!" schrie Cyric aus Leibeskräften. Dann rannten er und Förster los, als sei Tyrannos persönlich hinter ihnen her, und trennten sich auf dem Weg zum Verdrehten Turm, um kein zu leichtes Ziel zu bieten.

Schattental

„Jetzt ist es gleich soweit", flüsterte Cyric.

Nichts geschah.

Förster blieb stehen, bevor er den Turm erreicht hatte. Auch Cyric hielt inne. „Sie haben dich nicht gehört!" rief Förster ihm zu.

„Sie müssen mich gehört haben!" gab er zurück.

Sie sahen zur Brücke. Der größte Teil der Armee näherte sich dem Ostufer, und einige Reiter hatten die Brücke bereits überquert. Cyric und Förster rannten zurück.

„Rückzug!" schrieen sie beide, aber noch immer rührte sich nichts.

Cyric fluchte. Hätte er nicht auf diese Männer aus Suzail gehört, wäre es nicht zu dieser Situation gekommen. Er hatte zuverlässigere Fallen errichten wollen, doch sie wollten nicht auf ihn hören.

„Rückzug!" schrie Cyric wieder.

Entweder hörten die Männer unter der Brücke ihn diesmal, oder sie waren es leid, auf den Befehl zu warten, und nahmen die Sache jetzt selbst in die Hand. Jedenfalls begannen sie, die flachgehauenen Stämme zu entfernen, die in die freien Stellen eingesetzt worden waren, an denen die zentralen Stützstreben gesessen hatten. Dann ließen die Männer sich an Seilen von der Mitte der Brücke herab. Ihr Gewicht sorgte für die Kraft, die nötig war, um den geschwächten Mittelteil der Brücke zum Nachgeben zu bringen. Schließlich brachen auch die übrigen Stützen. Die zentischen Soldaten schrieen überrascht auf, als die Brücke unter ihnen nachgab und sich in den wilden tosenden Ashaba senkte.

Selbst Fzoul war sprachlos, als er sah, wie die gewaltige Brücke zusammenbrach. Der Rothaarige, der bereits das rettende Ufer erreicht hatte, drehte sich um und sah mit an, wie die Brücke in Sekunden verschwand. Keine zwanzig Mann hatten es mit Fzoul ans Ostufer geschafft, und am westlichen Ufer versuchten zahlreiche Reiter, ihre Pferde zum Anhalten zu bringen, bevor sie in das Nichts stürzten, an dem sich eben noch die Brücke befunden hatte. Mehr als drei Viertel der Streitmacht war mit in den Ashaba gerissen worden, wo die Soldaten wegen der schweren Rüstungen keine Überlebenschance hatten.

Im Verdrehten Turm hielten sich nicht einmal zwanzig Bogenschützen auf, doch die Soldaten, die zu Fzoul gehörten, wußten davon nichts. Selbst als die Pfeile auf sie niederprasselten und die Soldaten in der vordersten Reihe von ihren Pferden holten, ahnte niemand, daß so wenige Männer für so viele Gefallene sorgen konnten. Als Fzoul absaß und hinter seinem Pferd Schutz suchte, hörte er um sich die Schreie der Männer, die von den Bogenschützen getötet wurden. Andere versuchten einen Rückzug und stürzten dabei in den Fluß.

Fzoul erkannte, daß die Toten und ihre Pferde den Weg von der Brücke blockierten und die noch Lebenden daran hinderten, sich in Sicherheit zu bringen. Die Zentilare hatten den Kampf verloren, noch bevor sie ihren Feinden gegenübergetreten waren.

Auf allen vieren kroch Fzoul zwischen den Toten und Sterbenden hindurch und begann, seine Rüstung auszuziehen.

Die Männer, die die Brücke zum Einsturz gebracht hatten, erklommen das Westufer und griffen die restlichen Zentilare an. Die Bogenschützen verließen den Turm und kamen auf die Straße, um auch gegen die Angreifer vorzurücken.

Cyric nahm seinen Bogen und zog aus dem Köcher eines Schützen neben ihm einen Pfeil. Der einstige Dieb hatte den Blick keinen Augenblick von dem rothaarigen Befehlshaber der Truppe abgewendet, der versuchte, von der vernichteten Brücke zu entkommen. Er sah, daß der Feigling sich seiner Rüstung entledigte und vorhatte, in den Fluß zu springen.

Cyric richtete seinen Bogen auf den Mann, der sich soeben erhoben hatte, um ins reißende Wasser zu entkommen. „Rotschopf!" schrie Cyric.

Fzoul sah Cyric einen Moment lang in die Augen, dann wollte er springen. Doch Cyric ließ im gleichen Augenblick die Sehne los. Der Pfeil bohrte sich in dem Moment in Fzouls Seite, als er in den Fluß fiel.

Das Gemetzel an Tyrannos' Truppen ging weiter, doch der Kampf an der Westfront war vorüber. Cyric rief die meisten seiner Männer zu sich und machte sich mit ihnen auf den Weg zur Ostfront. Als sie sich der Stadtmitte näherten, hörten sie schon, daß die Schlacht in vollem Gange war. Stahl traf auf Stahl, und Kommandeure schrieen ihre Befehle. Cyric und seine Leute stürmten auf die Gruppe zentischer Soldaten los, denen sie am nächsten waren. Als sie sie zurückgetrieben hatten, fragte Cyric einen Kommandeur, was sich ereignet hatte.

„Die Zentilare kamen auch aus dem Norden, so wie wir es erwartet hatten. Wir konnten sie mit den Fallen eine Weile aufhalten, aber sie haben es trotzdem geschafft, bis hier vorzudringen."

Dann stürmte eine weitere Gruppe Zentilare auf Cyric zu und zog ihn zurück in die Schlacht.

In den heftigen Gefechten, die überall in Schattental tobten, bemerkten nur wenig die Reiterschwadron der Zentilare, die sich von den anderen löste und in östliche Richtung davonritt.

♦   ♦   ♦

Kel wußte, daß ihre Chancen extrem schlecht standen. Trotzdem gab er ohne Zögern den Befehl zum Vorrücken. Als Befehlshaber der gesamten Einheit war Kels Platz in der dritten Verteidigungslinie. Diejenigen in der ersten Reihe erlitten beim Sturm auf Tyrannos' Armeen die höchsten Verluste, aber es gab unter ihnen nicht einen Soldaten, der sich nicht freiwillig gemeldet hatte. Kelemvor war es so erspart geblieben, die auszuwählen, die er in den nahezu sicheren Tod schicken mußte.

Tyrannos' Soldaten drangen jeweils zu sechst durch die Schneise vor, die Sememmon geschlagen hatte. Die meisten

Pferde waren tot, so daß sie es fast nur noch mit Fußtruppen zu tun hatten.

„Warum setzen wir nicht unsere Reiter ein?" wollte Drizhal wissen. „So könnten wir sie zurückschlagen."

„Wir brauchen die Pferde noch", antwortete Kelemvor. „Ihre Schnelligkeit wird es unseren Überlebenden ermöglichen, sich zurückfallen zu lassen und sich neu zu formieren, ehe Tyrannos' Truppen in ihre Nähe gelangt sind." Der Söldner wandte sich ab und schickte die Fußtruppen los, um Tyrannos' Streitkräfte zu dezimieren, sobald diese durch die schmale Lücke im Wald vorgestürmt kamen.

Die Männer aus dem Tal waren anfangs darin erfolgreich, den Ansturm der Zentilare zu verlangsamen, doch dann waren sie gezwungen, vor der immensen Übermacht immer neuer nachrückender Soldaten zurückzuweichen. Kelemvor setzte die Bogenschützen ein, den Männern Deckung zu geben, damit die erste Gruppe zu ihm und seinen Leuten gelangen konnte, während eine zweite Gruppe einen Vorstoß unternahm.

„Wer immer ihr Befehlshaber ist, er ist gut", sagte Kel. „Meine Taktiken scheinen ihn nicht zu beeindrucken."

„Es ist fast so, als kennte er Euch", sagte Drizhal.

Kel schüttelte den Kopf. „Oder er weiß, womit er rechnen muß."

Bischof, der die erste Gruppe angeführt hatte, kam zu Kelemvor. Er war etwas älter als Kelemvor, hatte schmutzigblondes Haar und helle Haut.

„Sie kämpfen wie aus Verzweiflung. Wenn das ein Kreuzzug wäre, wie Ihr gesagt habt, dann würden sie nicht so anstürmen. Es ist mehr so, als würden sie um ihr Überleben kämpfen", sagte Bischof. „Sie sind nicht so sehr darauf aus, zu sterben."

„Aber sie stürmen unablässig", überlegte Kel. „Glaubt Ihr, wir könnten sie zum Rückzug zwingen?"

Bischof schüttelte den Kopf. „Die Zentilare in den vorderen Reihen werden von irgendeinem Verrückten vorangetrieben, aber sie haben Angst und wollen umkehren. Doch die in den hinteren Reihen hungern nach Rache und drängen weiter vor. Jedenfalls habe ich den Eindruck, wenn ich ihre Rufe höre. Es würde mich nicht wundern, wenn ein Großteil von ihnen in die Wälder desertiert."

Plötzlich hörte Kel überraschte Schreie von seinen Truppen hinter ihm. Der Söldner drehte sich um und sah eine Reiterschwadron in den Farben von Tyrannos' Armee aus dem Westen herannahen.

„Wo kommen *die* denn her?" wunderte sich Bischof.

„Die Nordstraße", sagte Kel beunruhigt. „Ein Bataillon muß über die Nordstraße vorgedrungen sein. Das bedeutet, daß Falkenwacht und Trauergrimm bereits attackiert wurden und daß diese Männer gezwungen waren, sich vor ihnen zurückzuziehen."

„Oder der Talfürst ist bereits tot", sagte Bischof leise.

„Denk so etwas gar nicht erst", rief Kel, während er eine Gruppe losschickte, um die Kavallerie aufzuhalten, ehe sie in seinen Reihen zuviel Chaos anrichten konnte.

„Kel!" schrie Drizhal. „Weitere Soldaten Tyrannos' brechen im Osten durch!"

„Wir müssen gegen sie kämpfen und sie zurückhalten, damit wir sie dezimieren können, bis wir Unterstützung bekommen", sagte Kel.

„Was ist mit dem Sumpf? Könnten wir sie nicht zum Sumpf locken und dort kämpfen?" fragte Drizhal.

„Das kannst du vergessen", erwiderte Kelemvor und lächelte den Jungen schwach an. „Ich habe genug Zeit mit diesen Männern verbracht, um zu wissen, daß sie sich vor niemandem zurückziehen... erst recht nicht vor Zentilaren."

Drizhal sah, wie Tyrannos' Soldaten weiter durch die Lücke zwischen den Bäumen vordrangen.

„Macht die Reiterei bereit!" brüllte Kel, während er sein Schwert zog. „Wir kämpfen bis zum letzten Mann!"

Kurz darauf waren alle Schlachtpläne, die sich Kelemvor überlegt hatte, hinfällig geworden, und die Männer stellten sich den Feinden in einem chaotischen Nahkampf. Kelemvor wußte, daß sie keine Chance hatten, wenn Tyrannos' Truppen ihr ganzes Gewicht in die Waagschale warfen. Er wußte, daß die einzige wirkliche Hoffnung ein organisierter Rückzug durch die verbliebenen Steinbarrikaden auf dem Weg nach Schattental war. Doch je mehr die Situation strategisch aus dem Ruder lief, um so mehr wurde Kelemvor klar, daß die Verteidiger Schattentals glücklich darüber waren, im Nahkampf mit den Zentilaren zu sterben.

Der Söldner sah, wie ein halbes Dutzend seiner Männer vorpreschte und von der finsteren Armee des bösen Gottes getötet wurde. Als er selbst mit einem gegnerischen Soldaten kämpfte, empfand er beim Tod des Mannes wenig Genugtuung. Er kämpfte nicht für die gleiche Sache wie die Männer um ihn herum. Kelemvor zögerte nur das heraus, was für ihn der unentrinnbare Untergang Schattentals war. Dann wurde Drizhal von einem Soldaten getötet, und Kel wandte sich dem Angreifer zu.

Der zentische Soldat holte mit seiner Keule aus, woraufhin sich Kelemvor ein Stück zurückzog. Der Söldner hieb blindlings mit dem Schwert nach ihm, mußte dann aber voller Abscheu sehen, daß er lediglich das Reittier des Kriegers getroffen hatte. Das verwundete Pferd stürzte, sein Reiter flog in hohem Bogen auf die Erde, ließ aber seine blutige Waffe nicht los.

Kel stürmte auf den zu Boden gegangenen Soldaten los, erstarrte aber mitten in seiner Bewegung, als er dessen Gesicht zu sehen bekam.

Es war Ronglath Ritterbruck, der Verräter von Arabel.

Ritterbruck nutzte die momentane Verwunderung seines Gegners und holte wieder mit der Keule aus. Die schwere Waffe traf Kelemvor am Bein und fällte ihn. Während er sich wieder aufrappelte, wartete Ritterbruck, bis Kelemvor sich ein wenig erhoben hatte, ehe er einen weiteren Schlag gegen ihn führte und erst mit dem Schwert nach ihm hieb, um dann erneut seine Keule zu schwingen. Noch als Kelemvor dem Schwerthieb auswich, riß er sein Schwert hoch, damit er den Schlag mit der Keule stoppen konnte, bevor die ihn am Hals treffen konnte.

Kel sprang sofort auf, und dann umkreisten sich die beiden Kämpfer langsam, immer auf der Suche nach einer Lücke in der Deckung. Plötzlich rief Ritterbruck: „Nein!"

Kel duckte sich und tauchte gerade noch vor dem Schwert des Reiters weg, das auf seinen Kopf gezielt hatte. Der Söldner sprang nach links und schlug dann mit dem Knauf seines Schwerts mit aller Kraft auf die Hand des Reiters, die mit lautem Knacken brach und den Mann zwang, seine Waffe loszulassen.

Bevor Kelemvor reagieren konnte, stürmte Ritterbruck erneut auf ihn los und schlug wie wild nach seinem Kopf. „Du stirbst nur durch meine Hand!" zischte Ritterbruck und hob wieder seine Keule hoch über den Kopf.

Kel stürmte auf den Zentilar los. Das Schwert des Söldners schnitt dem Verräter in die Seite, als der mit der Keule nach ihm ausholte. Kel landete einen Treffer mit dem Panzerhandschuh an Ritterbrucks Kiefer und ließ den Mann durch den Aufprall zurücktaumeln.

Ritterbruck war einen Moment lang ohne Deckung, und Kelemvor stürmte sofort auf ihn los, um ihn daran zu hindern, seine Waffen gegen ihn einzusetzen. Sie fielen beide zu Boden, aber Ritterbruck trat Kel gegen die Brust, so daß der zur Seite wegrollte.

„Du hast mir mein Leben genommen!" schrie Ritterbruck. „Alles, was mir etwas bedeutete, hast du mir genommen!"

Er hob sein Schwert hoch über den Kopf, nahm seiner Brust damit aber zugleich die Deckung, wodurch es Kelemvor gelang, sein Schwert durch den Brustpanzer zu treiben, ehe Ritterbruck den tödlichen Schlag führen konnte. Der Blick des Verräters zeigte keine Reue, als das Leben aus ihm wich. Sein Gesicht erstarrte zu einer Grimasse aus Hass und Schmerz, dann fiel Ritterbruck hin und war tot.

Kel zog sein Schwert aus der Brust des Toten und bemerkte im gleichen Moment das Blitzen von Metall, als ein Dolch auf ihn geschleudert wurde. Ein Schwert schoß vor Kel hoch und wehrte den Dolch ab, ein weiteres Aufblitzen, dann war der Zentilar tot.

„Das ist das Problem mit diesen Schakalen", sagte eine vertraute Stimme. „Sie tauchen immer zu mehreren auf."

Kelemvors Retter drehte sich um. Es war Bischof, Befehlshaber der ersten Gruppe.

„Hinter Euch!" rief Bischof. Kelemvor wirbelte herum und erledigte einen weiteren Zentilar.

Zwei Reiter näherten sich mit gezogenem Schwert. Bischof riß den ersten vom Pferd und durchbohrte ihn mit seinem Schwert, während Kelemvor den anderen ausschaltete. Eine weitere Welle von Tyrannos' Soldaten näherte sich zu Fuß und zwang die beiden, Rücken an Rücken zu kämpfen, bis sie bis zu den Knien von Toten und Sterbenden umgeben waren. Ihre Schwerter blitzten immer wieder auf, wenn sie die Hiebe der finsteren Soldaten parierten, die unaufhörlich auf sie einstürmten.

Als Kelemvor zur Straße westlich von ihnen sah, verließ ihn der Mut: Tyrannos' Armee durchbrach die Barrikaden und bewegte sich weiter auf Schattental zu.

♦ ♦ ♦

Mit jedem Tod wuchs Tyrannos' Macht, bis er von einem bernsteinfarbenen Leuchten umgeben war. Er spürte, daß seine fragile sterbliche Hülle durch die geraubte Energie Blasen warf, aber diese Unannehmlichkeit nahm er gerne hin.

Sich von der Barrikade fortzuteleportieren war einfach gewesen. Er fand sich am Rand des Tals wieder und umgab sich rasch mit einem Unsichtbarkeitszauber, dann ließ er sich von der Energie der Seelen, die er an sich gerissen hatte, in die Lüfte erheben.

Schattental

Eine kleine Gruppe von Zentilaren waren losgeschickt worden, um von Norden nach Schattental zu reiten und sich mit den Soldaten an den Wegkreuzungen Kämpfe zu liefern, an denen die Verteidiger seiner Meinung nach als letztes aufbegehren würden. Diese Truppe war nur fünfhundert Mann stark, und viele von ihnen würden von den Verteidigungsmaßnahmen gestoppt werden, die Trauergrimms Leute ohne jeden Zweifel auf dieser Straße und auf den Höfen im Norden errichtet hatten.

Als er über die Wegkreuzungen flog, stellte Tyrannos erleichtert fest, daß doch einige hundert seiner Leute durchgekommen waren, auch wenn es danach aussah, daß man sie erwartet hatte. Tyrannos begab sich mitten in die Schlacht, blieb aber weiter unsichtbar. In der Ferne konnte er die Himmelstreppe sehen, die ihn anzog und nach Hause bringen würde. Neben der Treppe sah er den hell erleuchteten Tempel des Lathander. Ein Kämpfer hatte während des gesamten Kampfs gefehlt, und mit einem Mal wurde Tyrannos klar, an welchem Ort sich sein Widersacher logischerweise aufhalten mußte.

„Elminster", sagte Tyrannos lachend. „Von dir hätte ich mehr erwartet."

Ein Mensch kam näher und hob das Schwert.

Trauergrimm.

Es wäre doch zu schön, den Kopf des Fürsten von Schattental am Gürtel zu tragen, wenn er seine Arme ausbreitete, um den verhaßten Weisen zu begrüßen. Tyrannos gab seine Unsichtbarkeit auf und lachte, als Trauergrimm abrupt unmittelbar vor dem Schwarzen Fürsten stehenblieb, der wie aus dem Nichts vor ihm erschienen war. Tyrannos zermalmte Trauergrimms Schwert mit seiner Klauenhand, als der auf ihn hatte einschlagen wollen, dann griff er nach unten, um seinen Preis für sich zu beanspruchen.

Plötzlich tauchte aber ein weiterer Mann auf und entriß Trauergrimm Tyrannos' Griff. Tyrannos riß ihm mit einer Bewegung die Brust auf.

„Falkenwacht!" schrie Trauergrimm, als der ältere Mann zu Boden ging.

Tyrannos wollte eben den fassungslosen Talfürsten töten, als sein Blick wieder zur Himmelstreppe wanderte.

Sie brannte – umhüllt von bläulich-weißen geisterhaften Feuern.

Die Menschen waren vergessen. Statt dessen nutzte Tyrannos die Macht der Toten, um sich in die kalte Nachtluft zu erheben. Er näherte sich dem Tempel des Lathander, der ein bläulich-weißes Feuer ausstieß, das wie der Flammenodem eines Drachen die Treppe umschloß. Geisterhafte Flammen knisterten, und Tyrannos sah das voller Entsetzen mit an, während die wechselnden Aspekte der Treppe zu einem weißglühenden Schemen verwischten, dessen Anblick die Augen seines Avatars nicht langer aushalten konnten.

Das Fleisch des Schwarzen Fürsten war von einem bernsteinfarbenen Leuchten umgeben, während der stetige Seelenfluß ihn durchzog und stärkte, bis seine Macht ein Niveau erreichte, von dem er im Verlies der Burg Morgrab nur einen flüchtigen Eindruck bekommen hatte. Das Wissen um unzählige Zauber und die Macht, diese jederzeit Wirklichkeit werden zu lassen, ohne auf die Materialkomponenten zurückgreifen zu müssen, erfüllten den Schwarzen Fürsten. Er war fast wieder ein Gott.

Ich kann diesen Ort zerstören, dachte Tyrannos. *Ich kann ihn auf seine Fundamente reduzieren und jeden vernichten, der es wagt, sich mir in den Weg zu stellen.*

Er sah wieder zur Himmelstreppe und flog so nahe heran, wie er es sich zutraute, dann trieb er mitten in der Luft und sah mit an, wie sein Weg zurück in die Ebenen schmolz. Er konnte nichts tun, um die Vernichtung der Treppe aufzuhalten. Seine Pläne, die Ebenen zurückzuerobern, waren zunichte gemacht worden. Elminster hatte es gewagt, sich gegen den Schwarzen Fürsten zu stellen, und dafür würde er bezahlen müssen.

Schattental

Tyrannos flog in den Tempel und sah sich zunächst eine Weile um. Er wagte nicht, durch einen der Durchgänge ins Innere einzudringen, die jene mystischen Feuer ausstießen, da sie zweifellos seinen Avatar vernichtet hätten, und als er Türen und Fenster probierte, mußte Tyrannos feststellen, daß sie durch irgendeinen Zauber verschlossen worden waren. Wenn er sie öffnete, würde er sicher Elminster alarmieren.

Dann sah Tyrannos ein Fenster, das nicht geschlossen worden war. Langsam stieg er auf die Höhe des Fensters und erwartete, in Elminsters Augen zu blicken, sobald er hineinspähte. Doch es war niemand da. Tyrannos durchflog unbehelligt den Lichtstrom, der aus dem Fenster drang, und dann fand er sich im Schlafzimmer eines Hohenpriesters des Lathander wieder. Vor seinen Füßen lag ein Buch mit der Aufschrift „Tagebuch des Glaubens". Der Schwarze Lord hockte sich hin und nahm das ledergebundene Tagebuch hoch.

Als Tyrannos den letzten Eintrag las, mußte er lachen. Er verstummte erste, als er unter sich Stimmen hörte. Er ließ das Buch fallen und wirkte einen Zauber, der ihn durch die Holzbohlen und Träger hindurchsehen ließ, die ihn von dem Weisen trennten.

Er sah Elminster zaubern. Der Magier wirkte erschöpft, als hätte er die ganze Nacht an dem Zauber gearbeitet. Nebel wirbelte in alle Richtungen. Die Magierin und der Kleriker, die sich bereits in Tyrannos' Pläne auf Burg Morgrab eingemischt hatten, waren ebenfalls hier. Da er von seinen Meuchelmördern nichts gehört hatte, die er auf diese Gruppe angesetzt hatte, war er schon davon ausgegangen, daß die vier noch lebten. Diese Entwicklung bereitete ihm Vergnügen. Für den Schwarzen Fürsten gab es keine größere Freude, als persönlich der zu sein, der seinen Feinden das Leben nahm.

Der Kleriker war damit beschäftigt, alte Bücher zu wälzen und Zauber herauszusuchen, die die dunkelhaarige Magierin dann studierte. Von Zeit zu Zeit sagte Elminster etwas zu Mitternacht, die daraufhin einen der erlernten Zauber rezitierte.

Wenn die Frau die Zauber sprach, funktionierten sie, obwohl alle Komponenten fehlten! Tyrannos starrte die Frau an, dann sah er den sternförmigen Anhänger, Mystras Symbol, den sie um den Hals trug. Bei jedem Zauber zuckten winzige Blitze über den Anhänger und verschwanden, wenn der Zauber gewirkt war.

Sie muß etwas von Mystras Macht in diesem Anhänger haben, dachte Tyrannos. *Ich werde ihn für meinen Angriff auf Helm und Ao brauchen.*

Tyrannos überlegte, wie er den alten Weisen am besten überraschen konnte, doch ihm fiel kein Zauber ein, der dafür geeignet war. Tyrannos weigerte sich, sich entmutigen zu lassen, und legte sich statt dessen flach auf den Boden. Er benutzte seine gestohlene Macht, um sich körperlos zu machen. Dann durchdrang er langsam den Boden, bis sein Gesicht an der Decke des unter ihm liegenden Raums austrat. Tyrannos bewegte sich langsam an der Decke entlang, bis er die Wand direkt neben Elminster erreicht hatte. Er ließ sich in der Wand nach unten sinken und ließ dabei seine Beute keinen Augenblick aus den Augen. Schließlich war er keine sechs Schritte von Elminster entfernt, und dann stürmte er mit ausgestreckten Klauen los.

Als die Magierin Tyrannos' Anwesenheit bemerkte, waren dessen Klauen nur noch wenige Fingerbreit von Elminsters Kehle entfernt.

Der Weise von Schattental war in die Welt seiner Zauber versunken und fühlte nur die gewaltigen Kräfte, die er aus dem magischen Gewebe rund um Faerun freisetzte. Als er die Augen öffnete, sah er, daß ein Teil des Bodens im Tempel wie geplant verschwunden war. Seine Beschwörungen hatten einen Riß geöffnet – einen Riß, der von einem wirbelnden Nebel umgeben war, in dem Blitze von einer Energie zuckten, wie er sie nur einmal zuvor in seinem Leben beschworen hatte, und damals war er noch viel jünger gewesen. In jenen Tagen, als er erst hundertvierzig Sommer alt war, hatte er sich noch für unsterblich gehalten. Jetzt, da Elminster in den Riß sah, fürchtete er sich ein wenig vor den Kräften, die er in die Reiche geholt hatte, um Tyrannos zu bekämpfen.

Er wurde aus seinem Zauber geholt, als er Mitternacht aufschreien hörte. Er sah über die Schulter und konnte einen kurzen Blick auf die feurigen Augen des Gottes des Streits werfen, dessen Klauen auf ihn zuschossen. Elminster sprach ein Wort der Macht, und im gleichen Moment wurde Tyrannos von einer unglaublichen Kraft nach hinten geworfen. Der Schwarze Fürst prallte hart gegen die Wand, aus der er hervorgetreten war.

Ein entsetzliches Kreischen drang aus dem Riß im Boden, und Elminster sah, daß sein Zauber durch Tyrannos' Angriff fehlgeschlagen war. Das Ding, das anstelle des Auges der Ewigkeit zu ihm gekommen war, war Elminster unbekannt, und das machte ihm Angst.

„Mitternacht!" rief er. „Du mußt einen Zauber, einen Haltezauber versuchen!" Er hatte keine Zeit, um auf eine Erwiderung zu warten, da Tyrannos erneut auf ihn zukam. Elminster setzte einen gleißenden Blitz frei, der den dunklen Gott mit einer endlosen Reihe von Fallen umgab. Der Schwarze Fürst schrie vor Wut und benutzte seine Macht, um sich durch die geisterhaften Fesseln zu schneiden.

Elminster zuckte zurück, als ihm ein sengender Blitz aus bernsteinfarbenen Flammen entgegenschoß. Er wehrte den Zauber ab, fühlte aber, daß der Gott mächtiger wurde und neue Zauber fast augenblicklich wirken konnte. Diesen Luxus konnte sich Elminster nicht leisten, da jede Beschwörung ihren Preis hatte. Schließlich begann der Gott des Streits, ihn in die wirbelnden Nebel des Risses zurückzudrängen.

Tyrannos nutzte seinen Vorteil und brachte die Kräfte ins Spiel, die er sich eigentlich für den Angriff auf Helm zurückbehalten hatte. Unglaubliche Energien strömten durch den finsteren Gott, die so gewaltig waren, daß er den Schmerz seines sterblichen Avatars spürte, der darum rang, seine Form zu behalten und die Kräfte auszurichten. Tyrannos würde den Weisen an das Geschöpf verfüttern, das dieser heraufbeschworen hatte, und dann würde er die Kreatur benutzen, um den Gott der Wächter und schließlich den großen Ao selbst zu verschlingen. Tyrannos würde daran denken müssen, Myrkul zu bitten, Elminster seinen Dank ins Land der Toten zu übermitteln.

Plötzlich fraß sich ein bläulich-weißer Blitz durch Tyrannos, wie er ihn noch nie erlebt hatte, und schleuderte ihn zurück. Er sah auf und erkannte die Magierin, die auf der anderen Seite des Raums stand und ihre Hände bewegte, um einen weiteren Zauber zu wirken.

Tyrannos lachte. „Du hast vielleicht etwas von Mystras Kraft, Mädchen, aber du bist keine Göttin." Der Gott des Streits schleuderte einen Energieblitz, der Mitternacht quer durch den Raum wirbelte. Tyrannos erhob sich und wollte die Frau töten, als er ein entsetzliches Poltern hörte. Er wußte, daß das, was Elminster heraufbeschworen hatte, eingetroffen war.

Als sich der Gott des Streits umdrehte und das Ding sah, das aus dem Riß kam, blieb das Herz seines Avatars fast stehen.

„Mystra!" sagte Tyrannos langsam.

Aber das Wesen vor ihm hatte nur wenig mit der ätherischen Göttin gemein, die er auf Burg Morgrab versklavt und gefoltert hatte. Dies war ein Wesen, das in der Welt der Menschen und der Götter keinen Platz hatte. Mystra war kein Wesen aus Fleisch und Blut und keine Göttin der Ebenen mehr. Sie war zu einer Uressenz geworden, zu einem Teil der phantasmagorischen Wunderwelt des magischen Gitters, das die Welt umgab. Man konnte sie nur als Magieelementar bezeichnen.

Nur unter größten Mühen konnte sie rational denken. Mystra war kaum bei Bewußtsein und besaß keine Kraft zum Handeln. Nur die Macht von Elminsters Beschwörung war stark genug gewesen, um es ihrer Essenz zu erlauben, wieder Gestalt anzunehmen und in die Reiche überzuwechseln – und sich noch einmal Fürst Tyrannos zu stellen.

Gewaltige Fäden aus Urmagie schossen aus Mystras Augen und umschlossen den Raum. Eine einzelne, unvorstellbare Hand trat aus ihrem ektoplasmischen Fleisch hervor und griff nach Tyrannos.

Adon warf sich vor Mitternacht, als die Energieblitze durch den Raum rasten, die Wände versengten und Elminsters Bücher umherwirbelten. Dann regte sich Mitternacht und sah Mystra entsetzt an. „Göttin", war alles, was sie sagen konnte.

Dann ließ Elminster einen weiteren Zauber auf Tyrannos los, doch nur ein beständiger Strom aus grünen Eiern schoß aus der Hand des Alten hervor und traf den dunklen Gott. Elminster fluchte und versuchte einen anderen Zauber. Tyrannos wandte sich von Mystra ab und schickte einen einzelnen bernsteinfarbenen Blitz in Elminsters Richtung. Bevor er ihn aber treffen konnte, schuf Elminster einen Schild, wurde dennoch von dem Blitz in den Riß gestoßen. Er stieß einen Schrei aus, während grelle Blitze aus bläulich-weißer Energie aus Mystras Hand auf den Gott des Streits übersprangen.

Elminster sank auf die Knie, als die gestohlene Energie gegen ihn gerichtet wurde und seinen zerbrechlichen menschlichen Avatar allmählich zerriß. Fleisch, Blut und Knochen verwandelten sich in eine brodelnde Masse, die mit einem Menschen kaum noch etwas gemein hatte.

„Ich... werde... nicht... allein... sterben!" brachte Tyrannos heraus. Der blutüberströmte Avatar kroch mühsam vorwärts und streckte die Hände aus, als er die Magierin und den Kleriker zusammengekauert auf dem Boden liegen sah. Ihre Hände umschlossen den Anhänger, als wollte sie dessen Magie abermals gegen den Schwarzen Fürsten einsetzen. Dann wurde ihr der Anhänger vom Hals gerissen und flog direkt in Fürst Tyrannos' Klauen.

„Und wieder gehört mir deine Macht, Mystra", preßte der Gott des Streits zwischen aufgeplatzten Lippen hervor.

Mitternacht hörte die rauhe, wahnsinnige Stimme Mystras in ihrem Kopf, während sie aufstand und auf den Gott des Streits zuging. *Schlag ihn*, sagte die Stimme. *Benutze die Macht, die ich dir gab.*

Eine bläulich-weißer Blitz brach aus Mitternacht hervor, als sie ihren Zauber zu Ende führte. Er traf Tyrannos und schleuderte ihn näher an Mystra heran. Verwirrt sah der Schwarze Fürst Mitternacht an. „Aber ich habe den... "

Dann schrie der Gott des Streits auf, als Mystra sich um ihn legte. *Hier, Fürst Tyrannos*, sagte Mystra. *Nimm dir soviel Macht, wie du willst.* Ein Blitz zuckte auf und ließ Tyrannos' Avatar explodieren. Mystras amorpher Körper versteifte sich eine Sekunde lang, als der Avatar starb und sie die Gewalt der Explosion absorbierte. Dann verschwand auch sie in einem Blitz aus grellweißem Licht.

„Göttin!" schrie Mitternacht, aber noch während sie das Wort aussprach, wußte sie, daß Mystra diesmal wirklich tot war. Dann erinnerte sie sich daran, daß Elminster in den Riß gestoßen worden war. Als sie aufsah, bemerkte sie, daß sich Adon am Rand des Risses befand und in den Nebel spähte, der daraus hervorquoll. Seine Arme hielt er ausgestreckt, als wollte er nach jemandem im Nebel greifen.

„Elminster", flüsterte sie. Dann sah Mitternacht im Riß eine verschwommene Bewegung. Der Nebel teilte sich für einen kurzen Augenblick, und sie konnte sehen, wie der Weise verzweifelt bemüht war, den Riß zu schließen, den er geöffnet hatte.

Mitternacht eilte an Adons Seite. Der Kleriker hatte eine Haltung eingenommen, als wolle er einen Zauber wirken. „Bitte, Sune", flüsterte er, während ihm Tränen übers Gesicht liefen.

Elminster schien weder Mitternacht noch Adon sehen zu können, die am Rande des Risses standen. Er war zu sehr damit beschäftigt, mit den Händen komplexe Gesten zu vollführen und lange Beschwörungstexte zu sprechen. Dann schrie der alte Weise, und aus dem Riß trat dunkelviolettes Licht aus. Mitternacht bereitete einen Zauber vor, doch bevor er etwas bewirken konnte, zuckte ein Blitz auf, dann waren Elminster und der Riß verschwunden. Der Tempel bebte, und Mitternacht fiel auf die Knie.

Adon zog sie hoch und zerrte sie weg. Sie fühlte die warme Luft und die Sonne auf dem Gesicht, während sie durch das blendende bläulich-weiße Licht liefen, das die Korridore erfüllte. Als sie es nach draußen geschafft hatten, sah Mitternacht zum Himmel und erschrak. Die Himmelstreppe war in Flammen gehüllt. Einen Moment lang konnte sie die verkohlten, schwarzen Fragmente der Treppe sehen, die in einer schwindelerregenden Vielfalt von Bildern erstarrt zu sein schienen. An einigen Stellen sah sie unzählige Hände, wie sie sie auch schon zuvor beobachtet hatte. Sie zitterten und krallten sich an der Luft fest. Dann war die Treppe fort, und sie konnte nur noch die Flammen sehen.

Mitternacht und Adon fielen zu Boden, als hinter ihnen ein ohrenbetäubender Lärm ertönte und die Mauern des Tempel zerbarsten und die Türme einstürzten.

Ganz Schattental bebte, als der Tempel explodierte.

Im Osten der Explosion kam einen Moment lang die Schlacht auf der Straße am Kragteich zum Erliegen. Die Kämpfer sahen stumm und fassungslos zum Himmel und betrachteten die Feuer, die rund um den Tempel des Lathander in die Luft schossen.

Kel betrachtete schockiert die Flammen. Sein erster Gedanke war, seinen Posten zu verlassen und zu Mitternacht zu reiten, doch er wußte, daß Elminster noch leben mußte. Er war für seine Kräfte bekannt und konnte Mitternacht besser beschützen als jeder Kämpfer. Außerdem wußte Kelemvor, daß er seine Männer nicht ohne Führer zurücklassen konnte. Mitternachts Schicksal lag in ihrer Hand, so wie sie es wollte.

Die Ruhe nach der Explosion währte nur Sekunden, dann wurde die Schlacht fortgesetzt. Tyrannos' Heer war erschöpft, und der Verlust eines ihrer Befehlshaber hatte die Zentilare zum undisziplinierten Haufen werden lassen, der nur ums Überleben kämpfte. Tyrannos war nicht zurückgekehrt, Sememmon war verwundet und bewußtlos, Ritterbruck tot. Am maßgeblichsten war aber, daß die Verteidiger Schattentals keine Anstalten machten, vor der immer kleiner werdenden, aber immer noch überlegenen Armee Tyrannos' zurückzuweichen.

Kommandant Bischof stand neben Kelemvor. „Sie kommen aus allen Richtungen", keuchte er. „Bei allen Göttern, das ist ein Spiel für junge Männer!"

„Es ist eine grausames Trauerspiel", sagte Kelemvor, der darauf achtete, daß niemand Bischof in den Rücken fiel, während sie langsam weitergingen. Überall lagen Leichen. Die Zahl der Toten ging in die Tausende, und der Kampf wurde immer verzweifelter. Kelemvor hörte, wie einer der Zentilare nach Fürst Tyrannos rief, woraufhin andere erwiderten, er sei geflohen.

„Habt Ihr das gehört?" rief Kelemvor, doch Bischof war mit einer Schwertkämpferin beschäftigt, die jeden seiner Schläge parierte und kein Anzeichen von Ermüdung erkennen ließ.

Bevor Kelemvor sich umdrehen und Bischof helfen konnte, kam ein weiterer zentischer Reiter auf ihn zu. Kelemvor riß den Krieger von seinem Pferd und durchbohrte ihn mit seinem Schwert, dann stieg er selbst auf das Tier und hielt Bischof eine Hand hin, dem es endlich gelungen war, seine Gegnerin auszuschalten. Der Kommandant griff nach der Hand, schrie dann aber auf, als sich ein Pfeil in sein Bein bohrte. Er knickte ein, aber Kelemvor bekam seine Hand zu fassen und zog ihn aufs Pferd.

Ein weiterer Pfeil schoß an ihnen vorbei, und Kelemvor trieb das Tier zur Eile an. Sie stießen auf eine kleine Gruppe von Kämpfern aus dem Tal, die sich gegen die Zentilare zur Wehr setzten, und Kelemvor ließ das Pferd mitten in das Scharmützel reiten.

Er und Bischof wateten durch ein Meer dunkler Rüstungen. Ihre Klingen schnitten sich in weitem Bogen durch die zentischen Streitkräfte. Aber ihre Anstrengungen reichten nicht, um ein Gleichgewicht zu schaffen. Sie wurden zu beiden Seiten vom Pferd gezerrt und waren gezwungen, Mann gegen Mann zu kämpfen. Aus dem Westen erhob sich plötzlich ein wahnsinniger Schlachtgesang, und ein weiterer Trupp Reiter, die schwarze Rüstungen trugen, mischten sich in die Schlacht ein. Aber sie waren keine Zentilare, sondern trugen auf ihren Helmen das Symbol des weißen Pferdes.

Die Ritter von Nebeltal.

Kelemvor stieß einen lauten Schrei aus und stach den Krieger nieder, der ihn angegriffen hatte. Die Ritter waren die beste Reiterei in den Tälern. Auch wenn sie nur zwanzig Mann waren, konnte jeder von ihnen es mit fünf zentischen Soldaten auf einmal aufnehmen.

Ein weiterer Mann aus dem Tal stieß einen Freudenschrei aus und wies noch einmal nach Westen. „Seht!"

Kel erkannte eine weitere Gruppe Krieger, bei denen es sich nur um die Ritter von Myth Drannor handeln konnte. Sie führten den größten Teil der Verteidiger Schattentals aus der Stadt, angeführt von Fürst Trauergrimm.

Noch bevor eine weitere Stunde verstrichen war, trat Tyrannos' Armee den Rückzug an. Der Auftritt der Reiter von Nebeltal und der Ritter von Myth Drannor hatte der Entschlossenheit der meisten Soldaten ein Ende gesetzt. Fast alle, die es geschafft hatten, die Steinbarriere zu durchbrechen, waren in der Stadt getötet worden. Die Männer aus dem Tal, die an der Brücke postiert waren, hatten Fzoul und dessen Truppen zurückgeschlagen. Die Zentilare, die vom Norden her angegriffen hatten, waren entweder tot oder hatten die Flucht ergriffen, und nun waren auch die Truppen an der Ostfront auf der Flucht.

An den Barrikaden, an denen vorbei es nach Schattental ging, trafen sich Kelemvor und Bischof mit Trauergrimm und zwei Rittern.

„Sie fliehen", rief Trauergrimm. „Sieg!"

Kelemvor wollte das nicht ohne weiteres glauben. Viele Zentilare würden verharren und solange kämpfen, bis das Leben aus ihrem Körper gewichen war. Die Scharmützel hatten sich in den Wald verlagert, und vereinzelt brannten kleine Feuer, die außer Kontrolle zu geraten drohten. Schattental hatte zu viele Männer verloren, um auch nur einen kleinen Waldbrand bekämpfen zu können.

Kel sah sich auf dem Schlachtfeld um, konnte aber keinen seiner Freunde entdecken. „Fürst Trauergrimm, wo sind Cyric und Falkenwacht?"

Trauergrimms siegesgewisse Miene verschwand. „An der Wegeskreuzung", sagte der Talfürst leise. „Cyric geht es gut, von ein paar Kratzern abgesehen. Falkenwacht... "

Kelemvor sah dem Fürsten von Schattental tief in die Augen.

„Es war Tyrannos", sagte Trauergrimm schließlich. „Er hatte mich gepackt, und Falkenwacht hat mir das Leben gerettet."

Kel ritt in die Stadt, so schnell er konnte. Auf dem Weg begegnete ihm Cyric mit einer Handvoll Männer, die hinaus in die Wälder ritten, um die fliehenden Soldaten zu jagen. Er hörte nicht einmal, daß Cyric ihm einen Gruß zurief.

Als Kelemvor schließlich die Stadtmitte erreicht hatte, sah er, daß die Toten bereits fortgebracht wurden und man die Verwundeten dort behandelte, wo sie zu Boden gegangen waren. Er entdeckte Falkenwacht, der neben anderen Offizieren auf dem Boden lag, fast sofort.

Kel eilte an die Seite des älteren Kriegers. Er war nicht tot, aber es bestand kein Zweifel daran, daß er den Tag nicht überleben würde. Tyrannos' Klauenhand hatte sich tief in seine

Brust gebohrt, und es war eigentlich ein Wunder, daß er nicht schon längst tot war. Kel nahm seine Hand und sah ihm in die Augen.

„Sie werden dafür büßen", knurrte Kel. „Ich werde sie jagen und alle töten!"

Falkenwacht umklammerte seinen Arm und lächelte schwach, dann schüttelte er den Kopf. „Sei nicht melodramatisch", sagte er. „Dieses Leben... ist zu kurz..."

„Das ist nicht gerecht", sagte Kelemvor.

Falkenwacht hustete, Krämpfe schüttelten seinen Körper. „Komm näher", sagte er leise. „Es gibt etwas, was du wissen mußt."

Seine Stimme wurde noch flacher.

„Etwas wichtiges", sagte Falkenwacht.

Kel beugte sich vor.

Und Falkenwacht erzählte ihm einen Witz.

Kelemvor konnte nicht anders, er fing an zu lachen. Falkenwacht hatte alle Gedanken an den Tod und an das Blut verdrängt, von denen Kelemvor erfüllt war, und ihn an das erinnert, was er fast schon verloren hatte: Hoffnung.

♦ ♦ ♦

Die Schlacht von Schattental war vorüber. Tyrannos' Streitkräfte hatten sich in die Wälder zurückgezogen, waren dort aber in nicht geringer Zahl in die Waldbrände geraten, die ihnen den Fluchtweg abschnitten. Die Brände breiteten sich aus, aber es gab wenig, was die müden Kämpfer aus dem Tal unternehmen konnten, um sie einzudämmen.

Sharantyr, eine Waldläuferin, die zu den Rittern von Myth Drannor zählte, ritt zusammen mit der Harfner-Bardin Sturm Silberhand zum Tempel des Lathander, um nach der Ursache der Explosion und des Feuers zu forschen und um nach Elminster und nach den beiden Fremden zu sehen, die bei ihm gewesen waren.

Als sie näherkamen, sahen Sharantyr und Sturm Mitternacht und Adon aus der Tempelruine stolpern. Dann erhob sich ein Feuerball aus der Ruine und schoß in die Luft. Sharantyr mußte vom Pferd springen und Sturm zu Boden zerren, um sie davon abzuhalten, mitten ins Inferno zu reiten.

„Elminster!" schrie Sturm. Ihr Blick war starr auf die Verwüstung gerichtet. Eine Blase aus bläulich-weißer Energie umgab den Kleriker und die Magierin, denen die Flucht gelungen war. Die Ritterinnen sahen, wie sich eine zusammengestürzte Wand in Nichts auflöste, als der Schild mit ihr in Berührung kam. Nachdem die Erde zur Ruhe gekommen war und vom Tempel des Lathander nur noch ein Berg aus Schutt und Geröll übrig war, eilten die beiden zu den Fremden, die von der Zerstörung unversehrt geblieben waren.

Nachdem Sturm gesehen hatte, daß der Kleriker und die Magierin am Leben waren, stürmte sie ins Tempelinnere. In der brennenden Ruine bahnte sie sich einen Weg durch den Vorraum, schob einen umgestürzten Stützpfeiler aus dem Weg und trat in das ein, was vom Hauptsaal noch übrig war. Die silberhaarige Bardin fühlte ihr Herz rasen, als sie nach einem Hinweis darauf suchte, daß Elminster überlebt hatte. Am anderen Ende des Raums fand sie Überreste seiner alten Zauberbücher und einige Fetzen seiner Robe.

Blut und Knochensplitter fanden sich an den Wänden, die noch standen.

Sturm schrie aus der Tiefe ihres Herzens auf. Ihr Zorn ergriff von ihr Besitz, und sie rannte aus dem Tempel, um den Fremden gegenüberzutreten.

Als sie nach draußen kam, sah sie, daß Sharantyr mit dem Kleriker und der Magierin sprach, die aus dem Tempel geflohen waren. Die Waldläuferin wollte gerade eine Frage stellen, als sich Sturm mit gezogenem Schwert einmischte.

„Elminster", sagte sie mit leiser, haßerfüllter Stimme. „Er ist tot. Ermordet!"

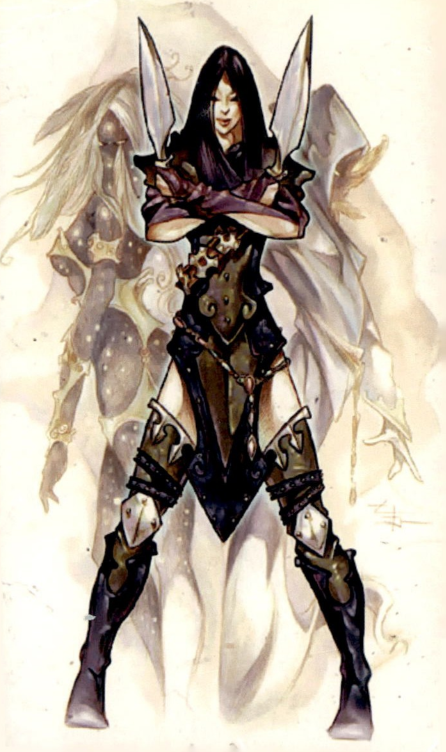

Sturm sprang vor, und Sharantyr mußte sie zurückhalten und ihr die Waffe entringen, ehe sie ihren Griff lockerte. Da zog ein gewaltiger Schatten über den Tempel, die Luft wurde dünn und kalt. Innerhalb von Sekunden wurde der strahlendblaue Himmel stahlgrau, dunkle Gewitterwolken bildeten sich am Kopf der Himmelstreppe. Ein riesiges Auge tauchte am höchsten Punkt der Wolken auf und vergoß eine einzelne Träne, blinzelte dann einmal und verschwand. Die Träne wurde zu einem unnatürlichen, sintflutartigen Regen, der vom Himmel niederging und das ganze Tal erfaßte. Bläulich-weiße Rauchwolken traten aus der Treppe hervor, als die Flammen erloschen, von denen sie zerstört worden war. Weit vom Tempel entfernt wurden in den Wäldern um den Kragteich die Brände gelöscht.

Sturm Silberhand schien sich beruhigt zu haben, als der Regen einsetzte, doch dann sah sie in das Gesicht des jungen, narbigen Klerikers.

„Er... er war im Tempel der Tymora", flüsterte die Bardin entsetzt. „Er war unmittelbar nach den Morden dort!"

Sharantyr trat einen Schritt vor, und diesmal war sie es, die ihr Schwert gezogen hatte. „Ich bin Sharantyr von den Rittern von Myth Drannor", sagte sie. „Es ist meine verdammte Pflicht, euch beide festzunehmen – wegen des Mordes an Elminster... "

VERGESSENE REICHE

MIT FEDER&SCHWERT IN EINE NEUE WELT

Wir haben Euch nicht vergessen!

Ab September 2002
geht es weiter
mit

Die Avatar-Trilogie
Band 2: Tantras

F&S 11305
ISBN 3-935282-56-7

Lesen Sie außerdem aus der Reihe

Die

Ratgeber & Regenten -

Trilogie

Band 1: Die Bluthündin

F&S 11301
ISBN 3-935282-51-6

Matteo, der nicht magisch begabte Ratgeber der Mächtigen Halruaas, hat sein Leben der Wahrheit geweiht - bis er feststellt, daß es sein eigener Orden mit der Wahrheit nicht so genau nimmt. Jetzt flieht er vor der geheimnisvollen Kabale, und nur ein Straßengör hält ihm die Treue. In den Marschen von Akhlaurs Sumpf sucht Matteo nach seiner eigenen Version der Wahrheit, während er gegen eine Kreatur aus seinen Alpträumen ankämpft.

Aber etwas noch Schlimmeres ist ihm auf den Fersen: eine gnadenlose Magierjägerin - die Bluthündin.

der Vergessenen Reiche-Romane...

Und demnächst ...

Die Ratgeber & Regenten-Trilogie

Band 2: Das Wehr

F&S 11302
ISBN 3-935282-65-6